milestone

**Über den Autor: (www.lothar-beutin.de)**
Lothar Beutin, geboren in Berlin, Diplombiologe. Promotion und Habilitation an der FU Berlin. Nach einem Forschungsaufenthalt am Institut Pasteur in Paris Tätigkeiten an verschiedenen Forschungsinstituten in Berlin. Arbeitsschwerpunkte sind bakterielle Giftstoffe (Toxine) und Krankheitserreger in Lebensmitteln. Autor und Koautor von zahlreichen wissenschaftlichen Veröffentlichungen, Sachbuchkapiteln und Aufsätzen: (http://www.lotharbeutin.gmxhome.de/.)

Kontakt: mailto: lotharbeutin@gmx.de

**Weitere Titel des Autors**
**RIZIN, ein Wissenschaftskrimi**, ed. MILESTONE, 1. Auflage 2010, 416 Seiten, auch als E-Book erhältlich. ISBN 978-3-00-036068-8 (www.lothar-beutin.de)

Lothar Beutin

# EHEC-ALARM

Ein Wissenschaftskrimi

Dieses Buch ist allen Menschen gewidmet, die unter der EHEC-Epidemie im Sommer 2011 gelitten haben und denen, die ihr Bestes gegeben haben, um der Seuche Herr zu werden. Ich danke allen, die mir bei der Entstehung des Romans geholfen haben. Ganz persönlich möchte ich Lydia, Sabine und Irmgard für ihre vielen hilfreichen Ratschläge danken, die in das Buch eingeflossen sind.

1 Auflage: Mai 2013

ISBN 978-3-00-042139-6

**Dein Leben kannst du nur alleine bewältigen,**
**ohne die anderen geht es nicht.**

Als man sie bemerkte, war sie schon längst da. Eine Epidemie ist immer schon da, bevor man von ihr Kenntnis nimmt. Es dauerte seine Zeit, bis die zuständigen Stellen in der Gesundheitsüberwachung bemerkten, dass die Zahl der Infektionen mit EHEC-Bakterien über das sonst übliche Maß anstieg. Dazu trug auch die schlechte Zusammenarbeit zwischen den verschiedenen Behörden bei, die sich gegenseitig ihre Zuständigkeiten streitig machten. Aber auch Scheu vor Verantwortung, Bequemlichkeit, Ignoranz und Profilneurosen in manchen Führungsetagen taten ihr Übriges, um eine Zusammenarbeit zu behindern.

Ab einem bestimmten Pegelstand bei der Zahl der Neuerkrankungen hielten die Dämme der persönlichen Befindlichkeiten und der Abgrenzungen zwischen den Institutionen nicht mehr stand. Nachdem in der an der Elbe gelegenen Kreisstadt Brunsbüttel die Fälle von akutem Nierenversagen unerklärlich zugenommen hatten, lichtete sich der Dunst in den Betonköpfen, der die Störung der alltäglichen Geschäfte nicht freiwillig zuließ. Die EHEC-Epidemie tauchte in ihren Konturen aus dem Nebel auf und von da an überschlugen sich die Ereignisse.

Die Epidemie kümmerte das nicht, sie fand einfach statt. Wie man sich auch zu ihr stellte, man wurde mitgerissen, wie von einer Flut, die sich nicht darum schert, was ihr in den Weg kommt. Am Morgen des 29. April 2011 hatte Leo Schneider es schwarz auf weiß auf seinem Bildschirm. Eine E-Mail aus dem Richard Pfeiffer Institut mit der lapidaren Meldung über eine ungewöhnliche Häufung von Patienten mit Nierenversagen in Landkreis Dithmarschen. Zuerst dachte Schneider an einen Zusammenhang zwischen den Erkrankten. Das war nur logisch. Es kam öfter vor, dass sich mehrere Restaurantgäste auf einen Schlag mit Krankheitserregern infizierten, wenn das Essen mit Bakterien verseucht war. In den meisten Fällen waren es Salmonellen. Seltener waren es EHEC, aber dann verliefen die Erkrankungen viel dramatischer. Die übelste Komplikation bei EHEC-Infektionen war eine Form des Nierenversagens, die als HUS bezeichnet wurde. Von HUS war die Rede gewesen in der Meldung des RPI. Für Schneider bedeutete HUS, dass sein Labor und er gefordert waren.

EHEC stand für enterohämorrhagische Kolibakterien. Ein paar Hundert dieser Bakterien in einer Mahlzeit reichten schon aus, um blutigen Durchfall oder HUS hervorzurufen. Meist blieb es bei wenigen Erkrankungen, wenn der Ausbruch sich auf eine Familie, einen Kindergarten, ein Altenheim, oder ein Restaurant begrenzte. Die mit EHEC verseuchten Lebensmittel hatte man in der Regel schnell identifiziert und aus dem Verkehr gezogen. Damit blieb der Ausbruch auf das unmittelbare Ereignis beschränkt. Aber dieses Mal sah es nicht so aus. Nachdem im Laufe des Vormittags mehr Informationen zu den HUS-

Fällen in Brunsbüttel eintrudelten, wurde klar, dass es sich nicht um ein isoliertes Geschehen handelte. Es gab mehrere Ausbruchsnester in der Stadt und im Landkreis Dithmarschen, zwischen denen kein erkennbarer Zusammenhang bestand.

Schneider griff zum Telefon und rief Karsten Seiboldt an, den Leiter des Brunsbütteler Lebensmitteluntersuchungsamtes. Seiboldt war freundlich, blieb in der Sache aber vage. Es sei noch zu früh, um über mögliche Ursachen zu spekulieren, man müsse abwarten. Hilfe wollte Seiboldt nicht, meinte nur, das sei zu früh und zu diesem Zeitpunkt nicht nötig. Außerdem hätte er in der Sache schon Kontakte zur Arbeitsgruppe von Professor Puster am Exzellenzinstitut in Kiel aufgenommen.

Er weiß mehr, als er sagt, dachte Schneider. Aus Seiboldts Stimme spürte er den Druck, der auf ihn lastete. Möglich, dass er das nächste Mal gar nicht mehr zu sprechen sein würde, wenn Schneider anrief.

Bei dem Namen Puster kamen Schneider Erinnerungen. Als Schneider noch am Institut für experimentelle Infektiologie (IEI) geforscht hatte, musste er Puster mit seinen Äußerungen auf die Füße getreten sein. Puster schien es nicht zu tolerieren, wenn andere in Deutschland unabhängig von ihm auf dem gleichen Gebiet arbeiteten.

„Den Schneider werde ich wissenschaftlich fertigmachen", hatte Puster damals einem Kollegen gesteckt, der die Botschaft an Schneider weitergab. Dazu kam es jedoch nicht mehr, denn bevor Pusters Bestrebungen wirksam wurden, hatte der Direktor des IEI, Professor Krantz, schon reinen Tisch gemacht und Schneiders Forschungen auf Abwehr gegen Bioterrorismus umgestellt. Schneider musste sein Arbeitsgebiet wechseln, und schlug sich von da an mit Giftstoffen wie Rizin und Botox herum, bis er dem IEI endgültig den Rücken kehrte. Ein gutes Jahr lang hatte er seine Verbindung zur Wissenschaft gekappt, um mit seiner Frau Louisa monatelang durch die Welt zu ziehen. In dieser Zeit lebten sie eher bescheiden von dem, was sie erspart hatten und was Louisa als Übersetzerin verdiente. Nachdem Leo Schneiders Wissen für die Geheimdienste und das Militär uninteressant geworden war, hatte sich das unsichtbare Netz, das sich um ihn und seine Frau zusammengezogen hatte, in Luft aufgelöst. Seitdem waren fast drei Jahre vergangen.

Irgendwann hatte er sich wieder mit der Idee angefreundet, in seinem alten Beruf als Mikrobiologe zu arbeiten. Jetzt war er gerade achtundvierzig geworden und hatte es sich an seiner neuer Arbeitsstelle mit wenig Illusionen, was seine berufliche Zukunft betraf, eingerichtet. Es war das ehemals staatliche, inzwischen in eine Stiftung umgewandelte, Institut für Lebensmittelkontrolle und Hygiene. Das ILH, wie es allgemein abgekürzt wurde, hatte zur Aufgabe, sich um spezielle Fragen zur Lebensmittelsicherheit zu kümmern.

Das ILH lag im Norden Berlins, im Bezirk Reinickendorf. Eine große Anlage mit mehreren Gebäudekomplexen, die größtenteils aus den 1960er Jahren stammten. Die wirklich große Forschung, wie Schneider sie früher einmal kennengelernt hatte, war am ILH nicht möglich. Dafür sorgten die Beschränkungen einer gut zementierten Bürokratie und die Vorgesetzten, die noch aus dem alten Beamtenapparat stammten. Diese Leute spürten, wie mit der Umwandlung des ILH in eine Stiftung ihre Zeit ablief, und hatten nur ein Ziel, keinen der neu eingestellten Mitarbeiter hochkommen zu lassen. Jeder innovative Ansatz wurde von diesen Leuten als Abweichung von den Aufgaben des Institutes gebrandmarkt und unterdrückt. Die ehemals gültigen, gesetzlich festgelegten Aufgaben des ILH dienten immer noch als Begründung für eine Fülle von Vorschriften, welche die Beantragung einer simplen Forschungsarbeit zu einem Kräfte verzehrenden Marsch durch das Dickicht der Dienstwege mutieren ließ.

Das Ganze lief unter dem Stichwort Abstimmung. Das klang vordergründig nach Absprache, Beteiligung und Demokratie, aber in Wirklichkeit war Stagnation das Wort, welches diese Situation am besten beschrieb. Ein Motivationsaushöhlungsprozess, der sich durch alle Bereiche des Institutes wie zäher Kleister zog. Mit der Folge, dass viele am ILH nur noch daran interessiert waren, ihre Arbeit zu einer Routine schrumpfen zu lassen, welche die Zeit zwischen den Pausen ausfüllte. Neue Ideen und Veränderungen störten dabei nur. Als Schneider das am Anfang nicht einsehen wollte, sah er sich bald einem wachsenden Widerstand gegenüber, der von seinen Vorgesetzten noch bestärkt wurde.

Schließlich hatte er das System, nach dem es am ILH lief, verstanden. Durch strikte Auslegung von immer neuen Vorschriften war es möglich, die Arbeitsabläufe so zu verlangsamen, dass schlichte Bequemlichkeit sich als korrektes Einhalten von Verwaltungsabläufen darstellte. Schneiders anfängliche Bestrebungen wurden schwächer, bis zu einem Grad, wo er die Abläufe nicht mehr störte und noch geduldet wurde. Diese Ebene bewahrte ihm noch eine gewisse Handlungsfreiheit, sich um Dinge, die er selbst für notwendig hielt, kümmern zu können. Es war nicht so wichtig, was er gerade tat, solange er nicht an den Eckpfeilern der Hierarchie und der Verwaltungsabläufe rührte.

Karsten Seiboldts immer ungeduldiger klingende Stimme schreckte Leo Schneider aus seinen Gedanken auf. Es war klar, dass Seiboldt nichts weiter über die Epidemie herauslassen wollte. Nach den immer drängenderen Fragen von Schneider beendete Seiboldt schließlich das Gespräch mit dem Satz: „Ich schicke dir eine Mail, sobald ich mehr weiß." Leo Schneider wusste, er würde von dieser Seite auch in Zukunft nichts Neues mehr erfahren.

***

*Es war einfach gewesen, fast zu einfach. Alles, was er brauchte, passte auf einen halben Quadratmeter eines gewöhnlichen Labortisches. Ein Styroporgefäß mit ein wenig gestoßenem Eis, um das Ganze kühl zu halten. Im Eis halb eingebettet ein Plastikständer mit leeren Reaktionsgefäßen und den konisch zulaufenden Röhrchen, die mit den notwendigen Reagenzien gefüllt waren. Einige Pipettierschritte, eine Wärmebehandlung, danach eine Fällungsreaktion bei -20 °C. Jeder halbwegs begabte Biologiestudent im Hauptsemester hätte diese Arbeiten machen können.*

*Den Bakterienstamm für sein Experiment hatte er vor fünfzehn Jahren von einer Kollegin bekommen. Sie arbeitete als Ärztin in Zentralafrika und wusste, dass er sich gerne mit ungewöhnlichen Mikroben beschäftigte. Dieses kleine Biest hier war ein Kolibakterium, isoliert aus dem Stuhl eines HIV-Patienten, der im städtischen Krankenhaus in Bangui verstorben war. Seine Kollegin hatte ihm geschrieben, dass der Mann an einer langwierigen, schwer therapierbaren Durchfallerkrankung gelitten hatte. Sie hatte den E. coli Keim aufgehoben, weil er ihr ungewöhnlich erschien und hoffte, er würde etwas an ihm finden, was die langwierige Durchfallerkrankung erklären konnte.*

*Er war damals noch jung gewesen, nahm neue Herausforderungen gerne an und hatte sich mit diesem Bakterium eine Zeit lang beschäftigt. Damals waren die technischen Möglichkeiten beschränkter gewesen. Trotzdem hatte er etwas herausgefunden. Es war die Eigenschaft dieser Mikrobe, sich hartnäckig an das menschliche Darmgewebe anzuheften. Hatte man sie erst einmal in den Eingeweiden, wurde man sie so schnell nicht wieder los. Damit war klar, warum seine Kollegin den Afrikaner mit seiner Immunschwäche nicht hatte retten können.*

*Er schrieb ihr, er hätte etwas Neues entdeckt, aber bald stellte sich heraus, dass solche Bakterien schon früher beschrieben worden waren. Daher gab er weitere Arbeiten an dem Keim auf, um sich aktuell dringlicheren Projekten zu widmen.*

*Diese Entscheidung hatte sich gelohnt, denn er wurde mit seinen Forschungen über Bakterien, die Giftstoffe bilden, sehr bekannt. Ein Abschnitt seiner wissenschaftlichen Laufbahn war von Erfolgen aus diesen Arbeiten gekrönt. Dementsprechend wurden seine Forschungsarbeiten bald großzügig gefördert. Aber diese Hochphase hielt nicht für immer an. Es gab Neider und Intrigen. Konkurrenten holten auf, machten ihm den Erfolg streitig und hatten ebenso gute Ideen und Mitarbeiter wie er.*

*Als die finanzielle Unterstützung seiner Forschungsarbeiten nachließ und ihr völliges Ausbleiben zu einer realen Gefahr wurde, war ihm dieser afrikanische Keim wieder eingefallen. Mit den Kenntnissen, die er sich über Gift bildende Bakterien erworben hatte, erschien ihm nur folgerichtig, was er tun musste. Er musste dem afrikanischen Bakterium, das sich im menschlichen Darm so innig ansiedelte, nur eine weitere Eigenschaft verleihen. Die Eigenschaft bestimmte Giftstoffe zu bilden, Shigatoxine, die den menschlichen Organismus angriffen und zu Nierenversagen führten.*

*Ein solches Bakterium hatte es vorher noch nicht gegeben. Vermutlich war es um ein Vielfaches gefährlicher als seine Stammväter, aus denen er es zusammensetzen wollte. Ein Killerbug. So nannte man einen Krankheitserreger, der durch genetische Veränderungen noch aggressiver geworden war. Das Auftreten eines solchen Killerbakteriums würde nicht unbemerkt bleiben und die Gesundheitsbehörden in Alarm versetzen. Dem Ersten, der den Killerbug erkannte und ihn erfolgreich bekämpfen konnte, waren wissenschaftliche Anerkennung und millionenschwere, finanzielle Förderung so gut wie sicher. In diesem Fall würde er der Erste sein.*

*Die Kontrollexperimente zeigten, dass seine Manipulation geklappt hatte. Die Mikrobe hatte die Eigenschaft, Shigatoxine zu bilden, angenommen. Nachdem er mit der Laborarbeit fertig war, setzte er sich für einen Moment und sein Gesicht verzog sich zu einem Lächeln. Es spiegelte wieder, wie er sich in diesem Moment fühlte. Er war einfach genial. Für diesen Augenblick konnte er mit sich zufrieden sein. Andere in seiner Position gaben sich nur damit ab, sich Versuche auszudenken, die sie selbst nicht realisieren konnten. Er aber konnte alle Experimente, die er geplant hatte, auch selbst durchführen. Seine Leidenschaft zum Laborhandwerk hatte er nie völlig verloren. Eben das war es, was ihn als einen genialen Wissenschaftler auszeichnete.*

*Nachdem er seinen Killerbug konstruiert und auf einem Nährboden zum Wachsen gebracht hatte, war der erste Schritt getan. Die Prüfung, ob seine Kreatur die Shigatoxin Gene angenommen hatte, war erfolgreich verlaufen. Nun wurde die Sache schwieriger, denn mit Experimenten im Reagenzglas war es nicht mehr getan. Er musste prüfen, ob sein Konstrukt in der Lage war, bei Menschen ernste Erkrankungen hervorzurufen. Das afrikanische Kolibakterium war eng an den menschlichen Wirt angepasst. Mit Tierversuchen war es also nicht getan. Nach Lage der Dinge musste es ein menschliches Versuchskaninchen sein.*
*Also blieb nur noch eine Lösung.*

*Sein Versuchskaninchen musste ahnungslos sein. Der Zufall würde entscheiden, wer an diesem Versuch teilnahm. Eigentlich war das genauso wie im täglichen Leben. Man ging irgendwo in ein Restaurant und zufällig erwischte es einen, Salmonellen oder noch etwas Schlimmeres. Gingen die Leute deswegen nicht mehr Essen? Keineswegs, die vollen Restaurants bewiesen das Gegenteil.*

*Er brauchte nicht zu wissen, wen der Zufall für sein Experiment ausgewählt hatte. Nur die Kontrolle über seinen Probanden und dessen Entwicklung musste er behalten. Nur so konnte er beurteilen, welches Potenzial sein Killerbug hatte. Das war alles.*

*Er hatte sein Experiment beendet, das Eis in den Ausguss geschüttet und ging zum Waschbecken, um sich seine Hände zu desinfizieren. „Eigentlich doch fair, oder?", sagte er laut zu seinem Konterfei, das im Spiegel über dem Handwaschbecken zu sehen war. Sein Mund verzog sich zu einem Lächeln, als hätte er einen Gesprächspartner, der gerade sein Einverständnis signalisiert. Der Zufall würde entscheiden. Genauso wie in der Natur und er war nur ein Teil davon. Seine Konkurrenten und die Neider würden das Nachsehen haben und die Fördergelder würden wieder fließen.*

***

**Kiel, im März 2011**

Harald stand einen knappen Meter neben Ines an einem der langen Arbeitstische in einem der Laborräume, die zu Jörg Pusters Projektgruppe gehörten. Jeder hatte etwa einen Meter Arbeitsfläche, die mit Pipetten, Spitzen, Reagenzgefäßen und den paar Kleingeräten für die täglichen Versuche bestückt war. Ines und er waren erst vor drei Monaten nach einem harten Auswahlverfahren in Jörgs Arbeitsgruppe aufgenommen worden, was beide als große Chance und Auszeichnung betrachteten. Außer Harald und Ines gab es noch acht weitere Studenten in der Arbeitsgruppe. Alle ehrgeizig, auf ihr vorgegebenes Forschungsziel gerichtet und alle wussten nur das Nötigste darüber, was ihre Kommilitonen, die einen Meter entfernt neben ihnen arbeiteten, genau machten. Gerüchte kursierten, der Chef würde auf ein neues Projekt immer zwei Studenten ansetzen, ohne dass sie davon wussten. Nur einer der beiden würde nach drei Monaten weitermachen dürfen.

Zu Beginn ihrer Labortätigkeit blickten die Studenten kaum über den Tellerrand ihrer eigenen Projekte und konnten nicht erkennen, wer von den anderen ihr Konkurrent war. Sie machten auch nicht dieselben Versuche, das wäre zu durchsichtig gewesen. Aber viele Wege führen nach Rom und viele Versuchsansätze können dazu dienen, um dieselbe Fragestellung zu bearbeiten. Irgendwann würden die Studenten das wissen, aber dann war es für einen von ihnen bereits zu spät.

Ines Waldmann hatte ihre langen, braunen Haare zum Arbeiten hochgesteckt. Es fehlt bloß noch, dass sie eine Chirurgenhaube trägt, dachte Harald. Sie trug einen Kittel mit Rückenschluss, der ihre Körperformen vorteilhaft betonte und der, wie sie sagte, mehr Sicherheit gäbe, als die ewig halb offenen Vorderschlusskittel, mit denen ihre männlichen Kollegen herumliefen. Damit riskierten sie nur ihre Kleidung, oder noch schlimmer, ihre Haut mit winzigen Tröpfchen, die beim Pipettieren manchmal entstanden, zu bespritzen. Unsichtbare Spritzer von Bakterien konnten schon ausreichen, um sich anzustecken, wenn man unvorsichtig war. Harald blickte Ines verstohlen von der Seite an. Sie arbeitete so konzentriert, dass sie ihn kaum wahrnahm, zumindest schien es ihm so. Anfangs hatte er gedacht, sie würde sich vielleicht für ihn interessieren, aber das hatte sich bald als Irrtum herausgestellt, als er versuchte, das Gespräch in diese Richtung zu lenken. Auf diesem Ohr hörte Ines nicht, sie hatte nur ein Ziel, erfolgreich zu sein, und die Zeit in Jörgs Arbeitsgruppe betrachtete sie nur als ein Sprungbrett für ihre weitere Karriere.

Harald bewunderte die Zielstrebigkeit, mit der Ines und die meisten der Studenten ihre Arbeit verrichteten. Auch er hatte sein Projekt und ein Ziel, das sich eigentlich nicht von dem der anderen unterschied. Auch er suchte den Erfolg. Aber Harald fehlte der letzte Biss, der den von der Forschung Besessenen ausmacht. Er ließ sich leichter von privaten Dingen ablenken, im Gegensatz zu Menschen wie Ines, die ihm wie aus einem Guss gemacht schienen.

Als es kurz vor neunzehn Uhr war, hängte Harald seine Pipetten in das Drehkarussell, das vor ihm auf dem Labortisch stand. Er entleerte die Styroporbox mit dem inzwischen zu Wasser geschmolzenen Eis, auf dem er seine Versuchsansätze pipettiert hatte, in das Waschbecken und stellte die Gasflamme des Bunsenbrenners aus. Als er sich umdrehte, um seinen Kittel auszuziehen, bemerkte er, wie Ines ihn kurz mit einem abschätzenden Blick streifte. Sie fuhr fort, ihre Ansätze in die kleinen Plastikröhrchen, die *Tubes* genannt wurden, zu pipettieren.

„Tschüss“, sagte Ines, bevor Harald den Mund aufmachen konnte.

Er hängte seinen Kittel an einen Haken neben der Labortür und verließ den Raum mit einem gemurmelten Satz, der wie eine Entschuldigung klang, weil er um diese Zeit schon nach Hause ging. Wenn er morgen früh zur Arbeit erschien, war Ines wahrscheinlich schon da und man konnte ihr nicht ansehen, ob sie etwa die ganze Nacht durchgearbeitet hatte. So etwas war in Jörgs Gruppe durchaus üblich. In den Seminarräumen standen für solche Zwecke aus Privatwohnungen ausgemusterte Sofas, auf die man sich bei Nachtschichten zu Pausen hinlegen konnte. Harald verließ das Labor. Auf dem Flur, gerade als die Tür hinter ihm zuklappte, kam ihm ausgerechnet Jörg entgegen.

„Na Harald, schon fertig für heute?", näselte er. Harald konnte nicht einschätzen, ob diese Frage nur *Small Talk* war, oder ob der lauernde Unterton Jörgs Erstaunen ausdrückte, Harald um diese Zeit schon gehen zu sehen.

„Äh, ich hab noch einen Termin wegen meiner Wohnung", hörte Harald sich reden, nachdem er vorher seinen Chef mit einem unsicheren „Hallo" begrüßt hatte. Harald lief wie auf Eiern weiter den Flur entlang, als befürchtete er, jemanden zu wecken. Seine Worte hatten nicht sehr überzeugend geklungen. Das nächste Mal, wenn Jörg ihn um diese Zeit schon gehen sah, musste er sich etwas Überzeugenderes einfallen lassen.

Nachdem Harald die Pforte des Instituts hinter sich gelassen hatte, verflog die Müdigkeit, die sich in dem neonbeleuchteten Labor nach ein paar Stunden Arbeit immer einstellte, augenblicklich. Seine Schritte führten ihn auf eine ungerichtete Wanderung durch die Straßen der Landeshauptstadt Kiel, an deren Universität er sein Biologiestudium absolviert hatte, um danach mit seiner Doktorarbeit am Exzellenzinstitut in der Arbeitsgruppe von Jörg zu beginnen. Er war unschlüssig, ob er noch irgendwo ein Bier trinken oder gleich nach Hause gehen sollte. Der Weg, den er einschlug, führte ihn vom Institut in die Ringstraße, wo er wohnte. Eine billige Wohnung in einem Viertel der einfachen Wohnlage, gesäumt von roten Backsteinhäusern, das Studenten, Lebenskünstler und Migranten anzog. Harald lief an dem Haus, in dem er wohnte, vorbei. Er wollte den Tag nicht schon jetzt in seinen vier Wänden beenden. Seine Schritte führten ihn weiter entlang zum Bahnhof, vor dem die roten Busse der Kieler Verkehrsgesellschaft standen. Harald lief quer durch den Bahnhof, kreuzte die Kaistraße und ging dann weiter entlang den Anlegestellen des Ostsee- und Skandinavienkais. Ein frischer Wind vom Meer blies ihm ins Gesicht. Kneipen gab es an dieser Ecke nicht und seine ursprüngliche Idee, ein Bier trinken zu gehen, hatte sich mit dem kalten Wind verflüchtigt. Was Harald auf seinem Weg durch die Straßen begleitete, war ein unbestimmtes Gefühl, nicht recht zu wissen, woran er eigentlich war und was er in seinem Leben anfangen wollte.

**Kiel, 21. 3. 2011**

Jörg war an diesem Montag achtundvierzig Jahre alt geworden und er ließ es sich nicht nehmen, mit seiner Arbeitsgruppe ausgiebig zu feiern. Wie immer gab er sich besondere Mühe, seinen Leuten, deren Arbeitstage gewöhnlich Überlänge hatten, an seinem Geburtstag etwas Besonderes zu bieten. Am Vormittag wurde noch emsig gearbeitet, ab Mittag gab es im Seminarraum ein reichhaltiges Büfett mit exquisiten Delikatessen. Für den Abend hatte er alle zum Besuch eines Musicals im Stadttheater eingeladen. *Tanz der Vampire* stand auf dem Programm. Seine Arbeitsgruppe zählte neunzehn Köpfe, zehn Studenten, sechs technische Assistentinnen und drei Wissenschaftler. Die Studenten rissen sich darum, bei ihm ihre Examensarbeiten durchführen zu können und so konnte er sich aus jedem Semester die besten Leute aussuchen.

Mit Jörg, dessen plötzliche Stimmungsschwankungen gefürchtet waren, hatte Harald bisher nicht viel zu tun gehabt. Haralds Arbeit wurde von Jörgs rechter Hand, dem frisch promovierten Alexander Curtius betreut. Alexander war nur ein paar Jahre älter als Harald und hatte seine Doktorarbeit an einer amerikanischen Eliteuniversität, Harvard oder Princeton, Harald wusste es nicht so genau, mit Auszeichnung abgeschlossen. Jörg hatte Alexander auf einem Kongress in Boston kennengelernt und ihn prompt eine Stelle in seiner Arbeitsgruppe angeboten. Von Alexander, der selbst noch praktisch im Labor arbeitete, konnte Harald eine Menge lernen.

Trotz der Vorteile für seine berufliche Karriere empfand Harald den Alltag im Labor als eine Härte. Ein Arbeitstag von durchschnittlich zehn Stunden, am Wochenende wurde auch gearbeitet. Für das Gehalt einer halben Wissenschaftlerstelle musste man sich auf eine harte 60-Stundenwoche einstellen, aber trotzdem fanden sich genügend gute Leute, für die das kein Hindernis war. Schließlich lernte man hier viel und allein die Tatsache, bei Jörg Puster gearbeitet zu haben, war ein gutes Sprungbrett für die eigene Karriere.

Jörg nutzte sein Revier, um ausgiebig zu wildern. Wenn ihm eine der Studentinnen gefiel, machte er ihr irgendwann ein ziemlich direktes Angebot, mit ihm ins Bett zu gehen. Die, die Nein sagten, waren die Ausnahme, wenn er zu später Stunde im Labor auftauchte und fragte, ob sie für heute Abend schon etwas vorhätte. Manch eine fühlte sich danach als etwas Besseres und das führte häufiger zu Reibungen innerhalb der Arbeitsgruppe. Nachdem Jörg das mitbekommen hatte, hielt er sich mehr an Frauen, die kurz vor ihrem Examen standen und sehr auf ihn angewiesen waren. Die hielten vor den anderen auch den Mund darüber, was Jörgs Launen und seine Bettkünste betraf. Arbeit ging schließlich vor Sex. Mit dem Effekt, dass Frauen, die nicht sein Typ waren, es leichter hatten, ihre Arbeit erfolgreich abzuschließen.

Einer von beiden, Jörg oder Alexander, war fast immer im Labor anzutreffen. Jörg tauchte gerne zu den unmöglichsten Zeiten auf. Er genoss es, wenn, wie er sagte, der Laden brummte, die Arbeitsplätze rund um die Uhr und sieben Tage die Woche besetzt waren. Die Arbeit machte Harald auch Spaß, es war das Ungleichgewicht zwischen Arbeit und Freizeit, das ihm seine Existenz als fremdbestimmt erscheinen ließ. Für die wenige Zeit, die ihm nach der Arbeit noch verblieb, suchte er nach Möglichkeit ein wenig Abwechslung.

Der dritte Wissenschaftler in der Gruppe, Marko Brant, war der ganze Gegensatz zu Alexander. Er wurde von den anderen gemieden und galt allgemein als fünftes Rad am Wagen. Ein introvertierter Eigenbrötler, der stundenlang allein im Labor vor sich hin werkelte. Wie manche meinten, kompensierte er auf diese Weise seine Probleme mit dem anderen Geschlecht. Marko war schon am Institut gewesen, bevor Jörg kam. Damals hatte Marko beste Aussichten gehabt, selbst Gruppenleiter zu werden. Er hatte mit ungewöhnlichen Ideen auf sich aufmerksam gemacht und mit seinen Experimenten internationale Beachtung gefunden. Eine Affäre um angeblich gefälschte Daten in der Arbeit seiner Doktorandin, die nie richtig aufgeklärt, zum Skandal hochkochte, versetzte Markos Karriere einen Knick. Mit dem Ergebnis, dass von da an seine Forschungen weniger gefördert wurden und er keine Studentinnen mehr ausbilden wollte. Marko war der Dienstälteste in der Arbeitsgruppe und betreute einen Studenten, Holger Prerow, der ihn in seiner Introvertiertheit noch übertraf.

Schon kurze Zeit, nachdem Jörg im Institut aufgetaucht war, begann Markos Abstieg. Man munkelte, dass Jörg mit seinen Beziehungen zum Präsidenten den intelligenten, aber sozial inkompetenten, Marko ausgebootet hatte. Jörg avancierte bald zum Gruppenleiter und wurde Markos Vorgesetzter. Marko blieb trotzdem in der Gruppe, aber das Verhältnis zwischen ihm und Jörg war von Misstrauen und gegenseitiger Abneigung gekennzeichnet.

Jörgs Geburtstagsfeier war wirklich gelungen. Alle waren begeistert und hatten Spaß daran, sich in einem anderen, nicht von der Arbeit bestimmten Rahmen, zu treffen. Die Idee mit dem Musical, als kulturelles Highlight, fanden alle toll. Zumindest sagten sie so. Marko hatte sich nach dem Sturm auf das Büffet in sein Arbeitszimmer verkrümelt. Er hätte noch zu tun und keine Lust seine Zeit unproduktiv zu verschwenden. Holger, sein Student, fand ebenfalls einen Grund, um nicht mit ins Theater zu müssen. Jeder wusste, dass Marko es schwer ertragen konnte, wie das Alphatier Jörg in der Gruppe brillierte. Aber Jörg war das schon lange egal. Marko Brant war als Person und als Wissenschaftler für ihn zu einer Belanglosigkeit geworden, die seine Kreise nicht mehr stören konnte.

Kurz bevor sie den Seminarraum, wo das Büfett angerichtet war, verließen, um ins Stadttheater zu gehen, sah sich Jörg noch einmal um. Er grunzte zufrieden, als er sah, dass alles so gut wie abgeräumt war. Ein dreigängiges Mittagsmenü, danach Kaffee und *Petit Fours* vom besten Konditor der Stadt. Die Party war ein Erfolg gewesen. Jörg war zufrieden und führte seine Gruppe vor das Portal des Institutes, wo schon fünf Taxen warteten, um alle zum Stadttheater zu bringen.

Später, als Harald mit den anderen aus dem Theater kam, schätzte er sich glücklich, einen Platz in Jörgs Arbeitsgruppe ergattert zu haben. Für einen Studenten der Biologie in Kiel war es das große Los. Auch wenn die Arbeit im Labor keine leichte Zeit für ihn war, besonders neben Ines, die ihn in allem immer übertraf.

Haralds Tage, Wochen und schließlich Monate im Labor waren ihm wie ein Einerlei aus den immer gleichen Abläufen erschienen. Wenn er auf die drei vergangenen Monate zurückblickte, konnte er sich nicht mehr erinnern, ob er dieses oder jenes vor drei Tagen, einer Woche oder vor einem Monat gemacht hatte. Dazu ähnelten sich die Tage mit ihren ewig gleichen Versuchsabläufen im Labor zu sehr.

Aber vor Kurzem hatte sich etwas Grundlegendes in Haralds Alltag geändert. Eine Frau war in seinem Leben aufgetaucht. Eine Frau, die den geordneten Ablauf zwischen Pipettieren, Essen und Schlafen durcheinander gerüttelt und ihn damit aus dem Konzept gebrachte hatte. Er hatte Marie eines Abends in der *pequeño cantina*, einer kleinen Bar unweit von seiner Wohnung in der Ringstraße kennengelernt. In diese Pinte ging er manchmal nach der Arbeit, wenn er nicht zu müde war, um gleich ins Bett zu fallen. José war Spanier und Betreiber der kleinen Bar. Er hielt seinen Laden auch noch spät abends geöffnet, wenn die Kneipen im Umkreis längst die Schotten dichtgemacht hatten.

An diesem Samstagabend hatte Marie dort auf einem Barhocker gesessen und Harald stand zufällig neben ihr, um ein Bier zu bestellen. Sie hatte ihn angeschaut und gelächelt, er hatte spontan zwei Biere bestellt und sie eingeladen. Marie wirkte so entspannt und natürlich, ganz anders als die Frauen, die er aus dem Institut kannte. Die schienen ständig unter Strom zu stehen. Bei denen wusste man nie, ob sie nicht mitten im Gespräch durch Gedanken an ihre Arbeit abgelenkt wurden, und die Hoffnung auf tiefere Kontakte sich in hektischem Wegrennen zur *Bench*, wie man den Laborarbeitsplatz nannte, zerstob. Marie war anders. Sie trug ihre halblangen, blonden Haare offen, schminkte sich kaum, besaß eine lebendige Ausstrahlung. Ihr Gesicht und ihre Haut waren von einer Frische, wie er es bei seinen Institutsbekanntschaften nie gesehen hatte.

Marie hätte ebenso wie er studieren können, es aber nicht gewollt und sich ihr Leben anders eingerichtet. Als sie sich das zweite Mal trafen, erzählte ihm Marie von ihrer Arbeit auf einem Bauernhof in der Nähe der Stadt. Nicht irgendein Bauernhof, ein ökologisch wirtschaftender Betrieb war das. Sie würde dort zwar nicht viel verdienen, aber mit ihrer Arbeit etwas Positives für die Menschen und die Erde bewirken. Für Harald war das eine andere Welt. So ein Leben hätte er nicht einmal in Gedanken in Erwägung gezogen.

„Wir sind eine tolle Gemeinschaft auf dem Hof“, hatte Marie erzählt. „Wir leben und arbeiten zusammen, ohne uns gegenseitig Konkurrenz zu machen. Das würde dir gefallen, es ist ganz anders als bei euch.“

Das hatte sie ihm geantwortet, nachdem Harald ihr vom Alltag im Labor, dem Konkurrenzgerangel in der Gruppe, vom Rennen um Forschungsgelder, Anerkennung, Vertragsverlängerung und Gunst der Chefs erzählt hatte. Von zehn Studenten durften höchstens zwei nach ihren Abschlüssen weiter in der Gruppe bleiben. Diese Aussicht schuf ein Klima des gegenseitigen Belauerns und Misstrauens. Als Marie das hörte, hatte sie nur ihren Kopf geschüttelt und ihn angelächelt. So etwas schien sie gar nicht zu kennen, dachte Harald und merkte, wie neidisch und ungläubig er sie dabei angesehen haben musste.

Als Harald zwei Jahre alt war, war seine Familie nach Angola gezogen. Sein Vater hatte dort als Ingenieur eine lukrative Beschäftigung für drei Jahre bei einer Kupfermine gefunden. Harald konnte sich an diese Zeit kaum erinnern. Danach kehrte seine Familie ins Ruhrgebiet zurück. Einige Jahre hatten sie dann auf dem Land in der Nähe von Dortmund gewohnt. Eine Zeit, die Harald als öde in Erinnerung geblieben war. Marie nahm das Leben in ländlicher Umgebung ganz anders wahr. Nachdem, was sie erzählte, schienen die Leute auf dem Hof aber glücklicher zu sein als jene, die er in seinem Umfeld bisher kennengelernt hatte.

Als sie das erste Mal miteinander schliefen, kannten sie sich seit drei Wochen. Es hatte sich spontan ergeben. Marie war am Samstagabend zu ihm mitgekommen, nachdem es zu spät geworden war, um noch mit dem Bus vom Bahnhof zurück zum Hof zu fahren. Harald hatte kein Auto, nicht einmal ein Fahrrad. Er wohnte nur knapp zwei Kilometer vom Institut entfernt und erledigte die meisten Wege zu Fuß. Also ging Marie mit zu ihm, und als es spät genug geworden war, um ins Bett zu gehen, war es für beide die natürlichste Sache von der Welt. Für eine Weile wurden sie eins miteinander und vergaßen die Zeit.

Nachdem sie beide ihre Körper entdeckt und danach viel zu aufgekratzt waren, um einschlafen zu können, hatte Harald viel von seiner Arbeit erzählt. Als er dann damit rausrückte, er müsse morgen früh ins Labor, fiel Marie aus allen Wolken. Selbst auf dem Hof, wo die Arbeitszeit sich an den Bedürfnissen von Mensch und Natur orientierte, war der Sonntag, bis auf das absolut Notwendigste, arbeitsfrei.

Im Exzellenzinstitut war das anders. Es war üblich, dass alle aus Jörgs Gruppe auch sonntags wenigstens für ein paar Stunden im Labor tätig waren. Er musste mitmachen, wenn er seine Chance wahren wollte, in der Gruppe zu bleiben. Die meisten aus der Arbeitsgruppe hatten keine privaten Beziehungen außerhalb des Institutes und waren froh, den Sonntag nicht allein verbringen zu müssen.

Halb mit Bewunderung, halb angewidert hatte er das erzählt, fand Marie. Als sie ihm das auf den Kopf zusagte, widersprach Harald nicht.

So trafen sie sich weiter nur an den Wochenenden. Sie gingen in die *pequeno cantina*, ins Kino und manchmal übernachtete Marie bei ihm. Jedes Mal war sie von Neuem enttäuscht, dass er am Sonntag arbeiten ging und kaum Zeit für sie hatte. Das verstärkte ihre Neugier auf diese, ihr fremde Welt, die Harald wie eine böse Fee im Bann hielt. Vielleicht war sie auch eifersüchtig, ob es dort nicht eine andere Frau gab, die Harald ihr verschwieg.

**Kiel, 30. 3. 2011**

Jörg hatte die gesamte Arbeitsgruppe für eine wichtige Mitteilung zusammengetrommelt. Es ging um eine Anordnung des städtischen

Gesundheitsamtes. Für Arbeiten mit Infektionserregern galten ab sofort schärfere Sicherheitsmaßnahmen. Seine Sekretärin, Frau Steiner, verteilte Fragebögen, in denen alle Angaben über ihren Gesundheitszustand, chronische Krankheiten, Allergien, Kontaktpersonen und Medikamenten-, Tabak- und Alkoholkonsum geben sollten.

„Das wäre das Eine", hatte Jörg gesagt und betont, dass er genau wie alle anderen teilnehmen würde. In seinem blütenweißen Kittel, den er für die Besprechung angezogen hatte, wirkte er wie der Chefarzt persönlich. „Zweitens. Jeder muss ohne Ausnahme, mich eingeschlossen, eine Stuhlprobe abgeben. Die Ergebnisse aus den Stuhluntersuchungen werden bei uns archiviert. Wenn das Gesundheitsamt die Ergebnisse einsehen will, kann man auf die archivierten Proben und die dazugehörigen mikrobiologischen Untersuchungsergebnisse zurückgreifen."

Marko Brant schüttelte den Kopf und protestierte. „Das hat es doch noch nie gegeben! Was soll das Ganze? Das ist ein Eingriff in die Persönlichkeitsrechte! Ich weigere mich, da mitzumachen!"

„Es gibt Leute, die nur darauf warten, uns wegen mangelnder Sicherheitsmaßnahmen etwas ans Zeug zu flicken. Wenn du nicht mitmachst, kannst du nicht mehr mit Infektionserregern arbeiten", hatte Jörg dem murrenden Marko geantwortet.

Harald fand Jörgs Argument verständlich. Jeder, der auch nur in einer Currywurstbude arbeitete, musste sich untersuchen lassen und Fragebögen ausfüllen. Schließlich wollte man die Menschen damit vor Ansteckungen durch Überträger von gefährlichen Mikroben schützen.

Marko nahm seinen Studenten Holger beiseite und ging nach der Besprechung in sein Labor. Nachdem er die Tür geschlossen und sich eine Zigarette angesteckt hatte, sagte er: „Wenn der glaubt, er kann mir vorschreiben, womit ich wann und wo zu arbeiten habe, hat er sich geschnitten."

Er blies wütend den Rauch aus. Holger lächelte gequält. Ihm war nicht wohl, zwischen zwei Stühlen zu sitzen, er wollte keinen offenen Konflikt, weder mit Marko noch mit Jörg.

„Kein Wort über unsere Arbeiten zu niemand", sagte Marko, als hätte er Holgers Gedanken erraten. Holger nickte bedrückt.

„Mach dir keine Gedanken, von mir aus bekommt er seine Stuhlproben, solange er sich nicht in unsere Projekte einmischt." Marko lachte hämisch. „Er wird ja nicht jedem Einzelnen bis ins Klo hinterlaufen!"

**Kiel, 1. 4. 2011**

An diesem Freitagabend kam Marie überraschend ins Institut, um Harald abzuholen. Er hatte nichts davon gewusst, war noch nicht mit seinem Versuch fertig und fiel aus allen Wolken, als sie gegen sieben Uhr auftauchte und sich bis zu seinem Labor durchgefragt hatte. Weil er noch zu tun hatte, musste Marie auf dem Flur vor dem Labor auf ihn warten. Aus Sicherheitsgründen durften

Unbefugte den Laborbereich nicht betreten und Ines hätte auch keine Ausnahme zugelassen. So traf Jörg auf Marie, als er seine abendliche Runde durch die Laborräume drehte, um zu schauen, wer noch fleißig arbeitete. Neugierig sprach er sie an, erfuhr, dass sie Haralds Freundin war und noch ein paar Dinge mehr. Jörg konnte zu Frauen, die ihm gefielen, charmant sein und Marie ließ sich, wie er fand, davon beeindrucken.

Als Jörg dann zu Harald ins Labor kam, sah er belustigt zu, wie dieser sich bemühte, seinen Versuch schnell unter Dach und Fach zu bringen. Beim Rausgehen meinte er nebenbei: „Ne' süße Freundin hast du dir da aufgegabelt, Harald." Er grinste zweideutig und ließ den verduzten Harald vor seinen Proben stehen.

Harald war irritiert, dass Jörg über alles und jeden Bescheid zu wissen schien. Er beendete unkonzentriert seinen Versuch und räumte seine Sachen schnell zusammen. Zum Glück war Ines gerade woanders gewesen, als Jörg seinen Spruch abgelassen hatte. Eine halbe Stunde war inzwischen vergangen. Als Harald auf den Flur trat, war Marie nicht mehr zu sehen. Jörg, der Kavalier, hatte sie sicherlich mit in sein Büro genommen, um sich bei einem Kaffee weiter mit ihr zu unterhalten. Die plötzlich aufkommende Eifersucht nahm Harald in ihren Griff. Nach unentschlossenem Hin und Her ging er den Flur entlang in die Richtung von Jörgs Büro. Bevor er dort ankam, lief ihm Marie durch eine Seitentür direkt in die Arme.

„Wo warst du denn?", fuhr er sie an.

„Auf der Toilette!", sagte Marie erstaunt über seinen gereizten Ton. „Ich muss halt mal, wenn du mich hier so lange warten lässt!"

„Sag mal, hast du mit dem Boss gesprochen?" Haralds Gesicht war so angespannt, dass seine Wangenmuskeln deutlich zu sehen waren.

„Meinst du den Typ mit dem Schnurrbart? Ich wusste gar nicht, dass der dein Boss ist."

„Jetzt weißt du es, und?", bohrte Harald nach.

„Ja, was denn? Da war weiter nichts, der war ganz nett! Hat gefragt, ob er mir helfen kann, ob ich jemanden suche. Sag mal, was soll denn das, wieso verhörst du mich denn so?"

Harald zuckte mit den Achseln, aber seine Miene blieb weiterhin finster.

„Komische Stimmung hier bei euch", stellte Marie fest. „Vorhin ist eine Frau aus deinem Labor gekommen, trug ein paar Plastikschalen vor sich mit einer Miene, als wäre es der Heilige Gral. Die hat nicht einmal geguckt, als ich freundlich Hallo gesagt habe. Mannomann! Spannungen sind das, die bei euch hier in der Luft liegen. Kein Wunder, dass dir das alles nicht bekommt. Besser, wir treffen uns nicht wieder hier. Gehen wir?"

Harald verzog sein Gesicht, nickte wortlos, nahm Marie am Arm und verließ mit ihr das Institut wie auf der Flucht. Er hatte keine Lust, mit Marie im Schlepptau, Jörg erneut zu begegnen. Die Bemerkungen, die dann kämen, konnte er sich vorstellen. Dann stünde er vor Marie da, wie ein dummer Junge und müsste sich die richtige Antwort darauf noch verkneifen.

Vielleicht sollte ich ihn bald einmal mit auf den Hof nehmen, überlegte Marie, als sie das Institut verließen. Aber er hatte ja nie Zeit. Vielleicht würde ihn das Leben bei uns mehr begeistern, als die Arbeit in diesem abstoßenden Gebäude, wo die Leute unzugänglich wie Autisten mit Dingen hantierten, die ihr Skepsis und Angst einflößten. Sie erinnerte sich, wie sie der Hof und die Nähe zur Natur, die man dort spürte, von Anfang an begeistert hatte. Ein Stadtkind aus München, so wie sie das erste Mal dort angekommen war. Natürlich musste sie vorher mit Jan und den anderen von der Hofgemeinschaft sprechen. Es war auch nicht sicher, dass Harald ihre Empfindungen, was den Hof und das Leben dort ausmachte, teilte. Und selbst wenn es so war, wusste sie nicht, ob er auch den anderen aus der Hofgemeinschaft gefiel.

**Kiel, 2. 4. 2011**

Jörg sammelte die Fragebögen für das Gesundheitsamt ein, die seine Leute über das Wochenende ausgefüllt hatten. Danach ging er. Er hatte noch eine wichtige Verabredung mit dem Dekan des Fachbereichs Medizin. Von diesem Gespräch hing einiges für ihn ab, aber das wusste niemand aus der Gruppe.

Für die bakteriologischen Untersuchungen und somit auch die Bearbeitung der Stuhlproben war Sybille Barnhelm, Jörgs technische Assistentin, verantwortlich. Manche sagten, Sybille als Chefassistentin hätte mehr Einfluss auf Jörg, als seine rechte Hand, Alexander Curtius. Bei der morgendlichen Arbeitsbesprechung verteilte Sybille Stuhlprobenröhrchen, die mit einem Strichcode gekennzeichnet waren. Auf einem Begleitzettel mit dem gleichen Strichcode musste jeder den Empfang quittieren. Sie kündigte an, die Proben am Nachmittag einzusammeln.

„Der Chef macht genauso mit wie alle anderen“, rief sie, als jemand nach Jörg, der noch nicht zurückgekommen war, fragte. Bis zum Nachmittag hatte Sybille alle Proben, bis auf die von Alexander und von ihrer Kollegin Bernadette, zusammen.

„Die von euch will ich aber bis spätestens morgen Vormittag haben, damit wir alle Proben in einem Durchgang aufarbeiten können“, sagte Sybille den beiden.

„Erzählst du uns dann, was dabei herausgekommen ist?“, fragte Bernadette.

„Ich kann Euch nur sagen, ob von den Proben überhaupt welche positiv sind. Jörg hat eure Namen in die Datenbank eingegeben, er hat den Schlüssel zu dem Barcode.“ Sybille lächelte Bernadette zu und ging zurück in ihr Labor.

Am Nachmittag gab Jörg Sybille das Röhrchen mit seiner Probe und blätterte die Zettel mit den Unterschriften durch.

„Ich bin gespannt, ob positive Proben dabei sind“, sagte er.

„Glaubst du?“

„Besser wir wissen es vorher, bevor das Gesundheitsamt selbst prüft. Vertrauen ist gut, Kontrolle ist besser“, murmelte er, während er sich eine Zigarette anzündete und den Rauch durch die Luft blies.

Er scannte die Nummern der Röhrchen mit dem Lesegerät ein, wie an der Kasse beim Discounter und tippte die Namen seiner Leute entsprechend dazu. Insgesamt gab es zwanzig Proben zur Untersuchung auf Salmonellen, auf Listerien und auf EHEC. EHEC stand für enterohämorrhagische Kolibakterien, die den Giftstoff *Shigatoxin* produzierten.

In allen Fällen handelte es sich um Bakterien, die man sich durch verseuchte Lebensmittel einfangen konnte. Die Folgen waren Durchfall und manchmal sogar lebensbedrohliche Erkrankungen, wie Hirnschäden und Nierenversagen. In seiner Gruppe arbeiteten sie daran, die Eigenschaften der Bakterien, die zu Erkrankungen führten, zu entdecken und Maßnahmen zur Bekämpfung dieser Seuchen zu entwickeln.

Als Sybille am späten Nachmittag gerade im Begriff war zu gehen, hielt Harald sie auf. Ob etwas vorgefallen sei, was diese Kontrollmaßnahmen rechtfertigte. Sybille überlegte einen Moment und meinte: „Nein, zumindest weiß ich nichts, aber wenn das Gesundheitsamt so etwas fordert, ist es besser, dem nachzukommen. Außerdem finde ich es ganz spannend zu prüfen, ob jemand von uns sich vielleicht im Labor infiziert hat. Das sollte einen Versuch wert sein.“

„Und wenn einer von uns sich im Labor angesteckt hat, fliegt der dann raus?“, fragte Harald besorgt.

Sybille zog ihre Stirn kraus und meinte dann: „Man kann sich ja überall infizieren. Aber, wenn es vom Labor kommt, könnte man vermuten, dass jemand nicht sauber gearbeitet hat.“

Als sie Haralds besorgtes Gesicht sah, musste sie plötzlich lachen: „Also, du wirst es sicher nicht sein. Du arbeitest doch gar nicht mit Infektionserregern, oder?“

Harald schaute sie an. Natürlich, sie hatte recht, er arbeitete mit Nukleinsäuren und nicht mit lebenden Bakterien. Sybille lächelte und klopfte ihm auf die Schulter, bevor sie zurück in ihr Labor ging.

Harald war davon überzeugt, dass Sybille über alles mit Jörg redete, vielleicht auch über ihr Gespräch. Er kannte sie nicht sonderlich gut, hatte aber trotzdem Vertrauen zu ihr. Er war davon überzeugt, dass Sybille ihn gerne mochte. Vielleicht kam das aber nur, weil sie ihn an eine Freundin seiner älteren Schwester erinnerte, für die er als Teenager heimlich geschwärmt hatte.

**Kiel, 4. 4. 2011**

Zwei Tage waren vergangen, die Sybille gebraucht hatte, um die ersten Untersuchungsergebnisse zu sammeln. Als sie ihm morgens die gesammelten Befunde brachte, machte sie ein vielsagendes Gesicht und sagte: „Die Probe Nummer Siebzehn ist positiv für EHEC mit *Shigatoxin-2*!“

„Also eine der Proben ist EHEC-positiv? Was ist mit Salmonellen und Listerien?“, fragte Jörg mit einem Unterton, den Sybille gut kannte.

Dieser Ton war ein Frühwarnsystem seiner schlechten Laune, die sich ankündigte. Sybille machte das schon lange keine Angst mehr und sie erwiderte nur sachlich: „Für Salmonellen und Listerien ist alles negativ!“

Inzwischen kannte sie ihn zu lange, um sich von ihm beeindrucken zu lassen. Nachdem sie vor zwei Jahren seinem Drängen einmal nachgegeben und nach einer Weihnachtsfeier in seinem Bett gelandet war, hatte er nicht mehr dieses besondere Etwas, sondern war entzaubert. Auf der persönlichen Ebene war er für sie zu einem gewöhnlichen Kerl geworden, genauso wie die, die sie schon vor ihm gehabt hatte.

Deshalb meinte sie nur: „Ich finde, eine positive Probe ist schon zu viel! Wer von der Gruppe war so fahrlässig und hat sich bei der Arbeit mit EHEC infiziert? Du hast doch den Schlüssel zu den Strichcodes!“

Er schaute sie einen Moment irritiert an. Dann schüttelte er den Kopf und meinte: „Ob sich jemand im Labor infiziert hat, weißt du doch gar nicht. EHEC kann man sich doch durch Hackfleisch oder Rohmilchkäse holen. Wie denkst du denn, haben sich die Patienten infiziert, von denen wir jeden Tag Proben bekommen? Einfach, weil sie gerade das Falsche gegessen hatten, aber doch nicht, weil die in einem Labor arbeiten!“

Sybille überlegte. Da hatte er recht. Das bewies nicht, dass sich jemand im Labor infiziert hatte. Sie sagte nichts weiter dazu und ging.

„Ich sag dir sofort Bescheid, wer es ist, sobald ich die einzelnen Proben den Namen zugeordnet habe!“, rief Jörg ihr hinterher. „Vielleicht bist du es ja!“

Er lachte, als Sybille ihn kopfschüttelnd ansah.

Eine halbe Stunde war vergangen. Als Sybille gerade dabei war, eine Reihe Petrischalen für die nächsten Untersuchungsreihen zu beschriften, klingelte das Telefon in ihrem Labor. Sie hob ab. „Ich bin's!“, hörte sie Jörgs Stimme.

„Ja, das höre ich“, sagte Sybille verwundert, „und was ist?“

„Na, ich bin es, die positive Probe!“, meinte er belustigt.

„Du?!“, rief sie aus. „Das gibt's doch nicht! Hast du denn Beschwerden, Durchfall?“

„Nö, mir geht's prima, aber ich werde wohl besser nach Hause gehen und die nächsten Tage dem Institut fernbleiben. Ich will nicht riskieren, jemanden anzustecken. Aus dem Labor kann ich mir den EHEC nicht geholt haben. Du weißt am besten, das ich schon lange keine Zeit mehr finde, selbst zu pipettieren.“

Zum Glück für uns, dachte Sybille und grinste. „Und was machen wir nun? Einer von den ganz gefährlichen EHEC ist es nicht, das habe ich schon untersucht. Aber sicherheitshalber sollten wir ihn zur serologischen Bestimmung an das Zentrallabor schicken!“

Das Zentrallabor gehörte zum Richard Pfeiffer Institut (RPI) in Hanau, in der Nähe von Frankfurt am Main. Es war nach einer europäischen Richtlinie als

Zentrum für epidemiologische Untersuchungen eingerichtet worden und mit der Koordination der einzelnen Gesundheitsbehörden befasst.

Das Zentrallabor am RPI war eines der wenigen in Deutschland, die EHEC nach ihren serologischen Eigenschaften untersuchten. Damit konnte man bestimmen, ob Bakterien miteinander verwandt waren. Das war wichtig, um Epidemien schnell zu erkennen. Wenn mehrere Patienten alle denselben EHEC-Typ hatten, dann war es eine Epidemie, die von einer Infektionsquelle ausging. Um die Epidemie zu stoppen, musste diese Quelle dringend gefunden werden. Bei der größten EHEC-Epidemie waren in Japan 1996 über sechstausend Menschen infiziert, die Quelle des EHEC hatte man nur vermuten, aber nicht eindeutig feststellen können.

Jörg dachte kurz nach. „Ach, das ist unnötig. Ein einzelner EHEC-Stamm, womit sollen die den vergleichen? Das Zentrallabor bekommt schon genug Einsendungen von uns. Außerdem bin ich nicht krank und es gibt auch keine Anzeichen, dass sich was anbahnt. Das ist irgend so ein EHEC von der harmloseren Sorte. Was meinst du, wie viele Leute mit so etwas in ihren Eingeweiden herumlaufen, ohne davon überhaupt zu wissen?"

Wieder hatte er recht mit dem, was er sagte, aber Sybille war doch erstaunt, dass er nicht neugierig auf den EHEC-Typ war, den er sich eingefangen hatte. Vielleicht, weil er selbst der Patient war. Der Schuster trägt immer die schlechtesten Schuhe, dachte sie belustigt.

Bevor sie ihm mit diesem Spruch kommen konnte, meinte er: „Ich werde mich mal mit diesen neuen Probiotikum *Profudigest* behandeln. Das Zeug, von dem diese Pharmafirma *Immunonova* behauptet, es würde gegen EHEC helfen. Vermutlich enthält es einfach nur Bifidobakterien aus Joghurt oder so etwas Ähnliches." Es klang so, als würde er an die Wirksamkeit des Medikaments nicht recht glauben.

„Ich hoffe, nach der Behandlung ist meine nächste Stuhlprobe negativ. Wird ohnehin schon schwer sein, es ohne das Institut auszuhalten. Sag den anderen, was los ist und ich melde mich später wieder bei dir."

Damit hatte er aufgelegt.

**Kiel, 5. 4. 2011**

Jörg war tatsächlich gegangen, nachdem er Sybille gesagt hatte, er wäre derjenige mit der EHEC-positiven Probe. Sybille hatte schon alles vorbereitet gehabt, um seinen EHEC zum Zentrallabor zur schicken, aber da er es nicht wollte, ließ sie es bleiben. Sie hatte das Probenröhrchen mit dem EHEC aufgehoben, man wusste ja nie, ob er sich nicht später anders entschied.

Sybille wäre neugierig gewesen, auf das, was er sich da eingefangen hatte. Aber sie hätte die Probe nicht ohne seine Zustimmung weggeschickt. Womöglich hätten die vom Zentrallabor irgendwann angerufen und dann wäre es herausgekommen, dass sie ohne seine Einwilligung Proben versandt hatte.

Heute wunderte Sybille sich doch ein wenig, dass Jörg nicht im Institut erschien. Sie hatte noch nie erlebt, dass er nicht zur Arbeit kam. Außer, er war ernsthaft krank, oder auf einer seiner zahlreichen Kongressreisen. Wenn er nun doch plötzlich schwer krank geworden war? Im ersten Impuls dachte sie daran, ihn anzurufen. Wenn aber nichts weiter war, würde er womöglich denken, sie suchte nur einen Vorwand, um sich bei ihm zu melden.

Jörg lebte in einer ausgebauten, ehemaligen Mühle am Rande der Stadt. Mit dem Auto war er in weniger als zwanzig Minuten im Institut. Manchmal hatte er auch Gäste bei sich wohnen, oder seine jeweilige Freundin. Meistens hielten seine Liebesbeziehungen nicht so lange, als dass man sich die Namen merken musste.

Sybille dachte über ihr eigenes Verhältnis zu Jörg nach. Mit ihm zu leben, hätte sie auch nicht lange ausgehalten. Oder dachte sie das nur, weil sie meinte, er hätte sie früher oder später sowieso fallen gelassen? Sie verzog nachdenklich ihren Mund. Schließlich gab es noch andere Männer, sie war erst Mitte dreißig und Jörg ging bereits auf die fünfzig. Sie kam gut mit ihm aus, aber ihn jeden Tag bei der Arbeit zu sehen, war schließlich etwas anderes, als ihn auch noch privat um sich zu haben.

Bis zum Wochenende würde sie alle Untersuchungsergebnisse zu Jörgs EHEC zusammenhaben. Das war tägliche Routinearbeit und Jörgs Stamm war nicht der Einzige, den Sybille zurzeit untersuchte. Zwei Stunden später, sie war gerade in die Kantine gegangen, rief er auf ihr Handy an. Er hatte ihre private Nummer gespeichert, wie auch die aller anderen aus seiner Gruppe. Aus Sicherheitsgründen, wie er sagte. Sybille gefiel es nicht, für ihn immer erreichbar zu sein. Vielleicht sollte ich meine Mobilfunknummer ändern, dachte sie. Allerdings hatte er ihr bisher dazu keinen Anlass gegeben. Richtig ausgenutzt hatte er ihre Privatnummer bisher nicht.

„Mir geht's prima, ich schlucke das *Profudigest*", erzählte Jörg auf Sybilles Frage nach seinem Befinden. „Morgen bekommst du eine neue Stuhlprobe von mir zur Kontrolle. Wenn die EHEC-negativ ist, komme ich wieder ins Institut. So mache ich gleich einen Selbsttest, ob das *Profudigest* hält, was es verspricht. Hoffentlich tut es das. Mir reicht es jetzt schon, hier zu Hause zu sitzen, mir fällt die Decke auf den Kopf."

Sybille zog eine Grimasse. Wollte er bemitleidet werden, weil er zu Hause blieb? Sie arbeitete gern, hätte sich jedoch nie über freie Tage beschwert. Aber das war typisch für Jörg, den nichts anderes interessierte, als seine Arbeit. Nachdem Sybille in der Gruppensitzung berichtet hatte, dass die EHEC-positive Probe vom Chef selbst stammte, gab es ein großes Hallo und ungläubiges Erstaunen.

„Jörg hat doch schon ewig lange nicht mehr im Labor gearbeitet", sagte Elli, eine der technischen Assistentinnen.

„Im Gegenteil, Jörg hat schon so lange mit EHEC zu tun, dass es längst ein Bestandteil seiner Darmflora geworden ist", meinte Alexander scherzhaft.

„Er hat es eben nicht aus dem Labor, das kommt vom Fleischessen, sag ich euch. Weil er es nicht lassen kann, Hamburger in dieser Bude am Bertholdplatz zu essen", meinte Rolf, der einzige Vegetarier in der Gruppe.

Sybille lachte über Rolfs Bemerkung. Sie hatte öfter schon versucht, mit dem Fleischessen aufzuhören, besonders nachdem sie einmal einen Veganer kennengelernt hatte. Aber dann war sie doch immer wieder schwach geworden.

„Vielleicht hast du ja recht, Rolf. Mal sehen, ob seine Kontrollprobe immer noch positiv ist."

**Kiel, 6. 4. 2011**

Harald hatte schon den ganzen Tag versucht, Marie zu erreichen. Aber die Nummer von ihrem Biohof hatte er nicht und Maries Handy war seit zwei Tagen abgeschaltet. Jetzt hatte er ihr zum dritten Mal eine SMS geschickt und keine Antwort bekommen. Zu blöd, dass er den Flyer von ihrem Hof, den sie ihm, als sie sich gerade kennenlernten, zugesteckt hatte, nicht mehr fand. Harald hatte seinen Besuch dort immer wieder vor sich hergeschoben. Eigentlich, weil er Bedenken hatte, ob die Leute von der Hofgemeinschaft ihn akzeptieren würden. Marie gegenüber hatte er immer gesagt, es läge an seinem Zeitmangel.

In letzter Zeit hatte es immer öfter Verstimmungen zwischen ihnen gegeben. Marie fühlte sich von ihm ausgenutzt. Sie meinte, er würde die Spannungen, die sein falsches Leben mit sich brächten, an ihr abreagieren und sie dafür als sein Sexobjekt benutzen. Am Samstag hatten sie sich das letzte Mal gesehen. An diesem Abend hatte Marie ihm vorgehalten, er hätte kein richtiges Interesse an ihrem Leben und damit eigentlich auch nicht an ihr. Sie war dann trotzdem zu ihm mitgekommen. Kurz nachdem sie zusammen geschlafen hatten, piepte Haralds Smartphone. Es war kurz vor elf und er hatte ihr gesagt, er müsste noch ins Institut, um sein *Pulse Chase Experiment* rechtzeitig zu beenden. Ihren Blick, als er sich hastig zum Gehen anzog, würde er nicht mehr vergessen. Aber was hätte er denn anderes machen können? Was wusste sie denn von radioaktiven Markierungsexperimenten, von den Kosten und dem Zeitdruck, die damit zusammenhingen? Vielleicht war das der Grund, warum Ines jetzt mit seinem Betreuer Alexander liiert war? Wahrscheinlich redeten die beiden auch im Bett über ihre Laborexperimente und takteten ihre Beziehung dementsprechend ein.

Jörg hätte es nie toleriert, wenn Harald die teuren Chemikalien für die momentane Kuschellaune seiner Freundin verschwendet hätte. Aber ihr das zu sagen, hätte keinen Sinn gehabt. Als Harald zwei Stunden später in seine Wohnung zurückkam, war Marie fort. Mitten in der Nacht und ohne eine Nachricht zu hinterlassen, war sie gegangen. Er fragte sich, wie sie um diese Zeit, wo kein Bus mehr fuhr, zum Hof zurückkommen konnte. Aber vielleicht war sie ja auch ganz woanders hingegangen?

Seitdem war zwischen ihnen Funkstille. Jetzt, als sie für ihn nicht mehr erreichbar war, merkte er, wie sie ihm fehlte, wie sehr er an ihr hing. Warum war sie so empfindlich? Er liebte sie doch! Bisher war doch alles zwischen ihnen gut gelaufen und die Zeit bei Jörg würde ja auch nicht ewig dauern. Harald war verzweifelt, dass Marie das nicht verstand.

Morgen wollte er alles daran setzen, Marie zu erreichen. Er konnte ihr alles erklären und würde sie auch auf dem Hof besuchen kommen. Sie zu finden, konnte doch nicht so schwer sein. Ein Bauernhof am Stadtrand von Kiel. Zu blöd, dass er sich nicht mehr an die Adresse erinnern konnte. Morgen musste er sich Zeit dafür nehmen, auch wenn er dummerweise immer noch an diesem Vortrag für das Institutskolloquium saß. Aber es musste sein. Wenn Marie ihn nicht mehr sehen wollte, sollte sie es ihm wenigstens klar gesagt haben. Zum Glück hatte er im Labor nichts von seiner Beziehung zu ihr erzählt. Er hasste neugierige Fragen, besonders jetzt, wo ihre Beziehung gerade nicht so lief. Er ärgerte sich, dass Jörg mit ihr im Institut gesprochen hatte und von ihrer Beziehung wusste. Bei dem Gedanken, dass Jörg sich an Marie rangemacht hatte, war die Eifersucht wieder da. Vielleicht war sie in der letzten Nacht noch zu Jörg gegangen, während er den Messknecht im Institut spielen musste? Vielleicht meldete sie sich deshalb nicht mehr bei ihm, weil sie sich jetzt mit Jörg traf? Unwillig wischte Harald diesen Gedanken beiseite und konzentrierte sich auf seinen Vortrag.

**Kiel, 7. 4. 2011**

Jörgs zweite Stuhlprobe war eingetroffen und Sybille ließ sich mit der Untersuchung mehr Zeit als nötig. Sie hatte bald festgestellt, dass seine zweite Probe EHEC-negativ war, aber fand Vorwände, ihm das Ergebnis noch nicht mitzuteilen. So hatte sie ein paar Tage länger ihre Ruhe vor ihm. Die Stimmung war entspannter, wenn Jörg nicht da war. Selbst wenn Alexander sich dann beflissen fühlte, die Rolle des Chefs zu übernehmen, war es trotzdem anders.

An diesem Tag kam Harald nach dem Essen auf einen Kaffee bei Sybille vorbei. Das machte er nur, wenn Jörg weg war. Jörg sah es nicht gerne, wenn sich zwischen seiner Chefassistentin und den anderen aus der Gruppe zu viele Vertrautheiten entwickelten. Wohl, weil er fürchtete, dann die Kontrolle über Sybille zu verlieren.

Für Harald war Sybille wie eine große Schwester, der er alles anvertraute. Sybille hatte ihm geholfen, die ersten Wochen im Labor, die für alle Neuankömmlinge schwer waren, zu überstehen. Sie hatte bei Jörg ihr Wort dafür eingelegt, das Harald nach der Probezeit in der Arbeitsgruppe bleiben durfte.

„Na, dann wollen wir mal nicht so sein“, hatte Jörg damals gesagt und ihm die Hand geschüttelt. „Also, willkommen im Klub!“

Sybille ging mit Harald auf den Flur, wo sie eine rauchen konnte. Beide standen sich gegenüber, die Kaffeetassen in der Hand. Sybille musste ihre Neuigkeiten loswerden und nutzte die Gelegenheit, um Harald von dem EHEC aus der Stuhlprobe vom Chef zu berichten.

„Stell' dir mal vor, ich weiß jetzt, warum der Chef mit seiner EHEC-Infektion nicht krank geworden ist", sagte Sybille, um Haralds Neugierde zu wecken.

„Wieso? Warum denn?", fragte Harald zerstreut.

„Ich habe gerade die Ergebnisse der Untersuchungen zusammengestellt. Sein EHEC unterscheidet sich von denen, die wir gewöhnlich von Patienten bekommen. Bei seinem Stamm fehlen alle EHEC-typischen Eigenschaften, nur das *Shigatoxin*-2 habe ich nachgewiesen", sagte Sybille bedeutungsvoll.

Harald wusste diese Neuigkeit nicht so recht zu würdigen und zuckte verlegen mit den Schultern. Er kannte sich mit den Eigenschaften von EHEC nicht so gut aus. Sein Projekt war die künstliche Übertragung von genetischen Eigenschaften auf Bakterien, die keine Krankheitserreger waren. Deshalb sagte er: „Wieso, ich dachte, das *Shigatoxin* ist dafür verantwortlich, dass die Leute krank werden?"

„Aber die Leute werden nur krank, wenn der EHEC sich in ihrem Darm einnisten kann! Und diese Eigenschaften hat der EHEC von Jörg eben nicht! Ich merke schon, du hast bei den Seminaren nicht immer genau hingehört. Ihr Studenten habt nur eure eigenen Projekte im Kopf, alles andere ist euch egal."

Harald zog ein Gesicht: „Vor lauter Arbeit kommen wir doch gar nicht dazu, uns mit Sachen außerhalb unseres Themas zu beschäftigen", protestierte er.

„War auch nicht so gemeint", beschwichtigte Sybille ihn. „Eigentlich weiß ich ja auch nicht so genau über dein Projekt Bescheid! Sei mir nicht böse, ich wollte eigentlich nur meine spannenden Ergebnisse loswerden!"

Harald schmunzelte: „Ist schon klar, nichts für ungut."

**Boksee bei Kiel, 8. 4. 2011**

Jan hob überrascht den Kopf, als Clara hinter ihm auftauchte und besorgt sagte: „Jan, ich weiß nicht, was mit Marie los ist. Heute früh hat sie mir gesagt, sie fühlt sich nicht wohl und kann nicht arbeiten".

Jan überlegte, ob das nicht mit dem Kummer zusammenhing, den Marie seit einigen Tagen mit sich herumschleppte. Er hatte sie darauf angesprochen, aber Marie wollte nicht darüber reden und hatte gemeint, es wäre nichts.

„Weiß auch nicht, was mit ihr ist. Du kannst ja noch mal zu ihr hochgehen und fragen, wie es ihr jetzt geht. Vielleicht möchte sie einen Kräutertee, oder so etwas."

Clara nickte und verschwand. Nach einer Weile kam sie zurück.

„Marie sieht hundeelend aus, finde ich. Ich meinte zu ihr, wir sollten einen Arzt rufen, aber sie will das nicht. Sie sagt, sie wird das schon wieder hinbekommen. Ich hab ihr einen Tee gemacht. Heute Nachmittag will sie wieder mithelfen."

Jan grummelte etwas, das Clara nicht verstand. Er hoffte, dass es um Maries Gesundheitszustand nicht so schlimm stand. Im Moment brauchten sie jeden, um die Gemüseernte, die im vollen Gang war, für den Verkauf vorzubereiten. Marie konnte ja leichtere Arbeiten, wie das Verpacken der Sprossen, die morgen zum Hamburger Großmarkt verschickt werden sollten, übernehmen.

Jan mochte Marie mehr, als er es sich zugestehen mochte. Sicher, er war zwölf Jahre älter als sie und mit Clara zusammen, aber trotzdem hatte es ihm einen Stich gegeben, als Marie von ihrem neuen Freund erzählt hatte. Einen aus Kiel, mit dem sie eine Beziehung eingegangen war. Er versuchte, sich diese störenden Gedanken aus dem Kopf zu schlagen und stapelte die Gemüsekisten dabei mit einer Wucht, die dafür nicht erforderlich war.

Am Nachmittag kam Marie herunter in die Packhalle. Blass sah sie aus und sie lief so tranig, fand Jan. Als er fragte, ob es denn ginge, sagte sie nur, sie hätte die ganze Zeit Bauchschmerzen gehabt. Aber jetzt ginge es wieder und sie könnte doch beim Verpacken mithelfen. Ohnehin sei das besser, als im Bett zu liegen und in ihren Körper hinein zu horchen.

„Ok! Wenn du meinst?", fragte Jan. Marie nickte leicht, aber lächelte nicht.

„Sag mal, hast du Kummer? Willst du mal darüber reden?", fragte er nach einer Weile so leise, dass nur Marie es hören konnte.

Marie schüttelte kurz den Kopf. Jan sah ihr an, dass sie etwas bedrückte, aber es war klar, dass sie keine Lust hatte, mit ihm darüber zu reden.

„Sind wahrscheinlich bloß meine Tage, die mir zu schaffen machen", sagte sie, um Jans fragendes Gesicht mit einer passenden Antwort zufriedenzustellen. Dann ging sie zu Pauline und Waltraud, um beim Verpacken mitzuhelfen.

Bevor Jan weiter darüber nachdenken konnte, kam Clara aus dem Haus und rannte quer über den Hof auf ihn zu. „Jan, wir haben gerade ein Fax aus Hamburg bekommen, ein Großauftrag. Dreihundert Kilogramm Sprossenmischung in handelsüblichen Mengen. Aber bis übermorgen muss das alles auf dem Weg sein, sonst wird das nix. Mann! Das ist bei unserer jetzigen Finanzlage die Rettung für uns." Clara strahlte und Jan rechnete.

Handelsübliche Mengen, das waren Verpackungseinheiten von einhundert bis zweihundert Gramm. Das hieß, fünfhundert Gebinde mussten bis morgen Abend verpackt und versandfertig sein. Alle, bis auf Horst und Richard, waren jetzt mit dem Verpacken der Sprossen beschäftigt. Jan überlegte kurz, ließ seine momentane Arbeit liegen und reihte sich in die Gruppe ein, die mit den Packarbeiten beschäftigt war. Bald richtete er es so ein, dass er direkt neben Marie stand. Er beobachtete sie verstohlen, als sie ihr Handy herausholte und es nach einem kurzen Blick auf das Display wortlos wieder in ihre Schürzentasche steckte.

„Eine Nachricht von deinem Freund?", fragte er nach einer Weile, nachdem er sich überwunden hatte, Marie erneut auf ihr Privatleben anzusprechen. Sie blickte ihn mit großen Augen an.

„Entschuldigung, es geht mich ja nichts an!" Jan versuchte, die Sache gleich wieder abzuwenden.

„Jetzt meldet er sich dauernd, weil ich nichts mehr von mir hören lasse", sagte Marie müde. Sie war froh, dass es nicht dazu gekommen war, Harald den anderen von der Hofgemeinschaft vorzustellen.

„Aber mir ist das auch ziemlich egal. Ich hab das Telefon jetzt wieder abgeschaltet.“ Sie versuchte ein Lächeln und fasste sich plötzlich mit der Hand an ihren Bauch.

„Geht es dir wieder schlecht?“, fragte Jan besorgt.

„Ach, das geht schon“, sagte Marie. „Ich dachte, es ist vorbei, aber dann hab' ich plötzlich doch wieder so eine Kolik.“

Sie fuhr fort, die Sprossen abzuwiegen. Jan schaute sie skeptisch an.

„Ist schon wieder vorbei.“ Sie lächelte ihn an, jedoch nicht so lange, als dass er sich daraufhin etwas einbilden sollte. Eine Weile stand er noch neben ihr, die ungerührt weiter arbeitete. Dann drehte er sich um und ging zu dem Platz, wo die mit Sprossen gefüllten Kisten standen, um sie versandfertig zu machen. Einige Male drehte er sich noch nach ihr um, aber sie war völlig mit ihrer Arbeit beschäftigt und schaute nicht ein einziges Mal zurück.

Bis zum nächsten Tag hatten sie es geschafft, dreihundert Kilogramm Sprossen zu verpacken und rechtzeitig an den Hamburger Großabnehmer zu verschicken. Ein Geschäft, das den Hof für ein paar Wochen aus seiner Finanzklemme helfen würde. Entsprechend gut war die Stimmung in der Hofgemeinschaft. Jan war zufrieden, dass es Marie wieder viel besser ging. Ihren blassen, melancholischen Gesichtsausdruck hatte sie nicht verloren, aber das führte er auf ihren Liebeskummer zurück. Als er nachfragte, ob sie sich wieder fit fühlte, hatte Marie nur zustimmend genickt. Also teilte er sie mit Günther und Beate zur Arbeit an den großen Trommeln ein, in denen die Samen für die Sprossenzucht mit reichlich Wasser bei Wärme und guter Belüftung auskeimten. Nach ein paar Tagen standen dann neue Keimlinge für den Verkauf zur Verfügung.

Marie liebte diese Arbeit sehr. Zu Anfang hatte sie sich an den intensiven, würzigen Duft der Sprossen und das Arbeiten in ständiger Nässe gewöhnen müssen. Aber nach einer Weile empfand sie das als schön. Es war wunderbar zu beobachten, wie nach ein paar Tagen die Keimlinge ihre winzigen Blätter zum Licht streckten. Dann griff sie zartfühlend mit ihren Händen in diese zerbrechliche Masse kleiner Pflänzchen, um sie von einem Tank in den anderen zu befördern, ohne dass sie dabei kaputt gingen.

**Boksee, 12. 4. 2011**

Nach einigen Tagen ging es Marie wieder viel besser und sie ließ sich zu den notwendigen Arbeiten auf dem Hof einteilen. Harald hatte immer wieder versucht, sie zu erreichen. Fünf neue SMS von ihm, die Marie nicht beantwortet hatte. Sie wollte in Ruhe über ihre Beziehung nachdenken und ließ ihr Handy fast die ganze Zeit abgeschaltet. Wahrscheinlich waren sie und Harald doch zu verschieden. Sie liebte das Leben und die Arbeit in der Natur, Harald schien dafür keinen besonderen Sinn zu haben. Da gab es noch viel Grundlegenderes, was sie trennte. Die Einstellung zur Welt, zur Rolle des Menschen in der Natur und zu den Menschen, mit denen sie in der Hofgemeinschaft verbunden war. Das gab ihrem Leben Halt und Sinn. Auch sie war in der Stadt aufgewachsen, aber ihre Eltern waren mit ihr im Urlaub oft auf einem Bauernhof gewesen. Vielleicht war es die Erinnerung an die vier unendlichen Sommerwochen auf dem Land als die glücklichste Zeit des Jahres, die in ihrer Erinnerung geblieben war. Vielleicht war das der Grund gewesen, warum sie den Weg, den sie als Erwachsene gewählt hatte, gegangen war.

Ihre Eltern waren skeptisch gewesen, sie hätten es lieber gesehen, dass ihre Tochter sich eine sicherere Existenzgrundlage aufbaute, hatten aber Maries Entscheidung akzeptiert. Einmal waren sie sogar auf ihrer kleinen Farm, wie sie sagten, zu Besuch gewesen.

Allerdings hatte Marie unter den Männern auf dem Hof niemanden gefunden, mit dem sie mehr als nur kumpelhaft befreundet sein wollte. Die Bemühungen von Jan waren ihr nicht unbemerkt geblieben, sie mochte ihn gern, fand aber, dass er zu alt für sie war. Außerdem hätte sie es gegenüber Clara mies gefunden, ein Verhältnis mit ihm einzugehen.

Als sie Harald kennengelernt hatte, schien es ihr, als sei ihr Leben perfekt, aber dieses Hochgefühl hatte sich nach einer Weile verflüchtigt. Im Laufe ihrer Beziehung hatte sie ihn besser kennengelernt, auch wenn sie ihn dafür mit Fragen löchern musste, weil er von selbst wenig über sich erzählte. Harald konnte mit der Idee einer Gemeinschaft, in der man gemeinsam arbeitete und lebte, nicht viel anfangen. Er sagte ihr einmal, das mit dem Bauernhof erinnere ihn an die Zeit, in der er als Halbwüchsiger auf einem Dorf gewohnt hatte. Es lag in der Nähe der Stadt, in der sein Vater arbeitete. Ihm war aus dieser Zeit hauptsächlich Langweile in Erinnerung geblieben. Damals hatte er angefangen, sich mit Computern zu beschäftigen, um sich von dem als öde empfundenen Alltag auf dem Dorf abzulenken. Diese, drei Jahre währende Zeit, fiel in seine Pubertät. Sie hatte ihn zu einem Einzelgänger werden lassen, dem es schwerfiel, sich spontan auf andere Menschen einzulassen. Das hinterließ Spuren, setzte sich im Studium fort und die Arbeit im Labor, die Isolation unter der Glasglocke des Instituts verstärkte diese Gepflogenheit noch. In der Arbeitsgruppe von Jörg Puster war jeder bestrebt, in möglichst kurzer Zeit für sich das Beste herauszuholen. Einen zweiten Versuch gab es nicht und Beziehungen, die auf Rücksichtnahme aufbauten, konnten für die Karriere nur hinderlich sein.

Das wusste sie jetzt von ihm. Sie seufzte. Es würde wohl schwer werden, eine Seelenverwandtschaft in einer Liebe zu finden. Am meisten betrübte sie die Tatsache, dass Harald ihre Ernsthaftigkeit nicht einmal zu bemerken schien. Deswegen hatte sie keine Lust, ihn anzurufen und noch weniger, ihn zu sehen. Die Tatsache, dass er öfter probiert hatte, sie zu erreichen, konnte sie nicht so richtig einschätzen. Vielleicht fehlte ihm nur sexuelle Abwechslung, vielleicht war es auch mehr. Es würde sich finden, dachte Marie und stand wieder auf, um sich um die Keimlinge zu kümmern.

Ein stechender Schmerz im Unterleib ließ sie innehalten. Was war das jetzt schon wieder? Sie hatte doch die Koliken seit drei Tagen nicht mehr gehabt und nun war es wieder da, doch irgendwie anders. Es würde sich beruhigen, hoffte sie und atmete bewusst tief ein und aus. Aber der Schmerz kam erneut und war so stark und anhaltend, dass Marie sich gegen den Packtisch lehnte, die Zähne zusammenbiss und sich nur noch auf ihren Atem konzentrierte. Vor ein paar Tagen hatte das noch gut funktioniert, um den Schmerz zu bekämpfen, aber jetzt wurde es ihr schwarz vor den Augen. Sie setzte sich, da kein Stuhl in der Nähe war, auf den Boden und presste ihre beiden Oberschenkel gegen ihren Körper. Als sie versuchte wieder aufzustehen, ließ es ihr Kreislauf nicht zu. Inzwischen waren die anderen auf sie aufmerksam geworden und Jan war als Erster bei ihr.

„Was ist los mit dir?"

Sie hob ihren Kopf, war leichenblass und hatte kleine Schweißtropfen auf der Stirn. „Weiß nicht", murmelte sie. „Schmerzen ..., sind bestimmt meine Tage." Sie dachte daran, dass ihre Regel ausgeblieben war, nachdem sie das letzte Mal mit Harald geschlafen hatte. Das war an dem Abend, an dem er noch unbedingt ins Labor wollte. Sie war so gekränkt, dass sie wütend danach seine Wohnung verlassen hatte, mit der festen Absicht nicht mehr wiederzukommen. Seitdem hatten sie sich nicht mehr gesehen.

Jan legte seine Hand auf ihre Stirn. „Du hast Fieber, eindeutig."

Im ersten Moment hatte er gedacht, sie wäre schwanger, aber das war es nicht.

„Dieses Mal holen wir einen Arzt", bestimmte Jan. Die anderen, die um Marie und ihm herumstanden, nickten besorgt und zustimmend.

„Kannst du aufstehen?", fragte Clara. Marie biss sich auf die Lippen und versuchte es, aber ihre Beine knickten wieder ein. Jan und Michael nahmen sie in die Mitte und trugen Marie ins Haus und brachten sie auf ihr Zimmer. Clara kümmerte sich um Marie, während Jan die Nummer des Arztes suchte, der vor einem Jahr schon einmal für einen Krankenbesuch auf den Hof gekommen war.

Nachdem er zehn Minuten später endlich mit Dr. Steiger verbunden war, stellte dieser ein paar Fragen und meinte dann: „Bringen Sie sie in die Notaufnahme des städtischen Krankenhauses. Nachdem was Sie sagen, halte ich das für angebrachter, als wenn ich erst zu Ihnen komme. Ich könnte nicht vor heute Abend, meine Praxis ist voller Patienten und um sicherzugehen, sollte Frau Lehnert möglichst gleich ärztlich untersucht werden. Ich werde im Krankenhaus anrufen und die Patientin dort avisieren. Ist sie transportfähig?"

Jan bejahte und erklärte sich bereit, Marie mit Clara zusammen ins städtische Krankenhaus zu bringen. Marie ging es zu schlecht, als dass sie Einwände gegen diesen Vorschlag vorbringen mochte. Clara setzte Marie neben sich auf dem Beifahrersitz des Transporters und Jan fuhr mit quietschenden Reifen los. Als sie nach vierzig Minuten in der Notaufnahme ankamen, wurden sie schon von zwei Ärzten erwartet. Jan und Clara wurden hinausgeschickt, während Marie untersucht wurde. Nach einer Viertelstunde kam eine Ärztin in den Warteraum und teilte den beiden mit, dass sie Marie hierbehalten müssten.

„Was hat sie denn?“, fragte Clara.

„Sind sie mit Frau Lehnert verwandt?“, fragte die Ärztin.

„Nein, aber wir leben und arbeiten zusammen“, sagte Clara nachdrücklich.

Die Ärztin nickte und versprach anzurufen, wenn es etwas Neues gäbe, dann drehte sie sich um und ging mit raschen Schritten wieder in das Behandlungszimmer zurück. „Fahren Sie jetzt besser nach Hause“, sagte sie, bevor sie durch die Tür verschwand. „Sie können hier nichts weiter für ihre Bekannte tun, wir melden uns.“

Nachdem sie Marie im Krankenhaus gelassen hatten, waren Jan und Clara, schweigsam in ihre eigenen Gedanken versunken, zurück zum Hof gefahren.

„Du bist in sie verliebt, gib es doch zu!“, schoss es unvermittelt aus Clara heraus. Sie saß kerzengerade neben ihm und schaute ihn von der Seite an.

„Wie kommst du denn jetzt auf so ’n Quatsch?“, fragte Jan genervt.

„Weil man das in solchen Situationen besonders gut merkt“, sagte Clara. „So übertrieben fürsorglich, wie du schon die ganze Zeit um sie herum geschlichen bist.“

„Du bist doch bloß eifersüchtig“, knurrte Jan.

Er beschleunigte den Lieferwagen mehr, als er sollte, sodass er ein paar Meter weiter vor einer Kurve scharf abbremsen musste. „Und einen Streit können wir jetzt als Allerletztes gebrauchen!“

Den Rest der Fahrt bis zum Hof sprachen sie nicht mehr miteinander. Jan dachte darüber nach, ob Clara recht hatte. Natürlich hegte er Gefühle für Marie, aber weiter war doch nichts gewesen. Er schlug sich den Gedanken aus dem Kopf und hatte keine Lust, weiter darüber zu grübeln. Das brachte doch nichts. Er würde mit Clara später darüber reden, wenn sie sich beruhigt hatte und er mehr mit sich selbst klargekommen war. Nach einer halben Stunde schweigsamer Fahrt waren sie wieder auf dem Hof angekommen. Die anderen umringten sie und fragten, was mit Marie wäre.

„Die Ärzte haben sie dabehalten. Die wollen genau wissen, was mit ihr los ist. Sie werden sich bestimmt bald melden“, sagte Clara.

Jan war nicht länger bei den anderen stehen geblieben, sondern hatte seinen Weg ins Haus und sein Zimmer fortgesetzt. Charlie, der Hofhund, wollte ihm folgen, aber Jan schickte ihn weg. Er ließ sich angezogen, wie er war, auf sein Bett fallen, starrte an die Zimmerdecke und dachte nach. Liebte er Clara noch? Er war sich nicht mehr sicher. Vieles, was ihn mit ihr verband, hatte mehr mit dem Hof und der Gemeinschaft zu tun. Und Marie? Manchmal hatte er es sich vorgestellt, er mit ihr, wie das wäre. Sie hatte so einen Enthusiasmus, eine Frische, wie sie Clara früher auch gehabt hatte. Aber Claras Frische war durch die Sorgen um das wirtschaftliche Überleben des Hofes Stück für Stück einer Müdigkeit gewichen, die schleichend in ihre Beziehung eingedrungen war.

Noch bin ich jung genug, um mein Leben völlig neu zu gestalten, dachte Jan und fuhr sich mit der Hand über seine Haare, die an einigen Stellen begannen, schütter zu werden. Noch! Aber viel Zeit blieb auch nicht mehr. Er schüttelte den Kopf. Das sind Träume, dachte er, atmete tief ein und hielt die Luft für einen Moment an, um sie wieder herauszupressen. Das Klingeln des Telefons riss ihn aus seinen Gedanken. Es musste das Krankenhaus sein. Er sprang auf und ihm war für einen Moment schwindlig, aber er fasste sich und stürzte zum Telefon.

„Guten Tag", meldete sich eine junge, männliche Stimme, „spreche ich mit der Hofgemeinschaft *Keim und Sprosse*?"

„Ja, mit Jan Heinrich von der Hofgemeinschaft", bestätigte Jan. Er war ein wenig enttäuscht, dass es nicht das Krankenhaus war, sondern ein Kunde.

„Mein Name ist Harald Pütz", sagte der Anrufer. Er zögerte, sprach dann weiter: „Also, ich wollte mich erkundigen, ob bei Ihnen eine Frau Lehnert, Marie Lehnert arbeitet?"

Jan spannte seine Halsmuskeln unwillkürlich an. Für einen Moment wollte er dem Impuls folgen, einfach aufzulegen, fragte dann aber: „Warum wollen Sie das denn wissen? Sind Sie verwandt mit Frau Lehnert?"

„Nein, das nicht. Wir sind befreundet und seit ein paar Tagen habe ich gar nichts mehr von Marie, von Frau Lehnert gehört und ich wollte mich nur erkundigen, ob ..."

„Frau Lehnert ist krank!", entgegnete Jan.

„Was! Was hat sie denn?", fragte Harald.

„Hören Sie. Am besten, Sie warten, bis Frau Lehnert sich bei Ihnen meldet, und rufen hier nicht wieder an", erwiderte Jan unfreundlich.

„Ja, dann", stotterte der Anrufer, „entschuldigen Sie bitte."

Freizeichen. Er hatte aufgelegt.

Eifersucht! Konstatierte Jan, der den tutenden Hörer immer noch in der Hand hielt. Das ist es. Du bist verdammt noch mal eifersüchtig. Er ärgerte sich darüber, war aber trotzdem froh, sich an diesem Stadtschnösel abreagiert zu haben. Er gab sich einen Ruck und ging hinunter auf den Hof, um zu arbeiten. Clara sah ihn fragend an, als würde sie von ihm eine Erklärung erwarten, aber Jan tat so, als merkte er das nicht. Er beschäftigte sich intensiv mit einer der großen Drehtrommeln, die fürchterlich quietschte und offensichtlich einen Lagerschaden hatte.

Eine Stunde später kam Clara zu ihm. „Das Krankenhaus hat angerufen."

„Was!!" Und das sagst du mir erst jetzt?"

„Gerade vor fünf Minuten, du hast es neben deiner quietschenden Drehtrommel wohl nicht gehört", sagte Clara. „Marie ist ernsthaft krank. Irgendwas mit ihren Nieren. Jedenfalls müssen sie Marie dabehalten."

„Dann fahren wir morgen vorbei, sie besuchen!", sagte Jan verbissen und hantierte weiter mit dem Schraubenschlüssel, um Clara nicht ansehen zu müssen.

„Das möchten die Ärzte aber nicht", zischte Clara ihm wütend ins Ohr. „Marie ist auf der Intensivstation. Da darf sie überhaupt keinen Besuch haben!" Sie ging, ohne ihn eines weiteren Blickes zu würdigen.

**Boksee, 13. 4. 2011**

Nachdem Marie die Nacht im Krankenhaus verbracht hatte, rief am Morgen eine Stationsschwester auf dem Hof an. Ob sie die Adresse und Telefonnummer von Maries Eltern wüssten? Clara war überrascht. Nein, die wusste sie nicht. Marie hatte ihre Eltern einmal auf den Hof eingeladen. Clara erinnerte sich noch gut, wie die beiden neugierig den Hof erkundet hatten. Sie wusste nur, dass Maries Eltern in München wohnten, und versprach, sich nach der Adresse zu erkundigen. Als Clara einfiel, warum die Ärzte sich nicht bei Marie danach erkundigt hatten, hatte die Krankenschwester schon aufgelegt.

Clara erzählte Jan von dem Anruf. Ihm fiel weiter nichts ein, als sie anzumeckern, weil sie sich nicht nach Marie erkundigt hatte.

„Dann kümmere dich gefälligst selbst darum!", gab Clara wütend zurück.

Jan ging wortlos ins Haus, um in Maries Zimmer nach der Adresse ihrer Eltern zu suchen. Nach einer Weile kam er entnervt zurück. Fehlanzeige, er hatte nichts gefunden. Als er aus dem Haus wieder auftauchte, hielt Clara ihm mit einem ironischen Lächeln einen Zettel mit der Adresse von Karl und Ilse Lehnert in München vors Gesicht.

„Woher ...?"

„Aus dem Gästebuch unseres Hofes, sie hatten sich bei ihrem Besuch im letzten Jahr mit einem netten Spruch eingetragen. Du schaust da ja nie rein. Im Krankenhaus anrufen kannst du aber selbst, nicht wahr?" Sie ging, ohne seine Antwort abzuwarten.

„Und die Telefonnummer?", rief er ihr hinterher. Clara zuckte mit den Schultern und ging weiter. Jan starrte ihr hinterher, bis ihm einfiel, die Auskunft anzurufen. Als er endlich die Nummer hatte, rief er im Krankenhaus an, wurde zweimal weiterverbunden, bis jemand an den Apparat kam, der über die Patientin Bescheid wusste.

„Nephrologische Station, Schwester Angermann."

Jan erzählte die Geschichte zum dritten Mal und wurde schließlich auch die Adresse von Maries Eltern los.

"Ich notiere ...", sagte die Schwester.

„Was ist denn nun mit Frau Lehnert?", fragte Jan ungeduldig.

„Wir dürfen keine ..."

„Auskünfte über die Patienten geben", kam ihr Jan zuvor.

„Warum haben sie denn Frau Lehnert nicht selbst nach der Adresse gefragt?", sagte er gereizt.

„Frau Lehnert ist zurzeit nicht ansprechbar", erwiderte Frau Angermann ruhig.

„Steht es denn so schlimm um sie?", fragte Jan. Ihm wurde jetzt klar, warum das Krankenhaus sich nach den Angehörigen erkundigt hatte.

Die Schwester schwieg einen Moment. „Bitte rufen Sie morgen früh wieder an", sagte sie, ohne auf seine Frage weiter einzugehen.

Jan blieb sprachlos in seinen Gedanken versunken. Er hielt den Hörer an sein Ohr und merkte erst spät, dass die Schwester längst aufgelegt hatte.

**Boksee, 15. 4. 2011**

Am Freitagmorgen rief Jan gegen sieben Uhr im städtischen Krankenhaus an. Er musste endlich wissen, was mit Marie los war. Gestern hatte er überhaupt nichts weiter erfahren können. Vielleicht war Marie den ganzen Tag zu Untersuchungen gewesen, oder hatte sich ausgeruht. Schwester Angermann hatte Spätdienst gehabt und war nicht zu erreichen. Als Jan nach Marie Lehnert fragte, wurde er weiter verbunden, um schließlich bei einem Stationsarzt in der Nephrologie zu landen.

Dr. Meurer fragte Jan, in welcher Beziehung er zu Marie stand. Jan erzählte zum wiederholten Male die ganze Geschichte. Der Arzt räusperte sich und sagte für einen Moment nichts. Als Jan sich in Erinnerung bringen wollte, hörte er, wie der Arzt sprach: „Herr Heinrich, ich muss Ihnen eine traurige Mitteilung machen. Frau Lehnert ist in der Nacht leider verstorben. Wir haben alles Mögliche getan, um ihr Leben zu retten, aber vergeblich. Frau Lehnerts Eltern haben wir bereits informiert und sie sind auf dem Weg zu uns."

„Aber was hat Marie denn …"

„Eine tödliche Infektion, mehr darf ich Ihnen aus rechtlichen Gründen nicht sagen, Herr Heinrich. Mein aufrichtiges Beileid zum Tod ihrer Kollegin. Glauben Sie mir, dass …"

Bei den Worten hatte Jan seinen Arm mit dem Hörer sinken lassen und war leichenblass geworden. Er wollte nicht glauben, was er da gerade gehört hatte.

Er musste sofort ins Krankenhaus, mit Maries Eltern sprechen. Nur von ihnen konnte er erfahren, woran sie gestorben war. Ihnen konnte er erklären, dass Marie sich diese Seuche nicht auf dem Hof geholt hatte. Was immer es gewesen war, es kam von woanders. Bei ihnen auf dem Hof stand der Mensch im Mittelpunkt. Er kämpfte mit seinen Tränen. Verdammt, sie konnte doch nicht so mir nichts, dir nichts verschwinden, ohne das einer von der Hofgemeinschaft wusste, was mit ihr geschehen war. Marie hatte wie alle anderen gesund gelebt, seit Monaten kein Fleisch mehr angerührt. Erst, nachdem sie diesen Harald kennengelernt hatte, ging es ihr schlecht. Hatte sie nicht erzählt, dass er in einem Institut arbeitete, wo sie Bakterien genetisch manipulierten? Jan fühlte eine nie gekannte Wut in sich aufsteigen. Schließlich zwang er sich zur Ruhe, um nachzudenken.

Wenn er ehrlich war, ging es Marie, als sie mit Harald zusammen war, besser als zuvor. Vor etwa zwei Wochen hatte sich ihre Stimmung geändert. Sie war blasser und stiller geworden, wahrscheinlich hatten sie da schon Streit. Zumindest hatte Jan das gedacht und insgeheim gehofft, sie würde sich jetzt mehr für ihn interessieren. Aber Marie blieb zurückhaltend, vielleicht aber auch nur, weil sie schon krank gewesen war. Irgendwas mit den Nieren musste es sein, zumindest war sie ja auf so einer nephrologischen Station gelandet. Er musste wissen, was dahinter steckte. Jan schnappte sich die Autoschlüssel, sprang in den Lieferwagen und fuhr los, nachdem er Beate, die er auf seinem Weg zum Auto antraf, kurz erzählt hatte, was geschehen war.

Im Krankenhaus wollten sie ihn nicht auf die Station lassen. Auch wo Marie jetzt war, wollte ihm niemand sagen. Schließlich erfuhr er, dass Maries Eltern vor einer Stunde aus München gekommen waren, um ihre Tochter noch einmal zu sehen. Niedergeschlagenheit breitete sich in ihm aus. Er setzte sich auf eine Bank in die Eingangshalle und wartete. Maries Eltern müssten doch irgendwann wieder herauskommen. Ob er die beiden wiedererkennen würde? Sie waren vor über einem Jahr auf dem Hof gewesen. Er glaubte sich noch daran zu erinnern, dass Marie und ihre Mutter sich ähnlich sahen.

Nach über einer Stunde sah er ein älteres Ehepaar aus einem der Fahrstühle treten, begleitet von einer Ärztin oder Schwester. Der Frau liefen Tränen über die Wangen. Der Mann hatte seinen Arm um ihre Schulter gelegt und drückte sie an sich, fast, als wollte er sie stützen. Für einen Moment war Jan unschlüssig, aber dann war er sich sicher, das waren sie. Er ging auf die beiden zu und stellte sich vor. Die Frau schaute ihn nicht an, aber der Mann erkannte ihn.

„Sie sind von dem Hof, ich erkenne Sie wieder. Ja, Marie war ganz begeistert von ihrer Arbeit und ihrer Hofgemeinschaft."

Jetzt blickte ihn Maries Mutter zum ersten Mal ins Gesicht und nickte nur stumm.

„Wir hatten in der letzten Zeit nur noch selten Kontakt mit Marie", meinte ihr Vater. „Sie hatte sich richtig von uns abgenabelt. Der Hof, das war ihre neue Familie."

„Aber ...", meinte Jan.

„Das war Maries Entscheidung!", sagte ihr Vater. „Wir sind Ihnen deswegen nicht gram. Wir wollten, dass es Marie gut geht und dann passiert so etwas Schreckliches ..." Ihm blieb für einen Moment die Stimme weg.

„Was ist denn nun eigentlich mit Marie gewesen?", fragte Jan, „uns haben die Ärzte nichts sagen wollen."

„Marie ist gegen ein Uhr in der Nacht an Nierenversagen gestorben", sagte ihr Vater. „Die Ärzte sagen, sie hatte Bakterien, die ihren Körper vergiftet haben. Bakterien, die man sich aus Fleisch holt, wenn es nicht richtig gar gekocht ist. Ob Marie gerne Hackfleisch isst, wollten sie von uns wissen. Dabei hat Marie uns das letzte Mal geschrieben, dass sie schon seit einem halben Jahr kein Fleisch mehr anrührt. "

„Das kann ich bestätigen", sagte Jan, „Bei uns geht das aber so gut wie allen so ..."

„Die Ärzte wissen doch auch nicht alles“, rief Maries Mutter plötzlich heftig. „Vielleicht wollen sie uns auch gar nicht sagen, was wirklich mit ihr los gewesen ist. So ein junger Mensch stirbt doch nicht so plötzlich an Bakterien. Dagegen gibt es doch Antibiotika!“ Sie weinte jetzt.

Jan schlug ihnen vor, mit ihm auf den Hof zu kommen, aber sie lehnten ab. Es würde alles nur noch schlimmer machen, meinte Maries Vater. Das Krankenhaus würde sich um die Überführung ihrer Tochter nach München kümmern.

„Wir melden uns bei Ihnen, falls Sie zu Maries Beerdigung kommen möchten. Marie hätte sich das sicherlich gewünscht.“ Er gab Jan kurz die Hand und nickte stumm, wie zum Zeichen, dass sie jetzt genug geredet hatten. Er drückte seine Frau an sich und beide gingen zum Ausgang.

Auf der Heimfahrt grübelte Jan über das, was die Ärzte Maries Eltern erzählt hatten. Bakterien! Aus nicht gar gekochtem Fleisch! In ihm kochte es. Vom Fleischessen hatte sie das nicht. Hatte Marie nicht erzählt, dass sie in dem Institut, wo ihr Freund arbeitete, mit Durchfallbakterien experimentierten? Einmal hatte sie ihn dort besucht, wahrscheinlich hatte sie sich diese Seuche aus dem Institut geholt. Wenn dieser Kerl wieder anrufen sollte, dachte er. Seine Miene verfinsterte sich, er fühlte den Zorn wieder in sich aufsteigen und fasste einen Entschluss.

**Kiel, 18. 4. 2011**

Jörg war schon seit ein paar Tagen wieder ins Institut zurückgekehrt, nachdem Sybille ihm auf sein Nachfragen schließlich mitgeteilt hatte, dass seine zweite Stuhlprobe EHEC-negativ war.

„Das möchte ich auch gehofft haben!“, hatte er gesagt, als wäre es selbstverständlich.

Sybille staunte immer wieder über ihn. Wie konnte er denn so sicher sein? Vielleicht, weil er keine Krankheitssymptome gehabt hatte. Manche Leute hatten EHEC-Infektionen, ohne Beschwerden zu entwickeln. Warum das so war, wusste man nicht genau, aber es gab immer wieder Menschen, die aus irgendwelchen Gründen gegen EHEC immun waren. Aber selbst wenn diese nicht krank waren, konnten sie trotzdem andere Menschen mit EHEC anstecken. Und wenn die nicht dagegen immun waren, wurden sie krank. Jörg schien zum Glück seinen EHEC schnell wieder abgestoßen zu haben.

„Hatten dir die paar Tage zu Hause wenigstens gut getan?“, fragte Sybille.

„Na ja, wie man es so nimmt. Ich bin zum Nachdenken gekommen, insofern war das schon gut.“

Er wollte das Thema wechseln. Vielleicht weil er es hasste, persönliche Fragen gestellt zu bekommen. Also begann er, ungeduldig mit seinem Fingern auf dem Tisch zu trommeln. „Und sonst, Sybille? Was gibt es Neues im Labor?“

„Gestern Nachmittag sind noch eine Stuhl- und eine Serumprobe aus dem städtischen Krankenhaus gekommen. Diagnose: akutes Nierenversagen, Verdacht auf HUS.“

HUS stand für hämolytisch-urämisches Syndrom, einer lebensbedrohlichen Begleiterscheinung bei EHEC-Infektionen. Jörg wurde hellhörig: „HUS! Im städtischen Krankenhaus! Sieh bloß zu, dass du den EHEC auch findest. Wir dürfen uns nicht blamieren, sonst steht im Stadtanzeiger so was wie: *Nierenversagen durch EHEC in Kiel und das Exzellenzinstitut tappt im Dunkeln!* Und danach stehen die Eltern von dem kranken Kind vor unserer Tür!"

„Jörg, lass mich doch erst einmal ausreden! Das ist ja das Besondere an dem Fall. Die Patientin ist eine erwachsene Frau und kein Kind, wie sonst fast immer bei HUS durch EHEC!", erwiderte Sybille.

Er verzog das Gesicht und brummelte etwas, das Sybille nicht verstand. „Auch das noch! Und so etwas muss ausgerechnet bei uns passieren!"

Wenn Erwachsene HUS bekamen, fand man oft keine Ursache dafür. Solche Fälle traten aber sehr selten auf und nun war es ausgerechnet hier in Kiel passiert.

Jörg stand auf und zündete sich eine Zigarette an: „Na prima! Dann wird es für uns schwer! Halt' mich über die Ergebnisse auf dem Laufenden, Sybille", sagte er, bevor er missmutig in sein Büro verschwand.

Sybille öffnete den Brutschrank, um die Bakterienkulturen aus der Stuhlprobe der Patientin zu überprüfen. Auf den Nährböden waren Kolibakterien gewachsen. Für sich gesehen war das normal und es blieb damit die Chance gewahrt, dass sich unter den Kolibakterien vielleicht auch EHEC befanden. EHEC gehörten zur Gruppe der Kolibakterien, nur mit dem Unterschied, dass sie *Shigatoxine* bildeten.

Sybille bereite alles für den Nachweis dieser Giftstoffe vor. Wenn *Shigatoxine* in der Probe vorhanden waren, dann gab es auch EHEC und Jörg brauchte keine Blamage für die Gruppe zu befürchten. Letzte Woche hatte ihr der Vertreter einer Wiesbadener Pharmafirma einen Schnelltest für *Shigatoxine* vorgestellt und ihr sogar ein paar Teststäbchen zum Ausprobieren überlassen. Das Ergebnis konnte man schon nach einer Viertelstunde ablesen. Wie bei einem Schwangerschaftstest, dachte Sybille und musste schmunzeln. Jetzt war es die beste Gelegenheit, diesen Test auszuprobieren. Nachdem Sybille die Teststäbchen in die gelbliche Bakterienbrühe gestellt hatte, nutzte sie die Wartezeit, um auf dem Flur eine Zigarette zu rauchen. Zehn Minuten später war sie wieder im Labor und linste neugierig in das kleine Gefäß. Kurze Zeit danach nahm sie den Teststreifen heraus. Das Ergebnis war eindeutig, die deutliche rote Linie zeigte *Shigatoxin* an.

Die Überraschung entlockte Sybille ein Pfiff durch ihre halb geöffneten Lippen. Wenn dieser Test hielt, was er versprach, dann gab es in der Probe tatsächlich EHEC. Der Fall war dringend und sie veranlasste, dass der verdächtige Keim mit Boten an das Zentrallabor geschickt wurde. Morgen konnte sie Jörg mit den ersten Ergebnissen überraschen. Das Ergebnis mit dem neuen Test wollte sie aber lieber noch bestätigen, bevor sie damit zu ihm ging.

**Kiel, 20. 4. 2011**

Sybille traf Harald in der Kantine nach der Mittagspause. „Na, noch Lust auf einen Kaffee?“, fragte sie.

Harald hob unschlüssig die Hände. „Muss eigentlich gleich weiter machen im Labor“, brummelte er.

„Lass das mal für einen Moment“, sagte Sybille. „Ich hab' was viel Interessanteres als deinen Versuch. Den kannst du später auch noch zu Ende machen. Komm, ich lade dich ein.“

Sie ging an den Automaten, warf die Münzen ein und drückte ihm dann in jede Hand einen heißen, bis an den Rand mit Kaffee gefüllten Pappbecher. Nachdem sie ihn auf diese Weise in eine hilflose Person verwandelt hatte, ließ Harald sich widerspruchslos an einen der freien Bistrotische führen. Er war froh, die heißen Becher dort endlich abstellen zu können.

„Jetzt hör mal gut zu“, sagte Sybille.

Sie genoss die Spannung und zog einen winzigen Schluck des heißen Kaffees durch ihre kaum geöffneten Lippen. „Wir haben gerade aus dem Zentrallabor den Befund zu einem EHEC-Fall aus dem städtischen Krankenhaus bekommen.“

„Okay“, sagte Harald, „und?“

„Jetzt halt dich fest. Es ist etwas sehr Seltenes, ein EHEC vom Serotyp O104. So etwas hatten die im Zentrallabor vorher noch nie gesehen“, sagte Sybille und stellte ihren Becher mit Schwung ab, wobei etwas Kaffee auf den Resopaltisch schwappte.

„Na ist doch super“, sagte Harald und wurde von Sybille gleich wieder unterbrochen.

„Ja, aber jetzt kommt das Merkwürdige. Der O104 hat keine EHEC-typischen Eigenschaften. Er bildet nur *Shigatoxin-2*, aber trotzdem ist jemand dadurch schwer krank geworden! HUS!“

Sie schaute sich kurz um und flüsterte ihm zu: „Der EHEC von dem Patienten ähnelt dem, den der Chef in seiner Stuhlprobe hatte!“

Harald machte eine Geste mit seiner Hand. „Na, wenn Jörg das erfährt! So, wie ich ihn kenne, macht er daraus bestimmt gleich eine neue Veröffentlichung!“

„Da wäre ich mir aber nicht so sicher!“, sagte Sybille mit einem seltsamen Unterton.

„Wieso?“

„Begreifst du denn nicht?“ Sie sprach, als redete sie zu einem kleinen Kind.

Haralds Augen weiteten sich, als er zu verstehen begann: „Du glaubst, zwischen ihm und dem Patienten ...“

„Ich glaube gar nichts!“, wehrte Sybille ab. „Er wollte ja nicht, dass wir seinen EHEC im Zentrallabor serologisch bestimmen lassen! Und da ich das auch nicht gemacht habe, weis ich nicht, ob er den gleichen Typ EHEC hat, wie der von dem Patienten aus dem Krankenhaus.“

Harald fing an, sich für die Geschichte zu interessieren. „Aber falls es doch so ist? Vielleicht kennt Jörg den Patienten? Der ist doch aus Kiel! Möglicherweise besteht da ein Zusammenhang. Dann müsste man doch was unternehmen. Vielleicht hat sich Jörg bei dem Patienten angesteckt, oder es gibt hier in Kiel eine Quelle, verseuchte Lebensmittel. Zwei Leute mit einem ähnlichen EHEC Typ, am selben Ort, zur selben Zeit, das ist doch schon ein ..."

„Ein Ausbruch wolltest du sagen", beendete Sybille seinen Satz.

„Genau! Und bei einem Ausbruch gibt es immer eine Ansteckungsquelle. Wenn man die nicht findet, dann geht das immer weiter und es stecken sich noch mehr Leute an!"

Man sah Harald an, wie es in ihm arbeitete. „Wir sollten Proben aus diesem *Burgereck*, oder wie das heißt, ziehen. Ich meine diesen Schnellimbiss am Bertholdplatz. Ich weiß, dass er sich öfter auf dem Heimweg dort gerne noch einen *Super Size* Hamburger genehmigt."

Sybille schaute auf ihren Kaffeebecher und wiegelte ab. „Nun warte mal ab, sicher ist das alles ja nicht!

„Warum schaust du nicht einmal nach, wer das mit dem EHEC ist? Vielleicht jemand, der mit Jörg verwandt oder bekannt ist?" schlug Harald vor.

„Meistens stehen diese Angaben ja auf dem Einsendezettel vom Krankenhaus", überlegte Sybille, „und der ist bei uns archiviert."

Harald machte sich zum Gehen bereit, nachdem er den Kaffee, der inzwischen Trinktemperatur erreicht hatte, zur Hälfte ausgetrunken hatte. Er konnte sich einfach nicht an Kaffee aus Pappbechern gewöhnen.

„Dann mal viel Glück", sagte er. „Aber wir sollten dieser Frikadellenbude trotzdem mal auf den Leib rücken."

„Nur zu!" lachte Sybille, „aber lass das besser nicht Jörg wissen. Wenn das wirklich sein bevorzugter Futterplatz ist?"

Im Labor traf Sybille auf Jörg und erzählte ihm, dass die Probe aus dem Krankenhaus EHEC-positiv war.

„Haben sie vom Zentrallabor schon mitgeteilt, was für ein Typ EHEC es ist?"

„Gerade eben! Es ist EHEC-O104", erwiderte Sybille.

„O104? Sind die da sicher? Das gab es doch bisher noch nie, oder?"

„Ja, das haben die vom Zentrallabor auch gesagt", bestätigte seine Assistentin.

„Hol mir mal gleich den dazu gehörigen Probenbegleitschein vom Krankenhaus!", sagte er schroff.

Sie kannte diesen plötzlichen Stimmungsumschwung bei ihm. Ein Wort konnte manchmal genügen, um so etwas auszulösen. Sybille stand wortlos auf, um den Einsendezettel zu holen und legte ihn auf den Tisch.

Jörg setzte sich seine Lesebrille auf. Er zog die Augenbrauen zusammen, als er laut vorlas: „Weiblich, geboren am 16. März 1989. Beim Namen steht nur M. L."

„Und?" Sybille war gespannt. „Sagt dir das etwas?"

„Was soll mir das denn sagen?", fragte Jörg verwundert. „M. L., geboren am 16. März 1989, weiblich. Wegen des Geburtsdatums oder der Initialen? Ist es jemand, den ich kennen sollte? Ich habe doch nicht schon Alzheimer?"

„Es muss ja nicht jemand aus dem Institut sein", sagte sie.

„Ja, aber außer den Leuten aus dem Institut und ein paar von der Uni kenne ich doch hier niemanden in der Stadt! Wann habe ich denn schon die Zeit, neue Leute kennenzulernen?"

Sybille beschloss, die Diskussion nicht weiter zu vertiefen. „Auf jeden Fall haben wir den EHEC von der Patientin isoliert und keiner kann uns vorwerfen, wir hätten nicht gut gearbeitet."

„Da hast du allerdings recht! Wenn du mit dem Ergebnis sicher bist, ruf das Krankenhaus an und teile Ihnen den Befund mit. Dann sehen die mal, wie schnell wir mit der Diagnostik sein können."

Jörg zog sich in sein Büro zurück und Sybille kontrollierte noch einmal genau die Laborprotokolle, um möglichst jeden Fehler auszuschließen. Als sie sich sicher war, wählte sie die Nummer der Station, die auf dem Einsendezettel vom städtischen Krankhaus vermerkt war.

„Schwester Angermann, Nephrologie", meldete sich eine monoton klingende Stimme.

Nachdem Sybille den Befund durchgesagt hatte, meinte die Schwester: „Warten Sie bitte, ich hole den diensthabenden Stationsarzt, Dr. Meurer."

Sybille wartete. Eine Weile verging, bis der Arzt schließlich ans Telefon kam. Sybille wunderte sich, denn normalerweise gaben die Schwestern den Befund an die Ärzte weiter. Warum holte sie den Doktor extra dafür ans Telefon?

„Dr. Meurer, nephrologische Station", meldete sich der Arzt.

„Sybille Barnhelm, EHEC-Diagnostik Labor", stellte sich Sybille ebenso formell vor.

„Schwester Angermann hat mir schon berichtet", sagte der Arzt mit bedrückter Stimme. „Also tatsächlich EHEC! Ich dachte schon es ...", er unterbrach seinen Satz, um hinzuzufügen: „Wir würden Ihnen gerne noch eine Kontrollprobe von der gleichen Patientin schicken."

Irgendetwas an seinem Ton war nicht ganz normal, dachte Sybille. „Natürlich, hoffentlich geht es ihr schon besser", antwortete sie.

„Die Patientin ist leider verstorben", erwiderte er. Er holte tief Luft und stieß dann hervor: „Und ich habe noch nie einen so aggressiven Verlauf einer EHEC-Infektion erlebt, wie bei dieser jungen Frau!"

Sybille war betroffen. Sie dachte wieder an die positive Stuhlprobe vom Chef. „Hatten Sie die Patientin befragt, was sie gegessen hat? Wir verdächtigen da so ein *Fast Food* Restaurant als mögliche Quelle von verseuchtem Fleisch."

„Also, die hatte das bestimmt nicht vom Fleischessen", sagte der Arzt. „Die Frau war nachweislich Vegetarierin!"

***

*Er schloss leise die Tür zu seinem Büro hinter sich. Das abgedunkelte Licht ließ den Ort entrückt erscheinen. Er atmete tief durch und fuhr sich mit der Hand durch sein Haar. Dann ballte er unvermittelt seine rechte Hand zur Faust und schlug damit in die geöffnete linke Handfläche, wobei er einen unterdrückten Freudenschrei ausstieß. Er nahm die Flasche Maltwhisky aus dem Schrank und goss sich drei Finger hoch davon in ein Glas. Dabei summte er ein paar Takte vor sich hin.* „We are the Champions, my friend."

*Irgendwie hatte er es doch geschafft. Es hatte funktioniert! Er hatte in die Natur eingegriffen, sie hatte sich seinem Wunsch gefügt. Er war zum Herrn über das Geschick der Menschen geworden, wie ein apokalyptischer Reiter: „Und als es das vierte Siegel öffnete, hörte ich die Stimme des vierten lebendigen Wesens sagen: Komm! Und ich sah: und siehe, ein fahles Pferd, und der darauf saß, dessen Name ist Tod."*

*Jetzt hing es davon ab, ob es nur bei einem Einzelfall blieb. Seine Saat war dabei aufzugehen, er musste nur weiter am Ball bleiben. Noch wagte er es nicht, daran zu glauben, dass alles, wie geplant hier und jetzt vor seinen Augen stattfinden würde.*

***

**Donnerstag, 21. 4. 2011**

Nachdem sie gestern Abend mit Dr. Meurer gesprochen hatte, brütete Sybille über das, was sie in den letzten Stunden erfahren hatte. Vieles ließ sich nicht zusammenreimen. Da war diese Patientin mit den Initialen M. L., die möglicherweise mit dem gleichen EHEC-Typ infiziert war, wie Jörg. Sie war nach kurzer Erkrankung an Nierenversagen gestorben. Eine junge Frau, gerade mal dreiundzwanzig Jahre alt! Und Jörg, der fünfundzwanzig Jahre älter war, hatte nichts, keine Beschwerden. Jörg hatte diesen Keim offenbar schnell wieder abgestoßen, seine zweite Stuhlprobe war eindeutig negativ. Sybille traute sich nicht, mit ihm über mögliche Zusammenhänge zu diskutieren. Sie kannte seine Launen zu gut. Jörg mochte es nicht, wenn seine Mitarbeiter zu viel Eigeninitiative entwickelten, besonders, wenn es nicht mit ihm abgesprochen war.

Was soll's, dachte Sybille, die Fast-Food-Bude am Bertholdplatz kam jedenfalls nicht als Quelle für die EHEC-Infektion infrage, die Patientin war Vegetarierin gewesen. Also brauchten sie nichts in dieser Richtung zu unternehmen. Im Gegenteil, sie musste Harald stoppen, damit er nicht seine private Razzia in dieser Frikadellenschmiede durchführte. Sonst müsste sie sich womöglich noch Vorhaltungen von Jörg machen lassen, wieso sie so einen Quatsch angezettelt hatte.

Hoffentlich war Harald noch nicht aktiv gewesen und es war noch nicht zu spät, ihn zurückzupfeifen. Sybille wählte 2929, die Nummer von Haralds Labor. Ines meldete sich. Sybille holte Luft, die sie zwischen ihren fast geschlossenen Lippen ausstieß. Natürlich, Ines war immer zur Stelle, immer im Labor. Die coole Ines! Ines hatte Jörg einfach abblitzen lassen, als er sie mit seiner plumpen Masche anbaggern wollte und trotzdem hatte Jörg sie nicht aus der Gruppe geekelt. Weil er genau wusste, mit Ines hatte er jemanden, die mehr Ergebnisse produzierte als zwei Studenten zusammen und seinen sexuellen Appetit konnte er ja anderswo stillen, dachte Sybille grimmig. Sie hatte damals, als die Reihe an ihr war, sich nicht getraut, ihm nein zu sagen.

„Ich lege Harald eine Nachricht hin, dass du angerufen hast", sagte Ines, die es kurz machen wollte. Sybille war für sie nicht besonders wichtig und zum Glück konnte Sybille das Gesicht von Ines in diesem Moment nicht sehen.

Harald rief erst nach über einer halben Stunde zurück.

„Wo warst du denn?", fauchte Sybille ihn an. „Ich muss dich dringend sprechen und du bist während der Arbeitszeit nicht zu erreichen."

„Spionierst du mir etwa nach?"

Sybilles momentaner Zorn verflog. „Nein, Quatsch! Aber warst du schon in diesem Hamburger-Imbiss?"

„Noch nicht, ich wollte heute nach der Arbeit da vorbeigehen", sagte Harald.

„Mach das bloß nicht!", sagte sie.

„Wieso?"

„Das erzähle ich dir nicht am Telefon. Komm nachher mal vorbei, bevor ich Feierabend mache, gebongt?"

Harald war einverstanden. Er kam früher als erwartet, stand in der Tür und schaute Sybille beim Arbeiten zu. „Da bin ich!"

„Weißt du, wo der Chef gerade ist?", fragte Sybille. Sie wollte vermeiden, dass Jörg, dessen Büro nur zwei Türen weiter lag, sie jetzt überraschte.

„Keine Sorge. Der ist mit Alexander im Seminarraum, die Präsentation für den Ärztekongress in Baltimore besprechen", sagte Harald.

„Was du alles weißt!"

„Na ja, die beiden sind vorher bei mir vorbeigekommen und haben mich nach den Schmelzkurven gefragt, die ich mit den DNA-Proben von Alexander gemacht habe. Die wollen das da vortragen", sagte Harald stolz.

„Gut, dann stört der uns hier jetzt nicht. Das ist nämlich ein dickes Ding. Die Patientin mit dem EHEC-O104 aus dem städtischen Krankenhaus ist an plötzlichem Nierenversagen gestorben!", sagte Sybille.

Harald antwortete nicht. Er starrte Sybille an. Sein Mund stand offen.

„Ich habe den Chef beiläufig gefragt, ob er sie zufällig kennt, aber ..."

„Aber?"

„Er guckte mich nur irritiert an und dann sagte er, auf dem Zettel steht gar kein Name, sondern nur M. L.".

„M. L.", buchstabierte Harald nach.

„Und das Geburtsdatum", sprach Sybille ihren Satz zu Ende.

„Und das Geburtsdatum", wiederholte Harald leise.

„Sag mal, willst du mich verarschen?", fragte Sybille, als sie sah, was Harald für ein Gesicht machte.

„Und wie ist das Geburtsdatum?", fragte Harald, ohne weiter auf sie einzugehen.

Sybille las vor: „16. März 1989!“

„Gib mir den Zettel!“, rief Harald aufgeregt und packte Sybille am Arm.

„Hey! Du wirst ja brutal! Kennst du die Frau etwa?“

„Lass mich den Zettel sehen“, polterte er.

„Nur wenn du mich loslässt“, meinte Sybille ruhig.

„Entschuldige!“

Sybille holte den Einsendeschein und zeigte ihn Harald. Seine Augen irrten über das Papier, flogen hin und her, dann sagte er: „Du, ich brauche eine Kopie davon, bitte Sybille!“

„Du kennst die Frau!“, stellte Sybille fest.

Harald bewegte leicht seinen Kopf. Ob es Zustimmung oder Verneinung war, konnte Sybille nicht sagen. Er hatte sie losgelassen und sie machte ihm die Kopie.

„Weiß nicht genau“, sagte Harald tonlos, als er die Kopie in der Hand hielt. Er faltete das Papier und steckte es sich in seine Kitteltasche. „Du, ich muss mal telefonieren. Wir sehen uns spätestens morgen.“

Kopfschüttelnd sah Sybille ihm nach. Aus Harald wurde sie manchmal nicht schlau. Was war das denn nun schon wieder?

**Boksee, 21. 4. 2011**

Das Treffen aller Mitglieder der Hofgemeinschaft *Keim und Sprosse* fand unter dem Dach der Terrasse, die an der Rückseite des Haupthauses angelegt war, allabendlich statt. An diesem Gründonnerstabend konnte jedoch keine rechte Freude über den erfolgreich abgewickelten Auftrag, die Sprossenlieferung an den Hamburger Großmarkt, aufkommen. Zu tief saß allen noch der Schock in den Gliedern, wie ihre Freundin Marie vor ein paar Tagen brutal aus dem Leben gerissen worden war.

Vor allem Jan war seit Maries Tod nicht mehr wiederzuerkennen. Clara sah seinen Gemütszustand mit gemischten Gefühlen. Sie trauerte genauso wie er um Marie, die ihr eine gute Freundin und Mitarbeiterin gewesen war. Bei Jan schien das tragische Ereignis aber in eine andere Richtung zu wirken. Anstatt sie enger zusammenzuschweißen, hatte Maries Tod eine Krise in ihrer Beziehung aufbrechen lassen, die unter der Oberfläche schon eine Weile gegärt hatte. Jan hielt Distanz zu ihr und entgegen seiner sonstigen Art hielt er sich auch bei der Hofversammlung schweigsam zurück und schaute niemanden länger als nötig an.

Gewöhnlich war er es, der als Geschäftsführer die neuen Abschlüsse vor versammelter Mannschaft verkündete. Da er aber beharrlich schwieg, ergriff Clara das Wort. Die Bestellung von dreihundert Kilogramm Sprossen, die fristgemäß rausgegangen war, hatte den Hof für eine Zeit vor dem wirtschaftlichen Ruin gerettet. Das musste wenigstens gesagt werden. Schließlich ging das Leben weiter und die Existenz von einer Familie und fünf einzelnen Mitgliedern der Gemeinschaft hing davon ab.

„Marie hätte sich sehr gefreut, diesen Tag mitzuerleben", sagte Clara unter Tränen. „Sie hat bis zu ihrem letzten Tag mit uns an dem Auftrag, der unseren Hof gerettet hat, gearbeitet".

Alle murmelten und nickten zustimmend, aber keiner fand ein offenes Wort, um Clara zu unterstützen. Zu sehr spürten alle die Krise, die Maries Tod in der Beziehung zwischen Jan und Clara aufgerissen hatte. Als Clara sich im Meer des Schweigens, das auf ihre Worte folgte, nach Jan umdrehte, war er gegangen. Nach einer Weile meinten die anderen, es sei doch recht spät geworden und alle müssten morgen wieder früh raus. Die Hofversammlung löste sich auf. Clara blieb allein an dem großen runden Tisch, der von vielen leeren Stühlen umgeben, wie ein Symbol ihrer Einsamkeit wirkte. Clara wusste nicht, was sie falsch gemacht haben konnte.

**Kiel, 22. 4. 2012**

M. L. und der 16. März 1989, das waren Maries Initialen und ihr Geburtsdatum, hatte es in Haralds Kopf gedröhnt, als er wie im Fieber aus Sybilles Labor gerannt war. Zu viele Übereinstimmungen, um zufällig zu sein! Er musste jetzt unbedingt wissen, was mit ihr war. Wie oft hatte er versucht, sie in den vergangenen Tagen zu erreichen, aber es gab kein Lebenszeichen und ihr Handy blieb ausgeschaltet. Dieser Jan von ihrem Ökohof hatte gesagt, Marie sei krank. Das Erste, was Harald getan hatte, war, im städtischen Krankenhaus anzurufen. Schließlich kam der EHEC von der Patientin mit Maries Initialen von dort. Aber so sehr er sich bemühte und auf die Schwestern einredete, er bekam keine Auskunft und als offizieller Vertreter von Jörgs Labor anzufragen, hatte er sich nicht getraut.

Jetzt blieb ihm nur noch übrig, wieder den Biohof anzurufen. Er hatte es gestern Abend versucht, aber niemand hatte abgehoben. Er hoffte inständig, er würde auf jemanden anderes treffen, als auf diesen Jan, der ihn das letzte Mal so abgefertigt hatte. Wenn es wirklich Marie war, die im Krankenhaus an EHEC verstorben war, dann musste es eine Verbindung zwischen ihr und Jörg geben. Jörgs Stuhlprobe war EHEC-positiv gewesen. Sybille hatte gesagt, dass die EHEC von Jörg und der Patientin ähnlich waren. Er dachte an das zufällige Zusammentreffen zwischen den beiden, als Marie im Institut auf ihn gewartet hatte.

„Ne süße Freundin hast du dir da aufgegabelt, Harald!", klangen ihm Jörgs Worte noch in den Ohren. Aufgegabelt! Wahrscheinlich hatte er sich mit Marie hinter seinem Rücken getroffen, um sie sich selbst einmal aufzugabeln. Eigentlich hatten die Unstimmigkeiten mit Marie seit der Zeit begonnen, als sie ihn im Institut abgeholt hatte. Jörg hatte Marie bestimmt in sein Bett gekriegt. Sie war von Jörg beeindruckt gewesen, das hatte er gleich gespürt. Jörg hatte gewusst, dass er EHEC-infiziert war. Wenn er Marie angesteckt hatte, war das nicht nur rücksichtslos, sondern kriminell. Harald fühlte, wie Eifersucht und Ohnmacht gleichzeitig von ihm Besitz ergriffen. Jetzt gab es kein Wenn und Aber mehr, nicht auf dem Hof anzurufen. Nachdem er es eine ganze Weile klingeln lassen und gerade auflegen wollte, meldete sich eine abgehetzt klingende Frauenstimme.

„Clara Schmidt, Hofgemeinschaft *Keim und Sprosse*".

Harald war erleichtert, dass er diesmal an jemanden anderes geraten war. Nachdem er Clara von sich und Marie erzählt hatte, wurde ihre Stimme mitfühlend. Sie sagte, es täte ihr so leid, denn es war tatsächlich seine Marie gewesen, die im Krankenhaus verstorben war.

Hinter der anonymen Patientenakte, die er bei Sybille gesehen hatte, verbarg sich seine Freundin. Harald war wie versteinert. Es stimmte also. Jörg musste sich mit Marie getroffen und sie angesteckt haben. So groß konnte der Zufall gar nicht sein, dass beide unabhängig voneinander sich die gleiche EHEC-Infektion geholt hatten und …

„Komm uns doch mal besuchen", hörte er Clara wie von weit entfernt sagen, „auf einen Kaffee und ein Stück Kuchen."

Harald wollte spontan ablehnen, aber ihm fiel ein, dass er in Maries Zimmer vielleicht etwas finden würde. Einen Beweis dafür, dass Jörg mit ihr zusammen gewesen war. Dann konnte sich Jörg nicht so einfach mehr aus der Sache herausreden.

Hastig erwiderte er: „Gerne! Ich hatte Marie vor einiger Zeit zwei CDs geborgt, vielleicht kann ich die bei der Gelegenheit auch wieder abholen?"

Clara versprach es und sie verabredeten sich für den Samstag nach Ostern auf dem Hof.

Harald überkam ein Hochgefühl, es seinem arroganten Chef endlich heimzahlen zu können. Aber es verflog schnell und machte dem Gefühl einer tiefen Verlorenheit Platz. Der winzige Funken Hoffnung, dass die Patientin mit den Initialen M. L. doch nicht Marie gewesen war, war erloschen. Er drückte sich ein Kissen in seine Augen, um seine Tränen nicht spüren zu müssen.

**Boksee, 30. 4. 2011**

Harald hatte kein Auto. Da er sich sonst nur in der Kieler Innenstadt bewegte, brauchte er eine Weile, um herauszufinden, wie er mit dem Bus zum Hof *Keim und Sprosse* in der Nähe von Boksee südlich von Kiel gelangen konnte. Der Bus fuhr am Sonntag nur alle paar Stunden und Harald verstand jetzt, warum Marie immer Wert darauf gelegt hatte, sich mit ihrem eigenen Fahrrad unabhängig zu machen. Aber selbst, wenn Harald ein Fahrrad gehabt hätte, wäre ihm das zu weit gewesen. Er hatte sich daran gewöhnt, alle seine Wege zu Fuß, oder falls es nicht anders ging, mit dem Bus zurückzulegen.

Der Bus hatte schon seit einer Weile die Stadtgrenze passiert, als der Fahrer an einer verlassenen Haltestelle stoppte und ihm zunickte. Harald lief die Landstraße etwa hundert Meter weiter, bis er auf einen Feldweg stieß. Dort stand ein Schild, das den Weg zum Hof *Keim und Sprosse* wies. Er hoffte, dass sie keine Hunde hatten. Kläffende Köter, die aus dem Hinterhalt hervor stürmten und ihn womöglich ansprangen, machten ihm Angst. Marie hatte nie von Hunden gesprochen, doch als er sich dem Hof näherte, wurde er eines Besseren belehrt. Aber der große, etwas zottelige Hund, der durch die offene Gartenpforte zielgerichtet auf ihn zu schlenderte, blieb friedlich. Erst als er dicht vor Harald stand, setzte er sich vor ihm hin und bellte.

Eine Frau erschien aus der Flügeltür des lang gestreckten, roten Backsteinhauses. „Ist brav, Charly, brav!“, rief sie, worauf der Hund mit dem Schwanz wedelte und begann Harald intensiv zu beschnüffeln. Als er damit fertig war, machte er kehrt und trollte sich.

„Bist du Harald?“, fragte die Frau, während sie auf ihn zuging.

Sie trug eine blaue Schürze, ihre langen, schwarzen, lockig herunterfallenden Haare umrahmten ihr ebenmäßig geformtes Gesicht. Als sie ihn anlachte, formten sich kleine Grübchen auf ihren Wangen.

Sie passt eigentlich nicht auf einen Bauernhof, dachte er. In seinen Vorstellungen über das Landleben passten eher verhärmte, sorgenzerfurchte Gesichter, obwohl Marie auch nicht so ausgesehen hatte.

„Ich bin Clara“, sagte sie. An dem festen Druck ihrer schlanken Hand spürte er, dass sie körperliche Arbeit gewohnt war. Was für ein Unterschied zu den Leuten im Labor, deren handschuhbewehrte Finger sich selten berührten, staunte er, während Clara ihn am Arm fasste und mit ihm ins Haus ging.

„Die anderen sind alle auf den Feldern oder in den Gewächshäusern“, sagte Clara. „Wir haben im Moment alle Hände voll zu tun. Weißt du, wie es auf einem Bauernhof zugeht?“

Harald nickte und sagte: „Ja, aber nicht so genau.“ Er erzählte Clara nichts weiter von den Eindrücken, die das Dorf seiner Jugendzeit bei ihm hinterlassen hatte, denn er wollte sie nicht kränken.

„Marie hat das alles hier so sehr gemocht.“ Clara zeigte in die Runde und bekam einen dunklen Schimmer in ihren blauen Augen. „Es ist so schade, so traurig! Ich kann immer noch nicht verstehen, wie das passieren konnte.“

Nachdem sie sich in die große Wohnküche gesetzt hatten, goss Clara ihm Kaffee ein und gab ihm von dem selbst gebackenen Erdbeerkuchen. Sie redeten eine Weile darüber, wie Harald und Marie sich kennengelernt hatten und Clara fragte nach seiner Arbeit im Labor. Er blieb allgemein, sagte nur, sie forschten für die Gesundheit. Clara war interessiert. Harald mochte sie und hätte sich eigentlich gerne mit ihr noch länger unterhalten. Da aber niemand sonst anwesend war, wollte er die Gelegenheit nützen und sich in Maries Zimmer ein wenig umzusehen. Nach Beweisen suchen, die belegten, dass Jörg sich an sie rangemacht hatte.

Nach einer Weile kam er daher gezielt auf die CDs zu sprechen. Clara nickte, begleitete ihn in den ersten Stock und zeigte ihm die Tür von Maries Zimmer. Zum Glück hatte sie noch unten zu tun und ließ ihn allein. Wenn er die CDs gefunden hatte, sollte er einfach wieder zu ihr in die Küche kommen.

Der Anblick von Maries Zimmer, das er vorher nie gesehen hatte, gab ihm einen Stich. Ein Hauch von ihrem Duft schien noch in der Luft zu liegen. In der

Art, wie der Raum dekoriert war, fühlte er ihre Nähe, aber auch die Gewissheit, dass sie für immer von ihm getrennt sein würde. Er sah sich um, erblickte einen selbst gebauten Holzständer mit CDs und nahm nach kurzer Suche zwei davon in die Hand. Damit hatte er ein Alibi, das gefunden zu haben, was er zu suchen vorgab.

Dann machte er sich auf die Suche nach Beweisen für Jörgs Präsenz in Maries Leben. Er fand ein Tagebuch, das Marie aber schon vor einigen Monaten nicht mehr weitergeführt hatte. Ein paar Briefe von ihren Eltern und von Leuten, die er nicht kannte. Er selbst hatte ihr nie Briefe geschrieben, nur SMS. Ein paar Postkarten, die an der Wand befestigt waren, sahen so aus, als hingen sie schon eine Weile dort.

Auf ihrem Schreibtisch, in einer Glasschale, fand er, was er suchte. Ein paar Zettel mit Adressen, darunter lag die Visitenkarte von Jörg mit dem Logo des Instituts. Er hatte darauf handschriftlich seine private Telefonnummer und Adresse geschrieben. Harald spürte, wie ihm bei diesem Fund die Hitze zu Kopf stieg.

Er wollte die Karte gerade einstecken, da hörte er jemand hinter ihm sagen: „Hör mal, was schnüffelst du eigentlich hier herum?“

Harald schrak zusammen. Er war in Gedanken gewesen und hatte niemanden kommen hören. Er drehte sich um. Vor ihm stand ein Mann, schlank, aber muskulös, mindestens ein Meter neunzig groß, mit flachsfarbenen, etwas schütteren Haaren. Der Mann trat näher an Harald heran und schloss die Tür mit einer Fußbewegung.

„Hallo, ich bin Harald. Clara hat mich netterweise hereingelassen und ich wollte nur die zwei CDs, die ich Marie mal geliehen hatte, wieder abholen ...“

„Zeig mal her!“, sagte der Blonde.

Die Hüllen mit den CDs wurden ihm aus der Hand gerissen. Der Mann schob die CDs zwischen seinen Fingern hin und her, als suchte er etwas. Plötzlich verzerrte sich sein Gesicht und er schubste Harald mit einem heftigen Stoß gegen den Tisch.

„Du lügst! Du Scheißkerl, diese CD von Stevie Moore habe ich Marie zu ihrem letzten Geburtstag geschenkt.“

Er drehte die CD um und hielt sie Harald dicht vor die Augen. Harald las die kleine, handgeschriebene Widmung auf der Rückseite des Covers mit Maries Geburtstagsdatum vom letzten Jahr. *„Erinnerung an Roskilde. Alles Liebe zum Geburtstag, Dein Jan.“*

„Was? Dann habe ich mich wohl geirrt“, stieß Harald hervor.

„Geirrt? Ja, das glaube ich auch“, sagte Jan gedehnt und ergriff Haralds Hand. „Geirrt! Dann erzähl mal, was du hier wirklich gesucht hast?“

Sein Blick fiel auf die Karte, die Harald in der anderen Hand hielt. Er zog ihn am Arm zu sich heran, dicht vor sein Gesicht.

„Was ist denn das da? Eine Visitenkarte?“

Jans Augen verengten sich. „Eine Karte von dir, aus eurem Institut, wo ihr die Bakterien genetisch manipuliert. Wolltest die wieder mitnehmen, was? Deine Spuren tilgen."

Harald konnte nicht mehr darauf antworten, denn nun traf ihn ein Hagel von Faustschlägen, auf seinen Oberkörper und sein Gesicht, sodass er zu Boden ging.

„Jan! Bist du wahnsinnig, hör sofort auf!!" Claras Schrei kam aus der Tür, die jetzt wieder offen stand. Sie stürmte auf Jan zu, der begann, den am Boden liegenden Harald mit Fußtritten zu traktieren.

„Einen komischen Vogel hast du dir hier eingeladen!!", schrie Jan, ließ sich aber von Clara abhalten, Harald weiter mit Schlägen zu traktieren.

„Er hat dich angelogen. Das mit den CDs war nur ein Vorwand! Er wollte eine CD mitnehmen, die ich Marie zum Geburtstag geschenkt hatte. Der ist doch nur gekommen, um seine Visitenkarte wieder mitzunehmen, damit niemand erfährt, von woher Marie sich diese Seuche geholt hat. Da, schau mal!" Er hielt Clara die Visitenkarte unter die Nase. Harald rappelte sich inzwischen auf und wischte sich das Blut mit seinem Jackenärmel von der Nase.

„Was hat das zu bedeuten, Harald?", fragte Clara, die plötzlich blass geworden war.

„Ich kann das erklären!", sagte Harald, „aber ihr werdet es nicht verstehen ..."

„Hältst du uns für Deppen, weil wir auf einem Bauernhof leben? Ich verstehe sehr gut. Hau bloß ab. Sei froh, dass Clara hier ist, sonst würde ich dich mal richtig in die Mangel nehmen. Reicht dir das nicht, dass du Marie auf dem Gewissen hast, du Schwein?"

Jan redete sich wieder in Rage und wollte erneut auf Harald los. Clara zog Harald an seinem Ärmel aus dem Zimmer, weg von Jan, die Treppe hinunter. Unten angekommen, öffnete sie die Haustür und deutete hinaus.

„Wirklich, ich kann das ..."

„Geh jetzt! Ich weiß nicht, was wirklich passiert ist, aber ganz ehrlich scheinst du mir nicht zu sein."

Harald strauchelte in den sonnendurchfluteten Hof. Die Tür schlug hinter ihm zu. Von drinnen hörte er laute, harte Worte. Sie stritten sich. Als er sich umdrehte, sah er den zotteligen Hund zielstrebig auf sich zulaufen. Harald lief erst ein paar Schritte, dann rannte er über das Hofgelände und drehte sich nicht mehr um, als das Kläffen des Hundes immer näherkam.

Jan hatte seiner Lebensgefährtin Clara wütend die Küchentür vor der Nase zugeknallt. Dann war er wieder zurück in Maries Zimmer gegangen. Er hatte es seit ihrem Tod nicht mehr betreten. Der Anblick ihrer Sachen gab ihm einen Stich und machte ihn traurig und wütend zugleich. Traurig über den Tod von Marie und wütend, weil Clara diesen Typen hier herumschnüffeln gelassen hatte. Die Geschichte mit den CDs war eine freche Lüge gewesen, das hatte Clara einsehen müssen. Was hatte dieser Heini hier wirklich gewollt? Jans Blick schweifte über den Raum, der gemütlich und aufgeräumt wirkte. Er öffnete vorsichtig eine Holzkiste, die unten im Regal stand und mit Pailletten verziert war. Die Kiste enthielt Briefe und Postkarten. Jan überflog die Absender, Maries Eltern und ein paar von ihren alten Freundinnen aus der Münchener Zeit. Er scheute sich, die Briefe zu lesen und schob den Packen wieder in die Kiste zurück. Sein Blick glitt über den Boden und fiel auf das kleine Stück Papier, das dort lag und die Ordnung des Zimmers störte. Es war die Visitenkarte, die der Bursche, als er ihn bearbeitete, fallen gelassen hatte. Jörg Puster, Institut für medizinische Mikrobiologie, las Jan, dazu eine Telefonnummer und die Adresse. Eine weitere Telefonnummer, mit der Hand geschrieben. Das war es, was dieser Heini gewollt hatte. Die Visitenkarte holen. Er hatte sie schon in der Hand gehabt, als er gestört wurde. Zum Glück hatte er sie nicht mehr einstecken können.

Klar, dass dieser Kerl etwas mit Maries Krankheit und Tod zu tun gehabt haben musste. Warum hätte er sich sonst die Mühe gemacht, mit einer erfundenen Geschichte um geborgte CDs extra auf den Hof zu kommen, um die Visitenkarte zu suchen? Aber das hatte er ihm vermasselt.

Er hörte Clara von unten laut nach ihm rufen. Er steckte die reliefartig bedruckte Karte in seine Hosentasche und ging die große Holztreppe zur Küche hinunter. Als er die Tür öffnete, saß Clara kreidebleich auf einem Hocker und hatte ihre Beine weit von sich gespreizt. Sie stöhnte und drückte die Hände auf ihren Bauch. „Mir ist auf einmal so kodderig“, sagte sie.

„Hast du jetzt etwa auch, was Marie hatte?“, fragte Jan entsetzt.

Clara schüttelte den Kopf. „Quatsch, ich hab ein wenig Bauchkrämpfe, hab mich draußen bestimmt erkältet.“

„Das fing bei Marie aber auch so an mit Krämpfen. Sag mal, wie hieß dieser Typ, der gerade hier war? Jörg Puster?“

„Jörg wie? Nein, bei mir hat er sich als Harald Pütz vorgestellt. Den Namen, den du da nennst, kenne ich gar nicht.“

„Da sieh mal! Der richtige Name steht aber hier drauf“, sagte Jan und gab ihr die Visitenkarte.

Clara warf einen Blick auf die Karte. „Professor Doktor Jörg Puster“, las sie und musste auflachen. „Du glaubst doch nicht etwa, dass dieser Jungspund sich schon solche Titel angesammelt hat? Der ist doch höchstens Mitte zwanzig!“ Clara fing wieder an zu lachen und verzog dann schmerzhaft ihr Gesicht.

„Ich fahr dich jetzt gleich zur Untersuchung. Vielleicht ist das doch nicht so harmlos, was du hast! Und was diesen Typen betrifft, die Sache stinkt doch zum Himmel. Kommt extra wegen dieser Karte. Er, oder dieser Professor muss etwas mit Maries Krankheit zu tun haben.“

Jan legte Claras Arm um seine Schulter, um sie aus dem Haus bis zum Lieferwagen zu führen. Er ließ sich auch nicht davon abbringen, sie ins Krankenhaus zu fahren, als Clara laut protestierte.

„Und diesmal lass ich mich auch nicht mehr von den Ärzten abwimmeln", versprach er seiner Lebensgefährtin, als sie in die Notaufnahme der Klinik gingen.

**Kiel, 1. 5. 2011**

Als Harald nach seinem überstürzten Abgang vom Bauernhof schließlich spätabends bei sich zu Hause angekommen war, konnte er nur noch ins Bett fallen. An diesem Sonntagmorgen kreisten seine Gedanken immer noch um die gleiche Sache. Sein Körper tat ihm an den verschiedensten Stellen weh, Jan hatte ihm Prügel versetzt, wie er sie noch nie in seinem Leben bekommen hatte. Aber das Fieber seiner Eifersucht ließ den Schmerz in den Hintergrund treten. Für ihn war klar, Jörg hatte sich an Marie herangemacht. Zu dumm, dass Jörgs Visitenkarte auf dem Hof geblieben war. Harald konnte sich gut vorstellen, dass Marie dem großtuerischen Gehabe seines Chefs nichts entgegensetzen konnte. Oder wollte? Wahrscheinlich hatte er sie damit beeindruckt. Jörg Puster wusste doch, wie man naive junge Frauen um den Finger wickelt.

„Das war dein Boss? Der war doch ganz nett ...", hatte Marie gesagt, nachdem ihr Jörg damals im Institut begegnet war.

Ganz nett! Sollte er morgen ins Institut gehen und dem netten Jörg alles auf den Kopf zusagen? Alles, dessen er sich so sicher war? Er hatte keinen Beweis dafür, dass Jörg Marie mit EHEC angesteckt hatte. Selbst wenn es so gewesen wäre, für sich gesehen, war es Körperverletzung mit Todesfolge. Fahrlässige Körperverletzung, denn eine Absicht würde man Jörg kaum unterstellen können.

Dass Jörg mit ihr ins Bett gegangen war, würde niemanden aufregen, schließlich waren beide erwachsene Menschen. Ähnliche Geschichten hatten sich in der Gruppe bestimmt schon abgespielt und keiner hatte darüber je ein Wort verloren. Am Ende wäre er es, der seine Sachen packen und die Gruppe verlassen müsste. Niemand würde auch nur ein Wort zu seiner Verteidigung verlieren.

Und dann? Dann müsste er sich eine neue Doktorarbeit suchen, wenn ihn nach dem Rauswurf überhaupt noch jemand nahm. Da müsste er schon weit weg von Jörgs Einfluss sein und der reichte sogar bis ins Ausland. Im Grunde genommen war es beruflicher Selbstmord, wenn er Jörg offen wegen dieser Geschichte bezichtigte.

Vielleicht war es besser, vorsichtiger zu sein. So zu tun, als ob nichts wäre und abzuwarten, bis er vielleicht doch den Beweis dafür bekam, dass Jörg mit Maries Tod etwas zu tun hatte. EHEC war keine Geschlechtskrankheit, aber hochinfektiös. Die Ansteckungsgefahr war bei Kontakt mit anderen immer gegeben, aber noch viel mehr, wenn dieser intim war.

Harald hatte schon eine Idee, wie er vorgehen konnte, methodisch und genau. Möglich, dass er Jörg eines Tages die Rechnung für sein verantwortungsloses

Verhalten präsentieren konnte. Nachdem er Marie für immer verloren hatte, gab es niemanden mehr in dieser Stadt, der ihm einen Rückhalt, einen Sinn geben konnte. Harald schlief unruhig in dieser Nacht, sah Marie im Traum als ein Spiegelbild im Wasser, das verschwand, als er nach ihr rief.

**Berlin, 2. 5. 2011**

Nachdem am Freitag die Meldung über eine ungewöhnliche Häufung von HUS Fällen im Landkreis Brunsbüttel aus dem RPI eingetroffen war, hatte sich über das Wochenende die Situation weiter zugespitzt. Der Verdacht auf EHEC-Infektionen bei den Patienten hatte sich erhärtet. In Leo Schneiders Labor am ILH in Berlin herrschte jetzt Hochbetrieb. Aus der Menge an Lebensmittelproben, mit denen sie zu Wochenbeginn überschüttet wurden, waren die meisten im Zusammenhang mit dem EHEC-Ausbruch in Landkreis Dithmarschen gezogen worden. Schneider öffnete eine der mit Klebeband verschlossenen Styroporkisten und war überrascht. Vor ihm lagen Gurken, Salat und Tomaten. Eigentlich eher ungewöhnliche Lebensmittel bei Verdacht auf EHEC. Meist waren es Fleisch- oder Milchprodukte, die mit EHEC im Zusammenhang standen. Kühe und Schafe trugen häufiger EHEC in ihren Eingeweiden, ohne dass man ihnen das anmerkte. Beim Melken konnte dann die Milch und beim Schlachten das Fleisch der Tiere mit EHEC verseucht werden. Für das Auge unsichtbare Mengen der Bakterien reichten schon aus, um bei Menschen Erkrankungen zu verursachen. Zum Glück waren EHEC-Bakterien empfindlich gegen Hitze, gefährlich wurde es nur, wenn EHEC-verseuchte Lebensmittel roh verzehrt wurden.

Neben der einen standen noch vier weitere Kisten mit Gemüse auf dem Flur. Schneider stapelte die Kisten auf einen Laborwagen und fuhr damit ins mikrobiologische Labor. Elisabeth, eine seiner technischen Assistentinnen, riss die Augen auf, als sie die Menge der Proben erahnte, die Schneider mit den Kisten durch die Labortür schob. Nach welcher Priorität die Proben abgearbeitet werden sollten, wollte sie wissen.

„Zuerst alle, die mit dem Ausbruch zusammenhängen“, sagte Schneider.

Er sah sich die Mappe mit den Probenbegleitscheinen an. Der größte Teil der Einsendungen waren Gurken, daneben auch anderes Gemüse, sogar Erdbeeren gab es.

„Scheint so, dass alles mit dem EHEC-Ausbruch zusammenhängt“, sagte Schneider ernüchtert.

Sein personell nicht gerade üppig ausgestattetes Labor war mit dieser Probenmenge schon überfordert.

„Wonach suchen wir eigentlich genau?“, fragte Elisabeth.

„Nach EHEC! Genaueres dazu weiß ich noch nicht“, sagte Schneider und starrte auf die geöffneten Kisten, die jetzt aufgereiht wie zum Verkauf auf dem Labortisch standen.

„Wie kommen die bloß auf Gurken?“, sagte er mehr zu sich selbst.

„Das weiß ich auch nicht“, antwortete Elisabeth, die ihre Ohren gespitzt hatte, „aber Frau Gack meinte ...“

„Frau Gack!“ Schneider verzog sein Gesicht, als er diesen Namen hörte. Die Sturheit von Simone Gack, Leiterin der Abteilung Mikrobiologie, wurde nur noch von ihrer Beschränktheit übertroffen. Für sie war die Welt klein und überschaubar und sie hatte zu jeder Frage eine Antwort, mit der sie sich auch nie zurückhielt. Am liebsten hielt sie Vorträge vor Leuten, die vom Thema nichts verstanden. Da riskierte sie nicht, mit genauen Fragen in die Mangel genommen zu werden. Wie die meisten aus der oberen Etage des ILH ließ sich Frau Gack gerne mit Informationen aus zweiter Hand versorgen, ohne dass sie beurteilen konnte, welchen Wert diese tatsächlich hatten.

„Entschuldigung, Elisabeth, was meint denn Frau Gack?“, knurrte Schneider, der sich ärgerte, dass seine Assistentin ihm seine Laune deutlich vom Gesicht ablesen konnte.

„Frau Gack kam vorhin ins Labor und sagte, die Gurken müssten dringend untersucht werden, das hätte höchste Priorität.“

„Und wieso gerade die Gurken?“, gab Schneider zurück.

Elisabeth schürzte ihre Lippen. „Tja, wenn du das nicht weißt“, meinte sie schnippisch.

„Hauptsache, Frau Gack weiß Bescheid“, gab er bissig zurück. Mit der Gewissheit, dass Elisabeth es auch so gemacht hätte, wenn er widersprochen hätte. Es war typisch für seine Vorgesetzte, ungefragt in sein Labor zu gehen, den Assistentinnen unsinnige Anweisungen zu erteilen, um ihn so vor vollendete Tatsachen zu stellen.

Wie viele im streng hierarchisch geführten ILH orientierte Elisabeth sich an den Machtverhältnissen. Und wie viele Menschen, die gelernt hatten, sich allen Verhältnissen anzupassen, wusste sie instinktiv, wie diese gerade lagen. Da war nicht nur Frau Gack, sondern auch Professor Franz Vogel, Leiter der Wissenschaftsadministration des ILH und damit Frau Gacks und Schneiders Vorgesetzter. Vogel und Gack mussten weitere Informationen zu dem Ausbruch haben, nur so ließ sich die Sache mit den Gurken erklären. Schneider ging in sein Büro, versuchte noch einmal Seiboldt telefonisch zu erreichen, aber erfolglos. So konnte Schneider ihm nur eine Mail schicken, mit der Frage, ob er vielleicht wüsste, was es mit den Gurken auf sich hatte.

Gegen Mittag gab es aus dem RPI eine erste Pressemitteilung zum EHEC-Ausbruch im Landkreis Dithmarschen. Jetzt fand die Gurkengeschichte plötzlich ihre Erklärung. Seiboldt, der sich so bedeckt gehalten hatte, musste es schon vorher gewusst haben. Die Epidemiologen des RPI hatten die EHEC-Patienten in den Krankenhäusern interviewt. Angeschlossen an diversen Schläuchen für Infusionen und die Dialyse, sollten die Patienten Dutzende von Fragen beantworten, mit denen man dem Ursprung des Ausbruchs auf die Spur kommen wollte.

Es muss nicht einfach sein, sich daran zu erinnern, was man vor einer Woche gegessen hat, wenn man mit Nierenversagen im Krankenhaus liegt, dachte Schneider. Trotzdem hatten sie um die dreißig Patienten und eine doppelt so große Kontrollgruppe zusammenbekommen. Das Ergebnis der Befragung war, dass die EHEC-Patienten statistisch häufiger Gurken gegessen hatten, als die Menschen aus der Kontrollgruppe. Das hatte den Ausschlag gegeben, Gurken als EHEC-verdächtiges Lebensmittel einzustufen.

Am Nachmittag trafen mit Expressversand weitere Kisten mit Gurken in Schneiders Labor ein. Elisabeth sah ihre Stunde gekommen und organisierte den Ablauf der Untersuchungen. Schneider war es Recht, hatte er doch damit Zeit gewonnen, sich um andere Fragen zu kümmern. Es gab schon ein paar Informationen zu dem EHEC-Stamm, den sie aus den Stuhlproben der Brunsbütteler Patienten isoliert hatten. Das Überraschende war, es handelte sich nicht um die üblichen Verdächtigen. Es schien ein völlig neuer Typ von EHEC zu sein, der Schneider bisher noch nicht untergekommen war.

***

*Der Himmel war bereits seit einer Weile dunkel. In seinem schwach erleuchteten Büro sah er auf seine Armbanduhr, es war kurz nach zehn Uhr abends. Das geschäftige Treiben in dem Gebäude hatte sich gelegt. Er hatte es sich schon seit einer Weile auf seinem Bürosessel bequem gemacht und ließ seinen Gedanken freien Lauf. Auf seinem Gesicht spielte ein Lächeln, das Abwarten hatte sich also gelohnt. Aus einem Impuls heraus stieß er sich leicht mit einem Fuß vom Boden ab. Der Stuhl drehte sich langsam mit ihm um seine eigene Achse. Die Welt dreht sich um mich, dachte er dabei und er drückte für einen Moment fest seine beiden Daumen. Hoffentlich, beschwor er in Gedanken das Schicksal, hoffentlich klappt es. Die erste Hürde war genommen. Sein Baby war nicht im Nirwana der natürlichen Selektionsprozesse verschwunden. Es hatte die Bewährungsprobe überstanden und im Kampf ums Dasein überlebt. Abwarten, ob es sich durchsetzen würde. Auch in der Welt der Bakterien gab es Kämpfe ums Dasein, die dem menschlichen Auge allerdings verborgen blieben.*

*Manches von dem, was sich in der letzten Woche ereignet hatte, erschien ihm widersprüchlich. Er war sich nicht sicher, was er als Nächstes unternehmen musste. Das Wichtigste war, die Kontrolle über die weitere Entwicklung zu behalten. Er war auf alles vorbereitet. Information war alles in dieser Phase, zu tun gab es im Moment nichts.*

*Viel Zeit blieb ihm nicht mehr. Die Uhr tickte und der Rest des Jahres war schnell vergangen. Es musste noch einiges mehr passieren, damit man auf seine Schöpfung richtig aufmerksam wurde und damit auf ihn, den Problemlöser.*

*Auch die besten Ideen und der genialste Plan halfen nichts, wenn das Glück nicht ein wenig mitspielte. Aber ihm blieb zurzeit nicht viel mehr, als abzuwarten und aufmerksam zu bleiben. Aufmerksam, damit er zur Stelle war, wenn sein Baby wieder auftauchte. Und wenn es wirklich soweit war, dann würde er bereit sein. Der Experte, der Crack. Ruhig und gelassen hatte er bereits schon die Antworten auf all die Fragen, die die anderen noch nicht einmal formuliert hatten. Dieses Mal würde er ihnen um mehr als nur eine Nasenlänge voraus sein und sie könnten gar nicht anders, als anzuerkennen, das er der Beste, der Erste war.*

*Er zündete sich eine Zigarette an und nahm einen tiefen Zug. Seine Anspannung löste sich etwas, als das Nikotin durch alle Körperzellen strömte. Er unterdrückte den Hustenreiz und ließ sich für einige Momente genießerisch in seinem Tagtraum dahintreiben.*

**Kiel, 2. 5. 2011**

Am Montag, als Harald im Institut eintraf, nahmen die Dinge einen anderen Verlauf, als er es sich vorgestellt hatte.

„Du sollst gleich zu Jörg in sein Büro kommen“, sagte Ines, die schon fleißig ihre Reagenzgläser füllte. Man sah ihr nicht an, wie viele Stunden sie damit heute schon zugebracht hatte.

„Worum geht es denn?“, fragte er.

Ines zuckte mit den Achseln und sagte: „An deiner Stelle würde ich ihn nicht warten lassen.“

„Du bist heute sowieso schon ziemlich spät dran“, fügte sie nach einem Blick auf ihre Uhr hinzu, um sich danach wieder ihren Reagenzgläsern zuzuwenden.

Ob Jörg vielleicht schon im Bilde war, mehr wusste, als Harald glaubte? Vielleicht hatte dieser Schläger vom Bauernhof die Nummer auf der Visitenkarte schon angerufen? Harald fühlte deutlich seinen Herzschlag in der Brust, als er bei Jörg anklopfte und in sein Büro trat.

Jörg blickte von seinem vollgepackten Schreibtisch hoch und machte ein verblüfftes Gesicht. „Sag mal, wie siehst du denn aus? Hattest du einen Unfall?“

Jörg deutete mit seinem Finger auf ihn, nachdem er die blauen Flecken auf seinem Gesicht bemerkt hatte.

Er weiß, was gestern passiert ist, dachte Harald und wurde blass. Er nuschelte: „Bin auf der Treppe hingefallen, ist weiter nix Schlimmes.“

Zu Haralds Überraschung interessierte sich Jörg nach dieser Antwort schon nicht mehr für sein marmoriertes Gesicht und kam zum Thema: „Also Harald. Ich muss mal mit dir reden. Du hast ja inzwischen hier schon einiges gelernt, wie mir Alexander erzählt hat. Er traut dir noch mehr zu, sagt er. Ich denke, dein Klonierungsprojekt lässt noch Platz für weitere spannende Sachen, hm?“

Harald stand vor Jörgs Schreibtisch und nickte stumm. Er wusste nicht genau, worauf Jörg hinauswollte. Ihm kam der Gedanke, Jörg fand, er würde auf seinem Projekt zu wenig leisten.

Jörg ließ ihm keine Zeit für weitere Spekulationen.

Ob Harald nicht Lust hätte, an einem neuartigen EHEC-Stamm zu arbeiten, fragte Jörg. Ein Stamm von einer Kieler Patientin, mit neuartigen Eigenschaften.

„Das wäre doch mal interessant, dem weiter nachzugehen, oder?“

Harald schluckte deutlich, dachte an Marie und sah Jörg stumm an.

„Setz dich doch endlich mal hin, Harald!“ Jörg deutete ungehalten auf den Stuhl vor seinem Schreibtisch. „Bist ja wie auf dem Sprung!“

„Hör mal", sagte Jörg verschwörerisch, als Harald jetzt vor ihm saß. „Dieser EHEC-Keim ist vielleicht gefährlich! Die Frau ist vor ein paar Tagen im Krankenhaus daran gestorben!"

Er beobachtete Harald, der sich mit halb offenem Mund auf den angebotenen Stuhl hatte sinken lassen. „Könnte sein, dass da was Größeres dahintersteckt, Harald. Möglicherweise gibt es noch mehr Patienten mit diesem EHEC-Typ."

Jörg war nicht entgangen, dass Harald blass wurde und seine Hände unwillkürlich zu Fäusten ballte. Was war los mit dem? Hatte der plötzlich Schiss damit zu arbeiten, weil der EHEC-Keim gefährlich war?

Harald stotterte, als er zustimmte. Jörg fand das noch merkwürdiger. „Was bist du so nervös, Harald?", fragte er lauernd. „Hast du etwa Angst vor dem Projekt?"

Harald gab zunächst darauf keine Antwort, der Gedanke an Marie hielt ihn fest, dann fing sich wieder. „Ich mache es, ist klar."

Jörgs Gesichtsausdruck blieb immer noch skeptisch.

„Nein wirklich, ist klar, ich bin nur überrascht", bekräftigte Harald.

„Na gut", sagte Jörg und schien damit zufrieden zu sein. „Am besten du gibst zu Beginn und während des Projekts regelmäßig Stuhlproben an Sybille. Die kann dann prüfen, ob du dich nicht infiziert hast. Vielleicht gibt dir das mehr Sicherheit bei dem Projekt!"

„Okay, klar", sagte Harald nur.

„Noch was. Erzähl den anderen bitte noch nichts davon. Besonders Marko nicht, sonst gibt es wieder nur Neid und Eifersüchteleien. Den EHEC-Stamm kannst du dir von Sybille geben lassen, sie weiß Bescheid. Dann mach mal einen Forschungsplan. Schreib auf, was du alles mit dem Stamm anstellen willst."

Jörg griente ihn an. „Den Forschungsplan zeigst du mir aber, bevor du loslegst. Das war's fürs Erste. Ich bin gespannt, was dir an Experimenten so einfällt."

Damit war für Jörg das Gespräch beendet.

Harald erhob sich mühsam aus dem Stuhl. Als er sah, dass Jörg sich bereits von ihm ab und seinen Papieren wieder zugewandt hatte, verließ er das Büro auf wackligen Füßen.

Das war der EHEC von Marie. Wusste Jörg wirklich nichts, oder tat er nur so? Auf dem Weg zu seinem Arbeitsplatz kam Harald an Sybilles Labor vorbei. Die Tür stand halb offen, er blieb stehen und schaute hinein.

„Du siehst ja kreidebleich aus", stellte Sybille fest. Sie schaute genauer hin, runzelte die Stirn und kam näher. „Was ist denn mit deinem Gesicht passiert? War es beim Chef so schlimm?" Sie lachte verlegen und strich sich eine Locke aus der Stirn. „Na, du bist doch gerade aus seiner Tür herausgekommen."

„Nein, das war ein Unfall, bin ausgerutscht", murmelte Harald. „Du ich weiß nicht. Er will, dass ich mit dem neuen EHEC-Stamm arbeite, den ihr aus dem städtischen Krankenhaus bekommen habt."

„Ach so? Ich dachte, Marko wollte sich darum kümmern“, sagte Sybille.

„Marko?“

„Ja, Marko hatte Jörg danach gefragt und mich gebeten, ihm den EHEC anzuzüchten.“

„Davon hat mir Jörg nichts gesagt, aber dieser EHEC, das ist der …“ Haralds Stimme stockte. Sybille merkte jetzt, dass er kurz vor einem Zusammenbruch stand.

„Komm, wir gehen mal ein Stockwerk tiefer, da haben wir mehr Ruhe“, sagte Sybille besorgt und zog Harald an seiner Hand hinter sich her über den Flur. Sie gingen die Treppe hinunter bis in den ersten Stock. Dort war ein Seminarraum, der nur selten genutzt wurde. Sybille zog die Tür hinter sich zu und platzierte Harald wie ein kleines Kind auf einen der Stühle, die um den ovalen Tisch herumstanden.

„Jetzt erzähl mal, was los ist!“, sagte sie.

Harald hob seinen Kopf, sah Sybille unendlich traurig an und aus seinen braunen Augen flossen Tränen. Sybille stand dicht vor ihm, streichelte sein Haar und drückte seinen Kopf an ihren Bauch. Nach einer Weile durchzuckten die Weinkrämpfe Harald seltener und er fing stockend an, zu erzählen. Je länger er redete, desto mehr flossen seine Worte, während die Tränen versiegten. Er ließ nichts aus von dem, was er in den letzten Wochen erlebt und sich dabei gedacht hatte. Sybille hatte für ihn wieder die Stelle seiner großen Schwester eingenommen.

Als er zu Ende gekommen war, fasste Sybille zusammen. „Also, du bist absolut sicher, dass die Patientin, die an dem EHEC gestorben ist, deine Freundin Marie war?“

Harald nickte kaum merkbar.

„Und du meinst, Jörg hat sich mit ihr getroffen und sie mit seinem EHEC angesteckt? Ist es das, was du denkst?“

„Getroffen..! Er hat sie gevögelt“, sagte Harald. „Da bin ich mir sicher!“

„Das glaubst du doch nur, weil du seine Visitenkarte bei ihr auf dem Bauernhof gefunden hast!“

Sybilles Stimme war jetzt voller Zweifel. „Also ich weiß nicht so recht. Er verteilt doch seine Karten ziemlich wahllos an alle möglichen Leute. Frau Steiner hat mir erzählt, sie müssen ständig neue Visitenkarten für ihn nachdrucken lassen.“

Sie seufzte. Es war Jörg zuzutrauen, dass er es versucht hatte, mit dieser Frau. Gerade weil er wusste, dass sie mit einem seiner Studenten liiert war. So etwas stimulierte ihn. Das Alphatier schnappt dem Jüngeren die Frau weg. Ein richtiger Macho, sie kannte ihn ja. Aber einen wirklichen Beweis hatte Harald doch nicht. Wenn Haralds Geschichte mit der Ansteckung stimmen sollte, wäre es ein dickes Ding. War Jörg vielleicht deswegen ein paar Tage zu Hause geblieben, um sich in Ruhe mit Marie zu treffen? Und wenn er bereits wusste, dass er eine EHEC-Infektion hatte und sich trotzdem mit ihr eingelassen hatte? Sybille konnte sich das nicht vorstellen, aber malte sich in Gedanken so einiges aus. Zumindest gäbe es einen im Institut, der sich tierisch freuen würde, wenn das alles so gewesen war und dann herauskam. Aber jetzt musste sie Harald erst einmal beruhigen.

„Zuerst ist es nicht sicher, dass die EHEC-Stämme von Jörg und von Marie die gleichen sind. Es gibt schließlich Hunderte von verschiedenen EHEC-Typen", konstatierte Sybille.

„Aber du hast doch gesagt, die beiden EHEC sind sich ähnlich. Was wäre denn daran so schlimm, wenn du Jörgs EHEC zur serologischen Bestimmung an das Zentrallabor schicktest?", bat Harald.

„Schlimm? Was stellst du dir vor? Ohne Jörg zu fragen? Niemals! Ich riskiere doch nicht meine Stelle für so etwas. Wenn die vom Zentrallabor sich dann bei ihm mit dem Ergebnis melden, wie soll ich denn das erklären? Selbst wenn alles stimmt, wie du es sagst, er hat seinen EHEC ja sicherlich nicht absichtlich weiterverbreitet. Er war nicht einmal krank und außerdem war seine zweite Stuhlprobe schon EHEC-negativ." Sybille lief nervös auf und ab, während sie vor sich hinredete.

Plötzlich öffnete sich die Tür. Im Türrahmen stand Marko Brant und starrte auf Sybille und Harald. Sein faltiges Gesicht verzog sich allmählich zu einem schiefen Grinsen, das durch die hängende Zigarette in seinem Mundwinkel noch verstärkt wurde. „Na so etwas! Ihr beide hier, so ganz allein? Eine Zweierkonferenz?", stichelte er.

„Was gibt es denn?", fragte Sybille kalt.

„Eigentlich suche ich Holger."

Sybille zeigte mit der Hand in den Raum. „Bitte sehr, vielleicht findest du ihn hier irgendwo."

„Man wird ja wohl mal fragen dürfen?" Marko zog beleidigt ab und ließ die Tür offen stehen.

Sybille kaute nachdenklich auf ihrer Unterlippe. Nach einer Weile sagte sie schließlich: „Wenn du Genaueres wissen willst, dann musst du dich selbst darum kümmern, Harald. Schließlich hat Jörg dich doch gerade damit beauftragt, mit dem EHEC aus dem Krankenhaus zu arbeiten!"

**Berlin, 3. 5. 2011**

Nach einem kurzen Pochen öffnete sich die Tür zu Schneiders Büro. Die massige Gestalt von Frau Gack schob sich wie eine Molluske durch den Türrahmen, um mit der kurzatmig ausgestoßenen Frage: „Stör ich?", in sein Büro einzudringen.

Diese Frage bedurfte keiner Antwort und Schneider verkniff sich etwaige Bemerkungen. Er brummte etwas, um diese Frau nicht anschreien zu müssen. Unwillig riss er sich aus seiner Recherche zu der Epidemie, die ihn gerade in den Bann gezogen hatte.

„Heute um siebzehn Uhr findet eine Besprechung mit Herrn Professor Vogel statt. Die Seuchenexperten aus unserem Haus werden daran teilnehmen. Es wäre gut, wenn Sie auch kämen“, keuchte Frau Gack.

„Wäre gut, wenn“, hieß in Wirklichkeit, die Teilnahme ist Pflicht. Der Rest des Tages würde anders verlaufen, als gedacht. Nach solchen Besprechungen, die sich ewig hinzogen, war jeder normale Mensch für zwei Stunden geistig und körperlich platt. Ebenso gut könnte ich mich mit billigem Fusel betrinken, dachte Schneider. Der Effekt wäre derselbe, ein dumpfes Gefühl und später Kopfschmerzen. Allerdings ließ man ihm keine Wahl zwischen beiden Möglichkeiten.

Nachdem die Meduse weitergeschwommen war, ging Schneider ins mikrobiologische Labor, um auf andere Gedanken zu kommen. Dort waren seine Assistentinnen Elisabeth und Johanna dabei, die Gurken klein zu schneiden, um sie anschließend in einem Gerät zwischen zwei Metallscheiben zu zerwalken. Der Gurkenbrei wurde in eine Nährlösung gegeben, in der die Bakterien wachsen konnten. Ob die Gurken mit EHEC verseucht waren, würde man erst morgen im Laufe des Tages wissen.

Schneider zog sich, bedrückt durch die Aussicht, stundenlang von irgendwelchen Schwellköpfen berieselt zu werden, in sein Büro zurück. Es blieb ihm noch Zeit, um sich über den EHEC-Keim aus den Brunsbütteler Patientenproben zu informieren. Inzwischen gab es einen Hinweis zum Serotyp. Es handelte sich um EHEC-O104.

Er durchsuchte die Datenbank, ob ähnliche EHEC-Stämme bereits in der Sammlung des Labors vorhanden waren. Er fand ein Kolibakterium mit dem gleichen Serotyp, aber es war kein EHEC. Jedenfalls war klar, dass es sich hier um ein ungewöhnliches Ereignis handelte, mit einem Erreger, der so noch nicht in Erscheinung getreten war. Dass dieser jetzt in Schleswig-Holstein massenweise Leute infizierte, war, gelinde gesagt, ein Phänomen. Seine weitere Suche nach der möglichen Herkunft dieses neuen EHEC erbrachte nicht viel mehr.

Er sah auf die Uhr, es half nichts mehr, die Besprechung war fällig. Er erhob sich mit einer ungewohnten Schwere und ließ sich drei Minuten später genauso schwer auf einen der wenigen freien Stühle im Sitzungsraum nieder. Eingekesselt zwischen Frau Rübsahm, der Seuchenexpertin und Frau Lindenberger, einer wandelnden Schlaftablette, versuchte er verzweifelt weiter nachzudenken, um die wertvolle Zeit irgendwie doch noch nutzbar zu machen.

Inzwischen war es kurz vor halb acht, mehr als zweieinhalb Stunden waren vergangen. Die Sitzung, ein Kantersieg des Hintern über den Geist, zog sich in die Länge. Vogel machte Andeutungen, tat geheimnisvoll, ohne wirklich neue Informationen zu liefern. Er beendete das Meeting so plötzlich, wie es einberufen worden war. Angeblich müsste er noch an einer Telefonkonferenz mit dem RPI teilnehmen. Ob Seiboldt mit von der Partie war? Schneider stocherte in seinen Grübeleien wie in einem Morast, während er durch das abendliche Berlin nach Hause fuhr. Zur Telefonkonferenz hatte man ihn nicht eingeladen, wahrscheinlich gab es da die wirklich neuen Informationen. Vogel und Gack waren anscheinend darauf bedacht, dass Schneider Informationen, wenn überhaupt, nur von ihnen entsprechend gefiltert erhalten sollte.

Zu Hause angekommen, konnte er lange nicht abschalten. Er war allein und verbrachte den restlichen Abend mit weiteren Recherchen im Internet. Außer einer Flut von Pressemitteilungen und nichtssagenden Statements fand er wenig Neues. Das brachte ihn in der Sache nicht weiter. Leo Schneider schlief unruhig in dieser Nacht. Er ahnte, dass die nächsten Tage nicht leicht für ihn werden würden.

**Kiel, 3. 5. 2011**

Am Dienstag tauchte Harald kurz vor der Mittagspause in Sybilles Labor auf.

„Hier! Das ist für dich", sagte Sybille, bevor er den Mund aufmachen konnte. „Der EHEC-Stamm, mit dem du arbeiten sollst."

Harald schaute auf die neun Zentimeter große Petrischale, auf der die Bakterien in zahlreichen, rötlichen Kolonien auf dem Nährboden wuchsen. Seine Lippen pressten sich zu einem Strich zusammen, als er daran dachte, dass diese Dinger Marie umgebracht hatten, ohne dass ihr auch nur die geringste Chance verblieben war.

„Komm", sagte Sybille sanft und legte ihm tröstend ihre Hand auf die Schulter. „Ich weiß, woran du denkst, aber du kannst deine Freundin nicht mehr lebendig machen. Aber jetzt kannst du doch herausbekommen, warum diese Bakterien so lebensgefährlich sind. Vielleicht findest du etwas, ein Gegenmittel. Das ist doch auch eine Möglichkeit, ihren Tod zu rächen. Übrigens, es sieht so aus, als ob deine Freundin nicht die Einzige war, die sich mit diesem EHEC infiziert hat. Morgen bekommen wir die ersten EHEC-Isolate von Patienten aus Brunsbüttel und Umgebung. Die Leute sind auch alle schwer krank!"

Aber sie sind nicht tot, dachte Harald verbittert und nahm den folgenschweren Inhalt ihres Satzes gar nicht richtig auf. Er stand unschlüssig im Labor herum, bis er sich traute, sie danach zu fragen. „Hast du eigentlich den EHEC-Keim von Jörg noch aufgehoben?"

Sybille hatte ihm schon wieder den Rücken zugewandt. Er hörte, wie sie sagte: „Ich glaube, ich habe das Röhrchen noch nicht entsorgt. Es muss da hinten am Fenster auf einem metallenen Reagenzglasständer stehen."

Harald fand das Röhrchen, ein Barcode war aufgeklebt, mit Filzstift war die Nr. 17 auf dem Deckel vermerkt. „Die Nr. 17?", fragte er.

„Habe ich dir aber nicht offiziell gegeben", gab Sybille zur Antwort, ohne weiter auf seine Frage einzugehen.

Sie betrachtete angestrengt ihre Nährböden. „Ich muss jetzt weitermachen, hab viel zu tun. Ich melde mich, wenn die Proben aus Brunsbüttel da sind." Sie wollte, dass er jetzt ging.

Nachdem Harald mit der Petrischale und dem Röhrchen Nr. 17 in seinem Labor angekommen war, überlegte er, wie er seinem Verdacht durch Nachforschungen weiter erhärten konnte. Er stellte die beiden Proben einstweilig in den Kühlschrank. Jörg erwartete von ihm einfallsreiche Experimente, einen Forschungsplan, aber Harald wollte eigentlich nur wissen, ob der EHEC von Marie mit dem von Jörg identisch war. Das konnte er als Forschungsprogramm Jörg allerdings schlecht präsentieren.

Das Erste, was er mit den beiden EHEC-Bakterien machen wollte, war ein genetischer Fingerabdruck. Die DNA der beiden EHEC-Stämme auf ihre Ähnlichkeit vergleichen, in der Art, wie man es bei einem Vaterschaftstest machte. Wenn die Schnittmuster der beiden EHEC sich entsprachen, war das ein Hinweis auf ihre Verwandtschaft. Es genügte noch nicht als Beweis, aber als starker Hinweis. Für den endgültigen Beweis brauchte er die serologische Bestimmung. Genau wie Sybille konnte er die Bakterien nicht einfach an das Zentrallabor des RPI schicken, ohne dass Jörg davon Wind bekam. Jörg hatte einen guten Kontakt mit Frau Dr. Obst, der Leiterin des Zentrallabors. Er würde sofort erfahren, wenn Harald selbst Stämme dort hinschickte.

Es musste eine andere Möglichkeit geben, um diese Untersuchung zu erhalten. Harald erinnerte sich an eine Broschüre für Ärzte mit einer Liste von Laboratorien, die diagnostische Spezialuntersuchungen durchführten. Möglicherweise gab es noch woanders eine Stelle, die serologische Untersuchungen vornahm. Er wurde schnell fündig. Es gab so ein Labor am Institut für Lebensmittelkontrolle und Hygiene in Berlin. Die Kontaktadresse war ein Dr. Leonhard Schneider, mit Telefonnummer und E-Mail-Adresse. Diesen Namen hatte er schon einmal gehört. Harald glaubte sich daran zu erinnern, dass Jörg ihn einmal bei einer Diskussion erwähnt hatte. Es hatte aber nicht so geklungen, als wenn er und Schneider Freunde waren.

Er überlegte Schneider anzurufen, um ihm eine Geschichte zu einem Bestätigungstest für ein serologisches Ergebnis aufzutischen. Aber am Telefon konnte Schneider vielleicht Fragen stellen, auf die er nicht vorbereitet war. Besser, er würde Schneider eine E-Mail mit dieser Anfrage schicken. Sollte Jörg davon Wind bekommen, konnte Harald sich immer noch herausreden, dass er Schneiders Adresse zufällig gefunden und den Patientenstamm sicherheitshalber noch einmal von dritter Seite serologisch bestätigen lassen wollte. Das klang unverfänglich.

Harald schraubte die Büchse mit den sterilen Impfösen auf und beimpfte zwei Versandröhrchen mit den EHEC-Stämmen. Wenn Schneider einverstanden war, würde Harald das Päckchen eigenhändig zur Poststelle des Instituts bringen, damit Jörg nicht von seinen Außenkontakten Wind bekam.

**Berlin, 4. 5. 2011**

Als Leo Schneider nach einer schlecht verbrachten Nacht gegen acht Uhr seinen Arbeitsplatzcomputer hochfuhr, fiel sein Blick auf die lange Liste neuer E-Mails, die sich seit gestern Abend angesammelt hatten. Dreißig davon hingen mit dem Ausbruch zusammen, aber keine war von Seiboldt. Schneider begann, die Nachrichten eine nach der anderen zu lesen.

Die ersten Anfragen besorgter Bürger trafen ein, wie immer, wenn in der Presse über Infektionen berichtet wurde. Die Menschen waren verunsichert und wollten Informationen, wie sie sich verhalten sollten. Irgendwann würden einige auch seine Telefonnummer ermitteln und ihn beschimpfen, wenn er ihre Ängste nicht zerstreuen konnte.

Eine E-Mail stammte aus dem RPI mit den aktuellen Zahlen zu dem Ausbruch. Die Anzahl der Neuerkrankungen war bereits auf siebenundsechzig gestiegen, auch Fälle von Nierenversagen nahmen zu. Neben Brunsbüttel waren jetzt auch andere Orte in Schleswig-Holstein betroffen. Eine so rapide Ausbreitung einer EHEC-Infektion hatte Schneider bisher noch nie erlebt.

Dann gab es eine Rundmail von Frau Gack, die nur aus einer kryptischen Betreffzeile bestand: Treffen mit LWA betr. Telko, 9.5., 10:00, S25. Gemeint war ein Treffen mit dem Leiter der Wissenschaftsadministration, Professor Vogel am 9.5. um zehn Uhr im Raum S25, wo über die Ergebnisse der Telefonkonferenz berichtet werden sollte. Erstaunlich wie Leute, die alle Zeit der Welt hatten, sich in einer Kürzelsprache ausdrückten, um einen Eindruck ihrer Arbeitsüberlastung zu vermitteln. Was die Telefonkonferenz betraf, konnte Schneider sicher sein, diese beiden Köche würden ihm ein Fertiggericht vorsetzen, in dem die ursprünglichen Informationsbestandteile kaum mehr erkennbar waren. Er hätte gerne darauf verzichtet.

Eine Mail mit dem Vermerk *„Bitte um Bestätigungstest EHEC-Serologie“* erweckte seine Aufmerksamkeit. Sie war erst spät abends abgeschickt worden. Den Absender, Harald Pütz, kannte Schneider nicht. Es ging um die Überprüfung eines serologischen Ergebnisses bei zwei EHEC-Stämmen zu Forschungszwecken. Als Schneider die Adresszeile las, war er überrascht. Pütz arbeitete am Exzellenzinstitut in Kiel in der Arbeitsgruppe Puster. Mit Puster war der Kontakt seit dem Zerwürfnis seinerzeit abgebrochen. Vielleicht war Pütz neu bei Puster und wusste nichts von alledem. Schneiders Neugier war geweckt. Er würde Pütz morgen schreiben, aber vorher musste er sehen, wie es um die momentane Auslastung seines Labors stand.

**Kiel, 5. 5. 2011**

Harald hatte nicht mit so einer schnellen Antwort von Schneider gerechnet, aber nun war sie da und Schneider hatte bereits zugesagt. Allerdings könne die Untersuchung länger dauern, schrieb Schneider, denn sein Labor wäre durch den Ausbruch sehr belastet. Schneider wollte außerdem Angaben zu dem serologischen Vorbefund. Harald schrieb zurück, es wären beides EHEC-O104.

Für den EHEC von Marie stimmte das und für den von Jörg setzte Harald einfach ein, was er sowieso vermutete. Endlich hatte er den ersten Schritt getan und war aus dem Abwarten herausgekommen. Schneider musste neugierig geworden sein, weil er so schnell geantwortet hatte. Schließlich gab es diesen Ausbruch in Brunsbüttel mit EHEC vom gleichen Typ. Schneider musste davon wissen!

Wenn Maries und Jörgs EHEC-Stämme die gleichen waren, musste er Jörg wegen Marie zur Rede stellen. Als er sich diese Situation verbildlichte, spürte er, dass ihm der Mut zu einer Konfrontation fehlte. Aber es musste doch einen Weg geben, um von Jörg die Wahrheit zu erfahren.

Nach der Zusage von Schneider war Harald zu nervös geworden, um ruhig weiter arbeiten zu können. Er nahm die beiden EHEC-Stämme, die er bereits für Schneider versandfertig gemacht hatte, und verließ das Labor mit dem Päckchen in der Hand. Als er den Flur entlanglief, tauchte plötzlich Marko neben ihm auf. Als ob er auf mich gewartet hätte, dachte Harald. In den fünf Monaten, seit Harald am Institut arbeitete, hatte er mit Marko kaum ein Wort gewechselt. Er fühlte die Anspannung, die von Marko ausging.

„Hallo Harald, wie geht's?"

„Ganz okay", sagte Harald. Er lief weiter, in der Hoffnung, Marko abzuschütteln.

Marko passte sich Haralds eiligem Schritt an und lief neben ihm her: „Hast du mal einen Moment?"

„Ja?" Harald blieb stehen, als er merkte, dass Marko sich nicht so einfach abschütteln ließ. Er steckte das Päckchen unauffällig in seine Kitteltasche.

„Sag mal, ich habe gehört, du wirst mit dem neuen EHEC-Stamm arbeiten?"

„Von welchem EHEC-Stamm redest du?", sagte Harald und tat, als wüsste er von nichts. Jörg hatte ihm eingeschärft, nicht mit Marko über das neue Projekt zu sprechen.

„Komm, tu nicht so naiv. Ich weiß es schon von Sybille Barnhelm. Ich hatte sie schon vorher um den EHEC-Stamm gebeten. Zuerst schien das kein Problem zu sein und gestern sagt sie mir, der Chef hat angeordnet, nur du sollst damit arbeiten. Was soll denn das? Was ist da eigentlich los?"

Harald war verlegen, weil Marko ihn bei einer Lüge ertappt hatte. „Äh, wenn Jörg will, dass nur ich damit arbeite, ist das seine Sache, er ist der Boss. Sprich mit ihm, ich weiß nichts von …"

Markos Stimme bekam einen verbitterten Tonfall. „Das wäre für mich die Chance gewesen, wieder mit einem eigenen Forschungsprojekt herauszukommen. Aber das will er mir vermasseln. Du arbeitest noch nicht so lange hier wie ich, Harald. Seitdem Jörg hier ist, blockiert er mir jede Möglichkeit, mich mit eigenen Projekten einzubringen. Denkst du, das macht noch Spaß, wenn man in seiner Forschung ständig behindert wird? Denkst du, das motiviert zur wissenschaftlichen Arbeit?"

Marko blickte ihn herausfordernd an und zog ein Feuerzeug aus seiner Kitteltasche, um sich eine Zigarette anzuzünden. Er blies den Rauch in Haralds Richtung.

„Ihr junge Leute versteht das nicht, keiner versteht das. Die meisten von euch wissen gar nicht, was hier an Gemeinheiten abgelaufen ist!“ Marko wurde lauter, da Harald immer noch nichts sagte.

Dann, von einem Moment auf den anderen, entspannte sich Markos verzerrtes Gesicht wieder. Er verzog seinen schmalen, von zwei tiefen Falten begrenzten Mund zu einem schmalen Lächeln und legte dem immer noch stumm gebliebenen Harald eine Hand auf die Schulter.

„Entschuldige. Mir sind einfach die Nerven durchgegangen. Verstehst du …?“

Er sah Harald in die Augen, um endlich eine Reaktion bei ihm hervorzurufen. Als Marko ihm seinen rauchgeschwängerten Atem ins Gesicht blies, bog Harald reflexartig seinen Kopf zurück.

Marko schien das anders zu interpretieren. Er war plötzlich wie ausgewechselt, lachte und sagte: „Was meinst du, Harald? Wenn wir beide uns zusammentun, haben wir beide mehr davon. Wir machen das unter uns und keiner braucht etwas davon zu wissen. Ich kann dir mit vielem helfen, ich habe Erfahrung, wir können zusammen etwas ganz Neues entwickeln. Ich erzähle es nicht einmal Holger. Bist du einverstanden!?“

Marko hielt ihm die Hand zur Zustimmung hin.

Harald zögerte. Er sah den um einen Kopf kleineren Marko gebückt vor sich stehen. Die hängenden Schultern, der eingefallene Brustkorb, die Zigarette mit der kräuselnden Rauchfahne in seiner schmalen Hand, die fast unmerklich zitterte. Ein Sinnbild des Leidens, dachte Harald. Eine Existenz, die an den Rand gedrückt worden war.

Markos Hand ruhte immer noch auf seiner Schulter und Harald spürte ihren Druck, die Entschlossenheit, die in dieser Geste lag.

„Du bist doch nicht so auf Pusters Linie getrimmt wie all die anderen. So wie Ines oder Alexander, das merke ich doch. Allein gehst du hier auf die Dauer kaputt, das sage ich dir.“ Marko zog heftig an seiner Zigarette, hustete und stieß ein bitteres Lachen aus, als würde ihm bewusst, wie er sich damit selbst beschrieb.

„Okay“, sagte Harald, nachdem er eine Weile nachgedacht hatte. Marko konnte ihm vielleicht helfen, die Umstände über Maries Tod aufzuklären. Außerdem hatte Marko einiges auf dem Kasten. Das hatte Alexander einmal gesagt, aber gemeint, Marko könnte keine Kompromisse machen und das müsste man eben in einer Arbeitsgruppe.

Eigentlich wollte Harald, nachdem er wusste, dass Jörg etwas mit Maries Tod zu tun hatte, auch keine Kompromisse mehr machen. Eine Zusammenarbeit mit Marko konnte ihn nur schneller dahin bringen, wo er hin wollte. Marko und er hatten verschiedene Ziele, aber das spielte keine Rolle. Marko wäre sicherlich der Letzte, der jemanden etwas über ihre Abmachung erzählen würde.

**Boksee, 6. 5. 2011**

Knapp eine Woche war es her, dass Jan Clara zur Untersuchung in das städtische Krankenhaus gebracht hatte. Die Ärzte hatten darauf bestanden, sie zur Beobachtung auf der infektiologischen Station zu behalten. Den letzten Ausschlag hatte Oberarzt Dr. Meurer gegeben. Sein Hinweis auf Marie Lehnert und ihre EHEC-Infektion reichte, um die anderen zu überzeugen. Clara konnte sich bei Marie angesteckt haben. Wenn ihr Zustand sich verschlechtern sollte, konnten sie sofort eingreifen und das erhöhte Claras Chance, die EHEC-Infektion möglichst unbeschadet zu überstehen. Aber zuerst mussten sie feststellen, ob Clara überhaupt mit EHEC infiziert war.

Der Anruf von der Klinik erbrachte nicht viel Neues. Claras Zustand war unverändert. Sie fühlte sich nicht wirklich krank und wollte gerne nach Hause. Wenn es dabei blieb, meinte der Arzt, würde Jan Clara morgen wieder abholen können. Allerdings nur dann, wenn bei der wiederholten Stuhluntersuchung wirklich ausgeschlossen war, dass sich Clara mit EHEC infiziert hatte.

Beim gemeinsamen Abendessen erzählte Jan von der Visitenkarte und seinem Verdacht, Marie hätte sich durch den Kontakt mit Harald oder diesem Professor Puster mit EHEC infiziert. Die würden an diesem Institut damit arbeiten, er hätte das im *Kieler Stadtanzeiger* gelesen. Damit sei es doch klar, von wem Marie sich die Infektion geholt hatte.

Zu seinem Erstaunen teilten nicht alle seine Ansicht. Einigte sagten, dass sich inzwischen viele Leute in Schleswig-Holstein mit EHEC infiziert hatten.

„Das kommt wohl durch verseuchte Gurken aus Spanien, in den Nachrichten haben sie davon erzählt“, sagte Waltraud.

„Habt ihr euch das einmal angesehen, wie das da unten aussieht?“, fragte Richard. „Die bauen viel mehr Obst und Gemüse an, als sie Wasser zur Verfügung haben. Wenn es im Sommer trocken wird, dann berieseln sie ihre Felder mit Abwässern, damit ihnen das Gemüse nicht vertrocknet. Die EHEC auf den Gurken stammen sicherlich aus den mit Fäkalien verseuchten Abwässern, das ist doch klar.“

„Das sind eben keine ökologischen Betriebe, sondern die reinste Agrarindustrie“, meinte Richards Frau Pauline.

Pauline hatte schon ihre Vorstellung, wie sich Marie angesteckt haben könnte. Marie war doch manchmal mit ihrem Freund in Kiel in einem spanischen Restaurant und da hatte sie bestimmt einen Salat mit diesen verseuchten Gurken gegessen. Außerdem wäre ihr Freund aus dem Institut doch nicht krank gewesen. Wie konnte er dann Marie angesteckt haben?

Jan war nicht einverstanden. „Ihr seid wie alle, sucht den Sündenbock in Spanien und wollt nicht sehen, dass die Ursache hier, ganz dicht vor eurer Nase liegt“, rief er.

Als der ansonsten wortkarge Horst dann sagte, Jan sollte doch zugeben, er wäre doch nur eifersüchtig auf Harald, sprang Jan auf und wollte auf ihn losgehen. Ihm war nicht bewusst, das den anderen seine Neigung zu Marie nicht verborgen geblieben war. Beinahe hätte es eine Prügelei gegeben. Schließlich gelang es den anderen, die beiden wieder zu beruhigen. Aber die Stimmung blieb bedrückt, bis alle nach und nach den Tisch verließen, um schlafen zu gehen.

**Boksee, 7. 5. 2011**

Am nächsten Tag hatte Jan vorgehabt, Clara noch vor dem Mittagessen aus dem Krankenhaus abzuholen. Kurz vor zwölf rief Clara ihn an.

Ihre Stimme klang anders als sonst und er befürchtete, ihr Zustand hätte sich verschlechtert.

„Nein, mir geht's ganz gut, bis auf manchmal Bauchschmerzen und ein bisschen Durchfall", sagte Clara. Es klang nicht so, als würde sie das besonders aufregen.

„Na dann? Gut, also, ich komme dich abholen, okay?"

Clara sagte einen Moment lang nichts, dann kam sie mit der Neuigkeit heraus: „Jan, ich bin schwanger! Ja wirklich! Kein Quatsch! Die haben das hier festgestellt. Ich selbst hab' es noch gar nicht gewusst. Meine Regel ist ja nicht so regelmäßig, das weißt du ja."

Jan war baff. Sie hatten sich schon länger ein Kind gewünscht und bisher hatte das nicht geklappt. Wenn es nun endlich wahr geworden war?

„Ja, also das.." Jan wusste nicht, was er sagen sollte, dann meinte er: „Das ist doch toll! Kann ich ja kaum glauben, dass es doch endlich geklappt hat, ich freue mich so, ich bin in einer halben Stunde bei dir!"

„Hör erst mal zu, Jan. Ich freue mich ja auch, aber deswegen wollen die mich jetzt hierbehalten. Solange, bis sie endgültig wissen, ob ich mich auch nicht mit EHEC angesteckt habe."

„Und was ist, wenn du dich angesteckt hast?"

„Das wissen die erst Morgen, die haben eine neue Probe zur Untersuchung weggeschickt. Bei der ersten Probe war das Ergebnis nicht eindeutig. Ich melde mich morgen wieder, kann hier nicht so lange reden, bin auf so einer speziellen Isolierstation. Aber mach' dir keine Sorgen, mir geht's soweit gut, ich ruf dich wieder an."

Clara hatte aufgelegt, bevor Jan ihr noch die vielen Dinge sagen wollte, die ihm im Kopf herumschwirrten. Die Nachricht von ihrer Schwangerschaft hatte ihn völlig überrascht. Die Freude darüber mischte sich mit der Sorge, dass auch Clara sich womöglich doch eine EHEC-Infektion geholt hatte. Zwar hatten sich die Ärzte noch nicht festgelegt, aber wenn, dann hatte Clara sich bei Marie angesteckt. Clara hatte sich am meisten um Marie gekümmert, als sie krank geworden war. Clara hatte auch keine spanischen Gurken gegessen, schließlich bauten sie selbst ihre eigenen Gurken an. Jan war mehr denn je davon überzeugt, dass die Infektionen mit Harald und seinem Institut zusammenhingen.

Am Abend saßen alle vor dem Fernseher und warteten mit Spannung auf die Nachrichten. Normalerweise war der Abend gemeinsamen Gesprächen vorbehalten, aber die Entwicklung hatte den Hof nicht unberührt gelassen. Die Meldung, dass EHEC über Gurken verbreitet wurden, hatte bei allen Befürchtungen geweckt. Nur ein paar Dutzend Kilometer entfernt hatten sich schon Hunderte von Menschen mit EHEC infiziert und über die spanischen Gurken wurde viel geredet.

Am Ende der Sendung gab es ein Interview mit Professor Holzmann, einem bekannten Mediziner. Holzmann meinte, eine Herkunft der EHEC aus Gurken erscheine ihm unwahrscheinlich. Er würde jedenfalls weiterhin Gurken essen und es gäbe viele andere Möglichkeiten einer Übertragung, die man, aus ihm unbekannten Gründen, bisher nicht in Betracht gezogen hatte.

Bis zum nächsten Tag hatte sich die Situation noch zugespitzt. Es wurde berichtet, dass die Behörden eine schnelle Eingreiftruppe aus Ärzten und Seuchenexperten aufgestellt hatten. Der ungehinderte Fortschritt der Seuche wurde den Beteiligten unheimlich und in der Öffentlichkeit wurde immer lauter nach wirksamen Maßnahmen gerufen. Nach der Verzehrswarnung gegen spanische Gurken waren die EHEC-Infektionen nicht zurückgegangen, sondern weiter angestiegen. Man würde die Wirkung dieser Maßnahme erst nach ein paar Tagen Verzögerung sehen, meinte dazu ein Experte aus dem RPI.

Allerdings hatte niemand bedacht, dass die Menschen jetzt nicht nur spanische Gurken links liegen ließen, sondern Tomaten, Gurken und Salat im Allgemeinen. Damit war auch der Absatz des Gemüses vom Biohof *Keim und Sprosse* betroffen. Mitten in der Hochsaison gab es so gut wie keine Bestellungen mehr. Ein Kunde vom Hamburger Großmarkt hatte sogar versucht, bereits ausgelieferte Ware wieder zurückzugeben. Das konnte den Hof in wenigen Wochen ruinieren, schließlich verkauften sie neben Sprossen auch biologisches Gemüse auf Großmärkten in Schleswig-Holstein und Hamburg.

Jan drückte aus, was er empfand. Diese sogenannten Experten waren für ihn nichts weiter als schmierige Typen, die versuchten, die wahren Hintergründe der Seuche zu verschleiern. Genau solche Leute wie dieser Harald und sein Professor. Nachdem die Sendung vorbei war, beteiligte sich Jan kaum noch an der anbrechenden Diskussion. Seine Skepsis gegenüber Harald und seinem Institut war nach diesen Beiträgen nur noch gestiegen, aber das behielt er nach den Erfahrungen vom gestrigen Abend lieber für sich. Auch von Claras Schwangerschaft erzählte er nichts, zu unsicher erschien ihm ihre Zukunft. Was wäre, wenn sie nun auch EHEC hatte und das Kind dadurch verlor? Wie oft hatten Clara und er mit Wehmut die beiden Kinder von Pauline und Richard, wenn sie auf dem Hof spielten, beobachtet.

Zumindest hatten die anderen jetzt verstanden, dass die Geschichte mit den spanischen Gurken sich als Bumerang gegen die regionale Landwirtschaft und somit auch gegen ihren eigenen Hof erweisen konnte. Aber was sie konkret dagegen tun konnten, dazu fiel niemanden etwas ein.

***

*Der Wind hatte sich gedreht. Eindeutig. Mit seiner Schöpfung hatte er die Natur in ihrem Einfallsreichtum übertroffen und sein EHEC fegte wie ein Sturm über das Land. Mehr als fünfhundert Menschen waren bereits infiziert und mehr würden folgen. Es war kein Ende der Epidemie abzusehen. Die Vorstellung berauschte ihn. Seine Augen glitten über eine noch halb volle Tasse mit Kaffee, die auf dem Tisch stand und sein Blick verlor sich im Nirgendwo jenseits der Wände, die das enge Büro begrenzten. Draußen war es Nacht und er tastete mit der Hand nach Streichhölzern, um sich eine Zigarette anzuzünden.*

*Nun, dass sein Baby sich so brutal durchsetzte, dass es so ansteckend war, hatte er nicht erwartet. Langsam sog er den Rauch ein, bis der Nikotinflash seinen Kopf blitzartig durchfuhr. Sein Mund verzog sich zu einem wissend überlegenen Lächeln. War das nicht ein Zeichen dafür, dass das Schicksal gerade ihn, mit seiner Begabung, für diese Aufgabe auserkoren hatte? Natürlich starben einige und andere mussten sich für den Rest ihres Lebens mit kaputten Nieren, Dialyse und hohem Blutdruck abfinden. Für den Einzelnen tragisch, aber er musste doch groß denken. Nur wer groß dachte, konnte Großes bewirken. Das alles war Teil seines Plans und musste so geschehen! War es nicht in den Kriegen, die sie im Namen der Menschenrechte überall führten, genauso? Kollateralschäden nannten sie es.*

*Die Menschen waren eben zu abgestumpft. Nur die erschreckenden Bilder, die das Fernsehen täglich ausstrahlte, konnten sie gerade noch aufrütteln. Ohne Opfer, ohne die Bildreportagen, die hektisch agierende Ärzte zeigten, die im Laufschritt neben Krankentragen eilten und hinter ihnen die fassungslosen Angehörigen. Wie sie riefen, drängelten und rannten und doch nicht im Geringsten wussten, was sie überhaupt tun konnten. Ohne diese Bilder von den weißen Sälen der Intensivstationen, die, mit Apparaten vollgestellt, unter dem grellen Licht eine erbarmungslose Stimmung vermittelten, ging nichts. Ohne dieses ganze Medienspektakel hätte sich kaum etwas getan. So lief es heute in der medialen Welt und er führte doch nur aus, was der Politik für jeden Anlass recht und billig war.*

*Und jetzt? Jetzt würden sie nicht mehr umhin kommen, ihm das zu geben, was er verlangte. In der Hoffnung, jemanden zu finden, der das Schlimmste der Seuche noch abwenden konnte. Viele Menschen gab es nicht in Deutschland, auf die sie ihre Hoffnungen setzen konnten. Aber er gehörte dazu. Er stieß sich mit seinem linken Fuß vom Boden ab und überließ sich der Rotation, in die er seinen Sessel versetzt hatte.*

**Berlin, 9. 5. 2011**

Irgendwie hatte Schneider es trotz aller Widrigkeiten geschafft, auch an diesem Wochenanfang zwei Stunden für seine Recherchen über die EHEC-

Epidemie in Brunsbüttel herauszuschinden. Im Internet fand er eine aktuelle Presseerklärung aus dem Exzellenzinstitut in Kiel, in der eine Nachweismethode für den neuartigen EHEC angekündigt wurde. Dazu ein Interview mit Jörg Puster, dem Leiter der Arbeitsgruppe: „Es ist das passiert, was ich schon immer befürchtet habe. Ich hatte gehofft, dass es nicht dazu kommt", hatte dieser den Journalisten erzählt. Damit war die rasante Ausbreitung des EHEC in Schleswig-Holstein und mittlerweile auch in Hamburg und Niedersachsen gemeint.

Schneider fuhr sich mit der Hand über seine kurz geschnittenen, dunkelblonden Haare und kratzte sich am Kopf. Warum hatte Puster so etwas schon vorher vermutet? Vielleicht war das der Unterschied zwischen ihm und Jörg Puster. Schneider hätte nie an die Möglichkeit der Ausbreitung eines neuen EHEC-Erregers gedacht, aber vielleicht musste man eben mehr Visionen haben, um auf der wissenschaftlichen Erfolgsspur zu fahren. Puster hatte mit seiner Vermutung jedenfalls richtig gelegen. Über fünfhundert Menschen waren seit Beginn des Ausbruchs erkrankt, ein Drittel davon mit HUS und zehn Patienten waren gestorben, die meisten davon waren Erwachsene zwischen dreißig und vierzig.

„Das ist das Bedrohliche", las Schneider die abschließenden Worte aus dem Interview, „wie rasant sich diese Epidemie inzwischen ausbreitet."

Nachdenklich kehrte Schneider zurück zu seinen Recherchen über den EHEC-Stamm. Allerdings nicht sehr lange, Elisabeth kam und bat ihn, ins Labor zu kommen. Nachdem er mit ihr das Notwendige zur Isolierung der Bakterien aus den Gurken besprochen hatte, suchte er die Laboraufzeichnungen zu dem Kolibakterium mit dem Serotyp O104 aus der Stammsammlung, die er noch vom IEI übernommen hatte. Die ganze Sache lag zehn Jahre zurück. Der Keim stammte aus einem Patienten mit langwierigem Durchfall. „*Erkrankung nach Tropenaufenthalt*" stand auf dem Einsendezettel des Kölner Labors, das ihm den Erreger zugeschickt hatte. Sie hatten immer wieder Kontrollproben geschickt. Insgesamt hatte der Mann diesen Keim über drei Monate ausgeschieden, war in dieser Zeit gesundheitlich angeschlagen und litt an immer wiederkehrenden Koliken. Die Symptome endeten plötzlich nach einem Mittelmeertörn, den der Patient unternommen hatte. Danach schied er den Keim nicht mehr aus. Schneider schmunzelte. So etwas war gar nicht so selten. Leute, die sich einen hartnäckigen Durchfall eingefangen hatten, ihn trotz Antibiotika und anderen Therapieversuchen nicht loswurden und dann sorgte ein Ortswechsel auch für einen Wechsel in der Darmflora der Patienten.

Leider würde einem kein Arzt eine Segelreise in der Ägäis verschreiben, zumindest nicht wenn man, wie Schneider, Kassenpatient war. Schade eigentlich, wenn es doch so gut gegen eine hartnäckige Infektion half.

Schneiders Gedanken kehrten zurück zur Epidemie. Wenn so ein hartnäckiger Keim noch *Shigatoxine* bildete, wäre der Mann nicht so glimpflich davongekommen. Vielleicht war es so eine Art Erreger, der für die Epidemie verantwortlich war.

Ein kleines Fenster auf Schneiders Monitor öffnete sich. Harald Pütz hatte geantwortet. Was Schneider las, ließ ihn vor Erstaunen den Mund offen stehen. Auf die Frage nach dem Vorbefund hatte Pütz mitgeteilt: EHEC, Serotyp O104!

Schneider hielt die Luft an. Das war kein Zufall mehr.

Mit einem Mal war er ausgesprochen guter Dinge. Wenn sich der Vorbefund bestätigte, dann war er im Besitz von zwei EHEC-Stämmen, die mit der Epidemie zu tun hatten. Damit konnte er selbst Methoden entwickeln und ausprobieren, um diesen Keim in den Gurken besser nachweisen zu können.

Zum Glück hatte er schon selbst mit der serologischen Untersuchung der beiden EHEC begonnen. Die Sache brannte ihm unter den Nägeln. Normalerweise hätte er diese Arbeit seinen Assistentinnen übergeben, aber die hatten wegen der Gurkenproben alle Hände voll zu tun. Außerdem hätten dann Vogel und Gack Wind davon bekommen, dass er EHEC Bakterien aus Pusters Labor erhalten hatte. Sie hätten ihre neugierigen, dicken Nasen da so lange reingesteckt, bis nichts von dem mehr übrig geblieben wäre, was Schneider an der Sache noch hätte interessieren können.

Der kleine Laborwecker auf seinem Schreibtisch piepste. Er stieß einen Seufzer aus und erhob sich unwillig. Es war Zeit für die Besprechung mit Gack und Vogel. Sie fand im Vorzimmer von Vogels Büro statt. Ein großer Raum mit einem ovalen Tisch aus Holz oder Imitat. Der Tisch umkränzt mit Bürostühlen der gehobenen Sorte, die in ihrem Metallrahmen leicht federten, wenn man sich auf sie setzte. Auf diesen Stühlen konnte man sich in für andere fast unmerkliche Schwingungen versetzen. Wenn man schon müde war, so wirkte eine zweistündige Besprechung auf diesen Sitzmöbeln wie ein Narkotikum. Wissenschaftsadministrator Franz Vogel schien munter zu sein, Phrasen dreschend wie die Karikatur eines Politikers. Nach der Telefonkonferenz hatte er mit zuständigen staatlichen Stellen kommuniziert. Sein ganzes Wochenende hatte er dafür geopfert. Aus den Gesprächen hatte er den Schluss gezogen, dass die Gurken als Quelle des Ausbruchs bereits bestätigt waren, und faselte etwas von Erwartungen des Ministeriums. Es zirkulierte bereits eine amtliche Presseerklärung, in der die Bevölkerung vor dem Verzehr von Gurken, Tomaten und Blattsalat gewarnt wurde.

Den Erwartungen aus der Politik wollte Vogel mit dem Entwurf einer Verordnung zuvorkommen. Es ging darum, wie man mit Bürgeranfragen zum Thema EHEC und Gurken zukünftig umgehen sollte. Vogel erteilte Anweisungen zur Einrichtung von Bereitschaftsdiensten am ILH und kündigte an, in Kürze würde offiziell der Krisenzustand ausgerufen werden.

Frau Gack nickte zu Vogels Ausführungen wie im Takt.

Irgendwann fragte Schneider, ob Seiboldt aus dem Brunsbütteler Untersuchungsamt denn auch an der Telefonkonferenz teilgenommen hatte. Er bereute das sofort. Seiboldt war anscheinend abgetaucht und Vogel nutzte Schneiders Vorlage, um ihm den Auftrag zu erteilen, von Seiboldt den aktuellen Sachstand zu erfragen. Er erwarte in Kürze dazu einen umfassenden Bericht. Mit einem Seitenblick auf Schneider kündigte Vogel an, er hätte aus dem RPI die Zusage, das ILH würde offiziell in die erforderlichen Untersuchungen eingebunden werden. Ein EHEC Referenzstamm aus dem RPI wäre bereits an das ILH unterwegs. Dabei blickte er Schneider an, als erwarte er eine Geste der Dankbarkeit. Schneider gab sich unbeeindruckt. Er dachte an Harald Pütz und seine Isolate, von denen Vogel nichts wusste. Wenn er noch dazu einen offiziellen Referenzstamm bekäme, wäre die Sache perfekt.

**Boksee, 9. 5. 2011**

Jan hielt sich die Visitenkarte, die er in Maries Zimmer gefunden hatte, zum wiederholten Mal vor das Gesicht. Er kaute angestrengt auf seiner Unterlippe, was er immer dann machte, wenn er unschlüssig war. Clara hatte ihm vor ein paar Minuten am Telefon erzählt, dass die Ärzte bei ihr doch EHEC gefunden hatten. Trotzdem ging es ihr weiterhin gut und sie hatte auch keinen Durchfall mehr. Die Ärzte schienen sich nicht einig zu sein, wie sie mit ihr verfahren sollten. Es gab wohl immer wieder Menschen, die EHEC infiziert waren, aber nicht erkrankten, hatten sie gemeint. Allerdings müssten sie ihren Fall mit besonderer Vorsicht behandeln, da sie schwanger war.

Jan hatte nicht die richtigen Worte gefunden, um seine Gefährtin trösten zu können. Clara hatte zum Schluss geweint und Jan war nur wütend gewesen, weil sie Clara nun auch mit dieser Seuche angesteckt hatten. Es musste etwas geschehen, um diese Bande zu stoppen.

Nachdem Clara aufgelegt hatte, knallte er die Visitenkarte auf den Tisch. Es klang wie ein Schlag mit der Faust, der ihren Träger treffen sollte. Er war der Verantwortliche, dieser Professor!

Jan griff zum Telefon, an dem er seit Claras Anruf sitzen geblieben war, und wählte die Nummer, die sich unter dem Namen des Professors auf der Karte befand.

Eine Frauenstimme meldete sich: „Steiner, Institut für medizinische Mikrobiologie bei Professor Puster. Womit kann ich Ihnen helfen?“

Jan, der sich auf den Professor eingestellt hatte, war im ersten Moment verblüfft. Aber natürlich, was hatte er denn gedacht. Solche Leute hatten ihre Vorzimmer, ihre Sekretariate, wie ein Burgwall mit Wassergraben, da konnte man nicht so einfach durchklingeln. Er nannte einen Namen, der ihm auf die Schnelle einfiel, Bruno Specht. Als die Sekretärin nach seinem Anliegen fragte, sagte er, es ginge um einen EHEC-Fall in Kiel. Es klickte in der Leitung und nach einigen Sekunden meldete sich die Stimme des Professors.

„Ja, hier Puster! Herr Specht? Ich höre, es geht um einen EHEC-Fall in Kiel. Dann schießen sie mal los, aber fassen Sie sich kurz, ich hab' nicht viel Zeit."

Jan zögerte. Dieser Mensch strahlte eine Selbstsicherheit aus, die man ihm durch die Telefonleitung anmerkte. Jan hatte sich gar keinen Plan gemacht, wie er diesen Professor aus seiner Reserve locken konnte. Also entschloss er sich zum Frontalangriff.

„Marie Lehnert, sagt Ihnen das etwas?"

Für einen Moment war es still am anderen Ende. Jan glaubte, sein Gegenüber hatte aufgelegt. Anscheinend hatte er den Professor damit überrumpelt.

„Marie Lehnert? Wieso? Sagt mir erst mal nichts! Ist das Ihre Patientin? Hören Sie, was soll dieses Rätselraten? Sie müssen schon deutlicher werden, Herr Specht."

„Sie hatten Frau Lehnert Ihre Visitenkarte gegeben, bevor sie an den EHEC-Bakterien gestorben ist, die sie sich aus Ihrem Institut eingefangen hat. Marie Lehnert ist daran gestorben, Herr Professor Puster, fällt jetzt der Groschen?"

Für einen Moment blieb es wieder still, dann hörte Jan die genervte Stimme des Professors: „Nein, überhaupt nicht. Ich denke, Sie reden sich da etwas ein. Es tut mir leid, wenn Sie Ihre Angehörige verloren haben. Wir kämpfen hier darum, damit das nicht noch öfter passiert! War das alles, was Sie mir sagen wollten, Herr Specht?"

„Einen Harald Pütz kennen Sie dann wohl sicherlich auch nicht. Wahrscheinlich ist das ein Deckname. Glauben Sie, Sie können alles ungeschehen machen, was Sie angerichtet haben? Meine Frau ist jetzt …"

Puster unterbrach ihn: „Ich habe keine Zeit, mich mit ihren Hirngespinsten abzugeben, nein wirklich! Ich denke, das reicht, wenn's recht ist, Herr Specht."

Kaum hatte Jan die gereizten Worte seines Gegenübers vernommen, ertönte das Besetztzeichen, die Leitung war unterbrochen. Jan wählte wieder und wieder, aber die Leitung blieb besetzt.

**Kiel, 10. 5. 2011**

Eine knappe Woche, nachdem er Schneider die EHEC-Stämme geschickt hatte, bekam Harald die Bestätigung, dass es sich in beiden Fällen um EHEC-O104 handelte. „Der Vorbefund ist korrekt", hatte Schneider geschrieben, „ich kann ihn nur bestätigen."

Wenn Schneider wüsste, dass nur einer der Stämme überhaupt vorher untersucht worden war. Nun war es bewiesen. Maries und Jörgs EHEC waren identisch. Die Visitenkarte von Jörg bei Marie. *„Eins und eins, das macht zwei und küss' und denk' nicht dabei"*, ging Harald bei seinen Gedanken durch den Kopf und trieb ihn zur Verzweiflung.

Jetzt hatte er die Antwort auf seine Frage bekommen, aber was er im Moment fühlte, war nur die Enttäuschung, dass Marie also tatsächlich mit Jörg zusammen gewesen war.

Er musste mit jemandem reden. Er dachte an Sybille, aber sie hatte ihm Jörgs Stamm offiziell gar nicht gegeben. Sybille würde alles abstreiten. Warum sollte sie das Vertrauen ihres Chefs und ihren Arbeitsplatz riskieren? Für ihn, einen Studenten, der in der Arbeitsgruppe nur eine vorübergehende Erscheinung war? Für Marie, die Sybille nie gekannt hatte? Sybille würde es ihm nie verzeihen, wenn er ihr Vertrauen missbrauchte.

Dann fiel ihm Marko ein. Marko wollte doch mit ihm zusammenarbeiten, er musste ihm ja nicht auf die Nase binden, wie es mit Marie gewesen war. Marko war rachsüchtig, ihm würde es gefallen, Jörg Puster etwas anzuhängen. Aber Marko war nicht so dumm, sich vor Haralds Karren spannen zu lassen. Wenn er Marko in die Sache einweihte, war er erpressbar, in Markos Hand. Dieser Gedanke brachte Harald von der Idee ab, Marko einzuweihen.

Blieb noch Schneider. Er hatte Schneider nicht die Wahrheit gesagt, was die Stämme betraf, aber Schneider hatte auch nicht danach gefragt. Jörg schien sich, nach seinen Andeutungen, nicht gut mit Schneider zu verstehen. Aber die Hintergründe kannte Harald nicht. Er musste mehr wissen, bevor er Schneider ansprach. Sybille war schon so lange im Institut, dass sie die Einzelheiten kennen musste. Er würde sie darauf ansprechen, unverfänglich bei einem Kaffee nach dem Mittagessen.

**Boksee, 10. 5. 2011**

Nach dem Telefonat mit diesem Professor war Jan kein Stück weiter gekommen. Aber so einfach abservieren ließ er sich nicht. Zudem hatte sich noch herausgestellt, dass die Ärzte wegen der EHEC-Infektion Komplikationen bei Claras Schwangerschaft befürchteten. Sie wollten die EHEC-Infektion mit einem neuartigen Antibiotikum bekämpfen, hatten aber Bedenken, dass es sich nachteilig auf das Kind auswirken könnte. Andererseits wollten sie Clara nicht aus dem Krankenhaus entlassen, solange sie EHEC-Bakterien ausschied. Es war nicht ausgeschlossen, dass sie doch noch Nierenversagen durch die Infektion bekam. Zudem war sie eine potenzielle Ansteckungsquelle für andere. Clara blieb deshalb weiter auf der Isolierstation. Die Ärzte standen vor der Entscheidung, was wahrscheinlicher war: Eine Schädigung des Kindes, wenn sie Clara therapierten, oder ein mögliches HUS bei der Mutter, wenn sie nicht therapierten.

Diesen Professor erneut anzurufen, hatte keinen Sinn, dachte Jan. Er würde wahrscheinlich gar nicht mehr zu ihm durchkommen. Besser wäre es, diesen Herrn in seinem Institut mit einem Überraschungsbesuch aufzuwarten. Dann konnte ihn der feine Herr nicht mehr so einfach mit dem Finger aus der Leitung drücken. Da musste er schon zu robusteren Mitteln greifen, und auf diesem Terrain fühlte Jan sich sicher. Die Adresse stand auf der Karte, alles Weitere würde sich finden.

Jan fuhr mit dem Bus in die Stadt. Den Transporter konnte er nicht benutzen, da Richard gerade mit einer Lieferung unterwegs war. Jan hatte auch keine Lust, über sein Vorhaben mit den anderen zu reden. Wahrscheinlich hätten sie nur versucht, ihn davon abzubringen. Clara hatte er auch nichts von seinem Plan erzählt.

Die Zeit, die der Bus brauchte, um ihn endlich an einer Haltestelle in der Innenstadt in der Nähe des Institutes abzusetzen, erschien ihm lang. Jan umrundete zwei Häuserblöcke, bis er das Gebäude mit der Aufschrift *Exzellenzinstitut Kiel* erreichte. Es war ein restaurierter Altbau. Jan wunderte sich, wie einfach man in das Haus gelangen konnte, ohne von irgendwelchen Wachleuten aufgehalten zu werden.

Hinter der großen Eingangstür verlief eine breite Treppe von etwa fünfzehn Stufen in die Höhe, um dort vor einer weiteren Tür zu enden. Am Fuß der Treppe hing eine schwarze Tafel, auf der die einzelnen Arbeitsgruppen, mit ihren Räumen und den zugehörigen Namen aufgezählt waren. Jans Augen suchten die Namen Puster und Pütz. Puster fand er in der obersten Reihe der Forscher, deren Namen mit den dazugehörigen Konterfeis versehen waren. Puster, ein Typ mittleren Alters, mit sorgfältig gestutztem Schnurrbart, langen Koteletten und toupierten Haaren. Er saß in der Abteilung medizinische Mikrobiologie, Raum 216/216a. Jan suchte nach dem Namen Pütz, als sich oben die Tür öffnete und ein älterer, hagerer Mann im weißen Kittel die Treppe hinunter kam.

„Suchen Sie jemand Bestimmtes?“, fragte er Jan, nachdem er unten angekommen war und Anstalten machte, auf die Straße zu gehen.

Jan achtete nicht weiter auf ihn. Der war weder Puster noch Harald Pütz, das stand außer Frage. Er wollte sich nicht aufhalten lassen und lief die Treppe in ein paar Sätzen hoch. Als er die Tür aufdrücken wollte, war sie verschlossen.

„Sie kommen nur herein, wenn Sie sich vorher anmelden“, rief der im weißen Kittel von unten. Mit einer Hand hielt er immer noch die Türklinke fest. „Zu wem möchten Sie denn?“

Jan war überrascht. Er wusste nicht, wer das war, aber vielleicht kam er über diese Bekanntschaft unauffällig in das Institut hinein. „Äh, ich suche eigentlich Herrn Pütz, der soll bei Professor Puster arbeiten.“

Zu seiner Überraschung erwiderte der Mann: „Harald Pütz? Ich habe ihn heute früh noch gesehen.“ Er sah kurz auf seine Armbanduhr. „Eigentlich wollte ich etwas besorgen, aber das hat noch Zeit. Wir können ja nachschauen, ob Harald im Labor ist.“

Er kam mit langsamen Schritten die Treppe wieder hoch und tippte einen vierstelligen Nummerncode in einen Kasten, links neben der Tür. Der Summer ertönte und die Tür klackte auf. Jan hatte versucht, sich den Code zu merken, das konnte nützlich sein. Er lief hinter dem Weißkittel her, der sich als Marko Brant vorstellte.

„Ich bin Tobias“, sagte Jan kurz.

„Aha, Herr Tobias. Und woher kennen Sie Harald Pütz?“

„Er war bei uns zu Besuch und hat etwas vergessen“, antwortete Jan und dachte dabei an den EHEC und die Visitenkarte.

Sie gingen einen neonbeleuchteten Flur entlang. Es roch nach Essig und darüber lag ein ekelhafter, fader Geruch in der Luft. Wie konnten die Leute das Leben hier nur aushalten? „Was riecht hier so komisch?“, fragte Jan.

„Das sind die Bakterien“, antwortete sein neuer Bekannter. „Der Geruch ist überall, dem entgeht niemand. Wenn Sie eine Weile hier arbeiten, bemerken Sie es aber nicht mehr“.

Brant hielt vor einer Tür, öffnete sie einen Spalt und rief etwas in den Raum. Jan wartete hinter ihm. Eine Frau im hochgeschlossenen weißen Kittel, mit einer Operationshaube auf dem Kopf, erschien in der Tür. Sie betrachtete Jan mit einem abschätzigen Blick. Jan starrte auf den Mundschutz, der ihr lose vor dem Kittel baumelte.

„Harald ist vor einer halben Stunde wegen seiner Immatrikulationsbescheinigung zur Universität gefahren. Ich weiß nicht, wann er wieder zurück sein wird.“

„Danke, Ines“, sagte Marko Brant. Er musste erfahren, was zwischen Harald und diesem Herrn Tobias für eine Verbindung bestand.

Als sie die Tür wieder geschlossen hatte, meinte er: „Da Sie nun schon mal hier sind, kommen sie doch auf einen Sprung zu mir ins Büro. Besser, Sie hätten vorher angerufen, aber bestimmt kommt Harald bald zurück.“

Jan schossen die Gedanken nur so durch den Kopf. Die Aufmachung dieser Frau ließ keine Zweifel daran, dass hier mit hochgefährlichen Mikroben gearbeitet wurde. Sein Verdacht war nun Gewissheit. Er konnte ja diesen Marko Brant ausfragen, was hier so ablief. Vielleicht erfuhr er so, wie Marie und Clara sich mit EHEC angesteckt hatten. Brant lief voraus, ging eine Treppe tiefer und öffnete die Tür zu einem kleinen, verrauchten Büro. Er bot Jan einen Stuhl an, nachdem er diesen von einem Papierstapel befreit hatte. Überall lagen Ausdrucke, Fotos mit Strichen und Punktmustern und Einzelteile von irgendwelchen Geräten. Marko Brant setzte sich auf einen bequemen, mit Leder bezogenen Drehstuhl, der einem Chefsessel alle Ehre machte.

Jan starrte auf den wuchtigen Sessel, der in dem kleinen, mit Papieren und Zeitschriften übersäten Büro deplatziert wirkte.

„Ein Relikt aus besseren Tagen!“, bemerkte Brant säuerlich, nachdem er Jans Blick aufgefangen hatte.

Er hielt Jan eine geöffnete Packung Zigaretten hin: „Rauchen Sie?“

Jan schüttelte den Kopf.

“Macht es Ihnen was aus, wenn ich rauche?“

Jan machte eine abwehrende Handbewegung. „Nein, kein Problem.“

Eigentlich hasste er Zigarettenrauch, aber das war jetzt nebensächlich. Er kaute an seiner Unterlippe und fragte: „Der Professor Puster, ist der Haralds Chef?“

Brants Miene verdunkelte sich. Er stieß den Rauch aus seinem Mund und seine Stimme klang krächzend, als er sagte: „Puster ist der Chef von allen hier! Der große Zampano. Sie kennen ihn wohl nicht?“ Seine Liebenswürdigkeit war verschwunden.

„Ich hatte den Namen und sein Bild unten am Schwarzen Brett gesehen: Mikrobiologie, Leitung Professor Puster …“

„Ja!“, schoss es aus Brants Mund. „Leitung! Oder, wohl besser Umleitung“. Er stieß ein meckerndes Lachen aus, kurz, laut und böse.

Jans Augenbrauen hoben sich. Marko Brant und Jörg Puster schienen nicht unbedingt ein Herz und eine Seele zu sein.

„Kennen sie sich eigentlich mit EHEC-Bakterien aus? Sie arbeiten doch hier damit, oder?“ fragte Jan, dem eine Idee gekommen war.

„Hat Ihnen Harald etwas davon erzählt?“ Brant musterte Jan jetzt voller Interesse. Sein Gesichtsausdruck wirkte angespannt.

„Ja, das hat er. Also, weil, ich kenne nämlich eine Frau, die damit infiziert ist und es gibt doch jetzt diese vielen EHEC-Fälle in Norddeutschland. Sie arbeiten doch hier im Institut sicher daran?“

Brant stand auf und verzog sein faltiges Gesicht zu einem schiefen Grinsen. „Ja, ja, die spanische Gurke, wer hätte das vorher gedacht“, sagte er. „Möchten Sie Tee oder Kaffee?“

„Egal, was sie dahaben“, sagte Jan ungeduldig. „Wissen Sie, Harald und dieser Professor Puster kannten die Frau, die sich mit EHEC angesteckt hat. Deshalb frage ich mich, wie ansteckend das wohl ist? Diese Frau vorhin in dem Labor, wie die angezogen war! Ich meine, das ist doch gefährlich, wenn man damit arbeitet, oder?“

Marko Brant sagte nichts. Er dachte über seinen Besucher nach, ließ das Teewasser aufkochen und goss zwei Tassen auf. Dieser Tobias kam vielleicht ganz gelegen. Vielleicht konnte er ihn dafür benutzen, um endlich mit Jörg Puster abzurechnen.

„Ist sie jung und hübsch?“, fragte er.

Sein Gegenüber verstand nicht und runzelte seine Stirn.

„Na, die Frau, die sich angesteckt hat. Nur weil Sie sagten, es war der Professor. Der steht nämlich auf junge hübsche Dinger und er arbeitet mit EHEC. Harald Pütz arbeitet nicht mit EHEC, den können Sie getrost vergessen.“

In Jans Kopf arbeitete es fieberhaft. Der Professor, die Visitenkarte. Jetzt hatte sich alles zusammengefügt.

„Kann man den mal sprechen, den Professor?“, fragte Jan eindringlich und räusperte sich. Die blaue Luft in dem verqualmten Büro von Brant trübte ihm langsam die Sicht und Kopfschmerzen machten sich in seinem Schädel breit.

„Hier und jetzt? Bestimmt nicht, der lässt Sie doch gar nicht vor. Aber sein Abendessen pflegt er gewöhnlich im *Burgereck*, einer gehobenen Imbissbude am Bertholdplatz, einzunehmen. Da können Sie ihn meistens so gegen acht, neun

Uhr antreffen. Er wird aber vermutlich kein Interesse haben, mit Ihnen zu reden. Es sei denn …“

Brant öffnete seine Schreibtischschublade und holte zwei weiße Pillen hervor. „Wenn Sie wirklich von ihm etwas erfahren wollen, müssten Sie ihm schon diese Pillen in sein Getränk geben, natürlich ohne, dass er es merkt.“

„Was ist denn das?“, fragte Jan misstrauisch.

„Oh, nichts weiter Schlimmes.“ Marko Brant machte eine wegwerfende Geste. „Das macht ein bisschen schläfrig und willenlos.“ Er sah Jan an, grinste dabei und fügte hinzu: „Aber vor allem mitteilsam, vor allen Dingen.“

Jan steckte die Pillen in seine Jackentasche. So etwas war eigentlich nicht sein Ding. Ein offenes Wort war ihm lieber. Aber dieser Marko Brant schien Puster gut zu kennen und nicht besonders gern zu haben, dachte er.

Brant wählte eine Nummer und wartete.

“Marko hier. Ist Harald schon zurück?“

Einen Augenblick später legte er auf. „Harald wird heute nicht mehr kommen. Er hat im Labor angerufen, es gibt wohl ein Problem mit der Univerwaltung. Tja, ich muss jetzt auch los. Es hat mich wirklich gefreut, Sie kennenzulernen, Herr Tobias. Ich werde Sie dann mal wieder nach draußen bringen.“

Marko Brant hatte es plötzlich eilig, seinen Gast hinauszukomplimentieren. Diese Tabletten hatte er ursprünglich selbst einsetzen wollen. Nun war da ein anderer, der das für ihn erledigte. Er grinste in sich hinein. Als sie beide vor dem Institut auf der Straße standen, verabschiedete sich Marko mit einer stummen Geste und eilte in Richtung des Kiosks, der ein paar Schritte entfernt an der Straße stand.

**Berlin, 11. 5. 2011**

Der EHEC-Referenzsstamm war bereits am Montag mit dem Fahrdienst aus dem RPI eingetroffen. Es war ein Isolat aus einem Patienten mit HUS. Mit den Stämmen von Harald Pütz hatte Schneider drei EHEC-O104, die er auf ihre Ähnlichkeit untersucht hatte.

Am Nachmittag legte ihm Johanna das Foto mit dem genetischen Fingerabdruck der drei EHEC-Isolate vor. Schneider betrachtete das kleine Foto mit den Strichmustern, die durch das Schneiden der DNA mit Restriktionsenzymen entstanden waren. Die zerschnittene DNA ergab ein typisches Muster von Einzelteilen, die nach ihrer Größe aufgetrennt waren. Die Muster waren bei allen drei EHEC-Stämmen gleich. Das hieß mit ziemlicher Wahrscheinlichkeit, dass die EHEC-Stämme miteinander verwandt waren. Da einer von ihnen aus der Epidemie stammte, mussten die beiden von Harald Pütz auch etwas mit der Epidemie in Norddeutschland zu tun haben.

So weit, so gut. Bis auf die Kleinigkeit, dass die EHEC-Stämme von Harald Pütz aus der Zeit vor dem Ausbruch isoliert worden waren. Nach den Angaben von Pütz waren seine Stämme Mitte April isoliert worden. Die Epidemie hatte aber erst Anfang Mai begonnen. Damit waren die EHEC-Stämme von Harald Pütz dem Ursprung der Epidemie viel näher, als alle anderen, die seit Beginn des Ausbruchs isoliert worden waren.

Schneider stieß durch seine kaum geöffneten Lippen einen leisen Pfiff aus. Harald Pütz musste über die mögliche Ursache der Epidemie Bescheid wissen. Er hatte nichts darüber geschrieben, woher seine EHEC stammten. Kolibakterien kamen überall vor, man fand sie in Menschen, Tieren, Lebensmitteln und in der Umwelt. Pütz wusste etwas, dass er für sich behalten wollte. Deshalb diese Geheimnistuerei. Warum hatte Pütz als Mitarbeiter von Puster ihm so brisantes Material geschickt, ohne das sein Chef eingebunden war? Zumindest nahm Schneider das an, denn Puster hätte nie so bedeutsames Material aus der Hand gegeben, sondern es für sich ausgeschlachtet. Und wenn das Ganze eine Falle war? Vielleicht wollte man ihn und sein Labor auf die Probe stellen, prüfen, wie gut sie arbeiteten?

Er musste mehr von Harald Pütz erfahren. Wenn Puster nicht im Bilde war, konnte das für Harald Pütz ein Problem werden. Die Aufklärung dieser Sache duldete keinen Aufschub. Solange die Quelle des Ausbruchs nicht ermittelt und verstopft war, stand das Leben von immer mehr Menschen auf dem Spiel. Im ersten Impuls wählte Schneider die Nummer von Pusters Institut und legte gleich wieder auf, bevor jemand abnahm. Vielleicht war Harald Pütz bereit, mit ihm zusammenzuarbeiten? Er schickte Pütz eine Nachricht. Es gäbe noch wichtige Informationen zu seinen beiden EHEC-Stämmen und er sollte ihn so schnell wie möglich anrufen.

Nachdem das getan war, blieb Schneider in seinem Büro sitzen, rührte sich nicht, und schielte wiederholt auf das Telefon. Er prüfte alle paar Minuten, ob ein E-Mail von Pütz eingetroffen war. Bis er mit Pütz gesprochen hatte, würde er nichts weiter zustande bringen, das war klar. Die Zeit verstrich unmerklich langsam. In seinem jetzt stillen Büro wurde ihm das Ticken einer Uhr, die er sonst selten bemerkte, bewusst. Niemand kam vorbei, das Telefon blieb stumm. Selbst Vogel und Gack, die sonst ständig etwas mitzuteilen hatten, waren wie abgeschaltet.

Es verging über eine Stunde, bis Harald Pütz ihm mailte, er könne ihn erst morgen Abend nach einundzwanzig Uhr anrufen. Offenbar wollte der Mann nicht von seinem Arbeitsplatz aus mit ihm telefonieren, Puster schien also tatsächlich nicht eingeweiht zu sein. Schneider schickte Pütz seine Mobilfunknummer, denn er hatte keine Lust, bis zum späten Abend in seinem Büro auf den Anruf zu warten.

**Boksee, 11. 5. 2011**

Am Tag darauf, als Jan dem Exzellenzinstitut seinen Besuch abgestattet hatte, rief Clara erneut an. Sie war in einer schlechten Verfassung. Weinend erzählte sie ihm, dass die Ärzte ihr dringend dazu rieten, das Kind abtreiben zu lassen. Sie hatten sich dafür entschieden, sie mit dem neuen Wirkstoff zu therapieren. Nach

Abwägung der Risiken erschien es ihnen als das kleinere Übel. Mit dem neuen Antibiotikum konnte einer möglichen Nierenschädigung vorgebeugt werden. Der Nachteil der Behandlung lag darin, dass die Gefahr einer Schädigung des Fötus bestand und Missbildungen nicht auszuschließen waren.

Die Entscheidung, ob abgetrieben werden sollte, läge nun bei ihr, hatten die Ärzte bei der Visite gemeint und sie danach damit allein gelassen. Clara war verzweifelt und wollte von Jan wissen, wie er sich entscheiden würde.

Jan stotterte, diese Frage brachte ihn völlig aus dem Gleichgewicht. Er, der völlig von seinem Plan, der Gerechtigkeit Genüge zu tun, besessen war, konnte sich in diesem Moment nicht damit auseinandersetzen. Er meinte, sie sollten sich beide mehr Zeit zum Nachdenken nehmen. Schließlich müssten sie das ja nicht sofort entscheiden. Clara war außer sich, weil auch Jan sie mit der Entscheidung allein ließ. Die Ärzte wollten heute mit der Therapie anfangen, da gäbe es keinen Aufschub.

„Ich trage deine Entscheidung mit, egal wofür du dich entscheidest", sagte Jan darauf.

Clara hatte aufgelegt, ohne weiter darauf zu antworten. Jan hatte nicht verstanden, worum es ihr ging. In seinen Gedanken wucherten Mordgelüste. Diese Dreckskerle hatten jetzt auch noch ihr ungeborenes Kind auf dem Gewissen. Sein vorher noch schwankender Entschluss stand jetzt fest. Er kannte die Visage dieses Professors und würde ihn an seinem Futterplatz stellen, wenn er sich nichts ahnend den Bauch mit Fleisch von toten Tieren vollschlug.

Abends gegen sieben Uhr betrat Jan das *Burgereck* am Bertholdplatz. Er setzte sich an einen der runden, kunststoffbeschichteten Tische und rückte seinen Stuhl so zurecht, dass er den Eingang der Kneipe im Auge behalten konnte. Die Deckenlampen aus massivem Eichenholz und einige, an der Wand befestigte Geweihe bezeugten, dass diese Stätte in vergangener Zeit ein typisch deutsches Restaurant gewesen war. Die Relikte davon waren an Wänden und Decken vorhanden, aber der Speiseplan hatte sich radikal geändert.

Die Bedienung, eine Frau Anfang vierzig mit kantig wirkenden Gesichtszügen, deren üppige Oberweite unter der weißen gebundenen Schürze gut zur Geltung kam, legte ihm die Menüauswahl vor. Diese bestand aus einer einzigen bedruckten Seite.

„Schon was zu trinken ausgesucht?", fragte sie.

Jan bestellte ein Bier, das nach kurzer Zeit schwungvoll auf seinen Tisch gestellt wurde. Er hatte Hunger und überflog die Karte: Cheese Burger, Beef Burger, Chicken Burger, Big Burger, Lamb Burger und Spare Ribs. Das war es dann auch schon. Für die Stammgäste schien es mehr als genug zu sein, denn der Laden wurde stetig voller. Für Jan war allerdings kaum etwas Passendes dabei. Die Kellnerin kam nach zwei Minuten mit gezücktem Block zurück und sah ihn fragend an.

„Pommes rot-weiß“, war das Einzige, das für ihn von der Menüauswahl übrig blieb.

„Weiter nichts?“ Sie zuckte mit den Achseln und stakste zurück zum Tresen, um die Bestellung weiterzugeben. Der Laden war inzwischen proppenvoll. Gäste jeden Alters, Singles, Pärchen, Familien. Nicht weit von Jan entfernt saßen drei Punks in schwarzen Lederjacken und ließen die rote Tomatensoße auf den Boden tropfen, wo sie von ihren Hunden gierig aufgeleckt wurde. Jan hatte selten so ein gemischtes Publikum in einer Kneipe gesehen. Aus einer Juke Box quäkte Country Music. Jan hatte seine Pommes längst gegessen, sein zweites Bier fast geleert. Er wartete und starrte auf die Eingangstür. Inzwischen war es kurz nach acht. Er würde sich beeilen müssen, um den letzten Bus zurück zum Hof zu erwischen und fluchte leise vor sich hin. Die anderen würden sich fragen, wo er den ganzen Tag geblieben war. Er, der sonst immer auf Disziplin und Arbeitsmoral achtete, hatte den ganzen Tag verbummelt, ohne den anderen auch nur Bescheid zu sagen.

Als er gerade gehen wollte, öffnete sich die Tür und der Professor kam herein. Eindeutig, das Gesicht war wie auf dem Foto. Allerdings war er nicht allein, sondern in Begleitung einer jungen Frau. Sie setzten sich an einen der wenigen noch freien Tische. Hatte dieser Marko Brant nicht erzählt, der Professor würde hier immer allein hingehen? Puster und die Frau begannen, sich angeregt zu unterhalten. Jan sah, wie Puster sich langsam an sie heranschob, wie er seine Hand einen Moment zu lange, als zufällig, auf ihrem Knie liegen ließ. Wie er seinen Arm um ihre Schultern legte, aber sie zu sehr an sich zog, als dass es nur freundschaftliche Verbundenheit ausdrücken konnte.

Die Frau war blond, stark geschminkt, höchstens Mitte zwanzig. Sie schien sich der Zweideutigkeit seines Verhaltens nicht bewusst zu sein. Zumindest tat sie so und hatte es als Teil eines Spiels akzeptiert, das vermutlich im Bett des Professors enden würde.

Jan starrte unverhohlen zu den beiden hinüber, bemerkte erst nach einer Weile, dass ein Pärchen ihn angesprochen hatte, um sich auf die beiden noch freien Stühle an seinem Tisch zu setzen. Jan antwortete nicht, stand auf und gab den Tisch frei. Ihm blieben noch zehn Minuten, bis der letzte Bus fuhr. Der Professor schien seine Umgebung nicht zu bemerken, sein Blick war auf dem Mädchen neben ihm hängen geblieben. Jan prägte sich die Gesichtszüge des Professors ein. Morgen würde er wiederkommen, mit dem Lieferwagen. Dann konnte er so lange bleiben, wie er wollte. Der Professor würde nicht jeden Tag in Begleitung hier erscheinen.

**Kiel, 11. 5. 2011**

Harald bemerkte erst, dass Marko in sein Labor gekommen war, als dieser schon dicht hinter ihm stand. Er erschrak, als er plötzlich Markos nörgelnde Stimme hörte. Marko war noch nie zu ihm ins Labor gekommen. Jetzt war er da, gerade heute, wo Ines mit ein paar anderen zu einem Vortrag in die Universität gefahren war. Marko musste das regelrecht abgepasst haben.

„Ich soll dich schön grüßen vom Herrn Tobias“, hörte er Markos halb geflüsterten, halb gezischten Satz. „Er war gestern hier, hat nach dir gefragt und schien nicht so gut auf dich zu sprechen zu sein.“

„Welcher Tobias?“, knurrte Harald, der in diesem Moment bemerkte, dass er durch Markos Auftritt mit seinem Experiment durcheinander gekommen war. Er wusste nicht mehr, in welches Röhrchen er zuletzt seinen Reaktionsmix pipettiert hatte, mit der Konsequenz, dass er alles wegwerfen und noch einmal neu von vorne beginnen konnte. Mit einer wütenden Bewegung knallte er die Pipette auf den Tisch, zog sich die grünen Latexhandschuhe von seinen schwitzenden Fingern und drehte sich zu Marko um.

„Jetzt kann ich alles noch einmal von Anfang an zusammenpipettieren, weil du dich hier von hinten anschleichst und mich mit diesen schwachsinnigen Fragen löcherst. Ich kenne überhaupt keinen Tobias.“

„So? Der scheint dich aber sehr gut zu kennen. Er wollte dir etwas zurückgeben und er scheint eine Menge über EHEC-Infektionen hier in Kiel zu wissen. Er hat mir etwas von einer Frau erzählt, die er kennt, die EHEC infiziert ist und …“

„Wie sah der denn aus?“, fragte Harald.

„Ziemlich groß, helle Haare, halblang, ein bisschen schütter. Schätze ihn auf etwa Mitte dreißig. Grobe Hände, kräftiger Druck, von der Sprache her muss er hier aus der Gegend stammen …“

Marko sah, dass Haralds Augen groß und sein Gesicht bleich geworden war. Er blickte auf Haralds Hände.

„Deine Hände zittern ja, Harald. Du kennst ihn!“

„Nein! Ich kenne zum Teufel keinen Tobias. Was wollte der denn genau?“

„Mit dir reden, vielleicht wollte er noch mehr. Aber mach‘ dir keine Sorgen, ich habe ihn woandershin geschickt. Habe ihm erzählt, dass du nicht im Institut bist, obwohl du schon längst von der Univerwaltung zurückgekommen warst!“

„Was soll der Scheiß, Marko?“

„Hätte ich ihn besser gleich zu dir schicken sollen? Du hältst dich bitte an unsere Abmachung und redest mit niemand über unser Projekt, so wie wir es besprochen haben, Harald. Sonst geht es schlecht für dich aus. Woher weiß dieser Tobias von der Frau mit dem EHEC, kannst du mir das erklären? Ich habe bei Puster seit Langem verschissen, aber im Unterschied zu dir habe ich eine feste Stelle und Puster würde nicht lange fackeln, dich sofort rauszuschmeißen, wenn …

„Wenn? Was wenn?“

„Nun krieg dich wieder ein. Der Herr Tobias, oder wie er auch immer heißen mag, wird uns vielleicht noch einen kleinen Dienst erweisen. Willst du mir nicht erzählen, woher du ihn kennst und was du mit ihm zu tun hast?“

Harald schüttelte den Kopf. Es musste dieser Jan sein, von dem Marko redete. Jetzt, nachdem Harald den Kontakt mit Schneider hergestellt hatte, bereute er, sich auf eine Zusammenarbeit mit Marko eingelassen zu haben. Dieser Jan war einfach ins Institut hereingeschneit, um nach ihm zu suchen. Natürlich, die Adresse hatte er von Jörgs Visitenkarte, die er bei Marie gefunden hatte. Das alles bedeutete nichts Gutes.

Marko ging, nicht ohne ihn noch einmal zu warnen, kein falsches Spiel zu spielen. Harald zwang sich zur Konzentration, um wenigstens seinen Versuch noch glücklich zu Ende zu bekommen. Morgen wollte er Schneider anrufen und vielleicht hatte der neue Informationen, die ihm helfen würden. Als er sich zum zweiten Mal die Latexhandschuhe auszog, und sich den Schweiß von der Stirn abwischte, fühlte er, wie eiskalt sie war. So, als hätte er sie mit dem Eis aus seiner Kühlbox bestrichen.

**Kiel, 12. 5. 2011**

Jan hatte der Hofgemeinschaft erzählt, er wolle sich abends in Kiel mit einem neuen Kunden treffen. Dann war er in den Transporter gestiegen und hatte sich auf den Weg zum *Burgereck* gemacht. Er kam viel zu früh an, um den Professor schon anzutreffen, aber das hatte er sich so ausgerechnet. Um diese Zeit gab es in dieser Stampe noch genügend freie Resopaltische, an die er sich setzen konnte. Es war wieder dieselbe Bedienung, die an seinen Tisch kam und ihn wiedererkannte.

„Na, dasselbe wie gestern? Nur Pommes rot-weiß? Oder zur Abwechslung mal was Deftigeres?“, fragte sie anzüglich, wobei sie provozierend ihre gesamte Oberweite in seinen Blickwinkel schob und ihm damit die Übersicht auf den Rest der Kneipe versperrte.

„Zuerst mal ’n Bier, dann sehn wir weiter“, sagte Jan und betastete die beiden Pillen, die ihm Marko Brant ihm gegeben hatte, in seiner Jackentasche.

„Kommt sofort!“, flüsterte sie ihm ins Ohr und gab ihm die Sicht auf den Rest der Gaststätte wieder frei.

Jan hatte keinen großen Hunger, er hatte in Hinblick auf die ihm bekannte Menüauswahl schon vorher etwas gegessen. Er rief der am Tresen stehenden Frau hinterher, sie solle ihm einen doppelten Korn zu seinem Bier bringen. Sie tat so, als höre sie nicht, aber als sie nach ein paar Minuten wiederkam, standen auf dem ovalen Tablett ein großes Bier und ein Klarer.

„Der Schnaps geht aufs Haus“, sagte sie. Bevor sie sich weiter an seinem Tisch festmachte, wurde sie von anderen Gästen gerufen. Jan kippte den Schnaps und trank sein Bier, wobei er die Tür im Auge behielt. Ähnlich wie gestern füllte sich die Bude langsam, von dem Professor war aber noch nichts zu sehen. An Jans Tisch stand nur ein einziger freier Stuhl, man würde ihm hier nicht so schnell auf die Pelle rücken.

Nachdem er, zwei Biere und zwei Schnäpse weiter, anderthalb Stunden gewartet hatte, war es kurz vor neun Uhr. Jan hatte die Hoffnung schon aufgegeben, da kam tatsächlich der Professor zur Tür herein. Im Schlepptau hatte er dieselbe Frau, mit der er schon gestern hier aufgekreuzt war. Die beiden setzten sich an einen freien Tisch. Fast sah es so aus, als hätte man die Plätze für sie reserviert. Der Professor winkte ungeduldig nach der Bedienung, die hinter dem Tresen stand und Gläser spülte.

Jan hatte ein noch halb volles Glas Bier vor sich stehen, daneben standen drei, inzwischen geleerte, Schnapsgläser. Autofahren konnte er für die nächsten Stunden nicht mehr, so hatte er wenigstens genug Zeit und konnte sich mit diesem Professor beschäftigen. Nachdem er ihn und seine Begleitung einige Minuten lang ausgiebig gemustert hatte, sah er, wie der Professor der Frau wieder auf die Pelle rückte. Er schien noch zudringlicher als gestern Abend. Zwischen den beiden musste etwas gelaufen sein, denn sie zierte sich nicht, seine Annäherungen zu erwidern. Inzwischen hatten beide ihre Biere vor sich zu stehen und zwei volle Teller mit dem Fleischfraß, der hier serviert wurde.

Jan bemerkte, wie dieser Kerl mit seiner Hand über die Brust der Frau strich. Jetzt konnte er sich nicht mehr zurückhalten. Der Trick mit den Pillen würde hier nicht ziehen, Puster war nicht allein. Jan würde es auf seine bewährte Art machen. Er stand ruckartig auf und bewegte sich langsam auf den Tisch mit den beiden zu. Der Laden war inzwischen gerammelt voll, einige Gäste standen an den Tresen und zwischen den Tischen. Es gab ein unentwegtes Hin und Her. Niemand bemerkte die Zielstrebigkeit, mit der Jan auf den Tisch des Professors und der Frau zuging. Er hielt sein halb volles Bierglas in der Hand. Mit der anderen zog er seinen Stuhl hinter sich her, drehte diesen am Tisch, wo die beiden saßen, um, sodass er mit der Lehne nach vorne darauf zu sitzen kam.

Die Frau bemerkte ihn als Erste. Sie starrte ihn erschreckt an, sagte aber nichts, während der Professor damit beschäftigt war, seine Hand von ihrem Rücken über die Seite nach vorne wandern zu lassen.

„Willst du diese Frau jetzt auch noch mit deiner EHEC-Scheiße anstecken“, brüllte Jan dem Professor ins Ohr, der seinen Kopf von ihm abgewandt und dem Hals der Frau zugewandt hatte. Puster drehte sich ruckartig um und starrte Jan an, als wäre er ein Geist. „Hast schon richtig verstanden, du Schwein! Nimm die Finger von ihr, es reicht, dass du Marie und Clara auf dem Gewissen hast.“

„Wer, wie?“

Weiter kam er nicht, denn Jan hatte ihn an seinem Hemdrevers gepackt und drehte den Stoff mit seiner Hand ein, dass es dem Professor eng um den Hals wurde.

Die Frau machte jetzt den Mund auf und stieß einen kurzen Schrei aus, der aber in dem allgemeinen Geräuschpegel in der Kneipe unterging. Die dickbusige Kellnerin kam an den Tisch.

„Wir rufen dich, wenn wir dich brauchen“, schrie Jan und wandte sich wieder dem Professor zu.

„Hör zu, Puster, du erzählst mir jetzt genau, wie du Marie mit deinem EHEC-Scheiß angesteckt hast, oder ich zeig dir mal, wo deine Nase zukünftig hinschauen wird.“

Jan hob das Bierglas mit der anderen Hand, schwenkte es hin und her und die schaumige Flüssigkeit spritzte auf den Tisch.

„Wovon reden Sie denn, lassen Sie mich sofort los“, schrie Puster, der seine Sprache wiedergefunden hatte. Auf seinem Gesicht waren rötliche Flecken zu sehen.

„Lass ihn los, du Mistkerl!“, schrie die Frau neben dem Professor plötzlich und stieß mit den Fingernägeln ihrer Hand nach ihm. Jan tat ihr den Gefallen, löste seinen Griff, um ihr mit der freigewordenen Hand eine Ohrfeige zu verpassen. Er packte den Professor wieder und zog ihn dicht an sich ran.

„Marie ist tot, krepiert, elendiglich krepiert, und zwar deinetwegen. Deine Visitenkarte hat dich verraten …“

Der Professor starrte ihn fassungslos an.

„Lass ihn los“, rief eine Stimme hinter Jan, der die ganze Zeit nur noch auf den Professor und nicht auf seine Umgebung geachtet hatte.

„Verzieh dich“, knurrte Jan, ohne sich umzudrehen.

Der andere packte ihn von hinten um den Hals. Mit einer Handbewegung schüttete Jan den Rest seines Bieres hinter sich. Für einen Moment lockerte sich der Griff seines Widersachers. Als Jan jedoch das Glas hob, um es dem Professor über den Schädel zu schlagen, fühlte er, dass sein Arm von einem unerwarteten Widerstand gebremst wurde. Jan ließ den Hemdkragen des Professors los und drehte sich um. Hinter ihm stand ein dunkelhaariger, bärtiger Typ, bekleidet mit einer blauen Nietenjacke. Kleiner, aber um einiges breiter als Jan. Der Kerl grinste ihn an, wobei er eine Zahnlücke entblößte. Jan wollte mit seiner freien Hand zuschlagen, da schnappte sich der Rocker seinen zweiten Arm. Er kreuzte ihn über den anderen und verlängerte den Zug zu einem schmerzhaften Hebel, bis Jan sämtlichen Widerstand aufgab.

„Du zahlst jetzt sofort und danach fliegst du hier raus. Sei froh, dass du Hänfling es gar nicht erst versucht hast, dich mit mir richtig anzulegen.“

Der Kerl spuckte ihm seinen Bieratem ins Gesicht, verstärkte den Armhebel und schob den um seine Achse gekrümmten, in Tippelschritten laufenden Jan auf den Tresen zu.

„Na, du bist mir ja einer! Hätte ich aber nicht gedacht, dass du hier auf Zoff aus bist!“, sagte die sichtlich enttäuschte Bedienung, als Jan einen Geldschein aus seiner Tasche zog. Bevor sie ihm das Wechselgeld geben konnte, hatte der Rocker, den die Frau mit Wolf angeredet hatte, ihn in den Schwitzkasten genommen und durch die geöffnete Kneipentür geschoben.

„Denk nicht im Traum daran, noch einmal wiederzukommen“, rief Wolf ihm hinterher, als er Jan mit einem gebremsten, aber überzeugenden Tritt in die Kniekehlen ins Freie beförderte. Ein paar Münzen klingelten aufs Pflaster, es war das Wechselgeld, das Wolf ihm hintergeworfen hatte.

**Berlin, 12. 5. 2011**

Leo Schneider befand sich schon seit geraumer Zeit zu Hause. Er saß auf der Couch, aber von Gemütlichkeit konnte keine Rede sein. Ein Dutzend Mal war er aufgestanden, um sich gleich wieder hinzusetzen. Er hatte den Fernseher angeschaltet, wieder ausgemacht und etwas gegessen, ohne wirklich Hunger zu haben. Seine Nervosität, die er unterdrücken wollte, hatte sich dadurch nur noch gesteigert. Durch den Stress auf der Arbeit war er dauerhaft gereizt und sein Privatleben bot ihm auch keinen Ausgleich. Seine Frau Louisa war vor zwei Wochen nach Frankreich gefahren, nachdem klar war, dass sie ihren gemeinsamen Urlaub vorerst vergessen konnten. Die Leitung des ILH hatte eine vorläufige Urlaubssperre wegen des EHEC-Ausbruchs verhängt.

Louisa war daraufhin zu ihren Eltern nach Südfrankreich abgereist. Sie hoffte, Leo würde bald nachkommen können, wenn diese Geschichte sich beruhigt hatte. Aber im Moment sah es nicht danach aus. Er hatte Louisa vor zwei Tagen angerufen und ihr keine Hoffnung auf einen baldigen gemeinsamen Urlaub machen können. Beide waren enttäuscht, aber Leo fühlte sich so gestresst, dass er ihr geraten hatte, lieber eine Zeit entspannt in Frankreich zu verbringen, als seine Stimmungen zu Hause miterleben zu müssen. Louisa hatte sich dann für einen Übersetzerworkshop im *College International des Traducteurs* in Arles eingetragen und war für die nächsten sechs Wochen ausgebucht.

Es war bereits kurz vor zehn, als sein Handy klingelte. Die Nummer des Anrufers war unterdrückt. Es war Harald Pütz, der sich für den verspäteten Anruf entschuldigte.

„Besser spät, als gar nicht", rutschte es aus Schneider heraus, der die ganze Zeit wie auf Kohlen gesessen hatte.

Seine angesammelte Spannung machte sich in einem Schwall von Worten Luft, mit denen er Harald Pütz von der Bedeutung seiner beiden EHEC-Isolate als Bindeglied zu dem großen EHEC-Ausbruch in Norddeutschland erzählte. Woher die EHEC-Stämme wären, die Harald geschickt hätte und wer darüber noch Bescheid wüsste? Alle seine Worte waren nur der Auftakt zu dieser alles entscheidenden Frage gewesen, deren Antwort er mit Spannung erwartete.

„War es das, was Sie mir Wichtiges mitteilen wollten?", fragte Harald, dem seine Enttäuschung anzumerken war.

„Natürlich, was denn sonst? Das ist doch im Moment das Wichtigste. Ihre beiden EHEC-Stämme sind untereinander gleich und identisch mit dem EHEC, der verantwortlich für den Ausbruch in Norddeutschland ist. Das nenne ich eindeutig! Die Herkunft Ihrer Stämme ist der Schlüssel zur Aufklärung des Ausbruchsgeschehens, der mögliche Zugang zur Quelle der Epidemie. Ist Ihnen das nicht bewusst, Herr Pütz?"

„Ja doch", sagte Harald Pütz und blieb zurückhaltend. „Aber eigentlich wollte ich von Ihnen doch nur die Bestätigung meiner Vorbefunde, Herr Schneider."

„So einfach ist das nicht! Das ist doch keine normale Routineuntersuchung mehr! Der genetische Fingerabdruck beweist, dass Ihre Stämme etwas mit dem Ausbruch zu tun haben. Woher sind die, woraus wurden sie isoliert?"

Pütz schwieg. Schneider setzte nach.

„Weiß Ihr Chef davon, dass Sie mir diese EHEC-Stämme geschickt haben?"

Wieder Schweigen. Leo Schneider dachte, sein Gegenüber habe aufgelegt, aber die Leitung war weiterhin frei.

„Wenn Sie es mir nicht sagen, muss ich ihn selbst fragen, das ist Ihnen doch wohl klar, oder? Es bleibt mir doch gar nichts anderes übrig. Wollen Sie denn, das immer noch mehr Menschen an der Seuche sterben?"

„Nein!!" protestierte Harald Pütz. „Das will ich natürlich nicht, aber ich brauche Beweise und die sollte Ihre Untersuchung mir liefern!"

„Beweise wofür?"

„Hören Sie, das ist privat, es geht nur mich …"

„Die Sache ist längst nicht mehr privat, das wissen Sie genauso gut wie ich", schnitt ihm Schneider das Wort ab.

Harald schwieg. Schneider konnte fast hören, wie in seinem Gehirn die Ströme zwischen den Nervenbahnen hin und hergeleitet wurden. Schneider musste Stück für Stück vorgehen, er würde sonst nicht weiterkommen.

„Sagen Sie wenigstens, aus welchem Lebensmittel die EHEC-Stämme sind. Dann finden wir vielleicht die Quelle des Ausbruchs!" Dann bist du Held für einen Tag, du Sturkopf, dachte Schneider.

„Die EHEC stammen aus Menschen, nicht aus Lebensmitteln", sagte Pütz mit leiser Stimme.

Schneider war fassungslos. „Was? Aber wann und woran haben die sich denn angesteckt?"

„Das ist es ja!" Harald Pütz begann zu erzählen. Von einem EHEC-Ausscheider in der Arbeitsgruppe und von seiner Freundin Marie, die an demselben EHEC im Kieler Krankenhaus gestorben war. Nur wer der EHEC-Träger der Arbeitsgruppe war, sagte er nicht, sondern behauptete, es wäre eine anonyme Untersuchung gewesen.

„Und wann wurde der Stamm aus ihrem Labor isoliert?", fragte Schneider.

„Schon zwei Wochen, bevor meine Freundin krank geworden ist."

„Dann ist das vielleicht der erste EHEC aus der Epidemie. Zumindest der Älteste, der damit im Zusammenhang steht. Sie müssen unbedingt herausbekommen, wer aus Ihrer Arbeitsgruppe damit infiziert war oder es vielleicht immer noch ist."

„Nein, da ist nichts mehr. Es wurde eine zweite Untersuchung gemacht, die Probe war negativ", sagte Pütz mit einem Anflug von Resignation."

„Das spielt aber keine Rolle. Sie müssen trotzdem herausbekommen, wer die infizierte Person war. Diese Person ist der Schlüssel zu dem Ausbruch. Je länger es her ist, desto weniger erinnern sich die Menschen daran, woher sie sich die EHEC-Infektion möglicherweise geholt haben könnten. Wenn Ihre Freundin damit infiziert war und zu niemand sonst aus Ihrem Labor Kontakt hatte, müsste man eigentlich annehmen, dass Sie es waren, Herr Pütz!“

„Nein! Ich war es eben nicht! Denken Sie, das hätte ich nicht nachgeprüft? Ich kümmere mich darum, herauszufinden, wer infiziert war, Herr Schneider!“

„Woher wollen Sie das erfahren, wenn die Untersuchung doch anonym war? Wie groß ist denn der Kreis der beteiligten Personen?“

„Ich kümmere mich darum“, sagte Pütz und wollte auflegen.

„Reden Sie mit ihrem Chef, Herr Pütz. Diese Sache ist viel zu ernst, als das Sie die als Privatangelegenheit behandeln. Der Ausbruch muss gestoppt werden, so schnell wie möglich. Und rufen Sie mich spätestens morgen wieder an. Ich kann mit dem, was ich gerade von Ihnen erfahren habe, nicht so umgehen, als ginge mich das Ganze nichts an!“

Harald saß auf seinem Bett und überblickte seine zwanzig Quadratmeter Wohnung mit einer Kopfbewegung. Jetzt saß er noch mehr in der Patsche als vorher. Schneider würde nicht mehr lockerlassen, Marko setzte ihn unter Druck, eigentlich blieb ihm sowieso keine andere Wahl mehr, als Jörg zur Rede zu stellen. Wenn er es nicht tat, würde einer der beiden Jörg über die Sache informieren und dann war er selbst nur noch ein Spielball, der von allen getreten wurde.

Er musste Schneider und Marko zuvorkommen, musste als Erster mit Jörg reden. Auf eine Weise war er froh, jetzt zum Handeln gezwungen zu sein. Von allein hätte er den Mut dazu nicht aufgebracht. Inzwischen war es spät geworden. Seine Hand glitt über das Bett, auf dem er und Marie gemeinsame Nächte verbracht hatten. Ein trübes Licht fiel von der Deckenlampe auf den Tisch mit seinem aufgeklappten Laptop und auf die übrigen Möbel, die bereits in der Wohnung gestanden hatten, als er vor einigen Monaten hier eingezogen war. Morgen würde er nur noch zu einem Zweck ins Institut gehen, um mit Jörg Puster Klartext zu reden.

**Kiel, 13. 5. 2011**

Nachdem er unsanft vor der Kneipentür gelandet war, hatte Jan den Rest der Nacht in dem Lieferwagen verbracht. Sein Hintern schmerzte noch vom Aufprall auf das Pflaster, der seinem kurzen Flug gefolgt war. Er wollte nicht sofort zum Hof zurückfahren, nach vier Bieren und drei Schnäpsen hätte ihn das bei einer Polizeikontrolle den Führerschein gekostet. So blieb er vorne im Auto sitzen, hatte seine Beine über beide Sitze ausgestreckt und genügend Zeit, um nachzudenken, was er tun wollte. Bei Tagesanbruch, wenn der Alkohol im Blut verflogen war, wollte er zurück zum Hof fahren, als wäre nichts gewesen. Den anderen konnte er erzählen, der neue Kunde hätte ihn eingeladen und sie hätten etwas über den Durst getrunken. Das klang plausibel und keiner konnte ihm daraus einen Vorwurf machen.

Mit zunehmend klarer werdendem Kopf traten die unangenehmen Erinnerungen an den letzten Abend in den Hintergrund. Was für ihn zu tun übrig blieb, kristallisierte sich in der Person von Harald. An den Professor kam er vorerst nicht weiter heran. So überrascht, wie der ihn angeglotzt hatte, als Jan ihn mit der Nase in die Sache gestoßen hatte, schien der wirklich nicht zu wissen, worum es Jan ging. Vielleicht hatte Puster aber auch nur so naiv getan und Jan ärgerte sich, dass es ihm nicht gelungen war, diesem Schwein eins auf den Rüssel zu geben.

Aber das hätte alles, was vorher geschehen war, nicht ungeschehen gemacht. Sein immer wieder hochkochender Jähzorn war es, der ihm zu schaffen machte. Mit dem er sich selbst immer wieder ein Bein stellte. Wenn er nicht so viel getrunken hätte und der Professor allein gekommen wäre, hätte Jan sich auf ein Bier zu ihm an den Tisch gesetzt und ihn unverfänglich ausgefragt. Aber hätte, würde, könnte, sollte. So wie es gelaufen war, war es eben gelaufen.

Jan verfluchte sein cholerisches Temperament und nahm sich vor, mit diesem Harald anders vorzugehen. Er hatte immer noch die Pillen, die ihm Marko Brant zugesteckt hatte. Brant schien den Professor nicht besonders zu mögen. Harald Pütz wusste einiges, die Pillen würden ihn gesprächig machen. Pütz oder der Professor waren für das verantwortlich, was mit Marie passiert war. Jan rieb seine steif gewordenen Arme und Beine, die ihm das stundenlange Sitzen in dem ausgekühlten Auto allmählich übel nahmen. Da war auch noch ein ziehender Schmerz in beiden Schultern und Armen, der ihn an den Hebel erinnerte, den der Rocker angesetzt hatte. Zum Glück nur angesetzt. Wenn er ihn durchgezogen hätte, würden Jans Arme und Schultern jetzt in einem Gipsbett schlummern, für mindestens sechs Wochen, davon die Hälfte wohl im Krankenhaus.

Der Gedanke an das Krankenhaus weckte die Erinnerung an Clara und das Baby. Jan begann zu schluchzen. Seine Gefühlsschwankungen führten ihn manchmal in steile Höhen, auf die tiefe Abgründe folgten. Hier sah ihn keiner und er konnte sich gehen lassen. Hier brauchte er seine Rolle als cooler Macher nicht zu spielen. Er fühlte seine Ohnmacht, nichts für Clara und das Baby tun zu können. „Zoff", hatte die Frau aus der Kneipe gesagt. Zoff war vieles, was er bisher zustande gebracht hatte, aber von nun an würde er es besser machen.

Der Morgen dämmerte. Ihm fröstelte. Er startete den Motor des Lieferwagens und fuhr langsam und vorschriftsmäßig wie selten zurück auf den Hof. Er würde sich ins Bett hauen und am Nachmittag konnte alles schon wieder besser aussehen.

**Berlin, 13. 5. 2011**

Als Schneider morgens in sein Büro kam, war die Zahl der neuen E-Mails auf über Hundert angeschwollen, aber darunter war keine Nachricht von Harald Pütz. Bis zum Abend würde er ihm noch Zeit geben. Wenn er sich bis dahin nicht gemeldet hatte, musste er eine Maschinerie in Bewegung setzen, deren Lauf er danach kaum noch beeinflussen konnte. Harald Pütz schien den Ernst der Situation noch nicht begriffen zu haben. Eine Mail mit einer letzten Warnung konnte er ihm noch schicken. Wenn Pütz dann immer noch nicht reagierte, Pech für ihn.

Schneider machte sich daran, die restlichen E-Mails zu lesen, nachdem er vorher die Hälfte seiner Post als unnütz eingestuft und sofort gelöscht hatte. Eine Nachricht war vom Exzellenzinstitut in Kiel. Hatte Harald Pütz vielleicht die Flucht nach vorn ergriffen? Aber da ging es nicht um Harald und seine EHEC-Stämme. Es war eine Presseerklärung des Exzellenzinstituts zu einer, in Pusters Arbeitsgruppe entwickelter Methode über den Nachweis des neuen EHEC-Epidemieerregers.

Jetzt würden Vogel und Gack noch mehr Druck machen, dachte Schneider. Jetzt musste das ILH auch mit einer neuen Entwicklung aufwarten, mit der Vogel sich brüsten konnte. Für Vogel war die EHEC-Krise ein willkommenes Instrument, um groß herauszukommen. Schneider betrachtete er dabei nur als ein Werkzeug. Nur deswegen hatte Vogel sich auch dafür eingesetzt, den EHEC-Referenzstamm aus dem RPI zu besorgen.

Schneider überflog die anderen Mails. Inzwischen gab es Meldungen über EHEC-Infektionen aus immer mehr Bundesländern, die Seuche war inzwischen auch in Berlin angekommen. Die Epidemie schien ungebremst und die Zahl der Infizierten lag inzwischen um die tausendfünfhundert. Normalerweise waren es bei EHEC-Infektionen hauptsächlich Kinder, die besonders schwer betroffen waren. Aber hier waren es untypischerweise hauptsächlich Erwachsene, überwiegend Frauen, im sogenannten besten Alter. Wie der Ausbruch verlief, war allerdings typisch. In den ersten Tagen stieg die Zahl der Erkrankten nur langsam an, um dann plötzlich steil hochzugehen. Erst wenn die Ursache beseitigt worden war oder von selbst verschwand, würden die Erkrankungen wieder rückläufig sein.

Der Druck auf Seiboldt musste dementsprechend sein. Viele Patienten waren aus Brunsbüttel und dem Landkreis Dithmarschen, Seiboldts Einzugsgebiet. Die Politiker und die Medien würden ihm die Daumenschrauben immer mehr anziehen, bis er endlich mit der Nachricht herauskam, auf die alle warteten. Der erfolgreiche Nachweis des EHEC Epidemieerregers aus den spanischen Gurken.

Aber EHEC aus Lebensmitteln nachzuweisen, war nicht einfach. Viele EHEC-Ausbrüche blieben ungeklärt und niemand hatte je erfahren, wie sie entstanden waren und warum sie urplötzlich wieder endeten. Diesmal schien es sogar noch schwerer, als gewöhnlich zu sein. Der neuartige EHEC folgte keinem bisher bekannten Schema. Woher er kam, was seine Nische in der Natur war, darüber konnte man nur rätseln. Harald Pütz war der Schlüssel zu der ganzen Geschichte und Pütz musste endlich die sprichwörtliche Katze aus dem Sack lassen.

Seiboldt hatte Pech gehabt, das es gerade seinen Einzugsbereich getroffen hatte. Das ausgerechnet Gurken als Lebensmittel verdächtigt wurden, erschien

Schneider ungewöhnlich, wenn nicht unwahrscheinlich. Aber das hatten die Experten mit ihren Berechnungen und den Befragungen einmal so ermittelt und daher musste der Erreger auch in diesem Gemüse zu finden sein.

Die nächste Überraschung war die Nachweismethode für den EHEC-Epidemierreger aus der Arbeitsgruppe von Jörg Puster. Pusters Leute mussten die Methode schon erprobt haben, als die Telefondrähte mit den ersten EHEC-Meldungen gerade heiß liefen. Wahrscheinlich hatte Puster seine Beziehungen genutzt und war sehr früh an einen der Patientenstämme herangekommen.

Schneider las den Abschnitt zu der Methode. Ein kombinierter, genetischer Test, eine PCR, mit dem spezifische Eigenschaften des EHEC-O104 nachgewiesen wurden. Nichts grundlegend Neues, aber sie mussten die spezifischen Eigenschaften des Erregers dafür schon gekannt haben. Wie sie das so schnell hinbekommen hatten, war ein Phänomen, aber Pusters Gruppe war groß und seine Leute arbeiteten Tag und Nacht, wenn es darauf ankam.

Vielleicht waren Puster oder jemand aus seiner Gruppe längst in das private Geheimnis von Harald Pütz eingeweiht gewesen? Vielleicht hatten sie Haralds EHEC-Stämme schon untersucht gehabt, längst bevor die Epidemie begann? Aber warum hatte sich Pütz dann überhaupt an ihn gewandt? Entweder, er war nicht der naive Student, wie er es vorgab, oder er war zu naiv, um zu bemerken, dass sie ihn schon längst durchschaut hatten.

**Kiel, 13. 5. 2011**

An diesem regnerischen Freitagmorgen durchschritt Harald Pütz, mit der festen Überzeugung, es würde das letzte Mal sein, die große Flügeltür zum Eingang des Exzellenzinstituts. Er hatte bereits mit seiner Zukunft in Jörgs Arbeitsgruppe abgeschlossen. Wahrscheinlich war es auch das Ende seiner beruflichen Zukunft, für die er jahrelang gelernt und sein teures und langes Studium absolviert hatte. Jörgs Arm war lang. Er würde ihn feuern, fristlos, aber Harald blieb keine Wahl mehr.

Harald riss sich zusammen, scheuchte diese Gedanken fort. Kein Selbstmitleid jetzt, sagte er sich. Wenn er es wirklich wollte, konnte er immer noch in die USA gehen und dort in einem Labor ganz von vorne anfangen. Vorausgesetzt, er hatte überhaupt noch Lust, weiter in diesem Beruf zu arbeiten.

Von Sybille erfuhr er, dass Jörg heute noch gar nicht ins Institut gekommen war. Er hatte angerufen, es würde später werden. Wie es hieß, hatte gestern jemand versucht, ihn zu überfallen, aber zum Glück war die Sache für ihn glimpflich ausgegangen.

Sybille wusste die Einzelheiten von ihrer Kollegin Anneliese Körner. Dass Jörg an diesem Abend mit Anneliese zusammen gewesen war, erzählte Sybille lieber nicht. Harald würde sich in seiner Meinung über Jörg nur bestätigt fühlen. Anneliese hatte sich jedoch nicht beherrschen können. Sofort erzählt, wie dieser Unhold mit dem Bierglas auf sie losgegangen war, als sie mit Jörg friedlich im *Burgereck* saß, um Ergebnisse bei einem abendlichen Imbiss zu diskutieren. Sybille wusste nur zu gut, wie es nach einem solchen Imbiss weiterging. Das Betthupferl zum Abschluss war Anneliese selbst gewesen. Aber sie ließ Anneliese ihre Geschichte. Wenn die glaubte, sie könnte ihre Kollegin beeindrucken, nur weil sie mit Jörg ins Bett ging, hatte sie sich geirrt. Aber Harald, dachte Sybille. Harald würde durchdrehen, wenn er erfuhr, dass Jörg sich schon wieder eine neue Frau aufgegabelt hatte.

„Weißt du schon was Neues?", fragte ihn Sybille.

„Was denn Neues? Worüber sprichst du?", meinte Harald irritiert.

„Na ja, du wolltest doch den EHEC vom Chef untersuchen, oder?"

Harald schüttelte den Kopf. „Ach so, da ist bisher weiter nichts Neues rausgekommen. Ich muss da noch weiter schauen."

„Du klingst gar nicht mehr so, wie soll ich sagen, daran interessiert?", meinte Sybille verwundert.

Harald schüttelte ungeduldig seinen Kopf. „Nein, nein, ich sag dir schon Bescheid, wenn es da etwas Neues gibt. Vielleicht schon sehr bald."

Er verzog sein Gesicht zu einer gequälten Grimasse und ließ Sybille nach diesen Andeutungen stehen. Er konnte ebenso gut schon alle seine Sachen aufräumen und packen, bevor Jörg sie ihm später noch auf die Straße hinterher warf.

Kaum hatte er sein Labor betreten, rief Marko an. Ines stand ein paar Meter weiter und arbeitete an ihren Proben. Harald schloss die Tür zu dem kleinen Nebenraum, in dem ihre Schreibtische standen. Woher der immer wusste, wo Harald gerade war? Marko war wie eine Bulldogge, die sich festgebissen hatte und nicht mehr losließ. Aber damit war es dann auch vorbei, wenn Harald erst mit Jörg gesprochen hatte.

„Hallo Harald, hast du schon gehört? Stell dir vor, dein Bekannter ist auf Puster losgegangen," hörte er Markos heisere Stimme.

Harald unterdrückte den Impuls, gleich wieder aufzulegen. „Wie? Mein Bekannter?"

„Ja, dein Bekannter, der Herr Tobias. Nach der Beschreibung von Anneliese Körner muss der das gewesen sein!", insistierte Marko.

Anneliese Körner? Die kleine blonde Assistentin, die erst seit ein paar Monaten da war? Harald verstand überhaupt nichts mehr. Aber als Marko mehr Einzelheiten berichtete, begann Harald zu begreifen. Es musste dieser Jan vom Bauernhof gewesen sein, der Jörg Puster in der Frittenbude am Bertholdplatz abgefangen hatte, um ihn zusammenzuschlagen. Und außerdem schien sich Jörg jetzt an Anneliese Körner herangemacht zu haben.

„Was kümmerst du dich darum?", fragte Harald.

„Was hast du diesem Kerl erzählt?", kam die Gegenfrage von Marko.

„Gar nichts. Ich klär das, halt dich da raus", sagte Harald.

„Was soll das heißen?"

„Das wirst du schon bald erfahren." Harald legte auf, bevor Marko noch etwas sagen konnte, und lief los. Gleich darauf klingelte das Telefon wieder.

Harald sah, als er ging, wie Ines darauf zusteuerte. Sollte sie! Er hatte anderes zu tun und ging bei Sybille in ihrem Labor vorbei.

„Ist er inzwischen da?“, fragte er.

„Meinst du Jörg? Äh, ja, aber wieso ...“

Harald drehte sich um und ging, ohne ein weiteres Wort zu sagen, zu Jörgs Büro, das nur ein paar Schritte entfernt war. Sybille sah ihm neugierig nach. Harald öffnete die Tür, ohne anzuklopfen, und trat ein.

Jörg saß vorn übergebeugt an seinem Schreibtisch. Er blickte kurz hoch, als er die Tür hörte, und runzelte die Stirn, als er sah, wer vor ihm stand. Haralds Ausnahmezustand war nicht zu übersehen und Jörg verkniff sich die Bemerkung, die ihm auf der Zunge lag. Stattdessen sagte er: „Was gibt es denn so Dringendes, Harald?“

„Was es gibt? Das möchte ich eigentlich gerne von dir hören“, sagte Harald bestimmt.

Sein Ton ließ Jörg aufhorchen. Er erinnerte sich an die Szene von gestern Abend im *Burgereck*. Der Schläger, der auf ihn und Anneliese losgegangen war, hatte ähnlich geredet, wie Harald jetzt. Was war hier eigentlich los? Grassierte ein Psychovirus? Drehten jetzt alle durch?

„Werde mal konkret und setz dich erst mal hin, wenn du schon unangemeldet in mein Büro hereinplatzt.“

Harald holte Luft, um zu antworten. Aber dann setzte er sich gehorsam hin, ohne zu merken, dass Jörg ihm gerade die Initiative abgenommen hatte.

„Marie Lehnert sagt dir doch was, oder? Oder hast du schon vergessen, wer das war?“

Jörg stutzte. Diesen Namen hatte er schon gehört. Da war der komische Anrufer gewesen, dieser Herr Specht, der sich am Ende als völlig durchgeknallt entpuppte. Langsam fügte sich alles zusammen. Vielleicht gab es einen Zusammenhang mit dem Überfall im *Burgereck*? Aber was zum Teufel hatte Harald damit zu tun?

„Schon möglich. Hilf mir mal auf die Sprünge, Harald“, sagte Jörg ruhig, um mehr aus Harald herauszulocken.

„Marie war meine Freundin. Wenn ich sage, sie war, weißt du auch warum?“

Jörg grinste schelmisch und zuckte mit den Schultern. „Weibergeschichten“, sagte er. „Das kennt man doch!“

„Nein! Ich sagte, sie war, weil Marie jetzt nicht mehr lebt. Sie ist tot und du hast sie auf dem Gewissen!“ Harald war rot im Gesicht geworden und seine Stimme drohte umzukippen. Er zeigte mit dem Finger anklagend auf Jörg.

Jörg Puster schreckte zurück. „Also, Frauen mag ich in der Regel zu sehr, als dass ich sie umbringen möchte. Dazu sind sie mir doch viel zu schade.“

Jörg versuchte ein Lächeln, um Harald auf die kumpelhafte Tour zu beruhigen. Haralds Gesichtsausdruck machte ihm Sorgen, der war ja völlig gestört, er durfte ihn nicht noch reizen.

„Aber erzähl doch erst einmal weiter, Harald.“

„Du hast sie angesteckt, mit deinem EHEC, als ihr zusammen wart. Marie war meine Freundin, das wusstest du und hast sie trotzdem hinter meinem Rücken angebaggert und gefickt, als du wegen deiner EHEC-Infektion zu Hause geblieben bist. Da hattest du ja die Zeit, ihr nachzusteigen und hast ihr ...“

„Harald!“, unterbrach ihn Jörg und schüttelte nur seinen Kopf, „hör doch auf, du spinnst total!“

„Lüg‘ mich nicht an. Ich habe deine Visitenkarte bei ihr gefunden, du kannst dich nicht immer wieder rausreden. Dein EHEC ist derselbe, der Marie das Leben gekostet hat und der jetzt für die Epidemie verantwortlich ist. Du hast außer Marie noch viel mehr Leute auf dem Gewissen. Und dann setzt du mich noch auf ein Forschungsprojekt zu diesem EHEC an. Das ist doch widerlich, abartig ...!“.

Jörgs Gesicht war blass geworden. Sein Augenausdruck hatte sich gewandelt, es waren zwei Dolche, die Harald mitleidslos entgegen starrten.

„Armes Schwein“, sagte Jörg ganz ruhig. Seine Hände zuckten die ganze Zeit und er trommelte schließlich mit den Fingern auf dem Tisch.

Dann beugte er sich vor und flüsterte Harald ins Ohr: „Weißt du eigentlich, warum ich dir den EHEC für das Projekt gegeben habe? Weißt du, wer aus unserer Gruppe tatsächlich den EHEC in seinen Eingeweiden hatte?“

Harald starrte ihn mit offenem Mund an.

„Du warst es Harald! Du bist aus irgendeinem Grund immun gegen EHEC und das ist der wirkliche Grund, warum ich dich auf dieses Projekt angesetzt habe!“

„Das glaube ich nie und nimmer!“, schrie Harald.

„So? Dann können wir ja mal die Barcodes von den Stuhlröhrchen vergleichen und sehen, zu wem die wirklich passen. Aber dich kann ich dann nicht mehr decken, mein Lieber! Sag mal, woher willst du eigentlich wissen, dass es derselbe EHEC ist, der deine Freundin befallen hat?“

Harald zögerte. Er wollte nichts von seinem Kontakt mit Schneider erzählen: „Reiner Zufall. Ich hatte den EHEC als Negativkontrolle zu dem aus dem Krankenhaus genommen. Ich hatte nicht erwartet, dass beide Stämme ähnlich sind. Aber in ihrem genetischen Fingerabdruck sind beide identisch, ich war selbst überrascht.“

Jörg Puster lehnte sich zurück in seinen Sessel. Er schloss halb die Augen, als er murmelte: „Wenn das stimmt, Harald, dann hat dir der Zufall, die Mutter der Evolution, eine Lehre erteilt.“

Er stieß ein freudloses Lachen aus, bevor er weiter redete: „Wenn dem so ist, wie du sagst, dann warst du es selbst, Harald, der deine Freundin angesteckt hat. Vielleicht hast du ja recht mit der EHEC-Epidemie. Nur, dass du damit der Auslöser des größten EHEC-Ausbruchs bist, den wir je gehabt haben!“

Harald sah, wie Jörg ihn erbarmungslos mit seinen Augen im Bann hielt. Er wusste nicht mehr, was in ihm vorging. In seinen Ohren summte es, kaum, dass er noch hörte, was Jörg sagte. Er spürte, wie kalter Schweiß sich auf seiner Stirn sammelte. Gerade eben hatte er Jörg Puster dazu bringen wollen, seine Schuld einzugestehen und nun hatte Jörg die ganze Geschichte gedreht. Aber das konnte einfach nicht wahr sein. Puster log, um ihn irrezuführen, um von seiner Schuld an Maries Tod abzulenken.

Als hätte er seine Gedanken erraten, fuhr Jörg fort. „Ich wusste nicht, dass hinter der Patientin mit den Initialen M. L. deine Freundin Marie steckt. Außer dem einen Mal, als sie auf dich im Institut gewartet hat, habe ich sie nie wieder gesehen. Ob du es mir glaubst oder nicht. Aber was spielt das noch für eine Rolle, Harald? Die Frage ist doch eher, was passiert jetzt mit dir?"

Er griff zum Telefon und sagte Sybille, sie sollte ihm die Unterlagen zu der Stuhluntersuchung der Mitarbeiter bringen. Nach ein paar Minuten kam sie in das Büro, übersah geflissentlich Harald, der apathisch und zusammengesunken auf einem Stuhl vor Jörgs Schreibtisch saß, und reichte Jörg wortlos einen Aktenordner hin. Als sie sich umdrehte, um zu gehen, rief Jörg hinter ihr her: „Sag mal Sybille, hast du die EHEC-Probe-Nr. 17 eigentlich aufgehoben?"

Sybille wurde rot. Sie presste ihre Lippen zusammen, wollte ihn nicht ansehen und schüttelte den Kopf. „Aber du wolltest doch nicht, dass wir ihn aufheben!"

„Das hatte ich so nicht gesagt!", gab er zurück. Er winkte ab, als sie etwas erwidern wollte. Sybille verließ hastig das Büro. Sie war sichtlich froh, weiteren Fragen entronnen zu sein.

Kaum hatte sich die Tür hinter Sybille geschlossen, öffnete Jörg den Hefter und nahm das Blatt mit der Nr. 17 heraus. Er nahm den Barcodeleser und scannte den Strichcode auf dem Zettel. Auf dem Bildschirm des Computers öffnete sich eine neue Seite, auf der Haralds Name, Geburtsdatum, Adresse und der Befund stand: EHEC, *Shigatoxin-2* positiv. „Glaubst du es mir jetzt?", flüsterte Jörg.

Harald presste die Lippen zusammen, ließ seinen Kopf zur Brust sinken. Er antwortete nicht. Jörg Puster sah, wie Haralds Körper anfing zu beben und wie er sich die Hände vor das Gesicht hielt, damit Jörg ihn in diesem Zustand nicht sah.

„Ich wollte dich nur schützen, Harald. Deshalb hatte ich allen erzählt, ich selbst wäre mit dem EHEC infiziert", sagte Jörg in einem versöhnlicheren Ton. „Du warst schließlich nicht krank und ich dachte, einen harmlosen EHEC fängt sich jeder einmal ein, ohne es überhaupt zu merken. Deine Stuhlprobe, die du danach abgegeben hast, waren auch EHEC negativ. Die Sache wäre auch längst vergessen gewesen, wenn du nicht diesen Stamm, von dem du glaubtest, er wäre von mir, untersucht hättest. Was hat dich dabei geritten? Du hattest doch einen Hintergedanken? Das war doch kein Zufall? Vielleicht hast du es auch noch überall herum erzählt? Damit hast du dich selbst in eine böse Geschichte manövriert, aus der ich dir kaum noch heraushelfen kann."

Er sah den stumm gebliebenen Harald an. „Also, wer?"

„Wer? Niemand!", schoss es aus Harald heraus, der immer noch sein Gesicht in seinen Händen barg.

Jörg wurde barsch. „Lüg mich nicht an! Nimm deine Hände vom Gesicht, damit ich dich sehen kann. Wenn du willst, dass ich dir helfe, musst du mir alle nennen, die davon wissen."

Harald blieb stumm und verbarg weiterhin sein Gesicht mit den Händen. Zu tief war der Schock, den Jörgs Worte in ihm ausgelöst hatten.

„Harald! Du hast doch deine Freundin nicht absichtlich angesteckt!"

Harald nickte heftig.

„Siehst du, ich glaube dir. Da trifft dich gar keine Schuld, Harald. Allerdings, je mehr Leute von der Geschichte wissen, desto mehr wird mit Schmutz geworfen. Gegen unsere Arbeitsgruppe, gegen mich und dann kann ich dir nicht mehr helfen! Das Wohl der Gruppe geht über das des Einzelnen."

Jörgs Ton wurde drängender. „Also? Was ist mit Marko? Der war doch ganz scharf darauf, mit dem neuartigen EHEC von der Patientin zu arbeiten. Der wollte den Stamm haben und da hat er sich doch bestimmt an dich herangemacht?"

Harald nickte nur, und als Jörg sich vorbeugte, seinen Kopf zwischen die Hände nahm und ihn anhob, fing Harald an zu erzählen.

**Berlin, 13. 5. 2011**

Leo Schneider wartete immer noch auf eine Nachricht von Harald Pütz. Inzwischen war es Nachmittag und auf die beiden E-Mails, die er ihm geschickt hatte, war keine Antwort gekommen. Und wenn Harald Pütz völlig dichtmachte? Alles in Schneider sträubte sich gegen die Konsequenzen. Wenn er Puster anrief, würde Pütz vermutlich große Schwierigkeiten bekommen. Aber wäre er damit weiter, was die Aufklärung der Epidemie betraf? Puster würde ihm genauso wenig erzählen, wie Harald. Irgendetwas war faul an dieser Sache, Pütz stand unter extremem psychischem Druck. Die ganze Geschichte lief über die normale Rivalität zwischen ehrgeizigen Forschern, der Erste sein zu wollen, hinaus.

Außerdem müsste er von Rechts wegen Vogel über die Sache in Kenntnis setzen. Vogel würde die ganze Geschichte für sich vermarkten und Leo Schneider stünde da, als jemand, der die Aufklärung des Ausbruchs durch mangelnde Kommunikation behindert hätte. In gewissem Sinne hätte Vogel damit sogar recht und Harald Pütz wäre geliefert, so oder so.

Er griff zum Telefon, wählte widerstrebend die Nummer von Pusters Abteilung und fragte nach der Durchwahl von Harald Pütz. Er wurde umgehend verbunden, es klingelte lange, bis eine Frau abhob, die genervt war, als sie hörte, es wäre für Harald Pütz. Harald wäre am Nachmittag nur auf einen Sprung im Labor gewesen und gleich danach wieder verschwunden. Sie gab ihm eine andere Telefonnummer, unter der er versuchen könnte, Harald zu erreichen.

Schneider versuchte es. Die raue Stimme eines hustenden Mannes meldete sich. Marco Brant verneinte, dass Harald heute bei ihm gewesen war. Als

Schneider dankend auflegen wollte, fragte sein Gegenüber: „Schneider? Sind Sie der Leo Schneider, der früher am IEI unter Professor Krantz gearbeitet hat?“

Schneider bejahte, Brant wurde gesprächig. Ja, er würde ihn kennen, durch seine früheren wissenschaftlichen Arbeiten aus dem IEI. Dann fragte Brant, ob er Harald Pütz wegen des EHEC-Ausbruchs sprechen wollte. Leo Schneider war überrascht. Wie kam Brant auf diese Idee? Etwas in Brants Stimme schreckte ihn ab. Schneider sagte, es wäre rein privat, entschuldigte sich für die Störung und legte auf.

Offenbar hatte Harald seine Geschichte längst in Jörg Pusters Gruppe breit getreten. Marko Brant schien davon zu wissen, Puster sicherlich auch. War er, Leo Schneider, nur der nützliche Idiot gewesen, um Haralds Ergebnisse zu bestätigen? Wenn dem so war, dann brauchte er auf Harald Pütz keine Rücksicht mehr zu nehmen.

Schneider wählte zum zweiten Mal die Nummer von Pusters Büro und hatte wieder Frau Steiner am Apparat. Nein, der Herr Professor wäre im Moment nicht zu sprechen, meinte die Sekretärin, aber Schneider könne ja seine Nummer hinterlassen. Der Herr Professor würde, wenn er Zeit hätte, zurückrufen. Schneider gab ihr die Nummer seines Diensttelefons. Jetzt hing die weitere Entwicklung davon ab, wer von beiden sich zuerst bei ihm meldete.

Schlecht gelaunt wandte sich Schneider wieder dem Tagesgeschäft zu. Seit gestern war nichts Neues passiert. Der EHEC-Keim ließ sich auch mit ausgeklügelten Labormethoden weder in Gurken, Tomaten noch an Blattsalat finden. Das konnte viele Gründe haben. Vielleicht waren es die falschen Proben, die für die Untersuchungen gezogen worden waren. Oder Schneiders Methoden waren eben nicht gut geeignet, um diesen neuen EHEC zu isolieren.

Bald würden sie alles bereithaben, um die neue Methode, die auf der Homepage des Exzellenzinstituts Kiel detailliert beschrieben war, anwenden zu können. In der Zwischenzeit konnte Schneider versuchen, aus anderen Quellen Hilfe zu beziehen. Seiboldt hatte sich seit dem letzten Gespräch nicht gemeldet und alle Versuche, die Schneider unternommen hatte, ihn doch noch zu erreichen, hatten nichts gebracht. Schneider fluchte. Er war es leid, dass die Leute in einem Zeitalter, indem es immer mehr Kommunikationsmittel gab, immer schlechter zu erreichen waren.

Innerhalb des ILH wuchs sich dagegen die Nachrichtenflut zu einer Plage aus. Vogel bombardierte ihn in immer kürzeren Abständen mit Anrufen und Mails, wollte wissen, ob er Seiboldt endlich erreicht hätte. Schneider empfahl ihm, es selbst zu versuchen, Vogel hätte vielleicht bessere Beziehungen, um an Seiboldt heranzukommen.

Gegen Mittag meldete sich Vogel und konnte seinen Triumph schlecht verbergen. Das Brunsbütteler Untersuchungsamt hätte EHEC auf den Gurken nachgewiesen. Das Brunsbütteler Untersuchungsamt, das war Seiboldt. Also hatte

Seiboldt es geschafft, der Erste zu sein, der das EHEC-befallene Lebensmittel identifiziert hatte. Seiboldt war untergetaucht, um mit einem Schatz an die Oberfläche zurückzukehren. Wer konnte ihm das übel nehmen? Schneider hätte wohl genauso gehandelt, wenn er an Seiboldts Stelle gewesen wäre. Vielleicht hatte Seiboldt Pusters neue Methode verwendet und war damit fündig geworden?

Am Nachmittag kam die offizielle Mitteilung aus Schleswig-Holstein. Das Untersuchungsamt in Brunsbüttel hatte den EHEC-Seuchenerreger auf importierten spanischen Gurken gefunden. Dieser Befund entsprach auch den Ergebnissen einer Patientenbefragung, die vom Richard-Pfeiffer-Institut durchgeführt worden waren. Die Zusammenarbeit zwischen den Seuchenexperten des RPI und dem Untersuchungsamt wäre hervorragend.

Unmittelbar nach der Sendung meldete sich Vogel erneut bei Schneider. Warum er und seine Leute den EHEC nicht auf den spanischen Gurken nachgewiesen hatten? Schließlich hätten sie doch massenweise Proben bekommen. Jetzt würden alle glauben, ein kleines Untersuchungsamt in Brunsbüttel wäre besser aufgestellt, als das große ILH. Das müsste doch wohl an Schneider liegen, an der Art und Weise, wie er sein Labor führte. Vogel drohte mit Konsequenzen. Schneider ging nicht weiter darauf ein. Für Vogel war alles ein willkommener Anlass, ihn und seine Arbeit schlecht zu reden.

Schneider nahm diese Drohung ernst. Seine Mitarbeiter würden nicht hinter ihm stehen, wenn Vogel seiner Drohung Taten folgen ließ. Trotzdem beschäftigte ihn eine andere Sache mehr. Es war die Geschichte von Harald Pütz, die mit den Gurken als Ursache der Seuche überhaupt nicht zusammenpasste.

Irgendjemand schien vorher längst darüber Bescheid gewusst zu haben. Da tauchte aus dem Nichts ein völlig neuer EHEC-Erreger auf, für dessen Nachweis aus dem Labor von Puster sofort eine Methode bereitstand. Harald Pütz hatte den neuen EHEC-Erreger schon in der Hand gehabt, Wochen, bevor die Epidemie ausbrach. Da war Marko Brant, der in alles längst eingeweiht zu sein schien. Nur Schneider war der Depp vom Dienst und musste sich dafür von noch größeren Deppen abwatschen lassen.

Diese spanischen Gurken, aus denen seine Leute nichts, das nur an einen EHEC erinnerte, isolieren konnten. Sie hatten in allen Proben nach *Shigatoxinen* gesucht, zumindest hätte doch die eine oder andere Probe etwas anzeigen müssen! Und dann hatte Karsten Seiboldt eben diesen EHEC aus diesen Gurken isoliert. Schneider begann, an sich selbst zu zweifeln. Vielleicht lag der Fehler doch in den Untersuchungsmethoden, die er im Labor aufgebaut hatte?

Er verharrte noch eine Weile in seinen Gedanken, die sich immer wieder im Kreis bewegten. Um seine Anspannung abzureagieren, stand er auf und lief in seinem Büro auf und ab. Wenn alles stimmte, konnte der Schlussstrich unter die Seuche gezogen werden. Die spanischen Gurken waren verantwortlich. Nachdem man sie vom Markt genommen hatte, würde der Ausbruch in sich zusammenfallen. Das müsste sich in den nächsten Tagen zeigen. Dann hatte es auch keinen Sinn mehr, wegen Harald Pütz irgendwelche Schritte zu unternehmen. Vielmehr musste er, Leo Schneider, sich um den Bestand seines eigenen Labors sorgen.

**Kiel, 13. 5. 2011**

Anderthalb Stunden bei Jörg im Büro hatten ausgereicht, um Harald auszuquetschen wie eine Tube Zahnpasta. Er hatte alles erzählt, was er wusste und dabei das Gefühl für die Zeit verloren. Als Gerechter war er in Jörgs Büro marschiert und als Verurteilter schlich er wieder hinaus. Seine Arbeit, die er bereit gewesen war zu opfern, hatte er nicht verloren. Dafür hatte Jörg ihm eine Kette angelegt, die er nie mehr ablegen konnte. Auf ihm lastete die Verantwortung für Maries Tod und für die EHEC-Seuche, der schon so viele zum Opfer gefallen waren.

Als er an Sybilles Labor vorbeikam, stand die Tür offen, aber Sybille achtete nicht auf ihn, als er stehen blieb und sie ansah. Er hatte vorgehabt, sich zu entschuldigen, dass er ihr Vertrauen missbraucht hatte, unterließ es aber und ging weiter. Kurz vor seinem Labor fing ihn Marko Brant ab, der den Widerstandslosen eine Etage tiefer mitnahm und in sein Büro zog.

„Was ist denn bloß los mit dir, Harald? Bist du denn von allen guten Geistern verlassen? Was hast du Puster alles erzählt?"

Harald hob langsam seinen Kopf, schaute Marko mit roten, wässrigen Augen an und sagte: „Alles!"

„Idiot!", zischte Marko, „und jetzt? Was ist mit mir? Denkst du, ich lass mir von einem Bürschchen, wie du es bist, alles kaputtmachen?"

Harald zuckte mit den Schultern. Was Marko dachte, war ihm nun egal.

„Hau' bloß ab", schrie Marko, außer sich über Haralds Gleichgültigkeit. „Deine Scheiße hast du dir selbst eingebrockt und du wirst sie auch alleine auslöffeln! Ich komme auch alleine klar, besser als mit solchen Deppen wie dich! Ich hoffe nur, Puster hat dich rausgeschmissen!"

„Nein, das hat er nicht!" Haralds Blick hatte etwas Herausforderndes, als er das sagte. Marko spürte, er hatte keinen Einfluss mehr auf ihn. Er glotzte ihm ungläubig nach, als Harald sein Büro verließ.

„Was hast du mit Schneider zu schaffen? Weiß Puster davon?", schrie Marko Brant ihm nach, als Harald schon längst fort war.

Wie ein Schlafwandler trottete Harald die Treppe hoch und gelangte in sein Labor. Er achtete nicht auf Ines, die ihm mit offenem Mund nachstarrte. Er überflog die E-Mails von Schneider, die in ihrem Ton immer ungeduldiger wurden. Womit konnte ihm Schneider denn noch drohen? Er war durch eine Tür geschritten, durch die es kein Zurück mehr gab. Er war für den Tod von Marie und das Leiden und den Tod vieler anderer Menschen verantwortlich. Wider Willen, aber wen interessierte das schon. Täglich gab es neue Opfer der Seuche. Er, Harald Pütz, war die Quelle des Ausbruchs und nicht irgendein Lebensmittel.

Er hatte Jörg gefragt, woher er sich den EHEC eingefangen haben konnte. Jörg hatte nur mit den Schultern gezuckt und geantwortet, er wäre kein Prophet.

Vielleicht war Harald der Erste gewesen, der sich über die spanischen Gurken infiziert hatte. Wenn man das herausbekommen könnte, wäre Harald gerettet. Vielleicht würde es ja gelingen, den Erreger in den Gurken doch noch nachzuweisen.

Schneider mit seinen Drohungen konnte ihm jetzt gar nichts mehr. Sollte er doch bei Jörg anrufen und sich beschweren. Jörg war der Einzige, der Harald noch Hoffnung ließ, die wirkliche Ursache seines Dramas zu entschlüsseln.

Zuerst wollte er Schneiders E-Mails unbeantwortet lassen. Dann schrieb er zurück, die Sache hätte sich aufgeklärt. Puster wüsste Bescheid und würde alle notwendigen Schritte unternehmen. Nachdem er das getan hatte, verließ er, grußlos, wie er gekommen war, das Labor. Ines schien in ihre Arbeit vertieft und beachtete ihn nicht. Harald nahm den Weg zum Ausgang und niemand weiter begegnete ihm.

Auf der Straße sog er die nach Meer riechende Luft ein. Er lief die paar Schritte zum Zeitungskiosk auf der anderen Straßenseite und erstand dort eine Halbliterflasche Wodka. Die Zeitungen, die da aushingen, waren mit Schlagzeilen über den EHEC-Ausbruch übersät. Harald packte die Flasche fester und wandte sich ab. Zu seiner Wohnung war es nicht weit. Er wollte nicht weiter nachdenken. Zu Hause setzte er sich auf sein Bett und trank, bis die Leichtigkeit im Kopf und die Schwere in seinen Gliedmaßen zunahmen. Mit der fortschreitenden Zeit wurden seine Gedanken ruhiger. Als die Dunkelheit des Abends hochkroch, verlor er seine Wahrnehmung und fiel rückwärts, angezogen, wie er war, auf sein Bett. Es erinnerte ihn jetzt auch nicht mehr daran, wie er dort mit Marie die letzte Nacht verbracht hatte.

**Kiel, 13. 5. 2011**

Sybille war wütend. Auf Harald und vor allem auf sich selbst. Sie hätte sich von Anfang an nicht auf seine Geschichten einlassen sollen. Harald hatte einen jämmerlichen Anblick geboten, wie er, von Jörg zusammengefaltet, auf dem Stuhl vor dem Schreibtisch hing. Wie ein geprügelter Hund war er dann bei ihr vorbei geschlichen. Sybille akzeptierte, dass Männer Gefühle zeigten, aber Schwächlinge durften sie deswegen nicht sein.

Kurz, nachdem Harald gegangen war, kam Jörg. Sie hätte vorher darauf wetten können, dass er ihr Vorhaltungen machen würde. Schließlich wusste sie nicht, was Harald ihm auf die Nase gebunden hatte. Vielleicht hatte er versucht, die Schuld auf sie zu schieben? Den EHEC von Jörg hatte er schließlich nur über sie bekommen können.

„Sag' mal Sybille, hattest du den EHEC aus der Probe 17 doch zur serologischen Untersuchung an das Zentrallabor geschickt?", fragte Jörg mit einem komischen Lächeln.

Sybille bekam ein mulmiges Gefühl, aber sie blieb dabei. Sie war seiner Anweisung, weiter nichts mit der Probe zu machen, gefolgt. Sollte Jörg doch beim Zentrallabor nachfragen, die würden das bestätigen.

„Hast du ihn Harald gegeben?"

„Nein", sagte Sybille und fühlte, dass sie dabei rot wurde.

„Ich habe das Röhrchen da am Fenster stehen lassen und irgendwann war es nicht mehr da."

Jörg nickte und sagte weiter nichts.

Vielleicht hatte Harald doch nicht alles ausgeplaudert.

„Ich hatte das Röhrchen nur aufgehoben, falls du es dir doch noch einmal anders überlegst", fügte Sybille wie zu ihrer Entschuldigung hinzu.

Jörg gab einen Laut von sich, der Zustimmung bedeuten konnte. Er lief unschlüssig hin und her. Dann blieb er stehen und schaute auf die Uhr.

„Ich weiß, es ist schon spät, aber könntest du heute noch die EHEC von den Patienten auf Resistenz gegen Antibiotika testen? Es wäre gut, wenn ich die Ergebnisse schon morgen früh habe. Vielleicht bringt das erweiterte Resistenzprofil doch mehr Hinweise für eine mögliche Therapie?"

Sybille schwieg. Beide wussten, dass sie damit bis weit in die Nacht beschäftigt sein würde. Aber das war typisch für ihn. Erst machte er ihr ein schlechtes Gewissen, um dann Sachen zu verlangen, die er sonst nicht so leicht durchgesetzt hätte.

Sybille nickte, sie hatte für diesen Freitagabend sowieso nichts vor und morgen konnte sie ausschlafen. Sie war froh, einigermaßen glimpflich aus der Geschichte mit Harald herausgekommen zu sein. Da machte ein verlängerter Arbeitstag auch nichts aus. Eigentlich war das mit dem Resistenztest eine prima Idee. Vielleicht fand Jörg auf diese Weise eine Lösung zur Bekämpfung der EHEC-Seuche.

Jörg grinste, klopfte ihr auf die Schulter. „Ich weiß doch, dass ich mich auf meine Sybille verlassen kann. Nimmst dir dafür an einem anderen Tag früher frei."

Danach ging er und meinte, er hätte noch eine Verabredung. Aber Sybille könne ihn anrufen, wenn etwas unklar sein sollte.

Als Jörg gegangen war, machte sie sich gleich an die Arbeit. Inzwischen war es bereits kurz vor sieben. Wenn sie sich ranhielt, konnte sie alles noch vor Mitternacht schaffen. Sie setzte frische Kulturen der EHEC-Teststämme an. Die mussten mindestens drei Stunden bebrütet werden, um sie für den Test verwenden zu können. Dann stellte sie neunzig Agarplatten für den Resistenztest zum Trocknen in den Brutschrank und bestückte den Dispenser mit den Antibiotika-beschichteten Testplättchen.

Inzwischen war eine Stunde vergangen. Zu Hause hätte sie jetzt mit einem Glas Rotwein vor dem Fernseher gehockt. Sie seufzte bei dem Gedanken, zuckte mit den Schultern und verließ das Labor, um sich einen Kaffee aus dem im dritten Stock gelegenen Automaten zu holen. Kaffee brauchte sie jetzt. Es war bereits ein langer Arbeitstag gewesen und er war noch längst nicht zu Ende.

Ungewohnt ruhig war es im Institut, wenn man um diese Zeit noch da war. Zumindest schien es ihr so, denn sie war es nicht gewohnt, noch so spät zu arbeiten. Auf dem Weg zum Kaffeeautomaten sah sie unter Alexanders Tür noch Licht. Auf der Treppe kam ihr Ines mit einem Becher Kaffee in der Hand entgegen. Sybille mochte Ines nicht besonders. Sie ließ es darauf ankommen, nicht als Erste zu grüßen, aber Ines schien sie nicht einmal bemerkt zu haben. Sie war mit ihren Gedanken wohl in anderen Sphären. Eingebildete Gans, dachte Sybille. Du glaubst wohl, weil du mit Alexander rummachst, ist für dich alles gelaufen.

In der Glasscheibe des Kaffeeautomaten betrachte sie kritisch ihr Spiegelbild, fuhr sich mit den Fingern durchs Haar, spitzte ihren Mund zu einem Kuss. Wird Zeit, dass ich mir ein paar schöne Stunden mit einem Kerl außerhalb dieser Mauern mache, sagte sie zu sich selbst. Bei den Kollegen hier wird man auf die Dauer melancholisch.

Der Rückweg führte sie an Jörgs Büro vorbei. Dort schien kein Licht mehr, wahrscheinlich war er wieder mit Anneliese unterwegs. Wenn er eine neue Freundin hatte, dann lief das immer so. Ein paar Tage, höchstens Wochen, zog er mit ihr herum und dann war plötzlich Schluss.

Nun, dann war sie heute zur Abwechslung einmal länger als der Chef im Institut. Sybille stellte den Automatenkaffee auf ihren Schreibtisch und setzte sich, um das Protokoll für den Resistenztest zu schreiben. Zeit genug dafür gab es, die EHEC-Kulturen mussten noch eine Weile wachsen, bevor sie starten konnte.

Beim Schreiben dachte sie an Harald. Was der jetzt wohl machte? Sein Gesicht, als er vor ihrer Labortür stand! Und wie er völlig groggy bei Jörg auf dem Stuhl gehangen hatte! Anfangs hatte sie Harald ganz süß gefunden, nichts Ernsthaftes, aber sie hätte sich schon auf ein Techtelmechtel eingelassen. Eigentlich konnte er ihr jetzt leidtun, aber warum hatte er sich nur so blöd angestellt?

Ein leises Geräusch ließ ihren Blick zur Tür wandern. Die war halb offen und Marko stand im Türrahmen. Sybille hatte ihn nicht kommen hören. Sie fuhr zusammen, als sie ihn sah.

„Nun guck doch nicht so entsetzt, ich dachte nur, hier hat jemand vergessen, das Licht auszumachen!“, spottete er.

„Tu nicht so, als wärst du der Einzige, der arbeitet“, gab Sybille ärgerlich von sich und schaute angestrengt auf ihr Protokoll.

Als sie kurz danach wieder aufsah, war Marko verschwunden. Dieser Leisetreter, sie hatte ihn weder gehen noch kommen hören. Sie schrieb weiter. Der Laborwecker piepste. Sybille schaute auf die Uhr, inzwischen war es kurz nach zehn. Jetzt mussten die Bakterienkulturen soweit sein.

Sie erhob sich und lief über den Flur bis zu einem kleineren Raum im Innentrakt. Dort befanden sich die Brutschränke für die Anzucht der Bakterien. Sybille öffnete die Tür des auf 37 °C eingestellten Inkubators. Sie nahm den Metallständer, in dem die Glasröhrchen mit den Bakterienkulturen standen, heraus und hielt die Röhrchen schräg gegen das helle Licht der Deckenlampe. Die Trübung, die das Wachstum der Bakterien in der Nährlösung anzeigte, war schon deutlich sichtbar. So schnell wuchsen diese kleinen Biester. Viel schneller als die gewöhnlichen EHEC, die sie schon ungezählte Male angezüchtet hatte.

Als sie die Kulturen wieder in den Brutschrank zurückstellen wollte, erlosch die Deckenbeleuchtung, Sybille stand wie angewurzelt mit den Bakterienkulturen in der Hand vor dem immer noch offenen Brutschrank. Im gleichen Moment vernahm sie hinter sich ein hässliches Klirren wie von zerspringendem Glas. Sie drehte sich nach dem Geräusch um, aber ihre an das grelle Neonlicht der Deckenlampen gewöhnten Augen konnten im Schummerlicht des nur noch von Kontrolllämpchen erhellten Labors nichts sehen. Ihre Ohren waren dafür umso gespitzter. Sie vernahm, wie die Labortür mit einem Klicken zufiel und danach das Geräusch eines Schlosses, das zugesperrt wurde. In ihren Schreck mischte sich ein erst kaum merklicher, dann immer deutlicher spürbarer Geruch, der sich in dem fensterlosen, kleinen Labor schnell ausbreitete. Wer es einmal gerochen hatte, vergaß es nie wieder. Es war Chloroform.

Sybille schnellte, mit den Bakterienkulturen in der Hand, auf die Tür zu. Sie stieß an eine Tischkante und rutschte mit ihren Clogs in einer Flüssigkeit aus, die sich auf dem Boden ausgebreitet hatte. Im Fallen flog ihr der Metallständer aus der Hand, die Glasröhrchen mit den Bakterien fielen mit ihr und zersplitterten am Boden. Mit ihrer rechten Hand fing Sybille sich auf dem feuchten Boden ab. Von dem Griff in die Scherben spürte sie einen stechenden Schmerz. Sie führte ihre Hand zum Gesicht, um entsetzt zurückzufahren. Die Lache auf dem Boden bestand aus reinem Chloroform, das bei Raumtemperatur schneller verdunstete, als Wasser auf sonnenerhitztem Asphalt.

Die Luft in dem engen Raum schien jetzt nur noch aus den Dämpfen dieses Lösungsmittels zu bestehen. Sybille rappelte sich wieder hoch und hielt sich am Tisch fest. Sie merkte, wie ihre Hand blutete. Ihre Augen hatten sich jetzt besser an das Halbdunkel gewöhnt, tränten aber wegen der Chloroformdämpfe immer mehr. Wenn ich hier nicht gleich raus bin, ist es zu spät, dachte sie. Sie prallte auf die Labortür, rüttelte an der Klinke, die unnachgiebig blieb. Da war kein Weg.

Sybille versuchte sich zu erinnern, ob es noch eine andere Möglichkeit gab, aus dem fensterlosen Innenraum zu entkommen. Entsetzt bemerkte sie, wie ihr das Gehen plötzlich schwerfiel. Ein Würgereiz überkam sie. Mit letzter Kraft rammte sie ihre Schulter gegen die Tür, schlug, trat, und schrie. Ihr wurde schwindelig und sie begann zu taumeln. Sie versuchte, sich an das Sicherheitsdatenblatt zu erinnern. Chloroform, chemisch Trichlormethan, nicht brennbar, leicht flüchtig und giftig beim Einatmen. War da nicht noch ein

Hinweis auf eine Gegenmaßnahme? Dann wurde ihr schwarz vor den Augen. Sie merkte kaum noch, wie sie in einen traumlosen Schlaf versank und nicht mehr, wie ihr sportlicher Körper erschlaffte und auf den vinylbeschichteten Boden des Labors fiel.

**Kiel, 14. 5. 2011**

Harald wachte erst gegen Mittag mit fürchterlichen Kopfschmerzen auf. Er lag quer auf seinem Bett, hatte seine Straßenkleidung an und nicht einmal die Schuhe ausgezogen. An den Ablauf des gestrigen Abends konnte er sich nicht mehr erinnern, ein völliger Blackout. Langsam fiel ihm wieder ein, was sich gestern im Institut abgespielt hatte und die Erkenntnis traf ihn wie ein Keulenschlag. Er erhob sich mühsam, sein Zeh stieß gegen die halb leere Flasche Wodka, die über den Fußboden trudelte. Ihm war immer noch speiübel.

Er wankte ins Bad, fühlte den Brechreiz, konnte aber nicht kotzen. Sein Magen war leer und er spürte den Geschmack von Galle in seinem Mund. In der Duschkabine ließ er das kalte Wasser auf seinen im dumpfen Schmerz pulsierenden Schädel fließen. Er konnte jetzt nichts essen und es war schon dermaßen spät. Schließlich hatte er Jörg versprochen, sich heute um den EHEC aus den spanischen Gurken zu kümmern.

Jörg hatte ihm noch eine Chance gegeben, die wollte er sich nicht verderben. Jörg hatte ihm nur eine Bedingung gestellt: Hundertprozentige Kooperation, keine heimlichen Absprachen und keine Kontakte nach außen, was die Sache betraf, außer, es war mit ihm abgesprochen.

Harald zog sich rasch an und machte sich auf den Weg. Der erste Tag, an dem er sich bemühen würde, das Unheil wiedergutzumachen, welches er angerichtet hatte. Wiedergutmachen ging eigentlich nicht, aber Jörg hatte ihm eine Chance versprochen. Eine letzte Chance, die wirkliche Ursache seiner EHEC-Infektion zu finden, um zumindest eine Erklärung für das zu bekommen, was passiert war. Jörg hatte ihm geraten, mit Karsten Seiboldt aus dem Lebensmitteluntersuchungsamt in Brunsbüttel Kontakt aufzunehmen. Schließlich hatten sie Alexanders neue Methode und es musste doch möglich sein, EHEC aus den befallenen Gurken nachzuweisen.

Das Licht auf der Straße erschien ihm als viel zu hell, die Sonne blendete und seine Kopfschmerzen wurden wieder stärker. Nachdem er eine Weile gelaufen war, besserte sich sein Zustand etwas. Die frische Luft tat ihr Übriges und sein Kopf war einigermaßen klar, als er vor dem Institutsportal stand.

Dort stand, im Parkverbot und noch dazu halbschräg auf dem Bürgersteig, ein silbergrauer BMW. Das Auto war leer. Harald öffnete die Tür des geschwungenen Portals und betrat das Gebäude. Auf dem Flur im Erdgeschoss kam ihm Bernadette entgegengerannt, ihr nicht zugeknöpfter Kittel wehte wie eine weiße Fahne im Luftzug der geöffneten Tür. Bernadette schrie ihm etwas zu, Harald glaubte, sich verhört zu haben: „Sybille ist tot!“

Als er ihre Worte begriffen hatte, war Bernadette schon draußen. Harald war schlagartig hellwach, er spürte seine Kopfschmerzen nicht mehr und nahm zwei Stufen auf einmal bis hoch in den zweiten Stock.

Polizeihauptkommissar Lothar Steinhagen und seine Kollegin, Polizeikommissarin Marianne Buchholz von der Kripo Kiel hatten es mit einem ungewöhnlichen Todesfall zu tun. Zu diesem Zeitpunkt war nicht klar, ob es sich um einen Unfall oder um eine Tötung handelte. Steinhagen und seine Kollegin standen an einem der runden Bistrotische in der Institutskantine, beide mit einem Becher Kaffee in der Hand und rekapitulierten ihre bisherigen Ermittlungen. Die fünfunddreißigjährige Sybille Barnhelm, technische Assistentin im Exzellenzinstitut in Kiel, war heute Morgen gegen 8:15 Uhr von ihrer Arbeitskollegin Bernadette Sabrowski leblos auf dem Boden eines im zweiten Stock gelegenen Laborraums aufgefunden worden. Die von Frau Sabrowski unmittelbar danach herbeigerufene Feuerwehr hatte nur noch den Tod der Frau feststellen können. Nach Eintreffen der Kripo und der Arbeit der Spurensicherung war die Leiche der Sybille Barnhelm zur Klärung der Todesursache in die Gerichtsmedizin an der Universität verbracht worden.

Sybille Barnhelm hatte an ihrer rechten Hand tiefe Schnitte und Blutspuren. Der Boden des Raumes war mit Splittern von halb zerbrochenen Glasröhrchen übersät. Nach Angaben von Bernadette Sabrowski handelte es sich dabei um Reagenzgläser, in denen Infektionserreger angezüchtet wurden. Der Raum, in dem die Tote aufgefunden worden war, war für die Kultivierung von Bakterien eingerichtet. Nach den Angaben der Zeugin Sabrowski ging von den zersplitterten Kulturröhrchen eine Infektionsgefahr aus. Die Spurensicherung hatte Mühe gehabt, noch etwas Verwertbares zusammenzubekommen, denn Frau Sabrowski hatte, noch bevor die Feuerwehr eingetroffen war, großzügig Desinfektionsmittel im Labor verteilt.

Die Obduktion der Leiche der Frau Barnhelm würde hoffentlich eine Antwort auf die Frage geben, ob es sich um einen Unfall mit Todesfolge, oder um mehr handelte. Etwaige Zeugen des Vorfalls hatten sich nicht gemeldet und ihre Recherchen hatten niemanden ausfindig machen können, der diesen Vorfall beobachtet hatte. Es musste sich am späten Abend oder in der Nacht zum Samstag ereignet haben. Bisher hatten sie noch nicht alle im Institut Beschäftigten vernehmen können, bei der Vielzahl der Mitarbeiter würden die Befragungen sich noch hinziehen.

Für Steinhagen hatte das Ganze auf den ersten Blick wie ein Unfall ausgesehen. Wäre da nicht eine zerborstene, braune Flasche gewesen, deren Splitter auf dem Boden vor der Tür verteilt waren. Seiner Kollegin Marianne Buchholz war aufgefallen, dass nach der Aufschrift des auf der Flasche klebenden Etikettrests, sich maximal zweieinhalb Liter Chloroform darin befunden haben konnten. Chloroform, ein Betäubungsmittel, welches, wie Marianne Buchholz sagte, beim Einatmen zum Tode führen konnte. Allerdings war das Chloroform, wenn überhaupt welches in dieser Flasche gewesen war, längst verdunstet. Bernadette Sabrowski hatte ausdrücklich verneint, dass, als sie morgens die Tür öffnete, es in dem Raum nach Chloroform gerochen hatte. Allerdings fand sie es ungewöhnlich, dass sich überhaupt eine Flasche mit Chloroform in diesem Labor befand. Noch dazu eine Zweieinhalb-Liter-Vorratsflasche, die normalerweise in einem verschließbaren Giftschrank aufbewahrt wurde. Für sie war es unerklärlich, was man überhaupt mit Chloroform in einem Brutraum, wie sie das Labor nannte, anfangen sollte.

Nach ihren Ermittlungen waren zum Zeitpunkt des Unfalls, Steinhagen zog es vor, den Tatbestand so zu bezeichnen, bis der Gegenbeweis erbracht war, nur noch wenige Mitarbeiter anwesend. Ines Waldmann und Alexander Curtius hatten ausgesagt, den ganzen Abend zusammengesessen und Arbeitsergebnisse besprochen zu haben. Beide hatten bezeugt, gegen einundzwanzig Uhr das Institut gemeinsam verlassen zu haben. Ines Waldmann gab zu Protokoll, Sybille Barnhelm kurz vor zwanzig Uhr im Treppenhaus gesehen zu haben, hatte aber nicht mit ihr gesprochen. Beide hatten weiter nichts Ungewöhnliches an diesem Abend bemerkt.

Der Leiter der Arbeitsgruppe, Professor Jörg Puster, blieb nach eigenen Angaben häufiger abends länger im Institut. An diesem Freitagabend war er gegen 19:30 gegangen, dafür gab es eine Zeugin, Frau Anneliese Körner, die zur gleichen Zeit mit ihm das Institut verlassen hatte. Puster hatte Frau Barnhelm vorher gebeten, einen dringenden Versuch bis zum nächsten Tag für ihn abzuschließen. Das war der Grund gewesen, warum Frau Barnhelm entgegen ihrer sonstigen Gewohnheit noch so spät gearbeitet hatte. Nach Professor Pusters Angaben waren noch folgende Personen anwesend, als er das Institut verlassen hatte: Ines Waldmann, Alexander Curtius, Marko Brant und Harald Pütz. Mit Pütz hatte er, bevor er ging, noch gesprochen, Pütz war danach wieder an seinen Arbeitsplatz gegangen. Alexander Curtius hatte er noch von seinem Mobiltelefon aus angerufen, als er schon er auf dem Weg nach Hause war.

Die Befragung von Marko Brant ergab auch nicht viel mehr. Brant gab an, die meiste Zeit in seinem Büro im ersten Stock gewesen zu sein. Von dem Vorfall im zweiten Stock hätte er nichts mitbekommen. Gegen acht Uhr hätte er gehört, wie sich Frau Barnhelm und Herr Pütz laut auf dem Flur gestritten hätten. Er hätte Frau Barnhelm etwas später noch in ihrem Labor bei der Arbeit gesehen. Danach sei er die ganze Zeit, bis er das Institut gegen halb elf verlassen hatte, nur noch in seinem Büro gewesen.

Steinhagen hatte alle Aussagen zu Protokoll genommen. Bei seinem Rundgang durch den ersten und zweiten Stock des Gebäudes hatte er die langen Flure und die vielen Räume gesehen, die von dort abgingen. Die Funktionsräume waren, anders als die Büros, allesamt nicht abgeschlossen. Jemand hätte sich leicht irgendwo verbergen und abwarten können, ohne von den anderen bemerkt zu werden. Von den nicht zur Abteilung Puster gehörenden Räumen im

Erdgeschoss und im dritten Stock ganz zu schweigen. Die Arbeit an diesem Fall würde mühselig werden, das war jetzt schon klar. Der weitere Verlauf der Ermittlungen hing vom Ergebnis der Obduktion ab. Er und seine Kollegin waren eigentlich nur noch geblieben, um einen Kaffee zu trinken und wenn möglich, doch noch mit Harald Pütz zu sprechen.

Harald war immer noch außer Atem, nachdem er die Treppen hochgerannt war und vor Sybilles Labortür stand. Das Labor war erleuchtet und auf den ersten Blick sah es aus wie immer, aufgeräumt, nur Sybille war nicht da. Er lief ein paar Schritte weiter bis zu Jörgs Büro, unschlüssig, ob er eintreten sollte. Von nicht weit her klang die Stimme von Alexander. Harald sah, wie er und Jörg ein paar Meter weiter standen und miteinander redeten.

„Alexander?", rief Harald.

„Du weißt ja Bescheid, Harald, was Schreckliches passiert ist", hörte er Jörg sagen.

Harald war erstaunt. So, wie Jörg redete, klang das eher wie eine Feststellung und nicht wie eine Frage.

„Unsere arme Sybille. Eigentlich soll aus Sicherheitsgründen niemand allein im Labor arbeiten. Aber es waren ja noch ein paar andere Leute gestern Abend da, nicht wahr, Harald?"

Harald war nicht klar, worauf Jörg mit dieser Frage hinauswollte. Sybille arbeitete eigentlich so gut wie nie abends. Schließlich kam sie, wie die anderen Assistentinnen, morgens auch viel früher als die meisten der Studenten und Wissenschaftler.

Jörg fuhr fort: „Da sind noch zwei Beamte von der Kripo, die wollten dringend mit dir reden. Die haben gesagt, sie warten oben in der Kantine. Am besten, du gehst da mal hoch."

„Was ist denn nun bloß mit Sybille passiert?", rief Harald.

„Tja! Das würden wir alle gerne wissen!" sagte Jörg. „Jedenfalls ist sie tot. Geh' erst mal hoch zu den Polizisten und lass dir eine Erklärung einfallen, warum du heute so spät ins Institut kommst".

Harald war entsetzt. Er sah Alexander um Hilfe heischend an, aber der schien das nicht zu bemerken. Was sollten diese Anspielungen von Jörg? Der war sicherlich sauer, weil Harald sich doch heute um die Gurken hätte kümmern sollen. Aber die beiden waren schon wieder im Gespräch vertieft und beachteten ihn nicht weiter. Harald drehte sich auf dem Absatz um und lief eilig die Treppe hoch in Richtung Kantine.

Die beiden Polizisten machte er als Institutsfremde schnell aus. Ein Mann Mitte vierzig und eine jüngere, etwas mollige Frau, die an einem Tisch standen und Kaffee tranken.

Er ging auf die beiden zu. „Mein Name ist Harald Pütz. Man hat mir gesagt, Sie wollten mich sprechen?" Harald war immer noch außer Atem, er stellte sich zu den beiden an den Tisch.

„Dann hat sich das Warten ja doch noch gelohnt! Möchten Sie auch einen Kaffee?“, fragte der Mann.

Harald schüttelte den Kopf.

„Ich bin Polizeihauptkommissar Steinhagen und das ist Polizeikommissarin Buchholz. Wir ermitteln im Todesfall Sybille Barnhelm.“

„Was ist denn bloß mit Sybille passiert?“, fragte Harald zum dritten Mal an diesen Tag.

„Wann haben Sie denn Frau Barnhelm das letzte Mal gesehen?“, fragte die Kommissarin.

„Na, gestern!“, rief Harald.

„Wann genau, um welche Uhrzeit?“

„Bevor ich gegangen bin, so gegen siebzehn Uhr! Wir haben aber nicht miteinander gesprochen.“

„Um siebzehn Uhr sagen Sie? Sind Sie da sicher? Uns wurde gesagt, dass Sie gegen zwanzig Uhr noch anwesend waren!“, sagte Steinhagen und schaute ihn dabei fragend an.

„Nein, das stimmt nicht, ich bin gestern früher nach Hause gegangen! Wer sagt denn so etwas?“

„Zwei Zeugen, die Sie um diese Zeit gesehen oder gehört haben wollen.“

Harald war außer sich. „Wer sagt denn so etwas, das stimmt doch gar nicht!“

„Haben Sie jemanden, der bezeugen kann, dass Sie um siebzehn Uhr nach Hause gegangen, beziehungsweise dort nach siebzehn Uhr angekommen sind, Herr Pütz?“, fragte ihn die Kommissarin freundlich.

Harald schüttelte den Kopf. „Nein, ich wohne allein, ich habe mit niemandem weiter gesprochen, als ich gegangen bin. Ines Waldmann, die mit mir im gleichen Labor arbeitet, hat mich als Letzte gesehen, bevor ich gegangen bin. Ich weiß nicht, was das alles soll? Sagen Sie mir doch bitte, was mit Sybille passiert ist?“

„Frau Barnhelm ist heute Morgen tot im Institut aufgefunden worden. Genauer gesagt, im sogenannten Brutraum, wenn Ihnen das etwas sagt. Bisher wissen wir noch nicht, ob Fremdverschulden vorliegt, aber wir müssen jedem Hinweis nachgehen“, sagte Steinhagen.

„Wir nehmen erst einmal Ihre Personalien auf.“

Harald starrte die Polizistin entsetzt an.

„Reine Routine, wie bei allen anderen Mitarbeitern im Institut“, fuhr die Kommissarin beschwichtigend fort und streckte die Hand nach Haralds Personalausweis aus. Sie ging zwei Meter weiter weg, um zu telefonieren.

Nach zwei Minuten gab sie ihm den Ausweis wieder: „Alles in Ordnung, wir melden uns bei Ihnen. Halten Sie sich bitte die nächste Zeit zu unserer Verfügung, Herr Pütz.“

Harald schüttelte ungläubig den Kopf. „Was soll denn das alles? Verdächtigen Sie mich etwa, mit Sybilles Tod etwas zu tun zu haben?“

„Warum sind Sie heute eigentlich so ungewöhnlich spät zur Arbeit erschienen? Ihr Chef behauptet, Sie kämen sonst schon immer zwischen acht und halb neun!“, fragte Steinhagen.

„Mir ging es heute Morgen nicht gut! Was hat denn das mit Sybilles Tod zu tun?“

„Vermutlich nichts. Nur ihr Chef, der Herr Professor Puster war verwundert, dass Sie noch nicht da waren, als wir heute Vormittag die anderen Zeugen befragt haben.“

Harald wollte daraufhin etwas erwidern, überlegte es sich aber und blieb mit offenem Mund vor den beiden stehen.

„Danke, Herr Pütz, das war es erst einmal. Wir sprechen uns sicherlich noch.“

Die Kommissarin verstaute ihre Schreibutensilien. Dann stellten die, an die Gepflogenheiten einer Behördenkantine gewohnten Polizisten, ihre Pappbecher auf die Ablage mit dem benutzten Geschirr und ließen Harald allein am Tisch zurück.

***

*Jetzt lief alles so, wie er wollte. Er war der Größte. Das Genie. Keiner konnte ihm das streitig machen. Niemand. Schon immer hatte er aus der Masse herausragen wollen. Schon als kleiner Junge wollte er das. Er war ein Einzelkind und seine Eltern hatten ihn von Anfang an spüren lassen, dass es Anerkennung und Liebe nur gegen Leistung gab. Von nichts kommt nichts, hatte es geheißen und diese Einstellung hatte sein weiteres Leben geprägt. Bewundert werden, Anerkennung bekommen, das brauchte er so dringend, wie ein Verdurstender das Wasser. Er hätte auch einen anderen Beruf ergreifen können. Es gab genügend Möglichkeiten, um berühmt und damit auch geliebt zu werden. Für ihn konnte das nur über den Beruf, über seine Leistung gehen, das war ihm schon früh klar geworden.*

*Sein Aussehen, sein Körper, seine Ausstrahlung, nichts davon fand er interessant genug, um auf andere Menschen zu wirken. Ungeschickt sei er, hatte sein Vater ihm immer vorgehalten. Schauspieler oder Sportler hätte er nie werden können. Seinen Körper hatte er immer nur als ein Werkzeug betrachtet, das ihn von einem Ort zum anderen bringen sollte. Künstlerische Neigungen hatte er nicht. Woher auch, das hatte in seiner Familie nie eine Rolle gespielt. Musik, Malerei, Bücher, das waren Dinge, die er manchmal konsumierte, um sich darin selbst widerzuspiegeln, aber eine tiefere Beziehung dazu hatte er nicht. Sich in so etwas hineinzuversetzen, kam nicht infrage. Dafür stand er viel zu sehr unter Druck.*

*Von Anfang an war klar, es konnte nur über seinen Intellekt gehen. Über seinen Verstand, dessen Gedanken ihn fortwährend auf die Suche nach Anerkennung schickten. Über seinen Kopf, der zu explodieren drohte, wenn die anderen ihm die Anerkennung verweigerten. Seine Schulzeit, die zwölf Jahre bis zum Abitur erschienen ihm lang, aber als ein notwendiges Übel. Nur nicht sitzen bleiben, keine Zeit verlieren. Die Schule fiel ihm leicht, aber das meiste, was er dort lernte, fand er uninteressant. Richtige Freunde hatte er nicht, aber er besaß eine rasche Auffassungsgabe und die Fähigkeit, andere zu manipulieren. Seine Kindheit und Jugend war ein Sandkastenspiel zum Üben für die späteren, härteren Schlachten. Gegen die anderen.*

*Diejenigen, die ihn ablehnten und sich über ihn lustig machten, verunsicherten ihn zu Anfang. Später fand er Mittel und Wege, mit ihnen fertig zu werden. Manche dieser Leute waren ihm ähnlich, wollten nach oben, suchten das Gleiche wie er. Aber nur einer konnte der Erste sein. Und wenn es darauf ankam, hatten die anderen eben zu weichen. Die anderen waren Konkurrenz, die es in Schach zu halten galt. So begann es in der Schule, setzte sich an der Uni fort, bis hin zum Beruf. Letztendlich war es immer das gleiche Spiel.*

*Von Anfang an waren die anderen sein Problem. Er brauchte sie, damit sie ihn bewunderten, daraus zog er Kraft und eine gewisse Ruhe, bis die Unrast ihn wieder weiter trieb. Sicher konnte man sich der anderen nie sein. Die heute für ihn waren, waren morgen gegen ihn. Es lag außerhalb seiner Vorstellung, dass jemand ihn um seiner selbst willen mochte, oder sogar liebte. Die ihn bewunderten, taten es nur, weil er mächtiger war als sie. Eigentlich bewunderten sie nur seine Macht und nicht ihn.*

*Er brauchte die anderen, aber er liebte sie nicht. Sie sollten ihn achten, aber auch fürchten. Sie sollten ihm folgen, aber aus freien Stücken. Er begriff den Widerspruch in seinem Denken nicht. Die Hölle, das war er selbst. Nur er glaubte, es waren die anderen.*

***

**Berlin, 16. 5. 2011**

Die letzten beiden Wochen waren hart gewesen. Noch dazu, weil durch den Krisenzustand, den Vogel ausgerufen hatte, auch am Samstag gearbeitet werden musste. Am Samstag war die Meldung aus dem RPI, mit der Warnung vor dem Genuss von spanischen Gurken, bereits überall bekannt. Es blieb bei einer Warnung, denn man konnte gesetzlich den Handel und den Verzehr dieses Gemüses nicht verbieten. Die meisten Menschen würden sich daran halten, glaubte Schneider. Er war inzwischen unsicher geworden, wie er es selbst damit halten sollte.

Viel Zeit zum Überlegen blieb ihm nicht. Mit der Meldung war eine Medienlawine ins Rollen gekommen und Schneider bekam am gleichen Tag den Anruf einer Journalistin, die ihn fragte, was er von der Empfehlung hielt. Schneider gab ausweichende Antworten. Er hatte sich dazu noch keine abschließende Meinung gebildet. Daraus machte die Journalistin ihre eigene Story. Dr. Leonhard Schneider aus dem ILH fände diese Warnungen völlig übertrieben und würde weiterhin Gurken essen.

Schneider hatte nicht daran gedacht, dass ihm dieses Interview zu den Gurken noch Ärger einbringen sollte. Er war ahnungslos, als sich am Montagmorgen bei ihm ein Anrufer aus dem Bundesagraramt meldete. An dessen Tonfall merkte Schneider schnell, dass der Mann schlecht gelaunt war. Wahrscheinlich hatte er schon öfter versucht, ihn zu erreichen. Bei dem genervten Beamten handelte es sich um Dr. Alfons Niemeyer, der das Referat Lebensmittelsicherheit des in München gelegenen Amtes leitete. Vogel und Gack kennen den bestimmt, dachte Schneider. Niemeyer überschüttete ihn mit einem Wortschwall, der Schneider kaum Zeit für eigene Gedanken ließ.

Aus den Worten des Alfons Niemeyer wurde aber schnell klar, worum es ihm ging. Es gab eine Konkurrenzsituation zwischen dienstlichen Stellen, die mit dem Ausbruchsgeschehen zu tun hatten. Auf der einen Seite das Bundesgesundheitsamt, das die Belange der Patienten wahrnahm, auf der anderen das Bundesagraramt, das für die Belange der Lebensmittelsicherheit zuständig war. Die Patienten hatten sich über EHEC-verseuchte Lebensmittel angesteckt und somit waren beide Behörden zuständig. Was nach außen als Zusammenarbeit dargestellt wurde, erschien nach den Ausführungen Niemeyers mehr als ein Konkurrenzgerangel um Zuständigkeiten und Sachkompetenz. Niemeyer deutete an, dass das Bundesgesundheitsamt vom Exzellenzinstitut besser informiert wurde, als das Bundesagraramt von seinen nachgeordneten Dienststellen.

Offensichtlich hatte Niemeyer den Auftrag bekommen, dagegen etwas zu unternehmen. Deshalb hatte er sich an das unabhängige ILH gewandt und war von Institutsdirektor Stangel an Schneider verwiesen worden. Nach Niemeyers Vorstellungen sollte Schneiders Labor die Rolle einer Schiedsstelle bei strittigen Ergebnissen aus Lebensmitteluntersuchungen übernehmen. Das Bundesagraramt erhoffte sich davon eine Schärfung des eigenen Profils im behördlichen EHEC-Kompetenzstreit. Schneider kam aus einem unabhängigen Institut und hatte damit nicht das Manko, nur ein verlängerter Arm staatlicher Einrichtungen zu sein.

„Man setzt hier Erwartungen in Sie, was die Bestätigung der EHEC-Befunde aus dem Untersuchungsamt in Brunsbüttel betrifft. Wenn ein unabhängiges Institut wie das ILH diese Befunde bestätigt, hat das in der Öffentlichkeit viel mehr Gewicht“, betonte Niemeyer.

„Wir haben bisher aber keine EHEC in den Gurken nachweisen können“, wandte Schneider ein.

„Das spielt doch jetzt keine Rolle mehr. Lassen Sie sich die EHEC, die in Brunsbüttel aus den Gurken isoliert worden sind, zur Bestätigung schicken“, erwiderte Niemeyer.

Dann rückte Niemeyer mit dem heraus, was seine schlechte Laune verursacht hatte: „Herr Schneider, halten Sie sich künftig mit Ihren Äußerungen an die Presse zurück. Sie richten damit mehr Schaden an, als Ihnen offenbar bewusst ist. Ich kann Ihnen sagen, das hat auch in Ihrem Institut für viel Unwillen gesorgt.“

Es konnte sich nur um das Interview vom letzten Samstag handeln. Schneider hatte nicht gelesen, was die Journalistin über das Wochenende zu Papier gebracht hatte. Nach der Reaktion von Niemeyer konnte er sich aber vorstellen, was die Frau aus seinen Worten herausdestilliert hatte. Dieser Extrakt musste in die Köpfe der beamteten Staatsdiener eingesickert sein.

Niemeyer machte eine kurze Pause, um Luft zu holen. Bei seinem Redefluss musste er wohl die Lungenkapazität eines Perlentauchers haben, wunderte sich Schneider. Er nutzte die Unterbrechung, um seine Einwände vorzubringen. Er hätte zu wenig Geld und Leute, um die Aufgaben eines Schiedsrichters ordentlich zu bewerkstelligen, monierte er.

Niemeyer hatte wieder Luft und unterbrach ihn.

„Es geht hier darum, nicht nur der einen Seite das Monopol auf die Krisenbewältigung zu überlassen und nicht darum, durch die Hintertür Ihr Labor aufzurüsten, Herr Schneider!“

Wenn er mehr Geld und mehr Leute benötigte, sollte er das in seinem Institut beantragen. Außerdem sollte Schneider mit Puster zusammenarbeiten, um nach außen ein geschlossenes Bild der staatlich gelenkten Aktivitäten zu bieten!

Wie er das denn machen sollte, ohne zum bloßen Anhängsel von dem personell und apparativ viel besser ausgestatteten Puster zu werden?

Niemeyer sah darin kein Problem.

„Sie kooperieren“, bestimmte er, „aber bewahren natürlich die an Ihr Institut gebundene Unabhängigkeit.“

Puster hätte keine Befugnis, sich in die Angelegenheiten eines unabhängigen Stiftungsinstitutes, noch in die des Bundesagraramts einzumischen.

Das klang einfach und so wurde Politik wohl gemacht, dachte Schneider. Das Exzellenzinstitut war ebenfalls unabhängig und Puster würde sich einen Teufel um irgendwelche staatlichen Ressorts scheren. Aber Schneider unterließ diese Bemerkung, sie hätte nur noch zu undurchführbareren Vorschlägen seitens des Alfons Niemeyer geführt.

Schneider stimmte zu. Niemeyer war zufrieden und versprach bei Schneiders Vorgesetzten ein Wort für die bessere Ausstattung des Labors einzulegen. Damit war das Gespräch beendet.

Es dauerte etwas mehr als eine Stunde, bis Wissenschaftsadministrator Vogel sich bei Schneider meldete. Er beschwerte sich im barschen Ton über Schneiders Äußerungen in dem Interview. Jetzt erfuhr Schneider, dass die Journalistin ihm den Satz in den Mund gelegt hatte, er würde trotzdem weiter Gurken essen.

Auf Schneiders Einwand, das hätte er so nicht gesagt, ging Vogel nicht ein: „Sie haben keine Medienkompetenz. Für so etwas gibt es Fortbildungskurse und es ist nicht meine Schuld, wenn Sie diese Angebote nicht wahrgenommen haben.“

Nachdem Vogel seinen Frust abreagiert hatte, wechselte er das Thema. Schneiders Labor würde für die Ausbruchsuntersuchungen finanzielle Sondermittel bekommen, er hätte sich dafür beim Institutsdirektor eingesetzt.

Schneider dachte an das Gespräch mit Niemeyer. Wahrscheinlich hatte der, nachdem er mit ihm geredet hatte, den Direktor angerufen und ihm Mittel aus dem Bundesagraramt für die Stärkung des EHEC-Labors versprochen. Stangel hatte das an Vogel weitergegeben und der nahm es zum Anlass, um vor Schneider den gönnerhaften Vorgesetzten zu spielen.

Schneider konnte über soviel Naivität nur schmunzeln. Er stand auf, um sich eine frische Tasse Tee einzugießen. Seine Assistentin Elisabeth platzte in sein Büro mit einer Neuigkeit. Die in Brunsbüttel aus den Gurken isolierten EHEC waren eingetroffen. Niemeyer musste schon, bevor er angerufen hatte, im Hintergrund alle Fäden gezogen haben.

Plötzlich schien alles gut zu laufen. Die versprochenen Sondermittel für sein Labor konnten ihm helfen, die bisher nur lose Zusammenarbeit mit Bill Simons aus dem CDC zu intensivieren. CDC stand für *Center for Disease Control*, wie man die oberste amerikanische Gesundheitsbehörde nannte. Schneider sollte mit Puster zusammenarbeiten, hatte Niemeyer gesagt. Das ging noch viel besser mit einem starken Partner wie Bill Simons im Rücken.

Kurz bevor Schneider das Institut verließ, überflog er die Untersuchungsergebnisse, die Elisabeth für ihn zusammengefasst hatte. Alle bisher im ILH untersuchten Lebensmittelproben waren EHEC-negativ. Vielleicht war Seiboldt nur fündig geworden, weil er die neue Methode aus Pusters Arbeitsgruppe verwendet hatte?

Schneider sollte doch mit Puster zusammenarbeiten, hatte Niemeyer gesagt. Was war besser dafür geeignet, als alle Gurken und Salatproben noch einmal mit Pusters Methode auf EHEC zu prüfen? Niemeyer würde das gefallen. Elisabeth sah dagegen nicht sehr glücklich aus, als er ihr das ankündigte. Aber noch dringender war die Bestätigung der EHEC-Stämme, die Seiboldt in Brunsbüttel aus den Gurken isoliert hatte. Schneider konnte sich gut vorstellen, warum Niemeyer das so wichtig war. Das Bundesagraramt brauchte eine eindeutige Aussage, um dem Unmut aus Kreisen der Bauernverbände und der Kritik aus den anderen EU-Ländern zu begegnen. Der spanische Landwirtschaftminister war auf dem gestrigen Treffen mit seinen EU-Kollegen mit einer Gurke in der Hand fuchtelnd aufgetreten und hatte sich mit seinen, gegen die deutsche Politik gerichteten Worten, nicht zurückgehalten.

**Kiel, 17. 5. 2011**

Polizeihauptkommissar Steinhagen las den Obduktionsbefund, der ihm gerade aus der Gerichtsmedizin zugefaxt worden war. Sybille Barnhelm, Todeszeitpunkt eingegrenzt zwischen zweiundzwanzig und dreiundzwanzig Uhr des 15. Mai 2011. Todesursache: Chloroformvergiftung. Deutliche, auf die Intoxikation zurückgehende Gewebeveränderungen an der Leber und an den Nieren. Kreislaufversagen und Atemstillstand hatten letztlich zum Tod geführt. Es gab keine Anzeichen auf Fremdeinwirkung, auf Gewalt, keine Verletzungen, außer einem blauen Fleck an der rechten Hüfte, der durch einen Aufprall an der Tischkante erklärt werden konnte. Schnittspuren an der rechten Hand, zugefügt beim Sturz auf den Boden des mit Glassplittern übersäten Labors.

Keine sichtbare Gewalteinwirkung. Sybille Barnhelm war weder niedergeschlagen, noch gefesselt gewesen, um dann Chloroformdämpfen ausgesetzt zu werden. So lange, bis sie starb. Seine Kollegin Buchholz hatte mit dem Verdacht auf Chloroform als Todesursache im wahrsten Sinne des Wortes den richtigen Riecher gehabt.

Keine sichtbare Fremdeinwirkung? Aber was hatte Sybille Barnhelm dazu veranlasst, sich freiwillig, bis zu ihrem Tod, Chloroformdämpfen auszusetzen? Selbstmord schien Steinhagen unwahrscheinlich. Zumindest gab es nichts, was dafür sprach. Nach den Aussagen der Arbeitskollegen war Sybille Barnhelm eine lebenslustige Frau, nicht depressiv und liebte ihren Beruf. Steinhagen wusste in diesem Moment nicht, ob er seinen Beruf liebte. Kommissar zu sein, war eine Sache. Aber in Fällen wie diesem, witterte er bereits das ihm wohlbekannte, schlüpfrige Geflecht aus Lügen, Täuschungen und Eitelkeit, was die Aufklärung des Falls zu einer Quälerei machen würde. Ein gewöhnlicher Raubmord nach dem Schema: Ein Mann, seine Gier, sein Ziel, seine Tat, war ihm wesentlich lieber. Die Täter, überwiegend Männer, waren klar gestrickt und er hatte ihre plumpen Tricks schon durchschaut, noch bevor sie ihn damit in die Irre führen wollten. Aber dieser Fall? Wenn es überhaupt ein Fall war?

Er wusste zu wenig. Wie schnell wirkte Chloroform? Tabletten oder Rauschmittel, die ihre Wahrnehmung hätten behindern können, hatte die Frau nicht genommen. Ihr Magen war fast leer gewesen, Kaffee hatte sie zuletzt zu sich genommen. Ein nüchterner Mensch. War es Übermüdung gewesen, der überlange Arbeitstag? Ein Telefonanruf beim Pathologen schloss das aus.

„Sie können so müde sein, wie sie wollen", hatte Dr. Kurth gesagt, „aber Chloroformdämpfe, da bleiben Sie nicht einfach so sitzen. Da wollen sie nur noch raus! Noch dazu eine technische Assistentin. Ich bitte Sie! Die weiß doch, was Chloroform ist, die bleibt da noch weniger sitzen, als jeder andere. Vielleicht konnte sie den Raum aber nicht verlassen? Vielleicht war er abgeschlossen, keine Lüftung?", fragte der Pathologe.

Wenn jemand die Frau in diesem Labor eingeschlossen hatte, war es nicht zufällig geschehen. Nach der Aussage von Bernadette Sabrowski, die Sybille Barnhelm morgens aufgefunden hatte, war die Tür geschlossen, aber nicht zugesperrt gewesen. Allerdings steckte der Schlüssel wie immer außen in der Tür. Wie auch an diesem Morgen. Da konnte man abschließen und wieder aufschließen. Dann war Mord nicht ausgeschlossen und der Täter oder die Täterin hatte die Tür wieder entsperrt, nachdem Frau Barnhelm an den Dämpfen erstickt war.

Nun fehlte nur noch das Motiv. Meistens ging es um Geld, Macht, Sex, Eifersucht oder um eine Mischung aus diesen Zutaten. Was kam hier infrage? Nur das Motiv konnte sie auf die Spur des Mörders führen. Bisher waren Harald Pütz und dieser etwas schrullige Dr. Brant die Einzigen, die kein Alibi hatten.

Aber wer wusste schon, ob der Mörder zum Kreis der Personen gehörte, die sie bereits vernommen hatten? Das Institutsgebäude war groß, man konnte dort unentdeckt bleiben, gerade spät abends, wenn kaum noch jemand arbeitete.

Brant und Pütz würden sie noch einmal aufs Präsidium vorladen und in die Mangel nehmen müssen. Steinhagen seufzte. Es würde nicht einfach werden, diesen Fall aufzuklären, das ahnte er schon jetzt. Er rief seine Kollegin Marianne

Buchholz und berichtete ihr von dem Obduktionsbefund und seinen Gedanken zu dem Fall.

„Da gibt es nur zwei Motive, die infrage kommen", sagte Marianne. „Eifersucht nehme ich an. Wusstest du, das Giftmorde - und Chloroform rechne ich dazu - häufiger von Frauen, als von Männern begangen werden?"

„Du sprachst von zwei Motiven", sagte Steinhagen, dem das Eifersuchtsmotiv plausibel erschien.

„Ja", erwiderte seine Kollegin zögerlich.

„Und das Zweite?"

„Ach, das ist mehr nur so eine Idee. Die arbeiten dort doch mit EHEC. Das sind diese Bakterien, die für die Epidemie hier in Schleswig-Holstein verantwortlich sind …"

„Ah ja!"

„Also, das ist mehr so ein Bauchgefühl. Aber, wenn ich Eifersucht ausschließen könnte, würde ich in diese Richtung denken. Neid, Konkurrenz oder so etwas in der Richtung."

„Aber es gibt da nichts Konkretes, Marianne. Wenn einer der drei Wissenschaftler das Opfer gewesen wäre, könnte Konkurrenz zwischen den Herrn Doktoren ein Motiv sein. Aber Frau Barnhelm war technische Assistentin und arbeite dort doch mehr oder weniger für alle, oder?"

Marianne Buchholz stimmte ihm zu. Trotzdem blieb ihr so ein Gefühl, das die Arbeit des Institutes und nicht die persönlichen Gefühle der Mitarbeiter bei dem Mord im Vordergrund standen.

***

*Langsam fügte sich das Puzzle zusammen, Stück für Stück ergab es ein Bild, das immer mehr zum Vorschein kam. Er hatte etwas in die Natur gesetzt, das er selbst geschaffen hatte. Ein Killerbakterium. Außer ihm durfte niemand wissen, woher der EHEC ursprünglich gekommen war. Das Geheimnisvolle an seinem plötzlichen Auftreten war es, was die Menschen verunsicherte.*

*Nun, nachdem Furcht und Schrecken ihr Werk getan hatten, war es für ihn an der Zeit, sich als derjenige erkennen zu geben, der es am besten verstand, mit der Seuche umzugehen. Der den Erreger identifizieren, bekämpfen und die Quelle des Ausbruchs schließen konnte. Inzwischen waren sie soweit, jeden, von dem sie bei der Bekämpfung der Seuche etwas erwarteten, rückhaltlos zu unterstützen.*

*Lösungen anbieten, Hoffnung geben, dann würden sie hinter ihm herlaufen und ihm alles geben, was er brauchte. Die Vorstellung, der große Dirigent zu sein, nach dessen Takten das Konzert des Lebens spielte, war ein berauschendes Gefühl. Es wurde Zeit für Phase Zwei: Der Crack im Kampf gegen den Killerbug. Es galt den Vorsprung, den er hatte, zu nutzen.*

*Er durfte nicht zu lange zögern. Die Zeichen waren längst da, dass die Ereignisse längst ihre eigene Dynamik entwickelt hatten. Seine Schöpfung hatte sich von seinen Plänen emanzipiert und begann ihr Eigenleben zu führen. Diese Meldung aus Brunsbüttel, sie hätten den EHEC-Stamm in spanischen Gurken gefunden. Wie konnte das sein? Etwas, dass er nicht mehr unter seiner Kontrolle hatte, bestimmte den Lauf des Geschehens und das geschah in einer Geschwindigkeit, die dem Fortschreiten der Epidemie nicht nachstand.*

**Berlin, 18. 5. 2011**

Noch bevor sein Vorgesetzter, Professor Franz Vogel, zu einer dringenden Sitzung in das Bundesagraramt geladen wurde, waren die Probleme, die dort auf der Agenda standen, bereits zu Schneider durchgedrungen. Nicht, dass Schneider von der Sitzung wusste, noch ahnte er, dass Vogel dafür extra nach München geflogen war. Die Information lief über andere Kanäle, und zwar über seinen Kollegen Ragmar Ingervesen vom europäischen Referenzlabor in Kopenhagen. Ingervesen wollte wissen, ob Schneider schon Ergebnisse zu dem EHEC aus den spanischen Gurken hätte. Schneider verneinte. Die Untersuchungen in seinem Labor seien noch nicht abgeschlossen und er könnte frühestens im Laufe des Nachmittags etwas dazu sagen.

„Gut", sagte Ingervesen, „ich hoffe, du kannst dann unsere Befunde bestätigen. Wir denken, der EHEC aus den spanischen Gurken ist nicht derjenige, welcher für den Ausbruch in Norddeutschland verantwortlich ist."

Schneider war perplex und Ragmar Ingervesen fuhr fort.

„Sie haben uns aus Brunsbüttel einen EHEC geschickt, aber der gehört nicht zum Serotyp O104, wie der Epidemiestamm."

Schneider mochte das kaum glauben, aber sein dänischer Kollege war sich sicher. Seiboldt hatte den EHEC aus den Gurken sofort an das EU-Referenzlabor geschickt. Normalerweise hätte Seiboldt auf Ingervesens Bestätigung gewartet, bevor er mit der Ankündigung, sie hätten den Erreger der Seuche in den Gurken gefunden, an die Öffentlichkeit getreten wäre. Aber da hatte ihm die Politik einen Strich durch die Rechnung gemacht. Die Landesregierung hatte Seiboldts vorläufige Ergebnisse als endgültig hinausposaunt. Nun pfiff der behördliche Schnellschuss den Verantwortlichen als Querschläger um die Ohren und Seiboldt war derjenige, der es ausbaden musste.

Ingervesen Untersuchungsergebnisse hatten die Annahme, dass sich die Seuche über spanische Gurken verbreitet hatte, nicht bestätigt. Sie mussten wie eine Bombe eingeschlagen haben. Als Leiter des EU-Referenzlabors hatte Ingervesen die zuständigen Stellen in allen Mitgliedsländern sofort informiert. Die prompte Einbestellung des ILH-Wissenschaftsadministrators Vogel ins Bundesagraramt war die Folge von Ingervesens Nachricht gewesen.

Am Nachmittag lagen in Schneiders Labor ebenfalls die Ergebnisse zu Seiboldts EHEC-Isolaten vor. Ingervesen hatte recht gehabt. Es war ein EHEC-Stamm, der häufiger in der Umwelt vorkam und vermutlich durch Zufall auf den Gurken gefunden worden war. Wenn man nur genügend Lebensmittelproben untersuchte, fanden sich immer welche, die mit EHEC verseucht waren. Man musste schon sicher sein, um welchen EHEC-Typ es sich handelte, bevor man Rückschlüsse auf die momentan grassierende Seuche ziehen konnte.

Schneider sah Franz Vogel weder an diesem, noch am nächsten Tag. Der Wissenschaftsadministrator hatte nach dem Ende der unseligen Sitzung im Bundesagraramt den Flieger zurück nach Berlin genommen. Nachdem Referatsleiter Niemeyer ihn wie einen Laufburschen behandelt hatte, war Vogel die Lust vergangen, sich noch ins ILH zu begeben, um dort das Ende einer Gurkengeschichte zu verkünden, deren eifrigster Verfechter er selbst gewesen war.

So konnte er an diesem Abend noch rechtzeitig die Reaktionen der EU-Agrarminister am Fernseher miterleben. Von unverantwortlichem Verhalten, wirtschaftlichen Verlusten und Schadenersatz war die Rede. Deutschland war in die Pflicht genommen und die Kritik kam nicht nur aus Spanien. Als Folge der Verzehrswarnung, die eigentlich nur auf spanische Gurken gemünzt war, war der gesamte Markt für dieses Gemüse in der EU eingebrochen.

Schneider verfolgte die Nachrichten ebenfalls. Er erinnerte sich, wie Vogel ihn wegen des Interviews mit seiner angeblichen Äußerung, er würde weiterhin Gurken essen, gemaßregelt hatte. Wenn die Gurken jetzt rehabilitiert waren, gab es ein neues Problem. Man stand wieder am Anfang. Die Quelle, das verseuchte Lebensmittel, das für den Ausbruch verantwortlich war, hatte man immer noch nicht gefunden. Was war also die tatsächliche Ursache für diese Epidemie?

Eine Epidemie, über deren Fortschreiten der Nachrichtensprecher, in ernsten, aber emotionslosen Worten berichtete. *… bundesweit bisher schon über 2500 Fälle …, die Krankenhäuser bekommen Schwierigkeiten, Dialyseplätze für eine so große Anzahl von HUS Patienten bereitzustellen …*

Begleitet waren diese Nachrichten von Fernsehaufnahmen aus Krankenhäusern, auf deren Fluren bereits schon Betten mit EHEC-Patienten standen. Patienten und deren Angehörige, umgeben von erschöpften, unermüdlich arbeitenden Teams aus Pflegern, Krankenschwestern und Ärzten, die trotz aller Hiobsbotschaften Optimismus vermittelten. *„Wir schaffen es, es gibt neue Therapien, wir sehen Licht am Ende des Tunnels.“*

Die ersten Interviews mit Patienten, die wieder von der Seuche genesen waren, folgten. Leute, die aus heiterem Himmel binnen weniger Stunden schwer krank wurden. Die meisten von ihnen waren Erwachsene, überraschend viele junge Frauen, die sich bewusst gesund ernährten und keine Vorerkrankungen gehabt hatten.

Eine Sache war klar. Der Kampf war nicht gewonnen, man stand immer noch am Anfang und die fieberhafte Suche nach der Ursache ging weiter. Natürlich war es immer noch möglich, dass die Gurken den Erreger doch enthielten, aber durch die voreilige Erfolgsmeldung aus Brunsbüttel waren weitere Untersuchungen an spanischen Gurken diskreditiert. Weder am ILH, noch anderswo hatte man bisher den für die Seuche verantwortlichen EHEC aus den spanischen Gurken isolieren können.

Wenn man diese Seuche nicht stoppen konnte, was dann? Impfstoffe gegen EHEC existierten nicht und ihre Entwicklung würde Monate, wenn nicht Jahre, in Anspruch nehmen.

Harald Pütz und seine EHEC-Stämme, die schon zwei Wochen vor dem Ausbruch isoliert worden waren, fielen ihm wieder ein. Pütz hatte, nachdem die Gurken als Infektionsvehikel verdächtigt worden waren, den Kontakt mit ihm abgebrochen. Nun hatten die Gurken sich als Ente erwiesen und damit war Pütz wieder ins Zentrum von Schneiders Interesse gerückt.

**Boksee, 19. 5. 2011**

Eine knappe Woche war es her gewesen, dass Jan am frühen Morgen aus Kiel mit dem Lieferwagen wieder auf den Hof zurückgekehrt war. Ein bisschen zerbeult hatte er ausgesehen. Jan, nicht der Lieferwagen, hatte Richard, der ihn morgens früh als Einziger hatte ankommen sehen, gefrotzelt. Jan hatte statt einer Begrüßung nur etwas von 'über den Durst getrunken' gebrummelt, war in sein Zimmer gegangen, um sich bis zum Nachmittag nicht mehr blicken zu lassen. Die Geschichte von dem Kunden, der ihn die ganze Nacht aufgehalten hatte, ohne dass ein Auftrag dabei herausgekommen war, hatte ihm niemand recht glauben wollen. Hartnäckig hielt sich die Version, Jan hätte sich wegen Clara zu einer Dummheit hinreißen lassen, vielleicht die Nacht in der Ausnüchterungszelle bei der Polizei verbracht. Dass Clara schwanger war, davon wussten sie nichts. Clara war immer noch im Krankenhaus und hatte sich bisher nicht damit einverstanden erklärt, wegen der Antibiotikabehandlung eine Abtreibung zu akzeptieren.

Als sie alle an diesem Morgen beim Frühstück saßen, waren gegen acht Uhr die Geräusche mehrerer Autos zu hören, die sich auf der Zufahrt zum Hof bewegten. Bremsen quietschten, Türen klappten. Charly begann laut zu bellen und trabte, die heimlichen Bissen, die er beim Frühstück zugesteckt bekam, verschmähend, von der überdachten Veranda auf die Hofeinfahrt zu. Von dort waren jetzt deutlich die Stimmen mehrerer Menschen zu hören. Einige aus der Hofgemeinschaft sprangen von ihren Stühlen auf und liefen hinter Charly her. Vor dem geschlossenen Hoftor stand eine Gruppe von einem Dutzend Leuten, die Einlass begehrten, einige von ihnen waren mit weißen Schutzanzügen bis zur Unkenntlichkeit verkleidet. Ihnen gegenüber der kläffende Charly, der wie verrückt am Zaun hin und hersprang.

Jan hatte bemerkt, dass eines der Autos mit einem mobilen Blaulicht auf dem Dach bestückt war und dass zwei der Männer, die vor ihrer Einfahrt standen, Polizeiuniformen trugen. Der Professor hat mich angezeigt, dachte er. Aber wieso dieser Aufwand, wieso die Typen in den Raumanzügen? Hatte der Professor vielleicht behauptet, Jan würde die EHEC-Seuche in sich tragen und sie kamen, um ihn abzuholen? Inzwischen hatten er und die anderen sich bis auf wenige Schritte dem Hoftor genähert. Horst hatte Charly am Halsband genommen und sprach ihm beruhigend zu.

Bevor Jan etwas sagen konnte, stellte sich einer aus der Gruppe der Ankömmlinge vor. Es handelte sich um den mit einem grauen Anzug bekleideten Dr. Jochen Fiebig, Leiter des Gesundheitsamtes Kiel. Den verdutzten

Gemüsebauern teilte er mit, dass er beabsichtigte, Probenentnahmen auf ihrem Hof vorzunehmen. Es bestünde der Verdacht, der Hof hätte etwas mit der EHEC-Epidemie, die mittlerweile in ganz Norddeutschland grassierte, zu tun.

So ungeheuerlich klang diese Mitteilung, dass zunächst keiner aus der Hofgemeinschaft Anstalten machte, Herrn Fiebig und seinen Mitarbeitern die Tür zu öffnen. Fiebig fügte hinzu, er hätte die Genehmigung der Staatsanwaltschaft und könnte sich im Fall einer Weigerung auch mit polizeilichen Mitteln Zugang verschaffen. Jan rührte sich immer noch nicht, zu absurd erschien ihm diese ganze Geschichte. Ihm schien als Einzigem klar zu sein, was der Hintergrund dieser Aktion war.

Richard öffnete die Tür, versicherte, dass es sich bei der ganzen Sache um einen Irrtum handeln musste und fragte, wonach sie suchten. Darauf gaben die Personen in den weißen Anzügen, die nur anhand ihrer Stimmen als männlich oder weiblich zu identifizieren waren, dumpf durch den Mundschutz zur Antwort: „Proben entnehmen."

Fiebig ging, mit seinen Armen fuchtelnd, voran. Es war eine Gruppe von acht Leuten, die über den Hof ausschwärmten. Charly kläffte wütend und sprang, weiter von Horst am Halsband festgehalten, auf seinen Hinterläufen hin und her. Fiebig streckte seine linke Hand aus, in der er einige Zettel hielt, die heftig im Wind flatterten. Offenbar war das die behördliche Genehmigung seines Auftrags.

„Wer ist hier der Geschäftsführer?", rief Fiebig in die Runde der inzwischen vollzählig versammelten Hofgemeinschaft, worauf Jan sich aus der Gruppe löste und zu Fiebig herantrat. Fiebig, zu dem sich jetzt noch ein Polizist und eine Frau im weißen Kittel gesellt hatten, trug Jans Personalien auf einen Zettel ein, wobei ihm der böige Wind die Arbeit erschwerte. Dann forderte er Jan auf, die Gruppe durch die Anlage, wie er den Hof bezeichnete, zu führen. Er hätte die Absicht, die gesamte Kette der Gemüseproduktion vom Feld bis zur Verpackungsanlage zu beproben. Auf Jans Frage, was diese Aktion bezwecke, meinte Fiebig, es gäbe auf dem Hof eine Frau, die mit dem gleichen EHEC-Stamm infiziert sei, der gerade in Norddeutschland Tausende von Opfern forderte. Warum Jan als verantwortlicher Geschäftsführer diesen Sachverhalt nicht längst dem Gesundheitsamt gemeldet hätte? Die Frau im weißen Kittel nickte zustimmend, als Fiebig diese Worte von sich gab.

Jan sackte unter dieser Nachricht merklich zusammen. Er dachte an Marie und den Professor. Das Schwein hatte alles längst gewusst, er war der Schuldige und hat uns diese Leute auf den Hals gehetzt.

Fiebig rechnete nicht mehr mit einer Antwort. Er wies die weiß gekleideten Seuchenkontrolleure an, die Kühlboxen, die sie zum Verstauen der zahlreichen Proben mitgenommen hatten, aufzunehmen und das ganze Gelände stichprobenartig zu erfassen.

„Wer führt uns nun durch den Betrieb?", rief Fiebig in die Runde, da Jan wie abwesend vor sich hinstarrte und seine Worte nicht bemerkt zu haben schien.

Die Frage: „Wer begleitet uns jetzt, bitte!?", klang schon wie ein Befehl.

Fiebig zuckte erschrocken zurück, als Jan ihn plötzlich anschrie: „Es ist dieses Schwein, dieser Professor. Er hat Marie angesteckt und jetzt will er uns die Schuld dafür in die Schuhe schieben!"

Er packte Fiebig an den Schultern und rüttelte das dünne Männchen, das da vor ihm stand. „Verstehst du das nicht, du Idiot! Das ist eine Verleumdung, der wahre Schuldige sitzt bei euch in Kiel in diesem sogenannten Exzellenzinstitut, es ist der Professor Puster."

„Lassen Sie mich sofort los!", protestierte Fiebig und versuchte sich aus Jans Griff zu befreien. „Sie sind ja wahnsinnig!"

Die Leute von der Hofgemeinschaft liefen jetzt durcheinander und schrien: „Jan! Hör doch auf, du machst alles viel schlimmer. Wovon redest du überhaupt?"

„Ihr habt alle keine Ahnung, Marie ist tot, Clara ist krank und dieser Professor, diese Sau."

Jan wehrte sich, als die beiden Polizisten ihn an den Armen packten. Er stieß einen von ihnen vor die Brust, sodass er ins Straucheln geriet. Einige von der Hofgemeinschaft stürzten sich jetzt auf Jan, der um sich schlug. Die beiden Polizisten näherten sich wieder, einer schlug Jan von hinten mit dem Gummiknüppel in die Kniekehlen. Als er vor Schmerz einknickte, gelang es den Beamten, ihm Handschellen anzulegen. Sie verfrachteten den sich immer noch wehrenden Jan in das bereitstehende Polizeiauto. Einer der beiden nahm über Funk mit der Zentrale Kontakt auf.

Plötzlich war es ruhig geworden. Selbst Charly hatte aufgehört zu kläffen, als wäre ihm der Ernst der Situation bewusst geworden. Nur der böige Wind pfiff weiter durch die Blätter der Bäume, die Giebel und Ecken der Gebäude. Richard und Horst aus der Hofgemeinschaft erklärten sich bereit, die Weißgekleideten zu den bezeichneten Probenentnahmestellen auf dem Hof zu begleiten. Nach vier Stunden war die Aktion beendet und der Tross setzte sich wieder in Bewegung Richtung Landeshauptstadt.

Jan hatte man schon vorher, in einem herbeigefunkten Mannschaftswagen der Polizei, zur Vernehmung nach Kiel abtransportiert. „Tätlicher Angriff auf Beamte der Überwachungsbehörde, Widerstand gegen die Staatsgewalt, Vereitelung der Aufklärung von Straftaten", predigte der sichtlich erregte Fiebig den fassungslosen Gemüsebauern. Wie unter Zwang klopfte er sich immer wieder die Schultern seines Jacketts ab, dort wo Jan ihn gepackt hatte. Als wäre er mit einer hartnäckig klebenden Staubschicht bedeckt.

Auf der Polizeidirektion Kiel fand sich Jan in Handschellen in einem der zahlreichen Büroräume wieder. Seine Taschen hatte er ausleeren müssen und seine Sachen hatten die Polizisten an sich genommen. Eine Polizistin, die sich als Kommissarin Sührmann vorstellte, nahm seine Personalien auf. Sie hielt ihm die lange Liste der Straftaten vor, deretwegen er beschuldigt wurde: Gewaltsamer Angriff auf einen Beamten des Landesgesundheitsamtes, versuchte Verhinderung staatlich angeordneter Maßnahmen, Widerstand gegen die Staatsgewalt,

Verdunkelungsgefahr und Verdacht auf das absichtliche in Verkehr bringen von Lebensmitteln, die für die menschliche Gesundheit abträglich sind.

Auf die Frage nach seinem Anlass, die Arbeit der Gesundheitsbehörde vorsätzlich behindert zu haben, stieß Jan hervor: „Es war dieser Professor aus dem Exzellenzinstitut! Der hat uns angezeigt, um von seiner Schuld an dieser EHEC-Seuche abzulenken! Oder sein Knecht, dieser Harald Pütz, der unsere Marie auf dem Gewissen hat. Hätte sie ihn doch bloß nie getroffen, was musste sie auch ...“

Jan verschluckte der Rest seiner Worte. Er wollte nicht, dass die Polizistin merkte, wie eifersüchtig er auf Harald gewesen war.

Kommissarin Sührmann war überrascht, ließ sich aber nichts anmerken. Nach den Angaben in der Akte stimmte es tatsächlich, dass ein anonymer Hinweis auf den Hof als Quelle der EHEC-Seuche die behördlichen Maßnahmen veranlasst hatte. Dieser Anruf konnte bis ins Exzellenzinstitut in Kiel zurückgeführt werden. Allerdings auch nicht weiter, man konnte die Nebenstelle nicht ermitteln, von der aus angerufen worden war.

Bei der weiteren Befragung durch Kommissarin Sührmann erklärte der Beschuldigte, dass ein Student eben dieses Professors, ein gewisser Harald Pütz, ihn und seine Familie ins Unglück getrieben habe. Der Angriff auf den Gesundheitsbeamten wäre nur Ausdruck seiner Verzweiflung gewesen. Einflussreiche Leute hätten sich gegen ihn und seinen Hof verschworen, um ihre eigene Haut zu retten. Bei dem Gedanken wäre er einfach ausgerastet. Das hätte nichts mit vorsätzlichem Widerstand gegen die Staatsgewalt zu tun. Aber ihm, einen einfachen Bauern, würde man sowieso nicht glauben, wenn sein Wort gegen das eines Professors stünde. Sie sollten mal in diesem Institut eine Razzia durchführen, da würden sie EHEC finden, aber dazu wären die Herren Beamten ja wohl zu feige.

Aus ermittlungstechnischen Gründen verschwieg ihm Kommissarin Sührmann, dass der anonyme Anruf aus dem Institut des eben genannten Professors gekommen war. Sie hielt ihm vor, es handele sich bei seiner Aussage nur um Vermutungen und er hätte keine Beweise. Daraufhin widersprach der Beschuldigte und gab zu Protokoll:

„Beweise? Und ob, ich habe die Visitenkarte dieses Professors. Die beweist, dass er mit Frau Marie Lehnert Kontakt hatte, kurz bevor sie an der EHEC-Seuche starb. Sie sollten lieber seinen Knecht, diesen Harald Pütz verhören. Der müsste dann zugeben, sich unter einem Vorwand auf den Hof eingeschlichen zu haben, um eben diese Visitenkarte verschwinden zu lassen! Das können ich und auch Frau Clara Schmidt bezeugen.“

Auf die Frage, wo denn die Visitenkarte sei, gab der Beschuldigte an, diese würde sich noch auf dem Hof befinden. Das weitere Verhör erwies sich als unergiebig. Da Verdunklungsgefahr bestand, kam Jan Heinrich in Untersuchungshaft.

***

*Ein Unsicherheitsfaktor war aus der Welt geschafft. Er konnte sich kein Risiko leisten, vor allem, wenn es um seine Rolle als Verursacher der EHEC-Epidemie ging. Sämtliche Spuren, die auf ihn hindeuteten, mussten beseitigt werden. Sie hatte zu viel gewusst. Früher oder später wäre sie zu einer echten Gefahr für ihn geworden.*

*Die Idee mit dem Chloroform war perfekt gewesen, wie alles was er plante. Farblos, geruchlos und absolut tödlich, wenn man genug davon einatmete. Und das blieb bei verschlossener Tür nicht aus. Nein, er bereute nichts. Er konnte es nicht zulassen, dass jemand seine Pläne gefährdete. Jetzt, wo alles wie am Schnürchen lief. Wenn man große Pläne hatte, musste man groß denken und handeln. Die Polizei sollte ruhig recherchieren. Sie würden nichts finden, was von Belang war. Ein bisschen im Nebel herumstochern konnten sie, aber weiter nichts.*

*Phase Zwei seines Plans hatte begonnen. Nachdem die falschen Hoffnungen auf die Ursache der Seuche sich in Nebel auflösten, war die Verzweiflung der Menschen noch größer geworden. Die EHEC-Seuche hatte jetzt ihren Zweck erfüllt. Er brauchte sie nur noch als Drohkulisse, als ein Ereignis, das jederzeit wieder neu auftreten könnte. Nun war die Zeit für seinen Auftritt.*

*Es ging es nicht nur um Almosen für seine Forschungen. Es ging um viel mehr. Darum, dass er der Beste war und es für immer bleiben wollte. Endlich Ruhe vor diesem ständigen, nervenaufreibenden Kampf um Anerkennung. Ruhe vor dem Ekel, sich immer wieder aufs Neue vor den anderen beweisen zu müssen. Ruhe davor, sich ständig mit seinen Leistungen anbieten zu müssen, wie ein Strichmädchen ihren Kunden. Selbst wenn man in diesem Geschäft schon so etwas wie eine Edelnutte war, so galten doch trotzdem die harten Gesetze der Prostitution.*

*Er atmete tief und zog den Rauch seiner Zigarette in sich hinein. Hielt ihn in sich, bis ihm schwindelig wurde. Der Traum endlich die Tür des Zimmers, wo er mit den anderen um die Futterplätze kämpfen musste, hinter sich schließen zu können, um in den Thronsaal einzutreten. Dort, wo nur er residieren durfte. Phase Zwei war angelaufen. Sie hatten den Sprossenhof im Visier. Der wahre Ursprung der Seuche würde bald für niemanden mehr ermittelbar sein.*

**Kiel, 20. 5. 2011**

Es klopfte energisch an der Tür. Einmal und nach einer kurzen Pause noch heftiger. Marko Brant fuhr hoch. Er war tief in Gedanken versunken. Unerwarteten Besuch bekam er selten und meistens nur dann, wenn es sich um unerwünschte Dinge handelte. So war es auch dieses Mal. Auf seinen Ruf: „Ja, bitte?“, hörte er die Stimme der Kommissarin, die bereits in der halb geöffneten Tür stand.

„Ich hoffe, ich störe Sie nicht gerade bei Ihrer Arbeit, Herr Dr. Brant. Wir kennen uns ja schon. Kommissarin Marianne Buchholz. Ich hätte da noch ein paar Fragen im Zusammenhang mit dem Tod von Frau Barnhelm.“

„Ich hatte Ihnen doch schon alles gesagt, aber bitte, kommen Sie rein.“ Marko Brant erhob sich widerwillig aus dem schweren Ledersessel und zündete sich eine Zigarette an. Schließlich war es sein Büro, wenn der Rauch diese Frau störte, dann sollte sie etwas sagen. Sie verzog ihr Gesicht. Er bemerkte, dass sie den Rauch hasste, sich aber eine Bemerkung darüber verkniff.

„Herr Doktor Brant“, betonte die Kommissarin einzeln jedes Wort, „Es geht noch einmal um die Zeit, in der Frau Barnhelm zu Tode kam. Wir wissen jetzt, dass Frau Barnhelm nicht aus eigenem Verschulden starb. Es ist anzunehmen, dass jemand absichtlich, oder zumindest fahrlässig, ihren Tod verursacht hat.“

„So? Und woher wollen Sie das so genau wissen?“

„Das sind unsere Ermittlungsergebnisse, Herr Brant. Wir können jetzt auch den Todeszeitpunkt viel genauer eingrenzen. Frau Barnhelm starb durch Einatmen von Chloroform in dem Zeitraum zwischen zweiundzwanzig und dreiundzwanzig Uhr am Abend des 15. Mai. Zu einem Zeitpunkt, als auch Sie noch im Institut anwesend waren.“

Marko Brant schwieg und zog an seiner Zigarette.

„Wann hatten Sie Frau Barnhelm das letzte Mal gesehen?“

„Gegen neun oder halb zehn, ich bin ihr zufällig auf dem Flur begegnet.“

„Fiel Ihnen dabei irgendetwas auf?“

Nein, nichts. Außer, dass ich überrascht war, sie noch so spät im Institut zu sehen. Ich habe weiter nicht mit ihr gesprochen.“

„Wann haben Sie genau das Institut an diesem Tag verlassen?“

„Das muss etwa gegen halb elf gewesen sein. Ich weiß es nicht mehr so genau, ich schaue nicht auf die Uhr, wenn ich gehe. Aber ich war gegen elf zu Hause und habe einen Fahrweg von über einer halben Stunde.“

„Wie sind Sie nach Hause gefahren?“, fragte die Kommissarin.

„Mit meinem Auto, das stand in der Tiefgarage des Institutes.“

„Und haben Sie, als Sie losfuhren, noch Fahrzeuge von anderen Mitarbeitern Ihrer Abteilung dort stehen sehen?“

„Außer Puster und Curtius fahren die meisten mit dem Bus oder Rad. Die Technischen sind schon viel früher weg als ich. Ich weiß nicht, auf welche Weise die im Einzelnen alle hier herkommen, das geht mich ja auch nichts an.“

„Und? Welche Autos haben Sie zu diesem Zeitpunkt in der Tiefgarage gesehen?“

„Der rote Alfa Romeo von Alexander Curtius stand auf jeden Fall noch dort. Es ist ein auffälliger Wagen. Auf das Auto von Puster habe ich nicht geachtet, ich weiß nicht, ob es da stand oder nicht.“

„Und Herr Pütz?“

„Der hat, soweit ich weiß, kein Auto.“

„So, das wissen Sie doch immerhin. Arbeiten Sie eigentlich immer so lange? Das muss ja sehr spannend sein. Darf ich fragen, woran Sie arbeiten, Herr Dr. Brant?“

„An EHEC. Wie Sie wissen, haben wir im Moment einen großen Ausbruch. Wir alle arbeiten jetzt daran, EHEC ist zur Chefsache geworden.“

„Zur Chefsache. Ja, das kann ich mir vorstellen." Die Kommissarin nickte und machte ein tiefsinniges Gesicht.

„Und Herr Pütz? Arbeitet der auch immer so lange?"

„Ich spioniere dem nicht hinterher," motzte Marko Brant und knöpfte seinen weißen Kittel zu. „Aber ich bin sicher, ihn, kurz bevor ich ging, noch auf dem Flur gehört zu haben."

„Sie belasten ihn damit. Nur er und Sie haben kein Alibi für die Tatzeit."

Er blies den Rauch aus, in ihre Richtung. „Er ist der Einzige, der überhaupt ein Motiv hat, wenn Sie schon so fragen."

„Rache?"

„Verletzte Eitelkeit", meinte Brant. "Sie hat ihn fallen lassen."

„Fallen lassen?"

„Natürlich lief da was zwischen den beiden. Ich habe beide einmal im Seminarraum in eindeutiger Pose überrascht und an dem Tag, als sie starb, hatten sich die beiden gestritten."

„Und Professor Puster? Sie wissen nicht, ob er zu dem besagten Zeitpunkt noch da war?"

„Ich kümmere mich nicht um Herrn Puster."

„Immerhin ist er doch Ihr Chef."

Marko Brant verzog sein Gesicht zu einer verächtlichen Grimasse.

„Und Frau Körner?"

„Frau Körner!" lachte Brant. „Die ist da, wo Puster ist, das weiß doch jeder."

„Aha", sagte Marianne Buchholz.

„Die Körner hat nach dem Tod von Frau Barnhelm ihre Stelle als Chefassistentin bekommen. Von Puster persönlich. Sicherlich wegen ihrer vielseitigen Qualitäten."

Marko Brant lachte hämisch und drückte seine Zigarette aus.

Die Kommissarin spürte den deutlichen Widerwillen aus seinen Worten, sagte weiter nichts dazu und verabschiedete sich. Alexander Curtius und Ines Waldmann hatten ausgesagt, das Institut gegen einundzwanzig Uhr verlassen zu haben. Brant gab an, gegen halb elf noch das Auto von Curtius in der Tiefgarage gesehen zu haben. Als sie die Tür von Marko Brants Büro hinter sich geschlossen hatte, war für Marianne Buchholz klar, was sie ihrem Vorgesetzten vorschlagen wollte.

Lothar Steinhagen wunderte sich, als seine Kollegin nach der Befragung des Dr. Marko Brant den ausdrücklichen Wunsch äußerte, Anneliese Körner in der Polizeidirektion vorzuladen.

„Was war denn nun mit dem Dr. Brant?", fragte er.

„Der hat offensichtlich kein Alibi und gibt sich auch keine Mühe, sich eines zu beschaffen", sagte seine Kollegin.

„Und wieso soll die Frau Körner zur Befragung extra zu uns kommen?"

„Weil sie zwar ein Alibi hat, uns aber etwas Wichtiges verschweigt“, sagte Marianne.

Auf Steinhagens erstauntes Gesicht hin erzählte ihm Marianne Buchholz, was sie herausbekommen hatte.

„Anneliese Körner behauptet, gegen halb acht zusammen mit ihrem Vorgesetzten, Professor Puster, das Institut verlassen zu haben. Mit ihm in seinem Auto. Sie behauptet, sie wären danach in das Schnellrestaurant *Burgereck* am Bertholdplatz gegangen und hätten dort etwas gegessen. Sie wären dort bis elf geblieben und danach hätte er sie nach Hause gefahren.“

„Ja, das entspricht doch der Aussage von Professor Puster“, sagte Steinhagen.

„Ich war im *Burgereck* gewesen“, sagte seine Kollegin, „und du wirst dich wundern. Die Leute da kennen die beiden. Die wurden dort schon öfter zusammen gesehen. Wie die Turteltauben, meinte die Bedienung auf meine Frage.“

„Möglich, dass die aus dem Institut was miteinander haben“, sagte Steinhagen, „aber so etwas gibt es auch bei der Polizei.“

Er wurde rot, als Marianne ihn empört ansah. „Die Kollegen reden eben!“

Er winkte ab, als sie etwas dazu bemerken wollte, und fuhr fort. „Das hat doch aber nichts mit der Aussage zu tun, die die beiden gemacht haben.“

„Eben doch“, sagte Marianne, „denn jetzt kommt der Knalleffekt!“

Lothar Steinhagen machte ein verwundertes Gesicht. “Ach so?“

„Die beiden waren dort fast jeden Abend zusammen gesehen worden, bis vor einer Woche eines Abends ein Mann aufkreuzte, der vorher nie dort gesichtet worden war. Der hat die beiden von einem Nebentisch her eine ganze Weile angestarrt und ist dann auf den Professor losgegangen, um ihm sein Bierglas über den Schädel zu schlagen. Ein gewisser Wolf, der als Türsteher arbeitet und zufällig dort anwesend war, hat das Schlimmste verhindert und den Randalierer rausgeschmissen! So hat es mir jedenfalls die Bedienung erzählt. Den Nachnamen von dem Wolf wollte sie angeblich nicht kennen.“

„Wer war dieser Mann gewesen?“, fragte Steinhagen neugierig. „Warum wollte er den Professor angreifen?“

„Das wissen die nicht, aber die Kellnerin hat ihn mir beschrieben. Groß, flachsblonde Haare, breite Schultern, bis zum Vorfall hatte er sich ganz ruhig verhalten, meinte die Kellnerin. Mir schien es so, als stand sie auf ihn“, sagte Marianne.

„Quatsch, oder?“

„Frauen bekommen so etwas mit.“

„Na und wenn schon. Aber was ist jetzt dein großes Ermittlungsergebnis?“

„Ach ja. Hätte ich fast vergessen. Die Bedienung ist sich felsenfest sicher, dass Professor Puster und Anneliese Körner seit diesem Tag nicht mehr im *Burgereck* aufgekreuzt sind!“

„Also hat Anneliese Körner gelogen!“

„Und er auch!“

Na, dann lassen wir sie kommen, aber getrennt!“, meinte Steinhagen genüsslich.

„Zuerst die Körner!“

**Kiel, 23. 5. 2011**

Die Befragung von Anneliese Körner fand drei Tage, nachdem Kommissarin Buchholz bei Marko Brant aufgetaucht war, vormittags in der Polizeidirektion statt. Anneliese Körner war sichtlich aufgeregt, als sie gegenüber den beiden Beamten Platz nahm. Auf die Frage der Kommissarin, warum sie so nervös sei, gab Frau Körner an, sie werde dringend im Institut gebraucht. Sie hätte als Chefassistentin verantwortungsvolle Aufgaben und schließlich gäbe es mitten in der EHEC-Seuche enorm viel zu tun.

„Dann machen wir es so kurz wie möglich“, begann Steinhagen die Befragung.

Anneliese Körner gab an, gemeinsam mit Ihrem Vorgesetzten, Professor Puster, gegen halb acht ins *Burgereck* am Berthold Platz gefahren zu sein. Dort hätten sie etwas gegessen, über die Arbeit geredet und schließlich hätte Ihr Chef sie gegen halb elf nach Hause gefahren.

„Und Sie waren an diesem Abend die ganze Zeit zwischen halb acht bis elf zusammen?“, fragte Steinhagen.

Frau Körner nickte aufgeregt: „Ja, natürlich, das habe ich doch schon gesagt!“

Als die beiden Polizisten Anneliese Körner mit der Aussage der Kellnerin konfrontierten, man hätte sie beide, seit jenem Abend, als ein Gast sie bedroht hatte, nicht mehr im *Burgereck* gesehen, stritt Anneliese Körner das zunächst ab. Nachdem man ihr mit einer Gegenüberstellung drohte, verwickelte sie sich in Ausflüchte und gab schließlich zu, an diesem Abend nicht im *Burgereck* gewesen zu sein. In Wirklichkeit wäre sie mit ihrem Chef in seine Wohnung gefahren.

„Und dort? Wie lange sind Sie dort mit ihm zusammen gewesen?“

Anneliese Körner wurde rot. „Die ganze Nacht“, sagte sie schließlich. „Wir haben eine Liebesbeziehung, aber Jörg will nicht, dass es im Institut seine Runde macht. Die Leute reden, sind neidisch, meint er.“

Marianne Buchholz und Lothar Steinhagen sahen sich für einen Moment an.

„Gibt es sonst noch jemanden, der bezeugen kann, dass Sie die ganze Zeit mit Ihrem Chef zusammen waren?“

Anneliese Körner schüttelte den Kopf. „Nein!“

„Immerhin haben Sie nach dem Tod von Frau Barnhelm gleich ihre Stelle als Chefassistentin eingenommen!“, bemerkte Marianne Buchholz.

„Das hat ganz allein fachliche Gründe“, protestierte Anneliese Körner.

„Meinen Sie. Uns wurde berichtet, es gäbe andere Assistentinnen in der Abteilung, die dort schon länger arbeiteten und für die Stelle mehr qualifiziert wären als Sie, Frau Körner“, erwiderte Steinhagen.

„Das ist es ja! Einfach nur Neid. Deswegen wollten Jörg und ich nicht, dass jemand von unserem Privatleben erfährt.“

Steinhagen nickte. „Und Sie bezeugen weiterhin, dass Sie mit Herrn Puster an diesem Abend die ganze Zeit, also auch zwischen halb acht und elf Uhr, zusammen gewesen sind?", bohrte er nach.

Anneliese Körner schwieg einen Moment und starrte auf ihre roten, hochhackigen Schuhe.

„Ja, das bezeuge ich."

„Eine letzte Frage, Frau Körner. Kannten Sie den Mann, der sie beide damals im *Burgereck* angegriffen hat?"

Anneliese Körner schüttelte den Kopf. „Nein. Der hatte es auf Jörg abgesehen. Er erzählte etwas von einer Frau, die sich mit EHEC angesteckt hatte und daran gestorben war. Er meinte, Jörg wäre daran schuld. Der kannte Jörg bestimmt aus der Presse. Jeder, der Zeitung liest, weiß, dass Jörg mit EHEC arbeitet. Jeder weiß, dass er seine ganze Kraft einsetzt, um diese Seuche zu bekämpfen. Gerade jetzt wegen der Epidemie. Der Typ war einfach verrückt und ist auf ihn aufmerksam geworden. Ein Stalker, so etwas gibt es. Aber danach hatten wir keine Lust mehr, wieder ins *Burgereck* zu gehen."

„Würden Sie den Mann wiedererkennen?", fragte Marianne Buchholz.

„Sicher. Sein Gesicht werde ich nicht vergessen. In seinen Augen stand Hass. Er war groß und kräftig. Jörg hätte gegen ihn keine Chance gehabt. Zum Glück war da so ein Rausschmeißer, der den Stalker auf die Straße befördert hat. Als wir danach schließlich gegangen sind, hatten wir furchtbare Angst, dass der Kerl uns irgendwo auflauert."

Nachdem Anneliese Körner gegangen war, fingen beide zur gleichen Zeit an zu reden.

„Bitte, du zuerst", sagte Marianne Buchholz.

„Komische Geschichte mit diesem Überfall, findest du nicht?"

„Vor allem wieder der Bezug zu EHEC. Aber es deckt sich mit der Aussage der Kellnerin", meinte Steinhagens Kollegin.

„Alles in allem hattest du aber den richtigen Riecher! Chapeau, Frau Kollegin! Aber trotzdem glaube ich nicht, dass Anneliese Körner als Täterin etwas mit dem Tod von Frau Barnhelm zu tun hat."

„Wenn überhaupt, dann nur als Komplizin des Professors", sagte Marianne Buchholz.

„Genau, aber das kann er einfacher haben, seine Freundin auf einen besseren Posten zu hieven. Deswegen muss niemand sterben."

„Es sei denn ..."

„Ja?"

„Sybille Barnhelms Tod hängt irgendwie mit ihrer Arbeit im Institut zusammen."

„Das hatten wir doch schon. Außer, dass Frau Körner die Stelle der Chefassistentin eingenommen hat, hat doch keiner von den beiden ein Motiv. Ich bin nicht einmal sicher, ob Frau Körner jetzt mehr Gehalt bekommt. Wahrscheinlich will Puster seine Freundin nur in seiner Nähe haben. Schließlich ist er mindestens zwanzig Jahre älter als sie und jüngere Männer laufen im Institut genug herum."

„Macht ist erotisch", gab Marianne Buchholz zurück.

„Das habe ich auf unserer Dienststelle aber noch nicht bemerkt", sagte Steinhagen belustigt.

Marianne Buchholz musste laut lachen, der leitende Polizeidirektor Broder war sicherlich kein gutes Beispiel für diese These.

„Irgendwie habe ich den Eindruck, dass uns alle in diesem Fall etwas verschweigen. Alle, die wir bisher befragt haben, einschließlich der Frau Körner", sagte sie schließlich.

„Vielleicht ist es einfach das uns unbekannte Milieu", sagte ihr Kollege mit einem Anflug von Resignation. „Ich hatte bei diesem Fall von Anfang an ein schlechtes Gefühl. Ich habe noch nie Ermittlungen in einem wissenschaftlichen Institut durchgeführt. Diese Leute sind anders, als wir es kennen. Sie trauen sich gegenseitig nicht über den Weg, aber halten trotzdem zusammen. Wir kennen ihr Milieu nicht und daher verstehen wir auch ihre Motive nicht. Was wir brauchen, ist eine Person, die aussteigen möchte und auspackt."

„Also, du meinst, ähnlich wie bei extremistischen Organisationen?", fragte Marianne erstaunt.

„Ja", meinte Steinhagen nachdenklich, „irgendwie kann man das so sehen!"

**Boksee, 24. 5. 2011**

Nachdem der Hof von den Seuchenexperten durchkämmt worden war, bestand kein Anlass mehr Jan Heinrich weiter festzuhalten. Er wurde unter der Mitteilung, dass gegen ihn Anklage erhoben wird, vorläufig auf freien Fuß gesetzt. Er bekam die Auflage, die Visitenkarte als Beweismittel der Behörde zur Verfügung zu stellen.

Auf dem Hof *Keim und Sprosse* war die Stimmung auf dem Tiefpunkt, als Jan nach vier Tagen aus dem Polizeigewahrsam zurückkehrte. Die Hofgemeinschaft war kleiner geworden. Pauline und Richard mit ihren beiden Kindern hatten sich schon abgemeldet und saßen auf gepackten Koffern, um zukünftig auf einem Ökohof in Franken ihre neue Existenz zu begründen.

„Die Ratten verlassen das sinkende Schiff", kommentierte Jan das Geschehen.

„Das ist auch deine Schuld!", schrie Horst. „Hättest du diesen Typen vom Gesundheitsamt nicht angegriffen und dich nicht noch mit den Bullen gebolzt, dann wäre die ganze Sache anders geregelt worden."

„Das glaubst auch nur du!", brüllte Jan zurück. „Bitte! Ändern wir die Statuten und du wirst Geschäftsführer."

„Dazu ist es jetzt zu spät, wir sitzen alle in der Scheiße", sagte Günther und hielt Jan einen Brief vor die Nase. Der Umschlag war aufgerissen. „Ist heute früh per Einschreiben mit Zustellurkunde gekommen."

Jan nahm wortlos die drei gedruckten Seiten und las: „*Ergebnis der seuchenhygienischen Überprüfung des Hofes „Keim und Sprosse" durch das Gesundheitsamt der Landeshauptstadt Kiel.* "

„Seuchen! Wo diese Seuche wirklich hergekommen ist, habe ich den Bullen gesagt."

„Lies weiter", sagte Waltraud müde. „Es hat keinen Sinn, hier nur ständig rumzumotzen. Was ist eigentlich mit Clara, Jan?"

Jan vergrub sein Gesicht in den bedruckten DIN A4 Bogen, um nicht heulen zu müssen. Clara. Was war mit ihr? Die ganze Zeit hatte er nichts von ihr gehört, sich nicht um sie gekümmert. Er überflog die Zeilen.

*„... zwar wurden aus den in der Anlage gezogenen Stichproben keine EHEC nachgewiesen, jedoch entsprechen die Bedingungen der Sprossenproduktion nicht den lebensmittelrechtlichen Vorschriften ... hygienische Mängel, insbesondere bei der Reinigung und Sterilisation der Sprossenproduktionsanlage, ... unzureichende Möglichkeiten zur Händedesinfektion für die Beschäftigten ... das für die Sprossenkeimung verwendete Wasser entspricht nur bedingt lebensmittelrechtlichen Vorschriften ...*

*Für sämtliche, vom Hof ausgelieferte Ware, wurde eine Rückrufaktion veranlasst ... die Sicherstellung der Ware zum Zweck der Untersuchung auf EHEC muss gewährleistet sein ...*

*Bei zwei Beschäftigten des Hofes wurden EHEC-Infektionen festgestellt:*

*1) Marie Lehnert, verstorben am 15. 4. 2011 im Krankenhaus am Juliusberg in Folge einer EHEC-Infektion.*

*2) Clara Schmidt, zurzeit wegen einer akuten EHEC-Infektion in derselben Klinik.*

*In beiden Fällen wurden EHEC des Serotyps O104 nachgewiesen, identisch mit dem Erreger, der für die gegenwärtig grassierende Epidemie im norddeutschen Raum verantwortlich ist. Es besteht ein hinreichender Verdacht, dass der Hof „Keim und Sprosse" mit der EHEC-Epidemie in kausalem Zusammenhang steht ...*

*... die Produktion von Sprossen und Gemüse und das Inverkehrbringen ist bis auf Weiteres untersagt ...*

*... bis auf Weiteres wird für alle Mitarbeiter des Hofes ein Beschäftigungsverbot in der Lebensmittelproduktion und Vertrieb ausgesprochen ...*

*Zuwiderhandlungen haben strafrechtliche Konsequenzen zur Folge.*

*Im Auftrag, gez. Fiebig, Amtsleiter*

Jans Gedanken kreisten um ein Wort. Im Auftrag, stand unter diesem Brief. Die amtlich bezeugte Verantwortungslosigkeit. Sie handelten immer nur im Auftrag, als hätten sie selbst damit nichts zu tun, auch wenn es die größte Schweinerei war. In wessen Auftrag, also? Im Auftrag hatte sicherlich auch auf den Lieferscheinen für das Gas gestanden, mit dem sie in Auschwitz Millionen Menschen umgebracht hatten. Nur nicht selbst Verantwortung übernehmen. Jan hatte die anderen vergessen, die um ihn herum saßen und ihren Geschäftsführer erwartungsvoll ansahen.

Endlich ließ Jan seine Hände mit dem Schreiben sinken und schaute in die Runde.

„Und was jetzt?“

„Aus, vorbei, wir sind wirtschaftlich am Ende. Bis wir uns von diesem Schlag erholt haben, ist der Hof vollkommen ruiniert“, meinte Günther.

„Was die da schreiben, beweist gar nichts. Sie haben nichts in den Sprossen gefunden“, trotzte Jan.

„Na und? Ein Produktions- und Verkaufsverbot haben sie trotzdem erlassen!“

Plötzlich stürmten alle mit Fragen auf Jan ein.

„Was ist mit Clara?“

„Du hast uns nichts davon erzählt, dass sie wegen EHEC im Krankenhaus ist!“

„Hat Clara sich bei Marie angesteckt?“

„Und was ist, wenn die in den Sprossen doch noch EHEC finden?“

„Und diese Gurkengeschichte? Ist da noch was dran?“

„Du hättest gleich, als das mit Marie klar war, etwas Vernünftiges unternehmen sollen, anstatt auf ihren Freund loszugehen.“

Jan sprang wütend auf und machte einen Schritt auf den Stuhl zu, auf dem Horst saß.

„Du verteidigst diesen Harald noch. Das Schwein hat uns das alles eingebrockt. Du auch noch!“

„Schluss damit, du hast hier die längste Zeit den Oberaffen gespielt. Mit Schlägen löst man keine Probleme, wann begreifst du das endlich, Jan?“

Waltraud war aufgestanden und zwischen die beiden getreten.

Plötzlich geriet Jan in ein Kreuzverhör, von allen Seiten trommelten die Fragen auf ihn ein:

„Wieso hast du uns das alles verschwiegen?“

„Wie können wir dir als Geschäftsführer vertrauen, wenn du uns nicht vertraust?“

„Wir sind eine Gemeinschaft, das hast du wohl schon eine ganze Weile vergessen!“

Jan sank zurück auf seinen Stuhl, sackte in sich zusammen.

Nach einer Weile sagte er resigniert: „Jetzt habt ihr euren Sündenbock. Ich habe die Verantwortung. Wer gehen will, soll gehen. Wahrscheinlich kauft von uns sowieso niemand etwas mehr, selbst wenn sich später herausstellt, dass alles eine Lüge war.“

Jan stand auf. „So. Ich gehe jetzt nach oben und suche die Visitenkarte von diesem Schwein. Die Visitenkarte von dem Professor, die euer netter Harald hier so eifrig gesucht hat. Die ist nämlich ein amtliches Beweisstück. Zumindest sieht das die Polizei so. Langsam denke ich, die Bullen glauben mir eher, als ihr!“

Eine Weile herrschte Schweigen, nachdem Jan ins Haus gegangen war. Dann begann die Diskussion wieder von vorne. Am späten Abend, als alle nicht mehr konnten, hatte sich die Hofgemeinschaft gespalten. Von den ursprünglich neun Mitgliedern saßen nur noch Waltraud, Beate, Burghard und Horst am Tisch, die entschlossen waren, weiter auf dem Hof arbeiten zu wollen.

**Berlin, 24. 5. 2011**

„Erst spanische Gurken und jetzt plötzlich Keimsprossen?", rief Leo Schneider dem Mann zu, der am Dienstagmorgen vor seiner Labortür mehrere Styroporkisten abstellte.

„Öfter mal was Neues, Herr Doktor." Der Mann war mit seiner Arbeit fertig und hielt Leo Schneider die Hand zur Begrüßung hin. „Gestatten, Armin Gäbler, ich bin der Fahrer vom Gesundheitsamt in Kiel. Dürfen wir jetzt wieder Gurken essen?"

„Ach, hören Sie auf damit! Ich habe diese Geschichte mit den Gurken nie richtig glauben können!" Schneider musste wider Willen lachen, als er sich daran erinnerte, wie ihn Vogel wegen des Interviews gemaßregelt hatte. Nachdem sich herausgestellt hatte, dass die Gurken nicht für die Epidemie verantwortlich waren, behauptete Vogel, er hätte auch seine Zweifel gehabt. Aber man müsste im ILH mit einer Stimme sprechen, damit die Bürger wüssten, woran sie sich halten könnten.

„Wenn die Sache nicht so ernst wäre, könnte man es für eine Witzveranstaltung halten!", sagte Schneider dem Fahrer und schüttelte dessen dargebotene Hand.

„Diese Ware stammt von einem Hersteller und wurde auf Großmärkten in Hamburg und in Schleswig-Holstein beschlagnahmt", sagte Herr Gäbler, dessen Miene wieder ernst geworden war. „Hier ist das amtliche Dokument dazu, höchstrichterliche Anweisung! Bitte quittieren Sie hier, Herr Doktor." Er hielt Schneider ein eng beschriebenes Formular hin. „Und hier!" Ein zweites Formular folgte.

Nachdem Schneider unterschrieben hatte, gab Herr Gäbler ihm die Durchschrift. „Für Ihre Unterlagen und viel Erfolg, Herr Doktor!"

Nachdem Herr Gäbler gegangen war, besah Schneider sich den Inhalt der vier Kisten. Sie enthielten Dutzende kleine Schalenpackungen, die mit Zellophanfolie verschlossen waren. Alle enthielten Keimsprossenmischungen in Mengen von einhundertfünfzig Gramm. „Linsen", las Schneider, „Azukibohnen, Mungbohnen, Bockshornklee, Luzerne, Rettich."

Er dachte an seine Frau Louisa. Die züchtete oft selbst solche Sprossen aus Samenmischungen und die gab es dann als Beilage zu Salat. Louisa war seit einem Monat in Frankreich. Vielleicht war das ein Glück, sonst hätten sie sich womöglich auch an solchen Sprossen mit EHEC infiziert. Vielleicht aber auch nicht. Die Vinaigrette, die Louisa zum Salat bereitete, war gewöhnlich so scharf, dass selbst der robusteste EHEC den Angriff dieser Salatsoße nicht überlebt hätte. Er wollte Louisa anrufen und sie vor dem Verzehr von Sprossen warnen. Vielleicht gab es inzwischen auch schon EHEC-Fälle in Frankreich?

Die Labortür öffnete sich, Elisabeth hatte die laute Stimme von Herrn Gäbler gehört und sie starrte auf den neuen Berg von Kisten, der sich im Gang auftürmte.

„Neue Arbeit braucht das Land!" Schneider konnte sich die Bemerkung nicht verkneifen. „Diesmal sind es Sprossen. Die Untersuchungen an den Gurken sollen wir einstellen. Wenn man es sich genau überlegt, sind die Chancen größer, dass wir diesmal etwas finden."

Schneider dachte dabei an den bisher größten EHEC-Ausbruch, der 1996 in *Sakai*, einer Stadt in Japan, stattgefunden hatte. Damals waren vermutlich Rettichsprossen, die als Beilage zu Fertiggerichten gereicht wurden, Auslöser der Seuche gewesen. Wie die Rettichsprossen mit EHEC in Berührung gekommen waren, hatte man trotz aller Anstrengungen nie in Erfahrung bringen können. In Japan waren fast neuntausend Menschen erkrankt. Trotzdem gab es weniger Tote und viel weniger Fälle von HUS, als bei dem EHEC-Ausbruch, der jetzt in Norddeutschland grassierte. Möglicherweise hing das mit dem neuartigen EHEC-O104 Stamm zusammen. Der *Sakai* EHEC war ein klassischer Typ gewesen. EHEC-O157, den man bis vor Kurzem für die gefährlichste Variante dieses Krankheitserregers gehalten hatte. Inzwischen musste man diese Ansicht revidieren.

Der neuartige EHEC hatte inzwischen schon über zweitausend Menschen befallen. Davon waren dreißig bereits gestorben und über vierhundert lagen mit Nierenversagen in Krankenhäusern. Dieser Keim war wesentlich aggressiver, als alle EHEC, die man bisher kennengelernt hatte.

Die Bilder, die in den Nachrichten gezeigt wurden, ähnelten sich seit Wochen. Die Tatsache, dass das Personal in den Kliniken es immer noch schaffte, alle Patienten zu versorgen, war bewundernswert. Inzwischen gab es eine gut organisierte Unterstützung aus ganz Deutschland. Hilfsangebote kamen mittlerweile aus aller Welt. Wenn die Zahl der Erkrankungen noch weiter anstieg, müsste man die HUS-Patienten in Krankenhäuser in ganz Europa verteilen.

In normalen Zeiten traten innerhalb eines ganzen Jahres in Deutschland fünfzig bis achtzig Fälle von HUS auf. Jetzt, noch in der ersten Hälfte des Jahres 2011 waren es schon über vierhundert Fälle, die zu verzeichnen waren.

Wenn der Hersteller, von dem die vermutlich verseuchten Sprossen stammten, die einzige Quelle der Kontamination war, dann gab es Hoffnung auf ein baldiges Ende der Epidemie. Schneider hoffte, dass die Seuchenexperten diesmal richtig lagen. Falls nicht, dann war die Glaubwürdigkeit der zuständigen Behörden auf dem Nullpunkt angekommen und das würde nicht ohne gravierende politische Folgen bleiben.

Wenn es stimmte, dass EHEC-verseuchte Sprossen der Auslöser der Epidemie waren, was war dann mit Harald Pütz? Schneider überkam plötzlich eine Ahnung. Er eilte ins Labor und holte sich die Begleitscheine, die Herr Gäbler mit der Sprossenladung zugestellt hatte. Die Ware stammt nur von einem

Produzenten, hatte Herr Gäbler gesagt. Auf dem Begleitschein war der Produzent nicht mit Name und Adresse genannt. Datenschutz, aber Schneider brauchte sich doch nur die Aufkleber auf den Sprossenpackungen anzusehen. Er zog eine der Packungen aus der Styroporkiste. Auf der Zellophanfolie klebte ein kleiner Zettel mit der Aufschrift: *würzige Sprossenmischung, Hersteller: Ökohof Keim und Sprosse*. Schneider las die Postleitzahl, suchte die Adresse auf seinem Computer. Der Hof lag unweit von Kiel. Nicht einmal zwanzig Kilometer entfernt vom Exzellenzinstitut, wo Harald Pütz arbeitete. Zumindest bestand nun geografisch eine Verbindung zwischen Harald Pütz mit seinen EHEC-Stämmen und der vermuteten Quelle der Seuche.

Nun galt es nur noch herauszubekommen, ob Harald Pütz mit diesem Ökohof in irgendeiner Verbindung stand. Das würde vieles, vielleicht sogar alles erklären. Aber das war leichter gedacht als getan. Es war mehr als fraglich, ob Pütz für eine weitere Zusammenarbeit mit Schneider und für Auskünfte zur Verfügung stand. Schneider musste ein Mittel finden, um an diese Informationen heranzukommen.

**Kiel, 24. 5. 2011**

„Sie haben Glück, Herr Pütz, dass es zumindest eine Zeugin gibt, die Sie für den Tatzeitpunkt entlastet!" Harald hörte die Stimme des Kommissars wie aus der Ferne. Sie hatten ihn aufs Präsidium bestellt, zwei Stunden mit Fragen über seine Beziehung zu Sybille traktiert, ihn über Marko Brant, Anneliese Körner und Jörg Puster ausgequetscht. Was wusste er denn schon?

„Wollen Sie gar nicht wissen, wer Sie entlastet, Herr Pütz?", vernahm er wieder die Stimme des Kommissars.

Harald schreckte aus seinen Gedanken hoch. Er sah von seinem Stuhl zu dem Polizisten auf.

Steinhagen stand vor ihm und blickte ihn über den Rand seiner Brille hinweg an. Das Verhör hatte ihm keinen Spaß gemacht. Harald Pütz war mit großer Wahrscheinlichkeit nicht der Mörder vom Sybille Barnhelm. Allerdings schien Pütz eine ganze Menge vor ihm zu verbergen. Pütz wirkte irgendwie gebrochen, so als litt er unter Schuldgefühlen. Fühlte Harald Pütz sich verantwortlich dafür, dass Sybille Barnhelm sterben musste? Steinhagen war sich sicher, dass es indirekt mit dem Tod von Frau Barnhelm zu tun hatte.

„Frau Waldmann gibt an, Sie am Freitag, den 13. Mai, nach siebzehn Uhr nicht mehr im Institut gesehen zu haben. Sie ist Ihnen nachgegangen, weil Sie sich so merkwürdig verhalten haben. Frau Waldmann sagt, Sie hätten sich gewissermaßen aus dem Institut hinausgestohlen!"

„Wie? Meinen Sie Ines? Ines Waldmann?" Harald schwirrte der Kopf. Ausgerechnet Ines, von der er glaubte, dass sie ihn verachtete, vielleicht sogar hasste.

Der Kommissar nickte. „Ja. Haben Sie an der Aussage von Frau Waldmann etwas auszusetzen?"

„Nein, nein", schoss es aus Harald hinaus. „Ines Waldmann arbeitet im selben Labor wie ich, aber wir …"

„Sie verstehen sich nicht besonders", beendete Steinhagen seinen Satz. „Den Eindruck hatte ich auch, als ich mit Frau Waldmann sprach. Aber das macht ihre Aussage nicht unglaubwürdig, eher im Gegenteil. Außerdem haben wir Ihr Bild dem Inhaber des Kiosks gegenüber von Ihrem Institut gezeigt. Der bezeugt, dass Sie am Nachmittag kurz vor siebzehn Uhr bei ihm auftauchten, verwirrt erschienen und eine Flasche Wodka erstanden haben. Der Mann konnte sich gut an Sie erinnern, weil Sie nicht zu seinem, ihm hinlänglich bekannten, Kundenkreis gehören, Herr Pütz."

Harald schien trotz dieser Nachrichten nicht besonders erleichtert zu sein, fand Steinhagen.

„Natürlich können wir nicht ausschließen, dass Sie an diesem Tag zu einem späteren Zeitpunkt wieder ins Institut zurückgekehrt sind. Jemand behauptet, Sie am späten Abend dort noch bemerkt zu haben. "

„Marko Brant, oder? Das ist eine Lüge. Ich bin erst am nächsten Tag wieder ins Institut gegangen."

„Der Wodka, den Sie erstanden hatten. Gab es einen besonderen Grund dafür?"

Harald schüttelte den Kopf.

„Gibt es andere Hinweise, die zur Aufklärung des Todes von Frau Barnhelm beitragen, mit denen Sie uns vielleicht helfen könnten?"

„Nein, ich kann Ihnen weiter nichts dazu sagen."

Es klopfte und in der Tür stand Marianne Buchholz. „Lothar, kannst du bitte mal kurz kommen, es gibt da etwas Neues ..."

Steinhagen sah ihr an, dass es dringend war. Er hatte keine weiteren Fragen an Harald Pütz, aber er konnte ihn ja noch eine Weile in seinem Büro schmoren lassen. Vielleicht fiel Harald Pütz ja doch noch etwas ein, was er der Polizei mitteilen wollte.

**Boksee, 25. 5. 2011**

Als Jan aufwachte, war es bereits heller Tag. Er hatte eine unruhige Nacht hinter sich, in der er, immer wieder von Albträumen geplagt, manchmal aufgewacht war, ohne dass er die Kraft gehabt hatte, aufzustehen. Er erinnerte sich noch an Fetzen seines letzten Traumes. Er stand auf der Straße, es war Nacht und er wurde von Uniformierten bedroht, welche die grellen Lichter ihrer Taschenlampen auf ihn richteten, sodass er ihre Gesichter nicht sehen konnte.

Er richtete sich halb aus dem Bett hoch. Sein verschwitztes, zu lang gewordenes Haar hing ihm über sein Gesicht. Draußen schien die Sonne, vom geöffneten Fenster her hörte er Stimmen und Geräusche vom Hof. Er erhob sich, lugte hinaus und sah, wie Pauline und Richard einen Kastenwagen mit ihren Sachen beluden. Exodus. Exitus. Der Hof war zum Untergang verurteilt. Trotz des Krachs, den sie machten, vermisste er die sonst so typischen Geräusche der landwirtschaftlichen Maschinen. Produktionsverbot. Niemand arbeitete mehr. Jan empfand eine quälende Leere. Sicher hockten die anderen noch zusammen und beratschlagten, was zu tun sein. Kathi, die Tochter von Pauline und Richard fing an zu plärren. Dann hörte er die Stimme von Pauline, als sie auf das Kind einredete.

Jan ließ sich wieder auf das Bett fallen und die Vergangenheit in seinen Gedanken vorbeiziehen. Wie viele Hoffnungen hatten sie sich mit dem Hof gemacht. Gerade, bevor alles plötzlich zu Ende ging, schien es, als würde der Hof endlich genug abwerfen, um sie alle finanziell über die Runden zu bringen. Und jetzt? Nie hatte er sich von den anderen so ausgeschlossen gefühlt, wie gestern Abend, als keiner ihn zurückgehalten hatte, als er aufgestanden und gegangen war.

Das Telefon klingelte und erschreckte ihn im gleichen Moment. Er fuhr zu schnell hoch, ihm wurde schwindlig. Er überlegte kurz, ob er den Hörer abnehmen sollte, tat es aber doch, als er aus dem Erdgeschoss Schritte hörte. Er wollte nicht, dass jemand die Treppe hochkam, ihn so sah, wie er jetzt war. Er hielt den Hörer an sein Ohr und erschrak. Es war Clara.

„Jan, bist du es?“

Er wollte etwas sagen, brachte aber in diesem Moment nur ein Krächzen hervor. Clara erkannte ihn trotzdem.

„Jan, was sind denn das für Geschichten? Richard hat mich gestern spät angerufen, dass er mit seiner Familie auszieht. Warum hast du mir nichts von dieser ganzen Durchsuchung und alledem erzählt? Warum hast du es nicht wenigstens für nötig gehalten, mich anzurufen?“

Jan schwieg. Er wusste nicht, wie er ihr alles erklären sollte.

„Dann werde ich dir jetzt mal etwas sagen. Ich lasse mich schon längst behandeln, verstehst du? Ich will hier endlich raus und ich gebe auch nicht so einfach auf. Das Kind lasse ich trotzdem nicht abtreiben.“

Jan hustete, endlich war sein Hals frei, um sprechen zu können „Aber die Ärzte … die Ärzte haben doch gesagt, dass das Kind dann behindert sein wird“, keuchte er.

„Was die so sagen! Der eine so, der andere so. Ich nehme ihre Scheißtabletten, um hier endlich herauszukommen. Ich habe Vertrauen, dass unserem Kind nichts passieren wird. Verstehst du? Ich spüre das, eine Mutter spürt das!“

„Clara! Nun bleib doch mal auf dem Teppich. Lass mich doch mal erklären. Wir beide, du und ich, wir können beweisen, dass dieser Professor und sein Knecht Harald hinter allem stecken, wir können …“

„Jan, du hast gar nicht zugehört, worum es mir geht! Ich spreche von uns und unserem Kind. Aber du denkst nur an diese Geschichte und was du da sagst, glaubst auch nur du! Du hast dich darin verrannt und eigentlich ist es doch nur wegen Marie, weil du …!“

Jan unterbrach ihre Worte: „Clara, du spinnst doch. Das hat doch mit Marie nichts zu tun. Du warst nicht hier, als das alles passiert ist. Wir sind jetzt schon ruiniert und dann haben wir womöglich noch ein behindertes Kind! Wie stellst du dir denn das alles vor? Wie sollen wir denn das stemmen, das ist doch verantwortungslos! So kommen wir nie zurecht …"

Jetzt war es Clara, die ihn abwürgte. Ihre Stimme klang jetzt sehr sachlich, um nicht zu sagen kalt: „Mach dir darum keine Sorgen. Ich kann das auch ohne dich, Jan. Ich habe schon längst angefangen, das Antibiotikum zu nehmen. Ich frage dich nicht um Erlaubnis. In zwei Tagen bin ich hier raus. Ich hatte hier genug Zeit, über unsere Beziehung nachzudenken. Du hast kein Vertrauen zu uns, nicht einmal zu dir selbst. Du hast unsere Beziehung doch schon lange aufgegeben. Ich komme hier bald raus und kehre auf den Hof zurück. Ob du dann noch da bist, oder nicht, das ist deine Sache und hat mit meinem Entschluss nichts zu tun."

Clara war enttäuscht. Jans Worte zeigten nur, dass er immer noch nicht verstanden hatte, worum es ihr ging. Sie hatte einen Entschluss gefasst, Zeit dafür gehabt in den langen Stunden, die sie im Krankenzimmer auf der Isolierstation verbracht hatte. Sie hatte Zeit gehabt, dieses unselige Entweder-oder, vor das sie die Ärzte gestellt hatten, zu durchbrechen. Sowohl-als auch, war ihre Antwort. Sie war nicht mehr die harmoniesüchtige Clara, die alles immer ins Gleichgewicht bringen wollte.

Jan begann zu betteln. Den Tonfall kannte sie bereits, das machte er immer dann, wenn er sich auf die harte Tour nicht durchsetzen konnte: „Hör mal Clara, lass das doch. Du weißt ja gar nicht, was hier los ist. Die Bullen, die Behörden, die machen uns restlos fertig. Die Hofgemeinschaft existiert nicht mehr, die hauen alle ab. Bitte hör mir zu, wir müssen hier weg. Nur wir beide, wir hauen ab. Nach Südamerika, da fangen wir neu an. Mach doch jetzt nicht alles kaputt mit deinen Prinzipien!"

Sein Tonfall widerte sie an. Sie hatte genug: „Das ist mal wieder typisch. Du hast nichts kapiert. Wenn es nicht mehr so läuft, wie du es dir vorstellst, dann läuft bei dir gar nichts mehr. Jan, ich habe bereits mit den anderen von unserem Hof gesprochen. Es gibt Einige, die bleiben wollen und weitermachen, aber anders als vorher. Und ich werde dazugehören. Wenn du alles aufgeben willst, dann mach es doch! Aber hör endlich auf, mich und alle anderen wie deine Bediensteten zu behandeln."

Clara hatte aufgelegt. Jan sackte in sich zusammen und saß wieder auf dem Bett. Clara hatte ihn fallen lassen, wie alle anderen auch. Er lief durchs Zimmer und sah wieder aus dem Fenster zum Hof. Pauline und Richard hatten ihre beiden Kinder und Sachen im Auto verstaut und fuhren gerade los. Horst, Beate und Waltraud standen um das Auto herum und winkten und riefen ihnen freundliche Worte hinterher, als das Auto sich in Bewegung setzte. Jan drehte sich brüsk vom Fenster weg. Sollten sie doch alle zum Teufel gehen! Sie hatten schnell vergessen, was er jahrelang für den Hof getan hatte.

Jan sah auf die Uhr. Es war Zeit, aufzustehen. Das Einzige, was er heute noch zu tun hatte, war das Beweisstück auf die Polizeidirektion nach Kiel zu bringen. Er zog sich seine Jacke über, vergewisserte sich, dass er die Visitenkarte eingesteckt hatte, und machte sich auf den Weg.

Ein paar Stunden später verließ Jan mit eiligen Schritten und unter Flüchen das Kieler Polizeidezernat. Er stieß die Tür zur Straße mit einer Wucht auf, dass es krachte. Als der über die Zeitung gebeugte Beamte in der Pforte erschreckt hochschaute, war Jan bereits draußen und nicht mehr zu sehen.

Es war ihm vorgekommen, als hatte die Polizistin sich zusammenreißen müssen, um ihn nicht auszulachen, als er ihr die Visitenkarte des Professors als Beweisstück vorgelegt hatte.

„Und daraus, dass Herr Professor Puster einer Ihrer Mitarbeiterinnen seine Visitenkarte gegeben hat, wollen Sie ableiten, er hätte etwas mit dem EHEC-Ausbruch zu tun? Nur weil er mit EHEC arbeitet? Sonst haben Sie weiter keine Beweise? Herr Heinrich, finden Sie das nicht ein bisschen weit hergeholt? Das beweist doch gar nichts!"

Natürlich, er war ja nur ein einfacher Bauer. Was erdreistete sich so einer, bei der Polizei etwas gegen den ehrenwerten Professor Puster vorzubringen. Jan kochte innerlich, nachdem die Polizistin ihm das gesagt hatte, aber er wollte noch nicht aufgeben.

„Und sein Student? Dieser Harald Pütz? Der ist doch extra unter einem Vorwand zu uns auf den Hof gekommen, um genau diese Visitenkarte verschwinden zu lassen!" Jan hatte diese verstockte Frau fast angeschrien, denn es war sein letzter Trumpf gewesen.

Die Beamtin in ihrer knapp sitzenden Bluse lächelte spöttisch und sah ihn abschätzig an.

„Das behaupten Sie, Herr Heinrich. Seien Sie doch mal objektiv! Sie sagten doch, Herr Pütz wäre mit Ihrer Mitarbeiterin befreundet gewesen? Dann ist es doch normal, dass er nach ihrem tragischen Tod den Spuren der gemeinsamen Beziehung nachgeht! Irgendwie muss er die Geschichte doch verarbeiten."

Jan hatte darauf nichts weiter gesagt. Weitere Worte wären auch sinnlos gewesen. Für diese Frau war der Fall schon entschieden, bevor er mit der Visitenkarte hier aufgetaucht war. Den langen Weg in die Stadt hätte er sich sparen können.

Die Polizistin hatte trotzdem darauf bestanden, die Karte einzubehalten und ihn damit seines letzten Beweismittels beraubt. Aber was machte das jetzt noch? Clara würde ihn nicht unterstützen, das war die bittere Wahrheit und eine Zukunft mit ihr gab es nicht mehr. Alle machten sich über ihn lustig! Seine Eifersucht, sein Jähzorn. Er war der Depp und die anderen waren alle so abgeklärt. Bleib cool, Mann! Aber wenn es darum ging, für den Hof den Karren aus dem Dreck zu ziehen, dann war Jan ihnen gut genug gewesen. Und Marie? Die war ihm schließlich auch nur ausgewichen, als er sich bemühte, ihr seine Gefühle nahezubringen.

Er verließ die Wache, nachdem er das Protokoll unterschrieben hatte. Die Kommissarin hatte ihn darauf hingewiesen, dass er trotzdem mit einer Anklage wegen Widerstands gegen die Staatsgewalt rechnen müsste. Sie riet ihm, sich einen Anwalt zu besorgen. Als Jan aufstand und ging, blickte sie dem großen, blonden Mann hinterher, als wäre er ein Relikt aus einer anderen Welt. In seiner Unbeholfenheit tat er ihr beinahe leid. Aber das Gefühl der Erleichterung, diesen Fall abgeschlossen zu haben, überwog. Die Akte und die weiteren Schritte in diesem Fall lagen von nun an in den Händen der Staatsanwaltschaft.

**Boksee, 26. 5. 2011**

Jan erinnerte sich nicht mehr, was gestern Abend geschehen war, nachdem er die Polizeidirektion verlassen hatte. Er hatte einen völligen Blackout, was den Rest des Abends betraf. Er erinnerte sich noch daran, eine Kneipe in der Innenstadt aufgesucht zu haben. Irgendwann in der Nacht war er in einem Park aufgewacht mit einem riesigen Durst und noch größeren Kopfschmerzen. Nachdem er am Bahnhof etwas gegessen hatte, war er mit dem Bus zum Hof zurückgefahren.

Charly begrüßte ihn am Hoftor schwanzwedelnd und mit freudigem Gebell, als Jan über den staubigen Feldweg gelaufen kam. Anscheinend war keiner der anderen da. Er ging mit Charly zum Eingang des roten Backsteinhauses. Auf halbem Weg machte Charly plötzlich kehrt, bellte und rannte den Weg zurück. Jan sah ihm nach. Am Tor standen zwei Männer, sportlich angezogen, die ihm etwas zuriefen und nach ihm winkten. Charly sprang vor dem Zaun auf und ab und bellte. Jan ging mit schleppenden Schritten den Weg zum Tor zurück, das dumpfe Pochen in seinem Kopf verbot jede hastige Bewegung.

„Hallo!“, rief der eine, „wir sind vom *Kieler Tagesanzeiger*.“

Der zweite Mann hob eine Kamera und schoss Fotos. „Moin, moin. Können wir kurz hereinkommen?“ Er streckte Jan seine Hand über den Zaun entgegen, die dieser ignorierte.

„Was wollen Sie?“, fragte Jan, der spürte, wie seine Kopfschmerzen stärker wurden.

„Mit Ihnen reden, hier ist ja sonst keiner. Wir hatten es schon vorhin versucht. Dann haben wir Sie kommen sehen. Sind alle schon weg von hier? *Up up and away*.“ Der Journalist lachte. „Na ja, nach dieser Geschichte ist das ja auch kein Wunder!“

Er hatte seine Hand wieder zurückgezogen, als Jan nicht darauf reagierte.

„Welche Geschichte meinen Sie?“, fragte Jan.

„Na ja. Das wissen Sie doch selbst am besten! Sie arbeiten doch hier, oder nicht? Wir schreiben über die EHEC-Seuche und den Todes-Hof von Kiel.“

Jan machte einen letzten Schritt zum Tor und griff nach der Klinke. Er hatte nicht abgeschlossen und öffnete das Tor langsam.

„Todeshof? So nennen Sie uns in Ihrem Blatt?“ Er schaute die beiden der Reihe nach an.

„Putz sie weg, Charly“, sagte er nur.

Charly ließ sich das nicht zweimal sagen, schlüpfte durch die schmale Öffnung und stürmte auf die beiden Männer zu. Er grollte und nahm vor den Journalisten eine geduckte, drohende Haltung an.

„Verschwinden Sie, ehe ich es mir anders überlege. Das ist Hausfriedensbruch!“, brüllte Jan.

Die Journalisten gingen langsam rückwärts und ließen den grollenden Hund nicht aus den Augen.

„Ich erkenne Sie. Sie müssen der Geschäftsführer sein“, rief der mit der Kamera, „der Mann, der sich mit der Polizei angelegt hat! Darf ich Sie etwas fragen?“

„Haut ab, Ihr Schweine!“, brüllte Jan und stürmte auf die Journalisten zu. Die rannten jetzt, ein paar Meter entfernt stand ihr Auto, ein dunkelblauer Kombi. Charly erwischte den mit der Kamera an der Wade, als er die Wagentür öffnete. Der Mann heulte auf, schleuderte seine Kamera am Gurt in Richtung des Hundes und riss sich von ihm los. „Das wird Sie teuer zu stehen kommen!“

„Das macht jetzt auch nichts mehr“, sagte Jan leise zu sich selbst, während die beiden mit aufheulendem Motor in einer Staubwolke in Richtung der Landstraße verschwanden. Charly rannte noch einige Meter hinter dem Auto her und kam dann staubbedeckt und schwanzwedelnd zu Jan zurück. Jan streichelte ihn mechanisch über den Kopf.

„Alle weg, was Charly? Nur wir beide sind noch hier und keiner hat dir was zu futtern hingestellt, möchte ich mal wetten.“

Als sie zurückgingen, fiel Jans Blick auf den Briefkasten am Hoftor. Nicht einmal die Post hatten sie herausgenommen, bevor sie gegangen waren. Drei Briefe, daneben Werbung, die er gleich in die Blechtonne warf, die neben dem Tor stand.

Zwei Briefe waren an ihn adressiert. Kanzlei Schubert und Partner stand auf dem einen, Sozietät Kleine, Richard und Kaminsky, auf dem anderen. Im Haus angekommen, ließ Jan sich in der Küche auf einen Stuhl fallen. Charly tänzelte um ihn herum, wartete darauf, dass er ihm den Futternapf füllte. Jan nahm die Tüte mit den Hundekuchen und schüttete sie unachtsam in die Aluminiumschüssel. Die Hälfte davon fiel daneben, während er den ersten der beiden Briefe aufmachte. Es waren drei Seiten, eng beschrieben. Gleich zu Anfang wurde klar, worum es ging:

*… zeigen wir Ihnen an, dass wir unsere Mandanten Eheleute Henriette und Robert Greiner vertreten … EHEC-Infektion durch Verzehr der von Ihnen hergestellten Lebensmittel. Die Schadenersatzforderung und den Anspruch auf Schmerzensgeld von 100.000 € wegen …*

*Widrigenfalls werden wir gegen Sie, als verantwortlichen Geschäftsführer, Zivilklage erheben.*

Den anderen Brief machte Jan nicht mehr auf. Der Inhalt unterschied sich sicherlich nicht von dem Schreiben, das auf seinen Knien lag. Eine Haftpflichtversicherung gegen Schadenersatzansprüche hatte die Hofgemeinschaft nicht. Niemand hatte jemals an so ein Ereignis gedacht und Jan fragte sich, ob eine Versicherung überhaupt gezahlt hätte. Charly hatte seinen

Napf leergefressen, blickte ihn aus seinen dunklen Augen an und wedelte erwartungsvoll mit dem Schwanz.

Jan saß auf dem Stuhl, der Brief war ihm aus der Hand geglitten und lag neben dem zerrissenen Umschlag auf dem Boden. Er stützte seine Unterarme auf die Knie, hielt seinen immer noch schmerzenden Kopf in den Händen und wiegte sich leicht hin und her. Charly legte ihm seinen Kopf auf die Knie. Nichts sehen, nichts hören, nicht sprechen. So saß Jan da, rührte sich nicht, bis Charly, des Wartens überdrüssig geworden, ins Freie rannte, um sich eine andere Abwechslung zu suchen.

Die ungewohnte Stille auf dem Hof klang Jan so laut wie eine Totenglocke zur Ankündigung seines Untergangs. Selbst die Vögel hatten plötzlich aufgehört zu zwitschern. *Todeshof* hatte der Journalist gesagt. Es war alles so gekommen, wie er Clara vorhergesagt hatte, nur viel schneller, als er gedacht hatte.

**Kiel, 27. 5. 2011**

Im Exzellenzinstitut war der Teufel los. Berge von angebrochenen Lebensmittelpackungen, die alle auf EHEC untersucht werden sollten, türmten sich auf den Tischen. Nachdem er erfahren hatte, das Sprossen als Auslöser der Epidemie galten, hatte Jörg Puster sich beim Kieler Gesundheitsamt gemeldet. Er hatte angeboten, dass sein Labor alle noch vorhandenen Sprossenpackungen aus den Haushalten der Patienten auf EHEC untersuchen würde. Kostenlos, einfach als Beitrag zur Eindämmung dieser schrecklichen Seuche, hatte er Amtsleiter Fiebig versichert.

Jochen Fiebig hatte dazu nicht Nein gesagt. Im Gegenteil, er war es doch gewesen, der nach dem anonymen Hinweis die amtliche Durchsuchung des Hofes *Keim und Sprosse* veranlasst hatte. Hunderte von Proben hatte man gezogen, die restliche und bereits ausgelieferte Ware sichergestellt und doch war man bisher in keinem Fall fündig geworden.

Die hygienischen Zustände auf dem Hof waren unzureichend, aber unter normalen Bedingungen hätte das nicht ausgereicht, die Produktion sofort stillzulegen und sämtliche Ware zurückzurufen. Aber es war Gefahr im Verzug und auf dem Hof hatte es EHEC-Infektionen gegeben. Amtsleiter Fiebig suchte nach weiteren Beweisen, die seine Hauruckaktion gegen den Bauernhof rechtfertigen sollten. Eine oder mehrere EHEC-verseuchte Sprossenpackungen aus den Haushalten der EHEC-Patienten wären dafür genau das Richtige gewesen. Zu dumm, dass sie am Anfang sich nur auf Gurken, Tomaten und Salat konzentriert hatten, aber die Epidemiologen waren sich ja ihrer Sache so sicher gewesen! Und dann war es alles nur Schall und Rauch und die angeblich so sicheren Statistiken der Gesundheitsexperten hatten sich im Chaos eines Daten-GAUs aufgelöst.

Fiebig kam eine Idee. Was wäre, wenn nur eine bestimmte Charge aus der Sprossenproduktion des Ökohofes mit EHEC verseucht gewesen war und die Epidemie ausgelöst hatte? Dann brachte es nichts, die später produzierten

Keimsprossen im ILH untersuchen zu lassen. Vom ILH waren bisher dazu auch nur negative Befunde gekommen, genau wie vorher bei den Gurken. Wenn das ILH nichts in den Sprossen fand, dann würde ihn früher oder später die gleiche Kritik, die Seiboldt nach der Gurkengeschichte getroffen hatte, einholen. Schadenersatzforderungen gegen seine Behörde würden nicht ausbleiben, möglicherweise kämen dienstrechtliche Konsequenzen hinzu.

Außerdem schien der Geschäftsführer des Hofes, den die Polizisten zum Glück rechtzeitig in Gewahrsam genommen hatten, vor Gewalt nicht zurückzuschrecken. Der Gedanke, diesem Grobian eines Tages ohne Polizeieskorte gegenüberzustehen, löste bei Jochen Fiebig einen leichten Schweißausbruch aus. Er zwang sich zur Ruhe, indem er seine beiden Hände vor sich flach auf den Tisch presste.

„Fiebig", sagte er laut, wobei er mit seinem Zeigefinger auf die Schreibtischplatte klopfte. „Die Sprossenreste aus den Haushalten der EHEC-Patienten, von denen die Leute tatsächlich gegessen hatten, sind vor allem wichtig!"

Professor Puster und sein Team würden alles Material bekommen, das er nur organisieren konnte. Zwar beschränkte sich Fiebigs Einflussbereich nur auf den Raum Kiel und dort gab es nicht sehr viele EHEC-Fälle. Aber durch seinen guten Kontakt zu Lars Friedrichsen, dem Leiter der obersten Gesundheitsbehörde in Schleswig-Holstein, hatte Fiebig auch Zugriff auf Lebensmittelproben aus dem Raum Brunsbüttel. Dort waren die ersten Fälle aufgetreten.

Der Ordnung halber hätte Seiboldt diese Proben untersuchen müssen, aber dessen Labor wäre damit überfordert gewesen. Friedrichsen war über Fiebigs Vorschlag, die Proben zur Untersuchung in Professor Pusters Labor zu schicken, sehr erfreut. Er versprach, sich um die Abwicklung des Probentransportes in Professor Pusters Labor zu kümmern. Nach seinem ersten Gespräch mit Jörg Puster war Fiebig sehr beeindruckt. Dieser Professor schien enorme Laborkapazitäten zu haben.

„Unsere gesamte Arbeitsgruppe wird auf die Sprossenanalyse angesetzt! Je mehr Sie uns an Untersuchungsmaterial beschaffen können, desto größer die Chance, dass wir auch den EHEC finden!", hatte Puster gesagt.

**Berlin, 28. 5. 2011**

Vier Tage waren vorbei, nachdem Armin Gäbler, der Fahrer von der Kieler Gesundheitsbehörde, die Kisten mit den beschlagnahmten Sprossenpackungen im ILH abgeliefert hatte. In dieser Zeit hatten Leo Schneider und sein personell verstärktes Team schon drei Viertel der über vierhundert Proben bearbeitet. Die Untersuchung einer so großen Probenmenge war möglich, da Hilfskräfte aus anderen Abteilungen des ILH für die Sprossenuntersuchungen abgeordnet worden waren. Eine *Task-Force* hatte Vogel das genannt. Nun arbeiteten etwa zwanzig Leute daran, aus den Sprossen EHEC zu isolieren.

Vogel hatte darauf bestanden, dass nur die vom Exzellenzinstitut in Kiel veröffentlichte Methode für die Untersuchungen verwendet werden sollte. Er untersagte Schneider, seine eigenen Methoden einzusetzen. Vogel begründete das mit der Abstimmung zwischen den verschiedenen Untersuchungseinrichtungen. Aber eigentlich ging es ihm darum, keine eigene Verantwortung für Fehler bei den Untersuchungen übernehmen zu müssen. Wenn alle die Goldstandardmethode aus dem Exzellenzinstitut verwendeten, lag man auf der sicheren Seite, selbst wenn diese Methode sich als ungeeignet herausstellen sollte. Hauptsache, es bestand Konsens. Für Planungsfehler haftete niemand persönlich. Darum ging es Vogel und damit war Schneider, obwohl er die Untersuchungen leitete, so eng angebunden, dass ihm kein Raum für eigene Initiativen blieb.

Aber auch mit der abgestimmten Methode erbrachten die EHEC-Untersuchungen an den Sprossen nur negative Ergebnisse. Das Gleiche hörte man aus den Untersuchungsämtern der Bundesländer. Einerseits war Schneider froh, denn man konnte ihm nicht vorwerfen, die Untersuchungen durch seine Sonderwege verpatzt zu haben. Aber mit der Menge der inzwischen als EHEC-negativ getesteten Sprossenproben wuchs der Druck auf alle Beteiligten, endlich den Seuchenerreger zu finden. Auch Schneider wäre froh gewesen, wenn man der Ursache des Ausbruchs endlich auf die Schliche gekommen wäre. Knapp einhundertsechzig Sprossenpackungen standen noch zur Untersuchung aus. Zu Beginn der nächsten Woche würden sie mit allen Proben durch sein. Wenn sie am Ende in keiner der Proben EHEC nachweisen konnten, was dann?

Mit diesen Sorgen war Schneider ins Wochenende gegangen, das seit geraumer Zeit nur noch aus einem freien Sonntag bestand. Im ILH waren Samstagsarbeit und Urlaubssperre angeordnet worden. Die Institutsleitung hatte den Krisenfall ausgerufen, um diese und andere Maßnahmen zu rechtfertigen. Vogel schien davon ausgenommen zu sein. Die Krise hinderte ihn nicht daran, an dem besagten Wochenende eine viertägige Städtereise nach Wien zu unternehmen. Zum Glück hing der Fortgang der Untersuchungen nicht von der Anwesenheit Vogels ab. Erst, wenn jemand Urlaub hatte oder krank wurde, merkte man, ob diese Person wirklich für die Arbeit gebraucht wurde, oder nicht.

Louisa befand sich immer noch in Arles, die EHEC-Krise schien dort noch weit entfernt und ein deutsches Problem zu sein. Leo vermisste sie, aber andererseits war er froh, dass sie seine gedrückte Stimmung, in der er sich seit Wochen befand, nicht hautnah miterleben musste. Nachdem er mit ihr telefoniert hatte, schaltete er beim Frühstück das Radio an. In den Elf-Uhr-Nachrichten berichteten sie zuerst über das Scheitern von irgendeiner Konferenz in irgendeiner Stadt, die er nicht einmal vom Namen her kannte.

Dann war Leo Schneider plötzlich hellwach. Es ging um die EHEC-Krise. Die sonore Stimme des Sprechers berichtete, den Forschern am Exzellenzinstitut in Kiel sei der Nachweis des EHEC-Epidemieerregers aus verdächtigen Keimsprossen gelungen. Nach einer jüngsten Schätzung des RPI schien die Zahl der EHEC-Neuerkrankungen aktuell weniger anzusteigen, als in den Wochen davor. Die Experten führten diesen Trend darauf zurück, dass mit den Keimsprossen die tatsächlich verseuchten Lebensmittel vom Markt genommen worden waren. Ein Gesundheitsexperte aus Hanau drückte seine Hoffnung aus, dass man der Ursache der Seuche endlich auf die Schliche gekommen sei. Es sei mit einem baldigen Ende der Epidemie zu rechnen.

Mit Schneiders sonntäglicher Frühstücksruhe war es vorbei. Es hielt ihn nichts mehr auf dem Stuhl und er tigerte in der Küche auf und ab. Die Nachrichten erzeugten in ihm zwiespältige Gefühle. Einerseits war er froh, dass endlich Hoffnung auf ein Ende der Seuche bestand und andererseits besorgt, weil die Untersuchungen der Sprossen am ILH immer noch keinen EHEC-Befund ergeben hatten.

**Kiel, 29. 5. 2011**

Clara war gerührt. Ihr kamen die Tränen, als um die Mittagszeit die noch verbliebene Hofgemeinschaft im Krankenhaus auftauchte, um sie mit Blumen und guten Wünschen für ihre Schwangerschaft und baldige Entlassung zu beglückwünschen. Nachdem sie mit der Antibiotikatherapie begonnen hatte, durfte sie die Isolierstation gegen ein normales Krankenzimmer tauschen und konnte wieder Besuch empfangen. Ihre Stuhlprobe vom Vortag war EHEC-negativ und der Arzt meinte, ihrer morgigen Entlassung stünde nichts mehr im Weg.

Jan, der alle anderen um einen Kopf überragt hätte, war nicht zu sehen. Clara war darüber enttäuscht, sie hätte sich doch gefreut, wenn er mit den anderen gekommen wäre. Das letzte Gespräch mit ihm hatte sie zugleich ratlos und wütend gemacht. Auf eine Art hing sie noch an ihm, gerade weil er so ein Sturkopf sein konnte. Aber in der letzten Zeit hatte sich seine Sturheit immer mehr zu einer Manie entwickelt, die keine anderen Gefühle mehr zuließ. Dann war da noch die Sache mit Marie, Jan wollte nicht einmal zugeben, dass er in sie verliebt gewesen war. Ihre größte Enttäuschung war, dass ihm ihr gemeinsames Baby ziemlich egal zu sein schien.

Von der Hofgemeinschaft fehlten außerdem Richard, Pauline und ihre beiden Kinder. Die Familie hatte sich schon am Mittwoch am Telefon von Clara verabschiedet und war bereits auf ihrem neuen Hof in der Nähe von Bamberg. Günther, ein alter Freund von Jan und Gründungsmitglied der Hofgemeinschaft, war auch nicht gekommen. Er hatte den anderen, kurz bevor sie gefahren waren, mitgeteilt, er werde den Hof verlassen. Er wollte etwas völlig Neues beginnen.

„Ist Jan noch auf dem Hof geblieben?“, fragte Clara, nachdem sich alle begrüßt und eine Weile über alles Mögliche gesprochen hatten.

Inzwischen waren sie aus dem engen Krankenzimmer in den Garten des Krankenhauses gewandert und Clara war froh darüber, sich endlich wieder frische Luft um die Nase wehen zu lassen.

„Also, ich habe Jan das letzte Mal am Freitag gesehen", sagte Waltraud.

„Ja, aber am Dienstagabend hatten wir das letzte Mal mit ihm zusammengesessen und uns gestritten", sagte Horst. „Er hat nicht verstanden, warum wir die Typen vom Gesundheitsamt nicht in einer gemeinsamen Aktion vom Hof geworfen haben. "

Clara machte ein resigniertes Gesicht. „Er ist wie besessen davon, dass Harald und der Professor hinter der Geschichte stecken."

„Jan war an dem Abend sauer auf uns. Am nächsten Tag habe ich gemerkt, dass er schon losgezogen war", meinte Beate.

„Er wollte zur Polizei, wegen der Durchsuchungsaktion. Er sagte, er könnte beweisen, dass dieser Professor dahintersteckt und dass die Polizei ihm mehr glauben würde, als wir. Du kennst das ja, Clara."

„Das bringt uns gar nichts", sagte Burghard.

„Wir müssen den Hof völlig neu aufbauen, mit Keimsprossen können wir nicht mehr weitermachen. Vielleicht sollten wir auf biologisch dynamische Landwirtschaft mit Tieren und Feldfrüchten umstellen? "

„Also, ich will auf jeden Fall weitermachen", sagte Clara. „Und wenn wir zusammenhalten, dann können wir das auch schaffen. Bisher haben die doch nichts gefunden. Die haben nichts in der Hand, was uns richtig belastet, oder?"

„Na ja, vielleicht doch. Ich habe heute früh in den Nachrichten gehört, dass die am Exzellenzinstitut in Kiel in Sprossen, die von unserem Hof sein sollen, EHEC gefunden haben", sagte Beate.

Diese Worte wirkten wie ein Schock und für einen Moment waren alle still.

Clara fasste sich als Erste. „Selbst wenn das stimmen sollte", sie überlegte und verzog ihre Stirn in Denkfalten. „Dann muss es ja nicht heißen, dass wir es waren, die die Sprossen mit EHEC verseucht haben. Vielleicht waren in den Samen, aus denen wir die Sprossen gekeimt haben, schon EHEC-Bakterien? "

„Aber wie erklärst du dann Maries und deine Infektion?"

„Na ja, wenn die Samen mit EHEC verseucht waren und wir die daraus gezüchteten Sprossen essen, dann werden wir auch davon krank. Das ist doch logisch!", entgegnete Clara.

„Müssten wir dann nicht alle krank sein?", fragte Burghard.

Darauf wusste niemand eine Antwort.

„Vielleicht hängt es davon ab, wie viel man davon gegessen hat?", meinte Waltraud nach einer Weile. „Auf jeden Fall müssen die vom Exzellenzinstitut auch die Samen untersuchen, wenn die so etwas behaupten. Sonst beweist es gar nichts, dass die EHEC in den Sprossen gefunden haben."

„Die Samen kaufen wir doch von einem Großhändler. Weiß einer von euch, wo die herstammen?", fragte Horst.

Sie sahen sich gegenseitig an, aber keiner konnte etwas dazu sagen, außer, dass es sich um biologisch hergestellte Ware handelte.

„Ich kümmere mich morgen um diese Geschichte. Ich habe ja mehr Zeit zum Ausruhen gehabt als ihr!", versprach Clara.

„Und dein Baby?"

„Dem Baby geht's prima, da mache ich mir auch keine Sorgen."

„Ich hol dich morgen ab", sagte Beate. Alle waren sichtlich ermutigt, wie Clara entschlossen war, die Probleme anzugehen.

„Unsere neue Geschäftsführerin", flüsterte Waltraud Beate ins Ohr, als sie das Krankenhaus verließen.

**Havighorst bei Kiel, 29. 5. 2011**

Marianne Buchholz und Lothar Steinhagen erreichten ihren Einsatzort erst, nachdem sie sich im Netz der von der vom Havighorster Weg abgehenden Feldwege zweimal verfahren hatten. Ein Navi half hier im Wald nur noch bedingt. Das Fahrzeug stand in einer Lichtung, einige Meter abseits von einem mit Kies und Steinen notdürftig befestigten Feldweg. Es war von einem Jogger, der dort seine Runde drehte, entdeckt worden. Ein weißer PKW, schon in die Jahre gekommen, ansonsten unauffällig. Dem Frühsportler war es merkwürdig erschienen, dass in dem Auto eine Person saß, die vorne über das Steuer gebeugt, tief zu schlafen schien. Als er nach einer Stunde wieder vorbeikam, hatte sich an diesem Bild nichts geändert. Auf das Klopfen an der Seitenscheibe reagierte der Insasse nicht und nach zweimaligem Versuch hatte Jürgen Ewermann sein Smartphone aus der Tasche genommen und die Polizei benachrichtigt.

Die nach einer halben Stunde eingetroffene Funkstreife kam ebenfalls nicht weiter bei den Versuchen, den Mann durch energisches Klopfen und lauten Rufen zu wecken. Selbst das Martinshorn hatte man erschallen lassen, jedoch ohne sichtbaren Erfolg.

Das Auto war von innen verriegelt, weiter war nichts Auffälliges zu bemerken. Bis auf die Tatsache, dass der Insasse, nachdem ein herbeigerufener Techniker die Seitentür geöffnet hatte, vom Notarzt für tot erklärt wurde. Der Todeszeitpunkt lag nach der ersten Inaugenscheinnahme mindestens sechs Stunden vor dem Zeitpunkt des Auffindens der Leiche.

„Das heißt, unser Mann ist gegen ein bis zwei Uhr nachts in diesem Auto umgekommen?", fragte Kommissarin Buchholz nach.

„Richtig und aller Wahrscheinlichkeit nach erstickt. Sei es im Auto oder woanders. Allerdings sehe ich keine erkennbaren Anzeichen äußerlicher Gewalt", meinte der Arzt.

„Das braucht es auch nicht", meinte der Polizeitechniker, nachdem er die Rücksitzbank angehoben hatte und in den Fahrgastraum gekrochen war.

"Die Abgase wurden nach innen geleitet. Hier! Sehen Sie." Er zeigte auf einer Öffnung hinter dem Sitz, aus der ein Schlauch herauslugte. „Der Tank ist leer. Der Motor muss ein paar Stunden gelaufen sein, bis er dann durch Benzinmangel von selbst ausgegangen ist."

„Aber da war unser Mann schon tot?", kam die rhetorische Frage der Kommissarin.

„Die rosigen Schleimhäute sprechen für eine Vergiftung durch Kohlenmonoxid, aber Genaueres bringt die Obduktion“, meinte der Arzt.

„Irgendwelche Hinweise, wer der Mann sein könnte?“, fragte Steinhagen die beiden Polizisten, die vor ihnen am Einsatzort angekommen waren.

„Nein. Kein Ausweis, keine Fahrzeugpapiere und auch sonst nichts!“

„Wo sind denn die Kennzeichen?“, fragte Marianne Buchholz verwundert, während sie um den Wagen herumging.

„Das ist merkwürdig, beide Kennzeichen fehlen. Auch deswegen haben wir gleich daran gedacht, das Morddezernat zu informieren“, sagte einer der Streifenpolizisten.

Marianne Buchholz rief in der Zentrale an, um etwaige Vermisstenmeldungen mit dem aufgefundenen Toten abzugleichen. Es gab keine, die auf den Toten passte. Es gab auch keine Diebstahlmeldung, die auf einen weißen, circa zehn Jahre alten VW Polo hinwies.

Nachdem die Spurensicherung eingetroffen war, fuhren Marianne Buchholz und Lothar Steinhagen ins Dezernat zurück. Bis die Identität des Mannes und die Herkunft des Fahrzeugs geklärt waren, gab es nichts weiter zu tun. Es war gegen Mittag, als sie im Dezernat ankamen.

„Gibt's was Neues im Fall Sybille Barnhelm?“, fragte Steinhagen, der ein paar Tage verreist gewesen war, seine Kollegin.

„Na ja, ich habe Professor Puster mit der Aussage seiner Assistentin Anneliese Körner konfrontiert!“

„Und?“

„Er hat zuerst um den heißen Brei herumgeredet, dann gesagt, er könnte sich nicht mehr so genau erinnern. Zum Schluss meinte er dann, es könnte stimmen, was Frau Körner gesagt hat. Er hätte die Nacht mit ihr verbracht und beide wären zum Zeitpunkt des Todes von Frau Barnhelm nicht im Institut gewesen.“

„Also hat er die Aussage von Frau Körner bestätigt?“

„Na, mehr weil er es musste. Er spielt die Beziehung mit ihr herunter, meint, so etwas müsste man nicht an die große Glocke hängen. Auf jeden Fall hatte der so einen Hals, als er das Protokoll unterschreiben musste und er ist ziemlich geladen hier herausmarschiert!“

„Vielleicht ist es ihm peinlich, zu seinen Affären zu stehen. Vielleicht ist so etwas in seinen gesellschaftlichen Kreisen schlecht angesehen. Wie gesagt, wir kennen das Milieu nicht, in dem diese Leute sich bewegen, Marianne. Sie sind nicht so leicht in ihren Handlungen einzuschätzen und im Fall Barnhelm sind wir keinen Schritt weitergekommen.“

Marianne Buchholz nickte und machte ein nachdenkliches Gesicht. Dann lächelte sie plötzlich und stand auf. „Komm Lothar, ich habe Hunger, mir knurrt der Magen. Lass uns bei Toni eine Pizza essen gehen, vielleicht bekommen wir in einem sizilianischen Ambiente neue Eingebungen zu unserem Fall.“

„Du meinst, zu unseren zwei Fällen?“ Lothar Steinhagen grinste und half seiner Kollegin in ihre Jacke.

**Kiel, 30. 5. 2011**

Es war ein strahlend blauer Montagmorgen. Jörg Puster hatte seine gesamte Arbeitsgruppe zusammengerufen. Harald stand in einer Gruppe von Studenten und technischen Assistentinnen und war überrascht, dass Marko anwesend war und nicht, wie sonst, durch demonstrative Abwesenheit glänzte. Marko stand zusammen mit Alexander und Jörg vor der versammelten Arbeitsgruppe. So, als sollte die gemeinsame Aufstellung der drei Wissenschaftler die Botschaft vermitteln, dass ab jetzt alle nur noch an einem Strang zögen.

Haralds und Markos Blicke trafen sich für einen Moment. Marko verzog seinen Mund zu einer verächtlichen Grimasse, als er bemerkte, dass Harald ihn ansah. Markos Körperhaltung wirkte verändert. Er hatte nichts mehr von dem Ausdruck eines geprügelten Hundes und schien aufrechter zu wirken, als sonst. Harald sollte bald merken, was dahinterstand.

Als alle eingetroffen waren, begann Jörg zu reden. Er beschwor den Teamgeist, alle müssten jetzt an einem Strang ziehen. Es ging in erster Linie darum, die EHEC-Seuche in den Griff zu bekommen. Dann kam er auf die Untersuchung der Sprossen zu sprechen. Alle müssten ihre laufenden Arbeiten für die nächste Zeit einstellen und sich nur noch der Untersuchung der Sprossen widmen. Solange, bis alles Material abgearbeitet war.

Was Jörg dann sagte, gab Haralds Vermutung über Markos gewachsenen Einfluss in der Gruppe recht. Für die Untersuchung der Keimsprossen sollten zwei Methoden verwendet werden. Eine davon stammte von Alexander, es war der Goldstandard, der bereits überall angewendet wurde. Die andere Methode hatte Marko neu entwickelt. Mit dieser Methode hatte er am Wochenende bereits aus einer Sprossenprobe DNA-Spuren des EHEC-O104 nachgewiesen. Eine Sprossenprobe, bei der Alexanders Methode nicht angeschlagen hatte. Möglicherweise war Markos Verfahren empfindlicher, als das von Alexander. Allerdings fehlte dazu noch die Bestätigung in der Praxis.

Nachdem Jörg das vorgetragen hatte, übergab er Marko das Wort, der die Grundprinzipien seiner Entwicklung vorstellte. An dem gelegentlichen Kopfnicken von Jörg zu Markos Ausführungen konnte die Gruppe ablesen, welche Position Marko quasi über Nacht gewonnen hatte.

Danach wurde die versammelte Mannschaft in Kleingruppen aufgeteilt, die jeweils unter Anleitung von Alexander oder Marko arbeiten sollten. Jörg koordinierte den Ablauf der Untersuchungen, damit alle Proben möglichst schnell abgearbeitet wurden. Die Ergebnisse sollten spätesten vierundzwanzig Stunden nach Beginn der Probenaufbereitung vorliegen.

Harald war überrascht, dass Anneliese Körner einer Gruppe zugeteilt war, die von Marko angeleitet wurde. Nach ihrem Gesichtsausdruck schien Anneliese davon nicht sehr begeistert zu sein. Harald fiel ein Stein vom Herzen, als er zusammen mit Ines und Ingrid, einer Assistentin, Alexander zugeteilt wurde.

**Berlin, 30. 5. 2011**

Am Montag fand sich Leo Schneider an gewohnter Stelle im Labor wieder. Fast alle aus der EHEC-Task Force am ILH hatten die Nachrichten am Sonntagabend im Fernsehen verfolgt. Schneider war mit einem Freund unterwegs gewesen und hatte nichts davon mitbekommen. Johanna erzählte, man hätte Professor Puster und sein Team in ihrem Labor in Kiel gefilmt. Einer von Pusters Wissenschaftlern hatte eine revolutionäre Methode entwickelt, mit der noch Spuren von EHEC in den Sprossen nachgewiesen werden konnten. Damit war Pusters Team fündig geworden und sie hatten EHEC des Serotyps O104 in einer angebrochenen Sprossenpackung aus dem Haushalt eines HUS-Patienten nachgewiesen.

„Sagten die, mit der neuen Methode?“, fragte Schneider.

„Hörte sich so an, aber ich bin mir nicht sicher, ob er nicht die Methode gemeint hat, die sie schon vor einiger Zeit veröffentlicht haben und die wir auch benutzen.“

Schneider war damit nicht glücklich. Er rief bei Vogel an, ob der vielleicht Näheres wüsste. Schließlich war es Vogel, der ihn dazu verdonnert hatte, nur die Goldstandardmethode aus dem Exzellenzinstitut für die Sprossenuntersuchungen zu verwenden. Vogels Sekretariat teilte ihm mit, dass der Wissenschaftsadministrator erst am Mittwoch wieder im Institut sein würde. Er sollte sich an Frau Gack, seine Stellvertreterin wenden. Schneiders Anfrage zu den Untersuchungsmethoden stieß bei ihr auf Unverständnis.

„Sämtliche Sprossenpackungen werden nach der Goldstandardmethode untersucht, Herr Schneider. Wir haben uns nicht umsonst mit den anderen Instituten abgestimmt. Erkundigen Sie sich bei Professor Puster, um welche neue Methode es sich handeln soll.“ Mit dem Hinweis, dies sei eine dienstliche Anweisung, beendete Frau Gack das Gespräch.

Johanna sah ihn fragend an, als Leo Schneider zurück ins Labor kam.

„Weitermachen, wie bisher“, sagte er. „Durchhalteparole vom Oberkommando.“

Er grinste über seine Bemerkung, aber Johanna ging zufrieden zurück an ihren Arbeitsplatz. Wahrscheinlich war sie erleichtert, dass die Routine des Untersuchungsprogramms nicht wieder durch neue Änderungen über den Haufen geworfen wurde.

Schneider dachte an eine alte Indianerweisheit, die er einmal gehört hatte: Leute wie Vogel und Gack blieben im Sattel sitzen, auch wenn ihr Pferd längst tot war. Er schickte Jörg Puster eine E-Mail mit der Frage, was es mit der neuen Methode auf sich hatte. Sicherheitshalber leitete er die Mail auch nachrichtlich weiter an Frau Gack. Damit war der Dienstanweisung Genüge getan. Sein Versuch, Jörg Puster telefonisch zu erreichen, endeten bei Frau Steiner. Sie versprach, der Herr Professor würde, sobald er bei seinem vollen Terminkalender Zeit fände, zurückrufen.

**Kiel, 30. 5. 2011**

An diesem Montag kam Beate mit dem Transporter und holte Clara aus dem Krankenhaus ab. „Jan ist immer noch nicht wieder aufgetaucht", sagte sie.

Clara presste ihre Lippen zusammen, schaute aus dem Fenster und schwieg. Wie oft hatte Jan sie in wichtigen Momenten ihres Lebens allein gelassen. Sie würde es auch ohne ihn schaffen. Clara wusste jetzt, was sie als Nächstes tun musste. Jan hatte alles immer nur mit der Brechstange versucht. Aber es gab andere Möglichkeiten und die würde sie nutzen.

**Berlin, 31. 5. 2011**

Inzwischen lagen die gesamten Ergebnisse aus den Sprossenuntersuchungen am ILH vor. Keine der Proben war EHEC-positiv. In den Untersuchungsämtern der Bundesländer sah es nicht anders aus. Entweder gab es in den Proben keine EHEC. Oder aber, das Nachweisverfahren war für die Untersuchung nicht geeignet gewesen.

Die Antwort auf diese Frage erfolgte noch am gleichen Tag. Das Exzellenzinstitut teilte in einer offiziellen Stellungnahme mit, die Arbeitsgruppe von Professor Puster hätte den EHEC-Epidemieerreger aus einer Charge Keimsprossen isoliert. Keimsprossen, die aus dem Haushalt von EHEC-infizierten Menschen sichergestellt worden waren.

Somit war die Kette vom Lebensmittel zum Patienten geschlossen. Bei der Untersuchung waren zwei Methoden zum Einsatz gekommen. Eine neue Methode von Dr. Marko Brant hatte sich als die deutlich empfindlichere erwiesen. Dazu war ein Presseinterview mit dem neuen Star aus der Puster-Gruppe abgedruckt.

**Redaktion:** *In allen anderen Untersuchungseinrichtungen einschließlich des Berliner ILH waren die Sprossen, die von dem verdächtigen Hof in Schleswig-Holstein stammten, als EHEC-negativ untersucht worden. Wie ist das zu bewerten?*

**Dr. Brant**: *Das wundert mich nicht so sehr, da diese Institute eine Methode verwendet haben, die weniger empfindlich ist, als das von mir neu entwickelte Verfahren.*

**Redaktion**: *Heißt das, die anderswo untersuchten Sprossenpackungen enthielten womöglich EHEC, waren aber nicht als solche identifiziert worden?*

**Dr. Brant**: *Das ist allerdings zu befürchten. Aber da die Seuche ja von einer bestimmten Produktionsstätte ausging, ist trotzdem damit zu rechnen, dass sie nun ihr Ende findet, nachdem die Produkte vom Markt genommen sind. Unsere neue Methode steht natürlich, nachdem wir sie evaluiert haben, allen Interessierten zur Verfügung und wird auf unserer Homepage veröffentlicht.*

**Redaktion:** *Herr Dr. Brant, wir beglückwünschen Sie und die Arbeitsgruppe von Professor Puster für diesen Erfolg und danken Ihnen sehr für dieses Gespräch!*

Leo Schneider rechnete damit, dass bald sein Diensttelefon klingeln würde. Die Reaktion aus dem ILH auf diese Nachrichten würde nicht ausbleiben. Aber weder Vogel noch Gack meldeten sich bei ihm. Das ILH hatte formal richtig gehandelt. Man hatte sich mit den anderen Stellen abgestimmt, und es war nebensächlich, ob diese Abstimmung zu einem verwertbaren Ergebnis führte. Die Verantwortung für mögliche Fehler war in so kleine Partikel zerteilt, dass niemand als Person dafür zur Rechenschaft gezogen werden konnte.

**Kiel, 31. 5. 2011**

„Eine Frau Schmidt will Sie dringend wegen der EHEC-Seuche sprechen, Herr Professor“, sagte Frau Steiner, nachdem sie das Büro von Jörg Puster betreten hatte.

„Frau Steiner, ich habe Ihnen doch gesagt, Sie sollen mir die Leute mit ihren EHEC-Anfragen vom Hals halten. Wenn ich mich auch noch um jeden Anruf kümmern muss, bin ich nur noch am Telefon. Wofür hat unser Institut eigentlich eine Pressestelle?“

Er drückte genervt seine Zigarette aus und starrte weiter auf den Bildschirm seines Computers, ohne ein Wort von dem zu verpassen, was Frau Steiner antwortete.

„Das mache ich doch schon ständig, aber diese Frau Schmidt ist dermaßen hartnäckig. Sie sagt, Sie schulden ihr noch etwas!“

„Wie bitte? Ich? Ich schulde …?“

„Das waren ihre Worte!“

„Unverschämt!“

„Dann sagen Sie ihr das bitte selbst, diese Frau ruft ständig an. Ich habe auch nur ein Nervenkostüm“, platzte es aus dem Mund von Jörg Pusters Sekretärin hervor, die vor Aufregung rote Flecken im Gesicht bekommen hatte.

„Dann stellen Sie diese Dame eben das nächste Mal zu mir durch, Frau Steiner.“

„Sie ist noch am Apparat, Herr Professor. Sie brauchen nur auf die Annahmetaste zu drücken.“

„Sie sind vielleicht raffiniert, so einen Trick hätte ich Ihnen gar nicht zugetraut.“ Er zündete sich eine neue Zigarette an und drückte die Taste.

Frau Steiner war schon draußen.

„Puster!“

„Clara Schmidt, Hofgemeinschaft *Keim und Sprosse*. Ich habe gehört, Sie haben in unseren Keimsprossen angeblich EHEC gefunden.“

„Angeblich? Ich denke, wir haben! Soll ich mich dafür entschuldigen, dass wir die Ursache dieser Seuche endlich entdeckt haben, Frau Schmidt? Wissen Sie, wie viele Leute davon schwer krank, oder daran gestorben sind? Also bitte, was wollen Sie?“

„Wissen Sie eigentlich, wie Keimsprossen hergestellt werden?“, fragte Clara.

„Hören Sie, ich habe nicht die Zeit, um mit Ihnen über Ihre Sprossen …“

„Aus Samen werden die gezüchtet. Und wenn Sie behaupten, die EHEC-Seuche käme von unseren Keimsprossen und haben die Samen nicht untersucht, dann schulden Sie uns noch etwas."

„Und was soll ich Ihnen bitte schulden?", fragte Jörg Puster belustigt und zog an seiner Zigarette.

„Die Untersuchung der Samen. Die sind nämlich importiert und stammen nicht von unserem Hof. Aber wenn EHEC bereits in den Samen waren, dann können wir doch nichts dafür, dass die daraus gezüchteten Keimsprossen auch EHEC enthalten? Verstehen Sie?"

Jörg Puster schwieg.

„Sind Sie noch dran, Herr Puster?"

„Ja, ja. Lassen Sie mich kurz überlegen."

Clara spürte, dass sie gewonnen hatte. „Natürlich. Entschuldigen Sie."

„Haben Sie noch etwas von den Samen, aus denen Sie die Sprossen gezogen haben?", fragte er nach einer längeren Pause.

„Jede Menge, kiloweise."

„Gut", sagte Jörg Puster. „Dann kommen Sie übermorgen um neun damit bei uns vorbei und dann unterhalten wir uns darüber. Die Adresse bekommen Sie von Frau Steiner."

„Die habe ich schon", sagte Clara. „Am Donnerstag um neun bin ich bei Ihnen im Institut und vielen Dank noch!"

Jörg Puster legte seine Zigarette auf den Rand des vollen Aschbechers und kratzte sich nachdenklich am Kopf. Was er gerade gehört hatte, eröffnete ganz neue Perspektiven. Wenn EHEC bereits in den Samen vorhanden waren, mussten alle daraus hergestellten Keimsprossen auch mit EHEC verseucht sein.

Bisher hatte man angenommen, dass die Keimsprossen erst bei ihrer Herstellung durch EHEC-infizierte Mitarbeiter auf dem Bauernhof verseucht worden waren. Auf diese These hatte der umtriebige Herr Fiebig vom Gesundheitsamt Kiel gesetzt:

*„Die Bedingungen der Sprossenproduktion, Wärme, Wasser und Nährstoffe aus den Pflanzen fördern das Wachstum der EHEC-Bakterien, die von den infizierten Mitarbeitern des Hofes durch mangelnde Hygiene in die Produktionskette gebracht wurden."*

So hatte Fiebig sich gestern in einem Interview mit dem *Kieler Tagesanzeiger* ausgelassen. Die Zeitung lag zusammengefaltet vor Jörg Puster auf dem Tisch.

Wenn man aber in den Samen, aus denen die Bauern Sprossen züchteten, EHEC fand, war die Lage anders. Dann konnten die Erkrankungen der Mitarbeiter darauf zurückzuführen sein, dass sie ihre verseuchten Keimsprossen selbst gegessen hatten.

*„Nur in Sprossenpackungen aus den Haushalten der Patienten wurde der EHEC-Erreger auch gefunden. Aus der Tatsache, dass alle auf dem Hof zu einem späteren Zeitpunkt hergestellten Chargen von Keimsprossen EHEC-negativ waren, kann geschlossen werden, dass*

*die Produktion nur innerhalb eines begrenzten Zeitraums verseucht wurde. Es war genau der Zeitpunkt, an dem die erste infizierte Mitarbeiterin noch auf dem Hof arbeitete!*"

Mit diesen Sätzen hatte Fiebig ihre Ergebnisse und die Untersuchungsergebnisse aus dem ILH zur Unterstützung seiner These herangeführt. Im Kieler Tagesanzeiger wurde Fiebig daraufhin als Sherlock Holmes der Kieler Seuchenpolizei bejubelt.

Jörg Puster drückte seine Zigarette aus. Der oberschlaue Herr Fiebig sollte sich mal nicht so weit aus dem Fenster lehnen. Die Tatsache, dass vom ILH keine EHEC-Bakterien in den Sprossen nachgewiesen wurden, bewies nichts. Das hatte Marko mit seinem Interview doch schon erklärt. Nur mit seiner neuen Methode hatten sie EHEC in den Keimsprossen nachweisen können. Jörg Puster grinste und dachte daran, dass Marko jetzt wie ein Pfau herumlief und sich überall damit brüstete, was er da Tolles erfunden hatte. Sollte er.

Nachdem sich diese Frau Schmidt bei ihm gemeldet hatte, sah die Sache wieder anders aus. Am Ende würde er es sein, der die Lösung zu der alles entscheidenden Frage liefern konnte, wie die EHEC in die Sprossen gekommen waren. Sie mussten nur EHEC in den Samen nachweisen. Marko mit seinem Ehrgeiz würde schon dafür sorgen. Damit wäre Fiebigs Theorie erledigt und die wirkliche Aufklärung über den Ursprung der EHEC-Seuche käme dann von Jörg Puster. Dem herumflatternden Marko Brant konnte er zur rechten Zeit wieder die Flügel stutzen.

Er war gespannt auf das Treffen mit Clara Schmidt. Ihre Stimme hatte jung und forsch geklungen, aber sie versuchte ihre Nervosität so gut zu verstecken, wie es eben ging. Diese Frau wollte ihre Existenz retten und war dazu auf ihn angewiesen. Dass er auch auf sie angewiesen war, um sich wieder ins rechte Licht zu stellen, musste er ihr ja nicht auf die Nase binden.

**Kiel, 31. 5. 2011**

Der Anruf von Dr. Kurth, dem Pathologen der Kieler Universitätsklinik, erwischte Lothar Steinhagen in dem Moment, als er gerade das Licht auf seinem Schreibtisch ausknipste, um nach einem langen Arbeitstag nach Hause zu gehen. Seine Kollegin Marianne hatte heute dienstfrei. Er war an diesem Tag im Büro geblieben, um in einem der zahllosen Versuche die Höhe der unbearbeiteten Aktenstapel, die sich vor ihm türmten, zu reduzieren. Außerdem gab es eine Menge längst fälliger Berichte zu schreiben. Inzwischen war er hundemüde und hatte sich gerade dazu durchgerungen, für heute Schluss zu machen. Als er die Stimme des Pathologen hörte, war er mit einem Schlag hellwach.

„Es geht um Ihren unbekannten Toten, der in einem Auto im Wald aufgefunden wurde. Also um es kurz zu machen: Tod durch Kohlenmonoxidintoxikation, vermutlich durch Einatmen der Auspuffgase."

„Also Selbstmord", folgerte Steinhagen.

„Moment, Herr Kommissar. Ich bin noch nicht fertig. Im Blut des Toten haben wir eine hohe Konzentration eines starken Beruhigungsmittels gefunden, *Flunitrazepam*."

„Sagt mir nichts, was ist das?"

„Eine Droge, die wie ein starkes Schlafmittel wirkt, macht willenlos, die bekommt man ohne Rezept nicht, höchstens in bestimmten Szenekreisen …", meinte der Pathologe.

„Und?"

„Wenn jemand dem Mann das Zeug verabreicht hat, um ihn eine halbe Stunde später in das Auto mit laufendem Motor zu setzen, hätte er sich kaum gegen diese Behandlung wehren können."

„Also ist Mord nicht ausgeschlossen?"

„Zumindest möglich", meinte der Pathologe. „Wissen Sie schon, wer der Mann ist?"

„Leider noch nicht. Allerdings haben wir das Auto identifizieren können. Es gehört einem Herrn Gernot Kleinert, Briefzusteller, der in Moorsee, am Stadtrand von Kiel wohnt."

„Und gibt es einen Zusammenhang mit dem Toten?"

„Überhaupt nicht, Kleinert ist seit zehn Tagen im Urlaub auf Mallorca und hat sein Auto vor seinem Häuschen an der Straße stehen lassen. Jedem, der dort regelmäßig vorbeifährt, kann das aufgefallen sein. Die Fahrertür wurde ziemlich professionell geöffnet und die Zündung kurzgeschlossen. Das Fahrzeug war nur zwei Kilometer von der Stelle, wo wir den Toten im Auto gefunden hatten, abgestellt. Aber ohne die Identität des Toten bringt das alles noch nicht sehr viel", meinte Steinhagen.

„Sie haben es zurzeit nicht so leicht mit Ihren Fällen", sagte Dr. Kurth mit einem gewissen Mitgefühl. „Haben Sie inzwischen eine Spur im Fall der jungen Frau, die an der Chloroformintoxikation gestorben ist?"

„Wir ermitteln immer noch", brummte Steinhagen. Es frustrierte ihn, daran erinnert zu werden. Plötzlich war er wieder hundemüde und konnte ein Gähnen nicht unterdrücken.

Der Pathologe am anderen Ende der Leitung lachte leise. „Gönnen Sie sich etwas Schlaf, Herr Kommissar, morgen sieht die Welt schon wieder ganz anders aus."

**Kiel, 1. 6. 2011**

Am nächsten Tag kam Marianne Buchholz gut gelaunt in das Büro ihres Vorgesetzten und Teamkollegen.

„Der freie Tag scheint dir gut getan zu haben", meinte Steinhagen, der sich noch immer müde fühlte, mit einem Anflug von Neid.

„Hat er und wie!", lachte Marianne verschmitzt und wurde rot, als sie das Gesicht Ihres Vorgesetzten sah.

Steinhagen überlegte, ob sie eine neue Bekanntschaft gemacht hatte, so, wie sie auf seine Frage reagiert hatte. In dem Moment wurde ihm bewusst, wie allein er sich fühlte. Die Zusammenarbeit mit Marianne ließ ihn seine Einsamkeit während der Dienststunden vergessen und die befürchteten öden Abende zu Hause verkürzte er durch lange Überstunden. Seine Frau hatte ihn vor drei Jahren eines Abends verlassen. Die Krise in seiner Ehe hatte er überhaupt nicht bemerkt, bis es für eine Lösung zu spät war.

„Ich habe mir, bevor ich zu dir hereinschneite, noch die Vermisstenmeldungen der letzten zwölf Stunden durchgesehen. Vielleicht haben wir jetzt eine Spur zu dem Toten im Wald. Eine Clara Schmidt hat gestern Abend gegen dreiundzwanzig Uhr angerufen und ihren Mitbewohner, Jan Heinrich, als vermisst gemeldet. Er ist seit mindestens vier Tagen ohne ein Lebenszeichen abgetaucht."

„Passt die Beschreibung auf den Toten?"

„Ich denke, das könnte hinhauen. Sie kommt heute Nachmittag um fünfzehn Uhr in die Pathologie zur Identifizierung."

„Apropos Pathologie, Dr. Kurth hat mich gestern noch spät angerufen und meint, der Tote hatte eine hohe Dosis eines Betäubungsmittels in seinem Blut."

„Also doch ein Verbrechen? Das passt doch zu den abmontierten Kennzeichen."

„Die haben sich übrigens inzwischen angefunden", meinte Steinhagen, „in einem Müllcontainer, nicht weit von der Stelle entfernt, an der wir das Auto gefunden haben."

Ein paar Stunden später standen beide mit Clara Schmidt in einem, mit weißen Fliesen gekachelten, Sektionssaal in der Pathologie der Universität.

„Es ist Jan", sagte Clara entsetzt, als Dr. Kurth das Gesicht des Toten enthüllte. „Jan!" Sie fing an zu weinen. „Mein Gott, wieso? Was ist denn mit ihm passiert?"

„Er wurde tot in einem Auto aufgefunden, erstickt an Auspuffgasen, die mit einem Schlauch nach innen geleitet wurden. Hat Ihr Mitbewohner bei Ihnen zu Hause etwas hinterlassen? Eine Nachricht, die auf eine Selbstmordabsicht hinweist?", fragte Steinhagen.

„Jan ist der Vater unseres, also meines Kindes. Er hat nichts dergleichen hinterlassen! Außer etwas wie eine Anklageschrift, in der er das Exzellenzinstitut, das Gesundheitsamt und die Polizei beschuldigt, den Hof zugrunde gerichtet zu haben. Das hatte er aber schon vor einer Weile geschrieben, glaube ich. Wir haben Probleme mit dem Hof, aber deswegen …", Clara schluchzte und zeigte auf den wieder verhüllten Körper, „bringt man sich doch nicht um?"

„Diesen Brief würden wir trotzdem gerne mal sehen", meinte Steinhagen.

Clara zog zwei beschriebene Seiten aus ihrer Jackentasche und gab sie dem Polizisten.

„Bei Ihrem Freund wurde ein starkes Betäubungsmittel im Blut nachgewiesen, hatte er Kontakt zur Drogenszene?“, fragte Marianne Buchholz.

Clara schüttelte den Kopf. „Jan, zur Drogenszene? Der hat höchstens dann und wann mal etwas zu viel getrunken. Wir haben uns in letzter Zeit auseinandergelebt, aber ich kann mir das nicht vorstellen. Er hatte mit so etwas nichts zu tun.“

„Das ist sehr wichtig, Frau Schmidt. Wir wissen nicht, ob er sich umgebracht hat, oder ein Selbstmord vorgetäuscht werden sollte. Hatte er Feinde? Schulden? Ihre Beziehung war belastet, sagten Sie. Wann haben Sie ihn zum letzten Mal gesehen?“

Clara wischte sich die restlichen Tränen aus den Augen und begann zu erzählen. Sie fing an mit dem, was passiert war, während sie im Krankenhaus lag, und endete damit, dass Jan eine Aussage bei der Polizei machen wollte. Was dabei herausgekommen war, wusste sie nicht. Jan hatte seitdem mit keinem aus der Hofgemeinschaft mehr gesprochen.

Während Clara erzählte, wandelte sich ihre Betroffenheit über den Tod von Jan in Zorn. Sie war wütend, dass er immer allen Problemen ausgewichen war. Für sie war klar, er hatte sich umgebracht, um vor seiner Verantwortung als werdender Vater und für die Zukunft des Hofes zu fliehen.

Eine Viertelstunde später, nachdem Clara Schmidt ihre Aussage unterschrieben hatte und gegangen war, lag das Vernehmungsprotokoll des Jan Heinrich auf dem Schreibtisch von Lothar Steinhagen. Die Liste der Anschuldigungen gegen ihn war lang, in den Akten war er als gewalttätig eingestuft. Kommissarin Sührmann, die Jan Heinrich verhört hatte, würde erst morgen wieder zum Dienst erscheinen. Aus dem Vernehmungsprotokoll ging hervor, dass Jan Heinrich namentlich Professor Jörg Puster und dessen Studenten Harald Pütz beschuldigte, sie hätten den von ihm verwalteten Hof in den Ruin getrieben, indem sie Mitarbeiter des Hofes mit EHEC infiziert hatten. Als Beweisstück hatte er die Visitenkarte des Professors, die er einer auf dem Hof beschäftigten Mitarbeiterin gegeben haben sollte, vorgelegt.

„Na, schau mal an! Unsere alten Bekannten, Herr Professor Puster und sein Student Harald Pütz! Jetzt gibt es plötzlich eine Verbindung zwischen den ungelösten Fällen Sybille Barnhelm und Jan Heinrich“. Steinhagen klatschte in die Hände und lachte seiner Kollegin ins Gesicht.

„Vielleicht beginnen wir, langsam zu verstehen? Beide Fälle sollten wie Unfall oder Selbstmord aussehen. Ein auffälliger Zusammenhang. Findest du nicht?“

Marianne Buchholz lächelte zurück. „Jan Heinrich schlug wohl öfter gerne mal zu“, sagte sie, ohne im Detail auf seine Mutmaßungen einzugehen.

„Vielleicht war er auch derjenige gewesen, der in dem Schnellimbiss auf den Professor losgegangen ist! Wir werden sein Bild der Frau Körner und der

Kellnerin aus dem Imbiss zeigen. Ich bin gespannt, ob die Damen ihn wiedererkennen!“

„Und was machen wir mit dem Professor und seinem Studenten, Frau Kollegin?“

„Die beiden heben wir uns für danach auf, Herr Kollege! Es würde mich aber nicht wundern, wenn beide ein Alibi haben. Ich bin mir auch nicht sicher, ob Jan Heinrich umgebracht wurde!“ Marianne Buchholz schien mit diesen Worten andeuten zu wollen, dass sie den Fall Heinrich in ihre Hände genommen hatte.

**Kiel, 2. 6. 2011**

Harald hatte sich immer bemüht, dieser Situation auszuweichen, aber irgendwann ergab es sich doch, dass Marko ihm begegnete, als er im Institut allein auf dem Flur unterwegs war, um Proben zu holen.

„Denk nicht, ich habe irgendetwas vergessen, was dich betrifft, du kleiner Scheißer. Ich hoffe, dich hier bald nicht mehr zu sehen“, zischte Marko, die unvermeidliche Zigarette im Mundwinkel. „Solche Typen wie du sind hier fehl am Platz. Wenn Puster dich nicht rausschmeißt, werde ich es tun.“

Harald tat so, als beachtete er ihn nicht und setzte mechanisch einen Fuß vor den anderen und seinen Weg fort. Innerlich zitterte er vor Aufregung und Scham. Mit rotem Kopf und verkniffenem Gesicht ging er weiter in Richtung Brutraum, um dort die Bakterienkulturen zu holen, mit denen er arbeiten musste.

Am Ende des Flurs stand eine Frau, die ein rotes Kleid trug, das in einem Faltenrock endete. Sie sah sich suchend um, in ihrer Hand trug sie eine große, braune Papiertüte. Als Harald näherkam, erkannte er sie. Die schwarzen, vollen Haare und die schönen, ebenmäßigen Züge hatte er schon einmal gesehen. Im gleichen Moment wusste er, wer vor ihm stand. Es war Clara. Die Frau, die ihn damals auf dem Hof mit Kaffee und Kuchen empfangen hatte, als er gekommen war, um Beweise zu suchen, dass Jörg mit Marie ein Verhältnis gehabt hatte.

Clara hatte ihn auch erkannt und sprach ihn an: „Moin, das bist ja du, der Freund von Marie. Stimmt, du arbeitest ja hier, hatte ich fast vergessen. Du, ich suche das Büro von Jörg Puster.“

Harald wurde rot. Er erinnerte sich daran, wie er von Jan verprügelt und vom Hof gejagt worden war. Ihr schnappender Köter hatte ihn beinahe noch ins Bein gebissen. Er unterdrückte die Frage, was sie von Jörg wollte und zeigte in Richtung auf dessen Büro.

„Sind nur ein paar Schritte, da entlang.“

Sie lächelte kurz und schloss ihre schlanken Finger fest um die große Papiertüte in ihrer Hand. Haralds Blick konnte die Aufschrift *Organic fenugreek seeds* entziffern, bevor Clara mit entschlossenen Schritten in die Richtung von Jörgs Büro lief.

Clara öffnete nach kurzem Anklopfen die Tür, neben der sie das Schild mit der Aufschrift Professor Dr. Jörg Puster entdeckt hatte. Als sie eintrat, schreckte sie im ersten Moment zurück, so verraucht war dieses Büro. Hinter dem Schreibtisch saß der Mann, den sie bisher nur von seinem Namen auf der Visitenkarte gekannt hatte. Das also war der Professor! In diesem Moment sah sie Jan vor sich, wie er ihr die Visitenkarte mit einem triumphierenden Lächeln vor die Nase gehalten hatte, nachdem er sich an Harald abreagiert hatte. Clara seufzte bedauernd, als sie an Jan und den übel zugerichteten Harald dachte, der vom Hof gerannt war, als wäre er vom Affen gebissen.

Der Mann hinter dem Schreibtisch schaute sie jetzt an. Sein Mund verzog sich zu einem Lächeln. Er strahlt Entschlossenheit aus, fand Clara, seine Züge hatten fast etwas Animalisches, aber er war kein kräftiger Typ. Seine gewellten, braunen Haare ließen ihn im ersten Augenblick jünger aussehen, als er vielleicht war. Sie schätzte ihn auf höchstens fünfzig. Sein Bauchansatz war deutlich zu sehen, da er Hosen von einer Größe trug, die ihm vor Jahren vielleicht besser gepasst hatte. Im Aschenbecher neben der Computertastatur glomm eine halb gerauchte Zigarette.

„Frau Clara Schmidt, habe ich recht?" Er hatte seine Lesebrille abgenommen und neben die Tastatur gelegt. Seine Stimme war freundlich, aber seine Augen, die jetzt deutlicher zu sehen waren, behielten einen misstrauischen Ausdruck. Von seinem Akzent her kam er nicht aus der Gegend, zumindest schien es ihr so.

Sie lächelte. „Ja, genau die bin ich. Einen schönen guten Tag, Herr Puster. Ich freue mich sehr, dass Sie sich für mich Zeit genommen haben. Hier sind die Samen, die ich Ihnen für die Untersuchung mitgebracht habe."

Sie vermied es, ihn mit „Herr Professor" anzureden. Das Getue um akademische Titel sagte ihr nichts, und selbst wenn sie seine Hilfe brauchte, wollte sie sich deswegen nicht verstellen. Sie stellte die Papiertüte auf seinen Schreibtisch.

„Lassen Sie mal sehen." Mit diesen Worten griff er nach der Tüte, öffnete sie, linste hinein und schüttete dann eine kleine Menge vom Inhalt auf seinen Schreibtisch. Vor seinen Augen lagen hellbraune, nicht einmal einen halben Zentimeter große, dreieckige Samen.

„Bockshornkleesamen, aus biologisch-organischem Anbau in Ägypten", kommentierte Clara.

„Bockshornkleesamen, aus Ägypten?" Jörg Puster zog verwundert die Augenbrauen hoch. Davon hatte er noch nie gehört.

„Daraus machen Sie die Sprossen? Also, die sehen vollkommen trocken aus. Ob sich die EHEC-Bakterien da drin überhaupt halten können?" Mit diesen Worten ließ er die Samen von seiner Hand auf den Tisch rieseln.

„Das werden Sie sicher bald herausfinden, nicht wahr?" Clara strahlte ihn mit ihrem schönsten Lächeln an. Sie stand immer noch vor seinem Schreibtisch.

Etwas in seinem Gesicht hatte sich plötzlich verändert. Er hatte sie wahrgenommen. Mehr als Frau, denn als jemand, der mit einer Bitte um Hilfe zu ihm kam. Das spürte Clara. Gegen ihren Willen zog sich in ihrem Bauch etwas zusammen.

„Setzen Sie sich doch!" Er zog einen zweiten Stuhl neben seinen Schreibtischsessel. „Kommen Sie, ich möchte Ihnen etwas zeigen!"

Clara ging um den Tisch herum und nahm neben ihm Platz. „Könnten wir das Fenster öffnen?", fragte sie. „Ich vertrage den Rauch so schlecht ..."

„Ja sicher. Entschuldigung, es tut mir leid." Er drückte die Zigarette, die immer noch vor sich hin kokelte, aus und öffnete das Fenster. Von draußen hörte man jetzt die Vögel in den Bäumen zwitschern, unterbrochen von Geräuschen der Straße. Jörg Puster setzte sich wieder hin und drückte eine Taste auf seiner Telefonanlage.

„Frau Steiner, ich möchte in der nächsten Zeit nicht gestört werden."

Clara vernahm aus dem Lautsprecher die servile Bestätigung der Sekretärin, die sie vorher ständig abgewimmelt hatte.

Jörg Puster lächelte, er bearbeitete die Tastatur des Rechners. „Ich möchte Ihnen kurz zeigen, wie wir hier die EHEC-Untersuchungen durchführen."

Auf dem Bildschirm seines Computers öffnete sich ein Fenster. Er kommentierte die Bilder. Es ging um eine Methode, mit der sie in den Sprossenproben aus den Haushalten der Patienten EHEC nachgewiesen hatten. Er bemühte sich um Sätze, die ihm einfach genug erschienen, damit sie verstehen konnte, wovon er sprach.

„Und Sie können die gleichen Untersuchungen mit den Samen machen?", fragte Clara, als er mit seinem Vortrag fertig war. Sie spürte, dass er längst dazu bereit war. Dazu und noch zu mehr.

„Können wir. Vielleicht muss man die Samen vorher quellen lassen, oder auskeimen." Sein Atem klang gepresst.

Er war etwas näher an Clara herangerückt und sie spürte die Wärme seines Körpers. Gegen ihre Absicht fühlte sich Clara plötzlich zu ihm hingezogen. Er war wie ein Anker, an dem die Zukunft des Hofes und damit auch ihr Schicksal hing.

„Sie sind unsere letzte Hoffnung", bat sie ihn, obwohl sie sich eigentlich gar nicht so abhängig zeigen wollte. Zur Verstärkung ihrer Worte berührte sie mit ihrer Hand sacht seinen Unterarm.

Er ergriff ihre Hand und hielt sie fest. „Hab keine Angst, ich helfe dir." Er keuchte, als er sie mit einem Ruck zu sich auf den Schoß zog.

„Du bist so schön!", stöhnte er und näherte sich ihrem Gesicht.

Ihre Lippen fanden sich zu einem Kuss. Seine Arme wanderten herunter zu ihrer Taille. Er zog sie noch dichter zu sich heran und glitt mit seinen Händen zwischen die Knöpfe ihres roten Kleides. Clara wunderte sich, dass sie keinen Widerstand leistete. Im Gegenteil, sie war erregt. Dieser Mann hatte etwas Animalisches. Er war jetzt ihr Beschützer und würde ihr helfen, da war sie sich sicher. Und die Lust überkam sie wie ein Sturzbach.

„Warte!" Er schaute ihr in die Augen, seine Stimme klang rau. Dann schob er sie von seinen Beinen, stand auf und verschloss die Tür von innen mit dem Schlüssel. Als er sich wieder auf seinen Bürostuhl setzte, zog er Clara auf sich.

Mit den Händen griff er ihr unter das Kleid und zog ihren Slip herunter bis zu ihren Beinen, wo sie ihn mit den Füßen abstreifte. Ihre Schuhe lagen bereits auf dem Boden. Sie half ihm seine Hose zu öffnen, die mitsamt dem Slip auf den Boden herunterrutschte. Er zog sie an sich. Clara fühlte, wie er in sie eindrang, fast brutal, aber sie genoss es. Seine Hände lagen jetzt auf ihren Brüsten, er presste sie zusammen. Sie fühlte den Druck, sie waren seit Beginn ihrer Schwangerschaft empfindlicher geworden.

Wie lange war es her, dass Jan mit ihr geschlafen hatte? Seine Stöße wurden heftiger, sie keuchte. Ihre Wut auf Jan, der sich immer mehr jeder Verantwortung entzogen hatte, machte sich in den Gegenbewegungen ihres Beckens Luft. Sie hörte und fühlte, wie er kam, sich in ihr entlud, mit einem heftigen Laut, den er von sich gab.

Einen Moment hingen sie noch ineinander verschränkt auf dem schwarzen Ledersessel, dann löste sich Clara von ihm und stand auf. Sie spürte, wie es ihr feucht an der Innenseite ihrer Oberschenkel herablief, und sah ihn an. Er lag immer noch auf dem Stuhl, schloss dann seine blassen, gespreizten Beine und zog sich seinen Slip und die Hose über sein erschlafftes Glied.

Claras kurze, fast wütende Erregung war jetzt einer tiefen Ruhe gewichen. Sie ließ ihn nicht aus den Augen. Er stand auf und stopfte sich sein Hemd in die Hose. Clara hob ihr Kleid an und wischte sich mit einem Taschentuch ihre Beine ab.

„Apropos Samen", sagte Clara mit einem verschmitzten Lächeln, als sie das feuchte Taschentuch in einem Bogen in den Papierkorb warf. „Du wirst die Untersuchung also machen?"

„Worauf du dich verlassen kannst, meine Schöne." Er griff nach ihr, aber Clara entzog sich ihm wie im Spiel.

„Komm, glaube mir, ich werde es dir beweisen."

Sie gingen zur Tür. Er schloss auf und sagte: „Nimm die Tüte mit den Bockshornkleesamen mit. Wir werden das gleich in die Wege leiten."

**Berlin, 2. 6. 2011**

Leo Schneider hatte die aktuellen Zahlen über den Verlauf der EHEC-Epidemie auf seinem Computerbildschirm. Nachdem die Keimsprossen als dasjenige Lebensmittel identifiziert worden waren, mit dem die Seuche ihre Verbreitung gefunden hatte, war in kurzer Zeit viel geschehen. Sämtliche Ware, die vom Sprossenhof bei Kiel auf den Markt gebracht worden war, war beschlagnahmt, untersucht oder bereits vernichtet worden. Die Zahl der Neuerkrankungen durch EHEC war zum ersten Mal seit vier Wochen zurückgegangen. Insgesamt hatten sich im Mai mehr als dreitausend Menschen eine EHEC-Infektion geholt. Von den Patienten litten mehr als siebenhundert an HUS. Viele der HUS-Patienten hatten bleibende Nierenschäden davongetragen und an die fünfzig Menschen waren an den Folgen der Seuche gestorben. Die

Seuche hatte sich inzwischen über die deutschen Grenzen hinweg ausgebreitet. Aus vielen europäischen Ländern und aus Nordamerika wurde über Infektionen mit dem gleichen EHEC-Keim berichtet. Wahrscheinlich gab es noch mehr Fälle, als tatsächlich bekannt waren. Manche Infektionen liefen ohne Symptome oder unkompliziert ab und die Leute gingen nicht zum Arzt. Manche Staaten registrierten EHEC-Infektionen nicht gesondert und gaben keine Zahlen bekannt. In einer globalisierten Welt, in der täglich Millionen Menschen und Milliarden Güter sich um den Globus bewegten, war es nur eine Frage der Zeit, dass die Seuche den gesamten Erdball erfasste.

Vorerst konnte man jedoch aufatmen. Die Epidemie schien gestoppt. Jedoch blieb es weiterhin im Dunkel, woher sie gekommen war. Der verheerende Zug, mit dem dieser neuartige EHEC-Erreger durch das Land gezogen war, machte Angst, dass so etwas jederzeit wieder passieren konnte. Ein Impfstoff gegen EHEC würde auch in Zukunft nicht verfügbar sein. Jederzeit konnte man genauso hilflos vor dem gleichen Schreckensszenario stehen.

**Kiel, 3. 6. 2011**

Für Anneliese Körner war eine Welt zusammengebrochen. Sie war bei Jörg abgemeldet, besonders, seitdem er mit dieser schwarzhaarigen Frau im Labor aufgetaucht war. Er hatte die Tüte mit den Samen auf den Tisch geknallt, mit der Anweisung, sich schleunigst darum zu kümmern. Sie hatte ihm sofort angesehen, dass er gerade mit dieser Frau geschlafen hatte. Dieser Ausdruck in seinen Augen, sie kannte ihn nur zu gut.

Aber das war nicht die erste Gemeinheit von Jörg gewesen. Er hatte sie außerdem dem Ekel Marko Brant als Arbeitskraft unterstellt. Aus organisatorischen Gründen, hatte Jörg gesagt. Marko Brant ließ es sich nicht nehmen, sie zu schikanieren und ließ sich in gehässiger Manier über ihren Versuch, mit ihrem Körper im Labor Karriere zu machen, aus.

Bei ihren Arbeitskolleginnen erntete Anneliese Reaktionen zwischen Mitleid und Verachtung. Je nachdem, wie sie zu Jörg standen. Anneliese war tief enttäuscht und verletzt. Sie hatte tatsächlich geglaubt, Jörg liebte sie auf seine Art, die zugegeben nicht sehr einfach war. Aber er beachtete sie kaum mehr und hatte ihre zaghaften Versuche, ihn zu einem Treffen zu bewegen, mit Hinweis auf Zeitmangel abgewiesen.

Die Krise in ihrer Beziehung zu Jörg hatte schon angefangen, bevor er mit dieser Hexe im Labor aufgetaucht war. Es war seit dem Zeitpunkt gewesen, als man sie bei der Polizei zur Vernehmung vorgeladen hatte. Jörg war von der Polizeiwache zurückgekommen und hatte sie so komisch angesehen, abschätzend, ein Blick, den sie von ihm noch nicht gekannt hatte. Vielleicht, weil sie zugegeben hatte, dass sie nicht im *Burgereck*, sondern bei ihm gewesen waren. Aber was blieb ihr denn anderes übrig? Jörg hatte nie gewollt, dass die anderen von ihrer Beziehung erfuhren, dabei hatte es längst in der Gruppe die Runde gemacht.

Anneliese merkte, wie die anderen sich von ihr absonderten. Bei manchen war Schadenfreude zu spüren. Früher waren ihr die anderen aus der Gruppe nicht so wichtig gewesen, sie hatte Jörg, aber das war nun zu Ende. In der Gruppe gab es vielleicht nur einen, der genauso wie sie zu leiden schien, und das war Harald Pütz.

Anneliese wusste, dass Haralds Freundin an der EHEC-Seuche gestorben war. Seitdem hatte er sich immer mehr zurückgezogen und unternahm kaum noch etwas mit den anderen Studenten und Arbeitskollegen. Nach dem Tod von Sybille wurde das noch schlimmer. Harald bewegte sich im Institut wie ein gehetztes Wild. Jörg hatte angedeutet, die Polizei verdächtigte Harald, an Sybilles Tod Schuld zu sein. Anneliese erinnerte sich, wie Jörg einmal, nachdem sie zusammen geschlafen hatten, sich über Harald lustig gemacht hatte. Eine armselige Trantüte hatte er ihn genannt. Anneliese hatte mit dem Gedanken gespielt, mit Harald über alles zu reden. Aber der schien ihr gegenüber verschlossen, vielleicht weil er wusste, dass zwischen ihr und Jörg etwas war. So hatte Anneliese es dann doch bleiben lassen.

Als Gipfel der Gemeinheit hatte Marko Brant ihr bei der Untersuchung der Samen, welche die blauäugige Hofhexe angeschleppt hatte, die miesesten Arbeiten übertragen. Die Samen ließen sie ankeimen. Anneliese musste diese Keimlinge mit einem Mixer zu Brei verarbeiten und mit einem giftigen Lösungsmittel extrahieren. Die genaue Zusammensetzung kannte nur Marko, aber das Zeug enthielt Phenol, wie jeder schon aus zwei Meter Entfernung riechen konnte.

Aus dem Extrakt wollte Marko mit seiner Untersuchungsmethode DNA-Spuren des EHEC-Erregers nachweisen. Seine Methode hatte er erneut geändert, hielt das Protokoll aber vor den anderen geheim. Er behauptete, er könnte damit ein EHEC-Bakterium in Hundert Gramm Samen nachweisen.

Die giftigen Phenoldämpfe reizten ihre Augen. Ihre Nase lief ständig und der Anblick ihres aus Liebeskummer verheulten Gesichtes wurde dadurch noch viel schlimmer. Sie verabscheute diesen Zyniker, wie er grinsend vor ihr stand und sie wie eine dumme Kuh behandelte.

**Berlin, 3. 6. 2011**

An diesem Freitag bestellte Wissenschaftsadministrator Franz Vogel Leo Schneider zum Rapport. Schneider hätte in der Sprossenuntersuchung versagt, warf Vogel ihm vor. Schneiders Verteidigung, er hätte doch nur die sogenannte Goldstandard Methode verwenden dürfen, wischte Vogel beiseite. Auch das Argument, dass in keinem der anderen Untersuchungslaboratorien in den Bundesländern EHEC aus den Sprossen nachgewiesen wurde, zählte für Vogel nicht. Im Gegenteil. Aus der Arbeitsgruppe von Professor Puster hätte er erfahren, dass man die neue Untersuchungsmethode dem ILH angeboten hatte. Von dort sei aber nicht einmal eine Antwort dazu gekommen.

Schneider erinnerte sich gut daran, dass er Puster wegen dieser Methode eine E-Mail geschrieben hatte, auf die nie eine Antwort gekommen war. Für Vogel konnte es nur Schneider gewesen sein, der die Kommunikation mit dem Exzellenzinstitut sabotiert hatte. Es war sinnlos, darüber zu streiten. Argumente zählten nicht, der Wissenschaftsadministrator suchte einen Sündenbock und da kam Schneider genau richtig. Vogel drohte ihm erneut mit Konsequenzen und Schneider sah ihm an, dass er es ernst meinte. Spätestens, wenn die EHEC-Krise Geschichte war, würde Vogel sich an ihm rächen und Institutsdirektor Stangel eine Liste von Schneiders Fehlern unterbreiten. Damit konnte er von seinem eigenen Versagen ablenken. Schneider machte sich keine Illusionen. In dem hierarchisch orientierten ILH würde Stangel nicht zu ihm, sondern zu Vogel halten. Das war das Einzige, was in diesem ganzen Chaos vorhersehbar war.

**Kiel, 6. 6. 2011**

Bei der Gruppenbesprechung kam Marko Brant mit der Mitteilung heraus, er hätte in den Bockshornkleesamen DNA des EHEC-O104 nachgewiesen. Es war bisher nur eine Probe, die positiv war. Anneliese hatte seit Tagen Dutzende Ansätze von Sprossen, die sie aus den Samen gezüchtet hatte, verarbeiten müssen. Die EHEC-Erreger seien nicht gleichmäßig in den Samen verteilt, erklärte Marko. Es gäbe in der Samencharge Nester, in denen die Mikroben in einer Art Schlafzustand existierten, um beim Auskeimen der Pflanzen mit zum Leben erweckt zu werden.

Anneliese hatte gehofft, jetzt wieder an ihren alten Arbeitsplatz bei Jörg zurückkehren zu können. Aber Marko hatte ihr weitere Aufgaben übertragen. Sie sollte EHEC aus den Samenproben anzuzüchten, was ihr aber nicht gelang. Marko stichelte und behauptete, das läge nur an ihrer Unfähigkeit. Schließlich hätte er mit seiner PCR gezeigt, dass die Samenproben EHEC enthielten.

Anneliese war nicht mehr gewillt, Markos Gemeinheiten länger zu ertragen. Sie stellte sich ihm in den Weg und bestand darauf, an ihren alten Arbeitsplatz bei Jörg zurückzukehren, der ihr nach Sybilles Tod zugesprochen worden war.

Marko grinste über das ganze Gesicht. Fast sah es so aus, als hätte er nur auf diese Frage gewartet. Er behauptete, sie wäre ihm auf Dauer als Assistentin unterstellt und sei sich dafür wohl zu fein.

„Das kann doch nicht sein, von Dauer war nie die Rede", hatte Anneliese protestiert und fühlte, wie ihr die Tränen kamen.

Marko ging, ohne darauf zu antworten, in sein Büro und kam gleich darauf mit einem Brief zurück, den er ihr unter die Nase hielt. Es war ein offizielles Schreiben aus der Institutsverwaltung. Darin stand: Frau Anneliese Körner ist als technische Assistentin bis auf Weiteres Herrn Dr. Marko Brant unterstellt. Unterschrieben war das Papier von Jörg Puster und dem Verwaltungsleiter.

„Hast du jetzt endlich verstanden, wie es bei Puster läuft? Ex und hopp!" Marko rieb sich die Hände und sah dabei aus wie Rumpelstilzchen. „Wie kann man denn nur so naiv sein, Mädchen?"

Anneliese rannte aus dem Labor, nur weg von diesem Monster, war ihr Gedanke. Sie setzte sich in eine Ecke der Kantine, die um diese Zeit fast leer war. Als sie sich nach zehn Minuten die letzten Tränen abwischte, hatte sie einen Entschluss gefasst. Jörg sollte sich nicht einbilden, er könne sie einfach so benutzen und wegwerfen. Er würde sich noch wundern. Dieser Dreckskerl sollte nicht ungeschoren davonkommen.

**Kiel, 7. 6. 2011**

Marko Brant amüsierte sich, als er daran dachte, wie Anneliese Körner gestern fluchtartig das Labor verlassen hatte. Jetzt hatte sich diese kleine Schlampe krankgemeldet. Die Weiber versuchten es immer auf die gleiche Tour, Zuckerbrot und Peitsche, aber manchmal ging das nach hinten los. Hatte diese Trine doch ernsthaft geglaubt, sie würde als Chefassistentin an der Seite von Puster zur Frau Professor aufsteigen. Einfach zum Piepen!

Er jedenfalls würde sich nicht noch einmal an der Nase herumführen lassen. Dabei dachte er an Sybille, die ihn zuerst mit Argwohn und zuletzt mit Verachtung betrachtet hatte. Sybille hatte mitbekommen, wie Jörg Puster auf der Karriereleiter an ihm vorbeigezogen war. Bestimmt hatte sie bei der Intrige von Hannelore, seiner ehemaligen Doktorandin, ihre Finger mit im Spiel gehabt. Sybille hatte früh gemerkt, wohin die Reise ging und sich mit dem aufstrebenden Puster gegen ihn verbündet. Dafür bekam sie die Stelle der Chefassistentin, mit den entsprechenden Kompetenzen und einer besseren Gehaltsgruppe.

Bevor Puster an das Exzellenzinstitut kam, war Sybille ein genauso kleines Mäuschen gewesen wie Anneliese. Marko hatte Sybille damals eingestellt und anfangs hatte sie noch Respekt vor ihm. Aber das änderte sich schnell, als Hannelore kam, mit der alles Unglück seinen Anfang genommen hatte. Hannelore hatte es von Anfang darauf angelegt, ihn reinzulegen. Diese scheinbar unabsichtlichen Berührungen. Ihre langen Haare, die über sein Gesicht fielen, wenn sie von hinten an seinen Stuhl kam und sich über ihn beugte. Nur um eine Frage zu stellen, natürlich. Kein Wunder, irgendwann hatte Hannelore ihn soweit gebracht, dass er sie befummelte. Das ging so eine Weile, bis sie begann, ihn wegen ihrer Arbeit immer mehr unter Druck zu setzen. Zuerst charmant verpackt, dann immer offener stellte Hannelore ihre Forderungen. Wenn ich für meine Arbeit nicht mit der Bestnote bewertet werde, dann ... Wenn ich nach meinem Abschluss keine Vertragsverlängerung bekomme, dann …

Irgendwann konnte Marko nicht mehr liefern, was Hannelore verlangte und sie ließ ihn fallen. Plötzlich tauchten eindeutige Fotos auf, von denen er nichts gewusst hatte. Zudem kam heraus, dass sie bei ihrer Doktorarbeit ein wenig falsch gespielt und er das nicht bemerkt, oder, wie sie behauptete, von allem gewusst und ein Auge zugedrückt hatte.

Für den *Newcomer* Jörg Puster war das der Anlass, Marko die Hauptschuld für diesen Skandal zuzuschieben. Allerdings erst, nachdem Hannelore die Segel gestrichen hatte. Sie hatte längst einen lukrativen Job in der Industrie und scherte sich nicht mehr um das, was von ihrer Doktorarbeit halb fertig auf Markos Tisch lag.

Als ihm diese Erinnerungen durch den Kopf gingen, knirschte Marko mit den Zähnen. Er saß in seinem Büro, rauchte und dachte nach. Sein Plan funktionierte. Mit seiner neuen Methode würde er doch bekommen, was ihm zustand. Puster war auf ihn angewiesen und würde noch bezahlen für das, was er ihm angetan hatte. Mit EHEC war Puster aufgestiegen, mit EHEC würde er fallen. Marko griff nach der leeren Zigarettenpackung, zerknüllte sie und verfehlte beim Werfen den Papierkorb um ein paar Zentimeter, sodass die Packung auf den Boden fiel.

Es klopfte. Auf Markos Ruf öffnete sich die Tür zaghaft, es war Holger, der dort stand. Holger hatte eine Frage zu der neuen PCR-Methode, mit der sie die EHEC-Bakterien in den Samen nachwiesen. Es gab anscheinend ein Problem. Marko schickte ihn mit der Antwort, alles noch einmal neu anzusetzen, wieder zurück ins Labor. Dieser Tölpel arbeitete am besten, wenn er nur das tat, was Marko ihm sagte, ohne große Einwände zu machen und ständig seinen eigenen Käse einbringen zu wollen.

**Kiel, 8. 6. 2011**

Anneliese Körner betrat das Büro, in dem Marianne Buchholz und Lothar Steinhagen schon auf sie warteten, nachdem beide im Chor „Herein“ gerufen hatten.

„Frau Körner, Sie hatten angekündigt, Ihrer Zeugenaussage noch etwas hinzufügen zu wollen?“ Lothar Steinhagen hatte willentlich ein strenges, *Ich-bin-im-Dienst* Gesicht aufgesetzt.

Er wusste inzwischen, dass diese Frau zu Ausflüchten und Notlügen neigte. Sie sollte sich keine Schwachheiten einbilden, was ihre Vernehmung betraf.

Anneliese Körner begann zu reden, kaum, nachdem sie sich hingesetzt hatte. Sie kam zurück auf den Abend, an dem Sybille Barnhelm umgekommen war.

„Er ist an diesem Abend noch einmal fortgewesen“, sagte sie leise.

„Er? Sie meinen Professor Puster? Sie hatten in Ihrer ersten Vernehmung ausgesagt, sie wären mit ihm den ganzen Abend zusammen gewesen.“

Lothar Steinhagen warf einen Schnellhefter auf den Tisch. „Hier lesen Sie selbst, dort steht Ihre Aussage!“

„Ja, es stimmt ja auch, wir waren zusammen. Ich dachte damals nicht, dass es wichtig sein könnte.“

„Wann war Herr Puster denn an diesem Abend nicht mit Ihnen zusammen?“, fragte Marianne Buchholz.

„Weiß ich eben nicht so genau! Wir hatten etwas getrunken, dann haben wir …“, sie stockte einen Moment, „dann hat er mit mir geschlafen. Kurz danach war ich für einen Moment vollkommen weggetreten. Ich weiß nicht, wie lange, ich konnte mich an nichts erinnern, aber als ich gegen halb zehn auf die Uhr schaute, war er weg.“

„Gegangen? Sind sie sicher?"

„Ich glaube. Auf dem Nachttisch steht eine Uhr. Ich hatte nach ihm gerufen, aber nichts gehört. Ich war viel zu müde, um aufzustehen und nach ihm zu suchen. Warum auch? Ich bin dann wieder eingenickt, und als ich das nächste Mal aufgewacht bin, war es bereits morgens gegen sieben und er lag neben mir im Bett und schnarchte."

„Warum erzählen Sie uns das erst jetzt, Frau Körner?"

„Damals fand ich es nicht wichtig. Wir sind ja zusammen vom Institut losgefahren und Sybille arbeitete noch. Ich weiß ja nicht einmal, ob und wenn, wie lange er weg gewesen ist. Vielleicht war er auch nur in seinem Arbeitszimmer oder woanders im Haus?"

Sie wurde rot und sah auf ihre Schuhe, wobei sie sich immer wieder nervös an einer blonden Locke zupfte, die ihr in die Stirn hing.

„Hat sich Ihr Verhältnis zu Herrn Puster in letzter Zeit geändert?"

Anneliese Körner holte tief Luft, verzog ihr Gesicht und sah Lothar Steinhagen vorwurfsvoll an. „Warum fragen Sie mich das? Glauben Sie mir nicht? Ich wollte Ihnen nur helfen und Sie verdächtigen mich?"

„Antworten Sie bitte auf meine Frage."

„Ich suche eine neue Arbeitsstelle, wenn Sie das meinen. Aber das hat andere Gründe."

„Aha! Und privat?"

„Wir treffen uns nicht mehr, es ist vorbei!"

„Hatten Sie an diesem Abend etwas eingenommen, dass Sie so müde gemacht hat, wie Sie es beschrieben haben?"

„Nein, ich nehme nie so etwas ein. Keine Schlafmittel, keine Aufputschmittel, nichts dergleichen."

„Hätte Herr Puster Ihnen an diesem Abend etwas geben können, ohne dass Sie das mitbekommen hätten?"

Anneliese Körner zuckte mit den Schultern. „Höchstens in den Cocktails. Ich lag schon im Bett und er hat sie in der Küche zubereitet."

Nachdem Anneliese Körner gegangen war, murmelte Lothar Steinhagen das Wort *Flunitrazepam* vor sich hin.

„Wie bitte?", fragte seine Kollegin irritiert.

„*Flunitrazepam*, ein starkes Beruhigungsmittel, das man im Blut von Jan Heinrich gefunden hat. Könnte verantwortlich sein für den benebelten Zustand von Frau Körner, als sie mit dem Professor im Bett war. Da bekommt man nicht mehr viel mit, wenn man das genommen hat. Komischer Zufall, nicht?"

„Ich weiß nicht", sagte Marianne und kniff ihre Lippen zusammen. „Anneliese Körner ist von ihrem Chef schwer enttäuscht und will sich dafür an ihm rächen. Klar, Pusters Alibi ist jetzt nicht mehr viel wert, aber vergiss nicht, Marko Brant hat auch keins für die Tatzeit."

„Richtig, und ein klares Motiv für den Mord an Sybille Barnhelm fehlt bei beiden", schloss Lothar Steinhagen die Überlegungen seiner Kollegin ab.

Eine halbe Stunde später saßen sie bei Toni vor ihren Tellern. Während Lothar sich ein Stück von seiner *Frutti di Mare* Pizza abschnitt, meinte Marianne, nachdem sie einen Schluck vom dem sizilianischen *Cataratto* getrunken hatte: „Das merkwürdigste an der ganzen Geschichte sind zwei Tote, die nichts miteinander zu tun haben, außer ihrer Verbindung zu Puster und seinen Mitarbeitern."

„Stimmt", antwortete Lothar Steinhagen und schaute versonnen auf das spitze Pizzamesser zwischen seinen Fingern. „Und deswegen werden wir uns noch einmal Harald Pütz zur Brust nehmen, gerade weil er inzwischen ein Alibi hat. Jetzt, wo er selbst nichts mehr zu befürchten hat, ist er vielleicht mitteilsamer, was diesen Fall und seine Arbeitskollegen betrifft. "

Seine Kollegin konnte mit dem Stück Pizza, das sie sich gerade hungrig in den Mund gesteckt hatte, nicht gleich antworten. Sie nickte zustimmend und versuchte, ihm mit vollen Backen ein Lächeln zuzuwerfen.

**Boksee, 9. 6. 2011**

Clara war auf der letzten Versammlung der kleiner gewordenen Hofgemeinschaft einstimmig zur neuen Geschäftsführerin gewählt worden. Durch ihre Idee, die Bockshornkleesamen bei Jörg Puster untersuchen zu lassen, hatte sie den Hof vor dem Ende gerettet. Das hatte alle sehr beeindruckt. Sie hatten beschlossen, ihrem Betrieb einen neuen Namen zu geben. Der alte Name *Keim und Sprosse* würde für immer mit dem EHEC-Ausbruch in Verbindung bleiben, zukünftig wollten sie ihre Produkte unter dem Markenzeichen *Sonnenhof* anbieten.

Jörg hatte Clara davon abgeraten, weiterhin Keimsprossen zu produzieren. Er meinte, die ganze Keimsprossenproduktion sei zu anfällig für bakterielle Verseuchung. Was Keimsprossen brauchten, nämlich Wärme, Wasser und Nährstoffe, gefiele den Bakterien ebenso. Mit diesem Argument brauchte Clara nicht viel Überredungskunst, um die anderen von der Hofgemeinschaft auch davon zu überzeugen.

Vom Bundesagraramt war die Ankündigung gekommen, dass ihr Hof, wie andere betroffene Bauern, mit Schadensersatz aus dem EU-Hilfsfond für von der EHEC-Krise betroffene landwirtschaftliche Betriebe rechnen konnte. Zwar hingen noch zwei Zivilklagen gegen den Hof an, aber die Erfolgschancen für die Kläger waren gesunken, nachdem die Bockshornkleesamen als Verursacher des EHEC-Ausbruchs identifiziert worden waren.

Jörg war bisher zweimal zu Besuch auf Claras Landgut, wie er sagte, gekommen. Die anderen von der Hofgemeinschaft betrachteten ihn mit gemischten Gefühlen. Sicherlich war er derjenige, der ihre Existenz vor dem Ruin gerettet hatte. Alle hatten das eingesehen. Aber einige sahen in ihm einen Fremdkörper aus einer Welt, die sie verabscheuten. Eine Welt, in der Genmanipulation und alles technisch Machbare regierten. Dinge, die ihren Wertvollstellungen zutiefst zuwiderliefen. Jörg kümmerte sich nicht um Claras

Mitbewohner. Zu Claras Bedauern konnte er dem Leben dort nicht viel Interesse abgewinnen, aber er kam ja ihretwegen und nicht, um der Hofgemeinschaft beizutreten, wie er einmal witzelte.

Claras Schwangerschaft verlief weiterhin problemlos. Nach der letzten gynäkologischen Untersuchung hatte die Antibiotikabehandlung dem Kind doch nicht geschadet, wie es die Ärzte befürchtet hatten. Jörg war großzügig gewesen und hatte in seinem Institut die Stuhlproben aller Mitglieder der Gemeinschaft, einschließlich der von Charly, auf EHEC testen lassen.

Als Clara von ihm hörte, dass keine der Proben EHEC-positiv war, geriet sie in Hochstimmung. Sie machte Pläne, wie der Hof wieder in schwarze Zahlen gebracht werden konnte. Sie interessierte sich für neue Gemüsesorten und direkte Vertriebswege zu Bioläden und ökologischen Gemeinschaften in Kiel und Umgebung. Mit den Sprossen waren sie zu einseitig von Großabnehmern abhängig geworden, das wollten sie in Zukunft nicht mehr. Mit ihrem Elan steckte Clara die anderen an, konnte man doch jetzt mit Zuversicht den Neuanfang wagen. Die noch skeptisch waren, würden ihre Abneigungen gegen Jörg verlieren, wenn sie merkten, was er alles für ihren Bauerhof getan hatte.

**Kiel, 9. 6. 2011**

Nachdem Jörg Puster ihn offiziell mit der Leitung der EHEC-Diagnostik betraut hatte, mussten manche, die Marko vorher von oben herab behandelt hatten, ihm jetzt zuarbeiten. Marko grinste, als er daran dachte, wie selbst Puster ihn hofiert hatte. Klar, Puster hatte Schiss bekommen, so wie sich die Dinge entwickelt hatten. Puster brauchte endlich Ergebnisse. Die hatte Marko prompt geliefert. Danach war es leicht gewesen, Jörg Puster davon zu überzeugen, Harald Pütz an die Kandare zu nehmen. Der hatte sich doch nur so frech aufgeführt, weil er glaubte, Jörg Puster und Alexander Curtius stünden hinter ihm. Das sollte er noch bereuen. Jörg Puster glaubte, damit wäre alles erledigt. Marko hätte seinen Willen und wäre zufrieden. Aber da hatte er sich getäuscht. Für Marko war das erst der Anfang. Die Leute sollten merken, wer der eigentliche Ideengeber der Gruppe war. Der Frauenheld Puster oder der ernsthafte Wissenschaftler Brant.

Die Probleme, die Leute wie Puster hatten, kamen nur von ihren Weibergeschichten. Die Körner war immer noch krankgeschrieben. Sie musste eine Mordswut auf Puster haben, das stand zumindest fest. Puster hatte ihr nicht verheimlicht, dass er jetzt mit dieser Frau von dem Bauernhof zusammen war. Ein gefährliches Spiel, dachte Marko. Die Körner war Pusters Alibi für den Abend des dreizehnten Mai, das hatte der in seiner Triebhaftigkeit wohl vergessen.

Marko grinste. Er würde sich jedenfalls nicht wieder auf so eine dumme Art aufs Kreuz legen lassen. Ihm waren die Frauen längst gleichgültig geworden. Es gab ganz andere Inhalte, die sein Leben bestimmten. Und so nebenbei würde er dafür Rache nehmen, was man ihm in diesem Institut angetan hatte.

**Berlin, 10. 6. 2011**

Leo Schneider ließ die letzten Wochen in seinen Gedanken Revue passieren. Vieles, was diese Epidemie betraf, passte nicht richtig zusammen. Da war Harald Pütz mit seinen EHEC-Stämmen, die schon zwei Wochen vor Beginn des Ausbruchs isoliert worden waren und von Menschen stammten. Pütz hatte sich merkwürdig verhalten. Zuerst den Kontakt mit ihm gesucht, um ihn plötzlich abzubrechen, als die spanischen Gurken als Auslöser der Seuche im Fokus standen. Nachdem sich die Gurken als Flop erwiesen hatten, konzentrierte sich alles auf den Sprossenhof bei Kiel. Aber weder im ILH noch in den anderen Untersuchungslaboratorien hatten sie in den Sprossen EHEC nachweisen können. Nur in der Arbeitsgruppe Puster. Dort hatten sie EHEC-O104 aus einer Packung Sprossen, die angebrochen im Haushalt eines EHEC Patienten aufbewahrt worden war, isolieren können.

Der Kieler Seuchendezernent Fiebig formulierte daraufhin die These, EHEC-infizierte Mitarbeiter des Bauernhofs hätten die Sprossenproduktion unabsichtlich verseucht und so die Epidemie ausgelöst. Fiebig, ein kleiner, umtriebiger Mann, hatte damit medienwirksam Marko Brant und Jörg Puster in den Schatten gestellt. Aber nur so lange, bis die nächste Nachricht aus dem Exzellenzinstitut wie eine Bombe einschlug.

Pusters Gruppe hatte DNA-Spuren des EHEC-O104 Seuchenerregers in Bockshornkleesamen gefunden. Samen, die auf dem besagten Bauernhof zur Herstellung der Keimsprossen verwendet worden waren. Somit konnten sich die EHEC-infizierten Bauern an ihren eigenen Keimsprossen angesteckt haben, die sie aus diesen Samen angezüchtet hatten.

Soweit, so gut. Allerdings hatte man den EHEC-Erreger aus den Bockshornkleesamen nicht anzüchten können, aber das wurde in der Erklärung des Exzellenzinstituts als Nebensächlichkeit abgetan. Sie hatten DNA-Spuren des EHEC-O104 in den Samen nachgewiesen. Das genügte, um den Ursprung der Seuche auf die Bockshornkleesamen, die als biologisch-organisches Erzeugnis aus Ägypten importiert worden waren, zurückzuführen.

Die allgemeine Entwicklung schien diesen Vermutungen recht zu geben. Die Zahl der Neuinfektionen war in den letzten Tagen drastisch zurückgegangen, sodass auch Skeptiker einsehen mussten, dass die Seuche besiegt worden war. Es war nur noch eine Frage der Zeit, bis man definitiv ihr Ende verkünden konnte.

Die Verantwortung für die Seuche lag damit in Ägypten. Der Sprossenhof bei Kiel war jetzt nur ein Zwischenglied in einer Kette von Infektionen, deren Ursprung sich in Nordafrika befinden musste. Die Medien stürzten sich gierig auf diese These. Wer wusste schon, unter welchen Bedingungen Bockshornkleesamen in Ägypten produziert wurden?

Die Europäische Union hatte sofort Gutachter entsandt, welche die Anbauflächen in Oberägypten besichtigten und feststellten, dass auch Tiere auf die Felder gelangen konnten. Tiere übertrugen nach landläufiger Meinung EHEC, und obwohl man den EHEC-O104 nie in Tieren gefunden hatte, schien nun alles vollkommen klar zu sein.

Die Kommission stellte fest, dass bei der Produktion der Samen unzureichende Sicherheitsmaßstäbe angelegt worden waren. Sie untersagte die Einfuhr dieser Produkte nach Europa. Aber das kam zu spät, um den wirtschaftlichen Schaden, der der europäischen Landwirtschaft durch die EHEC-Seuche entstanden war, zu verhindern. Russland und andere Staaten hatten längst die Lieferverträge storniert und boykottierten europäische Gemüseimporte. Das kostete Millionen, Tag für Tag.

Es gab Schadensersatzforderungen und da kam es nur gelegen, dass ein Staat außerhalb der EU verantwortlich war. Die Ägypter hatten der geballten Expertise, die ihnen von den EU-Experten entgegenschlug, wenig entgegenzusetzen. Zudem befand sich Ägypten gerade in einer gesellschaftlichen Umwälzung, die das Land in den Grundfesten erschütterte. Die Ausfuhr von landwirtschaftlichen Produkten aus Ägypten sank auf einen Tiefpunkt.

Im ILH waren sie bereitwillig auf diesen neuen Zug aufgesprungen. Beförderte er doch die Ursache und damit die Verantwortung für die Seuche weit weg aus Deutschland und Europa. Stellungnahmen, Presseerklärungen, Telekonferenzen ließen nicht lange auf sich warten. Wenn man auch in den Sprossenproben keine EHEC gefunden hatte, so konnte man sich doch darüber auslassen, wie es mit der Sprossenproduktion überhaupt bestellt war. Das Szenario von den fäkalienverseuchten Abwässern, das schon für die spanischen Gurken hergehalten hatte, erlebte seine Neuauflage auf den Bockshornkleefeldern Oberägyptens.

**Kiel, 13. 6. 2011**

Allmählich kehrte auch in der Arbeitsgruppe Puster der Alltag wieder ein. Die seit der EHEC-Krise liegen gelassenen Projekte wurden wieder aufgegriffen. Mittags bekam Harald einen Anruf von Frau Steiner, Herr Professor Puster wolle ihn sprechen, wenn möglich, sollte er gleich zu ihm ins Büro kommen. Harald war ein wenig verwundert über diese Förmlichkeit, normalerweise kam Jörg einfach bei ihm vorbei oder rief ihn selbst an, wenn er ihn sprechen wollte. Aber Harald dachte sich nichts weiter und war schon fünf Minuten später in Jörgs Büro.

„Schön, dass du gleich für uns Zeit hast, Harald“, begrüßte dieser ihn, als Harald eintrat.

Harald war überrascht, als er außer Jörg auch Alexander dort sitzen sah. Das mulmige Gefühl, welches Harald schon wegen des Anrufs von Frau Steiner beschlichen hatte, verstärkte sich. War Alexander mit seiner Arbeit nicht zufrieden? Hatte er sich womöglich bei Jörg beklagt?

„Wir sind ja alle froh, dass dieser EHEC-Albtraum endlich ein Ende findet, nicht wahr, Harald? Erzähl uns doch mal, was du jetzt an Arbeiten vorhast?“, begann Jörg.

Harald stammelte, als er zu Reden begann. Es war doch vorher alles klar gewesen, was er machen sollte. Deshalb sagte er: „Na, ich soll doch weiter an dem EHEC-O104 arbeiten, wie wir es vorher besprochen haben."

Jörg saß auf seinem Stuhl und wippte nervös mit seinem Fuß auf dem Boden. Ein sichtliches Zeichen dafür, wie er unter Anspannung stand. Er kratzte sich am Kopf und sah bedeutungsvoll zu Alexander hinüber.

„Also, ich weiß nicht so recht. Von dir ist da bisher nicht viel gekommen. Marko hat gezeigt, dass diese Sachen bei ihm in den richtigen Händen sind. Eigentlich wäre es am besten, wenn du zukünftig unter seiner Anleitung arbeitest."

„Bei Marko?" Harald fühlte, wie ihm der Schweiß ausbrach. Er schaute Alexander Hilfe suchend an. „Das geht doch nicht, oder? Ich arbeite doch bei dir."

„Alexander und ich haben das alles schon besprochen." Jörg machte eine Kopfbewegung in Alexanders Richtung.

„Also, das ist wirklich kein Problem, Harald", versicherte ihm Alexander.

Harald hasste die Art, wie er das sagte. Auf diese Weise konnte man die größten Gemeinheiten austeilen und sich trotzdem den Anschein geben, nur rein sachlich zu sein.

„Weißt du, ich werde bald für ein halbes Jahr nach Oxford für ein interdisziplinäres Forschungsprojekt gehen, dann kann ich dich sowieso nicht weiter betreuen."

„Aber was passiert denn dann mit Ines? Ines betreust du doch auch?"

„Ines geht mit mir nach Oxford. Wir arbeiten dort zusammen."

Alexander stand ruckartig auf. Die Situation war ihm sichtlich unangenehm und er machte zwei Schritte zur Tür. „Tja also, was mich betrifft, ist soweit alles klar, ihr zwei."

Er lächelte Harald kurz zu, als er Jörgs Büro verließ.

„Ich kann doch nicht unter Marko Brant arbeiten!", platzte es aus Harald heraus, nachdem Alexander gegangen war.

„Siehst du, genau so eine Antwort, hat Marko mir vorausgesagt. Er scheint dich ja recht gut zu kennen!", erwiderte Jörg selbstgefällig.

Sein Fuß bewegte sich nicht mehr. Er schwieg und sah Harald mit einem Blick an, als würde er von ihm eine Erklärung erwarten. Harald stand immer noch neben der Tür, durch die Alexander gerade verschwunden war.

Jörg griff den Gesprächsfaden wieder auf: „Ich will gar nicht wiederholen, was Marko sonst noch über dich gesagt hat, Harald. Aber du bestätigst mir seine Worte. So geht es halt nicht weiter. Wenn du dich nicht in die Gruppe einordnen willst, Harald, dann ziehe doch die Konsequenzen. Ich denke, für dich und uns alle wäre es die beste Lösung, wenn du dir woanders eine Stelle suchst."

Harald glaubte nicht richtig verstanden zu haben, was Jörg so gelassen aussprach. Vor nicht allzu langer Zeit hatte Jörg doch gewollt, dass er und nicht Marko die EHEC untersuchen sollte.

„Aber ich dachte, ich sollte die EHEC-Stämme vergleichen. Du hattest mir doch selbst gesagt, dass ich der Erste bin, bei dem der EHEC gefunden wurde."

„Damals schien das alles so zu sein. Aber inzwischen wissen wir, wo der EHEC wirklich hergekommen ist. Aus den ägyptischen Samen, aus Bockshornklee!"

Jörg wippte wieder mit seinem Fuß und starrte Harald an, bis dieser seinen Kopf wegdrehte. Schließlich überwand Harald sich und kam auf das zurück, was er die ganze Zeit zu verdrängen versucht hatte.

„Und was war mit Marie? Du selbst hattest mir doch gesagt, ich hätte sie mit dem EHEC angesteckt und somit die ganze Epidemie ausgelöst!"

„Aber das ist doch Schnee von gestern, Harald. Sei doch froh darüber! Dich trifft keine Schuld an der Verbreitung der Epidemie, das ist doch jetzt klar!"

Jörg verzog seinen Mund zu einem Lächeln und Harald empfand wider Willen ein Gefühl der Erleichterung. Jörg hatte ihm damit die Last wieder abgenommen, die er ihm vorher aufgebürdet hatte. Er war doch nicht für die Verbreitung der Seuche verantwortlich, aber Harald konnte sich des Eindrucks nicht erwehren, mit seiner Freisprechung von der Schuld Marie verraten zu haben.

Jörg sah ihm seinen Gefühlsumschwung im Gesicht an und zog daraus einen ganz anderen Schluss, als Harald tatsächlich zumute war.

„Wahrscheinlich hat sich deine kleine Küchenschlampe als Erste an den ägyptischen Keimsprossen angesteckt und danach dich, Harald. Ein simples Hygieneproblem. Also, so sehe ich das!" Jörg Lächeln wurde zu einem Grinsen und er machte dabei eine Geste, die ausdrückte, dass er jede Art von Schweinerei für möglich hielt.

„Wie redest du denn von ihr? Marie ist tot!" Harald war plötzlich außer sich vor Zorn. „Küchenschlampe! Du musst sie noch in den Schmutz ziehen, selbst wenn sie tot ist? Du Dreckskerl!"

In seiner plötzlichen Wut griff er nach dem ersten besten Gegenstand in seiner Reichweite und warf ihn auf Jörg. Der Bürolocher verfehlte den Kopf seines Chefs um gut zwanzig Zentimeter und krachte gegen das Gehäuse des Neunzehn-Zoll-Monitors, der auf Jörgs Schreibtisch stand. Ein hässlicher Riss in dem grauen Plastikmantel zeugte von der Wucht, mit der Harald den Locher geschleudert hatte.

Als Harald seinen Schreck überwunden und entsetzt sah, was er getan hatte, hörte er hinter sich die aufgeregten Stimmen von Alexander und Frau Steiner. Alexander hielt ihn am Arm fest. Jörg war aus seinem Sessel hochgeschnellt und zeigte mit seiner Hand auf Harald.

„Ihr geht jetzt mit ihm gleich an seinen Arbeitsplatz, dort soll er seinen persönlichen Kram einpacken und dann bringt ihn bitte sofort raus hinter die Pforte. Lasst ihn nicht aus den Augen! Ich habe keine Lust darauf, dass der mir hier im infektiösen Laborbereich noch Amok läuft. Und passt auf, dass er euch vorher alle Schlüssel übergibt."

Harald stand da wie versteinert, Alexander und Frau Steiner hingen jetzt wie angeklebt an seinen beiden Armen. Jörg richtete seinen Zeigefinger auf ihn.

„Wenn du jetzt noch irgendwelche Zicken machst, dann holen wir die Polizei. Also dann wird eine Anzeige fällig."

Harald blieb stumm, der Zorn hatte ihn genauso schnell verlassen, wie er gekommen war. Er ließ sich von den beiden wie eine Puppe aus dem Büro eskortieren.

„Ich werde dafür sorgen, dass du in der Wissenschaft kein Bein mehr auf die Erde bekommst!", bellte die Stimme seines Ex-Chefs hinter ihm.

Harald bemerkte nicht, wie die anderen aus den geöffneten Labortüren ihm hinterher starrten, als wäre er ein Geist. Von Weitem hörte er immer noch Jörgs zornige Stimme, aber verstand die einzelnen Worte nicht mehr. Alexander versuchte ihn zu beruhigen, aber Harald reagierte nicht auf ihn.

Keine fünfzehn Minuten später stand er auf der Straße, in der Hand hielt er einen Plastikbeutel, der seinen persönlichen Krimskrams enthielt. Dinge, die sich über die Monate an seinem Arbeitsplatz angesammelt hatte. Ein Foto von Marie, ein Taschenrechner, ein paar Schreibutensilien, ein Namensschild von einem der namenlosen wissenschaftlichen Kongresse und was sich sonst noch so in der Schublade eines Nachwuchsforschers befindet. Nachdem er scheinbar endlos lange vor dem Portal des Institutes verharrt hatte, entschied er sich nach Hause zu gehen. Er setzte sich mit langsamen, dann immer schneller werdenden Schritten in Bewegung und drehte sich nicht mehr um, als befürchte er, sonst keinen Schritt mehr weitergehen zu können.

**Boksee, 13. 6. 2011**

Die letzten Sonnenstrahlen des Nachmittags fielen schräg über den Innenhof. Für einen Moment schloss Clara ihre Augen und streckte sich auf der alten Holzbank aus, die vor dem länglichen Backsteingebäude stand. Es war ein schöner Tag und der Sommer würde noch lang sein. Clara horchte in sich hinein und glaubte etwas zu spüren. Sie dachte an ihr ungeborenes Kind, das seinen richtigen Vater nie sehen würde. Bei diesem Gedanken durchfuhr Clara ein Stich und es zog sich etwas in ihr zusammen. Es überkam sie ein Gefühl der Wehmut, fast hätte sie weinen können.

Wie schön waren ihre gemeinsamen Ideale gewesen, als sie und Jan die Idee mit dem Bauernhof in die Tat umgesetzt hatten. Aber die Jahre mit der ständigen Sorge um die Existenz der Hofgemeinschaft hatten ihre Liebe aufgefressen und Jan hatte immer mehr damit begonnen, sich in Traumvorstellungen zu flüchten, weil er die Wirklichkeit immer weniger akzeptieren konnte. Sein Hang zu Marie hatte dazu gehört, diese Idee wieder bei Null anzufangen, als wenn man die Jahre einfach so wegwischen könnte. Als sich das alles nicht mehr vereinbaren ließ und der Druck zu groß geworden war, hatte er sich umgebracht. Noch dazu auf eine Weise, die jeden Verdacht auf Jörg lenken sollte, so als hätte er etwas mit Jans Tod zu tun. Jan war immer ein idealistischer Schwärmer gewesen, aber ohne den ausreichenden Willen, seine guten Vorstellungen verwirklichen zu können.

Clara seufzte. Jörg war ganz das Gegenteil von Jan. Ein Mann der Tat und nicht nur ein Sprücheklopfer, wie Jan es in letzter Zeit immer mehr gewesen war.

Clara hatte Jörg für morgen Abend zu einem gemeinsamen Essen mit allen aus der Hofgemeinschaft eingeladen. Es war ein Versuch, ihn mehr mit den anderen zusammenzubringen. Alle sollten gemeinsam feiern, wie jeder dazu beigetragen hatte, dass der Hof gerettet werden konnte. Das verband doch alle. Wenn er die anderen erst besser kennenlernte, würde Jörg sich auch mehr dem Hof zugehörig fühlen. In einem Winkel ihres Herzens hoffte Clara, Jörg könnte ihrem Kind vielleicht ein Vater oder wenigsten ein väterlicher Freund sein. Jan hatte sich dem einfach entzogen. Clara war davon überzeugt, dass Jan sich umgebracht hatte, aber diese Ansicht teilten nicht alle auf dem Hof. Nach allem, was geschehen war, blieben die Umstände seines Todes merkwürdig. Niemand hatte verstanden, wieso man ihn in einem Auto gefunden hatte, das ihm nicht gehörte. Clara war sich sicher, Jan hatte das alles inszeniert, um den Verdacht auf Jörg oder Harald zu lenken. Der Brief, den Jan hinterlassen hatte und seine Aussage bei der Polizei waren ja eindeutig genug gewesen.

Clara streckte ihre Glieder wohlig auf der von der Sonne erwärmten Bank aus. Sie wollte sich nicht zu viele Gedanken um eine Zukunft machen, die sie nicht vorhersehen konnte. Sie schloss ihre Augen und genoss den Moment der Ruhe. Es blieb noch eine gute Stunde Zeit, bevor sie in die Küche gehen und sich um das Abendessen kümmern wollte.

**Kiel, 14. 6. 2011**

Jörg hatte auf dem Weg zum Hof noch kurz beim *Burgereck* Station gemacht, um sich für die Fahrt noch einen Hamburger zu gönnen. Auf dem Hof gab es sowieso nur vegetarisches Essen. Wenn er schon eingeladen war, wollte er nicht mit knurrendem Magen und schlechter Laune dasitzen, falls er mit dem Dargebotenen nichts, oder kaum etwas anfangen konnte.

Er wollte Clara diesen Gefallen tun, in der Hoffnung, irgendwann am Abend mit ihr allein zu sein. Er war verrückt nach dieser Frau, nachdem er sie auf seinem Bürosessel vernascht hatte. Sie war ein anderes Kaliber, als die naive Anneliese. Er hoffte, dass seine neue Freundin ihm noch ein paar sinnliche Momente gönnen würde, bevor ihre fortschreitende Schwangerschaft diesen Aktivitäten einen Riegel vorsetzte. Jörg hatte sich nicht viel Gedanken über seine Zukunft mit Clara gemacht. Er genoss die Momente, wenn er mit ihr zusammen war. Clara war seine erste Freundin, die nichts mit seinem Berufsumfeld zu tun hatte. Bei ihr konnte er ein wenig mehr loslassen, als bei diesen Labormiezen, bei denen man nie wusste, was für Pläne sie im Hinterkopf hatten, wenn sie sich ihm an den Hals warfen.

Inzwischen war er schon zweimal auf dem Hof gewesen und fand den Weg dorthin recht gut. Am Bahnhof hatte er noch schnell einen Blumenstrauß für

Clara besorgt. Frauen mochten das. Vielleicht ergab sich die Gelegenheit, mit ihr gemeinsam die Blumen zu gießen. Jörg grinste bei dieser Vorstellung.

Während er sein schweres Allradfahrzeug den staubigen Feldweg entlang zum Hof bewegte, sah er ein zweites Auto, das vor der Einfahrt stand. Jörg parkte neben dem silbermetallischen BMW, stieg aus und schlug die Wagentür geräuschvoll zu. Lautes Gebell von Charly antwortete auf seinen Lärm. Genau das war seine Absicht gewesen. Clara würde ihn hören, zum Tor kommen und Charly, der ihn immer ansprang, an die Leine nehmen.

„Na, wenn das kein Zufall ist!", ertönte eine fröhliche Frauenstimme hinter ihm. Als er sich umdrehte, blickte er in das verschmitzt lächelnde Gesicht von Polizeikommissarin Buchholz. Die Beifahrertür des BMW stand offen und im Augenwinkel sah er Steinhagen, mit dem sie schon im Institut und auf dem Polizeirevier als Duo aufgetreten war.

„Wir haben anscheinend das gleiche Ziel, Herr Professor", hörte er die Stimme von Lothar Steinhagen.

Der Polizist bemerkte den Blumenstrauß, den Jörg achtlos in seiner Hand baumeln ließ. „Im Gegensatz zu Ihnen sind wir zwar nicht eingeladen, aber wir wollen auch nicht lange stören."

Inzwischen war Clara am Tor und hielt den winselnden Charly am Halsband fest. Verwundert bemerkte sie das Trio, das vor der Hofeinfahrt stand.

„Du hast ja noch Besuch mitgebracht, Jörg", sagte sie belustigt, denn im gleichen Moment hatte sie die Polizisten erkannt. Nachdem das Tor geöffnet war, hielt sie mit einer Hand den Hund fest und mit der anderen zog sie Jörg zu sich heran.

„Nö", sagte Jörg und gab ihr einen Kuss, „Also, ich habe diese Herrschaften bestimmt nicht eingeladen!"

Lothar Steinhagen schaute seine Kollegin an und hob dabei vielsagend die Augenbrauen. Die Erklärung, warum Anneliese Körner ihre Aussage revidiert hatte, stand zwei Meter vor ihnen entfernt in der verschmolzenen Gestalt von Clara Schmidt und Jörg Puster.

„Es haben sich ein paar neue Aspekte im Mordfall Sybille Barnhelm und in Todesfall Jan Heinrich ergeben. Deswegen wollten wir Sie noch einmal sprechen, Frau Schmidt. Aber eigentlich trifft es sich gut, Herr Professor Puster, dass Sie auch gerade da sind. Dann können wir Sie beide zusammen befragen. Sie haben doch hoffentlich nichts dagegen einzuwenden? Wir werden nicht lange stören."

„Wir wollten eigentlich alle zusammen essen, aber wenn Sie schon mal hier sind", Clara deutete in Richtung des roten Backsteinhauses, „dann kommen Sie doch einfach mit!"

„Danke, gerne", sagte Marianne Buchholz, „aber wir wollen Ihnen keine Umstände machen."

Jörg sah Clara erstaunt an und verzog sein Gesicht. Clara hatte es bemerkt, aber sie nahm das nicht so ernst. Was konnten die beiden Polizisten schon wollen?

Außerdem würden die anderen aus der Hofgemeinschaft jetzt aus erster Hand erfahren, was mit Jan tatsächlich passiert war.

Sie umquerten das Haus und gingen auf die überdachte Terrasse, wo die meisten Mitglieder der Hofgemeinschaft schon an dem großen, gedeckten Holztisch saßen. „Das riecht ja richtig lecker." Marianne Buchholz zog die Luft ein, als sie vor dem Tisch standen. „Was gibt es denn heute Schönes?"

„Überbackenen Kartoffelauflauf mit Porree und Ziegenkäse", sagte Clara stolz. „Alles aus eigener Herstellung, nur der Käse ist von unserem Nachbarn, der hat ein paar Milchziegen".

Jörg fühlte sich unwohl, er hatte sich den Ablauf des Abends anders vorgestellt. Reflexartig zog er eine Packung Zigaretten aus der Tasche und suchte nach Feuer. Als er bemerkte, dass niemand rauchte, steckte er die Zigaretten wieder ein. Was wollten diese Schnüffler schon wieder? Wieso kamen sie gerade jetzt auf den Hof?

„Mmh, riecht das köstlich!", sagte Marianne Buchholz. „Ich bin zwar im Dienst, aber wenn mein Vorgesetzter nichts dagegen hat, würde ich gerne mal kosten."

Inzwischen hatten sie sich hingesetzt, nachdem Clara sie den anderen von der Hofgemeinschaft vorgestellt hatte. Das Gespräch am Tisch ebbte ab, alle waren neugierig, was die Polizei hier hertrieb.

„Sind Sie wegen Jan gekommen? Haben Sie doch den Verdacht, dass er ermordet wurde?", fragte Burghard, der nicht glauben wollte, dass Jan Selbstmord begangen hatte.

„Soweit sind wir noch nicht", sagte Lothar Steinhagen mit einem bedauernden Gesichtsausdruck. Seine Augen schweiften kurz in die Runde und richteten sich dann auf Clara. „Aber wir wissen jetzt, dass es gewisse Verbindungen zwischen dem Todesfall Jan Heinrich und dem Mordfall Sybille Barnhelm gibt."

Inzwischen war das Essen auf die Teller verteilt worden und Marianne Buchholz war sichtlich begeistert, nachdem sie den ersten Bissen davon probiert hatte.

„Wirklich lecker, so etwas bekommt man ja sonst nirgendwo. Haben Sie das gekocht, Frau Schmidt?" Clara lächelte und machte eine zustimmende Kopfbewegung.

Lothar Steinhagen beobachtete aus dem Augenwinkel Jörg Puster, der zwei Plätze entfernt neben ihm saß. Puster hatte sein Essen nicht angerührt und seine Körperhaltung hatte sich bei der Erwähnung der Todesfälle versteift.

„Das können Sie natürlich alles nicht wissen", sagte Steinhagen mit einer Geste der Entschuldigung an die Tafelrunde. Alle sahen ihn daraufhin neugierig an. Marianne merkte, wie ihr Kollege es doch immer wieder verstand, ein Gefühl zu erzeugen, das ein Verhör wie eine spannende Geschichte erscheinen ließ.

„Frau Sybille Barnhelm ist, oder vielmehr war eine Mitarbeiterin von Professor Puster. Sie wurde vor einem Monat an ihrem Arbeitsplatz im Exzellenzinstitut heimtückisch mit Chloroform vergiftet."

Nach diesem so leicht dahin gesprochenen Satz des Kommissars veränderten sich die Mienen der Anwesenden und die Stimmung am Tisch. Es wurde plötzlich still und die Spannung war deutlich zu spüren.

Jörg Puster schob seinen Teller brüsk von sich weg und protestierte laut: „Ich weiß nicht, wieso Sie das hier ausbreiten, wo es überhaupt nicht hingehört. Dann tun Sie noch so, als wäre ich dafür verantwortlich!"

„Das hat niemand gesagt, aber vielleicht gehört es hier mehr hin, als wir zuerst dachten", antwortete Steinhagen.

Jetzt hatten fast alle ihre Esswerkzeuge auf den Tisch gelegt und warteten darauf, was kommen würde.

„Zwei Personen haben unabhängig voneinander ausgesagt, dass Sie, Herr Professor Puster, Kontakt mit einer ehemaligen, verstorbenen Mitarbeiterin dieses Hofes, der Frau Marie Lehnert, hatten. Eine dieser Personen war Jan Heinrich!"

Wie auf ein Zeichen fingen alle am Tisch gleichzeitig an, zu reden und es wurde so laut, dass Charly zu bellen anfing.

„Das ist doch Unsinn", sagte Clara. „Jan hatte sich in den Kopf gesetzt, dass Jörg oder Harald, der Freund von Marie, die EHEC-Seuche hier auf den Hof eingeschleppt hatten. Aber das ist doch jetzt längst überholt. Die Seuche kam doch von den Bockshornkleesamen, Herr Kommissar, das sind doch alte Geschichten."

Sie fasste Jörg, der neben ihr saß, am Arm.

Steinhagen lächelte, nickte ihr zustimmend zu und wandte sich an Jörg Puster. „Herr Professor Puster, Sie kannten doch den Herrn Heinrich!"

„Nein! Woher denn? Ich habe ihn nie gesehen!"

„Nach Aussagen von anderen Zeugen hatte Herr Heinrich Sie in Ihrem Institut aufgesucht, um mit Ihnen zu reden. Angeblich haben Sie sich dem Gespräch aber entzogen. Daraufhin hat Herr Heinrich Sie im Restaurant *Burgereck* in Kiel abgepasst und bedroht. Außerdem hatten Sie Frau Lehnert, die Sie angeblich auch nicht kennen, Ihre Visitenkarte mit Ihrer handschriftlich dazu geschriebenen, privaten Telefonnummer gegeben. Warum haben Sie das alles in den Befragungen nicht erwähnt?"

Jörg Puster zuckte mit den Schultern und ging nicht auf Steinhagens Frage ein. „Wer sind denn diese angeblichen Zeugen, von denen Sie da reden?", beharrte er.

„Einer der Zeugen ist Ihr Student Harald Pütz!", erwiderte ihm Steinhagen und sah ihn an, als sei das die selbstverständlichste Sache von der Welt.

„Harald Pütz! Das hätte ich mir denken können! Wissen Sie, warum der das macht? Weil ich ihn wegen Unfähigkeit entlassen habe!", entgegnete Jörg Puster. „Außerdem hat er mich angegriffen, dafür gibt es Zeugen!"

„Esst, Leute“, rief Clara laut, die besorgt über den Ausgang des Abends in die Runde schaute. „Esst, es wird sonst kalt.“

„Da haben Sie recht, Frau Schmidt!“, meinte Marianne Buchholz, „und es wäre jammerschade. Man kann auch beim Essen reden. Es ist schließlich kein Verhör.“

„Was soll das denn sonst sein, Ihrer Meinung nach?“, fauchte Jörg Puster sie an.

„Sie haben doch ein Alibi für die Zeitpunkte der beiden Todesfälle, Herr Professor Puster?“, erwiderte Marianne Buchholz, während sie sich ihre zweite Portion auftat und an dem überbackenen Ziegenkäse nicht sparte.

„Das wissen Sie doch besser als ich. Sie selbst hatten meine Aussage doch zu Protokoll genommen!“

„Stimmt.“ Marianne Buchholz kaute genüsslich und fuhr nach einer kurzen Pause fort. „Aber es wird Sie interessieren, dass Frau Körner noch einmal bei uns war und ihre Aussage für den Ablauf des Abends, an dem Frau Barnhelm ermordet wurde, relativiert hat.“

„Relativiert! Was soll denn das jetzt wieder heißen?“

„Frau Körner hat ausgesagt, dass sie zwar an diesem Abend bei Ihnen war, aber plötzlich von einer unerklärlichen Müdigkeit befallen wurde. Sie war eingeschlafen, nachdem Sie ihr beigewohnt haben. Als sie gegen halb zehn aufwachte, waren Sie nicht mehr da. Insofern haben Sie für die eigentliche Tatzeit doch kein Alibi.“

Diese Schlange! Das ist doch die Höhe! Ich war vielleicht mal aufgestanden und irgendwo anders im Haus gewesen!“, schrie Jörg Puster und sprang auf.

„Kennen Sie eigentlich das Mittel *Flunitrazepam*?“, fragte Steinhagen beiläufig.

„Fluni? Was soll das denn jetzt werden?“

„*Flunitrazepam* ist ein Beruhigungsmittel, das willenlos und schläfrig macht. Es wurde im Blut von Jan Heinrich gefunden, der willenlos im Auto sitzen bleiben musste, bis er elendig an den Auspuffgasen erstickte. Die unerklärliche Müdigkeit von Frau Körner an dem Abend bei Ihnen könnte ebenfalls auf die Wirkung von *Flunitrazepam* hinweisen.“

Unruhe kam bei den Anwesenden auf, die miteinander tuschelten und Puster bedeutungsvolle Blicke zuwarfen.

Der hatte sich wieder gesetzt, nachdem Clara ihm am Arm gezogen hatte und erklärte: „Also das reicht mir jetzt. Ich habe damit nichts zu tun, das ist doch eine Unterstellung!“

„Jörg war vorher nie auf dem Hof gewesen. Er kannte Jan nicht persönlich und das mit Frau Körner ist doch nur, weil …“, versuchte Clara die Sache herunterzuspielen.

„Sei still, das geht die gar nichts an!“ fuhr Jörg Puster ihr über den Mund.

„Hör auf, Clara anzuschreien!“, rief Horst, der Jörg Puster gegenübersaß und Anstalten machte, aufzustehen.

Charly, der unter dem Tisch lag, begann zu knurren.

Jörg Puster war wieder aufgestanden, er hatte rote Flecken im Gesicht. „Ich muss mir das nicht länger bieten lassen, ich gehe jetzt!"

Er machte einen Schritt, mit einem scheelen Seitenblick auf Charly, der vor ihm auf dem Boden lag, mit dem Schwanz peitschte und knurrte.

„Schade, Herr Professor", sagte Lothar Steinhagen, „dann müssen wir uns eben doch noch einmal auf dem Dezernat unterhalten."

„Ich habe vor Ihnen doch keine Angst." Jörg Puster stand jetzt direkt hinter Steinhagen, der auf der Holzbank sitzen geblieben war und keine Anstalten machte, sich auch nur nach ihm umzudrehen.

„Sie wissen wohl nicht, wen Sie vor sich haben! Ohne mich würde die EHEC-Seuche immer weiter grassieren! Woanders weiß man das zu schätzen, Herr Polizist. Ich werde mich über Sie an anderer Stelle beschweren. Es ist schon eine Unverschämtheit, wie Sie hier reingeplatzt sind und uns den Abend versaut haben."

Jörg Puster entfernte sich vom Tisch in Richtung Hoftor. Charly japste und wollte hinter ihm her.

Clara schrie „Charly, sitz!", während sie aufsprang und Jörg hinterher rannte.

Nach kurzer Zeit hörte man die einhundertneunzig Pferdestärken seines Vans aufheulen und das Geräusch entfernte sich schnell. Clara kam kurz danach zurück. Sie war blass und hatte gerötete Augen.

Sie setzte sich nicht mehr hin, sondern blieb am Tisch stehen und schaute traurig auf die beiden Polizisten. „Haben Sie noch Fragen? Ich würde mich sonst gerne hinlegen."

Lothar Steinhagen gab seiner Kollegin einen Wink und sie standen auf.

„Wir wollten Ihnen nicht den Abend verderben", entschuldigte sich Marianne Buchholz.

„Wir melden uns, Frau Schmidt. Es tut mir leid, dass der Abend so unschön endet, aber wir haben schließlich die Pflicht, in beiden Fällen zu ermitteln", erklärte Steinhagen.

Clara wischte sich die Augen, als Beate sie tröstend in den Arm nahm.

„Wir finden den Weg zurück und nochmals herzlichen Dank für das köstliche Essen", verabschiedete sich Marianne Buchholz.

Sie ging mit Lothar Steinhagen langsam zum Hoftor, das halb offen stand.

„Sie tut mir irgendwie leid, die Frau Schmidt", sagte Marianne.

„Ja, aber wir mussten hier mal provozieren, um diese Mauer der Lüge und des Verschweigens, was den Mordfall Sybille Barnhelm betrifft, zu durchbrechen. Ich bin sicher, dass es jemand aus dem Arbeitsumfeld von Puster oder er selbst war", erwiderte ihr Kollege.

„Und was ist nun mit Jan Heinrich?", fragte Marianne.

„Keiner unserer Hauptverdächtigen hat annährend die Statur, Jan Heinrich zu etwas zu zwingen, was er selbst nicht möchte", entgegnete ihr Kollege.

„Und wenn einer ihm diese k. o. Pillen verabreicht hat, ohne dass er es merkte?", warf Marianne ein.

„Glaubst du, Jan Heinrich hätte nur einen von denen an sich herangelassen, ohne ihn zusammenzuschlagen?"

„Allerdings!"

Lothar Steinhagen sah seine Kollegin erstaunt an: „Wer?"

„Marko Brant. Der Einzige, der nicht auf der Hassliste von Jan Heinrich stand!"

Steinhagen nickte, seine Kollegin hatte recht. Marko Brant hatte auch ausgesagt, dass ein Mann, auf den die Beschreibung von Jan Heinrich passte, im Institut nach Jörg Puster gesucht hatte.

„Aber richtig weiter sind wir mit Jörg Puster auch nicht gekommen", meinte Marianne.

„Ich weiß, aber er ist ziemlich nervös. Für meinen Geschmack ist er zu wütend geworden."

„Wir haben ihn ziemlich provoziert und es kann auch daran liegen, dass er ein Choleriker ist", meinte Marianne.

„Umso besser, dann werden wir ihn weiter provozieren, bis wir endlich die Wahrheit wissen! Wenn Puster es war, wird er irgendwann einen Fehler machen."

„Bleibt trotzdem auch noch Marko Brant", bohrte Marianne nach.

„Schon klar. Der hat immer wieder versucht, Harald Pütz den Mord an Frau Barnhelm in die Schuhe zu schieben."

„Puster hat das auf subtilere Art auch gemacht!"

Lothar Steinhagen hatte den Motor immer noch nicht angelassen. Er drehte sich zu seiner Kollegin auf dem Beifahrersitz: „Also Marianne, nach dem Ergebnis des heutigen Abends, wer kommt für den Mord an Sybille Barnhelm infrage?"

„Puster, Brant, oder der, beziehungsweise die große Unbekannte", seufzte Marianne Buchholz, als sie die Autotüren schlossen und den Motor anließen.

„Die Frau Körner scheidet aus, denn sie hat sich mit ihrer Aussage ihr eigenes Alibi weggeschossen. So dumm, dass sie das nicht wusste, kann sie doch nicht sein, oder?"

„Harald Pütz auch, er wird durch die Aussage von Ines Waldmann und von dem Kioskbesitzer entlastet", fügte Steinhagen hinzu.

Marianne Buchholz schaute in den Rückspiegel, hatte ihren Lippenstift in der Hand und verzog ihren rot geschminkten Mund zu einem Flunsch.

„Also bleiben doch noch Puster oder Brant! Aber das Essen war trotzdem köstlich", seufzte sie. „Lothar, lass mich bitte am Bahnhof raus, ich habe noch eine Verabredung."

Lothar Steinhagen verzog sein Gesicht. Ihn erwartete für diesen Abend nichts weiter, als seine leere Wohnung. Er überlegte, ob er noch in die Dienststelle gehen sollte. Der BMW hinterließ eine große Staubfahne, als sie den sandigen Feldweg zurückfuhren, denn es hatte seit zwei Wochen nicht mehr geregnet.

**Boksee, 15. 6. 2011**

Clara hatte in der Nacht, als Jörg nach dem Streit mit den Polizisten wütend abgehauen war, lange wach gelegen und nachgedacht. Warum hatte sie immer so viel Pech mit den Männern? Hätte sie Jans Selbstmord nicht doch verhindern können? Hatte sie sich immer genug Mühe gegeben, ihn zu verstehen? Und was war jetzt mit Jörg?

Jörg hatte am Mittwochmorgen angerufen und sich bei ihr entschuldigt, aber für Clara hatte das nicht sehr ehrlich geklungen. Vielleicht hatte er sich nur gemeldet, weil er verrückt nach ihr war. Scharf darauf, wieder mit ihr zu schlafen. Zu verstehen hatte er ihr das ja jedes Mal gegeben, wenn sie sich gesehen hatten.

Die Szene, wie er ihr am Tisch über den Mund gefahren war, würde sie nicht mehr vergessen können. Es war eine spontane Reaktion von ihm gewesen. Eine Reaktion, die zeigte, wie er wirklich war oder sein konnte. Aus Erfahrung wusste Clara, dass solche Szenen im Verlauf einer Beziehung zunahmen, wenn die erste Phase des gegenseitigen Kennenlernens und der besonderen Rücksichtnahme vorbei war. In dieser Nacht kam sie zu dem Schluss, dass sie die Beziehung mit Jörg nicht weiterführen wollte. Die Vorstellung, er könnte ihrem Kind ein Vater sein, erschien ihr jetzt absurd.

Was zählte, Jörg hatte den Hof gerettet und dabei sollten sie es belassen. Sie stand dazu, dass sie sich in seinem Büro mit ihm sexuell eingelassen hatte. Sie hatte gespürt, er konnte ihr helfen und das hatte seine Attraktivität ausgemacht. Wahrscheinlich wäre der Hof sonst längst am Ende. Clara bereute nichts, auch wenn die Beziehung mit Jörg sich nicht so entwickelt hatte, wie sie anfangs dachte.

Als Burghard sie mittags noch einmal auf die Ereignisse des gestrigen Abends ansprach, sagte sie ihm, er solle es gut sein lassen. Sie hätte sich eben geirrt und eine gemeinsame Zukunft mit Jörg Puster würde es für sie nicht geben. Burghard hatte genickt, ihr die Hand auf die Schulter gelegt und gemeint: „Ich bin froh, dass du das auch so siehst!“

Damit war das Thema Jörg Puster für die Hofgemeinschaft abgeschlossen und niemand sprach mehr in Claras Anwesenheit von ihm. Die meisten waren froh, dass sie sich nicht weiter mit der Gegenwart eines Menschen, den sie als anmaßend empfanden, auseinandersetzen mussten. Clara litt umso mehr unter ihrer Einsamkeit, die sie mit der Arbeit auf dem Hof nur stundenweise verdrängte. Es gab genug Probleme, die sie als Geschäftsführerin lösen musste. Gegen den Hof hingen immer noch zwei Klagen an, die von EHEC-Patienten erhoben worden waren. Glücklicherweise waren die ersten Gelder aus dem EU-Hilfsfond ausgezahlt worden. Mittel, die dringend für das weitere Überleben des Hofes in den nächsten Monaten gebraucht wurden.

Den anonymen Brief, der besagte, dass Jörg Puster am Tod seiner Mitarbeiterin Sybille Barnhelm schuldig war, hätte sie beinahe ungelesen verbrannt. Seit der Zeitungsmeldung über den „Todeshof bei Kiel“ trafen täglich Hetzbriefe ein, die sie alle sofort verbrannten. Burghard hatte nur zufällig beim Überfliegen des maschinenbeschriebenen Textes Claras Namen gelesen.

Verbunden mit einer Warnung vor Jörg Puster. Er sei ein Mörder und irgendwann würde es auch sie treffen.

„Krankhafte Eifersucht“, sagte Clara zu Burghard, „aber inzwischen längst unbegründet.“

Burghard fand den Inhalt des Briefes bedenklich. Er wollte Clara davon überzeugen, ihn der Polizei zu übergeben. Clara erinnerte sich an den Auftritt der beiden Beamten und schüttelte den Kopf. Sie warf den Brief zu den anderen ins Feuer und ging erst, nachdem alles zu Asche verbrannt war. So hatte sie auf ihre Art auch die Beziehung zu Jörg abgeschlossen.

**Kiel, 16. 6. 2011**

Harald hatte nicht mehr damit gerechnet, dass die Polizei ihn erneut wegen Sybille befragen würde. Nachdem Jörg ihn rausgeschmissen hatte, war Harald an den folgenden Tagen zu Hause geblieben. Er hatte seine Wohnung nur noch verlassen, um sich an Imbissbuden wahlweise einen Döner oder eine Currywurst einzuverleiben. Den Rest der Zeit verbrachte er auf seiner Bettcouch und grübelte darüber, was er in Zukunft machen wollte. Es hatte keinen Sinn, sich einfach an einem anderen Institut zu bewerben. Spätestens dann, wenn die Frage auf seine bisherige Tätigkeit kam, musste der Name Jörg Puster fallen. Ein Anruf oder eine E-Mail von Jörg würde genügen, um ihn als Bewerber zu disqualifizieren. Außerdem waren bezahlte Promotionsstellen dünn gesät. Selbst wenn man die besten Voraussetzungen hatte, war es nicht einfach, eine davon zu ergattern.

Wenn er sparsam lebte, blieb ihm noch genug Geld, um für die nächsten zwei, drei Monate über die Runden zu kommen. Seinen Eltern, die selbst kein großes finanzielles Polster hatten, wollte er nichts von seinem Schicksalschlag erzählen.

Keiner aus dem Institut hatte sich seit seinem Rauswurf mehr bei ihm gemeldet. Obwohl er keine tiefen Freundschaften mit den anderen gepflegt hatte, war er enttäuscht. Durch seine Entlassung war er für die anderen zu einer Unperson geworden. Als hätte man Angst, das gleiche Schicksal zu erleiden, wenn man sich mit ihm abgab. Außerdem hatten die meisten zu viel Schiss, um sich mit jemandem abzugeben, der in Jörgs Bannstrahl geraten war. Die kritischsten Momente im Leben muss man alleine durchstehen, dachte er. Aber ohne die anderen ging es trotzdem nicht.

Umso verwunderter war er gewesen, dass ausgerechnet Anneliese bei ihm anrief und erzählte, sie wollte nicht mehr bei Jörg arbeiten, sondern sich woanders bewerben. Woher sie seine Telefonnummer hatte, wusste Harald nicht. Er erinnerte sich, dass er Anneliese die letzten Tage im Institut nicht mehr gesehen hatte, aber er hatte dem keine große Bedeutung beigemessen. Anneliese begann, sich über Jörg zu beklagen. Er hätte sie schlecht behandelt und sie hätte erst von Bernadette erfahren, dass Jörg ihn rausgeschmissen hätte. Dann begann sie, ihn über Sybille, Marko und Jörg auszufragen und schlug vor, sich mit ihm zu treffen. Ein Gespräch unter Leidensgenossen, wie sie meinte. Harald wollte ihr das nicht so richtig abnehmen. Im Institut hatte Anneliese ihn kaum beachtet und Harald glaubte, dass eher Jörgs Neugier, zu erfahren, was Harald jetzt vorhätte, hinter Annelieses Kontaktversuchen stand.

Der zweite Anruf, der ihn an diesem Tag in seiner bedrückend stillen Wohnung aufschreckte, kam von Frau Polizeikommissarin Buchholz. Das Gespräch war kurz und bestand aus einer Vorladung für den nächsten Tag auf ihre Dienststelle.

***

*Phase Zwei seines Plans war vollbracht. Auf eine viel elegantere Art, als er es geplant hatte, war ihm der Zufall zu Hilfe gekommen. Die ägyptische Plage, zu der sich sein Baby inzwischen gewandelt hatte, stellte als Erklärung für die Seuche alle Beteiligten und Betroffenen vollauf zufrieden. In Deutschland konnte keiner mehr für den Ausbruch dieser Seuche verantwortlich gemacht werden. Alle waren ihm dankbar, dass er die Ursache gefunden und die Seuche damit faktisch besiegt hatte. Die Gurken hatte man schon vergessen, der Sprossenhof war aus der Schusslinie und alle diese Leute sollten ihm eigentlich nur dankbar sein.*

*Die Umstände um Sybille Barnhelms Tod würden für immer ungeklärt bleiben, aber wen, außer den beiden Polizisten, interessierte das noch? Die hatten jetzt noch einen zweiten Toten auf dem Hals, mit dem sie auch nicht klarkamen. Harald Pütz gehörte nicht mehr zur Arbeitsgruppe und war somit auch kein Anlass mehr zur Sorge.*

*Es war Zeit für ihn, seine Ernte einzufahren. Der Sommer hatte seinen Höhepunkt bald erreicht. Die Saat, die er ausgebracht hatte, ging auf und wurde reif. Es war Zeit für Phase Drei. Zeit, endlich loszulassen, er hatte die Tür zum Thronsaal doch längst durchschritten. Nur das Gefühl des Friedens mit sich selbst, getrieben von der Sehnsucht, endlich alles, was ihn rastlos umhertrieb, loslassen zu können, stellte sich nicht ein. Dabei war es das, was er eigentlich gesucht hatte. Trotzdem schien es ihm ferner, als sonst zu sein. Ehrungen, Lobeshymnen, Respekt. Alles, was ihm jetzt erwiesen wurde, verstärkte nur das Gefühl seiner latenten Angst. Angst davor, dass morgen schon mit allem Schluss sein konnte und er wieder auf sich selbst zurückgeworfen war, wie so oft in seinem Leben.*

*Phase Drei, das Zurücklehnen und Genießen seines Erfolgs, alles das, weswegen er überhaupt mit dem Ganzen angefangen hatte. Sie erschien ihm ebenso unerreichbar, wie zu Anfang.*

**Kiel, 17. 6. 2011**

Harald war pünktlich. Auf dem Dezernat traktierten ihn die beiden Polizisten immer wieder mit den gleichen Fragen. Es ging um den Tod von Jan Heinrich. Sie hielten ihm vor, Jan Heinrich gekannt und Streit mit ihm gehabt zu haben. Heinrich hätte ihn bedroht und geschlagen, das sei aktenkundig. Damit hätte er ein Motiv, Jan Heinrich aus dem Weg zu räumen, bevor dieser ihm erneut etwas antat.

Harald fragte die beiden, ob sie glaubten, dass er einem Hünen wie Jan Heinrich ernsthaft etwas hätte entgegensetzen können.

Steinhagen lächelte wissend, als er das hörte. Er ging nicht darauf ein und antworte mit einer Reihe von Gegenfragen. Ob Harald das Mittel *Flunitrazepam*, besser bekannt unter dem Namen *Rohypnol*, kenne und ob er selbst Drogen nähme? Er kam wieder auf die Flasche Wodka zurück, die Harald am Todestag von Sybille Barnhelm erstanden hätte. Ob Harald regelmäßig trinke, wollte er wissen. Wovon er jetzt überhaupt lebe, nachdem er seine Stelle verloren hatte? Ob Jörg Puster ihm eine Abfindung gezahlt hätte? Warum er nach Pusters Visitenkarte auf dem Bauernhof gesucht hätte?

Aus einer Eingebung heraus fragte Harald die Polizisten nach dem genauen Zeitpunkt des Todes von Jan Heinrich. Er besann sich, an diesem Abend mit einem alten Bekannten aus seiner Studienzeit im Kino gewesen zu sein. Der könnte das bezeugen. Auch die Umstände des Todes von Jan Heinrich träfen auf ihn nicht zu. Er könne nicht Autofahren, hätte auch keinen Führerschein und wüsste gar nicht, wie er das Auto hätte stehlen und dorthin fahren können, wo sie es gefunden hatten.

Die beiden Polizisten sahen sich an. Harald schien, als hätten sie alles schon gewusst, was er ihnen da erzählte. Sie würden seine Angaben nachprüfen, sagte die Frau. Wenn er nicht für Jan Heinrichs Tod verantwortlich wäre, wer dann? Ob er sich vorstellen könnte, dass Jörg Puster oder Marco Brant die Tat begangen hätten?

Harald hatte sich bisher darüber keine Gedanken gemacht. Jörg hatte ihn rausgeworfen, das musste er erst einmal verdauen. Aber da die EHEC-Seuche aus den Bockshornkleesamen kam, war er von Schuldgefühlen entlastet, was die Epidemie und Maries Tod betraf. Damit hatten ihn Jörg und Marko auch nicht mehr in der Hand.

So erzählte Harald den beiden Polizisten, was er wusste und zu wissen glaubte. Einzig mit dem Ziel, dass sie ihn endlich in Ruhe ließen. Nach zwei Stunden durfte er schließlich gehen.

„Auf Wiedersehen, Herr Pütz“, sagte Steinbach.

„Besser nicht“, antwortete Harald schüchtern.

Die Kommissarin sah ihm mitleidig hinterher, als er zur Tür ging.

Als Harald das nach Putzmitteln riechende Polizeidezernatsgebäude verließ und die Straße betrat, brach die Sonne gerade durch die Wolken. Vom Meer kam ein Wind, der nach Salz und Ferne schmeckte. Zum ersten Mal seit langer Zeit fühlte Harald sich frei, befreit von den dunklen Zwängen, die ihn während der letzten Wochen wie Schatten begleitet hatten. Selbst die gemeinsame Zeit mit Marie war davon belastet gewesen, da ihre kurze Liebe unter dem harten Diktat des Institutsalltags leben musste, und ihre Beziehung schließlich daran auch gescheitert war.

Jetzt war er frei von allem, ohne Arbeit, aber auch ohne diese Last. Der vom Meer kommende Wind trieb ihn die Ringstraße hinunter in Richtung der Kaianlagen. Harald hatte kein konkretes Ziel, er lief einfach dem Wind entgegen.

Tagelang hatte er in der dunklen Wohnung gehockt und vor sich hingebrütet. Die beiden Polizisten hatten ihre letzten Karten ausgespielt und er hatte das Spiel nicht verloren. Sie würden ihn von jetzt an in Ruhe lassen. Er hatte nichts mehr, was sie interessieren könnte.

An Maries Tod war er nicht Schuld gewesen. Sie, die immer über seine ungesunden Essgewohnheiten geschimpft hatte, war durch ihre gesunde Kost gestorben. Das Leben konnte sehr gemein sein, wenn man das Schicksal eines einzelnen Menschen besah. Als ihm das durch den Kopf ging, machte er sich um seine Zukunft keine Gedanken mehr. Sollte Jörg sich seiner Perspektive als Biologe in den Weg stellen, musste er eben ausweichen und einen ganz anderen Weg gehen. Auch Jörg konnte nicht überall sein.

Harald wurde leichter ums Herz, er achtete nicht auf den Verkehr, als er über die Bundesstraßc 404 rannte, und wäre beinahe überfahren worden. Er beschleunigte seine Schritte, durchquerte den Hauptbahnhof und hörte im Vorbeihasten die Zugansagen. Dann lief er die Treppen aus der Station hinunter bis zur Kaistraße und schlug den Weg längs am Wasser ein.

Dicht an der Förde war der Wind vom Meer noch stärker und Harald lief an den Hafenanlagen entlang in Richtung Ostseekai. Das Hornsignal eines Ozeanriesen mischte sich zu den Geräuschen der Stadt und des Windes zu einem Ruf in die Ferne. Die an den Masten aufgezogenen Fahnen knatterten im Wind. Harald zog die Luft tief ein und schaute zu den Masten hoch. Die Fahnen der deutschen Bundesländer bewegten sich dort wie synchronisiert. Der schwarze Bär auf der weiß-rot gestreiften Fahne schien wie im Wind zu laufen. Berlin, das war es. Harald wusste in diesem Moment, was er tun wollte. Er musste zu Schneider nach Berlin.

Es gab für ihn keinen Grund mehr, Schneider aus dem Weg zu gehen, im Gegenteil. Schneider war keine Bedrohung mehr, sondern eine Hoffnung. Wahrscheinlich der Einzige, der Harald noch eine Chance bieten konnte, in seinem Beruf weiter arbeiten zu können. Vorausgesetzt, Schneider trug ihm nicht nach, dass er sich nicht mehr bei ihm gemeldet hatte. Harald würde ihm alles erklären. Er konnte ihm Informationen über Markos neue Methode geben, die Schneider nicht haben konnte. Damit hatte er ihm etwas anzubieten. Jörg Puster und Leo Schneider waren nicht die besten Freunde. Schneider hatte bereits die EHEC-Stämme von ihm bekommen. Wenn er einverstanden war, würde Harald bei ihm arbeiten, mit Markos Methode EHEC aus den Proben isolieren, in denen sie am ILH nichts gefunden hatten. Harald sah sich bereits im Zug nach Berlin sitzen. In Kiel hielt ihn nichts mehr.

**Berlin, 20. 6. 2011**

Nachdem die EHEC-Epidemie abgeebbt war, kehrte auch im Labor von Leo Schneider wieder mehr Ruhe ein. Die Seuche hatte fast zwei Monate gewütet, die EHEC *Task-Force* war aufgelöst und die Aufhebung des Krisenzustandes stand bald bevor. Die Behörden, Organisationen, Verbände und Interessengruppen, die sich mit der Seuche befasst hatten, waren nun damit beschäftigt, ihre Rolle als positiv hervorzuheben und die Fehler den anderen anzulasten. Dies setzte sich auf europäischer Ebene nahtlos fort. Am Ende ging es nur darum, wer den wirtschaftlichen Schaden, der mit der Seuche entstanden war, begleichen sollte.

Auch das ILH war von diesen Strömungen nicht ausgenommen. Eine eigens zu diesen Zweck gegründete Abteilung bekam die Aufgabe, die Arbeit des ILH als Garant für die Lebensmittelsicherheit der deutschen Öffentlichkeit zu präsentieren. Leute wie Leo Schneider störten dabei. Eine kritisch-hinterfragende Einstellung war für diese Art von Information, die eigentlich mehr zu Werbezwecken diente, fehl am Platz.

Mit dem Ende der Krise traten andere Leute in den Vordergrund, von denen man vorher nie etwas gehört hatte. Ihr gemeinsamer Nenner bestand darin, EHEC-Experten zu sein, ohne sich mit dem Erreger jemals beschäftigt zu haben. Sie trafen sich zu Symposien, Kongressen und Workshops mit ihren geistigen Verwandten aus den anderen EU-Ländern. Da fiel es kaum auf, dass dort Blinde angeregt über Farben diskutierten, denn es ging dabei nur darum, der Öffentlichkeit zu kommunizieren, was politisch gewollt war. Je nach der Entwicklung konnte sich das ändern, so wie man es bei den spanischen Gurken bereits erlebt hatte. Die gefragtesten Experten waren jene, die mit eloquenten Worten solche politischen Kapriolen der erstaunten Öffentlichkeit als neueste Tatsachen präsentierten.

Jedoch ließ sich die Tatsache, dass keine EHEC-Bakterien aus den Bockshornkleesamen angezüchtet werden konnten, nicht so einfach wegdiskutieren. Es gab nur einen DNA-Nachweis und sonst nichts. Zu Beginn sorgte das bei einigen der Beteiligten für Zweifel und Irritationen.

Aber auch dafür fand sich bald eine Lösung. Mit dem Schlagwort VBNC (*viable, but nonculturable*) wurde der EHEC zu einem raffinierten Biest erklärt, das sich meisterhaft zu tarnen verstand. Demnach befanden sich zwar EHEC in den Samen, ließen sich jedoch, einem Zombie vergleichbar, nur unter nicht näher bekannten Umständen zum Leben erwecken. ILH Wissenschaftsadministrator Vogel benutzte den Begriff *Dormanz*, um diesen Dämmerzustand zu beschreiben. Ein Zustand, von dem Schneider vermutete, er hätte mehr gewisse Protagonisten der EHEC-Krise, als das EHEC-Bakterium selbst befallen.

Zwar waren diese Begriffe für den normalen Bürger nicht mehr nachvollziehbar. Aber sie genügten, um die bestehenden Widersprüche soweit zu überspielen, dass die Herkunft der EHEC aus den Bockshornkleesamen allgemein akzeptiert wurde.

Kritischere Stimmen kamen von der anderen Seite des Atlantiks. Es gab Zweifel daran, ob EHEC, wie in einem Dornröschenschlaf, jahrelang in den trockenen Samen überlebt haben konnten. Für die USA stand bei der EHEC-Krise wirtschaftlich nichts auf dem Spiel, denn die amerikanische Landwirtschaft war von dem europäischen EHEC-Ausbruch nicht betroffen gewesen.

Schneider hatte schon seit einigen Jahren mit einem Kollegen aus dem amerikanischen *Center for Disease Control* über EHEC-Bakterien gearbeitet. Bill war ein umtriebiger Forscher und hatte durch seine Arbeit im staatlich gelenkten CDC gute Verbindungen zu gewissen Regierungskreisen in den USA. Leo Schneider hatte seit Beginn der Epidemie einige Male mit Bill über den EHEC-Ausbruch in Deutschland korrespondiert. Das Interesse der Amerikaner hatte zugenommen, nachdem die ersten US-Touristen Anfang Juni mit einer EHEC-Infektion aus Deutschland zurück in die Heimat geflogen kamen. Damit war die deutsche EHEC-Seuche zu einem Sicherheitsrisiko für das amerikanische *Homeland* geworden. Von da an schrieb Bill ihm öfter. Er erkundigte sich nach Einzelheiten und bekam von Leo die Geschichte der EHEC-Seuche von den spanischen Gurken bis zu den ägyptischen Samen häppchenweise in Form von E-Mails erzählt.

Von Harald Pütz und seinen EHEC hatte Leo ihm nicht berichtet. Die ganze Sache erschien Leo zu verworren. Er wusste um die Schwäche der Amerikaner, konspirative Zusammenhänge auch da zu vermuten, wo sie nicht existierten. Geheimdienste waren paranoid. Leo hatte genug Erfahrungen dazu aus seiner Zeit am IEI, als er an Rizin und anderen Biowaffen forschen musste, sammlen können. Nachdem Harald Pütz den Kontakt mit ihm unvermittelt abgebrochen hatte, glaubte Schneider, dass dieser ihn nur für seine persönliche Auseinandersetzung mit Jörg Puster ausgenutzt hatte.

Für Leo Schneider war die Sache abgehakt und er war nicht daran interessiert, sie wieder aufleben zu lassen. Aber nun hatte sich Harald Pütz vor einer Stunde überraschend bei ihm gemeldet. Mit einer neuen Geschichte, die noch fantastischer war als die, mit der er sich vor sechs Wochen bei ihm zum ersten Mal bekannt gemacht hatte. Pütz erklärte, Jörg Puster hätte ihn aus seiner Arbeitsgruppe rausgeworfen und nun sei er, Leo Schneider, seine einzige Hoffnung, doch noch seine Promotionsarbeit über EHEC abschließen zu können.

Etwas in Pütz Worten ließ Leo den Ernst spüren, der aus den kurzen, abgehackten Sätzen sprach. Die Möglichkeit, Harald Pütz für die Dauer einer mehrjährigen Promotionsarbeit einzustellen, hatte er nicht. Die von Alfons Niemeyer aus dem Bundesagraramt bewilligten Mittel reichten höchstens noch für einen Werkvertrag von drei bis vier Monaten. Und selbst dafür brauchte Schneider das Einverständnis der Leitung des ILH.

Harald Pütz schienen die von Schneider vorgebrachten Bedenken nicht hinderlich zu sein. Er hätte auch noch etwas Geld und er würde Schneider und seine Vorgesetzten schon überzeugen, dass es sich lohnte, ihn am ILH zu beschäftigen. Sein Zimmer in Kiel könnte er untervermieten, bis die Kündigungsfrist abgelaufen war. Weiter hätte er keine Verpflichtungen. Kurzum, er könnte in zwei Tagen schon bei Schneider sein. Das einzige Problem wäre, wo er denn in Berlin unterkommen sollte.

Das würde sich finden, sagte Leo Schneider, dem die Entschlossenheit von Harald Pütz imponierte. Es gab immer Wohngelegenheiten auf Zeit. Zur Überbrückung könnte Harald Pütz auch für ein paar Tage bei ihm wohnen. Da seine Frau Louisa noch bis Anfang Juli in Arles war, hatte Leo Schneider genügend Platz.

**Kiel, 21. 6. 2011**

Sie waren gegangen, wie sie gekommen waren, mit leeren Händen. Marko hatte sich anfangs noch Mühe gegeben, die beiden Polizisten ernst zu nehmen. Sie taten ja nur ihre Pflicht. Aber selbst das machten sie stümperhaft. Ihre Versuche, ihn einzuschüchtern, waren albern. Steinhagen, der sich aufplusterte, als er ihn auf sein fehlendes Alibi hinwies. Seine Kollegin hatte dummerweise noch angedeutet, dass das Alibi von Jörg Puster auch nicht so felsenfest war, wie es anfangs schien. Na dann! Anneliese Körner war nicht mehr gut auf Jörg Puster zu sprechen. Marko war mit sich zufrieden, diese Heulsuse so weit getriezt zu haben, bis sie endgültig die Segel gestrichen hatte.

Sie hatte irgendwann kapiert, dass Jörg Puster schuld an ihrer Lage war. Deswegen hatte sie Puster bei der Polizei angeschwärzt. Warum hatte der geile Bock dieser Trine auch eine Stelle als Chefassistentin versprochen? Nun sollte er auch einmal merken, wie es sich anfühlte, wenn man durch eine Intrige in seiner Existenz bedroht wurde.

Die Polizisten wussten nicht einmal, welche Personen sich zur Tatzeit im Institut aufgehalten hatten. Das hatte er den beiden auch gesagt. Ihnen die Geschichte von dem Mann erzählt, der seinen auf der Straße verlorenen Schlüssel nur im Lichtkreis der Laternen sucht. Genau so beschränkt würden sie in ihren Ermittlungen auch vorgehen.

Steinhagen hatte säuerlich reagiert. Er solle es gefälligst der Polizei überlassen, wie sie ihre Ermittlungen durchführte. Schließlich würden sie ihm auch nicht in seine Arbeit reinreden.

Aber Marko hatte auf seinem Recht bestanden. Schließlich sei er ein Opfer der mangelnden Professionalität dieser Beamten. Das könnten sie umgekehrt von seiner Arbeit nicht behaupten. Und ob es sich beim Tod von Frau Barnhelm wirklich um einen Mord handelte, wäre auch nicht sicher. Warum sollte sie sich nicht mit Chloroform umgebracht haben? Sie hatte doch freien Zugang zu diesem Gift.

Zum Schluss waren die beiden abgedackelt wie begossene Pudel. Nicht ohne die üblichen Drohungen, man würde sich bald wiedersehen. Sprüche, die sie aufsagten, wenn sie nichts in der Hand hatten. Marko erinnerte sich an ihre bedienten Gesichter und kicherte vor sich hin.

Holger, der keine zwei Schritte entfernt von Marko an der *Bench* stand und arbeitete, reagierte nicht auf das seltsame Gehabe seines Meisters. Zu oft hatte er erlebt, dass Marko merkwürdige Grimassen zog und in hohen Tönen vor sich hin kicherte. Es war nicht gut, sich anmerken zu lassen, dass man das seltsam fand. Holger hatte auch ganz andere Probleme. Markos PCR zum Nachweis der EHEC in den Samen zeigte eine Reaktion, die Holger nicht recht verstand. Marko hatte ihn angewiesen, die PCR für die Verwendung in der Routinediagnostik zu standardisieren. Bei Holgers Versuchen reagierten einige Kontrollen, die negativ sein mussten, positiv. Als er sich nicht mehr weiter zu helfen wusste, wendete er sich an Marko. Dieser reagierte so, wie Holger es befürchtet hatte.

„Deine Negativkontrollen sind kontaminiert", hatte Marko geschimpft. „Wie lange bist du schon hier, Holger? Du musst sauberer arbeiten, das ist dein Problem!"

Tage hatte Holger dann verbracht, um mit immer neuen Ansätzen die PCR zu optimieren. Aber bestimmte Negativkontrollen reagierten weiterhin positiv, obwohl er alles neu angesetzt und neue Reagenzien verwendet hatte. Ein zweites Mal wollte er sich von Marko nicht bloßstellen lassen. Schließlich gab es auch Negativkontrollen, die erwartungsgemäß reagierten. Er beschloss, die Problembären unter den Tisch fallen zu lassen und präsentierte Marko die Ergebnisse wie erwartungsgemäß.

„Siehst du Holger, wenn du dir Mühe gibst, dann klappt es doch!", hatte Marko gesagt und ihm auf die Schulter geklopft, als er ihm die Protokolle übergeben hatte.

**Kiel, 22. 6. 2011**

Jörg Puster wollte es einfach nicht begreifen, dass Clara die Beziehung mit ihm beendet hatte. Eine Beziehung ohne gegenseitigen Respekt könne es mit ihr nicht geben, hatte sie gesagt. Er verstand nicht, worauf sie hinauswollte, konnte sich nicht daran erinnern, ihr über den Mund gefahren zu sein. Er hatte es bisher nicht erlebt, dass Frauen, mit denen er sich abgab, ihn fallen ließen. Gewöhnlich war er es immer gewesen, der seine, meist kurzen Beziehungen, beendet hatte oder, was ihm bequemer war, sie einfach einschlafen ließ.

Claras Worte und ihre Bestimmtheit verunsicherten ihn. Im gleichen Zug verstärkte sich seine Begierde, diese Frau wieder zu besitzen, zu spüren, wie sie sich ihm unterwarf, wenn er sie nahm. Schließlich schuldete sie ihm quasi ihre Existenz.

Aber die Sache mit den Bockshornkleesamen war jetzt in der Welt, dafür hatte er gesorgt und das Rad der Geschichte ließ sich nicht zurückdrehen. Objektiv gesehen brauchte Clara ihn jetzt nicht mehr. So deutete er ihre Reaktion und fand es unerhört, dass sie ihn ausgenutzt hatte. Zum ersten Mal hatte er selber erfahren, wie es sich anfühlte, wenn man für einen Zweck gebraucht und danach entsorgt wurde.

Als er an dem Abend vom Hof wütend nach Hause gefahren war, kreisten seine Gedanken um Anneliese. Anneliese war schuld an dem, was passiert war. Sie hatte ihm die Scherereien mit der Polizei eingebrockt und er hatte große Lust, es ihr heimzuzahlen. Aber auch gegen Anneliese konnte er nichts unternehmen. Aus reiner Gutmütigkeit, schließlich war sie seine kleine Fickmaus gewesen, hatte er sie nach Sybilles Tod als Chefassistentin beschäftigt. Und zum Dank bezichtigte sie ihn bei der Polizei der Falschaussage. Jetzt hatte sie sich krankschreiben lassen, weil er sie nach der Sache mit der Polizei Marko unterstellt hatte. Was hatte Anneliese sich denn dabei gedacht, ihn bei der Polizei zu denunzieren?

Er überlegte, ob es nicht das Beste wäre, einfach bei ihr vorbei zu gehen, um mit ihr zu reden. Sich die naive kleine Schnecke ein klein wenig vorzunehmen. Vielleicht konnte er wieder an ihre alte Beziehung anknüpfen, jetzt, nachdem es mit Clara vorbei war. Aber wenn Anneliese nicht mitspielte? Wenn sie der Polizei erzählte, er würde sie belästigen, erpressen, unter Druck setzen? Darauf würden diese beiden Polizisten doch nur warten. Wahrscheinlich überwachten sie Anneliese und das ganze Gerede an dem Abend war nur eine Provokation der Polizisten gewesen, um ihn aus der Reserve zu locken.

Im Moment wusste er nicht, welche der beiden Frauen er mehr verabscheute. Anneliese, weil sie ihn bei der Polizei denunziert, oder Clara, weil sie ihn abserviert hatte. Es gefiel ihm nicht, vom Akteur zum Statisten degradiert worden zu sein. Jetzt konnte er weder die eine noch die andere haben und musste sehen, wie er damit zurechtkam.

Dann war da noch Harald, der den Polizisten sonst etwas erzählt haben musste. Ein Zeuge, hatte Steinhagen getönt. Aber Harald war erledigt. Irgendwann würde er ihm durch Zufall begegnen, wie er bei Aldi Kisten stapelte, oder so etwas in der Art, um sich seinen Lebensunterhalt zu verdienen. Um diese Trantüte brauchte er sich weiter keine Gedanken zu machen. Und der Zeuge, der ausgesagt hatte, dass er diesen Jan Heinrich kannte? Das konnte eigentlich nur Marko gewesen sein. Marko musste sich mit Heinrich irgendwann getroffen haben.

Aber all das war eigentlich nur nebensächlich. Er hatte die Sache im Griff. Eine Frau brauchte er nur, um sich selbst zu bestätigen und die würde sich bald wieder finden. Die Weiber würden ihm nachlaufen, schließlich war er derjenige, der die EHEC-Seuche gestoppt hatte. Nur, dass er sich die Ehre mit Marko Brant teilen musste, gefiel ihm nicht. Wenn der ganze Rummel vorbei war, würde er Marko wieder dahin schicken, wo er hergekommen war. In die Bedeutungslosigkeit.

**Berlin, 23. 6. 2011**

Nur drei Tage, nachdem er Schneider angerufen hatte, traf Harald in Berlin ein. Über die Immobilienbörse hatte Schneider ihm eine preisgünstige Bleibe in einer Wohngemeinschaft in Kreuzberg besorgen können. Harald kannte Berlin nur von einem kurzen Trip, den er vor drei Jahren gemacht hatte. Die Stadt hatte sich verändert und er konnte sich nur an ein paar markante Punkte erinnern. Jetzt stand Harald mit seinem Rucksack auf der Schulter in Schneiders Büro und sah sich neugierig um. Er musterte Schneider, den er nur durch E-Mails und per Telefon kannte. Schneiders Gesicht war ihm durch Fotos bekannt. Diese stammten aus der Zeit, als Schneider am IEI, dem Institut für Experimentelle Infektiologie, gearbeitet hatte.

Schneider war ein eher ruhiger Typ, der seine dunkelblonden Haare kurz trug und eine runde Brille auf der Nase hatte. Er wirkte zurückhaltend, ohne verschlossen zu sein und musterte Harald mit einem prüfenden, etwas amüsierten Blick aus seinen wachen Augen.

Kurz bevor er nach Berlin gefahren war, hatte Harald über Leo Schneider recherchiert. Schneider war an Forschungen beteiligt gewesen, die mit Bioterrorismus zu tun hatten. Es ging um Rizin, ein Pflanzengift, das für terroristische Anschläge eingesetzt worden war. Durch seine Arbeiten an Rizin war Schneider beinahe selbst das Opfer eines Terroranschlags geworden.

Von seiner Art her schien Leo Schneider eher das Gegenteil von Jörg Puster zu sein. Während Jörg sich immer gleich in den Mittelpunkt stellen musste, blieb Schneider im Hintergrund. Mehr ein Beobachter, denn ein Akteur, wobei er selten seine Umgebung aus dem wachen Blick seiner Augen verlor.

Nachdem sie sich hingesetzt hatten, kamen nach kurzer Zeit zwei Frauen in Schneiders Büro, die Schneider als Elisabeth und Johanna, seine technische Assistentinnen, vorstellte.

„Es macht im Institut schnell die Runde, wenn ich einen Gast empfange. Besonders jemanden“, Schneider deutete auf Haralds Reisegepäck, „der die Absicht hat, länger zu bleiben.“

Schneider lachte, aber es klang nicht fröhlich. Er goss Harald Tee ein und setzte sich ihm gegenüber.

„Noch etwas, wir sind im Labor alle per Du, auch wenn das nicht viel heißt, was Freundschaft betrifft.“

„Das kenne ich gut“, sagte Harald.

„Schön“, meinte Leo spöttisch, „dann scheint das ja überall so etwas wie ein Normalzustand zu sein.“

Er trank einen Schluck Tee und sah Harald an. „Also Harald, warum willst du unbedingt hier bei uns arbeiten?“, fragte er unvermittelt.

Harald erzählte, wie Jörg Puster ihn plötzlich zu sich gebeten hatte, um ihn grundlos aus der Gruppe zu entlassen. Er verschwieg die Sache mit dem Bürolocher, den er auf Jörg geschleudert hatte. Er sagte nur, Puster hätte ihm angedroht, er würde dafür sorgen, dass er in Deutschland keine Doktorarbeit mehr bekäme. Worauf er sich verlassen könne.

„Da hat er wahrscheinlich recht“, meinte Leo. „Ich habe damals, als ich noch im IEI arbeitete, gemerkt, wie weit der Arm von Jörg Puster reicht.“

Aber es stimme nicht, was Puster ihm unterstellt hätte. Seine Arbeit war in Ordnung, sein Betreuer, Alexander Curtius wäre mit ihm zufrieden gewesen, meinte Harald.

„Ich kenne Alexander Curtius nur vom Namen her“, erwiderte Leo. „Er hat schon viel veröffentlicht und wird es noch weit bringen. Weißt du, die Kombination von Können und Protektion ist das beste Mittel, um schnell

Karriere zu machen. Protektion ohne Können geht meistens auch. Aber Können ohne Protektion geht gar nicht." Leo sah Harald an: „Entschuldige, ich wollte nicht so zynisch werden."

Leos letzte Bemerkung ermunterte Harald, mehr über seine Arbeit zu erzählen: „Dass ich mit EHEC-O104 arbeiten sollte, war eigentlich Jörgs Idee gewesen. Jörg hatte mir einen Patientenstamm gegeben. Den Patientenstamm hatte ich mit dem Stamm aus unserem Labor, der Probe Nr. 17, verglichen. Nachdem klar war, dass die Keime über die ägyptischen Bockshornkleesamen nach Deutschland eingeschleppt worden waren, wollte Jörg von meiner Arbeit nichts mehr wissen. Marko Brant aus unserer Gruppe hatte eine PCR entwickelt, mit der er EHEC in den Bockshornkleesamen nachweisen konnte. Seitdem war Jörg der Meinung, dass nur noch Marko mit dem neuen EHEC arbeiten sollte", sprudelte es aus Harald hervor.

„Marko Brant", sinnierte Schneider. „Ich dachte, er und Puster sind sich spinnefeind. Brant war früher recht bekannt. Als Puster kam, wurde er völlig ins Abseits gedrängt. Wie kommt es, dass Marko Brant jetzt wieder Einfluss hat?"

„Ich weiß nur wenig darüber, wie es war, bevor Jörg ans Institut kam. Sybille hatte manchmal davon erzählt. Sie hasste Marko Brant, fand ihn schmierig. Sybille war Jörgs Chefassistentin, bis man sie an einem Samstagmorgen tot im Labor aufgefunden hat. Die Kripo sagte, sie wäre umgebracht worden, mit Chloroformdämpfen."

„Was?" Leo konnte das kaum glauben. „Kein Laborunfall? Hat die Polizei herausgekommen, wer das getan hatte?"

Harald schüttelte den Kopf. „Beide wollten es mir anhängen. Jörg und Marko. Sie erzählten der Polizei, ich wäre eifersüchtig gewesen, weil Sybille mich abgewiesen hätte. Das war so ein Quatsch, Sybille war für mich so wie meine ältere Schwester."

Harald rieb sich mit den Fingern über seine Augen. Die Erinnerung an den Tod von Sybille ging ihm immer noch sehr nahe.

Leo Schneider nickte verständnisvoll. Er hielt seine Teeschale vor sein Gesicht und betrachtete sie, als sähe er sie zum ersten Mal. Dann sagte er: „Brant ist genauso ehrgeizig wie Puster. Ich staune, dass Puster, nachdem er ihn völlig ausgebootet hat, ihn jetzt wieder hochkommen lässt."

„Ohne die Methode von Marko hätten wir die EHEC nie in den Samen nachweisen können. Das hat alles geändert. Alle waren froh, dass die Ursache für die Seuche endlich gefunden worden war."

Harald erzählte nicht, wie erleichtert er gewesen war, damit nicht schuld an der EHEC-Epidemie und an Maries Tod gewesen zu sein.

Leo nickte versonnen: „Ja, diese spezielle PCR. Ich hatte Puster deswegen angeschrieben, aber er hatte nicht geantwortet. Als wir die Sprossen untersuchen mussten, haben wir nur die erste Methode, die bei euch entwickelt worden war, verwendet. Damit war alles negativ gewesen."

„Ich weiß", sagte Harald. „Die erste Methode war von Alexander. Die war eigentlich gut. Aber Marko hatte gemeint, seine Methode wäre viel empfindlicher und besser geeignet, um nach Spuren der Erreger zu suchen."

Harald beobachtete Leos Gesichtsausdruck, als er weiter sprach: „Ich habe eine Kopie des Protokolls von Marko mitgebracht. Mit allen Schritten, wie die PCR abläuft. Ich war zu den Untersuchungen an den Bockshornkleesamen eingeteilt. Die Vorschrift hatte Marko einmal auf dem Labortisch liegen lassen, weil er dringend in sein Büro musste. Ich hatte sie dann kopiert. Marko tat damit immer so geheimnisvoll und ich wollte einfach verstehen, was an seiner Methode Besonderes dran war."

Leo machte ein ernstes Gesicht, als er sagte: „So etwas macht man aber nicht, ohne vorher zu fragen." Dann schmunzelte er: „Wenn du das Protokoll schon mal hast, was ist denn nun an Markos PCR so besonders?"

Harald zuckte mit den Schultern. „Das weiß ich nicht, ich hatte nicht mehr die Gelegenheit, selbst damit zu arbeiten. Wir haben Marko damals nur bei den Vorbereitungen geholfen. Die eigentliche PCR hat er durchgeführt."

Leo Schneider stützte seinen Kopf auf seine linke Hand. Er dachte nach. Nach einer Weile meinte er: „Na dann haben wir doch was für dich. Du kannst doch Alexanders und Markos PCR vergleichen! Wir haben Bockshornkleesamen, wir haben den EHEC-Stamm. Damit kannst du selbst herausfinden, warum Marko Brants Methode besser sein soll, als die von Alexander. Ich fände das sehr interessant, weil ich gerne verstehen würde, warum wir in keiner der Sprossenproben EHEC gefunden haben."

„Vielleicht kann man das dann auch veröffentlichen?", schlug Harald vor.

„Veröffentlichen? Wenn überhaupt nur, nachdem Marko Brant seine Methode freigegeben hat. Du hast sie ja nicht legal bekommen, sondern raubkopiert! Das müssten wir dann sehen, wenn es soweit ist."

Harald war seine Enttäuschung anzumerken.

„Weißt du Harald, ich glaube dir deine Geschichte. Aber, wie dem auch sei. Es wird schwer, gegen den Widerstand von Marco Brant und Jörg Puster überhaupt etwas über EHEC-O104 zu veröffentlichen. Es geht da nicht nur um Wissenschaft, die ganze Sache hat politische Dimensionen. Außerdem musst du am ILH erst einmal einen Vertrag bekommen, oder?"

Von Vogel und Gack, die ihm noch größere Schwierigkeiten verursachen würden, erzählte er ihm lieber nichts, um Harald nicht noch mehr zu entmutigen. Aber Schneider hoffte, diese Klippen zu umschiffen, an denen er schon manches Mal Schiffbruch erlitten hatte.

**Kiel, 24. 6. 2011**

Alexander hatte ein schlechtes Gewissen. Er hatte miterleben müssen, wie Jörg Harald aus der Gruppe geworfen hatte und dabei noch die Rolle des Gehilfen übernommen. Jörg hatte seine Abhängigkeit von ihm brutal ausgenutzt und das konnte er ihm nicht verzeihen. Harald war sein Student gewesen, hatte ihm vertraut und Alexander hätte ihn zum erfolgreichen Abschluss gebracht. Aber Jörg passte das plötzlich nicht mehr, und er hatte ihn noch dazu in sein mieses Spiel mit einbezogen.

Aber es half nichts. Wenn Alexander eines Tages eine ähnliche gute Stelle wie Jörg bekommen wollte, durfte er es sich mit ihm nicht verscherzen. Im Hochschulsystem war das quasi ein Gesetz. Um weiterzukommen, brauchte man einen Mentor, der in der Riege der Universitätsprofessoren genug Einfluss hatte, seinem Zögling bis zum vierzigsten Geburtstag eine Professur zu verschaffen. Bis dahin hieß es für den Junior zu dienen, dem Mentor gefällig zu sein, ihn auf Publikationen zu berücksichtigen, Vorlesungen für ihn zu halten, Vorträge auszuarbeiten und die lästigen Prüfungsaufgaben und die Ausbildung der Studenten zu übernehmen.

Auch wegen dieser Belastungen war Alexander froh über die Aussicht, ab Juli für ein halbes Jahr mit Ines in Oxford zu arbeiten. Schon in einer Woche würden sie dort sein! Dort war er dem Einfluss von Jörg nicht ganz entronnen, aber doch weit genug weg, um Demütigungen, wie er sie gerade erlebt hatte, nicht ausgesetzt zu sein.

Die zweite Sache, die Alexander wurmte, betraf die PCR-Methode zum Nachweis von EHEC in den Sprossen und Samenproben. Schließlich war er derjenige gewesen, der die erste funktionierende PCR zu diesem Zweck entwickelt hatte. Jörg hatte darauf bestanden, die Methode sofort auf der Homepage des Exzellenzinstitutes zu veröffentlichen. Nur um zu zeigen, dass die Puster-Gruppe die Erste war, wenn es um Erfolge im Kampf gegen die EHEC-Seuche ging. Alexanders PCR war damit öffentliches Gut geworden. Jeder auf der Welt konnte sie anwenden. Sie war öffentlich geworden, ohne dass er die Methode überhaupt veröffentlicht hatte. Viele hatten ihm bestätigt, dass sie wunderbar funktionierte. Aber für eine Publikation und für einen Patentantrag war seine Methode gestorben.

Dann kam Marko mit seiner PCR, die angeblich so viel empfindlicher war. Marko hatte sich erfolgreich dagegen gesträubt, mit Einzelheiten zu seiner Methode herauszurücken. Und Jörg? Der ließ Marko gewähren. Schließlich hatte er mit dessen PCR den Ursprung der EHEC bis hin zu den ägyptischen Samen nachweisen können. Alexander hatte Marko gebeten, beide Methoden gemeinsam zu vergleichen, aber Marko hatte ihn hingehalten und gemeint, sie müssten die PCR erst standardisieren. Er wolle auch vorher einen Patentantrag stellen, aber danach könnte Alexander ja die PCRs vergleichen. Als wenn das dann noch von Interesse war! Alexander wurde den Verdacht nicht los, dass Marko ihn nur hinhalten wollte, bis er endlich nach Oxford ging, um dann seine Stelle bei Jörg einzunehmen.

Alexander lag zusammen mit Ines auf dem Bett. Sie waren heute Abend zu ihm gegangen. Das wechselten sie ab, je nachdem. In Oxford wollten sie zusammenziehen, als Probe, wie gut sie sich verstanden und wenn sie wieder nach Deutschland zurückkamen, würden sie es ja wissen. Alexander freute sich auf ein

Leben mit Ines, konnte aber nicht aufhören, über diese Sachen, die ihm nicht aus dem Kopf gingen, zu reden.

Ines setzte ihr ganzes Können ein, um ihn von seinen Gedanken abzulenken. Vor allem, dass er wegen Haralds Rausschmiss ein schlechtes Gewissen hatte, verstand sie nicht.

„Mach dir doch nichts aus der Sache mit Harald, der ist ein Langweiler und nimmt alles viel zu persönlich. Sei froh, dass du die Verantwortung für ihn los bist. Jetzt hast du doch mich! Die Versuche, für die Harald ein halbes Jahr gebraucht hat, hätte ich dir in sechs Wochen durchgezogen. Und du hast eine Studentin, die du intensiv betreuen darfst."

Mit diesen Worten beugte sie sich über ihn und ließ ihre beiden offenen Brüste über seinem Gesicht schaukeln.

„Ich kann dir ja wohl in jeder Hinsicht mehr bieten als Harald", sagte Ines, indem sie ihm seinen Mund, noch bevor er antworten konnte, mit einem langen Kuss verschloss.

Ines hatte vielleicht recht, aber die Art, wie Harald behandelt worden war, erschien ihm brutal. Eigentlich war Harald nur ein Beispiel, wie es jemanden ging, der von Jörg nicht mehr gebraucht wurde und nur noch störte.

„Was meinst du denn zu der Geschichte, dass Harald etwas mit Sybilles Tod zu tun gehabt haben soll?", fragte Alexander.

„Glaube ich nicht", sagte Ines und ließ für einen Moment von ihm ab. „Das traue ich diesem Weichei nicht zu. Der ist viel zu rührselig für so etwas. Warum sollte er das auch getan haben? Klar, ist er ihr hinterher geschlichen, aber ist das ein Grund, sie um die Ecke zu bringen? Ich frage mich sowieso die ganze Zeit, warum Jörg, du und alle glauben, Harald hätte etwas damit zu tun?"

Alexander drehte Ines auf den Rücken und lag mit einem Mal auf ihr.

„Wie kommst du denn auf so etwas?", fragte er ernst.

„Naja, ich hatte so den Eindruck", sagte Ines, die sich über seine heftige Reaktion wunderte.

„Ich glaube überhaupt nicht, dass Harald damit etwas zu tun hat. Aber, lass das nicht Jörg oder Marko zu Ohren kriegen. Unter uns kannst du es sagen, aber im Institut kein Wort darüber. Das ist wichtiger für uns, als du vielleicht glaubst."

„Wieso denn?"

„Nur ein Gefühl, Ines. Ein Gefühl, das sich in letzter Zeit noch verstärkt hat. Ich bin wirklich froh, dass wir beide bald für ein halbes Jahr weg sein werden."

Er zog seinen Slip aus.

„Jetzt hast du mich verrückt gemacht, Ines!", sagte er.

„Dann kümmere dich um mich, wie es sich gehört", antwortete sie und ließ ihre Zunge zwischen ihren Lippen hervorschnellen.

**Kiel, 1. 7. 2011**

Nachdem sie Anneliese Körner noch einmal in die Mangel genommen hatten, zogen Lothar Steinhagen und Marianne Buchholz eine niederschmetternde Bilanz ihrer Ermittlungen in den Todesfällen Sybille Barnhelm und Jan Heinrich. Anneliese Körner wollte nicht eindeutig bezeugen, dass Jörg Puster während der besagten Zeit tatsächlich die Wohnung und nicht nur das gemeinsame Bett verlassen hatte. Sein Haus maß immerhin zweihundert Quadratmeter und seine Aussage, er hätte sich in seinem Arbeitszimmer aufgehalten, konnte nicht widerlegt werden.

Was die Todesfälle betraf, war bei Jan Heinrich die Sachlage viel eindeutiger als bei Sybille Barnhelm. Höchstwahrscheinlich hatte Jan Heinrichs Lebensgefährtin Clara Schmidt mit ihrer Vermutung recht, er hätte Suizid begangen. Die Spurensicherung hatte im Abschlussbericht keinen Hinweis auf Fremdverschulden an Jan Heinrichs Tod festgestellt. Der Bericht des Pathologen deutete, außer, dass Jan Heinrich in den Stunden vor seinem Tod unter dem Einfluss der Droge *Flunitrazepam* gestanden hatte, nicht auf Fremdeinwirkung hin. Eine Durchsuchung der Labor- und Privaträume von Marko Brant, der kein Alibi für den Todeszeitpunkt von Jan Heinrich hatte, erbrachte keine weiteren Hinweise auf mögliche Täterschaft. Für eine Durchsuchung bei Professor Puster reichten die vorliegenden Beweismittel nicht aus. Zudem waren Puster und Brant inzwischen Personen des öffentlichen Interesses. Sie waren populär, weil sie als diejenigen Wissenschaftler galten, die der Seuche Paroli geboten hatten. Inzwischen ließen sich beide durch bekannte Rechtsanwälte vertreten.

Die Ermittlungen im Fall Barnhelm drehten sich im Kreis. Sogar die von Brants Anwalt vertretene These, Sybille Barnhelm könnte mit Chloroform Selbstmord verübt haben, ließ sich nicht völlig von der Hand weisen. Da weder gegen Marko Brant noch gegen Jörg Puster hinreichender Tatverdacht bestand, hatte die Staatsanwaltschaft die Ermittlungen gegen die beiden Verdächtigen eingestellt. Im Fall Sybille Barnhelm liefen Ermittlungen gegen Unbekannt weiter, traten jedoch auf der Stelle.

Außerdem waren Lothar Steinhagen und Marianne Buchholz seit Kurzem in einen neuen Mordfall eingespannt, der sich im Zuhältermilieu abgespielt hatte. Kiel war Schauplatz eines Machtkampfs zwischen zwei Rockerbanden geworden, die den Rotlichtsektor der Stadt unter ihre Kontrolle bringen wollten. In diesem Zusammenhang stand die Leiche eines mit Stichwunden übersäten, etwa fünfunddreißigjährigen Mannes, der in einer Lagerhalle aufgefunden worden war. Steinhagen war froh, es wieder mit den üblichen Verdächtigen zu tun zu haben. Marianne Buchholz hoffte aber immer noch, Kommissar Zufall würde sie im Mordfall Sybille Barnhelm am Ende doch noch auf die rechte Spur bringen.

**Berlin, 11. 7. 2011**

Die EHEC-Seuche war offiziell für besiegt erklärt worden. Neue EHEC-Fälle traten nur noch sporadisch auf, wie es auch vor der Epidemie der Fall gewesen war. Harald hatte am ILH einen Werkvertrag für zwei Monate bekommen und sich an einem der Arbeitsplätze in Schneiders großem Labor eingerichtet. Für seine Aufgabe benötigte er nicht viel. Ein Satz Pipetten, Reaktionsgefäße und die PCR-Reagenzien, die im Kühlschrank standen. Von den Geräten für die Durchführung der PCR, sogenannten Thermocyclern, gab es insgesamt vier Stück. Harald konnte einen davon benutzen, ohne dadurch jemanden in seiner Arbeit zu behindern.

Vor zwei Wochen hatte Leo Schneider seine kleine Gruppe, die außer ihm nur aus zwei technischen Assistentinnen bestand, versammelt. Er hatte Harald den beiden Frauen als einen Studenten vorgestellt, der für ein paar Wochen im Labor als Praktikant arbeiten würde. Dabei sollte er einige neue PCR-Methoden vergleichen. Leo erzählte nicht, woher er Harald wirklich kannte. Es würde nicht lange dauern und Jörg Puster wüsste Bescheid, dass sein ehemaliger Student jetzt bei Schneider arbeitete. Dann wäre ein Anruf bei Vogel und Gack mit negativen Konsequenzen für Harald die Folge gewesen.

Leo war schnell aufgefallen, dass Harald selbstständig und zuverlässig arbeitete. Harald überlegte viel und war eher bedächtig. Aber das gefiel Leo besser, als ein Hektiker, der Versuche wiederholen musste, weil er ständig irgendetwas vergessen hatte. Harald begann die Bockshornkleesamen nach dem Protokoll aufzuarbeiten, dass sie bei Jörg verwendet hatten. Er verglich Alexanders und Markos PCR mit den gleichen Proben. Nach einer Woche hatte er die ersten Ergebnisse. Auf den ersten Blick sahen diese gut aus. Aber einige der Samenproben reagierten mit Markos PCR positiv, obwohl Harald keine EHEC daraus isolieren konnte.

„Das war in Kiel auch so. Wir konnten aus keiner der mit Markos PCR positiv reagierenden Proben den EHEC-Keim isolieren“, sagte Harald. „Marco und Jörg meinten, die Bakterien sind in den Samen, aber VBNC und lassen sich daher nicht einfach anzüchten.“

Schneider grinste, als er das hörte und sagte zu Harald: „VBNC! Ich sehe was, was du nicht siehst und das ist EHEC!“ Harald lachte und Leo schlug ihm vor, Samenproben anderer Pflanzen auf die gleiche Art aufzuarbeiten und zu prüfen, ob er damit auch positive PCR Reaktionen erhalten würde.

Heute war es soweit. Nach einer weiteren Woche mit vielen Experimenten fand Harald den gleichen Effekt, wenn er Samen von Kresse, Linsen und Mungbohnen untersuchte. Einige der Präparationen waren in Markos PCR positiv, andere negativ. Alexanders PCR reagierte jedoch mit keiner der Samenproben.

„Ich finde es unwahrscheinlich, dass in zufällig ausgesuchten Pflanzensamen verschiedener Herkunft überall EHEC-O104 stecken sollen. Dann hätte es schon viel öfter Ausbrüche mit diesem EHEC-Typ geben müssen“, meinte Harald.

„Das sehe ich auch so. Es muss sich um eine Kreuzreaktion handeln. Etwas in den Samen bewirkt, dass Markos PCR falsch-positiv reagiert. PCR-Kreuzreaktionen hat es schon in anderen Fällen gegeben“, bestätigte ihn Leo.

„Aber wenn das stimmt, dann beruht die ganze Geschichte mit der Herkunft der EHEC aus den ägyptischen Bockshornkleesamen auf einem falsch-positiven PCR-Ergebnis?“, fragte Harald schockiert.

Leo nickte: „Vielleicht. Aber um das zu beweisen, musst du herausbekommen, was in den Samenproben mit Marko Brants PCR reagiert. Das könnte ziemlich schwierig werden. Aber diesen Beweis brauchst du, wenn du zeigen willst, dass Markos PCR nicht spezifisch für den EHEC-O104 ist!"

Am späten Nachmittag saß Harald nachdenklich im Oberdeck des 248er Bus, der ihn zu seinem neuen Domizil, eine Dreimänner-WG in Kreuzberg, brachte. Wenn die ganze Geschichte um die ägyptischen Bockshornkleesamen auf einer falschen PCR-Reaktion beruhte, wäre es eine Sensation und ein Schock für Jörg und Marko.

Aber damit wäre auch die Herkunft der EHEC-Seuche wieder ungeklärt. Dann konnte er doch derjenige gewesen sein, der Marie angesteckt und die Epidemie ins Rollen gebracht hatte. Er war der erste EHEC-O104 infizierte Mensch gewesen, bevor alles begann. Leo hatte er nichts davon erzählt, nur er und Jörg wussten das.

In Haralds Brust zog sich etwas zusammen, als dieser Albtraum, den er für vergangen geglaubt hatte, wieder von ihm Besitz ergriff. Einen Moment überlegte er, die Arbeit bei Leo abzubrechen und einfach zu verschwinden, ohne eine Nachricht zu hinterlassen. Etwas anderes an einem anderen Ort beginnen und nie mehr in seinem Leben mit Mikrobiologie und Laborarbeit zu tun zu haben. Es schien, als ob sein Unglück ihn weiter verfolgte, je länger er über diese Geschichte weiter forschte.

Leo weiß jetzt Bescheid, dass etwas mit Markos PCR nicht stimmt, dachte Harald. Leo würde auch ohne ihn weitermachen, er hatte ja das Protokoll. Wenn ich jetzt einfach verschwinde, was würde Leo daraus für Schlüsse ziehen?

Wenn es nötig werden sollte, müsste er mit Leo offen über die ganze Geschichte reden. Er hatte längst nicht alles erzählt. Als Harald im leichten Nieselregen aus dem gelben Doppeldeckerbus ausstieg, war er bereit, sich dieser Herausforderung zu stellen. Er lief die wenigen Schritte zu seiner WG in der Bergmannstraße mit dem festen Entschluss, seine Arbeiten zu Ende zu bringen. Egal, welche Folgen das Ergebnis für ihn am Ende hätte.

**Berlin/Kiel, 2. 8. 2011**

Ein paar Wochen harter Arbeit lagen hinter Harald, aber er hatte erstaunlich schnell herausbekommen, was mit Markos PCR nicht stimmte. Seine Ergebnisse waren eine kurze Mitteilung in einer naturwissenschaftlichen Methodenzeitschrift wert. Seit gestern war der Artikel für jeden zugänglich und damit auch für seine ehemaligen Kollegen im Exzellenzinstitut.

Die Veröffentlichung nahm gerade einmal eine Druckseite in Anspruch. Noch dazu war sie in der Zeitschrift *PCR-Anwendungen* erschienen, einem Journal, das kein besonderes wissenschaftliches Renommee besaß. Der Artikel schien aber brisant genug zu sein, um diese Nachteile aufzuheben. Die Zeitschrift erschien alle vierzehn Tage und die Artikel waren im Internet sofort für jeden frei abrufbar.

Marko Brant war erst durch den Hinweis seiner technischen Assistentin Bernadette Sabrowski, die als Ersatz für Anneliese eingesprungen war, darauf aufmerksam geworden. Bernadette mochte diese locker aufgemachte Laborzeitschrift, weil sie viele Tipps und Tricks für die tägliche Arbeit enthielt. Marko befasste sich lieber mit renommierten Zeitschriften wie *Nature* oder *PlosOne*. Dort zu veröffentlichen hatte einen hohen Prestigewert, der in Form von sogenannten Zitierhäufigkeiten berechnet wurde. Markos erklärtes Ziel war es, vor Jörg den ersten Artikel über den neuartigen EHEC in *Nature* oder *PlosOne* zu veröffentlichen.

Beim Durchblättern der Laborzeitschrift war Bernadette zuerst der Name Harald Pütz aufgefallen. Harald wurde neben Leo Schneider als Autor über dem Artikel genannt.

Ist das nicht unser Harald? Der ist jetzt am ILH in Berlin, dachte Bernadette. Mit gerunzelter Stirn las sie den englischen Titel: "*Plant associated Klebsiella cause false positive reactions for EHEC-O104 in a diagnostic PCR assay.*"

Als Bernadette die deutsche Zusammenfassung des Artikels durchflog, wurde ihr klar, dass Marko Brants PCR gemeint war. Nachdem, was da stand, reagierte Markos PCR unspezifisch mit harmlosen Bodenbakterien, die manchmal an den Samen klebten.

Der wird staunen, dachte Bernadette, als sie Marko eine Kopie des Artikels auf den Schreibtisch legte. In seinem Büro roch es nach abgestandenem Rauch, woraus Bernadette schloss, dass Marko heute noch nicht zur Arbeit erschienen war.

Anneliese hatte es nicht länger ausgehalten und sie hatte schließlich gekündigt, aber Bernadette machte es nichts aus, mit Marko zu arbeiten. Sie war erfahren genug, um seine Stimmungen richtig zu deuten und diskutierte aus Prinzip nie mit ihren Chefs, selbst wenn sie der Ansicht war, dass die gerade falsch lagen. Diese Eigenschaft und ihre natürliche Ruhe gaben ihr einen gewissen Freiraum, denn die Herren glaubten, sie würde alles strikt nur so durchführen, wie sie es gerade angeordnet hatten. Aber Bernadette, die sich gerne weiterbildete, hatte eine Schwäche dafür, umständliche Arbeitsprotokolle, die sie von Ihren Chefs bekam, zu vereinfachen, um effizienter arbeiten zu können. Ihre kleinen Modifikationen behielt sie jedoch lieber für sich.

Von den technischen Assistentinnen aus Jörgs Gruppe hatte Bernadette am meisten unter Sybilles Tod gelitten. Sybille und sie waren am längsten in der Gruppe und Bernadette war es auch gewesen, die ihre Kollegin im Brutraum tot aufgefunden hatte. Seitdem konnte sie die verzerrten Gesichtszüge und die blutige Hand ihrer Kollegin nicht mehr vergessen. In der Gruppe wurde nicht mehr offen über Sybilles Tod geredet, nachdem Jörg in einer Versammlung gesagt hatte, es würde die Gruppe zerstören, wenn jeder jeden verdächtigen würde. Aber Gerüchte gab es trotzdem und Ingrid hatte Bernadette einmal gefragt, ob sie nicht Angst hätte, mit Marko alleine zu arbeiten. Bernadette hatte nur gelacht und Ingrid eingeladen, sie doch öfter im Labor aufzusuchen, um nach dem Rechten zu sehen. Aber ihr Unterbewusstsein beschäftigte sich mit Sybilles Tod doch. In ihren Träumen erschien ihr Sybille manchmal, mit blassem Gesicht und einem Blick, der besagte, als würde sie von Bernadette etwas erwarten.

Eine Stunde später kam Marko ins Labor geschlichen, die Schultern hochgezogen, sein Gesicht hatte eine ungesunde gelbe Farbe, in der Hand hielt er die Kopie.

„Weiß Jörg schon davon?", krächzte er.

Bernadette zuckte mit den Achseln. „Keine Ahnung, ich habe das Heft erst heute früh gesehen und ich dachte, der Artikel würde dich interessieren."

Marko verzog sein Gesicht zu einem schiefen Grinsen, wobei seine Zigarette im Mundwinkel auf und ab wippte. Ihm war es schnuppe, im Labor zu rauchen, auch wenn es von der Institutsleitung offiziell verboten war.

„Tja, soso! Ich wusste gar nicht, dass Harald Pütz jetzt bei Schneider in Berlin arbeitet", nuschelte er, weil er seinen Mund nicht öffnen konnte, ohne dass ihm seine Zigarette herausgefallen wäre.

Bernadette sagte weiter nichts dazu. Eigentlich freute sie sich für Harald, dass er es geschafft hatte, trotz Jörgs Drohungen wieder eine Arbeit gefunden zu haben.

„Wahrscheinlich ist das alles Quatsch", sagte Marko schon eine Spur aggressiver. Er stellte sich Bernadette wie zufällig in den Weg, als sie immer noch nichts dazu sagte.

„Wir müssen das trotzdem nachprüfen, Bernadette! Hast du Holger heute schon gesehen?"

Bernadette ging um ihn herum und schüttelte den Kopf.

„Woher hat Harald Pütz eigentlich mein PCR-Protokoll? Das habe ich doch erst vor einer Woche veröffentlicht. Wahrscheinlich ist das gar nicht die richtige Vorschrift, nach der er gearbeitet hat."

Bernadette spürte regelrecht, wie Markos Anspannung wuchs. Sie stand am Labortisch und fuhr fort, die Röhrchen für ihren Versuch in einer Reihe in den Acrylständer zu platzieren. Danach beschriftete sie die Deckel mit einem Filzschreiber. Als sie damit fertig war, hatte sie einen Grund das Labor für eine Weile zu verlassen.

„Ich geh' denn mal Eis holen."

Als Bernadette mit dem gestoßenen Eis zurückkam, war Marko gegangen.

Eine Viertelstunde später hörte Bernadette auf dem Flur die protestierende Stimme von Holger neben der von Marko, der pausenlos auf ihn einredete. Sie verstand Satzfetzen, wenn es lauter wurde. „Nichts kann man dir überlassen …" „Woher hatte der Pütz das Protokoll?".... „Eine Schweinerei ist das!"

Holger wiederholte immer wieder das Gleiche: „Ich hatte es dir vorher gesagt, aber du meintest, ich würde nicht sauber arbeiten!"

Das Gespräch verstummte so plötzlich, wie es angefangen hatte.

Gegen Mittag wussten bereits alle in der Gruppe von der Veröffentlichung. Von Jörg kam eine Rundmail mit dem Text: „Gruppentreffen im Seminarraum A103 um 15:00, Teilnahme ist Pflicht."

Der Seminarraum war längst voll, als Jörg eintrat. Marko hielt sich neben der Tür auf und machte keine Anstalten nach vorne zu gehen, wo Jörg sich aufgebaut hatte. Holger, der dicht neben Marko stand, schaute die ganze Zeit in eine andere Richtung. Seine Gesichtszüge wirkten wie eingefroren und sein schwarzes Haar war von Schweiß verklebt.

„Also Leute", rief Jörg Puster und hielt die Kopie des Artikels hoch über seinen Kopf. „Ich denke, ihr kennt das alle, was hier drin steht?"

Keiner antwortete, aber es entstand ein Gemurmel unter den Anwesenden. Alle waren gespannt auf das, was von Jörg kommen würde.

„Das, was hier geschrieben steht, werte ich als einen Angriff auf unsere Arbeitsgruppe. Jeder weiß, von wem das kommt. Woher hatte Harald Pütz eigentlich unser Protokoll? Kann mir das mal einer sagen?"

Alle schwiegen und schauten in alle möglichen Richtungen, nur nicht auf Jörg.

Jörg sah sich suchend um, bis er Marko erblickte, der an der Tür wie ein Unbeteiligter stand.

„Marko, warum stehst du so weit hinten? Ist es das Protokoll, das du für die Bockshornkleesamen verwendet hast?"

Marko räusperte sich: „Schon, aber …"

Jörg ließ ihn nicht weiter reden. „Dann prüft das verdammt noch mal nach, ob das stimmt, was die hier schreiben. Irgendetwas ist da faul. Das können wir nicht so einfach auf sich beruhen lassen!"

Alle sahen sich gegenseitig an. Wer damit gemeint war, wurde schnell deutlich.

„Am besten fangt ihr beide heute noch damit an, Marko!"

„Wer weiß, was die gemacht haben. Du weißt selbst, wie einfach man eine PCR manipulieren kann", giftete Marko zurück.

„Also, mir ist das egal, wie du das Problem löst", sagte Jörg in gönnerhaftem Ton. „Schließlich ist es deine PCR und du stehst dafür gerade. Sollte sich herausstellen, dass die mit ihrer Behauptung recht haben, dann hast du ein Problem!"

Marko verzog sein Gesicht und drehte seinen Kopf weg.

„Das war es eigentlich, was ich euch heute sagen wollte", Jörg grinste und wedelte mit dem Blatt, das er in der Hand hielt.

„Wem zu diesem Geschreibsel hier noch etwas einfällt, der soll sich bei mir melden."

Marko wollte schon zur Tür hinaus, da rief Jörg ihm hinterher: „Um es noch einmal deutlich zu machen. Allen Beteiligten soll klar sein, egal was passiert, ich muss in erster Linie Schaden von unserer Gruppe abwenden."

Marko war aus der Tür und zog Holger am Arm hinter sich her. „Du wusstest es und hast es mir verschwiegen!", zischte er halblaut in Holgers Richtung, „Nun sieh zu, wie du es wieder in Ordnung bringst." Er gab Holger einen Schubs und lief mit schnellen Schritten in sein Büro, das nicht weit vom Seminarraum entfernt lag.

**Berlin, 3. 8. 2011**

Einen Tag, nachdem die Veröffentlichung in *PCR-Anwendungen* erschienen war, meldete sich Wissenschaftsadministrator Franz Vogel bei Leo Schneider und forderte ihn auf, umgehend zu ihm in sein Büro zu kommen. Es wäre dringend und dulde keinen Aufschub. Als Schneider dort erschien, saß Frau Gack bereits dort. Sie hatte sich in einen der wippenden Bürostühle gezwängt, der dadurch in eine deutliche Schieflage gebracht wurde. Schneider setzte sich ihr gegenüber. Vogel murmelte so etwas wie eine Begrüßung und legte Schneider in einer deutlichen Geste eine Kopie des Artikels auf den Tisch.

„Herr Schneider, Sie kennen diese Veröffentlichung?"

Schneider bejahte.

„Sie wissen, dass Sie die Veröffentlichung vorher auf dem Dienstweg hätten beantragen müssen?"

„Wir hatten das Manuskript vor Veröffentlichung zu Ihnen geschickt!"

„So? Ich sehe das zum ersten Mal, nachdem ich heute einen Anruf aus dem Exzellenzinstitut in Kiel bekommen habe."

„Ach so?", entfuhr es Schneider.

„Das kann juristische Konsequenzen haben, Herr Schneider. Sie haben ein Protokoll verwendet und veröffentlicht, das vom Exzellenzinstitut überhaupt nicht freigegeben war! So etwas ist Diebstahl geistigen Eigentums, Herr Schneider."

„Einen Moment", sagte Schneider. „Das Protokoll wurde inzwischen von der Arbeitsgruppe Puster veröffentlicht und es war vorher schon öffentlich. Herr Pütz hat es zum Arbeiten mitgebracht."

„Dazu kommen wir gleich", antwortete Vogel.

Schneiders Blick fiel auf Frau Gack, die ihn aus kleinen Mausaugen böse anblickte. Sie verzog ihren Mund ständig zu Grimassen, als wollte sie ein loses Gebiss mit der Zunge gerade rücken.

„Herr Professor Marko Brant vom Exzellenzinstitut in Kiel hat heute bei mir angerufen und gesagt, dass Ihr Praktikant, Herr Pütz, sich das PCR-Protokoll unrechtmäßig angeeignet hat. Herr Pütz war vorher in der Arbeitsgruppe von Professor Puster und ihm wurde dort wegen wissenschaftlichen Fehlverhaltens fristlos gekündigt! Ist Ihnen das bekannt?"

„Woher sollte ich das wissen? Herr Pütz kam zu mir und hat mich gebeten, ihn für ein Praktikum einzustellen. Ich habe mich darüber gefreut, zumal wir Personalengpässe haben. Wir sind doch von der Institutsleitung angehalten worden, Praktikanten zu beschäftigen, um mehr Forschungstätigkeiten durchführen zu können. Herr Pütz ist an der Freien Universität Berlin immatrikuliert. Sein Werkvertrag am ILH ist ordnungsgemäß abgeschlossen worden, Sie selbst haben ihn unterschrieben. Von dem, was Herr Professor Brant erzählt, ist mir nichts bekannt."

Vogel überlegte einen Moment, bevor er fragte: „Wie lange läuft denn der Werkvertrag mit Herrn Pütz noch?"

„Noch knapp einen Monat", sagte Schneider. „Aber ich dachte, wir könnten ihn mit den verbleibenden Geldmitteln aus dem Bundesagraramt verlängern. Schließlich gab es doch bereits interessante Ergebnisse." Schneider deutete auf die Veröffentlichung, die vor ihm auf dem Tisch lag.

Wissenschaftsadministrator Franz Vogel sah Frau Gack vielsagend an, die in dem ächzenden Bürostuhl bebte und noch stärkere Grimassen schnitt.

„Mit Ihren sogenannten Ergebnissen treten Sie die ganze Geschichte um die Herkunft der EHEC-Seuche wieder von vorne los! Ist Ihnen das eigentlich bewusst? Es besteht international Konsens und die Epidemiologen von der europäischen Lebensmittelaufsicht sind sich sicher, dass dieser EHEC-Keim über verseuchte ägyptische Bockshornkleesamen nach Europa eingeschleppt worden ist. Glauben Sie, mit ihrer technischen Haarspalterei zu einer PCR, alles wieder infrage stellen zu können?"

Schneider zuckte mit den Schultern: „Aber die ganze Theorie zu den ägyptischen Bockshornkleesamen als Quelle der Epidemie beruht doch nur auf einem PCR-Ergebnis."

„Das denken Sie vielleicht, Schneider!", gab der Wissenschaftsadministrator verächtlich zurück.

„Einem Ergebnis, das mit einer PCR erzielt worden ist, die unspezifisch reagiert. Haben Sie den Artikel nicht gelesen?", fragte Schneider und machte ein besorgtes Gesicht.

Auf Frau Gacks Stirn hatten sich Schweißperlen gebildet, die früher oder später in Richtung von Nase und Mund rinnen würden. In diesem Raum war es heiß und die Luft war stickig. Sie musste schwitzen. Ihre Grimassen hatten aufgehört und ihr Gesicht bekam einen weinerlichen Zug.

Franz Vogel machte eine ungeduldige Handbewegung. „Sie tun dem ILH keinen Gefallen mit ihren Alleingängen, Schneider. Das Institut muss mit einer Stimme sprechen. Solche wichtigen Sachen müssen vorher abgestimmt werden!"

„Ich dachte, wir sind ein wissenschaftliches Institut und nicht eine Sekte, in der ein Dogma bestimmt, was die Wahrheit ist."

„Ihr Vergleich ist doch lächerlich. Anstatt die Arbeit des Exzellenzinstituts schlecht zu machen, hätten Sie sich besser darum kümmern sollen, wie man die dormanten EHEC aus den Bockshornkleesamen zum Wachsen bringt. Dann hätte das ILH wissenschaftlich mit Pusters Gruppe, die das nicht geschafft haben, gleichgezogen. Aber diese Chance haben Sie verpasst."

„Also, das ist doch eine gute Idee, Herr Vogel. Vielleicht sind in allen PCR-positiven Proben neben Klebsiellen auch noch dormante EHEC-O104", entfuhr es Schneider. „Das könnte Herr Pütz doch in der nächsten Zeit untersuchen!"

Vogel starrte ihn böse an. Er wusste nicht, ob Schneider es ernst meinte, oder ihn nur hochnahm. Währenddessen bemühte sich Frau Gack, aus dem engen Stuhl, dessen Armlehnen ihren Körper im festen Griff hielten, herauszukommen. Frau Gack kannte Vogels Gesprächsstil und hatte verstanden, dass er zum Ende kommen wollte.

„Bestellen Sie Herrn Pütz, er soll sich umgehend bei mir melden. Guten Tag, Herr Schneider!", beendete Franz Vogel das Gespräch.

Frau Gack hatte sich gerade aus dem Stuhl befreit, der mit einem glücklichen Hopser wieder seine ursprüngliche Form annahm. Bevor sie Anstalten machte, auf Schneider zuzugehen, verließ dieser mit einem hastig gesprochenen Abschiedsgruß den stickigen Raum.

**Kiel, 4. 8. 2011**

Jörg Puster hatte den Telefonhörer eben aufgelegt und musste lachen über das, was er gerade gehört hatte. Schneiders Vorgesetzter Franz Vogel hatte sich bei ihm gemeldet und sich für die vorwitzige Publikation entschuldigt, er wäre darüber vorher nicht informiert gewesen. Der Mann fühlte sich geschmeichelt, dass der berühmte Professor Puster sich Zeit für ihn nahm, ja sogar über eine mögliche Zusammenarbeit zwischen ihren beiden Instituten gesprochen hatte.

Wegen der Publikation könne er ganz beruhigt sein, hatte er dem Herrn Vogel gesagt. Wenn der Herr Schneider sich vorher bei ihm erkundigt hätte, dann hätte er gewusst, dass sie das mit der PCR längst wussten und alles im Griff hatten.

Harald Pütz wäre ein entwicklungsfähiger Student und hätte bei ihm eine Menge gelernt. Er würde dem ILH sicherlich viel Nutzen bringen, wenn Vogel ihn entsprechend anleitete. Er könnte ihm gerne dafür als Ratgeber zur Seite stehen. Harald Pütz sollte doch untersuchen, warum die EHEC aus den Samen so schwer kultivierbar waren. Sie konnten am Exzellenzinstitut nicht alles machen und für das ILH wäre dieses Projekt doch genau das Richtige! Wenn es Fragen gäbe, könnte Herr Vogel ihn einfach anrufen und ihn über die Fortschritte der Arbeiten auf dem laufenden halten.

Als er das alles vernahm, fühlte sich der Herr Vogel sehr geschmeichelt, selbst am Telefon war das deutlich zu merken. Jörg hatte an sich halten müssen, um nicht laut loszulachen, als Vogel sich in seiner geschraubten Redeweise bei ihm bedankte.

Jörg ließ in seinen Gedanken Revue passieren, was er in den letzten Wochen erreicht hatte. Die Arbeitsgruppe Puster konnte sich über neue finanzielle Zuwendungen der BWFO freuen. Ein neues Sicherheitslabor der Klasse L3 sollte am Exzellenzinstitut gebaut werden, damit seine Gruppe auch an hochpathogenen Erregern arbeiten konnte. Nach der Unterredung mit Franz Vogel war auch das Problem Harald Pütz zufriedenstellend geregelt.

Jörg Puster hätte glücklich sein können, wäre er ein anderer Mensch gewesen. Aber so empfand er nichts als das Gefühl einer kurzen Atempause, die ihm gestattete, für einen Moment loszulassen und nicht so angespannt zu sein, wie er es sonst immer war.

**Kiel, 8. 8. 2011**

Die Antwort aus der Arbeitsgruppe Puster auf Haralds Artikel ließ nicht lange auf sich warten. In einer neuen Pressemitteilung hieß es unter anderem:

*… natürlich war die Kreuzreaktion der PCR mit bestimmten Klebsiella Bakterien in der AG-Puster bereits bekannt. Deshalb wurde zu allen Versuchen parallel eine zweite PCR eingesetzt, die nur mit Klebsiella Bakterien reagiert. Diese zweite PCR reagierte jedoch bei allen Proben der Bockshornkleesamen negativ. Damit konnte ein falsch positiver PCR-Befund für den EHEC-O104 Nachweis ausgeschlossen werden. Daher ist weiterhin davon auszugehen, dass die Quelle der Krankheitserreger in den aus Ägypten importierten Bockshornkleesamen zu finden ist …*

Hinter diesen knappen Worten steckte die Arbeit von Holger Prerow, der ganze Nächte lang pipettiert hatte, um in Windeseile eine Klebsiella-PCR aufzubauen. Angetrieben von einem zornigen Marko Brant, der sich um seine wissenschaftlichen Meriten betrogen sah. Hinter Marko stand Jörg Puster, der ihm nur die Wahl zwischen der Flucht nach vorne, oder dem öffentlichen vollzogenen, wissenschaftlichen Selbstmord gelassen hatte.

Marko Brant hatte es vorgezogen, die Flucht nach vorn zu ergreifen. Holger war der Sündenbock, an dem er seinen Frust ablassen konnte. Aber sein Hass auf Harald brachte Marko zum Glühen. Er verdächtigte mal diesen, mal jenen im Labor, Harald das PCR-Protokoll heimlich zugesteckt zu haben.

Die meisten Menschen, die in irgendeiner Weise mit der EHEC-Seuche zu tun gehabt hatten, waren froh, als das Dementi aus der Arbeitsgruppe Puster an die Öffentlichkeit gelangt war. Man hatte die EHEC-Epidemie doch als eine der ägyptischen Plagen identifiziert und dabei sollte es bitte auch bleiben. Daher gab es auch keine weiteren Kommentare zur Verlässlichkeit der PCR-Methode, die in der Arbeitsgruppe Puster verwendet worden waren. Zudem, wer waren denn schon Leo Schneider und Harald Pütz gegen die geballte Expertise der europäischen Lebensmittelaufsichtsbehörde und wissenschaftliche Koryphäen aus dem Kieler Exzellenzinstitut?

**Berlin, 10. 8. 2011**

Als Vogel von der Pressemitteilung erfuhr, schwankte seine Reaktion zwischen Mitleid und Spott. Er riet Schneider, bei seinem Leisten zu bleiben und nicht länger zu glauben, mit einem popligen Aufsatz über eine PCR-Methode gegen die Riege ausgewiesener europäischer Experten antreten zu wollen. Institutsdirektor Stangel hätte sich wegen der negativen Reaktionen auf den Artikel schon besorgt erkundigt. Andererseits war Stangel froh, dass es überhaupt eine Veröffentlichung zu der EHEC-Seuche aus dem ILH gegeben hatte, aber das hatte er Vogel nicht auf die Nase gebunden.

Leo Schneider war Realist genug zu erkennen, dass es sinnlos war, weiter auf den PCR-Methoden herumzureiten, die zum Nachweis der EHEC verwendet worden waren. Nicht, dass er diese jetzt für zuverlässiger hielt. Sondern einzig, weil die Ergebnisse, die damit erbracht worden waren, dem politischen Willen der Verantwortlichen entsprachen.

Vielleicht war Institutsdirektor Stangels wohlwollende Haltung zu einer gelungenen Veröffentlichung ein glücklicher Umstand für Harald. Sicherlich trug aber auch das Gespräch, welches Franz Vogel mit Jörg Puster vor ein paar Tagen über Harald Pütz geführt hatte, dazu bei. Jedenfalls ließ der Wissenschaftsadministrator den Herrn Pütz zu sich kommen und eröffnete ihm, das ILH würde seinen Werkvertrag um drei weitere Monate verlängern. Allerdings nur unter bestimmten Bedingungen. Herr Pütz sollte weitere Arbeiten an der diagnostischen PCR einstellen und sich stattdessen um die Kultivierbarkeit der dormanten EHEC-O104 aus den Bockshornkleesamen kümmern. Die zweite Bedingung bestand in einer regelmäßigen Berichtspflicht des Herrn Pütz über seine und Schneiders Forschungsaktivitäten. Wenn alles zufriedenstellend abläuft, wäre auch eine Förderung über einen längeren Zeitraum möglich, hatte Vogel gemeint und Harald nahegelegt, Schneider nicht unbedingt alles auf die Nase zu binden. Harald Pütz stimmte zu, denn er wollte nicht die gerade gewonnene Aussicht auf die Fortsetzung seiner Doktorarbeit gefährden.

„Sieht nicht so gut aus, Harald", sagte Leo, als er aus einer Besprechung bei Vogel zurück ins Labor kam. „Mit dem Werkvertrag für dich wird es wohl nichts werden."

„Da bin ich aber nicht so pessimistisch", antwortete Harald zu Leos Überraschung. Leo schaute ihn verduzt an.

„Herr Professor Vogel hatte mich am Montag zu sich gebeten und war ganz interessiert an unserer Arbeit. Er will wissen, was wir an Versuchen planen und hat in Aussicht gestellt, dass ich mit einem Werkvertrag noch drei Monate länger hier arbeiten kann."

„Das gibt's doch nicht!", rief Schneider. Mir hat er gerade etwas ganz anderes erzählt.

„Willst du denn nicht, dass ich weiter bei dir arbeite?“ Harald war durch Leos Bemerkungen unsicher geworden.

„Quatsch, klar will ich das, aber ich traue dem Herrn Wissenschaftsadministrator nicht über den Weg.“

„Der will nur wissen, was wir an Arbeiten planen. Aber das ist doch normal“, meinte Harald.

„Unter normalen Menschen schon“, antwortete Schneider und verkniff sich den Rest. Er wollte Harald seine Begeisterung nicht nehmen. Wenn Vogel so daherkam, dann nur, weil er wissen wollte, was sie vorhatten. Wenn ihm etwas nicht passte, mit dem Werkvertrag hatte er Harald an der Kandare. Ob Harald tatsächlich eine Verlängerung bekommen würde, stand in den Sternen.

„An deiner Stelle wäre ich vorsichtig, was ich dem Herrn Vogel erzähle, aber es kommt auch darauf an, was du in dieser Zeit machen willst, Harald.“

Harald sah unschlüssig aus und kaute aus seiner Unterlippe. Er sah Leo merkwürdig an. Dann kam er damit heraus, was ihn die ganze Zeit beschäftigte: „Leo, du glaubst doch auch nicht, dass der EHEC mit den Bockshornkleesamen eingeschleppt wurde, oder?“

„Zumindest scheint Markos PCR für diesen Nachweis nicht viel zu taugen, das hast du ja selbst bewiesen“, gab Schneider, verwundert über Haralds Frage, zurück.

„Dann gibt es eigentlich nur eine Sache, die ich machen will!“, brachte Harald heraus.

„Und welche ist das?“, fragte Schneider, der neugierig geworden war.

„Ich will wissen, ob ich derjenige war, der diese Seuche ins Land gebracht hat.“

„Du??“

„Ich hatte dir doch damals erzählt, dass der EHEC Nr. 17 von einem aus Jörgs Arbeitsgruppe stammt. Alle sind damals untersucht worden.“

„Und derjenige bist du?“, rief Leo aus. „Bist du dir da sicher?“

„Ja. Jörg hatte mir das eindeutig gezeigt. Zuerst hatte er so getan, als wäre er derjenige, der infiziert war. Deswegen war er ein paar Tage zu Hause geblieben. Als ich herausbekam, dass die Probe-Nr. 17 mit dem EHEC identisch war, der meine Freundin umgebracht hatte, war ich völlig am Boden. Ich verdächtigte Jörg, sich mit Marie getroffen und sie mit seinem EHEC angesteckt zu haben. So, wie er sich verhalten hatte, war mir klar, dass er hinter ihr her war und die Gelegenheit genützt hatte, um mit ihr ins Bett zu gehen. Als ich ihm das auf den Kopf zusagte, hatte er mich ausgelacht und mir die Protokolle zu den Stuhlproben aus dem Labor gezeigt. Daraus ging eindeutig hervor, dass ich der EHEC-Ausscheider war. Also bin ich es gewesen, der Marie angesteckt hat und damit ist dann die ganze Epidemie ins Rollen gekommen.“

Harald schluckte und Leo schien es, als könnte er nicht mehr weiter reden. Aber dann fing sich Harald wieder und fuhr fort: „Nachdem diese Samen als Ursache der Epidemie identifiziert worden waren, war ich total erleichtert. Mit seiner PCR war Marko bei Jörg der große Star. Marko hat mich schon vorher gehasst, weil ich nicht alles so gemacht hatte, wie er wollte. Als ich Jörg gesagt habe, dass ich nicht unter Marko Brant arbeiten will, hat er mich rausgeschmissen. Jetzt bin ich zu dir gekommen und habe selbst den Beweis dafür geliefert, dass ich doch Schuld an der EHEC-Epidemie bin."

Harald war mit den Nerven fertig. Deswegen hatte er sich kaum gefreut, nachdem er bewiesen hatte, dass Markos PCR unspezifisch reagierte.

Leo versuchte, Haralds Gedanken in eine andere Richtung zu lenken: „Aber hast du dir einmal überlegt, woher du den EHEC eigentlich bekommen hast? Es ist so ein seltener Typ. Hast du irgendwelche Gewohnheiten, die deine Infektion hätten begünstigen können?"

Harald schüttelte nur seinen Kopf.

„Dann ist die Probe-Nr. 17 tatsächlich der erste EHEC-O104, der mit der Epidemie in Zusammenhang steht?", fragte Schneider.

Harald nickte. „Ja, und das weiß Jörg genauso gut wie ich."

„Gut. Dann kannst du doch die Nr. 17 mit den anderen EHEC aus der Epidemie vergleichen. Du weißt nicht, wie du dich damals infiziert hast. Aber du wurdest nicht krank. Daraus ergeben sich zwei Möglichkeiten. Entweder, dein EHEC ist nicht sehr aggressiv und hat mit der Epidemie nichts zu tun. Reiner Zufall, dass du dir den gerade um diese Zeit eingefangen hattest. Oder aber, dein EHEC ist doch der Epidemiestamm. Aber dann muss er sich bei der Übertragung von dir auf Marie verändert haben und aggressiver geworden sein. Sonst hätte er nicht so eine schwere Epidemie auslösen können! In beiden Fällen müsste dein EHEC Nr. 17 genetische Unterschiede zu den aggressiven Epidemiestämmen aufweisen und das können wir herausbekommen!

Harald blieb skeptisch. „Aber wie soll denn ein EHEC von alleine aggressiver werden?"

Leo fand das nicht ungewöhnlich. „Wenn der ursprüngliche EHEC nicht an den Menschen angepasst war, kann man das gut erklären. Mit jeder weiteren Übertragung von Mensch zu Mensch passt sich der Keim seinem Wirt besser an und wird dadurch aggressiver. Das kennt man doch von Viren sehr gut. Denk zum Beispiel an die Vogelgrippe!"

Es gab eine dritte Möglichkeit, die Leo nicht erwähnte, weil er Harald nicht mutlos machen wollte. Möglicherweise war sein EHEC Nr. 17 genauso aggressiv wie die Epidemiestämme. Nur Harald selbst war gegen den EHEC aus irgendeinem Grund immun und deshalb nicht krank geworden.

Leo fuhr fort: „Also, es gibt sicherlich einige Unterschiede zwischen deinem EHEC Nr. 17 und den EHEC-Stämmen aus der Epidemie. Von irgendwo her hast du dir den Keim eingefangen. Du warst nicht krank und wusstest also nichts von der Infektion. Somit trifft dich auch keine Schuld an der Epidemie, wenn das überhaupt ein Trost für den Tod deiner Freundin sein kann, Harald."

„Und wenn ich aus irgendeinem Grund immun gegen den EHEC bin?“ Harald war von selbst auf die dritte Möglichkeit gekommen. Aber Leo nutzte diesen Gedanken, um Harald zur Weiterarbeit zu überzeugen.

„Wenn du wirklich immun gegen diese Seuche bist, dann wird dein EHEC Nr. 17 identisch mit den Epidemiestämmen sein. Aber auch das herauszubekommen, liegt jetzt in deiner Hand. Du selbst kannst die Frage lösen, die dich so bedrückt. Einfach, indem du deine Nr. 17 mit den anderen EHEC vergleichst. Vielleicht bekommen wir dann heraus, was hinter der ganzen Epidemie steckt. Jedenfalls ist das besser, als dich mit Vorwürfen und Selbstmitleid zu lähmen!“

Harald sagte eine ganze Weile nichts, nach einer Weile zeigte sich auf seinem Gesicht ein kleines Lächeln. Da wusste Schneider, dass er ihn überzeugt hatte, nicht aufzugeben.

**Kiel, 11. 8. 2011**

Alle im Labor spürten, das der Wind sich gedreht hatte. So schnell, wie Jörg Marko hatte hochkommen lassen, so schnell konnte er ihn auch wieder herunterholen.

„Auf und ab wie ein Drachen im Wind“, sagte Bernadette schmunzelnd zu ihrer Kollegin Ingrid und schaute aus dem Fenster, wo dunkle Wolken am Himmel schnell vorbeizogen. „Und genauso wütend wie ein Drache ist er auch. Fehlt bloß noch, dass er jetzt Feuer speit.“

Ingrid lachte schallend. „Rauch gibt er ja genug von sich.“

Marko hatte keine echten Freunde im Labor und Holgers Position wurde durch die neue Lage auch nicht besser. Ohne groß darüber zu reden, ahnten einige, dass mit Markos PCR vielleicht doch nicht alles so war, wie es sein sollte. Holger hatte sich am Anfang wiederholt darüber beklagt, dass er Marko auf positiv reagierende Negativkontrollen aufmerksam gemacht hatte, bis es ihm schließlich von Marko und Jörg ausdrücklich verboten wurde.

Jörg war einstweilen damit zufrieden, Marko einen Dämpfer versetzt zu haben. Markos Benehmen zeigte, dass er es nicht aufgegeben hatte, gegen ihn Stimmung zu machen. Andererseits brauchte er Marko und hatte ihn daher auch nicht ganz zurück in das Loch gestoßen, aus dem er gekrochen war. Er zeigte sich großzügig und hatte Marko Bernadette als Assistentin gelassen. Wenn es erforderlich war, konnte Marko auch die Hilfe einer zweiten Assistentin in Anspruch nehmen. Marko war ihm nützlich. Nach außen hin war es egal, ob Markos PCR sauber war, oder nicht. Hauptsache, sie hatte bestätigt, was politisch gewollt war.

In Marko wühlte mehr als je zuvor Hass gegen Harald und gegen Jörg. Beide hatten ihn vor der gesamten Gruppe gedemütigt. Harald mit der Veröffentlichung und Jörg auf der Versammlung, die er extra deswegen einberufen hatte.

Als die Publikation erschienen war, hatte Marko sofort bei Franz Vogel, Schneiders Vorgesetzten angerufen. Das hatte sich bezahlt gemacht. Vogel war das mit der Publikation peinlich und offensichtlich war er nicht gut auf Schneider zu sprechen. Vor Professor Brant hatte er Respekt, schließlich war der Jemand. Der Name Marko Brant wurde mit Jörg Puster in einem Zusammenhang erwähnt und Haralds Versuch, ihn in Misskredit zu bringen, war gescheitert.

Aber die Zeit war nicht spurlos an Marko vorübergegangen. Er war immerhin acht Jahre älter als Jörg und musste sich daher noch mehr anstrengen, wenn er seine Position halten wollte. Mit Mitte fünfzig war man entweder einer von den Großen oder ein Niemand. Andere in seinem Alter konnten sich auf ihren Lorbeeren ausruhen und ihm hatte Puster in seiner besten Zeit den Teppich unter den Füßen weggezogen. Die Jahre danach waren hart gewesen. Alte Erfolge verblassten schnell und zählten nicht mehr. Sein ganzes Leben hatte er der Wissenschaft gewidmet und alles andere dafür vernachlässigt. Seitdem er von seinen Eltern ausgezogen war, lebte Marko allein. Das einzige Lebewesen, das er in seiner Wohnung duldete, war seine Baumpython, die er in einem Terrarium hielt und regelmäßig mit Labormäusen versorgte. Marko hatte keine Verwandten in Kiel und seine Eltern, zu denen er nie ein richtig gutes Verhältnis gehabt hatte, waren beide schon verstorben. Selbst wenn er jetzt wieder gefestigter war als vorher, so konnte er am Ende gegen Jörg wieder den Kürzeren ziehen. Aber soweit war es noch nicht. Marko hatte sich vorgenommen, zu kämpfen und er würde für seine Ausdauer belohnt werden.

Als Einziger aus der Gruppe war er darüber im Bilde, dass Alexander und Ines nicht mehr zurückkommen würden. Marko hatte durch Zufall erfahren, dass Alexander gute Aussichten hatte, in Oxford eine Professur zu erhalten. Marko hütete sich, etwas davon zu erzählen. Wenn Alexander nicht mehr wiederkam, würde Jörg mehr auf ihn angewiesen sein, als ihm lieb war. Jörg wusste nichts von Alexanders Bestrebungen. Er war zu sehr von sich eingenommen, um so etwas überhaupt in Erwägung zu ziehen. Wenn er es irgendwann erfuhr, war es zu spät, als dass er Alexander ernsthafte Schwierigkeiten machen konnte.

**Berlin, 16.-22. 8. 2011**

Nachdem Wissenschaftsadministrator Vogel keine Einwände mehr hatte, wurde Harald für drei Monate aus verbleibenden Mitteln des Bundesagraramts eingestellt. Bevor er den Vertrag unterschrieb, hatte Vogel Harald noch einmal zu sich kommen lassen, und ihn ermahnt, sich nur um die Anzüchtung des dormanten EHEC aus den Bockshornkleesamen zu kümmern. Im Erfolgsfall würden weitere Mittel in Aussicht gestellt, damit er seine Doktorarbeit fertigstellen könne.

Harald versprach, sich um dieses Thema zu kümmern. Seit Markos PCR sich als problematisch herausgestellt hatte, war er nicht sehr davon überzeugt, EHEC in den Bockshornkleesamen zu finden. Aber eine geringe Chance dafür bestand. So hing an Vogels Forschungsprojekt für Harald auch eine Hoffnung, so klein sie auch sein mochte. Wenn er EHEC aus den Samen kultivieren könnte, war der Beweis erbracht, dass die Seuche doch mit den ägyptischen Samen gekommen war. Dann hatte er auch nichts mit Maries Tod und der Epidemie zu tun.

Diese Versuche lasteten ihn jedoch nicht völlig aus. Er hatte daneben noch genug Zeit, seinen EHEC Nr. 17 mit dem von Marie und den anderen aus der Epidemie zu vergleichen. In beiden Fällen hoffte Harald eine Antwort zu finden, die ihn von einer Schuld entlasten würde. Ihm blieb nicht viel Zeit und er arbeitete intensiver, als er es je bei Jörg getan hatte. Mit den technischen Assistentinnen verstand er sich nach anfänglichen kleinen Schwierigkeiten gut. Leo ließ ihm weitgehend freie Hand, nachdem er sich überzeugt hatte, dass Harald zuverlässig arbeitete.

Trotz seiner ungewissen Zukunft war Harald Leben wieder bunter geworden. Er war aufgekratzt und fühlte sich fast wieder so gut wie damals, als er Marie kennengelernt hatte. Es gab auch einen Grund. Anneliese Körner aus seiner alten Arbeitsgruppe hatte sich gestern bei ihm gemeldet. Sie hatte die Nummer von Leos Labor herausgesucht, ihn dort angerufen und gefragt, wie es ihm gehe. So erfuhr Harald, dass Anneliese nicht mehr bei Jörg arbeitete, aber sie hatte den Kontakt zu Ingrid aus der Gruppe behalten. Ingrid hatte ihr erzählt, dass Jörg und Marko sich über die Publikation von Harald und Schneider geärgert hatten. Anneliese hatte Harald zu seinem Mut gratuliert und dazu, dass er es geschafft hatte, weiterzumachen. Haralds anfängliches Misstrauen gegen Anneliese verflog, je länger er mit ihr sprach. Sie hatte sich mit Jörg eingelassen und war enttäuscht, als sie gemerkt hatte, was für ein Mensch er war. Ihm war es doch mit Jörg genauso ergangen. Nachdem sie eine halbe Stunde lang geredet hatten, schlug Harald ihr aus einer spontanen Eingebung vor, ihn doch einmal in Berlin zu besuchen. Er hatte eigentlich nicht damit gerechnet, dass sie zusagen würde, aber Anneliese meinte, das wäre toll, denn sie hätte am kommenden Wochenende frei und könnte dann schon kommen. Harald spürte, wie es in seinem Bauch kribbelte, als Anneliese das sagte. Er war neugierig darauf geworden, sie zu sehen.

Anneliese kam am Freitagnachmittag in Berlin an. Sie hatten sich in einem Café am Hackeschen Markt verabredet, wo Harald auf sie warten konnte, falls ihr Zug sich verspätete. Er war noch nicht lange in dem Café, da stand Anneliese vor ihm. Abgesehen davon, dass sie ebenfalls blond war, war Anneliese das ziemliche Gegenteil von Marie. Sie hatte sich zurechtgemacht, war geschminkt und stylish angezogen, in einer Art, die ihre Figur betonte. Ihr roter Lippenstift kontrastierte zu ihrer hellen Haut und auf ihren Wangen waren kleine Sommersprossen zu sehen. Harald hatte Anneliese vorher nie richtig wahrgenommen. Sie gehörte zu Jörg und war daher in jeder Hinsicht tabu. Jetzt, als er sie ansah, fühlte er sich zu ihr hingezogen.

Sie blieben eine ganze Weile in dem Café, bis sie meinten, genug über die Vergangenheit geredet zu haben. Harald fuhr mit ihr in seine WG in die Bergmannstraße. Anneliese mochte das belebte Viertel in der Mitte Berlins, mit den vielen Kneipen und Szeneshops und die große Markthalle am Marheinekeplatz. Auch Haralds Wohngemeinschaft gefiel Anneliese.

Als es spät geworden war, machte Anneliese keinen Hehl daraus, dass sie nicht nur gekommen war, um über die vergangenen Zeiten zu reden und sich Berlin zeigen zu lassen. Sie ergriff die Initiative, und als sich beide in die Augen sahen und ihre Blicke sich nicht mehr voneinander trennen konnten, verlor Harald seine anfängliche Zurückhaltung. Sie fielen sich in die Arme und merkten, wie gut ihnen das nach den Enttäuschungen der vergangenen Wochen und Monaten tat. So verbrachten sie das Wochenende mehr zusammen im Bett, als in den Straßen der Stadt. Zum ersten Mal seit seiner Beziehung mit Marie genoss Harald das Zusammensein mit einer attraktiven und aktiven Frau. Er erlebte bei Anneliese eine Leidenschaft, die er auf diese Art mit Marie nicht gekannt hatte.

Später in der Nacht erzählte ihm Anneliese von ihrer Beziehung mit Jörg, die Harald in seinen Vorstellungen über ihn nur bestätigten. Jörg hatte Anneliese einfach genommen, wann und wie es ihm passte. Sie erzählte ihm sogar, dass sie an dem Abend, als Sybille starb, bei Jörg gewesen war.

Nachdem Harald Anneliese am Sonntagnachmittag zum Bahnhof gebracht hatte, und dem silbrigen ICE nachschaute, der immer kleiner wurde, wurde ihm bewusst, er war wieder verliebt. Sie hatten verabredet, sich das nächste Mal in Kiel zu treffen. Schon bei der Vorstellung, Anneliese wiederzusehen, bekam Harald ein Gefühl im Bauch, das alle Bedenken, die sein Verstand hervorbrachte, beiseite wischte.

Seine Verliebtheit verlieh ihm sprichwörtlich Flügel und er stürzte sich mit Eifer in seine Arbeit. Leo hatte ihm ein paar einfache Methoden vorgeschlagen, um die EHEC-Stämme zu vergleichen. Der genetische Fingerabdruck eines Bakteriums ließ sich auf verschiedene Weise darstellen. Manche Verfahren waren in ihrer Aussage mehr allgemein und andere sehr speziell. Leo hatte gesagt, Harald solle ruhig alles probieren, was mit der Ausstattung des Labors möglich war. Je mehr unterschiedliche Methoden er verwendete, desto mehr Rückschlüsse konnten sie daraus ziehen. Am eindeutigsten wäre es gewesen, die DNA-Sequenz der EHEC-Bakterien zu ermitteln und miteinander zu vergleichen. Aber dafür gab es am ILH weder die finanziellen noch die apparativen Möglichkeiten.

**Berlin, 13. 9. 2011**

Inzwischen waren drei Wochen vergangen, seitdem Harald mit seinen Versuchen begonnen hatte. Eine Reihe von Methoden, die Harald zur Untersuchung verwendet hatte, erbrachten keinen Hinweis auf Unterschiede zwischen den EHEC-Stämmen. Wenn es überhaupt welche gab, mussten diese sehr klein sein. Als letzte Möglichkeit schlug Leo ihm vor, es mit der sogenannten RAPD-PCR, einer bereits aus der Mode gekommenen Methode, zu versuchen. Dabei entstanden zufällige DNA-Stücke, die aufgetrennt in Form eines

Strichcodes dargestellt wurden. Je ähnlicher sich die Bakterien waren, desto ähnlicher war auch das Strichmuster aus der RAPD-PCR.

Mit diesem Verfahren konnte Harald zum ersten Mal kleine Unterschiede zwischen seinem EHEC der Nr. 17 und Maries EHEC Stamm finden. Er versuchte weitere Ansätze und die Unterschiede bestätigten sich. An diesem Abend besprachen die beiden die Ergebnisse in Leos Büro.

„Für mich ist die Sache ziemlich klar“, sagte Leo. „Dein EHEC Nummer 17 ist etwas anders, als die Epidemiestämme. Soweit sind wir jetzt. Aber die Unterschiede sind mit unseren Möglichkeiten nicht weiter fassbar. Wir wissen nur, dass es welche gibt, aber nicht, was ihre Natur ist. Auf jeden Fall haben wir ein eindeutiges Indiz, dass dein EHEC Nr. 17 nicht identisch mit Maries EHEC ist.“

Harald war froh, dass Leo das auch so sah. Zumindest eines seiner Forschungsvorhaben hatte ihn der Antwort auf die Frage nähergebracht, die ihm unter den Nägeln brannte.

Aber das andere Projekt lief nicht gut. „Mit den EHEC aus den Samen komme ich überhaupt nicht voran“, sagte Harald. „Da wächst einfach nichts“.

„Wo nichts ist, kann auch nichts wachsen“, meinte Leo nur und sah Harald an, als hätte er nie etwas anderes erwartet.

„Herrn Professor Vogel wird das aber gar nicht passen. Er macht die Fortsetzung meiner Doktorarbeit davon abhängig, dass ich die EHEC-Bakterien in den Samen finde“, erwiderte Harald.

„Er meint die finanzielle Unterstützung für deine Arbeit“, sagte Leo.

„Das kommt doch aufs Gleiche raus!“

Leo widersprach ihm nicht. Aber vielleicht eröffnete sich mit Haralds neuen Ergebnissen doch noch eine andere Möglichkeit. Leo wollte erst mit Harald darüber reden, wenn er dazu ein paar Erkundigungen eingezogen hatte.

**Milwaukee (USA), 15. 9. 2011**

Bill Simons saß in einem der viel zu kleinen Büros des CDC Gebäudes in der Innenstadt von Milwaukee. Er schaute für einen Moment aus dem Fenster über die weite Fläche des Lake Michigan, die sich bis zum Horizont ausbreitete. Der Strom der Autos auf dem *Lincoln Memorial Drive*, der dicht an dem aus Stahl und Glas errichteten Zweckbau vorbeizog, riss nicht ab. Seine Augen verfolgten den Flug einer Möwe über dem Wasser, während seine Gedanken sich immer noch mit der E-Mail beschäftigten, die er von Leo Schneider aus Berlin erhalten hatte.

Irgendwie klang das so kurios, dass er zuerst glaubte, Leo wäre einer sprachlichen Verwirrung in seinem englischen Text aufgesessen. Aber das war es nicht. Es war ziemlich unmissverständlich, was Leo da schrieb. Nur die Geschichte, wie er dazu gekommen sein wollte, schien absolut verrückt.

Eigentlich war die EHEC-Epidemie, die vor ein paar Wochen in Deutschland und Europa grassiert hatte, für die Gesundheitsbehörden der USA bereits abgehakt. Von den fast viertausend Erkrankten waren nur vier Bürger der Vereinigten Staaten und alle hatten vor ihrer Erkrankung Reisekontakte nach

Deutschland gehabt. Die Seuche war in Europa geblieben und längst zu Ende. Nur ihr Ursprung stellte das CDC immer noch vor ein Rätsel. EHEC-verseuchte Samen aus Ägypten oder mangelnde Hygiene bei der Sprossenherstellung in Deutschland, eines von beiden musste es wohl gewesen sein, was das Verhängnis ausgelöst hatte. So gesehen war das Ganze mehr ein juristisches, denn ein wissenschaftliches Problem. Beide Szenarien lagen im Bereich des Möglichen und Argumente für und wider fanden sich immer.

Nun schrieb Leo ihm eine merkwürdige Geschichte von einem Studenten, den er kürzlich bei sich im Labor aufgenommen hatte. Sein Student war schon zwei Wochen, bevor die Seuche in Deutschland ausgebrochen war, mit dem EHEC-O104 infiziert gewesen. Er war aber nicht erkrankt und Bill fragte sich, warum er dann überhaupt auf EHEC untersucht worden war. Leo schrieb, sie hätten genetische Unterschiede zwischen dem EHEC seines Studenten und den Seuchenstämmen gefunden.

Dann kam der entscheidende Satz. Sein Student hatte Kontakt zu einer Frau, die das erste Opfer der EHEC-Epidemie geworden war. Die Frau arbeitete auf einer Sprossenfarm und erkrankte tödlich an HUS. Leo spekulierte darüber, dass die Frau sich bei seinem Studenten infiziert und der Keim sich bei der weiteren Übertragung zu einem *Killerbug* entwickelt hatte.

Die Idee, dass Vorläufer von EHEC-Bakterien im Darm gesunder Menschen existierten, um sich bei der Übertragung auf weitere Menschen zu *Killerbugs* zu entwickeln, war schon bekannt. Aber nur als eine Theorie. Jetzt hatte Leo so einen Vorläuferkeim und den daraus entstandenen *Killerbug* bei sich im Labor vorliegen.

Bill las die Zeilen zum zweiten und zum dritten Mal. Er legte den Papierausdruck der Mail auf seinen Schreibtisch und schaute gedankenversunken wieder aus dem Fenster. Die Möwe am Horizont war verschwunden. Nur die endlose Karawane der Fahrzeuge wälzte sich nach wie vor weiter über den *Lincoln Drive*.

Zum Schluss bat Leo ihn um Unterstützung für weitere Arbeiten. Er hatte vorgeschlagen, die abweichenden DNA-Stücke aus der RAPD-PCR zu sequenzieren. Bill war klar, dass dieser Ansatz viel Zeit in Anspruch nehmen würde. Leo hatte das doch nur geschrieben, um ihn dafür zu begeistern, das Genom dieses EHEC-Vorläuferstammes zu sequenzieren. Eigentlich war das keine große Sache. Aber an Leos Institut war das offenbar nicht machbar. Bill wunderte das nicht. Er hatte einmal auf einer Tagung Leos Boss Franz Vogel kennengelernt. Ein rückständiger Bürokrat, der sich gerne hervortat, aber außer Banalitäten nichts von sich gab. Solche Leute gab es auch am CDC, aber zum Glück war Bill von diesen Zeitgenossen bisher verschont geblieben.

Bill kaute nachdenklich an seinem Kugelschreiber. Was Leo nicht wusste, am CDC lagen bereits die vollständigen Genomsequenzen der EHEC-O104 aus den amerikanischen Patienten vor. Aber man hatte keine nennenswerten Unterschiede zwischen den Stämmen gefunden. Aber diese EHEC stammten alle von schwerkranken Patienten, die mitten in der Epidemie infiziert worden waren. Leo besaß einen Stamm, den er als Vorläufer bezeichnete und den von dem ersten Opfer der EHEC-Epidemie. Bill kaute auf seinem Kugelschreiber und dachte nach. Schließlich hatte er einen Entschluss gefasst und rief seinen Boss Donald Schechter an.

Don reagierte skeptisch, als Bill ihm das alles erzählte. Er dachte sofort an Bioterrorismus und schloss das aus: „Da war schon die CIA dran. Wenn das mit dem EHEC ein bioterroristischer Anschlag war, wüssten wir es längst."

„Don, du hast nicht richtig zugehört. Ich rede nicht von Bioterror, sondern von einer natürlichen Entwicklung. HIV hat sich wahrscheinlich auch aus einem für Menschen harmlosen Vorläufervirus aus Affen entwickelt. Willst du warten, bis so eine EHEC-Seuche hier bei uns auftritt und Leo Schneider in Deutschland erzählt, er hätte uns schon vorher davor gewarnt?"

Don grunzte, was er immer tat, wenn ihm etwas gegen den Strich ging. Aber er spürte, dass an Bills Einwand etwas dran war. Trotzdem argumentierte er weiter dagegen: „Vielleicht ist der Student von Schneider gegen EHEC immun. Er hat die Seuche, ohne es zu wissen, auf die Sprossenfarm gebracht und dann ging es erst richtig los!"

„Ok, schon möglich", sagte Bill, „aber wenn das stimmt, dann ist diese ganze Geschichte mit den ägyptischen Bockshornkleesamen *nonsense*. Die Ägypter sind ziemlich sauer auf die Europäer, weil die ein Embargo über ihr Gemüse und Saatgut verhängt haben. Wenn wir herausfinden, dass die EHEC-Seuche in Deutschland entstanden ist, werden die Ägypter uns einiges an Dank schulden, meine ich."

„Also du meinst, die USA könnten bei dieser Sache nur gewinnen?", meinte Don.

„Genau. Eine Win-win-Situation! Außerdem können wir unser Image bei den Arabern aufpolieren. Jeder Abgeordnete, jeder Senator würde sich nach so einer Gelegenheit die Finger lecken", setzte Bill nach.

„Da magst du recht haben. Aber bevor ich mein Okay gebe, muss ich das an anderer Stelle verhandeln. Ich schließe ich mich mit den Leuten vom „*Uniformed Services University of the Health Sciences*" in Bethesda kurz und die werden sicherlich noch andere Stellen informieren. Weißt du, die Sache scheint mir politisch zu brisant, als dass wir da einfach alleine losmarschieren, Bill. Schreib dem Leo Schneider, du findest das alles sehr interessant. Aber auch wir Amerikaner haben unsere Bürokratie und er muss sich einige Zeit gedulden, bis er Bescheid bekommt. Okay? Das und nicht mehr. Wenn die in Bethesda einverstanden sind, kann alles sehr schnell gehen."

**Berlin, 16. 9. 2011**

„Und Sie haben es nicht einmal für nötig befunden, mich darüber zu informieren?" Wissenschaftsadministrator Vogel war außer sich. Nicht nur, dass Harald Pütz ihm berichtete, keiner seiner Versuche, den dormanten EHEC aus den Bockshornkleesamen zum Leben zu erwecken, wäre erfolgreich gewesen. Das allein wäre ja noch hinzunehmen gewesen, denn weitere Geldzuwendungen zur Finanzierung von Pütz hatte er ja vom Erfolg dieser Arbeit abhängig gemacht. Aber als Pütz ihm berichtete, er hätte stattdessen verschiedene EHEC-O104 Stämme auf ihre genetische Identität überprüft, platzte Vogel der Kragen.

„So ein Quatsch", rief er, „diese Idee haben Sie wohl von Herrn Schneider! Es ist doch bekannt, dass alle EHEC aus dieser Seuche nur einen Ursprung haben, nämlich aus den ägyptischen Samen. Wozu wollen Sie da nach Unterschieden suchen, wenn alle EHEC gleich sind?"

Da war der Moment, auf den Harald gewartet hatte, um Professor Vogel zu beeindrucken. Er holte tief Luft und sagte: „Aber Herr Professor Vogel, die EHEC sind eben nicht alle gleich."

„Wie?", rief Franz Vogel irritiert.

„Wir haben genetische Unterschiede zwischen ihnen gefunden!"

„Hören Sie, wenn es Unterschiede zwischen den EHEC-Stämmen gibt, glauben Sie nicht, im Exzellenzinstitut hätte man das längst herausgefunden und sofort publiziert! Sie kommen doch von dort, Sie müssten das doch selbst am besten wissen!"

Harald kam nicht dazu etwas zu erwidern, denn Vogel hatte jetzt sich in Rage geredet.

„Aber das ist jetzt wieder so ein Ding, genauso wie mit der angeblich unzuverlässigen PCR. Hören Sie, Herr Pütz, Sie hatten mein Vertrauen, auch nach dieser überflüssigen Veröffentlichung, die Sie mit Schneider über die PCR der Puster-Gruppe verzapft haben. Aber das eine sage ich Ihnen, Herr Pütz. Die Unterschiede, die Sie da zwischen den EHEC gefunden haben wollen, sind genauso nebensächlich wie Ihre Kritik an der PCR aus dem Exzellenzinstitut. Ich verbiete Ihnen, so etwas im Namen des ILH zu veröffentlichen. Mit Schneider werde ich darüber auch noch sprechen, nur dass Sie Bescheid wissen. Guten Tag."

Kaum hatte Harald die Tür hinter sich geschlossen, rief Vogel bei Jörg Puster an. Einer nochmaligen Blamage wollte er zuvorkommen. Jörg Puster war an diesem Tag nicht im Institut. Seine Sekretärin, Frau Steiner, vertröstete Vogel auf den nächsten Tag und stellte ihn auf seinen Wunsch durch zu Professor Dr. Brant.

Marko Brant war anwesend und lachte zuerst hämisch, als Franz Vogel ihm empört von den Ausführungen des Herrn Pütz berichtete. Als er von Vogel hörte, was Harald Pütz jetzt so trieb, kochte der Hass in ihm wieder hoch. Jörg wusste, dass seine PCR eine Schwachstelle hatte. Jörg Puster hatte ihn nur vor dem Absturz bewahrt, weil er den Ruf seiner Arbeitsgruppe nicht auf Spiel setzen wollte. Und jetzt bohrte Harald Pütz einfach an anderer Stelle weiter.

„Das hätte ich Ihnen gleich sagen können, dass Sie mit dem Herrn Pütz nur Ärger bekommen! Aber Sie wollten es ja nicht anders, Herr Vogel. Sie sind dafür verantwortlich, was aus Ihrem Institut für ein Unsinn über unsere PCR veröffentlicht wird. Sehen Sie bloß zu, dass Sie Pütz und Schneider loswerden!

Vogel bemerkte, das wäre nicht so einfach. Er könnte Schneider nicht einfach entlassen.

„Aber wenigstens den Pütz. Noch etwas, bevor wir unser Gespräch beenden, Herr Kollege Vogel. Ich fände es ein Gebot der Fairness, dass Sie mich über ähnliche Entwicklungen vorher informieren, anstatt wieder darauf zu warten, bis das Kind in den Brunnen gefallen ist. Wiederhören."

Vogel würde sich hüten, ihn nicht zu informieren. Marko Brant wusste, wie man mit solchen Bürokraten umging. Er hatte aufgelegt, bevor Vogel noch etwas erwidern konnte.

Das Gespräch mit Marco Brant hatte Vogel beunruhigt. Ärger mit dem Exzellenzinstitut war das Letzte, was er gebrauchen konnte. Er schrieb eine Nachricht an Jörg Puster und teilte ihm ebenfalls mit, was Harald Pütz über seine Arbeit berichtet hatte. Franz Vogel wollte sich nicht entschuldigen. Schließlich hatte Puster ihm diesen Harald Pütz als guten Studenten empfohlen. Vogel schickte die Mail nachrichtlich an Frau Gack. Er teilte Schneider mit, dieser habe heute um vierzehn Uhr zur Klärung eines dringenden Sachverhalts bei ihm zu erscheinen.

Eine halbe Stunde rief Jörg Puster zurück. Er hätte wegen eines Handwerkers in seiner Wohnung warten müssen und war deswegen schlecht erreichbar gewesen. Vogel hatte damit gerechnet, Puster wäre genauso verärgert wie Marko Brant. Aber Jörg Puster hatte Verständnis dafür, dass sie es nicht geschafft hatten, den EHEC aus den Samen zum Wachsen zu bringen. Daran wären schließlich auch schon ganz andere gescheitert. Ein Versuch war es sicher Wert gewesen. Die Geschichte mit dem Unterschied zwischen den EHEC-Stämmen fand Jörg Puster nicht sonderlich interessant. Es gäbe immer kleine Veränderungen zwischen den Bakterien, schon allein dadurch bedingt, wie die Leute sie aufbewahrten. Manche Stämme seien empfindlich, mutierten und das gäbe dann eben die genetischen Unterschiede.

Allerdings müsste Franz Vogel selbst einschätzen, ob er solche Arbeiten finanzieren wollte. Er würde das an seiner Stelle unterlassen. Die ganze Fragestellung sei ziemlich irrelevant. Nachdem er mit Jörg Puster in ein immer herzlicheres Einvernehmen gekommen war und sie sich schließlich per Du voneinander verabschiedet hatten, war Franz Vogel wieder oben auf. Er war sicher, eine erneute Blamage für sich und das ILH abgewendet zu haben.

***

*Phase Drei, mit dem zufriedenen Gefühl des Zurücklehnens, wenn man seine Ernte rechtzeitig vor dem Regen in die Scheuer gebracht hat, stand auf dem Spiel. Sie drohte zu verpuffen wie ein schöner Traum, wenn man aus dem Schlaf gerissen wird. Wieder galt es zu kämpfen, um das Erreichte nicht zu verlieren. Wer ihn herausforderte, sollte es bereuen. Er hatte es bereits gemacht, er konnte es wieder machen. Aber es war nicht mehr so einfach. Harald*

*Pütz arbeitete bei Schneider in Berlin und schien nur davon angetrieben zu sein, ihm Ärger zu machen.*

*Zu dumm, dass er diesen Quertreiber nicht schon längst vorher ausgeschaltet hatte. Es wäre leichter gewesen als jetzt. Wie Sybille Barnhelm gehörte Harald Pütz zu der Sorte von Menschen, die nicht merkten, wenn sie ihre Grenzen überschritten hatten. Warnungen hatte es doch gegeben. Bevor Pütz den Schneider zu sehr auf dumme Gedanken brachte, musste er ausgeschaltet werden. Schneider würde es auch noch bereuen, sich mit Harald Pütz eingelassen zu haben, Vogel sei Dank.*

*Nachdenklich blies er den Rauch aus seiner Zigarette in einem dünnen Strahl durch die Luft. Er musste handeln, bevor es zu spät war. Wie ein Lügengebäude sich nur mit immer neuen Lügen zusammenhalten lässt, so zwang sein Weg ihn zu immer neuen Opfern. Mit Sybille Barnhelm und den Toten aus der Epidemie waren es vierundfünfzig. Die Schwerkranken nicht eingerechnet. Er hatte gedacht, es wäre endlich damit Schluss. Aber nun hatte alles eine unerwartete Wendung genommen.*

*Der Aufwand, um Pütz auszuschalten, würde größer sein. Nicht, dass er Skrupel hatte, aber es kostete Zeit und Nerven, die er für anderes dringend brauchte. Ihm kam eine Idee, wie er es anstellen konnte. Er hatte da so eine gewisse Verbindung. Es würde einiges kosten, aber dafür musste er sich nicht selbst um alles kümmern. Außerdem würde es das letzte Mal sein. Die letzte Hürde, die er nehmen musste, bevor er endgültig seinen Platz in der Ruhmeshalle der Wissenschaften einnehmen konnte.*

**Milwaukee, 19. 9. 2011**

Bill Simons hatte nicht damit gerechnet, dass Don sich so bald wieder melden würde. Don erzählte von gewissen Leuten, er wollte da nicht weiter ins Detail gehen, von einflussreichen Leuten, die sehr daran interessiert wären, diesen Studenten von Leo Schneider kennenzulernen. Ob Bill seinem Freund Leo nicht vorschlagen wollte, den Mann für ein Praktikum in die Staaten einzuladen. Schneider sollte dann auch die besagten EHEC-Stämme schicken. Als Bill fragte, ob Schneiders Student bei ihm arbeiten könnte, reagierte Donald zurückhaltend.

„Wir müssen erst sehen, wer das eigentlich ist, Bill. Woher hat der Mann diese Informationen? Was steckt dahinter? Deshalb soll er zunächst in unseren Hauptsitz nach Atlanta kommen. Wenn die meinen, dass alles mit ihm soweit okay ist, können wir weitersehen."

„Wie? Verdächtigst du diesen Studenten, er hätte absichtlich EHEC verbreitet?"

„Ich verdächtige niemanden, aber die Sache ist politisch und ein paar Leute aus *Langley* wollen sich auch mit dem Mann unterhalten. Das geht einfacher, wenn er uns besucht, als das die CIA-Leute nach Deutschland fahren müssen, verstehst du? Also überzeuge Schneider davon, uns seinen Mann für zwei Monate zu schicken, damit er hier etwas lernt. Wir lernen dann, was hinter ihm steckt, aber davon braucht Schneider nichts zu wissen." Don machte eine Pause, aber Bill schwieg.

„Ehrlich gesagt, Bill, die Geschickte, die dir dein Freund aus Deutschland aufgetischt hat, finde ich ziemlich unwahrscheinlich. Außerdem geht das nicht nur mir so und da haben einige Leute gesagt, besser, wir interviewen den Mann mal. Das behältst du aber alles für dich."

Meintest du denn, Leo Schneider hat auch etwas mit der Epidemie zu tun?", fragte Bill betroffen.

„Leo Schneiders Aktivitäten kennen die so gut, als würde er bei uns in den Staaten leben. Glaubst du, nach der Geschichte mit dem Rizin hat die CIA ihn auch nur für einen Tag aus den Augen gelassen? Wir wissen mehr über Leo Schneider, als die Deutschen je erfahren haben. Nein, Schneider ist soweit sauber, aber ob sein Freund das ist, müssen wir erst herausbekommen."

Don hatte aufgelegt, nachdem sie sich noch ausgiebig über sein neues Motorboot, mit dem er mit seiner Frau über den *Lake Michigan* schippern wollte, unterhalten hatten. Bill hatte das Boot gesehen, ein ziemlich großes Ding mit zwei starken Außenbordmotoren und einer Ausstattung, die eher einer schwimmenden Cocktailbar glich. Es lag an einer Marina am *Milwaukee River*, nicht unweit von der *West Wisconsin Avenue*. Wenn man den *Riverwalk Way* am Fluss entlang lief, gelangte man an den Liegeplatz, nur ein paar Schritte entfernt von einem der europäisch anmutenden Biergärten, die längs am Flussufer angesiedelt waren. Dass Don nur mit seiner Frau rumschippern würde, nahm ihm Bill nicht ab. Auf dem Boot gab es reichlich Platz und Don plante eine Einweihungsfahrt, zu der Bill auch eingeladen war.

Don hatte einen ausgeprägten einen Hang zum Luxus. Er musste zusätzlich zu seinem Beamtengehalt noch über eine Stange Geld verfügen. Als Boss war Don fair und redete ihm nicht groß in seine Arbeit rein, das schätzte Bill. Was die Sache mit Leos Studenten betraf, waren es ganz andere Leute, die hinter Dons Vorschlägen standen. Eigentlich war es auch besser, wenn die *homeland security* den Mann abklopfte, bevor Bill sich seinetwegen noch Ärger einhandelte.

Nachdem ihm das durch den Kopf gegangen war, schickte er Leo eine Einladung für seinen Studenten Harald. Harald würde sich in Milwaukee wie zu Hause fühlen. Es gab eine Menge deutscher Traditionen in dieser Stadt, angefangen mit einem richtigen Hofbräuhaus, über ein Bier mit dem unaussprechlichen Namen *Leinenkugel*, bis hin zum *German Feast*, dem Oktoberfest.

**Kiel, 20. 9. 2011**

Nachdem Ines und Alexander nach England abgereist waren, hatte sich die Stimmung in der Arbeitsgruppe von Jörg Puster verschlechtert. Jörg merkte erst jetzt, wie sehr er von Alexanders Präsenz im Labor profitiert hatte. Alexander war jung, hatte Ideen und war international gut angesehen. Seine perfekten Englischkenntnisse hatten die Verbindungen zur weltweiten Wissenschaftsgemeinde geebnet. Alexander entsprach nicht den Klischeevorstellungen, die im Ausland über die angeblich humorlosen Deutschen immer noch verbreitet waren. Jörg entsprach diesem Zerrbild mehr, als ihm bewusst war, und hatte das auf Kongressen manchmal zu spüren bekommen. Er hatte in seiner wissenschaftlichen Laufbahn nur drei Monate in den USA gearbeitet, gerade soviel wie nötig, um seinem Lebenslauf diese notwendige Station hinzufügen zu können. So hatte er auch nie einen selbstverständlichen Zugang zur englischen Sprache bekommen.

Alexander war es gewesen, der die ganze Gruppe mit seinem unbekümmerten Schwung immer wieder mitgerissen hatte, besonders in Zeiten, in denen manches nicht so gut lief. Jörg neigte in solchen Phasen dazu, sich wie ein Igel in sein Büro zurückzuziehen und seine Leute dann in zermürbenden Einzelgesprächen mit einer Mischung aus Zweifeln und Androhungen zu traktieren.

Marko war froh, Alexander und Ines nicht mehr in der Gruppe zu haben. Dieses Paar aufstrebender Talente waren nur lästige Konkurrenten, die seine Pläne störten. Zumindest Alexander würde nicht mehr wiederkommen, das mit der Professur in Oxford schien geklappt zu haben. Damit war Jörg, der im Jahr ein Dutzend Vortragsreisen unternahm und jede Menge Verwaltungsaufgaben um die Ohren hatte, darauf angewiesen, dass Marko sich um die alltäglichen Geschäfte im Laborbetrieb kümmerte. Sehr zum Leidwesen der meisten anderen in der Arbeitsgruppe.

Marko sah die Meldung mit der E-Mail von Franz Vogel im Vorbeigehen auf seinem Computerbildschirm. Er pfiff zufrieden und freute sich, wie dieser Hansel ihm jede Kleinigkeit, die Schneider und Pütz betraf, beflissen mitteilte. Vogels E-Mail war an ihn und an Jörg Puster gerichtet.

Marko rieb sich die Augen, als er las, was Vogel da eilig zusammengetippt hatte: „Verehrte Kollegen, nach dem Ärger der vergangenen Wochen kann ich Ihnen mitteilen, dass Harald Pütz das ILH in den nächsten zwei Wochen verlassen wird. Herr Schneider hat sich darum bemüht, für ihn einen anderen Platz zu finden, wo Herr Pütz seine Arbeiten zu Ende führen kann. Ich denke, Sie beide werden darüber genauso wenig unglücklich sein, wie ich es bin. Mit kollegialen Grüßen, Ihr Franz Vogel.“

Marko hatte nicht gemerkt, wie er sich beim Lesen der drei Zeilen auf seinem ledernen Bürostuhl hatte sinken lassen. Der Stuhl nahm ihn gnädig auf, denn Marko hatte das Gefühl, die Beine wären ihm unter dem Körper weggezogen worden.

**Vilnius (Litauen), 23. 9. 2011**

Vladikavkas, der von seinen Bekannten nur Vladi gerufen wurde, saß in seiner Lieblingskneipe in der *Dominikonų gatvė* in Vilnius. Er sah, obwohl inzwischen Mitte vierzig, immer noch stattlich, ja athletisch aus. Früher, in den langen Jahren seiner Dienstzeit bei der Roten Armee, hatte er regelmäßig Kraftsport getrieben. Nach der Wende war damit und auch mit vielem anderen Schluss. Die Armee brauchte ihn nicht mehr und er verdiente sich seinen

Lebensunterhalt mit den verschiedensten Tätigkeiten. Es war eine schwierige Zeit gewesen, in der er zumeist von der Hand in den Mund lebte.

Durch Zufall traf er eines Tages beim Einkaufen einen Kameraden aus seinem früheren Regiment. Sie begossen ihr Wiedersehen mit einigen Gläsern Wodka und erzählten sich, wie es ihnen seit ihrer gemeinsamen Zeit ergangen war. Yuri ging es blendend, er hatte sich auf das Eintreiben von Schulden spezialisiert und war damit zu Geld gekommen. Als Yuri hörte, mit welcher Mühe Vladi sich sein Geld verdiente, schlug er ihm vor, sich als Unternehmer für Spezialaufträge selbstständig zu machen. Sein bei der Armee erlerntes Können würde ihm dabei von Nutzen sein. Genauso hätte er es auch getan und war damit gut gefahren.

Nach anfänglichen Misserfolgen, er buchte das später als Lehrgeld ab, ging es Vladi wirtschaftlich besser. Inzwischen hatte er genug Geld, um sich Dinge zu leisten, die das Leben angenehm machten und von denen er früher nur geträumt hatte. Sein neues Auto war ein schwarzer BMW X5. Er trug Maßanzüge, die seine Figur betonten, und liebte auffälligen Schmuck und seine Rolex.

Eigentlich hieß er mit Vornahmen Vladimir, den Namen Vladikavkas hatte er sich für seine Geschäfte angenommen. Diskretion und körperliche Fitness waren die wichtigsten Voraussetzungen für seinen neuen Beruf. Daher trainierte er auch wieder regelmäßig. Durch seine knapp ein Meter neunzig war Vladi eine achtungsgebietende Erscheinung, nach der sich die elegant gekleideten Frauen in Vilnius gerne umdrehten. Sein katzenhafter Gang, seine muskulösen Bewegungen, die trotzdem spielerisch wirkten, verrieten etwas von der Spannung, die in ihm steckte. Seine auf sechs Millimeter kurz geschnittenen, schwarzen Haare betonten sein kantiges Gesicht, aber die breiten Backenknochen gaben ihm, wenn er lachte, einen fast naiven Ausdruck. Durch sein halb offenes Seidenhemd lugten schwarze, ungebändigte Haare hervor, die ihm den Touch eines *Latin Lovers* gaben. Ein Anhänger, den er an einer Halskette trug, wies ihn als Angehörigen einer früheren Eliteeinheit der Armee aus.

Vladikavkas nippte an seinem Kaffee, der ihm gerade auf den Tisch gestellt worden war. Er langweilte sich. Die Geschäfte gingen zurzeit schleppend und die litauischen Behörden machten ihm, weil er zufälligerweise nicht in diesem Land geboren war, immer mehr Schwierigkeiten. Mit dem Eintritt in die EU hatte sich dieses Land verändert. Für seinen Geschmack war es auf eine Art zu weit nach Westen gerückt.

Das Blackberry Smartphone, das er neben die Tasse auf den Tisch gelegt hatte, meldete sich. Vladi hielt es vor sein Gesicht und nahm zum Lesen die Sonnenbrille, die er im Freien bei jedem Wetter trug, ab.

Die Nachricht war auf Litauisch. *Ar laiko būti santechnikos darbas*? „Hast du Zeit eine Klempnerarbeit anzunehmen?“

Vladi grinste, denn er wusste, wer der Absender war. Natürlich hatte er Zeit, vor allem, weil in seiner Kasse ziemlich Ebbe war. So konnte er einen Auftrag, der gut bezahlt war, immer gebrauchen. Seine Antwort an Jonas war kurz:

„Wenn es zeitlich und finanziell stimmt, gerne!"

Nach einer halben Stunde kam die zweite Nachricht. Sie enthielt nichts weiter als eine Flugnummer, ein Datum, eine Uhrzeit und die Zahl 10.000. Vladikavkas antwortete nicht darauf. Sein Schweigen bedeutete, dass er mit den Bedingungen einverstanden war. Klempnerarbeiten waren gut, sie besserten seine Kasse auf. Die Preise in Vilnius stiegen in letzter Zeit unverschämt schnell, vor allem, seitdem der ukrainische Konzern Yukoil das Monopol für die Treibstoff- und Energieversorgung verloren hatte. Vladikavkas hatte seinen Kaffee längst ausgetrunken, hatte einen Schnaps vor sich stehen und rauchte eine Zigarette. Er lebte gerne in dieser Stadt. Es wäre schade, wenn er gezwungen wäre, sich woanders niederzulassen.

**Vilnius, 25. 9. 2011**

Vladikavkas hatte sich um kurz nach zehn in der Halle des Flughafens von Vilnius eingefunden. Die Maschine aus Bremen landete pünktlich um 10:25. Als die Passagiere des Fluges 7206 ausstiegen, hielt er das Schild hoch, auf dem in deutscher Sprache das Wort KLEMPNER geschrieben stand. Die ankommenden Fluggäste gelangten ohne weitere Grenzkontrolle in die Halle. Sie liefen an den wartenden Menschen vorbei, die wie Vladikavkas Schilder hochhielten, oder die Reisenden ansprachen, um sie zu einer Unterkunft, oder zu einer Taxifahrt zu überreden. Litauen gehörte jetzt zu den Schengenstaaten. Es gab keine Zollschranken mehr.

Vladikavkas grinste, als er daran dachte, wie es in der Sowjetzeit gewesen war, die ihm noch gar nicht so lange her zu sein schien. Dann erfasste sein professioneller Blick den Mann mit dem Rollkoffer, dessen Blick suchend über das Schilder haltende menschliche Spalier, das aus Schleppern jeder Sorte bestand, irrte. Die Augen des Mannes erfassten sein Schild und an seiner Reaktion merkte Vladi, dies war sein Kunde, der jetzt mit zögernden Schritten auf ihn zu lief. Der Mann vergewisserte sich noch einmal, dass er richtig gelesen hatte, und fragte dann: „*Are you Mr.* Vladikavkas?"

„Der bin ich! *Labas rytas*! Das bedeutet *guten Morgen* auf Litauisch. Herr …?"

Vladi hatte auf Deutsch geantwortet. Der Mann hatte seinen Namen nicht genannt, aber er war ohne Zweifel der Richtige. Vladi lächelte ihn freundlich an. Er nahm dem Reisenden, dem es schwerfiel, seinen Koffer über die Stufen zur Straße zu heben, das Gepäckstück mit einer Hand ab. Er schwenkte den Koffer, sodass er so leicht wirkte, wie eine Attrappe.

„Der Koffer ist ziemlich schwer", keuchte der Deutsche.

Vladikavkas lächelte noch breiter. „Schwer?", fragte er achselzuckend, „für mich nicht!"

Er wunderte sich darüber, dass der Mann mit so viel Gepäck anreiste. Vielleicht wollte er länger in Vilnius bleiben, hatte noch andere Sachen zu tun? Vladikavkas beförderte den Koffer mit Schwung in die geöffnete Heckklappe eines Taxis, dass er mit der freien Hand herbeigewunken hatte.

„Fahr uns zum Hotel *Mabre*“, sagte er auf Litauisch zu dem Fahrer. Das Taxi setzte sich in Bewegung. Vladikavkas musterte den Mann, der sein Auftraggeber werden sollte, von der Seite. Kein Profi, soweit war er sicher, eher eine halbe Portion. Das Taxi setzte sich in Bewegung. Der zügige Fahrstil, der in Vilnius gepflegt wurde und bisweilen nur durch scharfes Abbremsen und schneidige Überholmanöver in seinem Fluss unterbrochen wurde, schien den Deutschen zu verunsichern. Er schaute in immer kürzer werdenden Abständen nach links und nach rechts, rutschte auf dem Sitz herum und fingerte dann aus seiner Manteltasche eine angebrochene Packung Zigaretten.

Er schwitzte, vielleicht hatte er Schiss, dass man ihn entführen wollte. Vladikavkas konnte seine Angst riechen und musste plötzlich lachen. Der Deutsche sah ihn besorgt an.

„Sie sind das erste Mal in Vilnius? Machen Sie sich keine Gedanken, es ist alles vollkommen in Ordnung! Sie dürfen hier im Taxi rauchen, es ist nicht so wie in Deutschland. Wir fahren ins Hotel *Mabre*. Das ist ein netter, gepflegter Ort, wo wir ungestört sind und uns über alles unterhalten können. Das Hotel liegt in der Altstadt, es wird Ihnen sicher gefallen. Ich sehe, Sie haben die Absicht länger zu bleiben. Sie haben ziemlich viel Gepäck dabei. Wann wollen Sie zurückfliegen?“, fragte Vladikavkas.

Der Deutsche kniff seine Lippen zusammen. Vielleicht gefiel es ihm nicht, so ausgefragt zu werden, dabei hatte Vladi ihn nur ein wenig unterhalten wollen.

Aber dann sagte er doch: „Schon heute Abend. Zumindest habe ich den Rückflug für 20:15 gebucht. Ich dachte, das würde weniger auffallen. Mein Gepäck ist nur für alle Fälle.“

Er versuchte ein Lächeln. Es gelang ihm nicht besonders gut und stand im Gegensatz zu den Schweißtropfen, die ihm von der Stirn perlten.

„Dann werden Sie aber keine Zeit haben, sich die Schönheiten von Vilnius anzusehen. Nicht nur die Frauen, sondern auch die architektonischen Perlen der Stadt“, antwortete ihm Vladi und lachte ihn an. Sein Gegenüber zuckte mit den Mundwinkeln, sagte aber nichts.

„Heute ist Sonntag! Direkt gegenüber vom Hotel *Mabre* befindet sich eine russisch-orthodoxe Kirche, die wurde wunderschön restauriert. Ihre Zeit wird sicherlich für einen Besuch ausreichend sein. Sie haben dort die Möglichkeit, für ihr Seelenheil zu beten.“

Vladikavkas lachte über seine eigenen Worte, die er angesichts ihres geplanten Geschäftes für einen gelungenen Scherz hielt. Der Deutsche sah ihn mit einer Mischung aus Abscheu und Entsetzen an. Dieser Mann hatte keinen besonderen Humor, es stimmte, was man von den Deutschen immer behauptete.

Vladi schlug ihm kumpelhaft mit der Hand auf die Schulter. „Ich hatte mich Ihnen ja schon vorgestellt, Vladikavkas. Sie dürfen mich Vladi nennen. Wie ist denn Ihr Name?"

„Äh", sagte sein Gegenüber, „ich bevorzuge die Anonymität für unser Geschäft. Ich investiere ungern eine so große Summe, wenn ich nicht sicher bin, dass alles diskret abgewickelt wird."

„Natürlich, der Kunde ist König, ganz wie Sie wollen", sagte Vladikavkas und zwinkerte dem Fremden verschwörerisch zu.

Das Taxi war auf der Hofeinfahrt eines großen Hotels angekommen. Es war ein älterer, im flachen Landhausstil gehaltener Bau, der sich um einen, mit einer hohen Mauer von der Straße abgegrenzten, Innenhof zog. In der Mitte des Hofs befand sich ein großer Teich mit einem Springbrunnen.

„Hotel *Mabre*! Wir sind angekommen", sagte Vladi.

„Lassen Sie das!", Vladi machte eine abwehrende Handbewegung, als sein Auftraggeber nach Geld suchte. „Sie vergessen die litauische Gastfreundschaft."

Vladi gab dem Fahrer ein paar Münzen. Dieser wirkte mürrisch und murmelte etwas, das der Fremde nicht verstand. Offenbar hatte er von dem Touristen Dollar erhofft und nicht mit den litauischen Litas gerechnet, die ihm Vladi in die Hand drückte.

„Also, Sie haben nicht viel Zeit mitgebracht", sagte Vladi, nachdem sie ausgestiegen waren.

„Wie ich schon sagte, ich habe den Rückflug für heute Abend gebucht. Ich weiß nicht, wie lange wir brauchen, aber es ist besser, wenn ich hier nicht zu viele Spuren hinterlasse."

„Es ist nie gut, Spuren zu hinterlassen", bestätigte ihn Vladikavkas. „Das gilt besonders in meinem Beruf als Klempner. Die Leute wollen schließlich nicht, dass man ihnen nach der getanen Arbeit den Dreck hinterlässt."

Er zwinkerte dem Fremden zu. „Sie verstehen, was ich meine! Ich sehe es Ihnen an, Sie verstehen gut."

Inzwischen hatten sie sich an einem Tisch im Garten des Hotels niedergelassen. Der Springbrunnen war jetzt in Betrieb und das Wasser stieg in einer Fontäne hoch, um plätschernd in den Brunnen zurückzufallen. Selbst wenn sich jemand in ihre Nähe gesetzt hätte, wäre ihr Gespräch für ihn kaum hörbar gewesen.

„Schöner Ort hier", bemerkte Vladikavkas. „Hier sind wir ungestört, um über Klempnerarbeiten zu reden und falls Sie doch länger bleiben wollen, habe ich vorsichtshalber für Sie ein Zimmer reserviert."

Sein Gegenüber zuckte zusammen.

„Kein Problem, das kann man jederzeit wieder abbestellen."

Es war inzwischen kurz vor Mittag, ein mit einem Frack bekleideter Kellner erschien am Tisch und erkundigte sich nach ihren Wünschen.

„Zuerst stoßen wir auf unser Treffen an", sagte Vladi, „danach reden wir über Geschäfte."

Er bestellte auf Litauisch und bemerkte, wie der Fremde sich bemühte, zu verstehen, was er bestellt hatte. Nach kurzer Zeit standen auf dem Tisch zwei Wassergläser, bis an den Rand mit einer gelblichen Flüssigkeit gefüllt.

„*Į sveikatą*", rief Vladikavkas und nahm das Glas. Er sah den Fremden an. „Prost", sagte er dann und trank sein Glas in einem Zug aus. Der Deutsche bemühte sich ihm nachzutun, schaffte aber nur ein Drittel, als er angewidert das Gesicht verzog und entsetzlich hustete.

„Nichts für schwache Kerle", lachte Vladi.

„Das ist ein Heilmittel. Dieser Schnaps heißt *Trejos Devynerios*, auf Deutsch Drei mal Neun. Eine Kräutermischung, es wird Sie entspannen. Trinken Sie nur, hilft gegen alles, geht auf meine Kosten, noch eine Runde?"

Sein Gegenüber schüttelte energisch mit dem Kopf und hustete noch einmal. Sein Glas schob er von sich weg in die Mitte des Tisches. „Ich vertrage nicht so starken Alkohol, entschuldigen Sie. Wenn wir jetzt über meinen Auftrag reden könnten?"

„Könnten wir, ich meine, können wir, natürlich", verbesserte sich Vladi. „Also kommen wir zum Auftrag."

Der Fremde zog aus der Innentasche seines Mantels einen wattierten Umschlag.

„Ich habe alles mitgebracht", sagte er. „Ich hatte mich vorher erkundigt, Litauen gehört zum Schengenraum und man wird an der Grenze nicht mehr kontrolliert."

„Genau, keine Kontrollen mehr. Niemand interessiert sich für das, was Sie bei sich tragen, außer ich", sagte Vladi und wollte ihm den Umschlag aus der Hand nehmen.

Der Fremde zog seine Hand mit dem Umschlag zurück und sagte: „Es gibt noch einiges zu besprechen, bevor wir die Sache beschließen."

Vladi hob seine Augenbrauen fragend in die Höhe.

Der Fremde deutete erneut auf den Umschlag. „Hier ist alles drin. Name, Ort, ein Foto."

Er lachte gezwungen, als er fragte: „Sie sind doch vom Fach? Sie werden den Auftrag doch ordentlich durchführen?"

„Keine halben Sachen!", antwortete Vladi und machte dabei eine eindeutige Handbewegung. „Ehrensache. Die Kunden sind immer zufrieden. Zumindest hat sich noch keiner beschwert." Er lachte wieder.

„Woher können Sie eigentlich so gut Deutsch? Ich hatte fest damit gerechnet, wir würden Englisch sprechen", fragte der Fremde misstrauisch. Er schaute sich mit einem prüfenden Blick um, aber sie waren immer noch allein im Garten des Hotels. Der Kellner stand abwartend am Eingang des Restaurants.

„Sehen Sie, Sie unterschätzen mich! Ich habe früher ein paar Jahre in der DDR gelebt, als es sie noch gab! In Sachsen. Als das Reisen noch ein bisschen umständlicher war, als heute." Vladi grinste, als er das sagte.

„Sie werden den Auftrag doch selbst durchführen?“ Der Fremde schaute sich wieder um, als hatte er Angst, sie würden belauscht werden.

„Machen Sie sich keine Gedanken. Sie zahlen, ich arbeite. Haben Sie das Geld dabei?“

Der Fremde beugte sich vor und zog vorsichtig einen zweiten braunen Umschlag aus seinem Regenmantel.

„Also, fünftausend habe ich mitgebracht. Den Rest erhalten Sie, nachdem Sie den Auftrag wie vereinbart durchgeführt haben.“

Vladi zählte die Scheine und blickte dem Fremden ins Gesicht, während er den Umschlag in die Innentasche seines Jacketts schob.

„Habe ich Ihnen nicht gesagt, bei mir gibt es keine halben Sachen? Bevor ich den Auftrag übernehme, muss alles bezahlt werden. Zehntausend plus Spesen.“

Der Fremde schüttelte energisch den Kopf. „Ich hatte doch mit unserem Kontaktmann vereinbart, dass ich ihm den Rest nach dem Auftrag übergebe?“

„Nein, so geht es nicht. Sie geben ihm, wenn Sie zurückgeflogen sind, die restlichen Siebentausend. Dann ist alles klar und ich trete sofort in Aktion.“

„Siebentausend!“, rief der Fremde. „Das sind zweitausend mehr als vereinbart!“

„Die zweitausend sind für meine Unkosten. Ich muss doch extra nach Deutschland fahren, um den Auftrag zu erledigen, oder? Wäre es hier in Litauen, dann wäre es billiger.“

„Das geht natürlich nicht“, sagte der Fremde.

„Eben! Ich muss doch nach ...?“Vladi machte eine Pause und sah den Fremden fragend an.

„Berlin“, ergänzte der Deutsche.

„Eben, nach Berlin. Und die Reisekosten? Sehen Sie, daran haben Sie nicht gedacht“, fuhr Vladikavkas fort und hob seinen Zeigefinger wie zur Mahnung in die Luft.

Der Deutsche starrte ihn ungläubig an.

„Sie sind kein Profi in dem Geschäft“, stellte Vladi fest. „Das macht die Sache für mich riskanter.“

Er grinste. „Aber das ist kein Problem. Ich muss nur etwas mehr über Sie wissen, bevor ich den Auftrag durchführe. Warum wollen Sie das Leck stopfen?“

„Das geht Sie nichts an!“, schnappte der Fremde zurück.

„Mehr als Sie denken“, sagte Vladi ruhig. „Sie vertrauen mir und ich muss Ihnen vertrauen können.“

„Diese Person will mir schaden“, sagte der Fremde und zeigte auf das Foto, das er zur Hälfte aus dem ersten Umschlag gezogen hatte.

Vladi warf einen kurzen Blick darauf. „Das ist doch, wenn Sie erlauben, eine halbe Portion. Wie kann dieser Mann Ihnen schaden? Ist er ein Verwandter von Ihnen? Geht es um eine Erbschaft?“

Der Fremde schüttelte den Kopf. „Nein. Dieser Mann versucht, meinen Ruf zu schädigen!“

„Er erpresst Sie?", fragte Vladi und rückte ein Stück näher an den Fremden heran.

„Genau, wenn Sie es so wollen, ein Erpresser!"

„Womit erpresst er Sie?"

„Pff", stieß der Fremde hervor. „Das geht nur mich etwas an!"

„Aber es geht dabei nicht um Geld", beharrte Vladikavkas. Dann beugte er sich noch dichter zu dem Deutschen vor und flüsterte fast, als er sagte: „Worum geht es also?"

Der Fremde wich unwillkürlich ein Stück zurück, als Vladi ihm seinen vom Kräuterschnaps geschwängertem Atem ins Gesicht blies.

„Hören Sie, was soll das alles? Ich bezahle und erwarte, dass Sie den Auftrag durchführen, ohne mich über meine Gründe ausfragen!"

„Das Geld habe ich schon, so oder so", sagte Vladi kalt. „Es liegt an Ihnen, ob es sinnvoll investiert ist. Also, ich höre. Glauben Sie, ich weiß nicht, wer Sie sind? Ich weiß genug über Sie, auch wenn Sie hier als der große Unbekannte auftreten. Ich will nur etwas über die wirklichen Motive meiner Auftraggeber wissen. Das ist, wenn Sie so wollen, die Berufsehre eines Meisterklempners."

Vladi lehnte sich in seinem Stuhl zurück und verschränkte die Arme hinter seinem Kopf.

Der Fremde bemerkte das goldene Medaillon an Vladis Halskette mit dem kyrillischen Buchstaben, das jetzt durch das halb geöffnete Hemd sichtbar war. Vladi fing seinen Blick auf und schüttelte leicht den Kopf. „Eine Erinnerung, weiter nichts."

Der Fremde zündete sich eine Zigarette an. Er wippte auf seinem Stuhl hin und her und biss sich auf die Unterlippe, als wollte er seine Worte nicht herauslassen.

„Also, dieser Mann, er erpresst Sie nicht um Geld!" rekapitulierte Vladi. „Er scheint etwas zu wissen, dass Sie geheim halten wollen, ist es das?"

Der Fremde nickte, inhalierte und blies den Rauch vor sich aus.

„Sie sind Erfinder", fuhr Vladi fort und grinste ihn an. Jonas hatte ihm nicht viel erzählt, aber der Deutsche sollte glauben, dass er ihn bereits so gut kannte, wie seine Westentasche.

„Hat es etwas mit Ihrer Arbeit zu tun? Ist es eine Entdeckung, die Sie gemacht haben? Oder er vielleicht?"

„Meine Entdeckung!", rief der Deutsche, „und dieser Kerl will sie mir stehlen!

„Schlimm! Sehr schlimm!", konstatierte Vladi und zündete sich ebenfalls eine Zigarette an.

„Eben!"

„Aber wenn Sie beweisen können, dass die Entdeckung von Ihnen stammt, dann brauchen sie doch nicht ..."

„So ist es eben nicht!" Der Fremde hatte sich halb vom Stuhl erhoben, seine Stimme wurde ungeduldig. „Sie wissen ja gar nicht, wie das in der Wissenschaft läuft. Für Sie ist es einfach, Sie machen Ihren Job, kassieren und damit fertig! Bei uns ist es anders. Da bleibt nur der übrig, der Spuren hinterlässt. Selbst, wenn es durch die Idee eines anderen ist. Selbst mit einer Idee, die gestohlen wurde! Hauptsache, man ist der Erste. So geht das. Jeder will nur einen, nämlich seinen Namen hinterlassen. Das sind die Spuren, die unsere kurze physische Existenz überdauern. *Publish or perish*, also *veröffentliche oder geh zum Teufel,* das ist es, worum es geht. Entdeckungen, Patente, Interviews. Man ist gefragt, Experte und bekommt Geld, um weiter arbeiten zu können. Und das lasse ich mir nicht von so einem kleinen Niemand verderben. So, nun wissen Sie, worum es mir geht!"

Der Deutsche hatte sich in seine Rede hineingesteigert und war bei seinen letzten Worten laut geworden. Jetzt, als er sich dessen bewusst wurde, fiel er plötzlich wieder in sich zusammen.

Vladikavkas nickte, rauchte und schwieg. Er hatte den Fremden aus seiner Reserve gelockt und der war noch nicht zu Ende mit seinem Vortrag.

„Und so einen Namen, den muss man sich machen. Dann sind da die anderen, die nur neidisch sind. Die nicht bereit sind, ihre ganze Kraft und Zeit nur für diese eine Sache einzusetzen. Fairness gibt es nicht. Nur Parasiten, die versuchen, einem die Ideen zu stehlen!"

„Dann sind Sie also so etwas wie ein Idealist! Solche Menschen hat sich die Partei früher auch immer gewünscht. Idealisten, die nur für die eine Sache kämpfen", sagte Vladi träumerisch.

Nach einer kurzen Pause fuhr er fort: „Ein Idealist, der war ich auch gewesen! Allerdings nicht so wie Sie, nur für die eigene Sache. Sie verstehen, was ich meine?" Er lachte amüsiert und boxte dem Deutschen kumpelhaft in die Seite.

„Sagen Sie mal, Ihr Name?", wechselte der Fremde das Thema, welches ihm nicht zu gefallen schien, „der kommt mir irgendwie bekannt vor."

„Vladikavkas? Das ist eine Stadt. Im Kaukasus, in Ossetien, falls Sie schon davon gehört haben?"

„Dann sind sie gar nicht aus Litauen?", fragte der Fremde.

„Was spielt das für eine Rolle? Früher, waren wir alle aus dem gleichen Land", sagte Vladi wehmütig. „Es war nicht wesentlich, in welcher Sowjetrepublik man geboren war. Aber das ist Geschichte. Schwamm drüber, wie Sie in Deutschland sagen. Auch ich arbeite jetzt genauso wie Sie, nur noch für mich selbst! Das ist uns gemeinsam!" Vladikavkas trank den Rest des Glases aus, dass der Fremde fast voll stehen gelassen hatte.

Der Deutsche schaute ihn unzufrieden an, der Vergleich schien ihm nicht zu gefallen. Vladi packte ihn unvermittelt heftig an der Schulter, dass er zusammenzuckte, und meinte dann: „Allerdings bin ich im Gegensatz zu Ihnen sehr bestrebt, keine Spuren meiner Arbeit zu hinterlassen."

Er winkte nach dem Kellner und rief etwas. Sein Tischgenosse bekam einen verzweifelten Ausdruck, ihm schien, wieder den Namen dieser Kräuterschnapses vernommen zu haben.

„Also, es geht Ihnen um Ihre Ehre. Sie wollen, wenn ich es mal so sagen darf, Ihre Spur in der Weltgeschichte hinterlassen! So wie unser großer Forscher Ilja Iljitsch Metschnikoff, von dem man auch hundert Jahre nach seinem Tod immer noch spricht!“

„Genau!“, rief der Fremde, „das ist doch legitim! Das will jeder Wissenschaftler und ich denke da an noch viel mehr! Was bleibt denn sonst von uns übrig? Staub!“, rief er laut aus. „Wir kommen namenlos auf die Welt, führen eine Existenz, die der einer Küchenschabe gleicht und werden zu namenlosen Staub, das will ich nicht!“

„Sie wollen also berühmt werden und das ist ein schönes Motiv. Wie dem auch sei. Ich halte mich eher an die materiellen Freuden dieser Existenz, von der man ja nie weiß, wann sie plötzlich zu Ende ist,“ sagte Vladi und schaute den Deutschen bedeutungsvoll an.

Der Fremde starrte zurück. Für einen Moment herrschte Stille, als der Kellner kam, wortlos zwei Tassen Kaffee auf den Tisch stellte, und die beiden Schnapsgläser entfernte.

Als der Kellner weg war, fragte Vladi: „Glauben Sie an ein Leben nach dem Tod? Ich denke, nicht, sonst wären Sie nicht so hinterher, die Spuren Ihrer irdischen Existenz auch bis nach Ihrem Tod hinterlassen zu wollen?“ Er schaute den Fremden fragend an.

Der Deutsche schüttelte nur seinen Kopf und war sichtlich irritiert.

„Waren sie schon einmal in Rom?“, fragte Vladi.

„In Rom? Sie meinen doch wohl nicht den Vatikan?“, antwortete der Fremde, dem der plötzliche Wechsel des Gesprächsthemas überrascht hatte. „Nein, ich war dort zu Kongressen und Fachgesprächen.“

„Dann hatten Sie wahrscheinlich keine Zeit, sich zwischen Ihren wichtigen Sitzungen einmal das *Forum Romanum* anzusehen?“

„Doch!“, widersprach der Fremde. „Wir hatten einmal eine Führung: Kolosseum, Thermen, *Forum Romanum*. Das ganze Programm. Das war zum Abschluss der Herbsttagung *Gene Expression*. Schon einige Jahre her“, sagte er mit einem bitteren Unterton. „Aber ich verstehe nicht ganz, worauf Sie hinauswollen?“

„Ich habe mir dort alles genau angesehen, alles. Schließlich durften wir früher nicht dort hinreisen. Durch Zufall sah ich das Grab Cäsars, des berühmten Julius Cäsar, über den man sogar zweitausend Jahre nach seinem Tod immer noch spricht.“

Vladi zwinkerte dem Fremden zu. „Zweitausend Jahre werden Sie wahrscheinlich nicht überbieten mit Ihrer Entdeckung, oder?“

Der Deutsche verzog sein Gesicht, sagte aber nichts dazu.

„Das Grab Cäsars stellte sich als ein armseliges Dreckloch im Boden heraus. Da lag ein verwitterter Marmorstein in einer Grube, angefüllt mit Blechbüchsen und Plastikmüll. Wäre da nicht das kleine Hinweisschild gewesen, dass es Cäsars Grab war, hätte ich es nie bemerkt.“

Vladi sah den Fremden an, der schüttelte nur den Kopf. Er verstand nicht, worauf Vladikavkas hinauswollte.

„Da habe ich mir gedacht, das ist, was von uns übrig bleibt, im weitesten Sinne, hier auf der Erde. Selbst, wenn man einst Julius Cäsar war. Seitdem halte ich mich mehr an das hier und jetzt. Und im Vertrauen, wenn mir danach ist, bete dann und wann für mein Seelenheil. Die Spuren, von denen Sie sprechen, interessieren mich nicht. Mit Ihrer Eitelkeit sind Sie auch nicht besser, als ich mit meiner Rolex am Handgelenk." Vladi schob seinen linken Arm vor, an dem er eine auffällige Uhr trug.

„Aber lassen wir das. Ich bin soweit auf dem Laufenden, was Sie und Ihr Motiv betrifft. Gratuliere, wir sind im Geschäft. Sowie ich erfahren habe, dass Sie das Geld übergeben haben, erledige ich die Sache."

Dem Fremden stand der Schweiß auf der Stirn, er fingerte sich eine Zigarette aus der Tasche. Vladi gab ihm Feuer. Der Deutsche zog den Rauch ein und hustete. „Und wer garantiert mir, dass Sie die Arbeit durchführen, nachdem Sie das ganze Geld von mir bekommen haben? Das Leck muss endgültig gestopft werden. Sie verstehen, was ich meine?"

„Na, ich garantiere, Vladi garantiert. Wer denn sonst?", sagte Vladikavkas und schlug dem Deutschen auf die Schulter. „Ich verstehe sehr gut, was Sie meinen. Ich mache keine halben Sachen. Aus diesem Leck wird bald nichts mehr entweichen, garantiert! Dafür habe ich das richtige Handwerkzeug."

Er machte eine eindeutige Handbewegung und flüsterte dem Fremden ins Ohr: „Makarov, verstehst du?"

Der Fremde schien nicht genau verstanden zu haben, was Vladi gemeint haben konnte, aber schien etwas beruhigt zu sein.

„Jetzt trinken wir auf unseren erfolgreichen Abschuss", sagte Vladi. Er lachte laut über sein Wortspiel, das der Fremde gar nicht bemerkt hatte, und rief dem Kellner etwas auf Litauisch zu.

Nachdem wieder zwei gefüllte Gläser auf dem Tisch standen, schüttete Vladikavkas den zweiten Schnaps hinunter. Der Fremde nippte nur, verzog seinen Mund und zog nervös an seiner Zigarette.

„Sie vertragen nicht viel", bemerkte Vladi. „Vielleicht sollten Sie, bevor Sie zurückfliegen, doch noch einmal in die Kirche gehen? Es sind nur ein paar Schritte vom Hotel dahin. Eine orthodoxe Kirche. Wissen Sie, die russische Kirche ist sehr tolerant, auch wenn sie einer anderen Konfession angehören."

Vladi nahm nachdenklich den Anhänger auf seiner Brust zwischen Daumen und Zeigefinger. Dann steckte er den braunen gefütterten Umschlag ein und schob seinen Stuhl zurück. „Sobald die restlichen Siebentausend bei mir angekommen sind, wird das Leck von mir geschlossen."

„Aber es muss in den nächsten zwei Wochen passieren, danach ist es zu spät!", warf der Deutsche ein.

„Sie meinen, unser Vögelchen fliegt fort?", bemerkte Vladikavkas. „Noch ein Grund für Sie, sich möglichst schnell um das restliche Geld zu kümmern. Hätten

Sie gleich alles mitgebracht, hätte ich morgen schon anfangen können. Flüge nach Deutschland gibt es jeden Tag. Es hängt nur noch von Ihnen ab."

Der Fremde zündete sich wieder eine Zigarette an.

„Sie rauchen zu viel!", sagte Vladi. „Passen Sie auf sich auf, sonst haben Sie am Ende gar nichts mehr von unserem Geschäft!"

Er stand auf, winkte dem Kellner und drückte ihm einen Schein in die Hand. Der Mann machte eine Verbeugung und zog sich zurück.

„Was ich noch sagen wollte. Wissen Sie übrigens, wie es Metschnikoff später ergangen ist? Er hatte eine Entdeckung gemacht, so wie Sie, zur Immunität."

„Phagozytose", platzte der Fremde unwillig heraus.

„Wenn Sie es so nennen, wird es das sein. Also, Ilja Iljitsch Metschnikoff ging zu dem berühmten Robert Koch nach Berlin und wollte bei ihm auch berühmt werden. Koch wollte aber nichts von ihm wissen. Also fuhr Metschnikoff weiter nach Paris zu Louis Pasteur. Dort wurde er berühmt mit seiner Entdeckung."

Der Fremde sah ihn erstaunt an und Vladi fuhr fort.

„Und jetzt zu dem, was Sie vorhin meinten, zu den Spuren. Wissen Sie, was aus Metschnikoff nach seinem Tod geworden ist?" Vladi schaute den Fremden an, der große Augen machte und an seiner Zigarette zog. Er wusste es nicht.

„Die Urne mit seiner Asche bekam einen Ehrenplatz auf einem Regal in der Bibliothek des Institut Pasteur! Na, wie finden Sie das? Besser als Cäsars Grab?"

Vladi winkte dem Fremden zu, als er ging. Der Deutsche würde zahlen und Jonas, dieser litauische Fuchs, würde ihm das Geld abzüglich seiner Provision schicken. Ebenso gut konnte er schon jetzt ein Ticket nach Berlin reservieren.

Er ging zu seinem Auto, das nicht weit vom Hotel entfernt in einer Seitenstraße geparkt stand. Dort öffnete er den wattierten Umschlag und las die mit Druckbuchstaben geschriebenen Angaben zur Person und zum Ort. Er grunzte zufrieden und startete den Motor, nachdem er den Umschlag in das Handschuhfach geworfen hatte. Eine halbe Portion dachte er und wusste nicht, ob er damit seinen Auftraggeber, oder seinen Auftrag gemeint hatte.

**Berlin, 26. 9. 2011**

Harald war anfangs nicht besonders begeistert, als Leo ihm erzählte, er könne seine Arbeiten bei Bill Simons in den USA weiterführen. Natürlich hatte Vogel gedroht, er würde ihn nicht weiter finanzieren, aber inzwischen kannte Harald diesen Menschen und seine Launen besser. So hatte er immer noch gehofft, Leo würde ihm die Fortsetzung seiner Arbeit am ILH schon irgendwie organisieren. Die Aussicht, bald weit weg von Anneliese zu sein, und sein neues Glück womöglich aufs Spiel zu setzen, behagte ihm nicht.

Aber Leo hatte erzählt, wie Vogel am Freitag aufgetreten war. Vogel hatte sich vor Leo aufgeplustert wie ein Truthahn und gesagt: „Die Professoren Puster und Brant halten nicht viel von Ihren angeblichen Entdeckungen über Unterschiede zwischen den EHEC-Stämmen. Die finden diese Arbeiten trivial.

Sie glauben doch nicht, Herr Schneider, dass wir so etwas am ILH fördern! Bestellen Sie das dem Herrn Pütz, dem ich es übrigens schon selbst gesagt habe. Sagen Sie ihm, er sollte sich schnell um einen anderen Platz bemühen. Ich habe auch mit Direktor Stangel gesprochen, versuchen Sie es erst gar nicht. Wir finanzieren Herrn Pütz nicht weiter."

Das war eindeutig und schließlich hatte auch Harald eingesehen, dass es am ILH für ihn nicht mehr weiterging. Er war einverstanden, zu Bill Simons in die USA zu gehen. Dort konnte er seine Arbeit wenigstens zu Ende bringen. Außerdem war sein Gewissen immer noch mit der Frage von Maries Tod belastet. Wenn er in den USA die Chance bekam, das endgültig zu klären, musste er sie nutzen.

„Vielleicht wirst du derjenige sein, der die größte Entdeckung zu dem EHEC-Ausbruch machen wird", hatte Leo ihm gesagt. Alles, was von Jörg Pusters Gruppe dazu veröffentlicht worden war, wäre dann nur noch kalter Kaffee.

Harald hatte sich entschieden. Wenn es für Anneliese genauso ernst war wie für ihn, würde ihre Beziehung diese zeitweilige Trennung auch überstehen. Mit einem erfolgreichen Abschluss in den USA hatte er auch mehr Möglichkeiten, weiter in seinem Beruf als Molekularbiologe arbeiten zu können. Bei Alexander hatte er doch gesehen, wie es laufen konnte.

Bill hatte geschrieben, das CDC wäre daran interessiert, Haralds Stamm Nr. 17 komplett zu sequenzieren. Er hatte Leo berichtet, dass sie bereits die genomischen Sequenzen der EHEC-O104 aus der Epidemie entschlüsselt hatten. Daher würde es schnell gehen, die Sequenzen dieser Stämme mit der von Haralds Nr. 17 zu vergleichen. Eine bessere Methode gab es nicht. Alles, was sie vorher bei Schneider gemacht hatten, war nur ein Anfang gewesen. Bills Angebot überstieg alle Möglichkeiten, an die sie vorher gedacht hatten.

Bill hatte Leo angerufen und war enthusiastisch. Er meinte, Harald müsste zuerst nach Atlanta in die Zentrale des CDC. Dort würde er eingearbeitet werden. Danach könnte Harald bei ihm in Milwaukee arbeiten. Jetzt sollte plötzlich alles sehr schnell gehen. Schon in zwei Wochen sollte Harald nach Atlanta fliegen. Es blieb nicht viel Zeit für die Formalitäten, ein Visum besorgen, die Arbeitserlaubnis, die Genehmigung die EHEC-Stämme in die USA zu schicken und dann war da noch der Flug. Leo war überrascht, dass die Amerikaner sich um das Ticket kümmern wollten.

„Ich werde sehen, dass man dir die gesamte Zeit, die du hier gearbeitet hast, noch bezahlt", sagte Leo. Er leitete die E-Mail von Bill Simons an Professor Stangel weiter. Der Direktor des ILH empfand das Angebot des CDC als eine Auszeichnung für sein Institut. Er gratulierte Schneider zu dieser Kooperation und sagte einer Übergangsfinanzierung für Harald zu.

Dies erfuhr Vogel alles von Stangel. Da der Institutsdirektor von der Zusammenarbeit mit den Amerikanern begeistert war, konnte Vogel schlecht dagegen Einspruch erheben. Er meinte nur, es sei ja offensichtlich, das Schneider es allein nicht schaffe und nun die Amerikaner brauchte, um das bei ihm angefangene Projekt überhaupt zu Ende führen zu können. Stangel nahm die bissige Bemerkung ohne Kommentar hin. Für ihn war nicht von Bedeutung, was bei Schneider ging, sondern die Kooperation mit den Amerikanern, egal, wie die Voraussetzungen dafür waren.

Als Vogel begriffen hatte, dass er bei Stangel so nicht weiterkam, beschloss er in anderer Richtung aktiv zu werden. Schneider hatte den Amis nur Quatsch erzählt. Die würden bald von selbst merken, dass an der ganzen Sache nichts dran war. Wenn er jetzt den Kontakt zum Exzellenzinstitut intensivierte, müsste Stangel ihm später noch dankbar sein. Er schrieb eine ausführliche E-Mail an Jörg Puster und Marko Brant, in der er über alles berichtete, was er gehört hatte.

Mit ein paar Floskeln und Entschuldigungen beendete er seine E-Mail und schickte sie ab. Er fuhr sich mit der Hand über seine gelblichen Haarsträhnen. Wenn die Amis erst einmal merkten, was es mit Pütz auf sich hatte, hätte Schneider die Konsequenzen zu tragen und nicht er. Nur das zählte.

Ein paar Minuten später kam schon die Antwort von Jörg.

*„Lieber Franz, es freut mich, dass du deine Abteilung gut im Griff hast. Du hast recht mit dem, was du geschrieben hast. An deiner Stelle würde ich jedoch einmal einen Blick darauf werfen, was Harald Pütz und dein Herr Schneider eigentlich vorhaben. Von Harald Pütz wurden vertrauliche Unterlagen aus unserer Arbeitsgruppe gestohlen. Möglicherweise will Pütz das bei den Amerikanern vermarkten. Das ist wissenschaftliches Fehlverhalten und strafbar. Du solltest wissen, was Pütz vorhat, bevor er abfliegt. Vielleicht findest du diese Unterlagen bei ihm oder bei Schneider. Informiere mich bitte rechtzeitig über alles. Es wäre hilfreich, zu wissen, mit welchen Behauptungen die beiden beim CDC aufgetreten sind. Wir müssen beide informiert sein, was da noch an neuen Unterstellungen auf uns zukommt. Herzlichst, dein Jörg“*

Der freundschaftliche Ton bestätigte Franz Vogel in seiner Einschätzung der Situation. Jörg hatte recht, natürlich musste man wissen, womit Schneider und Pütz sich bei den Amerikanern so interessant gemacht hatten. Wenn er Schneider offiziell danach fragte, würde der nur das erzählen, was ihm passte. Aber es gab andere Wege, um an diese Informationen heranzukommen. So konnte er sich und Jörg einen großen Gefallen tun.

**Vilnius/Berlin, 27. 9. 2011**

Nur zwei Tage, nachdem er dem Deutschen seine Bedingungen diktiert hatte, trafen die siebentausend Euro mit der Bemerkung, „Erledigung des Auftrags ist sehr dringlich“, bei Vladi ein.

Er hatte Menschenkenntnis und seinen Kunden richtig eingeschätzt. Das Flugticket nach Berlin war bereits reserviert. Anscheinend war es jetzt dringend geworden, das Leck zu stopfen.

Am Dienstag bestieg Vladi die Maschine der Air Baltic, die ihn über Frankfurt zu seinem Zielort brachte. Mit dem Taxi fuhr er vom Flughafen Tegel nach Charlottenburg, zum Stuttgarter Platz, in der alten Westberliner City. An dem, von den Berlinern nur als Stutti bezeichneten Platz, lag das *Café Engels*. Dort arbeitete Sascha, ein alter Freund, der das passende Werkzeug für Klempnerarbeiten bei sich bereithielt. Sascha hatte sich kurz nach der Wende in Berlin niedergelassen. Viele Russen hatten sich von der ersten westlichen Stadt hinter dem Eisernen Vorhang wie magisch angezogen gefühlt. In Berlin hatte Sascha Gabriele, eine linkspolitisch engagierte Frau mit einem abgebrochenen Germanistikstudium kennengelernt. Gabriele betrieb am Stutti ein kleines Literatencafé. Sascha hatte zuerst in diesem Café, das damals noch *Leselust* hieß, gekellnert. Durch ihn kamen mehr Landsleute als Gäste in das Café, dessen Atmosphäre sich allmählich wandelte. Nachdem er und Gabi geheiratet hatten, brauchte Sascha sich nicht mehr um eine Aufenthaltsgenehmigung zu kümmern. Jetzt betrieben sie das Café gemeinsam. Nach einer durchzechten Nacht mit den Stammgästen wurde es feierlich auf den Namen *Café Engels* umgetauft. Bald war es zu einem Treffpunkt von Russen geworden, die sich in der nicht weit entfernten Kantstraße mit verschiedenen Geschäften eingerichtet hatten. Nach einiger Zeit war es in ganz Berlin bekannt.

Sascha hatte ihm bereits ein Hotelzimmer, einen Häuserblock entfernt vom Café, organisiert. Ein Hotel, in dem man auf Gäste eingestellt war, die diskret kamen und gingen, mit oder ohne Begleitung. Bezahlt wurde im Voraus. In seinem Zimmer studierte Vladikavkas den Stadtplan. Der Weg zum ILH war ein wenig kompliziert, wenn man auf das Auto verzichten musste. Aber es war sicherer, mit öffentlichen Verkehrsmitteln zu fahren, vor allem, nachdem er den Auftrag erledigt hatte. Er würde den Bus am S-Bahnhof Charlottenburg nehmen und einmal umsteigen. Es brauchte Zeit, aber das war kein Problem. Einen Lageplan mit der genauen Beschreibung des ILH gab es auf der Internetseite des Instituts. Mit einer guten Übersicht auf das Institutsgelände und zur Lage der angeschlossenen Gebäude. Seine Zielobjekt, Harald Pütz, arbeitete im Hauptgebäude des ILH bei einem gewissen Leonhard Schneider. Ein Foto von Schneider war im Internet schnell gefunden. Pütz hatte vor, in zwei Wochen abzureisen und dem wollte sein Auftraggeber unbedingt zuvorkommen.

**Berlin, 28. 9. 2011**

Vladikavkas will sich zuerst die Örtlichkeiten anschauen. Er beschließt, das Werkzeug für seinen Auftrag gleich mitzunehmen. Schließlich weiß man vorher nie, ob sich nicht eine Gelegenheit bietet, die Arbeit sofort auszuführen. Vladi kennt Berlin von früheren Besuchen und ist immer wieder überrascht, wie schnell sich die Stadt jedes Mal verändert hat, wenn er wiederkommt.

Die Haltestelle der Buslinie 109 befindet sich nicht weit weg von seinem Hotel. Das ILH ist im Berliner Norden gelegen, im Bezirk Reinickendorf. Nach zwanzig Minuten Fahrt muss er umsteigen und gelangt mit einem anderen Bus aus der Innenstadt in ein weniger dicht bebautes Viertel im Norden Berlins. Für seine Arbeit ist ein Vorort, in dem nicht so viele Menschen unterwegs sind, ideal. Persönlich findet er Vororte sterbenslangweilig. Ein deutsches Wort, welches für ihn jetzt einen doppelten Sinn bekommt. Bei diesem Gedanken muss Vladi auflachen. Sein Sitznachbar, ein älterer Mann in einem beigen Regenmantel, sieht ihn entsetzt an, sagt aber nichts. Im Bus befinden sich jetzt nur noch wenige Fahrgäste. Dieser Teil Berlins scheint hauptsächlich von älteren Leuten mit und ohne Hund bevölkert zu sein. Überhaupt hat es den Anschein, als will man hier den Mangel an Kindern durch einen Überfluss an Hunden wettmachen.

Als Vladikavkas an der vorletzten Station vor der Endhaltestelle aussteigt, trägt er die braune Uniform eines Lieferservices. In seiner Hand hält er ein kleines Paket, das den offiziellen Grund für seinen Besuch am ILH darstellt und außerdem die nötigen Utensilien für seinen Auftrag enthält. Vladi ist nicht überrascht, am Eingang des Institutes auf eine Schranke mit dazugehörigem Pförtner zu stoßen. Die Uhr in dem Pförtnerhäuschen zeigt auf Viertel vor zwölf.

Das Institutsgelände ist mit einer rau verputzten Mauer vom Rest der Welt abgegrenzt. Der Pförtner in seinem Häuschen wirkt abwesend. Mit zwei Briefen in der Hand steht er vor einem vielfächrigen Regal, in dem sich schon Briefe und Pakete befinden. Vladi nutzt den Moment, nennt den Namen seiner Firma und verweist auf die Dringlichkeit seiner Zustellung.

„Zu Händen von Harald Pütz persönlich."

Der Pförtner verneint, dass es eine solche Person im ILH überhaupt gibt. Der Name Pütz ist noch nicht auf den Listen, die sie nur alle paar Monate erneuern. Als Vladi ihn nach Dr. Schneider fragt, ist der Pförtner im Bilde: „Haus 1, zweiter Stock, Gang III, Zimmer 086. Wenn der Herr Pütz bei Dr. Schneider arbeitet, müsste er dort sein."

Als der Pförtner gerade vorschlagen will, bei Schneider anzurufen, ist Vladi schon weg. Hinter der Schranke führt ein mit Mosaiksteinen gepflasterter Weg direkt zum Eingang des Instituts. Vladi benutzt den bereitstehenden Fahrstuhl sicherheitshalber nicht. Er nimmt lieber die Treppe, die bis in das oberste Stockwerk des grauen Gebäudes verläuft. Auf seinem Weg prägt er sich die Fluchtmöglichkeiten ein. Hier ein Notausgang, weiter hinten weist ein Schild auf ein zweites Treppenhaus. Drei Fahrstühle pro Etage. Als er in den zweiten Stock gelangt, sucht Vladi die Toilette auf. Diese Rückzugsmöglichkeit liegt zentral. Günstig für sein Vorhaben, unweit von der Stelle, wo ein Aufzug und das Treppenhaus abgehen.

Vladi gefällt der Luxus dieses sauberen und gut belüfteten Etablissements. Der Spruch eines französischen Bekannten, man muss in Frankreich essen und in Deutschland scheißen, fällt ihm ein. Der abschließbare Toilettenraum ist mit einem Handwaschbecken ausgestattet und groß genug, um sich ohne Verrenkungen umzuziehen. Sogar Haken zum Aufhängen seiner Werkzeugtasche und der Kleidung sind vorhanden.

In der rechten Seitentasche seines Overalls steckt jetzt eine Makarov PMM, zwölfschüssig. Die Patronen sind Teilmantelgeschosse, die sich beim Einschlag in

Einzelteile zerlegen. Das ist nützlich, wenn man es eilig hat, oder nicht punktgenau zielen kann. Selbst Peripherietreffer reichen aus, um große Wirkungen zu erzielen. Vladi weiß das aus eigener Erfahrung. Bei einer Bärenjagd im Kaukasus wäre es ohne diese Patronen aus mit ihm gewesen. Auf dem Lokus sitzend schraubt er in aller Ruhe den Browning Schalldämpfer auf den Lauf seiner Waffe. Auf die Makarov passen alle Sorten. Seine Arbeit soll schließlich ohne Lärm über die Bühne gehen. Nachdem er fertig gepinkelt hat, begibt er sich in den Gang III mit dem Päckchen in der Hand.

Die große Uhr, die dort von der Decke hängt, zeigt auf zwei Minuten nach zwölf, Essenszeit. Wenn sein Auftraggeber die Wahrheit gesagt hat, sitzen die meisten, die hier arbeiten, jetzt in der Kantine. Harald Pütz bringt sein Essen meist von zu Hause mit, hat sein Auftraggeber gemeint. Es gibt also eine begründete Hoffnung, ihn um diese Zeit allein anzutreffen.

Im Gang kommen ihm zwei Frauen entgegen. Sie tragen keine Kittel und Vladi vermutet, dass sie auf den Weg in die Kantine sind. Es könnten die Leute von Schneider sein. Schneider, dessen Gesicht er sich eingeprägt hat, sieht er nicht. Die Frauen unterhalten sich laut, beachten den Boten nicht weiter, als sie an ihm vorbeigehen. Nachdem sie im Treppenhaus verschwunden sind, setzt Vladi seinen Weg durch den Gang fort.

Beim Laufen liest er die Namen auf den Türschildern. Namen, die für ihn keine Bedeutung haben, bis auf einen, den er sucht. Ein grämlich blickender, mit weißem Kittel bekleideter Gnom kommt aus einem Seitengang und kreuzt unvermittelt seinen Weg. Dessen fragendem Gesicht begegnet Vladi nur mit einer Miene aus Stahl. Ein knappes Nicken, als der Zwerg ihn zuvorkommend grüßt und Vladi geht weiter, sein Blick gerichtet auf die Türschilder mit den Namen der Mitarbeiter.

Schließlich gelangt er vor Schneiders Büro. Vladi sieht durch die Spalte zwischen Rahmen und Türblatt, dass der Raum abgeschlossen ist. Schneider ist nicht da, umso besser, falls der Pförtner versucht hat, ihn zu benachrichtigen. Zwei Türen weiter ist Vladi schon an seinem Ziel. Eine Tür mit einem Schild, auf dem handschriftlich der Name Harald Pütz geschrieben steht.

Auch hier ist der Riegel deutlich zu sehen. Er muss nicht einmal versuchen, die Tür zu öffnen. Der Vogel ist ausgeflogen, denkt Vladi. Nun kennt er zumindest seinen Arbeitsplatz und es wird bald eine Gelegenheit geben, das Leck zu stopfen. Er will umkehren, den gleichen Weg zurückgehen, da hört er hinter der Tür ein Geräusch. Ein leichter Knall, als wäre drinnen etwas zu Boden gefallen. Also besser gleich sein Glück versuchen. Vladi klopft, ruft halblaut: „Herr Pütz? Wichtige Post für Sie."

Hinter der Tür ertönt ein polterndes Geräusch, das jäh verstummt. Seine Augen haben sich an das Halbdunkel auf dem Flur gewöhnt. Vladi sieht den schwachen Lichtschein, der durch die Türritze fällt und sich auf dem Fußboden als dünner Strich abzeichnet. Auf dem Gang ist niemand zu sehen. Vladi beschließt, seinen Auftrag hier und jetzt zu erledigen. Erneutes, energischeres Klopfen. „Herr Pütz, ich bin vom Paketdienst. Hier ist eine dringende Sendung für Sie abzugeben, nur persönlich und gegen Unterschrift."

Hinter der Tür hört er leise Schritte. „Paketdienst?", fragt Pütz. „Legen Sie das Päckchen vor die Tür, ich kann jetzt nicht."

Aus der Stimme hört Vladikavkas, Harald Pütz hat Angst. Vielleicht ahnt er etwas. Manche haben einen sechsten Sinn, wenn er sie überraschend besuchen kommt.

Vladi ruft noch einmal „Hallo? Ich habe Sie nicht verstanden!"

Er hört, wie der andere sich der Tür nähert, wartet darauf, dass endlich der Schlüssel herumgedreht wird. Aber nichts passiert und Pütz ruft nur etwas lauter: „Ich sagte, legen Sie es bitte draußen hin."

Das genügt Vladi schon, um das Leck zu stopfen. Er weiß, dass sein Auftrag sich nur einen halben Meter entfernt hinter dieser Tür befindet. Einem Hindernis, das im Wesentlichen nur aus furnierter Pappe besteht. Mit seiner rechten Hand zieht er die Makarov aus dem Overall und gibt sorgfältig sieben Schüsse durch das Holz von oben nach unten ab. Die dumpfen Geräusche, mit der die Kugeln den Lauf verlassen, mischen sich mit dem splitternden Geräusch der Türfüllung. Aber er hört auch den kurzen Aufschrei, der sich mit einem Fallgeräusch hinter der durchlöcherten Tür verbindet.

Vladi zielt jetzt auf das Schloss. Zwar ist er sicher, dass das Leck gestopft ist, denn die Wirkung seiner Dum-Dum-Geschosse lässt kein Platz für Zweideutigkeiten. Aber er will sich doch gerne selbst davon überzeugen. In diesem Moment hört er weiter hinten vom Flur her ein Geräusch und sieht gerade diesen Wicht, der ihm vorhin begegnet ist, um die Ecke biegen. Vladi zieht sich einen Seitengang zurück, gelangt von dort in einen parallel verlaufenden Flur, der ebenfalls zur Toilette und zu den Treppenhäusern führt. Eine Frau im weißen Kittel, die ihm auf diesem Gang entgegenkommt, grüßt er freundlich, bevor er mit dem Paket unter dem Arm in den Toilettenräumen verschwindet. Dort kleidet er sich rasch um, entfernt den falschen Bart, das Haarteil und die braunen Kontaktlinsen, die seine blauen Augen verdeckt haben. Aus dem Paket holt er einen blauen Overall, den er sich überstreift. Jetzt ist er wieder Vladikavkas, der Klempner. Die braune Uniform des Boten wird eingepackt. Als Klempner verlässt er die Toilette, hört vom Flur lautes Rufen und Schritte, die den Gang entlangeilen. Was geht es ihn an? Er ist nur der Klempner und läuft rasch die Treppe hinunter. Im Vorbeigehen winkt er dem lustlos an seinem Brot kauenden Pförtner zu. Die Uhr im Pförtnerhäuschen steht auf 12:10 und Vladi verlässt das ILH auf demselben Weg, auf dem er als Bote gekommen ist.

**Berlin, 28. 9. 2011**

Leo Schneider verließ den Hörsaal des ILH, nachdem der Vortrag über Salmonellenbelastung von Hühnerfleisch beendet war. Es war eine dieser

Veranstaltungen, bei denen man nichts erfuhr, was nicht schon längst bekannt war. Um den Hörsaal voll zu bekommen, war die Teilnahme aller Mitarbeiter des ILH Pflicht. Vogel, der die Anwesenheit der Beschäftigten gerne persönlich kontrollierte, hatte sich vor Beginn der Veranstaltung vorne hingestellt und scannte mit seinen Blicken den Strom der Ankömmlinge. Als es voll wurde und viele ihre Plätze eingenommen hatten, verlor Leo ihn aus den Augen. Der Raum füllte sich schnell. Harald, der vorgehabt hatte, mit Leo gemeinsam zu dem Vortrag zu gehen, war nicht gekommen. Als der Vortrag mit ein paar Minuten Verspätung begann, waren die meisten Plätze belegt. Neben Leo hatten sich andere Mitarbeiter aus dem ILH gesetzt. Die Luft in dem Raum war bald verbraucht. Müdigkeit kam auf und die harten Sitzschalen taten ihr Übriges, um den Wunsch nach einem baldigen Ende der Veranstaltung groß werden zu lassen. Irgendwann war es dann soweit. Nachdem Leo vor dem Hörsaal noch mit Kollegen, die er sonst nur selten sah, ein paar Worte gewechselt hatte, kehrte er zu seinem Arbeitsplatz zurück.

Der Fahrstuhl brachte ihn in den zweiten Stock, und als sich die Schiebetüren öffneten, stand Leo einer Gruppe seiner Arbeitskollegen gegenüber, die ihn kaum aus dem Fahrstuhlkäfig heraus ließen.

„Ist hier gerade Probealarm?", fragte er.

Noch ehe er sich zu seinem Büro durchschlängeln konnte, stoppte ihn Gernot Hanisch aus der Salmonella Arbeitsgruppe. „Weißt du denn nicht, was hier passiert ist? Da hat einer durch die Tür von Haralds Büro geschossen."

„Geschossen! Und was ist mit Harald?", fragte Schneider entsetzt.

„Wir dachten, der war mit dir beim Vortrag!"

Leo schüttelte fassungslos den Kopf und drückte sich eilig durch die Menge.

„Das gibt's doch nicht." Er starrte entsetzt auf die Einschusslöcher in Haralds Tür.

„Die Tür ist verschlossen!", rief einer, als Leo die Klinke runterdrücken wollte. „Die Polizei ist schon auf dem Weg."

„Zum Glück war da niemand drin. Wer hat denn das gemacht?", fragte Leo.

„Da musst du Georg fragen. Er ist der Einzige, der etwas mitbekommen hat!"

Georg Müller stand ein paar Meter weiter weg von der Tür und diskutierte mit zwei anderen, die ihn beide um Kopfeslänge überragten. Schneider drückte sich zu ihm an den Wartenden vorbei.

„Georg, was ist denn hier passiert? Was ist mit Harald?"

„Harald habe ich nicht gesehen, aber als ich vorhin hier entlang lief, kam ein hochgewachsener Mann in so einer braunen Uniform, ein Paketbote. Ich habe nicht weiter auf ihn geachtet, es sah aus, als suchte er jemanden. Ich ging zurück ins Labor und nach kurzer Zeit hörte ich vom Gang komische, splitternde Geräusche. Als ich hinging, um nachzusehen, war der Typ weg. Die Tür war durchlöchert. Ich versuchte sie aufzumachen, aber sie ist verschlossen."

„Ist Harald etwa da drin?"

„Glaube ich nicht. Die Tür ist doch zu."

„Hat jemand Harald gesehen?", rief Leo laut in die Runde.

„Was ist denn?" hörte man eine Stimme von Treppenhaus her. Harald kam den Gang entlang mit einer Brötchentüte in der Hand.

„Harald, wo warst du denn bloß?"

Harald schaute auf Leo, dann auf die Tüte und grinste. „Tut mir leid. Ich war zuerst beim Vortrag, fand ihn aber langweilig und bin nach einer Viertelstunde gegangen. Weil ich Hunger hatte, bin ich dann zum Bäcker und habe mir etwas zu Essen gekauft. Und die Versammlung hier, was hat das zu bedeuten?"

Leo machte Platz und deutete wortlos auf die Tür. Harald kam zwei Schritte näher und machte große Augen, als er die Einschusslöcher sah. "Was ist denn mit der Tür?"

„Zum Glück warst du nicht da drin! Schließ endlich auf", rief Georg.

Harald versuchte es. „Ich kann den Schlüssel nicht umdrehen, im Schloss steckt etwas!"

„Dann muss doch jemand von innen abgeschlossen haben", sagte Georg entsetzt.

In diesem Moment kamen zwei Polizisten und drei Feuerwehrleute den Flur entlang.

„Hier scheinen wir ja richtig zu sein! Machen Sie bitte Platz! Bitte gehen Sie von der Tür weg."

Die Polizisten und die Feuerwehrleute bildeten einen Halbkreis vor Haralds Büro. „Das sind ja Einschusslöcher! Ist jemand in dem Raum?" fragte einer der Polizisten, der einen Stern mehr als sein Kollege auf seinen Achselklappen trug.

„Ein Schlüssel steckt von innen. Es muss sich jemand im Büro eingeschlossen haben", erklärte Harald.

„Also los. Notfalltüröffnung", kommandierte der ranghöhere Polizist. Einer der Feuerwehrleute schlug das Türschloss mit seiner Axt heraus. Als er versuchte, die Tür nach innen zu schieben, stieß er auf Widerstand.

„Hier blockiert etwas. Vorsicht. Hier liegt jemand." Durch die wenig geöffnete Tür sah man einen ausgestreckten Arm am Boden liegen.

Die Feuerwehrleute schoben die Tür so weit auf, wie es nötig war, um den Raum betreten zu können.

„Hier liegt einer in einer riesigen Blutlache auf dem Boden. Da ist nichts mehr zu machen."

Ein Funkgerät piepste. Man hörte die Stimme des Feuerwehrmanns: „RTW ist angefordert. Zu retten gibt es da wohl nichts mehr. Ich habe selten so viel Blut gesehen."

Die Polizisten drängten die Neugierigen von der Tür weg. Einer der Polizisten ging zu den Feuerwehrleuten im Büro und kam nach kurzer Zeit mit einem bleicheren Gesicht wieder heraus.

„Wir brauchen jemanden, der den Toten identifizieren kann", sagte er.

Georg tat einen Schritt nach vorne. „Ich bin der Einzige, der den Mörder gesehen hat. Vielleicht kann ich den Toten auch identifizieren."

„Gut. Konzentrieren Sie sich auf das Gesicht des Toten. Und nichts anfassen."

Georg verschwand durch die halb geöffnete Tür und fast im gleichen Moment hörte man von drinnen einen überraschten Schrei.

„Das ist ja Professor Vogel."

Georg war nach ein paar Sekunden wieder auf dem Flur, ebenfalls ein Stück bleicher als sonst. Die anderen umringten ihn.

„Vogel?", riefen mehrere ungläubig.

Georg nickte und hielt sich die Hand vor den Mund. Ihm war übel. Der Polizist, der draußen geblieben war, nahm ihn am Arm.

„Professor Vogel, ja! Schrecklich, sein Unterkiefer ist wie weggerissen", murmelte Georg.

„Kommen Sie bitte." Der Polizist zog ihn ein Stück weiter weg von der Menschenansammlung. „Also, Sie kennen den Toten?"

Leo flüsterte Harald ins Ohr: „Was macht denn Vogel in deinem Büro?"

Harald hob hilflos seine Schultern und schüttelte seinen Kopf. Die Tüte mit den Brötchen hatte er immer noch in der Hand.

„Ich weiß es nicht. Ich hatte abgeschlossen, bevor ich gegangen bin."

„Vogel hat einen Generalschlüssel, er kommt damit in jeden Raum", erklärte ihm Leo leise. „Entweder, er war schon bei dir und hat etwas gesucht, oder er ist vor dem Killer in dein Büro geflüchtet."

Zwei Männer mit einer Trage bahnten sich ihren Weg durch die Menge.

„Da kommt der Rettungsdienst", rief einer der Feuerwehrleute und sah auf seine Uhr. „Ihr seid schnell, aber trotzdem zu spät."

Einer der beiden Sanitäter grinste. „Überlass das mal den Profis, das festzustellen!"

„Ich hatte Vogel beim Vortrag gesehen", flüsterte Schneider. „Er muss zu Beginn, im allgemeinen Gewusel, wieder rausgegangen sein."

„Ich saß ziemlich weit oben, dicht beim Ausgang. Vogel ging raus, kurz bevor der Vortrag anfing. Dabei hat er mich gesehen, so komisch geglotzt und ist weitergelaufen. Ich dachte, der wollte noch vorher aufs Klo", berichtete Harald.

„Dann bin ich noch eine Weile im Vortrag geblieben, aber als der Typ vorne anfing, seine ellenlangen Tabellen aufzudröseln, hat es mir gereicht. Ich bin gegangen und habe Vogel nicht mehr gesehen. Beim Bäcker habe ich erst mal einen Kaffee getrunken, um wieder wach zu werden und mir danach noch was zu Essen geholt." Er zeigte auf seine Tüte.

Sie gingen zwei Türen weiter in Leos Büro.

„Bis die Spurensicherung in deinem Büro fertig ist, kommen wir da nicht rein und wir wissen nicht, was Vogel da gesucht hat. Georg hat nur den Killer gesehen, aber nicht Vogel. Sonst hätte er das doch vorhin gesagt. Das heißt, Vogel war schon in deinem Büro und hatte sich eingeschlossen. Also ist es gut möglich, dass der Killer für dich gekommen ist, Harald. Er dachte, du wärst in deinem Büro und wolltest nicht aufmachen. Dann hat er durch die Tür geschossen. Bumm!"

Harald war blass geworden. „Aber warum? Was will der von mir?"

„Das frage ich mich auch. Warte mal einen Moment." Leo wählte die Nummer der Pforte. Nach zweimaligen Klingeln meldete sich der Pförtner. „Meyer, Institut für Lebensmittelhygiene."

„Tag Herr Meyer, Dr. Schneider hier. Hat heute jemand vor einer guten Stunde bei Ihnen nach Harald Pütz gefragt? Ein Besucher oder ein Bote?"

„Ja, Herr Doktor. Heute war gegen kurz vor zwölf ein Paketbote da und hat nach einem Herrn Pütz gefragt. Ich wusste gar nicht, wer das ist. Wissen Sie, die Telefonlisten sind nie auf dem letzten Stand. Dann hat er gesagt, Herr Pütz muss bei Ihnen beschäftigt sein und er hätte eine dringende persönliche Sendung. Ich habe ihn dann zu Ihnen hochgeschickt. Ich hatte versucht, Sie anzurufen, aber Sie waren gerade nicht in Ihrem Büro. Der Mann trug die Uniform eines Paketboten, ich wusste nicht, ..."

„Schon gut, Herr Meyer, wie sah der Mann denn aus?"

„Kräftig und recht groß, fast zwei Meter. Er hatte irgendeinen Akzent, aber ich habe ja nur kurz mit ihm gesprochen."

Kaum hatte Leo aufgelegt, sah er Harald ernst an. „Die Sache ist klar, ein Killer ist auf dich angesetzt und er läuft noch frei herum. Er wird es wieder versuchen, wenn er weiß, dass er aus Versehen einen anderen erwischt hat."

Harald starrte vor sich hin. „Aber wieso ich? Das, was du sagst, erklärt auch nicht, warum sich Vogel in mein Büro eingeschlossen hat!"

„Schneider nickte. „Vielleicht doch, Harald. Das war kein Zufall. Vogel hat mit der ganzen Sache etwas zu tun. Er hat gesehen, dass wir beide im Hörsaal waren, und die Gelegenheit genutzt, um in deinem Büro herumzuschnüffeln. Mit seinem Generalschlüssel kommt er überall rein. Zu seinem Pech kam gerade in diesem Moment der Killer vorbei. Vogel hatte sich eingeschlossen, weil er sich in Ruhe bei dir umsehen wollte. Der Mörder dachte, du wärst da drin und peng!"

Harald schüttelte den Kopf. „Auf mich, aber wieso? Ich habe doch niemanden was getan!"

„Hasst dich jemand so, dass er dich durch einen Killer umbringen lassen würde?", fragte Schneider.

Harald überlegte kurz. „Nein. Der Einzige, der mich gehasst hat, war Marko Brant. Erst recht, nachdem wir seine PCR-Methode öffentlich angezweifelt haben." Haralds Stimme kiekste vor Aufregung: „Der wünscht mir bestimmt nichts Gutes. Aber einen Killer bestellen? Wie bei der Mafia? Das glaube ich einfach nicht."

„Wenn du mich fragst, hängt es mit dem EHEC-Ausbruch zusammen. Mit dem, was du darüber weißt. Jemand, der sich durch dich in Gefahr glaubt, will dich stumm machen. Vielleicht jemand, an den du gar nicht denkst, aber ich glaube, es hängt mit deinem alten Institut zusammen. Vogel stand in Kontakt mit deinen ehemaligen Kollegen. Durch Vogel wissen die Leute aus deinem alten Labor, dass du weiter an EHEC arbeitest und von den Unterschieden zwischen den Stämmen. Das hast du Vogel doch erzählt, oder?"

Harald nickte betroffen. „Aber ich wusste doch nicht, dass er es alles nach Kiel berichtet."

„Vogel hat keine eigene Persönlichkeit, Harald. Hinter seiner bürokratischen Fassade gibt es nichts. Er existiert nur durch andere. Wenn Leute, die er für einflussreich hält, ihn beachten, erzählt er denen alles Mögliche, nur um beachtet zu werden."

Harald schüttelte den Kopf. „Aber niemand, den ich kenne, könnte so etwas tun."

„Vielleicht bist du gar nicht der Erste auf der Todesliste. Denk an den mysteriösen Tod eurer Assistentin, von der du mir erzählt hast. Jetzt bist du im Visier derselben Person und die wird nicht locker lassen, bis auch du zum Schweigen gebracht worden bist. Du musst so schnell wie möglich weg hier, zu Bill in die USA." Jetzt war es Leo, dem die Aufregung deutlich anzumerken war.

„Du meinst wirklich, das hängt mit meiner alten Gruppe zusammen?"

„Womit sonst? Es sei denn, du hast krumme Geschichten zu laufen, von denen ich nichts weiß."

Harald schüttelte den Kopf.

„Na dann! Dein EHEC Nr. 17 ist der Schlüssel zu dem Geheimnis. Jemand anderes weiß das auch. Er oder sie fühlt sich durch dich bedroht und geht soweit, dass er einen Killer beauftragt hat, dich umzulegen. Nach der Beschreibung des Pförtners kann der Killer doch nicht einer aus Jörg Pusters Gruppe gewesen sein, oder? Ein Hüne, groß und kräftig?"

Harald verneinte. Auf keinen der Männer aus seiner alten Arbeitsgruppe traf diese Beschreibung zu.

„Ich glaube nicht, dass es Zufall war, was hier passiert ist, Harald. Du bist in Gefahr. Dass es statt deiner Vogel getroffen hat, war Zufall! Hinter der Sache steckt jemand, der Angst hat, dass du ihm auf die Schliche kommst."

Harald dämmerte, in welcher Gefahr er schwebte. Er sah Leo mit einem Gesichtsausdruck an, der seine Ratlosigkeit widerspiegelte.

***

*Er legte den Hörer des Telefons auf, nachdem er die Worte, „das Leck ist geschlossen", vernommen hatte. Nichts mehr als das. Es war die vereinbarte Parole, die er als Vollzugsmeldung bekommen sollte. Es war die Stimme einer Frau gewesen. Vladikavkas musste über ein Netzwerk von Leuten verfügen, die mit ihm zusammenarbeiteten. Zum Glück hatte er den Kontakt mit diesem Auftragsmörder auf ein Minimum beschränkt. Er hoffte, das Vladikavkas nicht so viel über ihn wusste, wie er vorgegeben hatte. Wahrscheinlich hatte er sich das nur aus den Erzählungen seines Mittelmannes zusammengereimt.*

*Dieser Russe hatte etwas Unheimliches und stieß ihn ab. Aber andererseits beneidete er ihn um die Leichtigkeit, mit der er durchs Leben ging. Ein Mensch, der nicht auf der Suche nach Anerkennung war, sondern sie einfach hatten. Einer, der keinen Gedanken daran verschwendete, was andere über ihn dachten. Einer, der die Möglichkeiten der Stunde nutzen und genießen konnte.*

*Wann hatte er zum letzten Mal etwas unbeschwert genießen können, was das Leben bot? Er dachte intensiv nach, konnte sich aber an keinen Moment erinnern.*

*Zum Glück hatte er den Forderungen von Vladikavkas entsprochen. Der Killer war teuer, aber er würde viel mehr als nur seinen Einsatz zurückbekommen. Trotzdem wollte sich in ihm kein Gefühl der Befriedigung einstellen. Alles war gelaufen, wie er es geplant hatte. Aber der Dämon, der ihn quälte, war immer noch da. Die anderen blieben so bedrohlich, wie sie es schon immer gewesen waren.*

*Nun war das letzte Hindernis auch beseitigt. Warum konnte er nicht zufrieden sein, jetzt, wo sein Plan erfüllt war? Die Ahnung, dass er in seinem Leben nie zufrieden sein würde, wurde deutlicher denn je. Die Ahnung, dass er Wissenschaft nur betrieb, um dadurch Anerkennung zu bekommen, wurde zur Gewissheit. Was interessierten ihn denn Forschungsergebnisse und Veröffentlichungen, wenn sie nicht mit seiner Person verbunden waren? Wenn er ehrlich war, einen Dreck. Das, wonach er sich sehnte, entfernte sich mit jeder seiner Handlungen immer weiter von ihm. Er fühlte es, aber war unfähig, etwas dagegen zu tun.*

**Berlin, 4. 10. 2011**

Nach dem Attentat wurden die Sicherheitsmaßnahmen am ILH drastisch verschärft. Herr Meyer wurde von der Pforte ins Lager versetzt. Im Pförtnerhäuschen saßen jetzt ständig zwei Personen, der neue Pförtner und ein Angestellter einer Sicherheitsfirma, die das Institut zur Überwachung der Anlage beauftragt hatte. Vogels vakanter Posten wurde von Direktor Stangel kommissarisch mit Simone Gack besetzt.

Die Presseabteilung des Instituts bemühte sich, den Mord an Vogel auf die Tat eines wahnsinnigen Amokläufers zurückzuführen. Sieben Schüsse durch eine geschlossene Tür, das konnte nur ein Wahnsinniger gewesen sein, zumal es kein Bekennerschreiben und keine Erpressungsversuche gegeben hatte. Eine Version, die auch den Medien gut gefiel. Ein Amokschütze. Amerikanische Verhältnisse jetzt auch in Deutschland.

Durch die Berichte über das Attentat erlangte das ILH eine viel größere Bekanntheit, als durch teure und langjährige PR-Maßnahmen, für die eigens eine ganze Abteilung eingerichtet worden war. So ging man am ILH nach einem Schreckmoment mutig und bewacht durch ein Sicherheitsunternehmen, wieder zur Tagesordnung über.

Leo Schneider hatte seinem Freund Bill nur kurz über den Vorfall berichtet. Bill schrieb, dass man am CDC diese Sache sehr ernst nähme. Harald sollte in einer Woche in die USA fliegen. Bills letzter Satz machte Leo stutzig: „Bitte sorgt dafür, dass Harald bis zu seinem Abflug Berlin nicht verlässt“.

Das klang ja so, als wüssten die Amerikaner mehr über die Hintergründe des Attentats am ILH. Leo hatte in der Vergangenheit seine eigenen Erfahrungen mit Fanatikern und mit Geheimdiensten gemacht. Beide hatten die Gemeinsamkeit, zum Handeln fest entschlossen zu sein. Von daher erschien ihm alles möglich. Er würde erst wieder beruhigt schlafen können, wenn in einer Woche der Flieger mit Harald an Bord abgehoben hatte. Die EHEC-Stämme hatte Leo Schneider heute endlich verschicken können, nachdem es eine Ewigkeit gedauert hatte, das notwendige Formular dafür aus den USA zu bekommen. Früher waren solche Sachen einfacher gewesen. Aber diese Zeiten waren spätestens seit dem Anschlag auf das *World Trade Center* für immer vorbei.

**Berlin, 5. 10. 2011**

Die ersten Tage nach dem Anschlag waren für Harald furchtbar gewesen. Hinter jedem Auto, jedem Baum, sah er den Killer stehen und auf ihn anlegen. Ein paar Tage später, nachdem er den ersten Schock überwunden hatte, war Harald nicht mehr völlig davon überzeugt, dass der Mordanschlag ihm gegolten haben musste. Da er sich selbst nicht zu wichtig nahm, war es für ihn nur folgerichtig, dass er auch für andere auch nicht so bedeutend sein könnte. Zumindest nicht, um einen Mord zu rechtfertigen. Aber mit einem Mann wie Vogel war das etwas anders. Wer wusste schon, ob es nicht Gründe gab, den einflussreichen Wissenschaftsadministrator durch einen Killer zu verfolgen und töten zu lassen? Vielleicht hatte der falsche Paketbote Haralds Namen nur genannt, um überhaupt in das Institut hineingelassen zu werden? Vielleicht war Vogel vor dem Killer fortgelaufen und hatte sich nur zufällig in Haralds Büro geflüchtet?

Auch in Haralds WG nahmen seine Mitbewohner die Sache so, als hätte sie nicht Harald gegolten, sondern seinem Boss. Harald arbeitete doch an so einem Lebensmittelinstitut. Sein Mitbewohner Matthias erzählte von einer militanten Ökogruppe, für die ein Anschlag auf Leute wie Vogel als Widerstand gegen die Ausbeutung der Erde durch die Agrarindustrie gelten würde.

„Aber ein Bekennerschreiben gab es nicht", hatte Harald erwidert.

„Vielleicht eben doch", meinte Matthias. „Vielleicht haben sie es nur nicht veröffentlichten wollen?"

Harald blieb nur noch das kommende Wochenende, um Anneliese wiederzusehen, bevor er in die USA abflog. Die Fahrkarte nach Kiel hatte er schon in der Tasche. Am ILH gab es nichts mehr für ihn zu tun.

**Kiel, 6. 10. 2011**

An diesem Donnerstagmorgen saß Harald gut gelaunt im ICE nach Hamburg. Am Fenster zogen die abgeernteten Felder der mecklenburgischen Landschaft vorbei. Das Leben war wieder leicht. Allein schon der Gedanke, Anneliese bald wieder an sich zu drücken, erzeugte ein Kribbeln in seinem Bauch. Die Zeit bis

Hamburg schien schneller zu vergehen, als die morgendliche Busfahrt von seiner Wohngemeinschaft ins ILH.

Der Zug war pünktlich. In Hamburg hatte er eine knappe halbe Stunde Zeit zum Umsteigen, gegen sechzehn Uhr sollte er in Kiel sein. Anneliese wollte ihn vom Bahnhof abholen. Wenn er erst in den USA war, würde es nicht mehr so einfach sein, sie zu treffen. Als er gegen dreizehn Uhr auf dem Hamburger Hauptbahnhof ausgestiegen war und sich ein belegtes Brötchen holen wollte, klingelte sein Telefon.

Es war Leo.

„Wo bleibst du denn Harald? Du hättest anrufen können, dass du heute nicht ins Institut kommst. Ich habe schon ein paar Mal versucht, dich zu erreichen. Man macht sich schließlich Sorgen nach sieben Einschusslöchern in deiner Tür."

Harald dachte zuerst an eine Notlüge, aber dann erzählte er von seiner Fahrt nach Kiel. Leo war besorgt. Er hatte nicht daran gedacht, dass Harald vorher noch verreisen würde. Jetzt erzählte er ihm, was er vorher verschwiegen hatte. Bills Mahnung, Harald sollte bis zu seiner Abreise lieber in Berlin bleiben.

Harald wollte nichts davon hören. Was wussten die Amis schon davon, warum er unbedingt nach Kiel musste? Die witterten doch überall Terrorismus. Die Liebe und die Aussicht auf ein Wochenende mit Anneliese ließen ihm alles andere nebensächlich erscheinen. Am Sonntagabend wäre er wieder zurück.

„Du bist zu vorsichtig, wegen der Sachen, die du früher mal erlebt hast", sagte Harald. „Es gibt wirklich niemanden, der mir gefolgt ist."

Leo sah ein, dass Harald sich nicht in den nächsten Zug zurück nach Berlin setzen würde. Mit der Bemerkung, Harald sei schließlich erwachsen und für sich selbst verantwortlich, wünschte er ihm viel Spaß in Kiel und legte auf.

Die schöne Stimmung war verflogen. Harald schaute sich um. Der Bahnsteig hatte sich inzwischen geleert und der ICE war nicht mehr zu sehen. Er bemühte sich, die negativen Gedanken abzuschütteln. Hier gab es niemanden, der ihm verdächtig vorkam. Nachdem er sich erkundigt hatte, von welchem Gleis der Regionalzug nach Kiel abfuhr, fuhr er mit der Rolltreppe vom Bahnsteig hoch zur Galerie mit den Geschäften. Er fand einen Backshop, holte sich ein belegtes Baguette, und setzte sich zum Essen auf eine der spärlich vorhandenen Sitzgelegenheiten.

Leo hatte schon öfter probiert ihn anzurufen, aber solange Harald im ICE saß, hatte er keine Verbindung bekommen. Leo sollte sich nicht so haben. Als er gerade von seinem Brot abbeißen wollte, vibrierte wieder das Telefon in seiner Jackentasche. Wenn es wieder Leo war, würde er ihn wegdrücken. Aber auf dem Display stand „unbekannter Anrufer" und als er annahm, meldete sich Anneliese.

„Du, nur ganz kurz. Ich rufe von meiner neuen Arbeit aus an und die sehen das hier nicht so gerne. Ich muss heute doch länger arbeiten und kann dich nicht vom Bahnhof abholen. Komm doch um sechs zu mir in die Harriesstraße, Nummer 11. Ich warte auf dich vor der Haustür, die Klingel ist kaputt. Du, ich muss jetzt auflegen, der Chef kommt gerade! Tschüss, bis bald."

Harald kannte ihre Wohnung nicht, Anneliese hatte ihm erzählt, sie wäre kürzlich umgezogen. Die Harriesstraße lag nur drei Querstraßen entfernt von der Ringstraße, wo er gewohnt hatte. Er war für einen Moment enttäuscht, Anneliese erst später zu sehen, aber dann fand er die Idee reizvoll, vorher in Kiel ein bisschen bummeln zu gehen. Für einen Moment spielte er mit dem Gedanken, Anneliese von ihrer neuen Arbeitsstelle abzuholen, aber er kannte doch die Adresse nicht. Es wäre ein Privatlabor, hatte sie erzählt.

Eine halbe Stunde später saß er mit einer Cola in der Hand in einem Abteil des Regionalzugs nach Kiel. Er wollte Anneliese heute Abend zum Essen einladen. Dabei fiel dabei die *pequeno cantina* ein, aber der Gedanke, den Ort, an dem er Marie kennengelernt hatte, wieder aufzusuchen, belastete ihn. Während der Zug durch die hügelige holsteinische Landschaft in Richtung der Stadt Neumünster fuhr, wurde die Vergangenheit in seiner Erinnerung lebendig. Draußen schien die Sonne auf Flecken von Ackerland und Waldstücken, die wie Kulissenbilder am Horizont vorbeizogen. Die roten Backsteingehöfte, die Maries Bauernhof so ähnlich sahen. Er dachte an Jan und Clara. Jan hatte immer geahnt, dass Maries Krankheit mit ihm und dem Institut zusammenhing. Harald hatte nie die Chance gehabt, alles zu erklären. Clara war jetzt mit Jörg zusammen. Etwas, das ihm undenkbar erschien, bevor es tatsächlich passiert war. Wie so vieles in letzter Zeit.

Nachdem der Zug Neumünster passiert hatte, dauerte es nicht mehr lange, bis er von Süden her das Stadtgebiet von Kiel erreichte. Nach wenigen Minuten hielten die acht Wagen mit einem nicht endenwollenden Quietschen auf dem Kieler Hauptbahnhof. Harald stieg aus und streckte sich. Auf dem Bahnsteig war nicht viel Betrieb. Nach Anneliese brauchte er nicht zu suchen.

Er ging die Treppenstufen hoch und verließ den Bahnhof auf der Seite der Kaianlagen. Die kühle Meeresluft wirkte wie ein Rausch. Von der Förde her hörte er das Geschrei der Möwen. Es erinnerte ihn daran, dass er diese Stadt gemocht hatte. Es hatte Zeiten gegeben, in denen er hier glücklich gewesen war. Harald schlenderte die Kaianlagen entlang. Genau, wie er es früher gemacht hatte, wenn er aus dem Institut kam und nicht so recht wusste, was er anfangen sollte.

Nicht weit entfernt lagen die weißen Schiffe, welche voll beflaggt ihrer nächsten Fahrt entgegensahen. Gruppen von uniform gekleideten Kreuzfahrttouristen, die alle ein schwarzes T-Shirt mit der Aufschrift einer Reederei trugen, liefen auf ein Schiff zu. Die mahlenden Geräusche, die entstanden, als sie ihre Rollkoffer über das von Bahngleisen zerschnittene Kopfsteinpflaster der Hafenanlagen zogen. Fernweh! Bald würde er auch eine weite Reise unternehmen.

Die Zeit schien seit seiner Abreise stillgestanden zu haben. Die zwei Stunden bis zum Wiedersehen mit Anneliese vergingen langsam. Harald setzte sich für einen Kaffee auf die Terrasse einer Bar in der Fußgängerzone. An einem Stand kaufte er für Anneliese fünf Tulpen, die ihm wegen ihrer bunt gescheckten Farbe gut gefielen. Eigentlich mochte er keine Schnittblumen, aber sie würde sich freuen.

Inzwischen war es kurz vor sechs. Es war plötzlich kühl geworden. Die Sonne stand schon tief am Horizont und der Wind frischte auf. Er wollte Anneliese nicht warten lassen und lief zurück zum Bahnhof. Von dort aus musste er nur die Ringstraße hochlaufen und dann zweihundert Meter nach links. Sein Herz klopfte bei dem Gedanken, sie wiederzusehen. Er malte sich aus, wie sie mit ihren blonden, wehenden Haaren vor der Haustür stand. Als er in die Harriesstraße einbog, schien sie ihm vertraut. Baumlos, von drei- bis vierstöckigen Mietshäusern flankiert, lag die dicht beparkte Straße vor ihm. Seine alte Wohngegend hatte genauso ausgesehen. Harald lief auf der Seite mit den geraden Zahlen, die im Tempo seiner Schritte zunahmen. Inzwischen war es bereits zehn nach sechs. Harald schaute schräg hinüber auf die andere Straßenseite. Ein paar Häuser weiter stand Anneliese und schaute sich um. Sie musste schon eine Weile gewartet haben, denn sie rieb sich die Arme, als wäre ihr kalt. Dann hatte sie ihn auch gesehen und winkte ihm zu.

Harald zwängte sich zwischen zwei dicht geparkte Autos, um die Straße zu überqueren. Er machte einen Schritt und blickte automatisch nach links. Er sah den Schatten, der auf ihn zuraste, so dicht an den parkenden Autos entlang, dass es zu spät sein würde, um noch auszuweichen. Sekundenbruchteile vergingen, er hörte ein lautes Reifenquietschen und einen Knall. Der dunkle Wagen raste weiter, an ihm vorbei, ohne an Geschwindigkeit zu verlieren. Auf der Straße lag jetzt etwas, eine abgerissene Autotür. Der Grund, der ihm vermutlich das Leben gerettet hatte.

Der Wagen war bereits nicht mehr zu sehen. Harald schaute nach links, von wo das Auto gekommen war. Neben der Reihe der geparkten Autos, ein paar Meter von Harald entfernt, stand ein Mann auf der Straße. Er gestikulierte und rief etwas. Harald hörte nicht, er schaute über die Straße und suchte nach Anneliese. Sie musste mitbekommen haben, was passiert war. Aber Anneliese war nicht zu sehen.

Der Mann stand jetzt plötzlich vor ihm. „Haben Sie das gesehen!? Ich wollte gerade aus meinem Auto aussteigen. Er ist so dicht an mir vorbei, dass er mir die Tür aus der Hand weggerissen hat. Konnten Sie sich die Nummer merken? Ein Irrer! Es ging so schnell. Mein Gott, was wäre passiert, wenn ich eine Sekunde früher ausgestiegen wäre.“

Der Mann war so weiß wie seine Autotür, die auf der Straße lag. Harald schüttelte wie abwesend den Kopf. Er hatte nichts gesehen, außer einem dunklen Schatten. Nichts gehört, außer einem Knall. Er blickte immer noch auf die andere Seite, auf das rote Haus mit der Nummer elf.

Die Straße war frei. Harald rannte auf die andere Seite. Auf dem Bürgersteig war niemand zu sehen. Das Haus mit der Nummer 11 war ein vierstöckiges, rot gestrichenes Gebäude. Anneliese musste hineingegangen sein. Er überflog die die

Klingelschilder mit den Namen der Mieter. Der Name Körner war nicht dabei. Der Mann aus dem weißen Auto war ihm über die Straße gefolgt und redete auf ihn ein.

„Sie müssen hier warten, ich werde die Polizei rufen. Sie sind mein einziger Zeuge."

„Haben Sie eine blonde Frau hier im Eingang stehen sehen?", schrie Harald. „Sie war gerade noch hier gewesen!"

Der Mann schüttelte den Kopf. „Eine Frau? Ich rufe jetzt die Polizei." Seine Hände zitterten, als er sein Telefon aus der Tasche nahm.

Harald kümmerte sich nicht weiter um ihn. Er klingelte. Zuerst bei einem, dann bei zwei Mietern, schließlich hörte er den Summer und die Tür ging auf. Eine ältere Frau in einem verwaschenen Morgenrock stand vor einer halb geöffneten Wohnungstür.

„Ich suche Frau Körner. Anneliese Körner, die muss hier im Haus wohnen", sagte Harald. Die Frau blickte ihn einen Moment an, verzog ihr Gesicht und schüttelte langsam den Kopf.

„Ich wohne hier seit über dreißig Jahren. Körner, sagen Sie?" Harald beschrieb Anneliese. „Nein", sagte die Frau. „Ausgeschlossen, vielleicht ist die irgendwo zu Besuch." Achselzuckend ging sie wieder in ihre Wohnung zurück, aus der ein fader Geruch entströmte.

Harald kehrte wie betäubt auf die Straße zurück. Der Mann war inzwischen wieder zurück zu seinem Auto gegangen. Die abgerissene Tür hatte er ein Stück zum Fahrbahnrand gezogen. Von Weitem hörte Harald die Sirene eines Polizeiautos. Er dachte an die Polizisten, die ihn wegen Sybille verhört hatten. Kaum zurück in Kiel, war er wieder in eine Straftat verwickelt, zumindest als Zeuge.

Neben dem Haus mit der Nummer 11 gab es eine Lücke. Ein schmaler Durchgang, zu klein, um für Autos passierbar zu sein. Harald sah nach dem Mann, der immer noch neben dem gähnenden Loch auf der Fahrerseite seines Autos stand. Harald nutzte den Augenblick, als der Mann in die Richtung der näherkommenden Polizeisirene schaute, um in der Einfahrt zu verschwinden. Der Weg führte ihn weiter bis zu einer kleinen Gartenpforte, die halb angelehnt war und zwei bebaute Grundstücke trennte.

Es konnte nur der Weg gewesen sein, über den Anneliese so schnell verschwunden war. Sie musste sofort nach dem Unfall weggelaufen sein. Harald wollte den Gedanken nicht zu Ende bringen, warum Anneliese nicht auf ihn gewartet hatte? Warum sie ihn zu dieser falschen Adresse gelotst hatte? Er lief den Sandweg, der nun breiter wurde, bis zu einer Tordurchfahrt. Dahinter gelangte er auf eine Parallelstraße und rannte diese nach links in Richtung des Bahnhofs hinunter. Anneliese war auch hier nirgendwo zu sehen. Nachdem er zwei Hauptstraßen überquert hatte, ragte die rote Silhouette des Bahnhofsgebäudes wie eine Festung vor ihm auf. Harald rannte immer noch, nahm zwei Treppenstufen auf einmal, bis er in die Wartehalle gelangte. Vor einer Sitzbank blieb er stehen. Inmitten der Menschen fühlte er sich sicherer.

Sollte er Anneliese anrufen? Er holte sein Telefon aus der Tasche. Er erinnerte sich, dass Anneliese sich mittags bei ihm gemeldet hatte. Auf dem Display stand neben Leos Nummer 13:04 Uhr, danach gab es nur „unbekannt" um 13:17. „Unbekannt", das war Anneliese gewesen.

Jetzt erst wurde ihm bewusst, dass der Unfall mit der abgerissenen Autotür ein Zufall war, der ihm das Leben gerettet hatte. Der dunkle Wagen, der Fahrer hatte es auf ihn abgesehen gehabt und Anneliese hatte das gewusst. War sie wirklich nur ein Lockvogel, der ihn nach Kiel zurückholen sollte, um ihn dort dem Jäger ins Netz zu treiben? Plötzlich bekam Harald weiche Knie und sank auf die metallenen Streben der Bank, unfähig sich zu rühren.

Vom Bahnsteig her hörte er die hallende Ansage des Zugabfertigers. In einer Eingebung schaltete er sein Smartphone aus und lief die Treppe hinunter zum Bahnsteig. Er sprang in einen Wagen des Zuges, der dort stand. Eine Sekunde später ertönte der schrille Pfiff und nach einem Augenblick setzte sich der Zug langsam in Bewegung.

Erst, als sie den Bahnhof schon verlassen hatten, registrierte Harald, wohin die Reise ging. Die Fahrt nach Lübeck würde nicht sehr lange dauern. Er war zu nervös, um sich zu setzen und lief durch die einzelnen Wagen des ganzen Zuges. Er schaute scheu in die fremden Gesichter der Mitreisenden, die flüchtig und ohne Interesse zurückschauten. Nach einer Weile stellte er sich in den Gang und starrte für den Rest der Fahrt aus dem Fenster, unfähig, seine Gedanken zur Ruhe zu bringen. Als er in Lübeck ausstieg, fiel ihm ein, dass er keine Fahrkarte hatte und glücklicherweise nicht einmal kontrolliert worden war.

Die nächste Zugverbindung nach Berlin gab es erst kurz vor Mitternacht. Die Wartezeit bis dahin verbrachte er, indem er den Bahnhof ziellos immer wieder durchstreifte. Nach einer Weile sah er ein öffentliches Telefon und wählte von dort Annelieses Handynummer. Er hatte keine Vorstellung, was er ihr sagen wollte. Er wollte nur ihre Stimme hören, um aus diesem Albtraum aufzuwachen. War das, was geschehen war, Wirklichkeit? Aber Anneliese war vorübergehend nicht erreichbar. Es war kein Albtraum, sondern die Wirklichkeit.

Ihm war kalt, als er morgens gegen um kurz vor halb fünf im Stahlglaskäfig des Berliner Hauptbahnhofs stand. Er war froh, wieder hier zu sein und dachte daran, mit wie viel Vorfreude er gestern früh hier abgereist war. Nun begrüßte er diesen grauen, zugigen Ort wie sein Zuhause. Noch vier Tage blieben bis zu seinem Abflug nach Atlanta. Vier Tage, die dem Killer noch blieben, um ihn zu erwischen.

**Vilnius, 9. 10. 2011**

„Du hast das falsche Loch gestopft, Vladi", sagte Jonas Jacobeit, nachdem Vladi im Zentrum von Vilnius zu ihm ins Auto gestiegen war. Jonas steuerte seinen dunkelblauen Audi in Richtung der Außenbezirke.

„Das Loch in meinem Geldbeutel ist jedenfalls für eine Weile gestopft!" lachte Vladi und schlug Jonas kameradschaftlich auf die Schulter. „*Labas*, mein Freund."

Er schaute Jonas treuherzig an: „Weißt du, ich musste ohne Sicht arbeiten", fügte er hinzu. „Erschwerte Montage, selbst für einen erfahrenen Klempner."

Jonas stieß einen Grunzlaut hervor. Den Deutschen hatte Jonas durch seine Freundin Irina, die bei einer Büroreinigungsfirma arbeitete, kennengelernt. Irina hatte von ihm erzählt. Sie putzte die Büros in einem großen Forschungsinstitut. Da hätte sie einer angesprochen und ihr gesagt, dass er viel Geld für einen Spezialauftrag ausgeben würde. Eine Arbeit für harte Männer. Sie sei doch aus Osteuropa, ob sie da nicht so jemanden kennen würde? Jonas hatte dann den Kontakt zwischen Vladi und dem Deutschen vermittelt und dafür seine Provision kassiert.

Jonas und Vladi fuhren nach *Kernavé*, der historischen Hauptstadt Litauens, die heute allerdings nur noch durch einige archäologische Grabungen rund um die begrünten, begehbaren Burgberge kenntlich war. Hier wohnte schon lange niemand mehr, aber dieser landschaftliche schöne Ort, am Ufer des Flusses *Neris* gelegen, war ein beliebtes Ausflugsziel. In der Nähe gab es ein für seine vorzügliche Küche bekanntes Restaurant. Dort wollten sie beim Essen ihr Wiedersehen feiern und nebenbei über Geschäfte reden.

Auf der viel befahrenen Landstraße legte Jonas einen zügigen Fahrstil hin. Trotzdem klebte nach ein paar Minuten ein anderer Wagen so dicht an seiner Stoßstange, als wollte er ihn anschieben. Bei der ersten Gelegenheit scherte der Wagen aus, um nach einem riskanten Überholmanöver sich dicht vor ihnen wieder einzufädeln.

„Willkommen in der Heimat" lachte Vladi. „In Deutschland muss es doch langweilig für dich sein, oder?"

„Langweilig? Vielleicht weniger, als mir lieb ist. Ich hätte nicht auf Irina hören und mich nie mit diesem Menschen einlassen sollen. Jedenfalls hat mich der Kerl abgepasst, als ich gerade unterwegs war. Zuerst bestand er darauf, sein Geld zurückzubekommen. Ich sagte ihm, ich hätte sein Geld nicht. Dann fing er damit an, ich sollte ihm mein Auto am Donnerstag leihen, dann würde er die Sache auf sich beruhen lassen. Er hätte doch wohl selbst ein Auto, wenn er soviel Geld lockermachen könne, hatte ich gesagt. Daraufhin drohte er mir, er könne Irina jede Menge Ärger machen. Er hätte Einfluss bei den Behörden und er könnte dafür sorgen, dass wir Ärger mit der Polizei bekommen würden. Ich dachte an Irinas Aufenthaltsgenehmigung und habe ihm mein Auto überlassen. Als er es mir abends zurückbrachte, war vorne rechts eine große Beule, weiße Lackspuren am Blech, der Scheinwerfer völlig kaputt. Er behauptete, er wäre gegen eine Leitplanke gefahren. Er hat mir mehr als genug Geld für die Reparatur gegeben. Aber als ich fragte, wie das passiert war, wollte er nichts sagen."

„Na, wenn er gut bezahlt hat? Ist doch egal, oder?", konstatierte Vladi.

„Ich habe das Auto am gleichen Abend bei einem Freund in der Werkstatt abgegeben. Wenn der Fahrerflucht begangen hat und die Polizei herausbekommt, dass es mein Auto war, was ist dann?"

„Hast du nicht ein Alibi für die Zeit? Warst du nicht mit Irina zusammen?"

Jonas schüttelte den Kopf. „Der Verrückte hatte das Auto fast den ganzen Tag! Ich weiß nicht, wann der Unfall passiert ist. Irina hat den ganzen Tag gearbeitet. Da kann sie schlecht erzählen, dass sie die ganze Zeit bei mir war!"

„Dann bleib einfach eine Weile aus Deutschland weg. Du bist mit deinem Auto jetzt hier. Warte ab, wie sich die Sache entwickelt, telefoniere mit Irina und erst, wenn alles klar ist, kehrst du wieder zurück. Zur Not verkaufst du den Wagen hier. Es gibt genug Interessenten in Belarus, die für einen gebrauchten Audi einen guten Preis bezahlen."

„Genau das wollte ich dir gerade vorschlagen", sagte Jonas und grinste. „Ich dachte, ich könnte für die Zeit bei dir wohnen?"

Vladi zuckte überrascht mit den Augenbrauen. Dann fing er an zu lachen. „Das hast du aber fein eingefädelt, du litauischer Fuchs. Sei also willkommen bei mir, aber nicht für alle Ewigkeit!"

**Berlin, 10. 10. 2011**

Harald hatte zuerst vorgehabt, Leo nichts von den Geschehnissen in Kiel zu erzählen. Dann fiel ihm ein, dass Anneliese seine Adresse in Berlin kannte. Der Mörder konnte in der belebten Bergmannstraße aufkreuzen, um ihn dort noch zu erwischen.

Am Freitag hatte er Leo dann doch alles erzählt, behielt aber seine Gedanken über Anneliese für sich. Die Enttäuschung war immer noch zu groß. Er konnte sich nicht vorstellen, dass Anneliese ihn freiwillig verraten, ihn bewusst in eine Falle gelockt hatte. Vielleicht wurde sie erpresst oder war in den Händen des Killers, der es auf ihn abgesehen hatte? Er hatte noch ein paar Mal versucht, sie anzurufen, aber jedes Mal gelangte er nur auf ihre Mailbox.

Leo riet ihm, die paar Tage bis zu seiner Abreise nach Atlanta zu ihm zu ziehen. Louisa war zwar schon lange aus Frankreich zurück, aber auch sie meinte, Harald sollte auf keinen Fall mehr sich in der Nähe seiner WG blicken lassen. Sie erinnerte Leo an die Zeit, als ihnen ein Terrorist bis auf eine entlegene Insel in Frankreich gefolgt war. „Wenn einer entschlossen ist, wird er Harald auch in Berlin finden. Man kann nur hoffen, dass er es nicht schafft, bevor Harald in die USA fliegt", sagte Louisa.

Leo schrieb Bill ein paar Zeilen darüber, was Harald in Kiel passiert war. Er bat ihn, in Milwaukee ein wachsames Auge auf Harald zu haben. Schließlich konnte der Killer in einem Land, wo man Waffen im Supermarkt kaufen konnte, leicht wieder zuschlagen. Bill schien jedoch mehr Bedenken zu haben, was

Haralds restliche Zeit in Deutschland betraf. „*Take care, Leo!*“, hatte er geschrieben und es hörte sich so an, als meinte Bill nicht nur Harald, sondern auch Leo selbst.

Harald ging nicht mehr ins ILH. Frau Gack erkundigte sich bei Leo nach Harald und er erzählte ihr, Harald wäre zu seinen Eltern ins Ruhrgebiet gefahren. Vielleicht pflegte sie Vogels Kontakte zum Exzellenzinstitut weiter und dort wollte man gerne wissen, wo Harald steckte. Leo Schneider brachte alle Unterlagen, die Harald für die Reise in die USA brauchte, in seine Wohnung in Friedenau. Die letzten Tage vor Haralds Abreise vergingen, ohne dass etwas Bedeutsames geschah.

Am Tag der Abreise chauffierte um fünf Uhr seinen jetzt ehemaligen Studenten Harald im Sprühregen durch die morgendliche Dunkelheit zum Flughafen Tegel. Von dort hob planmäßig um sechs Uhr die Maschine nach Atlanta ab, mit Zwischenstopp in Amsterdam. Den Flug hatten die Leute vom CDC organisiert. Sie wollten ihn dort haben, am Hauptsitz des CDC. Leo wartete solange vor dem Gate, bis auf der Anzeigetafel für Haralds Flug das Wort „gestartet“ erschien. Er fuhr zurück in seine Wohnung. Louisa schlief noch fest. Leo legte sich müde zurück ins Bett, um das erste Mal seit zehn Tagen wieder unbeschwert zu schlafen.

**Atlanta (USA), 11. 10. 2011**

Zehn Stunden Flugzeit lagen hinter Harald, als die Boeing auf dem regennassen Rollfeld aufsetzte. Als Reisender der Economy Class fühlte er jeden einzelnen seiner Knochen, während er den Flieger verließ und zum ersten Mal in seinem Leben amerikanischen Boden betrat. Der *Hartsfield-Jackson* Airport in Atlanta war ein Moloch. Selbst der Airport in Frankfurt erschien dagegen wie ein Provinzflughafen. Harald folgte wie ein Schlafwandler den Schildern, die ihm den Weg zur *Immigration* wiesen. Seit letzten Donnerstag hatte er nur unruhige Tage und schlaflose Nächte verbracht. Die frühe Stunde seines Abflugs hatte ihr Übriges getan, um seine Müdigkeit zu verstärken.

Langsam verdichtete sich der Strom der Menschen, die wie die Lemminge nur einem Ziel zustrebten. Nach ein paar Minuten gelangte er an das Ende einer großen Warteschlange, die sich vor den Schaltern der US-Einreisebehörde langsam vorwärts bewegte. Mit knappen Anweisungen lenkten Uniformierte, deren Gesichter wie eingefroren wirkten, die übermüdeten transatlantischen Passagiere zu den Schaltern. Schilder mit der Aufschrift „*hoaxes are taken for serious*“, wiesen darauf hin, dass die Ordnungsmacht keinen Spaß verstand. Harald war das Scherzen schon vergangen, bevor er die Aufschrift gelesen hatte.

Schließlich war es an ihm, an den Schalter des *immigration officers* gewunken zu werden. Haralds Lächeln wurde ignoriert, als sein Pass inspiziert, seine Iris fotografiert und seine Fingerabdrücke registriert wurden. Mit einer wie wegwerfend anmutenden Handbewegung gab ihm der Beamte den Pass mit dem Einreisestempel zurück.

Hinter den Schaltern verteilten sich die kanalisierten Reisenden wieder soweit, wie es die lichtdurchflutete Ankunftshalle zuließ. Harald bemerkte bald, dass man ihn schon erwartete. Die beiden Männer standen nicht unweit von ihm und schauten in seine Richtung. Eine knappe Begrüßung und sein Koffer wurde ihm in die Hand gedrückt, noch bevor er die Gepäckausgabe gesehen hatte. Sie nahmen ihn in ihre Mitte und eskortierten ihn zu einer der unscheinbaren Türen, die von den Korridoren aller Flughäfen abgehen und von den normalen Reisenden kaum bemerkt werden.

Harald Begleiter brachten ihn in einen überheizten Raum, der ihn an ein Großraumbüro erinnerte. Es herrschte eine ziemliche Betriebsamkeit und Harald, der damit gerechnet hatte, dass in den USA überall Klimaanlagen liefen, wurde eines Besseren belehrt. Sie brachten ihn an einen Schreibtisch und ihrer Aufforderung sich zu setzen, indem sie ihm einen Stuhl in seine Kniekehlen drückten, kam er widerstandslos nach. Nach ein paar Minuten erschien jemand auf der anderen Seite des Schreibtischs. Ein etwas korpulenter Mann, der die Ärmel seines weißen Hemdes bis zu den Ellenbogen hochgekrempelt trug, nannte seinen Namen und etwas, dass Harald nicht verstand. Als Harald ihn darauf ansprach, merkte er, dass Fragen seinerseits unerwünscht waren. Der Hemdsärmelige begann, ihn zu verhören. Er stellte Fragen, aus denen Harald vermutete, dass man ihn für einen einreisenden Terroristen hielt.

Das Verhör schien endlos und Harald ging das Gefühl für die Zeit verloren. Zwischendurch war er eingenickt. Irgendwann brachten sie ihm ein Tablett mit Essen, das aus einem Fast-Food-Store vom Flughafen stammen musste. Der Hemdärmlige nahm auf die sprachlichen Defizite des Einreisenden keine Rücksicht. Wenn Harald signalisierte, dass er nicht verstand, wiederholte er die Frage einfach von Neuem.

Was wollten sie von ihm? Auch darauf bekam er keine Antwort. Wahrscheinlich lag der orangefarbige Overall für den *one-way trip* nach Guantanamo für ihn schon bereit.

Für einen Moment dachte Harald daran, wie ihn die Polizisten in Kiel verhört hatten. Verglichen mit hier erschien es ihm im Nachhinein eher wie ein Kaffeekränzchen. Der Hemdsärmelige arbeitete sich methodisch mit seinen Fragen aus Haralds Vergangenheit bis in die Gegenwart vor. Sogar von dem Unfall in Kiel wusste er, was Harald erschreckte. Hatten sie ihn die ganze Zeit beschattet?

Sein Gegenüber wischte sich mit seinem Unterarm den Schweiß von der Stirn, wies Harald an, sitzen zu bleiben und ging. Sie werden mich in eine Zelle bringen, dachte Harald, der so müde war, dass er wieder einschlief.

Er wusste nicht, wie viel Zeit vergangen war, als er wieder geweckt wurde. Vor ihm stand wieder ein Tablett mit etwas zum essen. Am Schreibtisch saß jetzt eine Frau, welche die Befragung auf Deutsch fortsetzte. Sie schien sich besonders für Anneliese zu interessieren und war erst zufrieden, nachdem sie Harald restlos ausgequetscht hatte.

Irgendwann kamen die beiden wieder und brachten ihn zu der unscheinbaren Tür, die sich für ihn öffnete. Sie schoben ihn in den stetigen Strom der ankommenden Passagiere, die dem Ausgang entgegenliefen. Ein Blick auf eine der Uhren zeigte Harald, dass er acht Stunden in dem Büro zugebracht haben musste.

Die Frau hatte ihm noch einen Gutschein für ein Taxi gegeben, mit einer Adresse, die sich als ein Hotel in der Nähe der *Clifton Road*, unweit des CDC herausstellte. Am kommenden Montag sollte er sich um neun Uhr im Gebäude des CDC an der Rezeption melden. Harald fiel sofort in das Erste der beiden Kingsize Betten, mit denen sein Zimmer bestückt war und sank in einen tiefen, traumlosen Schlaf.

**Berlin, 3. 11. 2011**

Fast ein Monat war vergangen, seitdem Harald in die USA geflogen war. Leo hatte in den ersten zwei Wochen nach seiner Abreise nichts mehr von ihm gehört und sich Sorgen gemacht, aber Bill schrieb, es wäre alles in Ordnung. Harald meldete sich erst, nachdem er bereits seit über einer Woche in Milwaukee war. Er war von den Arbeitsmöglichkeiten bei Bill begeistert. Die Untersuchungen an dem EHEC Nr. 17 liefen bereits und hatten den Verdacht bestätigt, den ihre ersten Ergebnisse in Berlin angedeutet hatten. Der EHEC-Stamm Nr. 17 schien in winzigen Details anders zu sein, als die EHEC, welche die Epidemie in Deutschland verursacht hatten. In drei Wochen würden endgültige Ergebnisse vorliegen, dann wüssten sie genauer, worin die Unterschiede bestanden. Harald schien es in Milwaukee gut zu gehen. Er hatte bereits Freundschaften geschlossen und war zu einer Bootstour mit Bills Chef auf dem Lake Michigan eingeladen worden.

Danach hörte Leo wieder eine Weile nichts von ihm. Von Bill kam die Nachricht, sie hätten im Moment viel mit den Auswertungen der DNA-Sequenzen zu tun, es gäbe noch einige Schwierigkeiten, die sie überwinden müssten. Er versprach Leo über alles in Kenntnis zu setzen, wenn sie soweit wären.

Nachdem Harald fort war, hatte der graue Alltag am ILH, der auch vor dem Auftreten der Epidemie die Tage häufig zäh verlaufen ließ, wieder seinen Stammplatz eingenommen. Die motivationstötende Atmosphäre war mit dem Ableben Vogels nicht bereinigt. Simone Gack saß jetzt auf Vogels Stuhl und führte dieses Amt aus, indem sie alle Vorgänge an sich riss, um dann mit dem Bearbeiten nicht mehr nachzukommen. Aber selbst wenn sie eines Tages ging, käme wieder jemand vom gleichen Kaliber auf diese Position. Dafür sorgte das Auswahlverfahren, nach dem solche Stellen besetzt wurden. Potenzielle Kandidaten wurden ausgesiebt, bis nur jene übrig blieben, welche die Maschen des engen Netzes der Verwaltungsbürokratie erfolgreich passiert hatten. Alles, was Ecken und Kanten hatte, blieb vorher hängen und wurde ausgesiebt.

Zum Glück war Louisa wieder da. Die zwei Sommermonate ohne sie waren für Leo nicht einfach gewesen. Louisa sprühte voller neuer Ideen und war voller optimistischer Zuversicht, welche Leo den Stillstand am ILH vergessen ließ. So vergingen drei ereignisarme Arbeitswochen, die durch ihr privates Glück mehr als genug kompensiert wurden.

**Berlin/Kiel, 29. 11. 2011**

Am Dienstagmorgen wurde Leo mit einer Einladung von Bill, ihn und Harald am 14. Dezember in Milwaukee zu besuchen, überrascht. Bill schrieb, es gäbe eine Menge Ergebnisse aus den EHEC-Untersuchungen zu diskutieren. Sie mussten also mit dem Vergleich der EHEC-Stämme fertig geworden sein. Es war nicht schwer, von Direktor Stangel die Genehmigung für die Reise nach Milwaukee zu bekommen. Der ILH-Direktor war weiterhin von der Zusammenarbeit mit dem CDC begeistert.

Die Einwände von Frau Gack, es handele sich um ein juristisch und politisch äußerst heikles Terrain, nahm Stangel gelassen hin: „Es ist das CDC, liebe Frau Gack. Etwas Besseres, als mit denen zusammenzuarbeiten, kann uns nicht passieren. Egal, was dabei herauskommt, das ILH ist damit auf der sicheren Seite." Stangel hatte gesprochen und Frau Gack mit ihren Bedenken auf dem Flur stehen gelassen.

Marko Brant las die E-Mail nun schon zum dritten Mal. Seine Zigarette hing von seinem Mundwinkel und ihre Glut war erloschen, doch in seinen Augen glühte es. Endlich nahm man seine Arbeit auch international wieder wahr. Was nutzten ihm die lobenden Presseerklärungen aus dem Exzellenzinstitut, wenn er in der weltweiten Wissenschaftsgemeinde nicht genügend beachtet wurde. Jetzt hatte er eine Einladung aus dem CDC für den 14. Dezember, dort sollte er über seine neue PCR zum Nachweis von EHEC-O104 aus Bockshornkleesamen berichten.

Nachdem er sich vergewissert hatte, dass sie wirklich ihn, Marko Brant, meinten, leitete er die Mail an Jörg weiter. Mit dem Kommentar, er freue sich darauf, beim CDC die Ergebnisse aus der Arbeitsgruppe vortragen zu dürfen.

Keine fünf Minuten später rief Jörg ihn an und erzählte, er hätte dieselbe Einladung bekommen, diese aber bereits unter Hinweis auf seinen vollen Terminkalender abgelehnt. Die Anwesenheit von Marko im Institut sei zum Jahresabschluss dringend erforderlich und er könnte ihm die Genehmigung zu der Reise daher nicht erteilen. Marko wollte nicht glauben, dass die Amerikaner Jörg ebenfalls eingeladen hatten. Bevor er etwas sagen konnte, schlug Jörg vor, die CDC-Leute lieber auf das kommende Jahr zu vertrösten. Er hätte das auch so gemacht. Damit beließ er es, um weiteren Diskussionen mit Marko aus dem Weg zu gehen.

Für Marko war die Sache klar. Jörg neidete ihm seinen Erfolg. Er wollte ihn wieder da haben, wo er vor der EHEC-Krise gewesen war, in der Abstellkammer.

„Von dir lasse ich mich nicht ins Bockshorn jagen“, sagte Marko in Anspielung auf seine PCR. Mit der war er so berühmt geworden, dass selbst das CDC ihn zum Vortrag einlud. Er würde trotz Jörgs Einwänden in die USA reisen. Ein Disziplinarverfahren, dass Jörg gegen ihn anstrengen könnte, fürchtete er nicht. Marko war schon länger als zehn Jahre im Institut, rechtlich zu gut abgesichert, als dass man ihn wegen dieser Sache etwas anhaben konnte. Außerdem war Jörg auf ihn angewiesen, nachdem Alexander allen mitgeteilt hatte, er hätte eine Professur in Oxford angenommen.

Es hatte keinen Sinn, mit Jörg weiter darüber zu diskutieren, dafür kannte er ihn zu gut. Marko hatte zu viel Kraft eingesetzt, um an den Punkt zu gelangen, an dem er jetzt war. Er war in einem Alter, wo man sich nicht mehr auf morgen vertrösten lassen wollte. Er würde in zwei Wochen nach Atlanta fliegen. Ein Jörg Puster sollte seinen Aufstieg nicht mehr behindern. Egal, was er tat.

Nachdem sie telefoniert hatten, las Jörg erneut die E-Mails, die Marko und er vom CDC bekommen hatten. Der Inhalt war so gut wie gleichlautend. Er las ihn Wort für Wort, als könnte er eine verschlüsselte Botschaft darin entdecken. Warum hatten die Amis ihn und Marko eingeladen? Schließlich war er der Gruppenleiter und nicht Marko. Normalerweise war es ausreichend, wenn der Leiter die Arbeitsgruppe auf solchen Veranstaltungen vertrat. Ihm war nicht klar, was die Amerikaner damit bezweckten, aber diese Gedanken bestätigten ihn in seiner Absage.

Marko wollte es noch einmal wissen, das spürte er. Der hatte sich nie damit abgefunden, wie er schrittweise demontiert worden war. Jetzt glich er einer Ratte, die in die Ecke gedrängt war. Jörg wusste, irgendwann würde diese Ratte ihn anspringen. Er war sich so sicher gewesen, Marko dauerhaft unter seiner Kontrolle haben. Aber jetzt, wo Alexander und Ines nicht mehr zurückkommen würden, war er sich dessen nicht mehr sicher. Je länger er darüber nachdachte, desto schlechter war das Gefühl, das er dabei empfand.

**Milwaukee, 14. 12. 2011**

Leo Schneider saß in einem kleinen Konferenzraum des zehnstöckigen *CDC building of laboratory sciences* und hörte mit Spannung Haralds Vortrag über die Untersuchungen an den EHEC-O104 Stämmen. Bill Simons saß neben ihm. Außer ihnen waren noch fünfzehn weitere Personen anwesend. Einige waren Leo als hochrangige Vertreter des CDC und anderer amerikanischer Regierungsbehörden vorgestellt worden. Andere blieben einfach Ms Smith oder Mr Jones, ohne weitere Erklärung, was sie hier herführte und für wen sie arbeiteten.

Haralds Englisch hatte sich durch seinen Aufenthalt in den USA sehr verbessert. In seinem kurzen Vortrag beschränkte er sich darauf, die genetischen

Unterschiede zwischen den drei EHEC-O104 Stämmen, die sie untersucht hatten, darzustellen. Sein EHEC-Stamm Nr. 17 lief bei der CDC unter der Bezeichnung HP. ML war der EHEC von Marie und CK der EHEC von einem Amerikaner, der während der Epidemie zu Besuch in Deutschland und dort erkrankt war.

Die drei EHEC-Stämme waren in mehr als 99,999 % ihrer Genomsequenzen identisch. Aber die Abweichung von 0,001 %, die Haralds Stamm Nr. 17 zeigte, war so charakteristisch, dass Schneider die Luft anhielt. Dem Gen für *Shigatoxin* war bei Haralds Stamm eine kurze DNA-Sequenz vorgeschaltet, die es bei den anderen beiden EHEC-Stämmen nicht gab. Die Veränderung konnte etwas mit der Toxinbildung bei den Bakterien zu tun haben.

Als Harald mit seinem Vortrag zu Ende gekommen war, bedankte sich Bill Simons für die gute Präsentation. Bill übernahm es, Haralds Ergebnisse zu interpretieren:

„Ich möchte noch einmal darauf hinweisen, dass alles was hier gesagt wird, der Geheimhaltung unterliegt. Nur einige von Ihnen hier verstehen, was dieser kleine Unterschied zwischen den EHEC-Stämmen bedeutet. Deswegen möchte ich die Bedeutung von Haralds Ergebnissen kurz erläutern. HP ist der erste EHEC-O104, der im Zusammenhang mit der Epidemie, die in Deutschland im Sommer dieses Jahres aufgetreten ist, isoliert wurde. HP wurde aus der Stuhlprobe von Harald Pütz isoliert, gut zwei Wochen, bevor die EHEC-Epidemie begann. Harald arbeitete zu dieser Zeit in Kiel am Exzellenzinstitut in der Arbeitsgruppe von Jörg Puster. Harald wurde, als er mit dem EHEC infiziert war, nicht krank. “

Die Anwesenden diskutierten halblaut miteinander. Murmelnde Worte, prüfende Blicke waren auf Harald und Leo gerichtet.

Bill fuhr fort: “Der Stamm ML ist aus der Stuhlprobe einer Frau, die als das erste Opfer der EHEC-O104 Epidemie anzusehen ist. Harald stand zu dieser Zeit mit ihr in engem Kontakt. Der dritte EHEC-Stamm CK stammt von einem US-Bürger, der in Deutschland im Sommer 2011 an EHEC erkrankte und zur weiteren Behandlung nach Baltimore in das *Presbyterian Hospital* gebracht wurde. Interessanterweise unterscheidet sich der Stamm CK nicht von dem Isolat ML. Somit ist allen klar, dass nur der Stamm HP sich von den anderen EHEC-O104 unterscheidet. Wir haben das inzwischen an zwanzig anderen EHEC-O104 Stämmen aus Patienten bestätigt.

Bill machte eine Pause und trank einen Schluck Wasser. Bevor er fortfuhr, vergewisserte er sich mit einem Blick, ob alle seine Ausführungen soweit verstanden hatten.

„Nur bei Haralds Stamm HP gibt es zweiunddreißig DNA-Bausteine, die dem Gen für *Shigatoxin* vorgeschaltet sind. HP ist damit ein Unikat, ein Prototyp, wenn man das so sagen kann.“

Bill lies diese Worte wirken. Er verstand es geschickt, die Spannung bei den Anwesenden zu erhöhen.

„Nun werden Sie sich fragen, was das überhaupt für eine Bedeutung hat. Deshalb haben wir uns die Mühe gemacht, diese zweiunddreißig Basenpaare lange DNA-Sequenz von HP genauer anzusehen. Kurz zusammengefasst, es handelt sich bei diesem DNA-Abschnitt um einen sogenannten Linker, der bei gentechnischen Experimenten zum Einsatz kommt. Es besteht somit hinreichende Vermutung, dass der Stamm HP durch eine Genmanipulation für die Produktion von *Shigatoxin* ausgerüstet wurde."

Bills rhetorische Pause nutzten die Anwesenden, um aufgeregt über seine letzte Schlussfolgerung zu diskutieren. Nach einer Minute räusperte er sich und fuhr fort: „Ich sagte, es besteht die Vermutung, denn einen endgültigen Beweis für die gentechnische Manipulation können wir mit diesen Untersuchungen nicht erbringen."

Wieder brandete unter den Anwesenden eine Diskussion auf. Bill ergriff nach einem kurzen Innehalten wieder das Wort.

„Ich möchte noch einmal daran erinnern, dass Harald, der hier vor ihnen steht, zu keinem Zeitpunkt erkrankt war. Wir vermuten, dass HP durch die Linker DNA-Sequenz vor dem *Shigatoxin*-Gen weniger virulent ist, als die EHEC-O104 Stämme aus der Epidemie. Es ist wahrscheinlich, dass HP bei seiner Übertragung auf weitere Menschen eine Virulenzsteigerung erfahren hat. Eine Idee, die schon von meinem deutschen Kollegen Leo Schneider ins Spiel gebracht wurde, bevor wir die genetische Signatur von HP kannten. Die wesentliche Rolle bei der Entwicklung von HP zu einem *Killerbug* könnte in der Eliminierung der Linker DNA Sequenz bestanden haben."

Einer der Zuhörer unterbrach Bills Ausführungen.

„Jerry Wilkers, CDC Atlanta. Bill, du hast doch keinerlei Beweise. Was bringt dich dazu, diesem DNA-Schnipsel eine solche Bedeutung zuzumessen?"

Bill nickte. „Mit dieser berechtigten Frage haben wir uns auch auseinandergesetzt. Wir haben daher beantragt, Versuche an Primaten vorzunehmen, die helfen sollen, diese Frage zu klären."

„Wann gibt es denn die Ergebnisse dazu?", fragte Mr Jones, dessen Zuordnung Schneider bei der gegenseitigen Vorstellung nicht weiter erklärt worden war.

„Versuche mit Primaten, die dem Menschen so ähnlich sind, dass sie als einzige Tierart genauso auf diese Mikrobe reagieren, stehen unter einer strengen Kontrolle der Ethikkommission. Nur unter dem Gesichtspunkt einer Gefahrenabwägung können solche Versuche überhaupt genehmigt werden. Davon sind wir als Regierungsbehörde nicht ausgenommen. Es wird einige Zeit dauern, bis wir wissen, ob wir die Genehmigung dazu bekommen."

„Und wenn nicht? Dann bleibt alles wie gehabt?", warf Mr Jones ein.

„Wir brauchen diese Versuche, um unsere Theorie von der Virulenzsteigerung zu bestätigen", sagte Bill.

Mr. Jones gab sich damit nicht zufrieden: „Hör mal Bill, wenn du recht hast, sind die Konsequenzen ernorm! Da sitzt einer und konstruiert Biowaffen. Wir können doch nicht zusehen, dass Killermikroben hergestellt und absichtlich auf Menschen übertragen werden! Wer sagt uns, ob der nächste Terrorangriff nicht auf US-Bürger erfolgt? Möglicherweise mit einer noch raffinierteren Mikrobe, als die in Deutschland zum Einsatz kam?"

Bill nickte zustimmend. „Wir nehmen das alle sehr ernst. Unsere beiden Behörden stehen in engem Kontakt miteinander, gerade was die Fragen der *Homeland Security* betrifft. Für uns beim CDC steht im Vordergrund, ob der EHEC-Stamm HP ein genetisches Konstrukt ist. Das ist jetzt ziemlich sicher. Zweitens, ob er das Potenzial hat, sich bei seiner Weiterübertragung auf den Menschen anzupassen, mit der Folge, dass seine Virulenz enorm gesteigert wird. Das müssen wir noch herausbekommen."

„Und die Verantwortlichen für diese Schweinerei zu finden und mit der Bedrohung fertig zu werden, bleibt uns überlassen!", schnappte Mr. Jones, der nach dieser Bemerkung aufstand und mit einem Telefon in der Hand eilig dem Ausgang zustrebte.

Bill zuckte mit den Schultern, lächelte, blickte etwas verlegen zu Leo und sagte weiter nichts. Die Bemerkung und Bills Reaktion veranlasste Leo sich seine eigenen Gedanken über die Behörde zu machen, an die Mr. Jones angebunden war.

Keiner der Anwesenden hatte noch Fragen. Unausgesprochen stand das Szenario im Raum, das hinter der großen EHEC-O104 Epidemie in Deutschland das absichtliche Handeln von Menschen gestanden hatte. Nach allem, was Leo darüber wusste, war klar, dass diese am Exzellenzinstitut in Kiel zu suchen waren.

**Kiel, 20. 12. 2011**

Anneliese hatte sie nicht kommen sehen und auch nichts gehört. Lautlos wie zwei Katzen hatten sie, als Anneliese im Begriff war, in den Hausflur zu gehen, sich an sie herangeschlichen. Nun war sie mit den beiden in ihrer Wohnung. Ihre Arme konnte sie kaum noch bewegen. So, wie sie rittlings auf einem ihrer Stühle saß, an dem sie mit Handschellen gefesselt war. Die beiden Männer hatten sich nicht die Mühe gemacht, ihre Gesichter zu verbergen, was Anneliese beunruhigte. Einer war brünett und etwas kleiner und breitschultriger als der Blonde, der näher bei ihr saß. Ihre Gesichter erschienen ausdruckslos, eher geschäftsmäßig und im Augenblick schienen sie sich nicht dafür zu interessieren, über sie herzufallen. Aber Anneliese war sich der Sache nicht so sicher. Vielleicht waren es Perverse, die eine Inszenierung brauchten, um dann mit ihren eigentlichen Absichten herauszukommen.

Anneliese hatte Angst. Viel mehr, als sie damals gehabt hatte, nachdem sie als Anhalterin von einem Mann mitgenommen und beinahe vergewaltigt worden wäre. Nur der Zufall hatte sie davor bewahrt. Als das zweite Auto auf dem Parkplatz auftauchte, war der junge Kerl genauso aufgeregt gewesen, wie Anneliese selbst. Ein Anfänger in seinen Absichten. Aber diese beiden Männer, die ihr gegenübersaßen und sie anlächelten, waren Profis, das fühlte sie.

Beide hatten nicht viel gesagt, außer, dass sie den Mund halten sollte.

„Wir wollen dir nichts tun, wir brauchen nur ein paar Auskünfte", sagte der Dunkle. „Du kennst Harald Pütz, du hast ihn in Berlin besucht."

Anneliese nickte, sagte nichts.

„Du hast dich dann in Kiel mit ihm verabredet und ihn an eine falsche Adresse gelotst. Er sollte dort mit einem Auto überfahren werden. Warum hast du das gemacht?"

Anneliese schüttelte vehement ihren Kopf. „Nein, ich war das nicht, ich habe das nicht gewollt!"

Der Blonde griff plötzlich in ihr Haar, drehte ihre Locken mit seinem Finger ein und zog ihren Kopf langsam, aber unerbittlich zu sich heran.

„Wer saß im Wagen, der in der Harriesstraße den Unfall verursacht hat?"

Seine Augen wurden kleiner und der Zug an ihren Haaren stärker, als Anneliese sagte, das wüsste sie nicht. Die zweite Hand des Mannes griff in ihr Gesicht und drückte ihre Wangen zusammen.

„Du weißt es! Wer war es?"

„Getönte Scheiben" presste sie heraus, „ich habe ihn nicht erkannt. Es ging alles so schnell."

Wer hatte dir gesagt, du sollst Harald Pütz in die Harriesstraße lotsen?", kam die nächste Frage. Der Druck auf ihre Wangen verstärkte sich.

„Wer von beiden, Marco Brant oder Jörg Puster?"

„Jörg", sagte sie.

„Jörg Puster?", fragte die ausdruckslose Stimme.

Sie nickte. Sein Händedruck war jetzt so stark, dass ihr die Tränen in die Augen kamen, dann ließ er plötzlich von ihr ab.

„Er hatte mir gesagt, er wolle nur mit Harald reden. Wegen einer Veröffentlichung, und dass Harald sich freiwillig nicht mit ihm treffen würde. Deswegen sollte ich Harald nach Kiel einladen." Anneliese weinte.

„Warum bist du darauf eingegangen?"

„Er hat mir versprochen, es würde zwischen uns wieder wie früher werden und ich könnte meine alte Stelle bei ihm in der Gruppe zurückhaben."

„Was ist nach dem Unfall passiert?"

„Ich bin weggerannt. Als ich das Auto sah und den Knall hörte, dachte ich, Harald ist überfahren worden. Ich habe das alles nicht gewollt!"

„Du bist weggerannt, weil du wusstest, Jörg Puster saß am Steuer?"

„Nein, es war nicht Jörgs Auto, ich habe den Fahrer nicht erkannt!"

Anneliese weinte hemmungslos. Der Mann hatte sie losgelassen. Sein Gesicht verriet keinen Gefühlsausdruck.

„Besser, du hältst dich von ihm fern", sagte der Brünette, der zugesehen hatte. „Wir meinen es nur gut mir dir!"

Die beiden standen auf, als hätten sie einen unhörbaren Befehl bekommen. Der Blonde, der sie so grob angefasst hatte, schloss die Handschellen auf.

„Bleib solange hier, bis wir weg sind, Schätzchen. Am besten, du behältst unsere kurze Unterhaltung für dich, wenn du dich nicht in Gefahr bringen willst."

Anneliese nickte stumm. Ihr rannten immer noch die Tränen über die Wangen, die durch rote Streifen markiert waren. Die beiden hätten ihr noch viel mehr wehgetan, wenn sie es für nötig befunden hätten. Es war klar, was sie tun musste. Sie konnte nicht länger in Kiel bleiben. Wenn Jörg erfahren würde, was sie erzählt hatte, war sie die Nächste, die sterben musste. Nach einem kurzen Moment stand sie auf und rief bei ihrer neuen Arbeitsstelle an, um sich krankzumelden.

**Kiel, 31. 12 2011**

Das Weihnachtsfest war vorüber und in der letzten Woche vor dem Jahreswechsel war selbst in der geschäftigen Arbeitsgruppe von Jörg Puster mehr Ruhe eingekehrt. Fast alle hatten die Zeit zwischen den Jahren genutzt, um für ein paar Tage ihre Familien zu besuchen oder zu verreisen. Jörg Puster verbrachte diese Zeit, um Bilanz zu ziehen. Der Arbeitsgruppe waren Forschungsfördermittel in einer Höhe von drei Millionen Euro zugesprochen worden. Eine Summe, die das bisher Erreichte weit übertraf. Marko hatte er im letzten Moment davon abbringen können, in die USA zu fliegen. Selbst Marko ließ sich mit ein bisschen Geld und einer Scheibe vom Stellenpool, über den Jörg jetzt verfügte, überzeugen.

Über die Epidemie, die Deutschland im Sommer zwei Monate lang in Atem gehalten hatte, sprach jetzt kaum noch jemand. Das war auch gut so. Die Epidemie war sein Werkzeug gewesen, sie hatte ihren Zweck erfüllt. Schneiders Versuche, die Arbeitsgruppe Puster in Misskredit zu bringen, waren gescheitert. Außer Schneider hatte keiner in Deutschland versucht, ihm etwas ans Zeug zu flicken.

Auch Harald, von dem er nichts mehr gehört hatte, seitdem er in den USA war, hatte es nicht geschafft, auch nur an dem Lack seines Erfolges zu kratzen. Die Amerikaner hatten sich seit seiner Absage nicht mehr bei ihm gemeldet.

Wie hieß es in einem Sprichwort? Die Hunde bellen und die Karawane zieht weiter. Genauso ist es, dachte er. Er war ein Genie und hatte es allen gezeigt. Schade, dass er nicht offen über seinem genialen Schachzug reden konnte, mit dem er alles so eingefädelt hatte, wie es dann gekommen war. Aber das war der Preis. Die Einsamkeit, die man nur fühlen konnte, wenn man ganz oben angekommen war. Dort war die Luft dünn, aber dafür reichte der Blick bis in die Unendlichkeit des Horizonts der Möglichkeiten, die ihm jetzt offenstanden. Die paar Tage der Ruhe im Institut hatten ihm gut getan. Montag begann die erste Woche im neuen Jahr und die Laboratorien und Büros seiner Arbeitsgruppe würden sich wieder mit Leben füllen.

Jörg Puster lehnte sich träumerisch in seinen Sessel zurück. Die Erinnerung, wie er hier mit Clara gevögelt hatte, tauchte auf. Gedankenfetzen flogen an ihm vorbei. Wie Harald Pütz ihn beinahe mit einem Bürolocher erschlagen hatte.

Sybille, die knallrot geworden war, als er sie beim Lügen ertappt hatte. Er zog genüsslich den Rauch seiner Zigarette ein. Er war endlich angekommen. Jetzt befand er sich in der *Hall of Fame*.

Ein leises Pochen ließ ihn aus seinem Tagtraum hochfahren. Jemand klopfte, es kam von seiner Bürotür. Es konnte nur Marko sein, der sich am Silvesterabend genauso ruhelos wie er im Institut herumtrieb.

„Bist du es Marko? Komm doch rein!"

„Marko? Ein schöner Name!", hörte er eine Stimme. Die Tür hatte sich halb geöffnet, aber er konnte denjenigen nicht erkennen, der das gesagt hatte.

„Wer ist denn da?", rief Jörg. Die Tür hatte sich inzwischen ganz geöffnet. Eine breite Silhouette stand im Türrahmen, die Markos Ausmaße weit übertraf.

„Marko ist nach Hause gegangen. Er hat gerade einen Anruf vom Klempner bekommen, bei ihm in der Wohnung gibt es einen Rohrbruch." Vladi lachte leise. „Du bist heute Abend allein hier. Aber dafür kommt Vladi seinen alten Geschäftspartner besuchen." Vladikavkas tat einen Schritt in den Raum und lachte laut, als er Jörg Pusters fassungsloses Gesicht sah.

„Du kannst wohl nie aufhören zu arbeiten, was? Immer ruhelos, auch an Feiertagen. Hatte ich dir nicht gesagt, du solltest lieber einmal in die Kirche gehen? Na, ist das nicht eine richtige Überraschung, mich hier bei dir in Kiel wiederzusehen?"

Jörg Puster überlief es eiskalt. Woher kannte dieser Kerl seine Adresse? Wahrscheinlich von der Putzfrau, die ihm mit dem Litauer bekannt gemacht hatte. Vladikavkas benahm sich, als hätte er getrunken. Er duzte ihn. Diese Respektlosigkeit hatte er sich in Vilnius nicht herausgenommen. Er musste diesen Mann dort hinverweisen, wo er hingehörte.

„Herr Vladikavkas, bringen Sie mir zum Jahresende mein Geld zurück, nachdem Sie den Auftrag vermasselt haben?"

Vladikavkas lachte höhnisch auf. „Dein Geld? Du hast dem armen Jonas Angst gemacht, dass er zu mir gekommen ist und mir alles erzählt hat. Was hast du mit seinem Auto für Sachen gemacht?"

„Woher wissen Sie?"

„Schuster bleib bei deinem Leisten", heißt doch ein schönes deutsches Sprichwort. „Wieso versucht du dich in Dingen, von denen du nichts verstehst?"

„Wovon reden Sie überhaupt? Verschwinden Sie, wir sind quitt!"

Vladikavkas lächelte: „Hast zu viel Spuren hinterlassen, scheint eine Schwäche von dir zu sein. Meine Auftraggeber haben gemerkt, wer du wirklich bist. Ein Profi hinterlässt keine Spuren, selbst wenn sein Auftrag schiefgeht. Soweit zu unserem Geschäft. Aber für mich hat es sich gelohnt, dass ich in Berlin den Falschen erwischt hatte!"

„Was erzählen Sie da die ganze Zeit?"

Jörg Puster war aufgestanden und wollte auf Vladi zugehen. Für einen Moment dachte er daran, ihn aus seinem Büro zu drängen und die Tür zuzuschließen. Als er vor ihm stand, wurde klar, dass er diesen Koloss gegen seinen Willen nicht einen Zentimeter würde bewegen können.

„Dein zweiter Fehler war, eine Frau in dein Spiel mit einzubeziehen. Das geht immer schief! Profis arbeiten alleine!"

Jörg Puster schnappte nach Luft. Vladikavkas schien alles zu wissen. Er hatte doch diesem Litauer, dessen Auto er ausgeborgt hatte, nichts erzählt.

„Setz dich wieder hin, wir plaudern!"

Vladikavkas gab ihn einen leichten Schubs, der ausreichte, um Jörg Puster in seinen Bürostuhl zu befördern.

„Der Schnaps und die Frauen bringen uns Männer am Ende immer zu Fall. Nicht wahr, mein Bester?", lachte Vladikavkas, der nach einem Stuhl gegriffen und sich auf die andere Seite des Schreibtischs gesetzt hatte.

„Mit einer Frau kann ich dir nicht dienen, aber einen kräftigen Schluck können wir uns auf unser Wiedersehen gönnen!"

Vladikavkas zog aus seiner Jacke eine flache Flasche, die in Jörg Puster furchtbare Erinnerungen weckte.

Vladi sah es ihm an. *„Trejos Devynerios*, 3 mal 9. Erinnerst du dich?"

Puster schaute angewidert zurück.

„Los! Trink! Damit du ein bisschen entspannter wirst. Komm, lass mich nicht grob werden", sagte Vladikavkas mit verträumter Stimme.

Jörg Puster zwang sich, einen Schluck aus der geöffneten Flasche zu nehmen. Er hustete.

„Noch einen!", forderte Vladi.

Jörg Puster trank. Er keuchte um Luft, um das Brennen in seiner Kehle zu stillen.

„Was wollen Sie von mir? Mehr Geld?", krächzte er.

Vladi schüttelte den Kopf. „Warum immer so materiell? Ich wollte dich besuchen, schauen, was du so treibst und von dir hören, warum du alle diese komischen Sachen machst!"

„Woher kennen Sie denn meinen Namen, meine Adresse?"

„Vladi weiß immer genau das, was er wissen muss, wenn er einen Auftrag bekommen hat. Das weißt du doch so gut wie ich! Trink jetzt noch einen Schluck und dann zeigst du mir dein Institut."

Vladis Geste war unmissverständlich. Puster trank wieder von dem Schnaps. Es brannte wie Feuer. Er schluckte es mit einem Mal herunter und hatte das Gefühl, sein Magen würde explodieren.

„Was ist das für ein Auftrag, von dem Sie reden?", japste Jörg Puster.

„Wir nehmen die Flasche mit!", sagte Vladi, der sich ebenfalls einen Schluck genehmigte und nicht auf Jörgs Frage einging.

„Den brauchen wir, draußen ist es kalt. Los! Gehen wir."

Sie standen beide auf.

„Was wollen Sie denn sehen, die Laborräume?“, fragte Jörg.

Vielleicht konnte er diesen Verbrecher irgendwo einschließen. Er konnte ihn in den Brutraum bringen, wo er damals Sybille in der Falle hatte.

Vladikavkas schüttelte langsam den Kopf. „Nein, davon verstehe ich sowieso nichts. Ich habe mich vorher hier ein bisschen umgesehen. Komm, ich werde dir etwas zeigen!“

Sie verließen Pusters Büro und Vladi lotste ihn zum Treppenhaus.

„Nach oben!“, sagte er, als sie vor der Treppe standen.

„Aber dort ist nicht unser Bereich!“, protestierte Puster.

„Siehst du. Ich bin sicher, du kennst dich nicht einmal in deinem eigenen Institut aus. Das kommt davon, wenn man immer nur am Schreibtisch sitzt und über so komische Sachen grübelt!“

Sie gingen die Treppen hoch.

„Weiter“, rief Vladikavkas, als sie im dritten Stock angekommen waren.

„Aber da oben gibt es nichts mehr.“

„Nichts? Das glaubst du vielleicht!“, wehrte Vladi ab.

Sie waren auf der Höhe des Dachstuhls angekommen. Jörg Puster war noch nie hier gewesen, aber Vladikavkas schien sich auszukennen. Er öffnete eine Tür und sie gingen über einen Gang bis zu einem Dachbalkon. Die Tür nach draußen war unverschlossen. Vladikavkas schob Puster auf den schmalen Balkon, von dem aus das Flachdach des Institutsgebäudes sich erstreckte. Es war kalt und die Luft roch nach Meer. Am Himmel waren schon einzelne Silvesterraketen zu sehen und gelegentlich hörte man das Knallen der Böller.

„Schau, der Mond ist fast rund und die Luft vom Meer ist frisch. Es ist schön hier“, sagte Vladikavkas träumerisch. „Hättest hier öfter mal hochgehen sollen, anstatt in deinem Büro zu hocken.“

„Aber Sie sind doch nicht mit mir hier hergekommen, um über das Wetter zu reden! Was wollen Sie eigentlich?“

„Ich hatte es dir in deinem Büro schon gesagt, ich habe einen Auftrag“, antwortete Vladikavkas.

Er hielt Jörg die Flasche hin. „Du zitterst ja! Es ist kalt hier, du hättest deinen Mantel mitnehmen sollen!“

„Auftrag, dass ich nicht lache. Sie hatten damals Ihren Auftrag, für den ich Sie bezahlt hatte, nicht richtig ausgeführt.“

Vladikavkas nickte und verzog dabei sein Gesicht. „Da hast du recht, aber manchmal liegt das Gute im Schlechten. Ich bin ganz froh, dass ich in Berlin die falsche Person erwischt hatte, sonst wäre ich vielleicht gar nicht mehr am Leben.“

Jörg Puster begriff nicht, wovon Vladikavkas sprach.

„Wieso? Das verstehe ich nicht.“

„Das wirst du bestimmt noch verstehen. Siehst du diese vielen Rohre, die hier aus dem Dach herausragen?“

Jörg Puster schaute auf die blauen und gelben Stutzen, die in regelmäßigen Abständen aus dem Flachdach in die Höhe strebten.

„Ja, aber ich weiß immer noch nicht, wieso Sie mir das alles erzählen?"

„Die blauen sind für die Belüftung und die gelben für die Abluft aus den Laboratorien", sagte Vladi fachmännisch.

„Ja und? Was weiter?"

„Ich hatte dir doch gesagt, ich bin Klempner, diese Dinge interessieren mich. Eigentlich war ich viel mehr als ein einfacher Klempner. Bei der Roten Armee war ich als Ingenieur für Lüftungsanlagen beschäftigt. Daher kenne ich mich mit so etwas aus."

Jörg Puster sah dem Mann ins Gesicht. Vladikavkas war offenbar wahnsinnig und litt unter einer fixen Idee. Das war ihm schon in Litauen aufgefallen. Vielleicht konnte er ihn mit seinem Faible für Lüftungsanlagen doch noch in den Brutraum locken.

„Davon kann ich Ihnen noch mehr zeigen, in den Laborräumen", warf er ein.

Vladikavkas schien nicht zugehört zu haben. „Die Luft aus den Abzügen der Laboratorien, wo sie mit giftigen Lösungsmitteln arbeiten, wird über ein verzweigtes Rohrsystem über das Dach nach draußen abgeleitet. Auch Chloroform, wenn man es aus Versehen verschüttet."

Er zwinkerte Jörg Puster zu und fuhr fort: „Gleichzeitig wird über die blauen Rohre ständig Frischluft in das Gebäude gepumpt."

„Sie scheinen wirklich etwas davon zu verstehen." Jörg Puster hatte sich jetzt vorgenommen, dem Irren in allem Recht zu geben, was er sagte. Eine günstige Gelegenheit, ihn loszuwerden, würde sich sicherlich ergeben.

„Ich war Ingenieur. Entlüftung und Belüftung, Rohrsysteme und Leitungen waren meine Spezialität, damals, als ich bei der Roten Armee war."

„Sehr interessant. Und was hat das jetzt mit mir zu tun?"

Vladikavkas blickte ihn an, aber sein Blick schien durch Jörg hindurchzusehen.

„Eine ganze Menge. Du wirst nämlich eine dieser Röhren von innen inspizieren!"

„Inspizieren? Wieso?" Jörg Puster sah ihn fassungslos an.

Siehst du, diese gelbe Röhre hier ist ganz nah hier am Balkon. Du bist sicherlich nicht schwindelfrei?"

„Inspizieren? Das mache ich nicht! Wozu? Was soll das?", rief Puster laut.

Vladikavkas hielt plötzlich die Makarov auf Jörg Puster gerichtet. „Du kennst die Wirkung von Teilmantelgeschossen, zumindest aus der Zeitung. An deiner Stelle wäre ich nicht so wählerisch. Glaube mir, das mit der Röhre ist gemütlicher."

„Und wozu das Ganze?"

„Endstation!", sagte Vladikavkas und hielt die Makarov immer noch auf Jörg Pusters Brust gerichtet. „Die Röhre ist für dich, was die Urne in der Bibliothek des Institut Pasteur für Metschnikoff ist."

Jörg Puster sah mit schreckensgeweiteten Augen auf die Mündung der Pistole, die unverwandt mit ihrem schwarzen Auge auf seine Brust starrte.

„Dein Grab. Du verschwindest, ohne Spuren zu hinterlassen. So und nicht anders lautet mein Auftrag“, sagte Vladi.

„Wer hat Sie denn beauftragt? Schneider?“

„Schneider?“ Vladikavkas lachte laut auf und trank einen Schluck. Er schüttelte den Kopf und hielt Jörg Puster die Flasche hin. „Schneider! Glaubst du das wirklich?“

„Sie sind einfach nur ein mieser Auftragsmörder. Ich habe unlöschbare Spuren in der Wissenschaft hinterlassen!“, schrie Jörg.

„Ja“, sagte Vladi versonnen. „Ich habe schon eine Menge über dich gehört. Man wird sich an die über fünfzig Toten, die du auf dem Gewissen hast, noch eine ganze Weile erinnern. Falls es dich in deinem Ehrgeiz beruhigt, ich habe weniger Menschen auf dem Gewissen, selbst dich mit eingerechnet. Obwohl ich jemanden wie dich eigentlich gar nicht zu zählen brauche!“

Jörg Puster blickte sich verzweifelt um. Im hellen Mondlicht sah er, wie zwei schwarze Vögel sich auf einer Dachantenne nicht weit von ihnen niedergelassen hatten. Der eine Vogel saß ein Stück höher als der andere. Der Vogel, der weiter oben saß, bewegte ruckartig seinen Kopf, auf und nieder, und es wurde deutlich, dass er dem anderen etwas erzählte. Etwas, das mit ihm zu tun haben musste, denn jetzt drehten die beiden Vögel ihre Köpfe in seine Richtung, als würden sie etwas von ihm erwarten. Dieses Bild hinterließ in Jörg Pusters Gehirn einen Eindruck, der ihn in den Bann schlug und die Drohung von Vladikavkas vergessen ließ. Er spürte kaum den Druck der Makarov in seinem Rücken, aber sie war auch nicht mehr nötig. Jörg Puster folgte bereitwillig den Anweisungen von Vladikavkas, in die gelbe Röhre zu klettern, die etwa einen Meter entfernt aus dem Flachdach emporragte. Er musste nur ein paar Stahlstreben hochsteigen. In der Röhre rutschte er zwei Meter in die Tiefe, bis seine Beine in einer Krümmung Halt fanden. Von unten schaute er hoch und sah das Gesicht von Vladikavkas, der seinem kurzen Fall zugesehen hatte.

„Von allein kommst du hier nicht mehr heraus. Bevor du verdurstest, werden die Abgase aus deinen Laboratorien dir dein Ende bereiten. Wenn sie mit Formalin arbeiten, wirst du konserviert und bleibst der Nachwelt erhalten. Wie Lenin im Mausoleum. Falls man dich jemals hier findet.“

Etwas Hartes traf Jörg Puster am Kopf und fiel ihm in die Hände. Es war die Flasche, in der sich noch ein Rest des Kräuterschnapses befand. Als er wieder hochblickte, war Vladikavkas Gesicht verschwunden. Der Mond beleuchtete einen Teil der Röhre und die Schwärze des Himmels in der Rundung des Loches schien unendlich. Jörg Puster merkte für einen Augenblick, wie ihm die Realität immer mehr entglitt, bevor er endgültig in den Wahnsinn abdriftete. Er war jetzt davon überzeugt, dass die Vögel eine Botschaft für ihn hatten, die er nur entschlüsseln musste, um endlich von dem Dämon, der ihn sein Leben lang gequält hatte, frei zu sein.

## Hintergrund des Romans

Die Handlung und die Personen in meinem Roman EHEC-Alarm sind fiktiv, seine Geschichte verläuft entlang der dramatischen Ereignisse, die sich in Deutschland im Sommer 2011 tatsächlich zugetragen haben.

Anfang Mai 2011 bricht in Norddeutschland eine Epidemie mit einem in dieser Form noch nie da gewesenen Krankheitserreger aus: EHEC-O104. Die Zahl der infizierten Menschen steigt rasend schnell an, um in zwei Monaten eine Rekordhöhe von fast 4000 Erkrankten zu erreichen. Über die Hälfte der mit EHEC-O104 infizierten Menschen bekommen blutigen Durchfall, viele müssen stationär behandelt werden. Für fast neunhundert Patienten kommt es noch viel schlimmer. Sie erleiden eine Form der Nierenschädigung, die in der Medizin als Hämolytisch-Urämisches Syndrom (HUS) bezeichnet wird. HUS bedeutet für viele Betroffene lebenslange Nierenschäden und Abhängigkeit von regelmäßiger Blutwäsche durch Dialyse. Bei einem Teil der HUS-Patienten kommt es sogar zum vollständigen Verlust der Nierenfunktion. Dreiundfünfzig Menschen sterben an den Folgen der Seuche, die ihren Gipfel am 22. Mai erreicht und erst am 26. Juli 2011 für besiegt erklärt wird.

Das hoch entwickelte deutsche Gesundheitssystem steht im Sommer 2011 vor seiner schlimmsten Krise seit Ende des Zweiten Weltkrieges. Die Versorgung der Patienten bringt die Krankenhäuser an den Rand der personellen und apparativen Belastbarkeit. In der Bevölkerung wächst die Unruhe über das ungehinderte Fortschreiten der EHEC-Seuche im gleichen Maße, wie ihre Herkunft, die Übertragung der Erreger und die Entwicklung der Epidemie weiterhin im Dunkeln bleiben.

Zwar hatte es in Deutschland auch schon vor 2011 kleinere Ausbrüche mit anderen EHEC-Bakterien gegeben. Jedoch waren diese im Vergleich zur EHEC-O104 Seuche von 2011 unbedeutend. Die Epidemie von 2011 unterscheidet sich in vieler Hinsicht von allem, was vorher über EHEC bekannt war. Bei EHEC-O104 hat man es mit einem völlig neuen Erreger zu tun. Ein *Killerbug*, ein mörderisches Bakterium, das durch die Kombination von zwei bereits bekannten Krankheitserregern entstanden ist. Das Produkt dieser Kombination ist weitaus gefährlicher als die Vorläufer, aus denen das Killerbakterium zusammengesetzt ist.

EHEC-O104 bringt alles mit sich, um den Menschen das Fürchten zu lehren. Der Keim ist gegen viele der modernsten Antibiotika resistent und hervorragend ausgestattet, den Verdauungstrakt des Menschen massiv zu besiedeln. Dazu produziert er ein starkes Zellgift (Shigatoxin-2), das für den blutigen Durchfall und die Nierenschäden verantwortlich ist. Die Kombination aller dieser Faktoren in ein und demselben Krankheitserreger ist neu. Bald schon wird darüber spekuliert, ob dieser Keim nicht das Produkt einer genetischen Manipulation sein könnte, beziehungsweise absichtlich in den Umlauf gebracht wurde. Diese Vorstellungen werden davon genährt, dass fast alles an dem EHEC-O104 nicht dem entspricht, was man vorher über EHEC wusste.

Seine bevorzugten Opfer sind jüngere, erwachsene Frauen, die sich bewusst ernähren und keine gesundheitlichen Risikofaktoren aufweisen. Die Zeit zwischen der Ansteckung und dem tatsächlichen Ausbruch der Erkrankung ist außergewöhnlich lang. Mit der Folge, dass äußerlich gesunde, aber bereits infizierte Patienten als Ansteckungsquelle wochenlang mit anderen Menschen Kontakt haben. Aber das Merkwürdigste an EHEC-O104 ist die Tatsache, dass man ihn nicht dort findet, wo EHEC in der Natur sonst gewöhnlicherweise vorkommen. EHEC-Bakterien besiedeln natürlicherweise den Darmtrakt von Tieren, hauptsächlich Rinder und Schafe. EHEC-O104 findet man jedoch nicht bei Tieren, sein einziges bekanntes Reservoir ist der Mensch selbst.

Viele dieser Merkwürdigkeiten sind bald nach Beginn der EHEC-O104 Epidemie bekannt. Umso dringender wird die Frage: Woher kommt diese Seuche?

Die Suche nach der Herkunft des EHEC-O104 gestaltet sich zu einer Schnitzeljagd. Zuerst geraten spanische Gurken in Verdacht, mit dem Erreger verseucht zu sein. Eine Behauptung, die sich bald als haltlos erweist, aber da ist es bereits zu spät. In der Folge wird die europäische Landwirtschaft in eine ihrer tiefsten Krisen gestürzt. Der Absatz von Gurken und anderem Gemüse bricht zeitweilig völlig zusammen und Verluste von mehreren Hundert Millionen Euro sind zu verzeichnen. Nach den Gurken werden Keimsprossen, die aus einem Gartenbaubetrieb in Norddeutschland stammen, als Quelle des Ausbruchs vermutet. Jedoch werden, bis auf eine Ausnahme, keine EHEC-O104 aus den Keimsprossen isoliert. Nachdem die verdächtigen Keimsprossen vom Markt genommen sind und der Betrieb die Produktion eingestellt hat, geht die Zahl der Neuansteckungen rapide zurück. Der EHEC-Ausbruch endet wenige Wochen danach gänzlich.

Woher die Seuche ursprünglich gekommen ist, bleibt bis heute im Dunklen. Die europäische Gesundheitsbehörde EFSA vermutet ihre Ursache in EHEC verseuchten Bockshornkleesamen, die aus Ägypten importiert und für die Produktion von Keimsprossen dienten. Die Einfuhr der Samen aus Ägypten wird sofort gestoppt. Jedoch werden die EHEC-O104 Erreger auch in den Bockshornkleesamen selbst nach intensiver Suche nicht gefunden.

Bis heute ranken sich um einen der weltweit größten EHEC-Ausbrüche viele offen Fragen, die zu Spekulationen Anlass geben. Auch die Vorstellung, EHEC-O104 sei eine konstruierte Biowaffe und absichtlich auf Lebensmittel ausgebracht worden, ist eine der Hypothesen, die ins Spiel gebracht wurden. Genährt werden solche Vermutungen auch dadurch, weil eine absichtliche Kontamination eines Lebensmittels mit EHEC-Bakterien die gleichen Auswirkungen hätte, wie ihre ungewollte Verseuchung durch einen infizierten Menschen, der EHEC-Bakterien ausscheidet.

Vor diesem Hintergrund spielt die Geschichte des Romans EHEC-Alarm.

Berlin, im April 2013

Lothar Beutin